KB068407

# MICHAEL
# CONNELLY
The Narrows

**The Narrows**

Copyright © 2004 by Hieronymus, Inc.
This edition published by arrangement with Little, Brown and Company(Inc.), New York, New York, USA. All rights reserved.

Korean translation copyright © 2009 by RH Korea Co., Ltd.
Korean translation rights arranged with Little, Brown and Company(Inc.) New York, New York, USA. through EYA(Eric Yang Agency).

이 책의 한국어판 저작권은 EYA(Eric Yang Agency)를 통한 Little, Brown and Company(Inc.) 사와의
독점계약으로 한국어 판권을 '㈜알에이치코리아'가 소유합니다.
저작권법에 의하여 한국 내에서 보호를 받는 저작물이므로 무단전재와 복제를 금합니다.

# BOSCH

시인의 계곡

The Narrows

MICHAEL CONNELLY 마이클 코넬리 지음 | 이창식 옮김

RHK
알에이치코리아

"코넬리의 이번 작품은 자신의 어떤 전작들보다 엄숙하다. 이 재능 있는 작가는 폭발적인 플롯과 개성적인 캐릭터, 꼼꼼한 사전조사로 《시인의 계곡》을 또 하나의 걸작 대열에 올려놓고 있다. 비범하고 지적인 스릴감에 흠뻑 빠져들 만한 작품."_퍼블리셔스 위클리

"종말론적인 작품. 죽은 자를 일으키고, 사악한 자를 내쫓고, 충실한 자를 불러 모으고, 영웅을 구원의 물로 씻어낸다. 주도면밀한 시대의 이야기꾼 코넬리는 이들 모두를 살인 마라톤 마당에 다시 불러냈다. 그리고 마지막 반전이 실로 절묘하다."_뉴욕 타임스

"이제 누구도 레이먼드 챈들러가 코넬리보다 앞서 있다고 단언하지 못할 것 같다. 코넬리의 모든 등장인물들 중 어느 하나도 개성적이지 않은 이가 없다. 특히 이번 작품에서는 로스앤젤레스, 라스베이거스, 그리고 시인의 은신처를 잇는 배경 묘사가 정말로 탁월하다."_USA 투데이

"독자들이 느낄 수 있는 최대의 만족감이 느껴진다. 토머스 해리스만큼 무시무시하다. 아니, 오히려 그보다 앞선다."_스티븐 킹(엔터테인먼트 위클리 리뷰)

"《시인의 계곡》 속에는 그의 전작 《시인》과 《Blood Work》가 함께 존재한다. 각기 다른 세 작품 속 인물들이 한 작품에서 얽히는 연관 구조가 정말 뛰어나게 짜여져 있다. 첫 3장부터 끊어질 듯한 긴장감이 느껴진다."_선 센티널

"오싹하고 교활한 살인마 시인의 재등장으로 시작되는 이 작품은 서스펜스 스릴러이기도 하지만 휴먼 드라마이기도 하다. 살인자, FBI, 피해자, 탐정 등 수많은 인물들의 인생이 군더더기 없으면서도 리얼하게 표현된다."_올랜도 센티널

"해리 보슈 시리즈의 팬들은 끊임없이 늘어만 간다. 그것은 불안정하고 까다로운 삼라만상의 성격을 그대로 반영한 어둡고 복합적인 히어로 보슈라는 캐릭터 때문이다."_로스앤젤레스 타임스

"긴장감 넘치는 작품. 통찰력뿐 아니라 애수까지 자아낸다. 우아한 문장 속에 블랙 유머와 위트가 넘쳐난다."_월 스트리트 저널

"클래식과 모던함 사이를 절묘하게 오가는 완벽한 미스터리."_산호세 머큐리 뉴스

"《시인의 계곡》은 마치 레이먼드 챈들러의 쿨한 탐정과 토머스 해리스의 소름끼치는 살인범이 대결을 벌이는 것 같은 느낌이다. 배배 꼬인 탐정 보슈는 역대 크라임 소설 등장인물 중 아마도 가장 복잡한 캐릭터일 것이다."_피플

"《시인의 계곡》은 꿈꾸는 자들의 꿈을 채워주기에 충분하다."_덴버 포스트

"마이클 코넬리가 8년 만에 끔찍한 살인마 시인을 다시 불러냈다. 이 사실 하나만으로도 《시인의 계곡》은 명실 공한 메가 블록버스터급 스릴러다."_시카고 트리뷴

# Contents

"우리들 여섯을 계곡에 들지 않게 지켜준
메리 매커보이 코넬리 라벨을 기억하며."

그들이 한 일이라곤 기껏 한 괴물을 다른 괴물로 바꾼 것뿐이었다.
용을 피하자 이번엔 뱀이었다. 아가리를 딱 벌리고 누군가를 단숨에 삼켜버릴 때를 기다리며
계곡 속에서 잠자고 있던 거대한 뱀.

—존 킨제이, 《계곡에서 잃어버린 아이의 아버지》, 로스앤젤레스 타임스, 1956. 7. 21.

이 세상에서 딱 한 가지만은 나도 알 것 같다. 그 한 가지는 확실하다. 진실은 우리를 해방시켜 주지 않는다는 것. 내 귀로 듣거나 내 입으로 수없이 말했던 진실과는 달리, 나는 작은 방이나 감방에 앉아 남루한 사람들에게 지은 죄를 빨리 자백하라고 다그쳤다. 나는 그들에게 거짓말을 했고 그들을 속였다. 진실은 당신을 구원하거나 온전하게 되돌려주지 않는다. 거짓과 비밀의 무거운 짐을 벗겨주지도 않으며 가슴의 상처를 치유해 주지도 않는다. 내가 본 진실들은 쇠사슬처럼 나를 묶어 캄캄한 방으로 끌어내리고, 유령들이 사는 그 지하 세계에서는 희생자들이 뱀처럼 내 주위를 기어 다닌다. 그곳에서 진실을 찾는 사람은 아무도 없다. 그곳에는 사악한 것이 기다리고 있다. 사악한 것이 당신의 입과 콧속으로 독기를 뿜어 넣어 꼼짝달싹도 못하게 만든다. 이것이 내가 알고 있는 유일한 진실이다.

—

　그 사건을 맡았을 때 나는 이런 일이 벌어질 줄 알았고, 깊은 계곡 속으로 끌려 들어갈 것이라고 짐작했다. 내 삶에서 부여받은 임무는 언제나 나를 사악한 것이 기다리는 곳으로 끌고 갔고, 그런 곳에서 내가 발견한 진실은 늘 흉측하고 끔찍했다. 그런데도 불구하고 나는 갔다. 기다리던 장소에서 사악한 것이 나타날 그 순간을 대비하지도 않고 나는 계속 나아가기만 했다. 그것이 나를 괴물처럼 붙잡아 시커먼 물속으로 끌고 들어갈지도 모르는 채.

# I 악몽

레이철 월링은 시커먼 바다 위 어둠 속에 떠 있었다. 하늘엔 별 하나 없었다. 아무 소리도 들리지 않았고 아무것도 보이지 않았다. 완벽한 암흑의 순간, 그녀는 꿈에서 깨어나 눈을 번쩍 떴다.

잠시 천장을 응시했다. 바깥에서 부는 바람 소리, 진달래 가지들이 창문을 긁어대는 소리에 귀를 기울였다. 저 소리가 나를 깨운 걸까? 아니면 집 안에서 난 다른 소리 때문이었을까? 그때 휴대전화가 울렸다. 월링은 놀라지 않았다. 조용히 침대 탁자로 손을 뻗어 휴대전화를 집어 들었다. 대답하는 목소리에 잠에서 깨어난 흔적은 없었다.

"월링 요원입니다."

"레이철? 셰리 데이예요."

셰리 데이라면 콴티코라는 얘기였다. 버지니아 주에 있는 해군기지로 FBI 아카데미가 있는 곳이다. 그곳을 떠나온 지도 4년이나 되었다. 레이철은 상대방이 계속 말하길 기다렸다.

"지금 어디 있죠, 선배?"

"집이야. 어디 있을 걸로 생각했어?"

"이젠 여러 지역을 커버하시니까요. 그래서 혹시나 하고…."

"여긴 래피드 시티(사우스다코타 서남부 도시—옮긴이)야, 셰리. 무슨 일이지?"

여자는 긴 침묵 끝에 대답했다.

"그자가 다시 나타났어요. 돌아왔다고요."

레이철은 보이지 않는 주먹에 가슴을 세게 얻어맞은 느낌이었다. 머릿속에 나쁜 기억과 영상들이 떠올랐다. 눈을 감았다. 셰리 데이는 그자의 이름을 입에 올릴 필요가 없었다. 듣지 않아도 배커스라는 걸 금방 알 수 있었으니까. 그들이 예상했던 대로 시인이 돌아왔다. 몸속에 침투하여 여러 해 동안 잠복하고 있다가 마침내 피부를 뚫고 나오며 그 추악한 모습을 드러낸 악성 전염병처럼.

"자세히 얘기해 봐."

"사흘 전 콴티코에서 소포를 하나 받았어요. 그 안에는…."

"사흘 전이라고? 그걸 사흘 동안이나 깔아뭉개고 있었단 말이야?"

"깔아뭉갠 게 아니라 조사를 했죠. 주소는 선배 앞으로 되어 있었어요. 행동과학실로요. 우편물 취급소에서 내려 보냈기에 엑스레이를 투과한 후 조심스레 열어 보았죠."

"뭐가 들어 있었지?"

"GPS 판독기."

위도와 경도로 좌표를 표시하는 위치정보시스템 판독기는 레이철도 작년에 본 적이 있었다. 사우스다코타 주 남서부 배들랜즈에서 일어난 유괴 사건이었는데, 실종된 캠퍼가 휴대용 GPS에 자신의 경로를 표시해 놓았던 것이다. 수색대는 실종자의 배낭 속에서 GPS를 발견하고 그녀가 야영했던 장소까지 추적할 수 있었다. 그곳에서 여자는 한 남자를 만났고, 그 남자는 여자를 뒤따라갔다. 수색대가 현장에 도착했을 때는 너무 늦어 여자를 구하진 못했다. 그러나 GPS가 없었다면 현장을 찾지도 못했을 것이다.

"어떤 기록이 남아 있었어?"

레이철은 침대에서 일어나 앉아 다리를 아래로 내렸다. 전화기를 들지 않은 손은 그녀의 배 위에서 시든 꽃처럼 오그라들었다. 셰리 데이가 얘기를 계속했다. 레이철은 연방수사국의 멘토링 프로그램에 편입되어 시청각 교육을 받고 있던 신출내기 시절의 셰리 모습을 떠올렸다. 그 후 10년 동안 온갖 사건들을 다 접한 그녀의 목소리에도 이젠 연륜이 묻어났다. 셰리 데이는 이미 신출내기가 아니었고 멘토를 필요로 하지도 않았다.

"한 지점을 가리키고 있었어요. 모하비. 네바다 사막에서 캘리포니아 주 경계 바로 안쪽 지역이에요. 어제 그곳으로 날아가 표시된 지점으로 갔죠. 열화상카메라와 가스탐지기를 이용해서 저녁 늦게야 첫 번째 시체를 발견했어요."

"누구였지?"

"아직은 몰라요. 너무 오래 되어서. 그곳에 오래 방치되어 있었던 거죠. 우린 이제 시작이에요. 발굴 작업이 아주 느려요."

"첫 번째 시체라고 했는데, 도대체 몇 구나 나온 거야?"

"제가 현장을 떠날 때까지만 네 구였어요. 더 나올 걸로 봐요."

"사인은?"

"판단하기 너무 일러요."

레이철은 잠시 침묵하며 생각에 잠겼다. 머릿속에 떠오른 의문은 왜 하필 그곳에다 시체들을 버렸으며 왜 이제야 통보했을까 하는 점이었다.

"선배, 단지 그 얘길 하려고 전화한 건 아니에요. 중요한 건 시인이 다시 게임에 돌아왔다는 사실이죠. 우린 선배가 이곳으로 와주길 바래요."

레이철은 고개를 끄덕였다. 내가 거길 가야 하는 건 당연하지.

"셰리?"

"네에?"

"그 소포를 보낸 사람이 왜 그자라고 생각하지?"

"생각한 게 아니라 알게 된 거죠. 조금 전 그의 GPS에서 지문을 찾아냈어요. 배터리들을 교체한 모양인데, 그 중 하나에 오른쪽 엄지의 지문이 남아 있었죠. 로버트 배커스가 틀림없어요. 그자가 돌아온 거예요."

레이철은 주먹을 천천히 펴고 살펴보았다. 조각상의 손처럼 굳어 있었다. 조금 전에 느꼈던 공포가 변하고 있었다. 주스가 혈관 속으로 흘러들어가 점점 암홍색으로 변하다가 완전히 검은색으로 변하는 느낌이었다. 그녀는 이 전화를 기다려왔다. 매일 밤 잠자리에 들 때면 휴대전화를 머리 곁에 두었다. 전화 호출에 대비하는 것도 업무의 한 부분이다. 그렇지만 레이철이 진심으로 기다린 것은 바로 이 전화였다.

"GPS 상의 그 지점들에는 이름을 붙일 수 있어요."

셰리 데이가 조용히 덧붙였다.

"띄어쓰기까지 합쳐서 열두 글자 이내로 말이죠. 그자는 이 지점을 'Hello Rachel(안녕, 레이철)'이라고 이름 붙였더군요. 띄어쓰기까지 딱 열두 글자죠. 그자는 아직 선배에게 어떤 감정을 품고 있나 봐요. 어떤 계획을 가지고 선배를 불러내고 있는 것 같아요."

레이철의 기억 속에 한 사내가 유리벽을 뚫고 뒤로 자빠지며 캄캄한 계곡 속으로 떨어지는 모습이 떠올랐다.

"곧 그쪽으로 갈게."

"작업은 라스베이거스 지국에서 지휘하고 있어요. 그곳이 비밀 유지가 더 쉬우니까요. 조심하세요, 선배. 그자가 무슨 생각을 하고 있는지 모르잖아요. 등 뒤를 조심하시라고요.”

“그럴게. 항상 그러고 있어.”

“명령이 떨어지면 전화해요. 차를 가지고 나갈게요.”

“알았어.”

레이철은 버튼을 눌러 전화를 끊었다. 그리곤 손을 뻗어 침대 탁자 위의 불을 켰다. 꿈에서 본 고요한 검은 바다와 서로 마주 보고 있는 검은 거울 같은 하늘이 눈앞에 떠올랐다. 그녀는 그 사이에 둥둥 떠 있었다.

## 2 미망인

로스앤젤레스에 있는 내 집에 도착했을 때 그래시엘라 매컬렙은 자기 자동차 옆에서 기다리고 있었다. 그녀는 약속시간을 지켰지만 내가 늦었다. 나는 서둘러 차고에 차를 우겨넣고 그녀를 맞으러 뛰어나왔다. 내가 늦었다고 화가 난 것 같지는 않았다. 감정을 자제하고 있는 것처럼 보였다.

"그래시엘라, 늦어서 너무 미안해요. 러시아워 차량에 꽉 막혀버렸지 뭡니까."

"괜찮아요, 보슈 씨. 나름대로 즐기고 있었으니까요. 여긴 정말 조용하군요."

나는 열쇠를 꺼내어 문을 열었다. 문을 밀자 안쪽 바닥에 쌓인 우편물들이 걸렸다. 허리를 굽히고 봉투들을 빼낸 다음 문을 열어야 했다.

일어나서 그래시엘라에게 집 안으로 들어가자고 손짓하자 그녀는 내 앞을 지나 안으로 들어갔다. 상황이 상황인지라 나는 미소를 짓지 않았다. 지난번 장례식에서 그녀를 본 이후로 오늘이 처음이었다. 그때보다 얼굴 표정이 약간 나아지긴 했지만 아직도 두 눈과 입가에는 슬픔이 매달려 있었다.

여자가 내 앞을 지나 비좁은 현관문으로 들어갈 때 달콤한 오렌지 향기가 풍겼다. 그러자 장례식에 참석했을 때도 그 향기를 맡았던 기억이 떠올랐다. 그녀의 두 손을 붙잡고 심심한 조의를 표하며 혹시 내가 도울 일이 있다면 무엇이든 말해 달라고 했을 때 여자로부터 바로 이 향기가 풍겨 나왔던 것이다. 그때 여자는 검은 옷을 입고 있었지만, 오늘은 오렌지 향기와 잘 어울리는 화사한 꽃무늬 여름 드레스 차림이었다.

나는 여자에게 거실을 가리키며 소파에 앉으라고 권했다. 그리고 집 안에 마실 거라곤 상자에 든 맥주 몇 병과 수도꼭지에서 나올 물밖에 없는 줄 뻔히 알면서도 예의상 그녀에게 "마실 걸 좀 드릴까요?" 하고 물었다.

"괜찮아요, 보슈 씨. 감사합니다."

"해리라고 불러주세요. 저더러 보슈 씨라고 부르는 사람은 아무도 없습니다."

나는 다시 미소를 지으려고 했지만 그녀에겐 아무 소용도 없었다. 소용이 있을 거라고 생각한 내가 틀렸지. 이 여자는 지금까지 살아오면서 너무 많은 일들을 겪었어. 나도 그 영화를 보았다. 그런데 최근 이런 비극이 일어나고 만 것이다. 소파 맞은편 의자에 앉아 조용히 기다리고 있자, 여자는 마른기침을 한두 번 한 뒤 입을 열었다.

"제가 무슨 얘길 하고 싶어 찾아왔는지 궁금하시겠죠. 전화로는 말씀드리기가 좀 거북해서요."

"이해합니다. 하지만 정말 궁금하군요. 뭐가 잘못되었습니까? 제가 도와드릴 일이라도?"

그래시엘라 매컬렙은 고개를 끄덕이고는 무릎 위에 놓인, 까맣고 작은 구슬들이 달린 핸드백을 잡고 있는 두 손을 내려다보았다. 장례식에도 들고 왔던 핸드백 같았다.

"뭔가 아주 잘못되었는데 누구한테 얘기해야 할지 몰라서요. 경찰이 어떻게 행동하는지 테리한테 충분히 들었기 때문에 그들에게 연락할 수 없다는 건 알아요. 아직은 말이죠. 게다가 그들은 나를 찾아올 거예요. 곧 말이죠. 그래서 나를 도와줄 믿을 만한 사람이 필요해요. 대가는 지불하겠습니다."

나는 두 손을 마주잡고 상체를 앞으로 숙이며 팔꿈치를 무릎에 괴었다. 이 여자를 만난 것은 지난번 장례식에 참석했을 때가 처음이었다. 그녀의 남편과 나는 한때 가까이 지냈지만 최근 몇 년 동안은 소원했고 이젠 그러기에도 너무 늦었다. 그래서 여자가 말하는 "믿을 만한 사람"이라는 근거가 도대체 어디에서 나온 건지 알 수 없었다.

"테리가 저에 대해 어떻게 말했기에 그렇게 믿고 싶어졌습니까, 그래시엘라? 우린 서로 잘 알지도 못하는 사이잖아요."

여자는 그런 질문을 하는 것이 당연하다는 듯 고개를 끄덕였다.

"결혼해서 함께 살면서 테리는 제게 숨기는 것 없이 다 얘기했어요. 당신과 함께했던 마지막 사건에 관해서도요. 보트에서 일어났던 일과 서로의 목숨을 구해준 얘기 말예요. 그래서 당신을 신뢰할 수 있다고 생각하게 된 거예요."

나는 고개를 끄덕였다.

"언젠가 테리가 말한 걸 난 잊지 않고 있어요. 당신의 일 처리 방식에 대해서는 싫거나 반대하고 싶은 생각이 들지 않는다고 하더군요. 그동안 함께 일한 경찰과 요원들이 많지만, 맨 마지막으로 살인사건을 함께 처리할 사람을 고르라고 하면 두 번 생각할 것도 없이 당신을 선택할 거라고 했어요. 당신은 절대 포기하는 법이 없기 때문이라고요."

내 눈 주위가 팽팽해지는 느낌이었다. 마치 테리 매컬렙이 말하고 있는 것 같았다. 나는 대답을 이미 알고 있는 질문을 그녀에게 던졌다.

"제가 어떻게 해드리면 되겠습니까?"

"그이의 죽음에 대해 수사해 주세요."

# 3 의뢰

그래시엘라 매컬렙의 요청이 그것일 줄 짐작은 하고 있었지만 막상 듣고 보니 금방 대답이 안 나왔다. 테리 매컬렙은 한 달 전 자기 보트에서 죽었다. 나는 그 기사를 〈라스베이거스 선〉 지에서 읽었다. 영화 때문에 만들어진 신문이었다. FBI 요원이 심장이식 수술을 받고 심장을 기증한 사람을 죽인 살인자를 추적하는 내용이다(마이클 코넬리의 1998년 작 《블러드 워크》는 2002년 클린트 이스트우드 감독, 주연으로 영화화되었다. 테리 매컬렙의 이전 이야기는 바로 이 작품에서 전개된다−옮긴이). 할리우드에서 제멋대로 각색한 스토리였고, 테리보다 스무 살이나 많은 클린트 이스트우드가 그의 역을 맡았다. 영화는 그다지 성공을 거두지 못했지만 테리에겐 일종의 악명을 안겨주어 전국의 신문들에 부고를 올린 셈이 되었다. 나는 활주로 부근에 있는 내 모텔 방으로 돌아온 어느 날 아침 〈선〉을 집어 들었다. 테리의 죽음에 대한 기사는 A면 뒤쪽에 실려 있었다.

기사를 읽고 나자 등골 깊숙한 곳까지 전율이 느껴졌다. 나는 놀랐지만 한편으론 놀라지 않았다. 테리는 항상 덤으로 사는 사내처럼 보였다. 그렇지만 내가 읽은 기사나 장례식에 참석하기 위해 카탈리나로 건너갔을 때 들은 얘기에서도 수상한 점은 발견할 수 없었다. 사인은 심장마비였다. 이식한 그의 새 심장은 같은 환자들의 평균수명보다 긴 6년 동안 잘 버텨주었지만, 원래의 심장을 파괴했던 것과 똑같은 병에 굴복하고 만 것이다.

"이해할 수가 없군요."

나는 그래시엘라를 바라보며 말했다.

"테리는 용선(傭船) 보트 안에서 쓰러졌잖아요. 심장마비라고들 했는데…."

"네, 심장마비였어요. 하지만 새로운 사실이 드러나서 당신이 좀 조사해 주시면 해서요. 경찰에서 은퇴하신 줄은 알지만, 테리와 저는 작년에 여기서 일어난 사건을 예의 주시하고 있었거든요."

그래시엘라는 방 안을 둘러보며 두 손으로 가리켜 보였다. 그녀는 1년 전 내 집에서 일어났던 일을 얘기하고 있었다. 내가 경찰에서 은퇴하고 맨 처음 착수했던 그 수사는 참담한 실패와 엄청난 유혈사태로 끝나고 말았다.

"당신도 아직 계속 신경쓰고 있다는 걸 알아요."

여자가 말을 이어나갔다.

"당신도 테리와 같은 부류니까요. 그이는 그 사건을 외면할 수 없었어요. 당신들 중엔 그런 사람들이 있죠. 누군가를 선택해야 한다면 당신과 손잡겠다고 테리가 말했을 때가 바로 여기서 일어난 일을 우리가 뉴스에서 보았을 때였어요. 그것은 곧 자기에게 무슨 일이 일어나면 당신을 찾아가라는 뜻이었다고 전 생각해요."

나는 고개를 끄덕이며 거실 바닥을 바라보았다.

"새로 드러난 사실을 말씀해 보세요. 제가 뭘 도와드릴 수 있을지 모르겠지만."

"당신은 테리와 맺어져 있어요, 아시겠어요?"

나는 또 머리를 끄덕이지 않을 수 없었다.

"말씀해 보세요."

여자는 마른기침을 한 뒤 소파 가장자리로 엉덩이를 당겨 앉으며 얘기를 시작했다.

"전 간호사예요. 그 영화를 보셨는지 모르겠지만, 거기서는 저를 웨이트리스로 만들었더군요. 그건 옳지 않아요. 전 간호사거든요. 그래서 약이나 병원에 대해서는 대강 알죠."

나는 그녀의 말을 끊지 않으려고 조용히 고개만 끄덕였다.

"검시관이 테리의 시신을 부검했어요. 이상한 기미는 없었지만 테리의 담당 의사인 한센 박사가 부검을 요구했거든요. 혹시 뭐가 잘못되었는지 확인하고 싶었겠죠."

"그래서 뭐가 나왔나요?"

"아무것도 안 나왔어요. 범죄 냄새가 나는 건 말이죠. 단순히 심장박동이 멈춰서 사망한 거라고 하더군요. 심장의 벽이 얇아지고 좁아지는 심근증(心筋症)이라고요. 몸이 새 심장을 거부하고 있었어요. 그들은 정상적인 혈액을 채취하여 검사한 결과가 그렇다고 했고, 테리의 시신을 우리에게 인계했죠. 그이는 매장을 원치 않는다고 항상 저한테 말했어요. 그래서 그리핀 앤 리브스에서 화장했고, 장례식이 끝난 후 버디가 저와 아이들을 보트에 태우고 강으로 나갔죠. 우리는 테리가 평소 원했던 대로 그를 물에 떠내려 보냈고요. 아주 은밀하고 좋았어요."

"버디가 누굽니까?"

"아, 그 사람은 테리와 용선 사업을 함께 했던 동업자예요."

"맞아, 기억납니다."

나는 고개를 끄덕이며 그녀의 이야기를 곱씹었다. 이 여자가 날 만나러 온 이유가 뭘까?

"그들이 혈액 검사에서 발견한 것이 뭡니까?"

그래시엘라는 머리를 저었다.

"아니죠. 그들이 발견하지 못한 것이 문제예요."

"뭐라고요?"

"테리가 다량의 약물을 복용하고 있었다는 사실을 아셔야만 해요. 날마다 알약과 물약을 달아놓고 먹었죠. 약 기운으로 살던 사람이에요. 마지막까지 말이죠. 그래서 혈액 검사 결과표는 한 페이지 반쯤 되도록 길었어요."

"그들이 그걸 당신한테 보내왔습니까?"

"아뇨. 한센 박사가 받았어요. 그분이 얘기해 줬는데, 거기 포함되어 있어야 할 두 가지 성분이 없었기 때문이었죠. 테리가 죽을 때 그의 혈액 속에는 심장이식환자용 면역억제제인 셀셉트(CellCept)와 프로그라프(Prograf) 성분이 전혀 없었어요."

"그 약들이 중요하군요."

그래시엘라는 고개를 끄덕였다.

"그렇죠. 그이는 매일 프로그라프 일곱 알과 셀셉트 두 알을 복용했어요. 심장을 보호하기 위한 가장 중요한 약들이죠."

"복용하지 않으면 사망합니까?"

"길어야 사나흘 정도 견딜 정도예요. 울혈심부전증(鬱血深部栓症)은 아주 빨리 오거든요. 테리에게 일어난 일이 바로 그거예요."

"왜 복용을 중단했을까요?"

"그 이유를 알고 싶어 당신을 찾아온 거예요. 누군가가 복용을 방해해서 그이를 죽인 거라고요."

나는 그래시엘라가 제공한 정보들을 모두 되씹어 보았다.

"첫째, 테리가 그런 약을 복용하는 줄은 어떻게 아셨습니까?"

"봤으니까요. 버디도 보고, 그들과 마지막 항해를 했던 용선자도 봤다고 했어요. 그들에게 다 물어봤죠. 제가 간호사라고 했잖아요. 그이가 약을 복용하지 않았다면 알지 못했겠죠."

"좋습니다. 그러니까 테리가 약을 먹긴 했지만 누군가의 방해로 엉뚱한 약을 먹었다는 말씀이군요. 무슨 근거로 그런 말씀을 하시는 거죠?"

여자는 당혹스런 몸짓을 해보였다. 내가 무슨 대단한 논리적 비약을 한 것은 아니었다. 그녀는 그렇게 생각했는지 모르지만.

"자초지종을 말씀드리죠."

그래시엘라가 말했다.

"장례식이 끝나고 일주일 후 저는 정상 생활로 돌아가기 위해 그이의 약장부터 청소하기 시작했어요. 이런 내용들은 전혀 몰랐을 때였죠. 그 약들은 굉장히 비싼 것들이라 버리기가 아까웠어요. 너무 비싸서 구입하지 못하는 사람들도 있거든요. 우리도 그랬으니까요. 테리의 보험금이 바닥나 약값을 지불하려면 메디칼(Medi-Cal, 정부보조 의료보험-옮긴이)의 도움을 받아야 간신히 구입할 수 있었어요."

"그래서 그 약을 기증했습니까?"

"네. 그게 이식 환자들의 관례였죠. 한 환자가 죽으면…."

여자는 자기 손으로 시선을 떨어뜨렸다.

"알겠습니다. 약을 모두 반납하셨군요."

"네. 다른 환자들을 돕고 싶었어요. 모두 비싼 약들이었고, 테리는 적어도 9주 분의 약을 비축하고 있었어요. 돈으로 환산하면 수천 달러가 될 거예요."

"알았어요."

"그래서 약을 모두 챙겨들고 페리를 타고 병원으로 갔죠. 모두가 고마워했지만 전 당연한 일을 했다고 생각했어요. 제겐 두 아이가 있어요, 보슈 씨. 힘들긴 하지만 아이들을 생각해서라도 열심히 살아야만 해요."

나는 본 적은 없지만 테리한테 얘기를 들어 알고 있는 그의 딸이 생각났다. 테리는 딸의 이름을 얘기하면서 자기가 왜 그런 이름을 붙여줬는지 설명했다. 그 얘기를 그래시엘라도 알고 있을까?

"이런 얘기를 한센 박사에게도 했습니까? 누군가가 약의 성분을 바꿔치기했다면 조심하라고 알려줘야 하지 않을까요?"

여자는 머리를 저었다.

"모든 성분을 조사하여 보완하는 과정이 있어요. 리콜에 대비하여 약병들의 밀봉 상태를 체크하고 유효기간과 제품번호 등을 다 조사했죠. 아무 이상이 없었어요. 손을 댄 흔적도 없었고요. 제가 반납한 약들은 모두 완전했어요."

"그렇다면 뭐가?"

그래시엘라는 소파 끝으로 더 다가앉았다. 핵심을 말할 때가 되었다.

"보트에 남아 있던 약들이 문제였죠. 개봉한 용기에 남은 약들은 받아주지 않았기 때문에 반납하지 않았거든요. 병원의 규칙이죠."

"그 약들에 이상이 있었군요?"

"약병 속에는 하루 분의 프로그라프와 이틀 분의 셀셉트가 남아 있었어요. 그것을 비닐봉투에 담아 아발론 클리닉으로 가져갔죠. 가끔 그곳으로 일을 나가곤 했거든요. 얘기를 대충 하나 꾸며댔죠. 제 친구가 아들 옷을 세탁하다가 주머니 속에서 이상한 캡슐들이 나와 무슨 약인지 확인하고 싶어 한다고요. 캡슐들을 테스트해 본 결과 그 안에 든 하얀 가루는 상어 연골을 빻은 거라고 하더군요. 특수용품점이나 인터넷에서 팔고 있는 유사 암치료제로 소화가 잘 되고 부작용이 없는 성분이었죠. 캡슐에 담긴 상태에서는 맛을 느끼지 못하니까, 테리도 내용물이 달라진 줄은 꿈에도 몰랐을 거예요."

여자는 작은 핸드백에서 접힌 봉투 하나를 꺼내어 내게 건넸다. 그 안에는 캡슐 두 개가 들어 있었다. 하얀색 캡슐 옆구리에 핑크색 작은 글씨들이 찍혀 있었다.

"이게 마지막 복용량에서 가져온 겁니까?"

"네. 클리닉의 친구에게 네 알을 건네주고 이 두 알은 남겨뒀죠."

나는 봉투를 밑에 받치고 캡슐 하나를 양쪽으로 잡아당겼다. 두 조각으로 만들어진 캡슐이 빠지며 속에 든 하얀 가루가 봉투 위로 쏟아졌다. 그렇다면 캡슐 속에 든 원래 약품을 빼내고 엉터리 가루로 채워 넣는 것도 어려울 건 없겠다는 생각이 들었다.

"그러니까 테리는 그 보트에서 이 약들을 복용하며 당연히 자기 생명을 연장해 줄 것으로 생각했는데 오히려 죽이고 있었단 말씀이죠, 그래시엘라?"

"맞아요."

"이 약들은 어디서 받은 겁니까?"

"약병은 병원 조제실에서 받았지만 내용물은 어디서든 바뀌칠 수 있어요."

여자는 그 말을 새겨들을 시간을 주기 위해 잠시 기다렸다.

"그래서 한센 박사는 어떻게 할 생각이랍니까?"

"선택의 여지가 없다고 말했어요. 병원 안에서 바뀌치기가 일어났다면 밝혀내야 한대요. 다른 환자들까지 위험해질 수 있으니까요."

"그럴 것 같진 않아요. 두 종류의 약이 변조되었다고 하셨잖아요. 그건 병원 바깥에서 일어났다는 뜻이에요. 약품이 테리의 손에 넘어간 다음에 말이죠."

"알아요. 한센 박사도 그렇게 말했고요. 그렇지만 당국에 보고해야 한다고 했어요. 하지만 그게 누구로 밝혀질지, 그들이 어떻게 할 것인지는 나도 잘 모르겠어요. 병원은 로스앤젤레스에 있고 테리는 샌디에이고 해변에서 40킬로미터나 떨어진 보트 위에서 죽었으니까요. 거기까지 누가…."

"먼저 연안경비대로 지시가 내려가고 결국은 FBI로 보고가 들어가겠죠. 하지만 그러자면 여러 날이 걸릴 겁니다. 당신이 지금 연방수사국에 전화하면 당장 수사에 착수하도록 만들 수가 있습니다. 그러지 않고 저를 찾아오신 이유를 모르겠군요."

"그럴 수 없어요. 아직은 안 돼요."

"왜요? 안 될 이유가 없죠. 저한테 오실 일이 아니었어요. 연방수사국으로 가서 테리와 함께 일했던 사람들에게 말해요, 그래시엘라. 그들은 즉시 수사에 착수할 겁니다."

여자는 소파에서 일어나 미닫이문으로 걸어가더니 터널 너머를 바라보았다. 스모그가 너무 심해 불이라도 붙을 것 같은 날이었다.

"당신은 수사관이었잖아요. 생각해 보세요. 누군가가 테리를 죽였어요. 두 개의 약병에서 두 가지 다른 약품을 변조했다면 이건 우연한 사고가 아닌 거예요. 고의적인 거죠. 그렇다면 그다음 의문은 누가 그의 약에 손을 댔는가 하는 것이겠죠. 누가 동기를 가졌을까? FBI눈 맨 먼저 저를 조사한 뒤 더 이상 움직이지 않을지도 몰라요. 제겐 두 아이가 있어요. 그런 모험은 할 수 없어요."

그래시엘라는 돌아서서 나를 바라보았다.

"그래서 못한 거예요."

"동기라고 하셨는데, 무슨 동기 말입니까?"

"첫째는 돈이겠죠. 그이는 FBI에서 근무할 때부터 생명보험에 가입했거든요."

"첫째라고요? 둘째도 있다는 뜻입니까?"

여자는 시선을 바닥으로 떨어뜨렸다.

"전 남편을 사랑했어요. 그렇지만 문제가 생겼죠. 그이는 마지막 몇 주일을 보트에서 잤어요. 아마 그러려고 용선 계약도 길게 잡았을 거예요. 대부분의 경우 그이는 낮에만 항해를 했거든요."

"무슨 문제였나요, 그래시엘라? 제가 이 일을 맡으려면 그것도 알아야 합니다."

여자는 어깨를 한 번 으쓱한 뒤 대답했다.

"우린 섬에서 살았는데 전 더 이상 견딜 수 없었어요. 대단한 비밀로 생각진 않지만, 전 육지로 이사하고 싶어 했죠. 문제는 그이가 FBI 업무 때문에 우리 아이들의 안전을 걱정하게 되었다는 거예요. 세상이 두려워진 거죠. 그래서 아이들을 안전한 섬에 감춰두고 싶어 했어요. 전 반대였고요. 아이들은 세상에 내보내서 단련시켜야 한다는 것이 제 생각이었죠."

"그게 전부였습니까?"

"다른 이유들도 있었죠. 전 그이가 여전히 사건들을 붙잡고 있는 것이 싫었어요."

나는 일어나 그녀가 서 있는 문 옆으로 걸어가서 미닫이문을 열고 방 안 공기가 좀 빠져나가게 했다. 그러고 보니 집 안으로 들어오자마자 환기부터 시킬걸 그랬다는 생각이 들었다. 두 주일 동안이나 비워 두었더니 집 안에 시큼한 냄새가 떠돌았다.

"무슨 사건들 말입니까?"

"그이는 당신과 흡사했어요. 지나간 사건들에 얽매여 있었죠. 그래서 사건 파일을 담은 상자들을 그 보트에 싣고 다녔어요."

내가 그 보트에 올랐던 건 오래전 일이었다. 매컬렙은 선수에 있는 선실을 사무실로 개조해 놓았고, 파일을 담은 상자들을 간이침대 위에 쌓아두고 있었다.

"그이는 오랫동안 그걸 나한테 보이지 않으려고 애썼지만 더 이상 감출 수 없게 되자 변명을 포기했죠. 지난 몇 개월 동안 그이는 육지를 뻔질나게 드나들었거든요. 용선자가 없을 때였죠. 우린 그 상자 문제로 다투었는데, 그이는 절대로 버릴 수 없다고 하더라고요."

"사건은 하나였습니까, 여러 건이었습니까?"

"모르죠. 무슨 짓을 하는지 한 번도 얘기해준 적이 없고 물어본 적도 없으니까요. 전 신경 쓰지 않았어요. 당장 그만두기만을 원했죠. 그런 인간들한테 쓸 시간이 있으면 아이들한테나 쓰라고 했어요."

"그런 인간들이라고요?"

"테리가 푹 빠져 있던 살인자와 희생자들 말예요. 그리고 그들의 가족들. 그이는 넋이 나간 것 같았어요. 자기 가족보다 그들을 더 소중히 여기는 것처럼 보일 때도 있었죠."

그래시엘라는 터널 너머로 다시 멍한 눈길을 던졌다. 열린 문으로 차량들의 소음이 들려왔다. 아래쪽 고속도로에서 들리는 소리는 영원히 끝나지 않는 게임을 벌이는 경기장의 환성처럼 아득하게 느껴졌다. 나는 문을 활짝 열고 테라스로 걸어 나갔다. 아래쪽 잡목 숲을 내려다보며 작년 그곳에서 벌어졌던 사생결단의 싸움을 떠올렸다. 거기서 테리 매컬렙과 함께 살아남은 나는 한 아이의 아버지가 되었다. 그리고 몇 달 후, 테리가 자기 딸의 눈에서 발견했다고 말했던 것을 나도 내 딸의 눈에서 발견했다. 그가 내게 그런 말을 했기 때문에 나도 그것을 찾고 있었다는 것을 알았고, 바로 그 때문에 테리에게 빚을 진 기분이었다.

그래시엘라가 내 뒤를 따라 나왔다.

"이 일을 해주시겠어요? 남편이 당신에 대해 말한 것을 전 믿어요. 그리고 저와 그이를 도와주실 것으로 믿고 있어요."

어쩌면 나 자신을 돕는 것이기도 하지. 나는 생각했지만 입 밖으로 내지는 않았다. 그 대신 고속도로에서 터널 속으로 들어가는 차량들을 바라보았다. 눈부신 햇빛을 반사하는 앞 유리들이 나를 바라보는 수천 개의 은빛 눈동자들 같았다.

"그러죠. 해보겠습니다."

나는 여자에게 약속했다.

# 4 첫 번째 인터뷰

첫 번째 인터뷰 장소는 샌 피드로의 카브리요 마리나에 있는 선창이었다. 나는 이쪽으로 내려오길 항상 좋아하면서도 좀체 그러지 않았다. 이유는 나도 모른다. 평소 까맣게 잊고 있다가도 다시 하면 참 좋아했던 기억을 떠올리게 되는 그런 것들 중 하나였다. 내가 처음 이곳에 도착했을 때는 열여섯 살짜리 가출소년 신세였다. 허구한 날 피드로 선창에 내려가서 주먹에 문신이나 새기고 참치 배가 들어오는 것을 바라보며 시간을 보냈다. 밤에는 로즈버드라 불리는 예인선 안에 기어들어가 도둑잠을 잤다. 항만장이 나를 붙잡아 양부모 집으로 돌려보냈을 때 내 주먹 관절에는 "꽉 쥐어!"라는 문신이 완성되어 있었다.

카브리요 마리나는 내가 기억하고 있던 것보다 새로워져 있었다. 여러 해 전에 마지막으로 보았던 작업장 선창이 아니었다. 카브리요 마리나는 유람선들에게 선착장을 제공하고 있었다. 잠긴 게이트 뒤쪽에 치솟은 100여 척의 범선 돛대들은 들불이 지나간 숲에 타다 남은 나무둥

치들 같았고, 그 뒤로는 한 척 가격이 수백만 달러나 나가는 파워 요트들이 즐비하게 늘어서 있었다.

그렇지 않은 배들도 있었다. 버디 로크리지의 보트는 결코 물 위에 떠 있는 성채가 아니었다. 그래시엘라 매컬렙이 자기 남편의 용선사업 동업자이자 가장 가까운 친구라고 말했던 로크리지는 32피트짜리 범선에서 생활하면서 갑판 위에 60피트 높이로 물건들을 쌓아놓고 있었다. 만약 그가 주택에서 생활했다면 마당의 블록 위에 자동차들을 세워놓고 집 안에는 신문들을 벽처럼 쌓아두었을 것이다.

그가 부저를 눌러 나를 게이트 안으로 들어오게 했다. 선실에서 나온 그는 반바지에다 낡고 물이 빠져 가슴에 찍힌 글자들을 읽을 수 없는 티셔츠 차림에 샌들을 신고 있었다. 그래시엘라가 미리 전화를 해놓았기 때문에 그는 내가 인터뷰를 원하는 줄은 알지만 정확한 이유는 모르고 있었다. 보트에서 선창으로 내려오며 그가 먼저 입을 열었다.

"그래시엘라 말로는 당신이 테리의 죽음에 대해 조사하고 있다고 하던데, 혹시 보험 문제 같은 걸로 이러는 거요?"

"아, 뭐 그렇게 볼 수도 있죠."

"당신은 사설탐정이나 뭐 그런 사람이오?"

"예, 뭐 그런 사람입니다."

그가 신분증을 요구해서 나는 새크라멘토에서 발급한 면허증을 보여주었다. 사내는 나의 정식 이름을 보더니 한쪽 눈썹을 치켜 올리며 말했다.

"히에로니무스 보슈. 그 미친 화가하고 이름이 똑같구먼?"

그 화가 이름을 알아보는 사람은 정말 드물었다. 나는 버디 로크리지를 다시 보았다.

"어떤 사람은 그 화가가 미쳤다고 하지만, 미래를 정확히 예언했다고 생각하는 사람들도 있습니다."

내 면허증을 보고 만족했는지 버디는 자기 보트 안으로 들어가든지 근처 잡화점으로 가서 커피나 한잔하자고 말했다. 나는 그의 집인 보트 안으로 들어가 한번 둘러보는 것이 수사의 기본자세이긴 하지만 너무 드러내놓고 티를 내기도 뭣해서 카페인 섭취 쪽으로 동의했다.

잡화점은 선창 아래로 걸어서 5분 거리에 있는 낡은 선박이었다. 거기까지 걸어가며 별로 많이 지껄이진 않았지만 나는 주로 듣는 쪽이었다. 버디는 매컬렙의 심장이식 수술과 심장 기증자를 죽인 살인범을 찾아나서는 이야기에 영감을 받아 만들었다는 영화에서 그 자신의 역할이 잘못 묘사되었다고 투덜거렸다.

"출연료는 받았소?"

불평이 끝나자 내가 물었다.

"그렇소, 하지만 그건 중요하지 않아요."

"중요하지. 돈을 은행에 예금한 다음 나머지는 전부 잊어버려요. 그냥 영화일 뿐입니다."

잡화점 바깥에 테이블과 벤치가 몇 개 놓여 있었고, 우리는 거기 앉아 커피를 마셨다. 내가 시작하기 전에 버디가 먼저 질문들을 쏟아냈다. 나는 그가 어지간히 만족할 때까지 응해 주기로 했다. 버디는 테리 매컬렙의 친구였을 뿐만 아니라 그의 죽음을 목격한 증인이므로 내가 수사하려는 이 사건에서 아주 중요한 인물이었다. 그래서 그가 나를 편안하게 대할 수 있도록 마음껏 질문하게 내버려두었다.

"그래, 당신 족보는 뭐요? 경찰이었소?"

"LAPD(로스앤젤레스 경찰국)에서 30년쯤 밥을 먹었죠. 그 중 절반은 강력계에서 보냈고."

"살인 전담팀 말이로군. 테러와는 잘 아는 사이였소?"

"테러라니?"

"테리 말입니다. 난 테러라고 불렀죠."

"어째서?"

"그냥 그렇게 불렀소. 난 누구한테나 별명을 붙여주거든. 테리는 이 세상의 테러를 가장 먼저 보았으니까, 무슨 뜻인지 알겠소? 그래서 그를 테러라고 불렀죠."

"나는 어떻습니까? 내 별명은 뭐가 될 것 같소?"

장난삼아 물어 보았다.

"당신은…."

그는 조각가가 대리석 덩어리를 측정하듯 나를 살펴보았다.

"당신은 슈트케이스 해리가 좋겠네."

"어째서?"

"인상이 좀 구겨졌거든. 여행가방 속에서 꺼낸 옷처럼 말이야."

나는 머리를 끄덕였다.

"그럴듯하군."

"그러니까, 테리와는 아는 사이였소?"

"맞아요. 그가 수사국에 있을 때 몇 가지 사건을 함께 수사한 적이 있죠. 그러다가 그가 심장이식 수술을 받은 뒤 다른 사건을 하나 더 수사했지."

그가 손가락을 딱 튕긴 뒤 나를 가리키며 말했다.

"이제 생각났다. 그 경관이었군. 그날 밤 악당 두 놈이 나다나 데리를 이 보트에 감금하려고 했을 때 여기 있었던 사람이 바로 당신이었어. 당신이 테리를 구해주자 그다음엔 그가 당신을 구해줬지."

나는 고개를 끄덕였다.

"맞아요. 이젠 내가 몇 가지 물어볼까요, 버디?"

그는 숨길 것이 없으니 얼마든지 물어보라는 듯 두 손을 활짝 펼쳐 보였다.

"아, 좋아요. 그렇지만 몰래 녹음해도 좋다는 뜻은 아니야. 내 말 아시 겠소?"

나는 수첩을 꺼내어 테이블 위에 놓았다.

"고맙소. 맨 마지막으로 보트를 빌렸던 사람부터 시작합시다. 얘기해 봐요."

"뭘 알고 싶은 거요?"

"모조리 다."

버디 로크리지는 한숨을 내쉬며 말했다.

"주문이 너무 길군."

그는 얘기를 시작했다. 그러나 도입 부분은 내가 라스베이거스 신문 에서 읽은 내용들과 테리의 장례식에 참석했을 때 들은 소문과 대동소 이했다. 테리와 버디는 3박4일 일정의 용선자 한 명을 싣고 청새치 낚 시를 하기 위해 바하칼리포르니아(멕시코 북서부의 주-옮긴이)를 출항했 다. 그리고 나흘째 되던 날 카탈리나의 아발론 항구로 돌아오던 중 테 리는 조타실 위로 쓰러졌다. 그곳은 해안에서 35킬로미터 떨어진 샌디 에이고와 로스앤젤레스 중간 지점이었다. 미국 연안경비대로 구조를 요청하는 무전이 날아갔고 헬리콥터가 출동했다. 테리는 롱비치에 있 는 병원으로 공수되었지만 도착했을 땐 이미 사망 상태였다는 진단이 내려졌다.

버디의 얘기가 끝났을 때 나는 이미 들은 내용들과 모두 일치한다는 것을 알았다. 고개를 서너 차례 끄덕인 뒤 그에게 질문을 던졌다.

"그가 쓰러지는 걸 직접 봤습니까?"

"아니, 보진 못했어요. 그렇지만 느꼈죠."

"그게 무슨 뜻입니까?"

"테리는 위쪽 조타실에 있었고 나와 용선자인 오토는 아래쪽 피트에 있었어요. 오토는 그때까지 낚시질을 실컷 했기 때문에, 우리는 견지낚시도 그만뒀어요. 테리는 아마 25노트 전속력으로 달리고 있었을 거요. 그런데 보트가 갑자기 서쪽으로 90도 꺾였어요. 바다 쪽으로 말이오. 이건 아닌데, 싶어서 사다리를 타고 올라가 머리를 내밀어 봤죠. 테리가 타륜 위에 엎드려 있더라구요. 쓰러진 거지. 달려가 보니 아직 살아 있긴 한데 의식을 잃은 상태였소."

"그래서 어떻게 했습니까?

"나는 한때 구명 요원이었어요. 베니스 비치에서요. 그래서 심폐소생술을 알고 있었소. 오토를 불러 보트를 조종하며 연안경비대로 무전을 치라고 한 뒤 테리에게 심폐소생술을 시도했소. 테리의 의식을 되돌리는 데는 실패했지만 헬리콥터가 도착할 때까지 계속 그에게 공기를 불어넣었어요. 헬리콥터도 너무 오래 걸렸고."

나는 수첩에 메모를 계속했다. 내용이 중요해서가 아니라 내가 그만큼 버디를 진지하게 생각하고 있음을 그에게 알리기 위해서였다. 그가 중요하다고 생각하는 것은 무엇이든 내게도 중요했다.

"시간이 얼마나 걸렸습니까?"

"20분 내지 25분? 정확히는 모르겠어요. 인공호흡을 시킬 때는 그 시간도 영원처럼 느껴지니까."

"그렇겠죠. 내가 만나본 사람들은 모두 당신이 최선을 다했다고 하더군요. 그러니까 테리는 타륜 위로 쓰러진 뒤로 결국 한 마디도 못했단 말이죠?"

"맞아요."

"그렇다면 그가 당신에게 마지막으로 한 말은 뭐였나요?"

버디 로크리지는 엄지손톱을 앞니로 물어뜯으며 생각하는 표정을 지었다.

"그것 참 좋은 질문이오. 내 기억으로는 그가 조종실 난간으로 걸어나와 우리를 향해 일몰까지는 귀항할 것 같다고 소리친 것이 마지막이었던 같아요."

"그게 쓰러지기 몇 분쯤 전이었습니까?"

"아마 30분쯤 전, 아니면 조금 더 오래전이겠죠."

"그땐 그의 얼굴이 좋아 보였습니까?"

"그럼요. 평소의 테리답게 멀쩡했어요. 그런 일이 벌어질 줄은 아무도 몰랐지."

"그때까지 당신들은 보트에서 꼬박 나흘을 보냈죠?"

"맞아요. 용선자가 특등실을 차지했기 때문에 테리와 나는 앞쪽 선실에 간이침대를 놓고 비좁게 지내야만 했죠."

"그때 테리가 약을 복용하는 것을 봤습니까? 알약 같은 걸 말이죠."

버디는 힘차게 고개를 끄덕였다.

"아, 그럼요. 매일 아침저녁으로 입에 털어 넣곤 했죠. 그건 그의 일상이었어요. 약 먹는 걸로 시간을 맞힐 정도로 한 번도 잊어먹는 적이 없었죠. 이번 항해에서도 마찬가지였소."

나는 버디가 얘기를 계속하도록 조용히 메모하면서 기다렸지만 그도 입을 다물고 있어서 다시 질문했다.

"그가 약을 먹은 뒤 평소와 맛이 다르다거나 이상하다는 말은 하지 않았나요?"

"조사 목적이 그겁니까? 테리가 다른 약을 먹고 죽었기 때문에 보험금을 지불할 수 없다고 주장하려고? 그런 줄 알았다면 당신과 이런 얘길 하지도 않았을 거요."

나는 벤치에서 일어나려는 그를 붙잡으며 말했다.

"앉아요, 버디. 그런 얘길 하자는 게 아닙니다. 난 보험회사 직원이 아니에요."

그는 다시 벤치에 털썩 앉아 자기 팔을 잡고 있는 내 손을 보았다.

"그럼 무슨 얘길 하자는 겁니까?"

"무슨 얘긴지 당신도 이미 알고 있잖아요. 나는 단지 테리의 죽음이 예정된 것이었음을 확인하려는 것뿐입니다."

"예정된 것이었다고요?"

나는 어휘를 잘못 선택했다는 걸 깨달았다.

"그러니까 내 말은 테리가 아무 도움도 받지 못했음을 확인하고 싶다는 뜻이에요."

버디 로크리지는 나를 한참 바라본 뒤 천천히 머리를 끄덕였다.

"그러니까 그 약들이 오염되거나 다른 것과 섞였다는 얘깁니까?"

"그럴지도 모르죠."

사내는 입을 꽉 다물고 단호한 표정을 지었다. 내 눈엔 진심으로 보였다.

"도움이 필요합니까?"

"그럴 것 같군요. 내일 아침 카탈리나로 건너가 그 보트를 좀 살펴보려고 합니다. 그곳으로 나와 줄 수 있겠소?"

"물론이죠."

그는 흥분한 것 같았다. 나는 결국 거기에 찬물을 끼얹게 될 것임을 알았지만 지금은 그의 전적인 협력이 필요한 때였다.

"고맙소. 몇 가지만 더 물어보죠. 용선자에 대해 얘기 좀 해 봐요. 그 오토라는 남자를 이전부터 알았습니까?"

"아, 그럼요. 1년에 두어 차례는 손님으로 모셨소. 그는 그 섬에서 살아요. 그래서 여러 날 동안 용선을 했고요. 사업상 문제는 좀 있었지만 테리는 아랑곳하지 않았소. 그는 그 조그마한 항구에 앉아 한 나절짜리 손님들을 기다리는 일을 행복해했지."

"잠깐만요, 버디. 그게 무슨 얘깁니까?"

"테리가 그 항구에서 보트를 지키고 앉았던 얘기를 하고 있소. 우리가 카탈리나에서 만난 손님들은 섬에 놀러 와서 서너 시간 낚시를 즐기고 싶어 하는 그런 부류였소. 큰 손님들은 없었어요. 사흘, 나흘, 닷새씩 용선하는 건수가 터져야 큰돈을 벌 수 있는데 말이지. 하지만 오토는 예외였어요. 그 섬에 살면서 1년에 두어 차례 멕시코 연안까지 내려가 낚시를 하고 싶어 했고 그 과정에서 재미를 보곤 했죠."

버디는 내가 한꺼번에 처리하지 못할 만큼 많은 정보와 질문꺼리를 제공하고 있었다. 테리에 관한 질문이 끝나면 용선자인 오토에 대해서도 물어봐야 할 것 같았다.

"그러니까 테리는 그런 작은 손님들에도 만족했단 말이군요."

"맞아요. 그래서 내가 보트를 육지로 옮겨가서 광고도 하고 좀 큼직한 일을 하자고 노상 우겼지만 그는 원치 않았어요."

"이유가 뭔지 물어봤습니까?"

"물어봤소. 그는 섬에 있고 싶어 했지. 자기 가족으로부터 떠나 있는 걸 원치 않았어요. 그리고 자기가 가진 파일에 대해 작업할 시간을 갖고 싶어 했죠."

"그가 다룬 옛 사건들 말인가요?"

"그렇지. 그리고 새로운 사건들도 있었고."

"새로운 사건들은 어떤 겁니까?"

"모르겠어요. 그 친군 노상 신문기사를 오려 파일에 붙이고, 전화를 걸어대곤 했으니까."

"보트에서 말입니까?"

"그렇소. 그래시엘라가 집에서는 못하게 했으니까. 테리가 한 말이에요. 그런 일을 하는 걸 아내가 싫어한다고. 그 때문에 보트에서 잠을 자야 할 때도 있었어요. 아마 그 파일들 때문이었다는 생각이 드는군. 어떤 사건에 사로잡혀 있으니까 그의 아내가 거기서 벗어날 때까지 보트에서 지내라고 말했던 거죠."

"그가 당신한테 그렇게 말했나요?"

"말할 필요도 없었소."

"최근에 그가 관심을 쏟았던 사건이나 파일을 기억하고 있습니까?"

"없어요. 더 이상 나한테 보여주지 않았어요. 그의 심장 사건을 도와주려고 하자 나를 밀어내는 것 같더군."

"그래서 기분이 상했어요?"

"그건 아니오. 난 기꺼이 도우려고 했지. 나쁜 놈들을 추적하는 일은 물고기를 쫓는 일보다 재밌잖아요. 하지만 그건 테리의 분야지 내 일이 아니란 걸 알았소."

그건 미리 준비되어 있었던 대답처럼 들렸다. 언젠가 테리가 그에게 해주었던 말을 그대로 옮기는 것 같았다. 그 문제는 이쯤 해두고 나중에 다시 따져보기로 했다.

"오케이, 오토 얘기로 돌아갈까요. 그 친구와는 낚시를 몇 번이나 나갔습니까?"

"이번이 세 번째 아니, 네 번째로군요."

"언제나 멕시코 연안으로 내려갔나요?"

"그런 셈이죠."

"그 친구 직업이 뭔데 그런 돈을 쓸 수 있었습니까?"

"은퇴했어요. 자신을 제인 그레이(20세기 초에 활동했던 미국 소설가—옮긴이)라고 생각하지. 스포츠피싱에 나가서 청새치를 잡아 벽에 걸어놓고 싶어 해요. 돈이 많아요. 세일즈맨이었다고 했는데 뭘 팔았는지는 물어보지 않았고."

"은퇴했어요? 나이가 얼마나 됩니까?"

"잘 모르겠지만 60대 중반쯤 된 것 같소."

"어디서 은퇴했습니까?"

"물 건너 롱비치 정도 되는 것 같은데."

"조금 전에 그 사람이 낚시를 가서 재미를 본다고 했는데, 그건 무슨 뜻입니까?"

"말 그대로요. 낚시를 마치고 까보(멕시코 휴양지-옮긴이)에 기항하면 그 사람은 언제나 거기서 볼일이 있더라구요."

"그러니까 이 마지막 항해에서도 밤마다 까보 항으로 보트를 몰고 갔군요."

"처음 이틀 밤은 까보로 갔고 세 번째 밤에는 샌디에이고로 갔어요."

"그 장소들은 누가 결정했나요?"

"까보는 오토가 가길 원했고, 샌디에이고는 돌아올 때의 중간 기항지였죠. 우린 돌아올 때는 언제나 속도를 늦추거든."

"오토는 까보에서 무슨 일을 했습니까?"

"말했잖아요. 거기에 볼일이 약간 있었다고. 매일 밤 그는 말쑥하게 차려입고 시내로 들어갔소. 여자를 만나러 간 것 같아요. 가기 전에 휴대전화로 연락을 하더라고요."

"그 사람 유부남이에요?"

"내가 알기론 그렇소. 그래서 3박4일짜리 용선을 선호한 것 같아요. 그의 아내는 남편이 낚시를 하러 간 줄 알았겠지. 까보에서 마르가리타를 위해 쇼핑을 한 줄은 몰랐을 겁니다. 칵테일 마르가리타 얘기가 아니에요."

"테리도 시내에 들어갔습니까?"

버디는 재깍 대답했다.

"어림없는 소리. 그 친구는 백화점에 볼일이 없으니 보트를 떠날 리가 없죠. 선창에 발을 내디딘 적도 없어요."

"왜 그랬죠?"

"모르지. 나갈 필요가 없대요. 어떤 미신에 사로잡혀 있었던 것 같소."

"어째서요?"

"그런 게 있다고요. 선장은 배와 함께 있어야 한다는 뭐 그런 것."

"당신은 어떻게 했습니까?"

"대부분은 보트에서 테리와 함께 보냈소. 이따금씩 시내에 나가 술집 같은 곳에 들르기도 했지만요."

"마지막 항해에서도 그랬습니까?"

"아뇨. 그땐 보트에 있었어요. 빵이 떨어져가고 있었죠."

"그래서 마지막 항해 때 테리는 배에서 내린 적이 없었단 말이죠?"

"맞아요."

"그리고 당신과 테리, 오토 이외엔 어떤 사람도 보트에 오른 적이 없었고요?"

"그렇… 아니, 꼭 그렇진 않아요."

"무슨 뜻입니까? 누가 보트에 있었나요?"

"이틀째 되던 날 밤에 까보로 가던 도중 멕시코 연안경비선이 우리 보트를 세웠소. 두 놈이 올라와 잠시 둘러보더군요."

"왜요?"

"통상적인 검색이죠. 이따금씩 세우고 올라오면 세금조로 몇 푼씩 쥐여 주거든. 그러면 곧 보내줍니다."

"뇌물인가요?"

"뇌물이든 세금이든 미끼든 부르고 싶은 대로 불러요."

"그런 일이 있었군요."

"그들이 객실에 들어왔을 때 테리가 50달러를 건네주자 곧 내려갔어요. 그게 가장 빠른 방법이지."

"그들이 보트를 수색했습니까? 테리의 약을 조사했나요?"

"아뇨. 거기까진 가지도 않았소. 그런 걸 피하려고 돈을 준 걸요."

나는 더 이상 메모를 하고 있지 않았다. 이런 정보들 대부분은 새롭고 더 자세히 조사해볼 가치가 있다. 그렇지만 지금으로서는 이만하면 충분하다는 생각이 들었다. 그동안 들은 것들을 소화시킨 후에 다시 시작하면 된다. 내가 수사를 주도한다는 느낌을 주는 한, 버디는 얼마든지 내게 시간을 내줄 것만 같았다. 나는 그들이 오토와 함께 항해했을 때 정박한 선착장들의 장소와 이름을 정확하게 수첩에 받아 적었다. 그리고 다음 날 아침 테리의 보트에서 만나기로 한 약속을 재확인했다. 내가 아침 첫 배로 건너갈 것이라고 말하자, 버디도 같은 페리를 타고 가겠다고 했다. 그가 살 물건들이 있어 잡화점으로 다시 간다고 해서 우리는 거기서 헤어지기로 했다. 빈 커피 잔을 쓰레기통에 던져 넣을 때 그가 내게 행운을 빌며 말했다.

"수사가 잘 되길 빌겠소. 당신이 뭘 찾아낼지, 또 찾아낼 것이 있기는 한지 모르겠지만 만약 테리에게 그런 짓을 한 놈이 있다면 반드시 잡아내야 해요. 무슨 말인지 알겠소?"

"그럼요, 버디. 무슨 말인지 알 것 같소. 내일 봅시다."

"그럽시다."

# 5 구원과 비탄

그날 밤 라스베이거스에서 전화를 걸어온 내 딸은 나한테 이야기를 하나 해 달라고 졸랐다. 이제 겨우 다섯 살인 매디는 언제나 나한테 노래를 불러 달라거나 이야기를 해 달라고 졸라댄다. 내 머릿속에는 노래보다 이야기가 더 많이 들어 있다. 매디는 노 네임이라 부르는 지저분한 검은 고양이 한 마리를 키우고 있었다. 그래서 노 네임이 어떤 비밀을 풀어낸다든지, 잃어버린 아이나 애완동물을 찾아낸다든지, 나쁜 사람을 혼내주는 용감하고 아슬아슬한 내용을 내 이야기에 포함시키는 걸 좋아했다.

나는 시엘로 아술이라는 이름의 길 잃은 고양이를 노 네임이 찾아내는 짧막한 이야기를 해주었다. 매디는 좋아라 하면서 하나만 더 해 달라고 졸라댔지만, 나는 내일 일하러 나가려면 이제 자야 한다고 달랬다. 그러자 매디는 느닷없이 버거 킹과 데어리 퀸(미국의 아이스크림 프랜차이즈-옮긴이)이 결혼했느냐고 물었다. 나는 딸아이의 상상력에 감탄하며 미소를 지었다. 그래서 결혼했다고 대답했더니 매디는 다시 그들이 행복하냐고 물었다.

우리는 자신이 세상으로부터 밀려나거나 나사가 빠진 것처럼 느껴질 때가 있다. 또 자신이 영원한 아웃사이더인 것 같은 생각이 들 때도 있다. 그렇지만 아이의 순진무구함은 우리를 제자리로 돌려주고 자신을 보호할 수 있는 즐거움을 선사한다. 나는 늦게야 이걸 깨달았지만 너무 늦진 않았다. 너무 늦는 법은 없으니까. 매디가 이 세상에서 배워야 할 것들을 생각하면 마음이 아프다. 내가 알고 있는 것이라곤 그 아이에게 아무것도 가르치고 싶지 않다는 마음뿐이다. 내가 살아오면서 선택했던 길과 내가 알게 된 것들로 인해 나는 오염된 느낌이다. 그런 것들 중 단 한 가지도 매디에게 가르쳐주고 싶은 것이 없다. 나는 매디가 오히려 나를 가르쳐주길 원했다.

그래서 나는 매디에게 "그래, 버거 킹과 데어리 퀸은 아주 행복하단다. 함께 멋진 삶을 살고 있지"라고 대답해 주었다. 딸아이가 아직 그런 동화들을 믿을 수 있는 동안에는 그것들을 마음속에 간직하고 살아가길 원했기 때문이다. 이제 곧 그런 것들을 빼앗길 때가 닥쳐올 것임을 알고 있기에.

전화기에 대고 잘 자라고 딸에게 말하고 나니 어쩐지 외롭고 적막한 기분이 들었다. 나는 그곳에서 두 주일간의 여행을 방금 마쳤기 때문에 매디와의 관계가 서먹서먹하지 않았다. 딸의 학교로 가서 차에 태우고 돌아오기도 했고, 딸이 수영하는 것도 지켜보았고, 공항 근처에 임차한 내 작은 모텔 방으로 데려와 저녁 식사를 몇 차례 지어 먹이기도 했다. 야간에 아이의 엄마가 카지노에서 포커를 할 때는 집으로 데려와 잠자리에 누이고 유모에게 보살피도록 했다.

딸의 삶에서 나는 새로운 존재였다. 매디는 태어나서 4년 동안이나 나에 대한 얘기를 듣지 못했고, 나도 딸에 대해서 듣지 못했다. 그것이 우리 관계에서 아름다우면서도 어려운 점이었다. 나는 졸지에 아버지가 된 기분에 빠져 나름 최선을 다했다. 매디도 졸지에 자기 삶 속으로 들락거리는 다른 보호자가 생겼다. 안아주며 이마에 키스해 주는 사람이 갑자기 하나 더 늘어난 것이다. 그렇지만 매디는 갑작스럽게 자기 인생 속에 뛰어든 이 남자가 엄마에게 많은 고통과 눈물을 안겨주고 있다는 것도 알았다. 엘리노어와 나는 가급적 딸이 듣지 않는 데서 다투거나 상의하려고 애썼지만 벽이 너무 얇았다. 게다가 아이들은 최고의 탐정이란 사실을 뒤늦게 알게 되었다. 아이들은 인간의 감정을 해석하는 데는 천부적이다.

그동안 엘리노어 위시는 마지막 비밀을 나한테 감추고 있었던 것이다. 딸의 존재. 어느 날 그녀가 매디를 내 앞에 데려왔을 때, 나는 세상의 모든 것이 공정하다는 생각이 들었다. 적어도 나의 세계에서는 그런 것 같았다. 나는 딸의 검은 눈동자에서 나의 구원을 보았다. 그것은 나 자신의 눈동자와 똑같았다. 하지만 그날 내가 보지 못했던 것은 우리 둘 사이에 자리 잡고 있는 틈이었다. 표면 아래 숨어 있는 그 상처는 깊었다. 내 인생의 가장 행복했던 날은 가장 흉측한 날들로 이어질 것이었다. 여러 해 동안 내가 알지 못했던 일들과 그 비밀로부터 결코 자유로울 수 없는 날들로 이어질 것이다. 한순간 내가 인생에서 바랄 수 있는 모든 것을 얻었다는 생각이 드는 반면, 내게 주어진 것에 대한 교환조건으로 그 속에 감춰진 배신을 안고 가기엔 나 자신이 너무 허약하게 느껴졌다.

나보다 나은 다른 남자들은 할 수 있는 그 일을 나는 감당할 수 없었다. 그래서 엘리노어와 매디의 집에서 나왔다. 라스베이거스에 있는 내 집은 주차장 건너편에 있는 작은 원룸이었다. 백만장자와 억만장자인

도박꾼들은 그곳에 자가용 제트기를 세워놓고 조용한 리무진으로 갈아 탄 다음 카지노로 달려갔다. 나는 한 발은 라스베이거스에, 다른 한 발은 로스앤젤레스에 담가 놓고 있다. 죽기 전에는 로스앤젤레스를 결코 떠날 수 없다는 것을 나는 알고 있다.

안녕히 주무세요, 라고 말한 뒤 내 딸은 전화기를 엄마한테 건넸다. 엘리노어가 밤에 집에 있는 경우는 드물었다. 그녀와 나의 관계는 이전보다 더 팽팽해졌다. 우리는 딸 문제로 다투었다. 나는 카지노에서 밤일을 하는 엄마의 손에 내 딸이 키워지는 것을 원치 않았고, 저녁 식사로 버거 킹을 먹이는 것도 싫었다. 또한 온갖 죄악에 물든 도시생활을 배우는 것도 마음에 걸렸다.

하지만 나는 그것들을 바꿀 수 있는 위치에 있지 않았다. 내 주위에는 항상 범죄와 혼돈이 상존했고 험악한 공기가 감돌았기 때문에 그런 생각을 품는 것 자체가 가당찮다는 것을 알고 있었다. 그렇다 하더라도 엘리노어가 살고 있는 그런 곳에서 내 딸을 키워야 한다는 것이 나는 싫었다. 그것은 희망과 욕망 사이의 미묘한 차이와도 같아 보였다. 로스앤젤레스는 희망을 지향하고 있었고 아직 순수함이 남아 있는 도시였다. 오염된 공기 속에서도 희망과 순수함을 통해 미래를 바라볼 수 있었다. 그러나 라스베이거스는 달랐다. 내가 보기엔 라스베이거스는 욕망의 도시였고 거리에는 비탄이 넘쳐흘렀다. 나는 내 딸이 그런 걸 보고 배우는 걸 원치 않았다. 엘리노어가 그런 걸 따라하는 것도 싫었다. 나는 기다리겠지만 그렇게 오래 기다릴 순 없었다. 내 딸과 함께 지내며 아이를 더 잘 알고 사랑하게 될수록, 나의 의지는 깊은 계곡 사이에 걸린 줄사다리처럼 자꾸 닳아서 풀려갔다.

매디가 제 엄마한테 전화기를 건네줬지만 우리는 별로 할 말이 없었다. 그래서 나는 다음에 들를 때 매디를 보러 가겠다는 말만 하고 전화를 끊었다. 전화기를 내려놓으며 나는 전에 없었던 아픔을 마음속으로 느꼈다. 그건 외로움이나 허전함에서 온 고통이 아니었다. 그런 아픔을 안고 살아가는 방법에 대해서도 나는 잘 알고 있었다. 그 고통은 나에게 매우 소중한 사람, 그를 위해서는 내 목숨도 주저하지 않고 내던질 수 있는 사람의 미래에 대한 두려움에서 온 것이었다.

# 6 사자(死者)의 배

다음 날 아침 첫 번째 페리는 오전 9시 30분에 나를 카탈리나 섬에
내려놓았다. 배에서 휴대전화로 그래시엘라 매컬럼에게 미리 연락해둔
터라, 그녀는 부두에서 나를 기다리고 있었다. 날씨가 화창하고 상쾌해
서 모처럼 스모그 없는 공기를 맛보았다. 배에서 내린 승객들을 기다리
는 사람들이 모여 있는 출구 쪽으로 나가자 그래시엘라가 미소로 나를
맞았다.

"안녕하세요. 와 주셔서 감사해요."

"별 말씀을. 이렇게 마중 나와 주셔서 고맙습니다."

나는 버디 로크리지가 그녀와 함께 나올지도 모른다고 생각했었다.
페리에서 그를 발견하지 못했기 때문에 전날 밤에 먼저 건너간 모양이
라고 짐작했던 것이다.

"버디는 아직 도착하지 않았나요?"

"네. 그분도 오세요?"

"배에서 만날 줄 알았거든요. 아침 첫 배를 타겠다고 했는데 보이지 않았습니다."

"페리는 두 척이 운항되고 있어요. 다음 배는 45분 후에 도착할 거예요. 그 배를 타신 모양이죠. 무슨 일부터 시작하고 싶으세요?"

"보트로 먼저 가보고 싶습니다."

우리는 선창까지 걸어가서 1마력짜리 엔진을 부착한 고무보트 조디악을 타고 요트들이 나란히 정박하고 있는 만으로 나갔다. 동그란 부표들에 묶인 요트들이 밀려오는 조류에 똑같은 방향으로 흔들리고 있었다. 테리의 보트 〈팔로잉 시〉 호는 두 번째 줄 맨 끝에서 두 번째에 있었다. 가까이 다가가서 부채 모양의 선미에 닿는 순간 갑자기 불길한 예감이 덮쳐왔다. 내 친구이자 그래시엘라의 남편이었던 테리 매컬렙이 이 배에서 죽었다. 사건에서 정서적 연관성을 찾아내거나 구성해 내는 것은 나의 거래 기술 중 하나였다. 그것은 내 열정에 불을 지피고 칼날을 예리하게 벼려서 어딜 어떻게 찔러야 하는지 가르쳐준다. 그렇지만 이 사건에서는 그럴 필요가 없다는 것을 나는 알았다. 구성할 필요가 없었다. 그것은 이미 거래의 한 부분을 차지하고 있었다. 그것도 가장 큰 부분이었다.

나는 이물에 검정 글씨로 새긴 보트의 이름을 살펴보며 언젠가 테리가 설명해준 말을 떠올렸다. 팔로잉 시(Following Sea)는 쫓아오는 파도라는 뜻이라고 그는 내게 설명했다. 이 파도는 보이지 않는 등 뒤로 쫓아와서 사람을 후려치기 때문에 조심해야 한다는 것이었다. 상당히 철학적이다. 그런 테리가 왜 자신의 등짝을 후려친 사람이나 물체는 보지 못했을까.

나는 불안정한 고무보트에서 테리의 〈팔로잉 시〉 호로 옮겨 탔다. 보트를 고정시키기 위해 밧줄을 집어 들자 그래시엘라가 만류하며 말했다.

"저는 타지 않겠어요."

그녀는 내가 강권해도 단호히 거절하겠다는 듯 도리질을 하며 열쇠 꾸러미를 하나 건네주었다. 나는 그것을 받아들며 머리를 끄덕였다. 여자가 변명조로 말했다.

"그 보트에 타고 싶지 않은 것뿐이에요. 그이의 약을 수거하기 위해 한 번 탔던 것만으로도 충분하거든요."

"이해합니다."

"조디악을 선창으로 되돌려놔야 해요. 만약 버디가 나타나면 사용해야 하니까."

"만약이라고요?"

"그분은 항상 믿음직하진 않아요. 아무튼 테리는 그렇게 말했어요."

"그 친구가 안 오면 전 뭘 해야 합니까?"

"아, 모터보트를 부르세요. 15분 간격으로 다니니까 아무 문제도 없을 거예요. 청구서만 저한테 보내세요. 참, 말이 나온 김에 말씀드려야겠군요. 아직 보수에 관해 얘기하지 않았잖아요."

그녀 입장에서는 분명히 해두어야 하겠지만, 이 일은 돈을 받고 할 것은 아니라는 사실을 우리 둘은 이미 다 알고 있었다.

"그러실 필요 없어요. 제가 이 일을 하게 된다면 보상 받고 싶은 것은 꼭 한 가지뿐입니다."

"그게 뭐죠?"

"테리가 당신들의 따님에 대해 얘기한 적이 있습니다. 시엘로 아술이라는 이름을 붙여 주었다고 하더군요."

"맞아요. 그이가 붙여준 이름이죠."

"왜 그런 이름을 붙여 주었는지 설명하던가요?"

"그 이름을 좋아한댔어요. 시엘로 아술이란 이름을 가진 여자를 안다고 하더군요."

나는 고개를 끄덕였다.

"제가 이 일을 하는 대가로 받고 싶은 것은 그 따님을 한 번 만나는 겁니다. 물론 이 일이 다 끝난 후에 말이죠."

그래시엘라는 잠시 생각한 뒤 머리를 끄덕이며 동의했다.

"상냥한 아이예요. 만나면 좋아하실 거예요."

"그렇고말고요."

"해리, 그 여잘 아세요? 테리가 딸에게 붙여준 이름을 가진 그 여자 말이에요."

나는 그래시엘라를 잠시 바라본 뒤 머리를 끄덕였다.

"예, 안다고 할 수 있죠. 당신이 원한다면 언제가 그녀에 대해서도 말씀드리죠."

여자는 머리를 끄덕인 뒤 조디악을 보트 선미에서 밀어냈다. 나도 발로 밀어 주었다.

"작은 열쇠가 객실 문 열쇠예요. 나머지는 알 수 있을 거고요. 도움되는 단서를 찾을 수 있으면 좋겠네요."

나는 머리를 끄덕인 뒤 열쇠 뭉치를 들어 보았다. 그것이 내가 마주칠 모든 문들을 다 열어주기라도 하는 것처럼. 나는 그래시엘라가 선창으로 돌아가는 것을 잠시 바라본 뒤 선미에서 선실로 들어갔다.

어떤 의무감에서 보트 안으로 들어가기 전에 사다리를 타고 조타실로 먼저 올라갔다. 캔버스 천으로 덮어둔 것을 벗겨내고 타륜과 의자를 살펴보며 버디 로크리지가 얘기했던 대로 테리가 엎어져 있는 모습을 눈앞에 그려보았다. 어떻게 생각하면 그가 타륜 위에 엎어져 있었다는 말이 그럴 듯하게 들렸다. 그렇지만 이제 나는 그것이 터무니없는 말일 수도 있다는 것을 알았다. 나는 누군가의 어깨 위에 손을 올리는 것처

럼 의자 윗부분을 잡았다. 그리고 모든 의문들의 해답을 찾기 전에는
이곳을 떠나지 않겠다고 결심했다.

그래시엘라가 준 열쇠고리에 매달린 작은 크롬 열쇠로 보트 안으로
들어가는 거울 달린 미닫이문을 열었다. 나는 내부 공기를 바꾸기 위해
문을 열어두었다. 안에서는 찝찔하고 퀴퀴한 냄새가 났다. 얼마 지나지
않아 냄새의 근원이 천장 선반에 올려둔 낚싯대와 릴, 인조 미끼라는
걸 알았다. 그것들은 마지막 용선 이후로 세척이나 손질도 하지 않은
채 그대로 방치되었던 것 같았다. 그럴 시간이 없었고, 그럴 이유도 없
었던 것이다.

나는 테리가 자신의 수사 파일들을 모두 보관해 두었던 특등실로 내
려가 보고 싶었지만 그곳은 마지막으로 미뤘다. 그 이전에 객실을 먼저
살펴보기로 하고 발걸음을 옮겼다.

기능적으로 꾸며진 객실은 오른쪽으로 소파와 의자, 커피 테이블 등
을 놓고 내부 조종석 뒤에 차트 데스크를 내장했다. 그 반대쪽엔 빨간
가죽으로 덧씌운 레스토랑 스타일의 부스가 마련되어 있었다. 그 부스
와 주방 사이의 칸막이에 텔레비전이 설치되어 있었다. 짤막한 계단을
타고 앞쪽으로 내려가면 특등실과 화장실로 이어졌다.

객실은 간소하고 깨끗했다. 나는 방 한가운데 서서 30초쯤 관찰한 뒤
차트실로 들어가 서랍들을 열어 보았다. 테리는 용선 사업 파일들을 그
안에다 보관하고 있었다. 고객 리스트와 예약 일정표, 고객들이 지불한
비자카드와 마스터카드 수금 기록 등이 눈에 띄었다. 은행 계정을 통해
사업을 했기 때문에 수표책도 들어 있었다. 장부를 살펴본 나는 수입금
전부가 연료비와 정박요금, 낚시와 용선에 필요한 기타물품 구입비로
지출되었다는 것을 알았다. 현금 입금이 기록되어 있지 않은 것으로 보
아 사업이 이익을 냈다면 그것은 손님들이 얼마만큼 현금으로 지불했

느냐에 달려 있었을 거라는 결론에 도달했다.

서랍 바닥에는 부도난 수표들의 파일이 있었다. 몇 장 되지 않았고 그다지 큰 금액도 아니어서 사업에 심각한 타격을 준 것 같지는 않았다.

나는 수표책이나 사업상의 모든 기록에 용선 사업 운영자로 버디 로크리지나 그래시엘라의 이름이 올라 있다는 것을 알았다. 그래시엘라가 내게 설명했던 대로, 테리는 공식적 수입으로 벌어들일 수 있는 금액에 극심한 제한을 받았다. 놀랄 만큼 낮은 금액이지만, 수입이 일정 금액을 넘어서면 연방정부나 주정부로부터 의료지원을 받을 수 없었다. 그렇게 되면 의료비용을 개인이 부담해야만 하고, 심장이식 수술을 받은 사람에게 그것은 파산에 이르는 첩경이었다.

부도수표 파일에서 나는 보안관 신고서 사본도 한 장 발견했다. 나쁜 신문에 전해지지 않은 그 신고서는 두 달 전에 〈팔로잉 시〉 호에서 발생한 절도 사건에 관한 내용을 담고 있었다. 고발인은 버디 로크리지였고, 요지는 보트에 도둑이 들어와 그의 휴대용 GPS 판독기만 달랑 훔쳐가버렸다는 것이었다. 모델명은 걸리버 100이고 가격은 300달러에 달한다고 했다. 보충설명란에는 고발인이 도난품의 일련번호를 대지 못했으며, 그 이유는 신원을 확인할 수 없는 사람으로부터 포커 게임에서 딴 물건이라 송장번호 따위를 적어둘 생각은 아예 하지도 않았기 때문이라고 적혀 있었다.

일단 차트실 내부의 모든 서랍들을 재빨리 뒤져본 후 나는 테리가 사망하기 이전 6주일 동안 그와 버디가 보트에 태웠던 손님들의 파일을 하나하나 더 자세히 살펴보기 시작했다. 그들 중에서 특히 흥미롭거나 수상한 느낌을 주는 이름은 눈에 띄지 않았고, 버디와 테리가 파일에 적어 놓은 메모 속에서도 그런 것은 없었다. 그렇지만 나는 청바지 뒷주머니에서 수첩을 꺼내어 고객들의 명단과 동행자의 수, 용선 날짜 등을 일일이 적었다. 기록을 다 끝내고 나자 용선 사업이 전혀 정상이 아니었음을 알 수 있었다. 일주일에 반나절짜리 용선이 서너 차례 있으면 좋은 편이었다. 한 차례뿐이었던 주일도 있었고, 아예 한 번도 없었던 주일도 있었다. 용선 횟수와 기간을 늘리기 위해서는 사업장소를 육지로 옮길 필요가 있다고 주장했다는 버디의 말이 이해가 갔다. 테리는 용선 사업을 취미삼아 하고 있었고, 수지타산은 그의 관심사가 아니었던 것이다.

그가 사업을 그런 식으로 한 이유를 나는 물론 알고 있었다. 그걸 취미라고 말할 수 있을지는 몰라도, 그에겐 시간을 들여야 할 다른 취미가 있었던 것이다. 파일들을 서랍 속으로 모두 되돌려놓고 테리의 그 취미를 추적하기 위해 이물 쪽으로 이동하려는 순간 등 뒤에서 객실 문이 열리는 소리가 들렸다.

버디 로크리지였다. 조디악의 작은 엔진 소리도 듣지 못했고 선미에 와서 부딪는 기척도 없었는데 언제 올라왔을까? 그의 묵직한 몸뚱이가 보트에 올라오는 기척도 나는 느끼지 못했다. 그가 먼저 입을 열었다.

"안녕하쇼. 늦어서 미안합니다."

"괜찮아요. 그동안 이것저것 봤습니다."

"흥미로운 것이 있던가요?"

"별로요. 그래서 테리의 파일들을 보기 위해 이물 쪽으로 내려가려던 참입니다."

"좋습니다. 내가 도와드리죠."

"실은 말이오, 버디, 당신이 도와줄 수 있는 것이 있습니다. 이 보트를 마지막으로 용선했던 사람을 좀 불러낼 수 있을까요?"

나는 수첩에 적은 명단에서 맨 마지막 사람의 이름을 보며 말했다.

"오토 우드올. 이 사람에게 전화하여 오늘 오후 나를 만나 증언을 좀 해줄 수 있는지 물어봐 주십시오."

"그거요? 날 여기까지 부른 이유가 고작 그 전화 한 통 때문이었소?"

"아닙니다. 당신한테 물어볼 것이 많아 오라고 했죠. 그렇지만 파일들까지 당신이 살펴볼 필요는 없다고 생각해요. 아직은 말이죠."

나는 어쩐지 버디 로크리지가 이물에 있는 파일들을 이미 샅샅이 뒤져보았을 거라는 느낌이 들었다. 하지만 일부러 그가 그런 짓을 안 한 것처럼 말했다. 완전히 결백하다고 확신할 때까지 그와는 가깝게 지내면서 동시에 거리를 둘 필요가 있었다. 물론 그는 테리의 동업자였고 쓰러진 친구를 구하려고 노력했던 점은 인정받았다. 그렇지만 나는 혼자 조사하는 동안 이상한 점들을 발견했다. 혐의자가 아무도 없는 현재로서는 모든 사람들을 다 의심할 수밖에 없었다.

"전화가 끝나면 이물 쪽으로 내려오시오."

나는 그를 남겨두고 보트 아래쪽으로 가는 짤막한 계단을 내려갔다. 전에 와본 적이 있어서 내부가 눈에 익었다. 복도 왼쪽에 화장실과 창고로 들어가는 두 개의 문이 있었고, 정면으로 작은 선실 문이 보였다. 특등실 문은 복도 오른쪽에 있었는데, 4년 전 나는 그 방에서 하마터면 죽을 뻔했다. 나를 습격하려던 놈을 테리가 먼저 총으로 쏜 덕분에 간신히 살아났는데, 잠시 후 나는 똑같은 방법으로 테리의 목숨을 구해주었다.

나는 복도의 패널에서 그 당시 테리가 쏜 두 발의 총탄으로 목재가 쪼개져 나갔던 부분을 찾아보았지만 발견하지 못했다. 패널 표면을 니스로 두껍게 칠했지만 그 부분은 새로운 목재로 교체했다는 걸 알 수 있었다.

창고 선반들은 텅 비어 있었다. 화장실은 깨끗했고, 천장의 통풍구를 밀어 열자 갑판이 보였다. 특등실 문을 열고 안을 들여다본 나는 당분간은 그대로 두기로 했다. 앞쪽에 있는 방으로 걸어가자 문이 잠겨 있어서 그래시엘라가 준 열쇠로 열어야만 했다.

방 안은 내가 기억하고 있는 그대로였다. 이물 선을 따라 양쪽 벽에 V자형 간이침대가 두 개씩 부착되어 있었다. 왼쪽 침대들은 여전히 잠자리로 사용되고 있는지 얇은 매트리스를 말아 넣고 탄력이 강한 고무줄로 매어 놓았다. 오른쪽의 아래 칸 침대는 책상으로 사용되고 있었고, 위 칸 침대에는 파일들을 담은 네 개의 긴 마분지 상자들이 나란히 놓여 있었다.

테리 매컬렙의 사건 파일들. 나는 엄숙한 기분으로 그 상자들을 한참 동안 바라보았다. 누군가가 테리를 죽였다면 그 혐의자를 저 상자들 속에서 찾아낼 수 있을 거라고 확신했다.

"오늘 아무 때라도 오겠답니다."

나는 깜짝 놀랐다. 버디 로크리지가 내 뒤에 서 있었다. 이번에도 나는 그가 다가오는 낌새를 전혀 느끼지 못했다. 그는 나를 놀라게 한 것이 재미있는지 미소를 지었다.

"잘됐군요. 점심 식사 후 그쪽으로 가면 되겠네. 안 그래도 지금부터 그때까진 좀 쉬어야 할 것 같소."

책상 위로 눈길을 던진 나는 한 입 베어 먹은 사과 모양의 심벌이 있는 하얀 랩탑 컴퓨터를 보았다. 뚜껑을 열어 보았지만 어떻게 켜야 할지 몰라 나는 중얼거렸다.

"지난번에 여기 왔을 때 테리는 다른 컴퓨터를 가지고 있었는데."

버디가 받았다.

"맞아요. 그래픽 때문입니다. 그 친구는 디지털 사진 같은 것에 빠져 있었죠."

그는 내 명령이나 허락도 없이 손을 뻗어 컴퓨터의 하얀 버튼을 꾹 눌렀다. 웅 하는 소리와 함께 캄캄하던 화면이 환해졌다. 내가 물었다.

"어떤 종류의 사진이었나요?"

"아, 거의 아마추어 수준이었소. 아이들이나 석양 따위를 찍은 것 있잖아요. 고객들을 찍다가 시작하게 됐죠. 그들이 잡은 물고기와 함께 사진을 찍어줬거든. 테리는 여기로 내려와 8×10인치 광택지에 즉시 인화할 수 있었어요. 여기 어디 싸구려 액자들이 담긴 상자도 있을 텐데. 거래 조건에 포함시켰는데 효과가 좋았지. 감사하는 마음도 전달할 수 있었고 말이죠."

컴퓨터가 부팅을 끝냈다. 연한 파랑색 화면을 보니 테리의 딸이 생각났다. 바탕화면에 여러 개의 아이콘이 떴다. 나는 즉시 축소형 파일 폴더를 주시했다. 그 아래에 프로파일이란 단어가 새겨져 있었다. 내가 열고 싶은 폴더가 바로 그것임을 알았다. 화면 아래쪽을 훑어보던 나는 야자수 사진 앞에 있는 카메라 세트처럼 생긴 아이콘을 발견했다. 제목이 사진이었다. 나는 그걸 가리키며 물었다.

"그 사진들이 여기 들어 있습니까?"

"맞아요."

내가 요청하지도 않았는데 그가 다시 나섰다. 키보드 앞쪽의 조그마한 사각형을 손가락으로 돌려 스크린 상에서 화살표를 카메라 아이콘으로 이동시켰다. 그리고 엄지로 사각형 아래쪽 버튼을 누르자 화면에 새로운 영상이 나타났다. 버디가 이 컴퓨터를 쉽사리 다룬다는 사실은 여러 가지 질문을 불필요하게 만드는 것 같았다. 어쨌거나 그들은 동업자였던 것이다. 아니면 버디가 테리의 컴퓨터를 몰래 만졌다는 얘기가 되는 걸까?

화면에서는 아이포토라는 제목 아래 프레임이 하나 열렸다. 여러 개의 폴더가 리스트에 올라 있었다. 대부분 몇 주일 혹은 한 달 간격으로 날짜가 기입된 것들이었다. 그런데 한 폴더에는 단지 '메일 콜'이라는 타이틀만 붙여 놓았다.

"여기 있군."

버디가 말했다.

"이걸 좀 보고 싶소? 손님들이 물고기와 함께 찍은 사진들입니다."

"그럼 가장 최근 것들을 좀 볼까요."

버디는 테리가 사망하기 일주일 전 날짜가 적힌 폴더를 클릭했다. 폴더가 열리자 개별로 날짜가 기입된 수십 장의 사진들이 떠올랐다. 버디는 그 중에서도 가장 최근에 찍은 사진을 클릭했다. 잠시 후 그 사진이 화면을 가득 채웠다. 햇볕에 몹시 그은 한 남자와 여자가 끔찍하게 못생긴 갈색 물고기를 들고 웃고 있었다. 버디가 설명했다.

"산타모니카 만의 넙치예요. 아주 멋진 놈입니다."

"이 사람들은 누굽니까?"

"에, 그러니까 미네소타 주에서 왔다고 했지, 아마. 맞아, 세인트폴이라고 했어요. 두 사람이 결혼한 것 같진 않더군요. 기혼자들이지만 부부사이는 아닌 것 같았단 얘기죠. 이 섬에서 동거하고 있었어요. 바하칼리포르니아로 항해하기 전에 모신 마지막 손님이었죠. 바하에서 찍은 사진들은 아직 카메라 안에 있을 겁니다."

"어디 있습니까, 그 카메라?"

"여기 어디 있겠죠. 없으면 그래시엘라가 가져갔을 테고요."

버디는 사진 위의 왼쪽 화살표에 대고 클릭했다. 금방 다른 사진이 나타났지만 같은 물고기를 든 같은 커플이었다. 버디는 다른 손님이 나타날 때까지 클릭을 계속했다. 마침내 35센티쯤 되는 발그레한 빛을 띤 하얀 물고기를 든 새 고객이 떠오르자 그가 말했다.

"민어예요. 멋진 놈이죠."

클릭을 계속하자 낚시꾼들과 그들이 잡은 물고기들의 행렬이 이어졌다. 한결같이 행복한 표정들이었고, 눈에 술기운을 띤 사람들도 있었다. 버디는 물고기 이름은 다 알았지만 고객 이름은 다 기억하지 못했다. 그냥 팁을 잘 주는 손님과 인색한 손님으로만 구분하는 경우도 있었다. 그러다 작은 민어를 들고 있는 한 사내를 발견하자 환한 미소를 지은 뒤 나지막이 욕설을 내뱉었다.

   "왜 그래요?"

   내가 물었다.

   "이놈이 내 물고기 상자를 훔쳐간 도둑이에요."

   "물고기 상자라니?"

   "내 GPS 말입니다. 이놈이 훔쳐갔어요."

# 7 시인의 암흑

　로버트 배커스는 여자 뒤로 최소한 30미터 이상의 거리를 유지했다. 복잡한 시카고 공항 안에서도 그는 자신이 연방수사국에 있을 때 항상 강조했던 '경계 6항'을 그녀가 여전히 지키고 있다는 걸 알았다. 제6항, 뒤를 조심하고 미행자를 항상 체크하라. 그녀와 함께 여기까지 오는 일은 까다롭기 짝이 없었다. 사우스다코타를 출항한 소형 비행기에는 40명도 안 되는 승객이 탑승했고, 좌석을 임의 배치한 탓에 그는 여자로부터 겨우 두 줄 뒤에 앉게 되었다. 너무 가까워서 여자의 화장품과 향수 아래 풍기는 체취까지 맡을 수 있을 정도였다. 견공들이나 잡아낼 수 있는 냄새였다.

　그녀와의 거리는 숨 막힐 정도로 가깝지만 여전히 멀게 느껴졌다. 그는 모든 시간을 되돌려서 그녀를 돌아보고 싶었다. 좌석들 사이로 그녀의 얼굴을 흘끗 보거나 무엇을 하고 있는지 알고 싶었다. 하지만 감히 그럴 수가 없었다. 때가 오기를 기다려야만 했다. 치밀하게 계획하고 기다리는 자에겐 좋은 기회가 온다는 걸 그는 알고 있었다. 그런 것이 바로 비밀이다. 어둠은 기다린다. 모든 것은 어둠을 향해 온다.

그가 여자 뒤를 따라 아메리칸 에어라인 터미널을 반쯤 건너갔을 때, 그녀는 게이트 K9 앞에 있는 의자에 앉았다. 그곳은 텅 비어 있었다. 기다리고 있는 승객도 없었고, 게이트 카운트 뒤에서 컴퓨터를 점검하고 티켓을 체크하는 직원도 없었다. 하지만 그것은 여자가 단지 일찍 왔기 때문이라는 것을 배커스는 알고 있었다. 그 자신도 너무 일찍 왔다. 게이트 K9에서 라스베이거스로 출항하는 비행기는 두 시간을 더 기다려야만 했다. 자신도 라스베이거스 행 비행기에 탑승할 것이기 때문에 알고 있었다. 어떤 의미에서 그는 레이철 월링의 수호천사나 다름없었다. 그녀가 최종 행선지에 도착할 때까지 조용히 수행하는 수호천사.

그는 게이트 옆으로 조심스럽게 걸어갔다. 꼭 레이철을 훔쳐보고 싶어서가 아니라, 다음 비행기가 도착할 때까지 그녀가 무얼 하며 시간을 보내고 있는지가 궁금했던 것이다. 암소 가죽으로 만든 커다란 배낭을 오른쪽 어깨 위로 불쑥 당겨 올린 것은 만약 여자가 쳐다보더라도 그의 얼굴보다는 배낭에 더 시선을 빼앗기도록 유도하기 위함이었다. 그는 혹시라도 레이철이 자신의 정체를 알아채지 않을까 하고 걱정하지는 않았다. 그것 때문에 모든 통증과 수술을 감수했다. 하지만 그녀가 래피드 시티에서 비행기에 탑승할 때부터 그를 알아봤을지도 모르는 일이었다. 배커스는 그러지 않았기를 바랐다. 그는 레이철의 의심을 사고 싶지 않았다.

게이트 옆으로 지나가며 레이철을 슬쩍 훔쳐보는 순간 배커스는 가슴이 방망이질하는 것을 느꼈다. 그녀는 머리를 숙인 채 책을 읽고 있었다. 하도 읽어서 닳은 헌 책이었다. 노란 포스트잇 여러 장이 책장 밖으로 촘촘히 고개를 내밀고 있었다. 배커스는 그 책의 표지와 제목을 금방 알아보았다. 《시인》. 레이철은 그를 읽고 있었다!

누군가가 자신을 관찰하고 있다는 낌새를 채고 여자가 고개를 쳐들기 전에 그는 재빨리 지나갔다. 게이트를 두 군데 더 지나간 지점에 있는 화장실로 들어간 그는 그 중 한 칸에 들어가서 문을 잠갔다. 배낭을 문고리에 걸어놓고 재빨리 카우보이 모자와 조끼를 벗었다. 그리고 좌변기 뚜껑에 앉아 구두도 벗었다.

5분 후 배커스는 사우스다코타 카우보이에서 라스베이거스 도박사로 변신했다. 실크 옷에 금붙이로 치장했으며, 귀고리를 걸고 선글라스를 썼다. 전화를 주고받을 사람은 아무도 없지만 멋진 크롬 휴대전화도 벨트에 찼다. 그는 배낭 속에서 다른 가방 하나를 꺼냈다. 훨씬 작은 그 가방에는 MGM 사자 문양이 새겨져 있었다.

그는 처음에 입고 신었던 물건들을 새 가방 속에 모두 쑤셔 넣은 뒤 어깨에 걸치고 칸막이에서 나왔다. 그리고 세면대로 다가가서 손을 씻으며 자신의 용의주도함에 스스로 감탄했다. 그가 자기 일에서 성공을 거두며 이 자리까지 올 수 있었던 것은 이렇게 사소한 일까지 면밀하게 계획하고 준비할 수 있는 능력 덕분이었다.

자, 이젠 뭘 하지, 하고 그는 잠시 생각했다. 그는 레이철 월링을 데리고 여행을 떠나려던 참이었다. 그 여행이 끝났을 때 그녀는 암흑의 깊이를 알게 될 것이다. 시인의 암흑이었다. 이제 그 여자는 그에게 한 짓에 대해 대가를 치르게 될 것이었다.

그는 사타구니 사이가 불끈 일어서는 것을 느꼈다. 세면대를 물러나 칸막이 안으로 다시 들어갔다. 생각을 바꾸려고 애썼다. 여행객들이 화장실을 들락날락하며 볼일을 보고 물을 내리는 소리가 들려왔다. 옆 칸에 있는 한 사내는 대변을 보며 휴대전화에 대고 지껄여댔다. 온 화장실 안에 똥내가 동천했다. 하지만 시인에게 그 정도는 약과였다. 그것은 오래전 암흑과 피 속에서 그가 다시 태어났던 그 굴속의 냄새와 흡사했다. 시인이 다시 나타난 걸 알면 세상은 아마 뒤집어질 것이다.

순간 배커스의 눈앞에 별 하나 없는 캄캄한 밤하늘이 떠올랐다. 그는 하늘을 보며 추락하고 있었다. 두 팔을 허공에 휘저었지만, 그것은 둥지에서 밀려난 아기 새의 아직 털도 나지 않은 날갯짓이나 다름없었다.

하지만 그는 살아남았고, 하늘을 나는 방법도 배웠다.

시인은 낄낄 웃기 시작했다. 그리고 웃음소리를 감추기 위해 변기 물을 내리며 혼자 중얼거렸다.

"모두 똥이나 처먹어라!"

그는 발기한 것이 가라앉기를 기다리며 그 원인을 생각하곤 히죽 웃었다. 그는 자신의 됨됨이에 대해 너무 잘 알고 있었다. 결국은 언제나 똑같은 것이었다. 힘과 섹스와 성취감이란 그것들이 신경 세포들의 접합 부위인 시냅스들 사이의 비좁은 공간에 도달했을 때는 서로 차이가 없다. 그 계곡 속에 들어가면 모든 것이 똑같아진다.

준비가 다 되자 배커스는 다시 조심스레 변기의 물을 내린 뒤 칸막이 밖으로 나왔다. 세면대에서 손을 다시 씻고 거울에 비친 자기 모습을 점검했다. 그리곤 미소를 지었다. 완전히 새 사람이 되어 있었다. 레이철은 절대 알아보지 못할 것이다. 아무도 알아보지 못할 것이다. 자신만만해진 그는 MGM 가방을 열고 디지털 카메라를 확인했다. 아무 이상 없었다. 약간 위험하긴 하지만 그는 레이철의 사진을 몇 장 찍을 작정이었다. 기념품으로 간직하기 위해. 모든 일이 끝났을 때 은밀히 보고 즐길 수 있는 사진 몇 장은 필요하지 않겠어?

# 8 의문의 사진

물고기 상자라. 버디가 GPS란 말을 입에 올린 순간 나는 차트실 서랍에서 본 보안관 신고서가 생각났다.

"나도 그걸 물어보고 싶었소. 이자가 GPS를 가져갔단 말입니까?"

"우라질 놈. 이 자식이 틀림없소. 우리와 함께 낚시를 다녀온 후 내 GPS가 없어졌는데, 그때부터 이자는 지협에서 용선 사업을 하기 시작했죠. 두 가지가 딱 맞아 떨어진단 말이지. 거기로 한번 찾아가서 이 자식한테 대가를 치르게 할 생각이오."

그의 이야기를 따라잡기가 어려웠다. 그래서 낚싯배와 낚시꾼도 잘 구분 못 하는 사람에게 하듯 쉬운 말로 설명해 달라고 부탁했다.

"이게 중요해요."

버디가 집게손가락을 세우며 말했다.

"그 작은 블랙박스에는 우리들의 최고 낚시터들이 다 기록되어 있었죠. 뿐만 아니라 포커 게임에서 나한테 그걸 잃은 친구가 표시해둔 그의 최고 낚시터들도 담겨 있었어요. 그 친구도 낚시 안내인이었거든. GPS 그 자체보다 거기 담긴 정보가 더 가치 있다는 얘기요. 그 친구는 자신의 최고 낚시터 열두 곳을 판돈으로 내걸었고, 나는 그 판을 풀 하우스로 잡았어요."

"무슨 뜻인지 알겠어요. GPS보다 거기 담긴 낚시터 정보들이 더 소중하다는 말이죠."

"맞아요. 그런 도구는 몇 백 달러면 살 수 있지만 거기 담긴 낚시터들은 여러 해 동안의 노고와 기술, 낚시 경험으로 발견한 곳들이거든."

나는 컴퓨터 화면의 사진을 가리켰다.

"그런데 이자가 그걸 훔쳐가서 용선 사업을 앞서기 시작했단 말이죠. 당신들의 경험과 GPS 주인의 경험까지 이용해서."

"훨씬 앞서 있죠. 그래서 언젠가는 한번 찾아갈 생각이라니까."

"지협은 어디요?"

"반대쪽이죠. 섬이 8자처럼 서로 물고 있는 곳이지."

"이자가 그걸 훔쳐간 것 같다고 보안관 사무실에 신고했습니까?"

"처음엔 몰랐으니까 못 했죠. 그게 보이지 않자 우리는 아이들이 밤중에 보트에 들어왔다가 눈에 보이니까 집어간 모양이라고 생각했어요. 섬에서 크는 아이들은 아주 심심한 편이라고 하더군요. 그래시엘라의 아들 레이먼드도 심심해서 미치려고 하더라고요. 아무튼 우리는 일지에 그렇게 기록했소. 그런데 두어 주일 후 〈피시 테일즈〉 지에서 이 광고를 보게 됐죠. 지협에서 개입한 새 용신입체와 이 사내의 사진이 실렸더라고요. 그래서 '어어, 이 친군 나도 알아' 하고 말했죠. 그리고 사태를 짐작하게 됐어요. 이자가 내 물고기 상자를 훔쳐갔던 겁니다."

"그때는 보안관에게 신고했나요?"

"물론이죠. 전화를 걸어 이자가 범인이라고 했소. 보안관은 시큰둥했어요. 그다음 주에 다시 연락했더니 이자와 얘기를 했다고 하더군요. 전화로 말이죠. 귀찮아서 만나러 가지도 않았던 겁니다. 이자는 당연히 오리발을 내밀었고, 보안관은 그렇게 믿고 싶었겠죠."

"이 친구 이름이 뭡니까?"

"로버트 파인더. 업체 이름은 '지협 용선사'라고 하더군요. 광고에서는 그 자신을 로버트 '피시' 파인더라고 불렀어요. 개자식! 피시 스틸러(Fish Stealer, 물고기 도둑-옮긴이)란 이름이 더 어울리겠다."

나는 화면의 사진을 바라보며 이것이 내 수사와 어떤 관련이 있는 건 아닐까 하고 생각했다. 잃어버린 GPS가 테리 매컬렙의 죽음 한가운데 있을 수도 있을까? 그럴 것 같진 않았다.

경쟁자의 낚시터 정보를 훔쳐간 놈이 있다는 얘기는 이해가 되었다. 그렇지만 복잡한 음모에 가담하여 경쟁자를 죽이기까지 했다는 건 아무래도 믿기 어려웠다. 그러자면 파인더의 입장에서는 엄청난 계획과 실행력이 요구되었을 것이다. 누가 하더라도 엄청난 계획이 필요한 일이었다.

버디 로크리지가 내 생각을 읽고 말했다.

"당신은 이 개자식이 테리의 죽음과 관련 있다고 생각하는 거요?"

나는 그를 한참 동안 바라보았다. 그것보다는 이 버디라는 자가 〈팔로잉 시〉 호를 차지하고 용선 사업 장소를 마음대로 옮기기 위해 테리의 죽음에 관여했다는 얘기가 더 그럴 듯하다는 생각이 들었다. 하지만 그렇게 말할 순 없었다.

"모르겠소. 그렇지만 조사는 해봐야겠군."

"누굴 데려갈 생각이라면 말만 하시오."

"그러죠. 그런데 보안관 신고서에 없어진 물건이 GPS뿐이라고 적혀 있었는데, 혹시 그 후에 밝혀진 것은 없습니까?"

"없어요. 그래서 테리와 나는 처음엔 이상하게 생각했습니다. 파인더란 놈의 짓으로 밝혀졌을 때까진 말이죠."

"테리도 그자의 짓으로 생각했나요?"

"대충 그렇게 짐작했죠. 그러니까, 그자가 아니면 누구겠어요?"

그 질문은 가치 있는 것이지만 지금 당장 따지고 들 필요는 없겠다고 생각했다. 나는 랩탑 화면을 가리키며 버디에게 사진들을 계속 돌리도록 했다. 행복한 낚시꾼들이 연이어 화면에 떠올랐다.

우리는 여섯 장으로 이루어진 한 세트의 사진들 속에서 더 흥미로운 것을 발견했다. 버디가 화면에 띄운 그 사진들 속의 낚시꾼은 얼굴이 분명하게 드러나지 않았다. 처음 석 장은 사내가 눈부시게 알록달록한 물고기를 들고 카메라 앞에 서 있는 모습이었다. 하지만 얼굴을 거의 가릴 정도로 물고기를 너무 높게 쳐들었고, 검은 선글라스는 물고기의 등지느러미 바로 위로 카메라를 내다보고 있었다. 석 장의 사진에서 물고기가 다 똑같은 것을 보면 사진사는 사내의 얼굴을 담으려고 반복해서 찍었던 것 같았다. 그렇지만 실패했다.

"이 사진들은 누가 찍었습니까?"

"테리가 찍었죠. 난 이 자리에 없었어요."

사내의 어떤 점이, 혹은 기념사진을 찍으며 카메라를 자꾸 피하는 그의 행동이 테리의 의심을 샀을 것이다. 그건 분명해 보였다. 여섯 장 중 나머지 석 장은 사내가 모르는 상태에서 찍힌 사진들이었다. 처음 두 상은 뱃전에 기대선 그를 객실에서 조종실 쪽으로 찍은 것이었다. 객실 문 유리가 사진에 반사된 것을 보면 사내는 테리가 자기를 찍는 줄 몰랐거나 보지 못한 듯했다. 두 장 모두 옆모습을 담고 있었다. 마지막 한 장은 얼굴 정면 사진이었다. FBI를 퇴직한 지 오래지만 테리는 본능적으로 범인수배 사진을 찍고 있었다는 얘기였다. 사내를 그만큼 의심했다는 증거였다.

하지만 이런 사진들을 가지고도 사내의 얼굴을 파악하긴 여전히 어려웠다. 노르스름한 턱수염을 길게 기르고 커다란 검은 렌즈를 끼운 선글라스를 쓴 데다 파란 LA 다저스 모자까지 쓰고 있었다. 청바지 위에 하얀 티셔츠를 입고 그 위에 리바이스 재킷을 걸쳤다. 모자 밖으로 드러난 머리카락은 짤막하게 자르고 턱수염과 같은 색깔로 물들인 것 같았다. 오른쪽 귀에는 동그란 금귀고리가 매달려 있었다. 옆얼굴 사진에서 사내의 눈은 검은 선글라스 속에서도 주름 잡힌 눈꺼풀로 자연스레 감춰져 있었다.

마지막 여섯 번째 사진은 낚시 항해가 끝난 다음에 찍은 것이었다. 테리의 보트 〈팔로잉 시〉 호에서 내린 것이 분명한 사내가 아발론 부두를 걸어가는 모습을 멀리서 찍었다. 얼굴을 카메라 쪽으로 약간 돌리고 있었지만 여전히 옆모습에 지나지 않았다. 나는 사내가 사진을 찍힌 후 계속 고개를 돌리다가 테리와 그의 카메라를 발견하진 않았을까 하는 의구심이 들었다.

"이 남자는 누굽니까? 아는 대로 얘기해 봐요."

버디는 고개를 저었다.

"몰라요. 말했잖소, 난 거기 없었다고. 그 용선 계약은 테리가 얼떨결에 맺은 겁니다. 예약이 없었죠. 그 친구는 테리가 낚싯배에 있을 때 모터보트를 타고 나타나서 바다로 나가자고 했답니다. 최소용선 단위인 반나절 요금을 지불하면서 말이죠. 그 친구는 즉시 출발하자고 했는데, 그때 나는 육지에 있었어요. 테리는 나를 마냥 기다릴 수 없어서 혼자 그 친구를 데리고 바다로 나갔대요. 혼자 배를 모는 건 무척 힘드는 일이오. 하지만 거기서 멋진 삼치를 낚아 올렸더군. 나쁘지 않았죠."

"그 후 사내에 대해 뭐라고 하던가요?"

"별로요. 계약 시간을 다 채우지도 않았대요. 두어 시간 낚시한 뒤 끝내고 싶다고 해서 그냥 돌아왔다고 했습니다."

"테리는 긴장하고 있었어요. 여섯 장의 사진 중 석 장은 사내가 보지 않을 때 찍은 것들입니다. 정말 그런 얘기 한 마디도 안 하던가요?"

"아까 말한 대로 나한테는 안 했어요. 테리는 자기 혼자만 꾹 틀어쥐고 있는 것이 많았으니까."

"이 남자의 이름은 알고 있습니까?"

"아뇨. 하지만 테리가 항해일지에 뭐든 적어 놓았을 거요. 가져와 볼까요?"

"네. 그리고 정확한 날짜와 지불 방법에 대해서도 알고 싶습니다. 먼저 이 사진들을 좀 출력해 주시겠소?"

"여섯 장 모두요? 시간이 약간 걸릴 겁니다."

"여섯 장 모두요. 기왕 시작한 김에 파인더의 사진도 한 장 뽑아 주시고요. 시간은 있습니다."

"액자에 끼울 필요는 없겠죠?"

"그럼요, 버디. 사진만 있으면 돼요."

나는 버디가 컴퓨터 앞에 놓인 폭신한 의자에 앉도록 뒤로 한 걸음 물러났다. 그는 옆에 있는 프린터에 사진용 종이를 넣은 뒤 익숙하게 일곱 장의 사진을 프린터로 보내는 명령을 입력했다. 그가 장비를 쉽게 다루는 것을 다시 보자, 랩탑에 담긴 정보 중 그가 모르는 내용은 없을 것 같다는 생각이 들었다. 어쩌면 산이침대 위의 상자들 속에 담긴 파일의 내용들도 다 알고 있을지 모른다. 그가 일어서며 말했다.

"좋아요, 장당 1분쯤 걸릴 거요. 끈적끈적한 상태로 나올 테니 말리려면 좀 널어 놔요. 나는 올라가 미스터리 사내에 대한 기록을 항해일지에서 찾아보겠소."

버디가 나가자 나는 의자에 앉았다. 그가 포토 파일을 다루는 것을 자세히 봐둔 나는 금방 알 수 있었다. 메인 리스트로 돌아가서 '메일 콜'이란 딱지가 붙은 사진 폴더를 두 번 클릭하자, 격자 눈금 속에 36장의 작은 사진들이 담긴 프레임이 열렸다.

첫 번째 사진을 다시 클릭하자 화면 크기로 확대되었다. 작은 여자아이가 잠들어 있는 유모차를 그래시엘라가 밀고 있는 사진이었다. 테리의 딸 시엘로 아술이었다. 배경은 쇼핑몰처럼 보였다. 사진은 테리가 미스터리 사내를 찍었던 분위기와 비슷해 보였고, 그래시엘라는 자신이 찍히는 줄도 몰랐던 것 같았다.

나는 돌아서서 객실로 올라가는 계단 쪽을 바라보았다. 버디가 돌아오는 기척은 아직 없었다. 나는 의자에서 일어나 조용히 복도로 나갔다. 그리고 열린 문을 통해 화장실 안으로 살짝 들어갔다. 벽에 등을 붙이고 잠시 기다리고 있자 버디가 항해일지를 들고 복도로 나왔다. 그는 소리를 내지 않으려고 아주 조용하게 움직였다. 나는 그가 지나간 뒤에 살며시 복도로 나왔다. 그리고 그가 특등실 문을 지나서 다시 갑자기 나타나 나를 놀라게 하려고 살금살금 다가가는 것을 지켜보았다.

내가 방 안에 없는 것을 보자 정작 놀란 사람은 버디 자신이었다. 그가 돌아보았을 때 바로 뒤에 내가 서 있었다.

"사람을 놀라게 하는 취미가 있소, 버디?"

"아, 아니오. 그게 아니라⋯."

"나한테는 그러지 마시오, 아시겠소? 그래, 항해일지엔 뭐라고 적혀 있습디까?"

거무스름하게 탄 낚시꾼의 얼굴이 발그레하게 변했다. 그렇지만 나는 얼른 화제를 돌렸고 그는 재빨리 따라왔다.

"테리는 그의 이름만 달랑 적어 놓았더군요. '조던 샌디, 반나절.' 그게 끝이었소."

그는 항해일지를 펴서 기록한 것을 보여 주었다.

"지불 방법은 뭐였나요? 반나절에 얼마입니까?"

"반나절에 300달러, 한나절엔 500달러요. 신용카드 장부를 봤는데 아무 기록도 없었어요. 당좌예금 계좌에도 없는 걸 보면 현금으로 지불한 것 같소."

"이건 뭡니까? 날짜별로 기입한 것 같은데."

"맞아요. 그들은 2월 13일에 나갔군요. 어라, 13일이 금요일이었네요. 일부러 그 날짜를 택한 걸까요?"

"모르죠. 파인더가 용선하기 전이었나요, 후였나요?"

버디는 나도 볼 수 있도록 항해일지를 책상 위에 놓았다. 손가락으로 고객 명단을 훑어 내려가다가 파인더 위에서 멈추고 말했다.

"그는 일주일 후에 왔어요. 2월 19일에 출항했군요."

"배에 도둑이 들었다고 보안관에게 신고한 날은 언젭니까?"

"젠장, 또 올라가야겠군요."

그가 계단을 올라가는 소리를 들으며 나는 프린터에서 첫 번째 사진을 꺼내어 책상 위에 올려놓았다. 선글라스와 삼치로 얼굴을 가린 조던 샌디의 사진이었다. 그것을 응시하고 있는데 버디가 돌아왔다. 이번엔 나를 놀라게 하지 않았다.

"도난 신고는 2월 22일에 했습니다."

나는 고개를 끄덕였다. 테리가 죽기 5주 전이다. 나는 버디와 얘기한 모든 날짜들을 수첩에 기록했다. 그것들이 어떤 의미를 지니게 될지는 나도 알 수 없었다.

"좋아요. 이제 날 위해 한 가지만 더 수고해 주시겠소, 버디?"

"말만 하시오."

"천장에 꽂아둔 그 낚싯대들을 내려서 좀 씻어 주시오. 마지막 항해 후 씻지 않았는지 악취를 풍기더군. 앞으로 여기서 며칠 지내야 할 것 같은데, 그래 주면 큰 도움이 되겠소."

"나더러 그 낚싯대들을 내려서 씻으라는 거요?"

모욕과 실망이 담긴 말투였다. 나는 시선을 사진에서 그의 얼굴로 옮겼다.

"맞아요. 나한테 큰 도움이 될 것 같소. 내가 이 사진들을 다 살펴본 뒤엔 함께 오토 우드올을 만나봅시다."

"마음대로 하쇼."

그는 김샌 표정으로 방을 나갔다. 소리 없이 움직이던 것과는 정반대로 계단을 올라가는 발자국 소리가 사뭇 요란했다. 나는 프린터에서 두 번째 사진을 꺼내어 첫 번째 사진 옆에 놓았다. 그리고 책상 위의 머그 잔에 꽂힌 검정색 매직을 뽑아 사진 아래쪽 하얀 가장자리에다 조던 샌디라고 적어 넣었다.

나는 컴퓨터 앞의 의자로 돌아와서 그래시엘라와 그녀의 딸을 다시 들여다보았다. 포워드 화살표를 클릭하자 다음 사진이 떠올랐다. 역시 쇼핑몰 안에서 찍은 것이었다. 이 사진은 좀 멀리서 찍었는지 결이 거칠었다. 그래시엘라 뒤에 한 소년이 따라오고 있었다. 그녀의 아들이었다. 입양한 아들 레이먼드.

그러고 보니 테리만 뺀 나머지 가족만 모두 사진에 찍혔다는 생각이 들었다. 사진을 찍은 사람이 테리였을까? 그렇다면 왜 이렇게 먼 거리에서 찍었을까? 나는 화살표를 다시 클릭하여 다음 사진들을 계속 살펴보았다. 대부분의 배경이 쇼핑몰 안이었고 원거리 촬영이었다. 그리고 사진 속의 가족들이 카메라를 보는 장면은 한 장도 없었다. 스물여덟 장의 비슷한 장면들이 지난 뒤에야 카탈리나로 돌아가는 페리 위의 장면으로 바뀌었다. 가족들은 집으로 돌아가는 중이었고, 사진을 찍은 사람도 같은 배를 타고 있었다.

페리에서 찍은 사진은 넉 장이었다. 그래시엘라는 페리의 객실 뒤쪽 가운데에 아들과 딸을 양쪽으로 하고 앉아 있었다. 사진을 찍은 사람은 객실 앞쪽에 앉아 여러 줄의 좌석들을 가로질러 촬영을 한 듯했다. 그래시엘라가 카메라를 발견했더라도 자신에게 초점이 맞춰진 줄은 몰랐을 것이고, 사진 찍는 사람도 단지 카탈리나 방문객의 한 사람으로 가볍게 치부했을 것 같았다.

서른여섯 장의 사진 중에서 마지막 두 장은 다른 사진들과는 전혀 엉뚱한 것처럼 보였다. 마치 생판 다른 프로젝트의 일부분 같았다. 한 장은 초록색 고속도로 표지판이었다. 사진을 확대해 보니 자동차 앞 유리를 통해 찍은 것임이 밝혀졌다. 앞 유리 프레임과 구석에 붙은 스티커 종류, 대시보드의 일부분이 보였다. 운전대 11시 방향에 놓인 사진사의 손도 일부분 찍혀 있었다. 황량한 사막을 배경으로 서 있는 고속도로 표지판에는 이렇게 적혀 있었다.

ZZYZX ROAD

I MILE

나는 그 길을 알고 있었다. 좀 더 정확히 말하자면 그 표지판을 알고 있었다. 작년에 내가 그랬던 것처럼 LA와 라스베이거스에서 도로여행을 자주 한 사람이면 누구든 그 표지판을 알 것이다. 15번 도로 중간 지점에 지직스 로드(ZZYZX ROAD)의 진입로가 있는데, 다른 건 몰라도 알파벳 끝 글자들로 이루어진 그 독특한 이름만으로도 알 수가 있다. 모하비 사막 안으로 난 그 길은 정처가 없어 보였다. 주유소도 없고 휴게소도 없다. 알파벳의 끝이자 세계의 끝이다.

마지막 사진 역시 엉뚱했다. 사진을 확대하자 이상한 정물화 같은 것이 떠올랐다. 사진 가운데 자리 잡은 낡은 배의 널빤지들은 못들이 튀어나왔고 혹독한 햇볕 아래 누렇게 변한 페인트가 일어나 있었다. 배가 있는 곳은 강이나 바다로부터 수 킬로미터 떨어진 사막의 바위투성이 지대처럼 보였다. 모래의 바다 위에 떠 있는 보트 같았다. 거기에 어떤 특별한 의미가 있다면 나는 아직 깨닫지 못하고 있는 것이 분명했다.

버디 로크리지가 하던 것을 보고 배운 대로 나는 사막의 사진 두 장도 출력했다. 그리고 다른 사진들도 다시 살펴본 뒤 페리에서 찍은 사진과 쇼핑몰에서 찍은 사진도 각각 두 장씩 프린터로 보냈다.

기다리는 동안 나는 그래시엘라와 아이들이 있었던 쇼핑몰의 위치를 알아낼 단서라도 있을까 하고 사진들을 확대해 보았다. 물론 그래시엘라에게 직접 물어볼 수도 있겠지만, 과연 그래야 할지 확신이 서지 않았다.

사진 속에서 확인할 수 있었던 것은 고객들이 들고 다니는 노드스톰, 삭스핍스 애버뉴 백화점 쇼핑백과 반스앤노블 서점 쇼핑백들이었다. 한 사진에서는 그래시엘라와 아이들이 시나본과 막대 핫도그 점이 포함된 식당 코너를 통과하고 있었다. 나는 그것들을 모두 수첩에 적어넣었다. 이 다섯 가지 위치만 알면 어느 쇼핑몰에서 이 사진들이 찍혔는지 찾아낼 수 있을 것 같았다. 그 정보가 꼭 필요하고 그래시엘라에게 물어보고 싶지 않을 경우 그렇다는 얘기였다.

그러고도 여전히 문제가 하나 남아 있었다. 나는 불필요하게 그래시엘라를 놀라게 하고 싶지 않았다. 그녀가 가족들과 함께 스토킹을 당하고 있었다고 말해 주는 건 바람직하지 못한 일일 수도 있었다. 그 스토커가 그녀의 남편과 이상하게 연결되어 있을 가능성도 있었다. 적어도 아직은 말할 때가 아니었다.

프린터가 마침내 내가 쇼핑몰 사진에서 골라낸 것을 한 장 토해냈을 때, 거기엔 낯선 한 남자와 더 큰 놀라움이 기다리고 있었다. 사진에서 그래시엘라와 아이들은 반스앤노블 서점 앞을 걸어가고 있었다. 사진은 몰 다른 쪽에서 찍었지만 각도는 서점 정면과 거의 수직이었다. 그래서 서점의 진열 창문에 사진을 찍는 낯선 남자의 희미한 그림자가 비쳤다. 컴퓨터 화면에서는 보이지 않았던 것이 인쇄 이후에는 나타난 것이다.

낯선 남자의 그림자는 유리창 뒤의 진열품에 비해 너무 작고 희미했다. 책 무더기에 둘러싸인 그 진열품은 킬트 복장의 한 남자를 실물 크기로 찍은 사진이었는데, '이언 랜킨이 오늘 밤 이곳에 옵니다!'라는 캐치프레이즈가 그 아래 부착되어 있었다. 그 진열품을 이용하면 그래시엘라와 아이들의 사진이 찍힌 정확한 날짜를 확인할 수 있겠다는 생각이 들었다. 반스앤노블 서점에 전화를 걸어 이언 랜킨(스코틀랜드 스릴러 작가─옮긴이)이 그곳에 온 날짜만 물어보면 되는 일이었다. 하지만 프린트에서는 그 진열품 때문에 낯선 남자의 그림자가 잘 보이지 않았다.

나는 다시 컴퓨터로 돌아와 문제의 사진을 확대해 보았다. 그러나 아무리 들여다보아도 어떻게 해야 할지 알 수가 없었다.

버디는 수도꼭지에 연결한 호스로 선미에 기대어 놓은 여덟 개의 낚싯대와 릴에 물을 끼얹고 있었다. 물을 잠그고 잠시 내려오라고 말하자 그는 군소리 없이 내려왔다. 나는 그를 컴퓨터 앞에 앉히고 화면에서 낯선 남자의 그림자가 나타났던 부분을 가리키며 말했다.

"이 부분만 확대할 수 있나요? 더 잘 보이게 말이오."

"확대할 순 있지만 선명도가 많이 떨어집니다. 디지털이니까요. 확대를 해도 거기서 거기예요."

나는 그의 말을 알아들을 수가 없었다. 그래서 일단 확대해 보라고 했다. 그는 프레임 위쪽에 있는 네모난 버튼들을 조작하여 사진을 확대하기 시작하더니 낯선 남자의 그림자가 있던 부분을 화면에 재배치했다. 최대한으로 확대했을 때 들여다보니 이미지가 더 흐려져 있었다. 스릴러 작가가 입고 있는 킬트의 윤곽마저도 희미했다.

"좀 더 뚜렷하게 할 순 없어요?"

"다시 축소하라면 물론…."

"아니, 내 말은 초점을 좀 더 뚜렷하게 맞출 수 없느냐는 겁니다."

"글쎄, 그게 안 돼요. 이 상태 그대로예요."

"좋아요. 프린트해요. 프린트하니까 상태가 나아지더라고요. 이 사진도 그럴지 모르지."

버디는 출력 명령을 입력했다. 잠시 어색한 침묵이 흐른 뒤 그가 물었다.

"그런데 이건 왜 하는 겁니까?"

"사진을 찍은 남자의 그림자가 있더군요."

"오, 그럼 테리가 아니었단 말이오?"

"그렇죠. 어떤 놈이 그의 가족들을 찍어 그에게 보냈던 것 같습니다. 일종의 메시지였겠죠. 혹시 테리가 그런 얘기 않던가요?"

"전혀요."

나는 버디가 무언가를 감추려고 하지 않는지 슬쩍 살펴보았다.

"컴퓨터에 이 파일이 담겨 있는 줄은 언제 알았습니까?"

"음, 글쎄요, 그게 언제였더라. 당신하고 여기 왔을 때 처음 본 것 같은데요."

"거짓말하지 말아요, 버디. 이건 중요한 문제가 될 수도 있소. 이 컴퓨터를 다루는 솜씨를 보니 어릴 때부터 다뤄본 것 같군. 테리가 없을 때

노상 만지고 놀았던 것 같고. 테리도 알고 있었는지 모르지. 그가 개의
치 않았다면 나도 상관하지 않겠소. 이 파일을 처음 본 게 언젠지만 말
해 보시오."

버디 로크리지는 잠시 생각하는 표정을 지은 뒤 대답했다.

"내가 본 건 테리가 죽기 한 달쯤 전이었어요. 그렇지만 테리가 그것
들을 본 것이 언제였는지 알고 싶다면 파일 아카이브에서 그것이 만들
어진 날짜를 확인하면 되지."

"그러면 확인해 봐요, 버디."

그가 키보드를 다시 두들겨 포토파일의 역사 속으로 들어갔다. 불과
몇 초 뒤 해답이 튀어나왔다.

"2월 27일이네요. 파일이 만들어진 날짜가 말이죠."

"오케이, 좋아요."

나는 만족한 표정으로 다시 물었다.

"이젠 테리가 이 사진들을 받지 않았다고 가정하면 어떻게 그의 컴퓨
터 안으로 들어올 수 있었을까 하는 겁니다."

"아, 몇 가지 방법이 있죠. 하나는 이메일로 들어온 것을 다운로드한
경우고, 다른 하나는 누군가가 그의 카메라를 빌려서 찍은 경우입니다.
테리는 나중에 그 사진들을 발견하고 다운로드한 거죠. 세 번째 방법은
누군가가 자기 카메라에서 빼낸 사진 칩이나 사진이 담긴 시디를 테리
에게 보낸 경우에요. 아마 추적하기가 가장 어려운 방법이겠죠."

"테리가 여기서 이메일을 할 수 있었나요?"

"아뇨. 그의 집에서 했죠. 보트에는 선이 없어요. 그래서 나는 그에게
셀룰러 모뎀 기종을 하나 장만해야 한다고 주장했지만 통 들어먹어야
죠. 광고에도 나오지만 그 왜, 현장 데스크에 앉아 무선으로 하는 거 있
잖아요."

프린터가 사진을 토해 내자 나는 버디보다 먼저 집어 들었다. 그렇지만 그도 함께 볼 수 있게 책상 위에 내려놓았다. 프린트에 나타난 그림자는 희미했지만 그래도 컴퓨터 화면보다는 알아보기 쉬웠다. 이젠 사진사가 카메라로 자기 얼굴을 완전히 가리고 있는 모습을 볼 수 있었다. 동시에 로스앤젤레스 다저스의 로고인 L자와 A자가 겹쳐진 형태도 구분할 수가 있었다. 사진사는 야구 모자를 쓰고 있었다.

확신할 순 없지만 이 도시에서 다저스 모자를 쓰고 다니는 사람은 하루 5만 명은 될 것이다. 하지만 나는 우연이란 걸 믿지 않는다. 지금까지 믿어본 적이 없고 앞으로도 절대 믿지 않을 것이다. 희미한 사진사의 그림자를 보는 순간 나는 그자가 미스터리 사내 조던 샌디라는 것을 알았다.

버디도 그를 알아보았다.

"망할 자식. 이거 그놈 아닙니까? 테리와 함께 나갔던 샌디란 놈 같은데요."

"내 생각도 그렇소."

나는 참치를 들고 있는 샌디의 사진을 확대한 프린트 옆에 나란히 놓았다. 동일한 인물이라 단정할 수는 없지만 달리 생각할 방법도 없었다. 확신할 근거가 있는 건 아니지만 나는 확신했다. 예약도 하지 않고 테리 앞에 불쑥 나타나 배를 빌렸던 바로 그 남자가 그래시엘라와 아이들 뒤를 따라다니며 사진을 찍었다는 것을 나는 알았다. 내가 모르는 부분은 테리가 이 사진들을 어디서 입수했으며, 그 자신도 내가 방금 내렸던 것과 똑같은 결론을 내렸을까 하는 점이었다.

나는 프린트한 사진들을 모두 모으며 그 속에서 논리적 관련성을 찾으려고 애써 보았지만 실패했다. 몇 장 되지도 않는 그 사진들만으로는 충분하지 않았다. 나의 육감은 테리가 어떤 식으로든 낚였다고 말해 주었다. 그의 가족사진은 이메일이나 포토 칩이나 시디의 형태로 그에게 전달된 것이었다. 마지막 두 장의 사진이 열쇠였다. 그 앞의 서른네 장은 미끼였다. 그리고 마지막 두 장은 그 미끼 속에 감춰진 낚싯바늘이었다.

메시지는 분명했다. 사진사는 테리 매컬렙을 사막으로 끌어내고 싶었던 것이다. 지직스 로드로.

# 9 지직스 로드

레이첼 월링은 에스컬레이터를 타고 매캐런 국제공항의 수화물 찾는 곳으로 내려갔다. 그녀는 사우스다코타에서 여기까지 줄곧 가방을 몸에 지니고 왔지만, 이 공항은 모든 승객들이 일단 이쪽으로 내려가도록 설계가 되어 있었다. 에스컬레이터 도착 지점에는 기다리는 사람들이 우글거렸다. 리무진 운전사들은 고객 이름을 적은 표지판을 들고 있었고, 그 밖에 호텔이나 카지노나 여행사 이름이 적힌 표지판을 든 사람들도 보였다. 아래에서 올라오는 소음이 에스컬레이터를 타고 내려가는 레이첼을 덮쳤다. 그날 아침 그녀가 출발했던 공항과는 사뭇 다른 분위기였다.

셰리 데이가 마중을 나오기로 했다. 레이첼이 그 FBI 동료를 본 지는 4년이나 되었고, 그것도 암스테르담에서 잠시 만났을 뿐이었다. 그녀와 실제로 함께 생활했던 때부터 따지면 8년이란 세월이 가로놓여 있어서 서로 얼굴이나 알아볼 수 있을지 걱정이었다.

하지만 그것은 기우였다. 수많은 얼굴들과 표지판들을 살펴보던 레이철은 그 속에서 자신의 눈길을 붙잡는 표지판을 하나 발견했다.

밥 배커스

그것을 들고 선 여자가 레이철에게 미소를 지어 보였다. 웃자고 낸 아이디어였겠지만, 레이철은 그녀의 미소에 화답하지 않고 조용히 다가갔다.

셰리 데이는 붉은 빛이 도는 갈색 머리를 뒤로 묶고 있었다. 멋진 미소를 지닌 매력적이고 깔끔한 얼굴에다 두 눈은 여전히 반짝였다. 레이철의 눈에 그녀는 연쇄살인범을 쫓는 사냥꾼이라기보다는 가톨릭 학교에 다니는 아이들을 둔 엄마처럼 보였다. 레이철은 그녀가 내미는 손을 잡았다. 그녀가 표지판을 쳐들며 말했다.

"나쁜 농담인 줄은 알지만 선배 눈길을 끌 것 같아서요."

"끌고도 남았어."

"시카고에서 오래 기다렸어요?"

"두어 시간. 래피드 시티에서 나오려면 어쩔 수 없어. 덴버나 시카고를 경유할 수밖에. 나는 오헤어 공항의 음식을 더 좋아해."

"짐은 없나요?"

"이것밖에 없어. 가자고."

레이철은 중간 크기의 너플백 하나만 달랑 들고 있었다. 그 안에는 갈아입을 옷가지 몇 점만 들어 있었다. 셰리 데이는 유리문 하나를 가리킨 뒤 레이철을 그쪽으로 인도했다.

"우리가 묵고 있는 엠버시 스위트에 방을 잡았어요. 누구 한 사람이 예약을 취소하는 바람에 간신히 잡을 수 있었죠. 시합 때문에 도시 전체가 시끌시끌해요."

"무슨 시합?"

"잘 모르겠어요. 무슨 카지노에서 슈퍼헤비급인지 주니어미들급인지 하는 권투 시합이 있나 봐요. 난 관심 없어요. 그것 때문에 여기가 복잡해졌다는 것만 알고 있죠."

레이철은 셰리가 불안해서 자꾸만 지껄이고 있다는 걸 알았다. 그런데 이유를 알 수 없었다. 무슨 일이 있었던 걸까? 아니면 이 상황에서는 나를 조심스레 다뤄야 한다고 생각하는 걸까?

"원하신다면 호텔로 직행해서 짐을 푸셔도 돼요. 조금 쉬실 수도 있고요. 오후에 현지 사무실에서 회의가 있어요. 선배는 거기서부터…."

"아니야. 사건현장으로 가고 싶어."

그들은 자동 유리문을 통해 밖으로 나왔다. 레이철은 건조한 네바다 사막의 공기를 느꼈다. 하지만 예상했던 만큼 뜨겁거나 갑갑하지 않았다. 오히려 햇볕 아래서도 시원하고 상쾌하게 느껴졌다. 선글라스를 벗었다. 사우스다코타 공항까지 입고 나왔다가 가방에 쑤셔 넣었던 재킷이 여기서도 필요할 것 같았다.

"레이철, 현장은 여기서 두 시간 거리예요. 정말 거기로…."

"그래. 거기로 데려다 줘. 거기서부터 시작하고 싶어."

"뭘 시작해요?"

"모르겠어. 그가 나한테 원하는 뭔가를 시작해야겠지."

그 말에 셰리 데이는 잠시 입을 다물었다. 두 여자는 주차장으로 걸어 들어갔다. 관용차 크라운 빅이 너무 지저분해서 사막용 위장을 한 것 같았다.

차를 몰고 나오자 데이는 휴대전화를 꺼내어 전화를 걸었다. 아마도 그녀의 상사나 파트너, 혹은 현장 책임요원일 거라고 레이철은 짐작했다. 그녀를 싣고 현장으로 간다는 얘기였다. 상대방이 대답하는 동안 차 안에는 긴 침묵이 이어졌다. 마침내 데이가 굿바이라고 말하더니 전화를 끊었다.

"선배에게 현장출입 허가가 떨어졌어요. 그렇지만 한 걸음 물러서야 해요. 선배는 이곳에 옵서버로 온 거니까, 아시겠죠?"

"그건 또 무슨 소리야? 나도 FBI 요원이야. 너처럼."

"하지만 이젠 행동분석팀이 아니잖아요. 그리고 이건 선배 사건이 아니에요."

"내가 여기 온 이유는 단지 배커스가 다른 사람이 아닌 나를 불렀기 때문이라는 거야?"

"레이철, 암스테르담에서 했던 것보다는 좀 낫게 시작해…."

"오늘까지 새로 나온 시체들이 있어?"

"지금까지 나온 게 열 구예요. 계속 나올 걸로 보더군요. 적어도 이 지점에선요."

"신원은?"

"알아보고 있어요. 나온 것들이 아직 모호해서 지금은 종합하고 있는 중이죠."

"브래스 도런도 현장에 나와 있니?"

"아뇨. 그녀는 콴티코에서…."

"브래스는 여기 있어야 해. 여기서 나온 것들이 뭔지 모르는 거야, 다들? 브래스는…."

"우와, 레이철! 진정하세요, 네? 교통정리를 좀 해야겠군요. 여기 담당은 나예요, 아시겠어요? 선배가 이 사건을 수사하는 게 아니라고요. 착각하면 곤란해요."

"그렇지만 배커스는 나한테 얘기하고 있어. 날 불러냈다고."

"그래서 여기 오게 된 거죠. 하지만 선배가 대빵은 아니에요. 옆에서 지켜보기만 해야 한다고요. 그리고 선배가 이렇게 나오는 건 제 마음에도 들지 않아요. 이건 '열정적인 미스 레이철'의 모습이 아니거든요. 선배는 나의 멘토였지만 그건 10년 전 일이에요. 지금은 내가 선배보다 행동분석팀에 더 오래 있었고 사건도 더 많이 다뤄봤어요. 그러니까 나한테 멘토처럼 명령하거나 엄마처럼 굴 생각은 말아요."

레이철은 아무 대꾸 없이 조용히 있더니 트렁크 속에 있는 가방에서 재킷을 꺼내게 차를 좀 세워 달라고 부탁했다. 셰리 데이는 블루 다이아몬드 로드의 트래블 아메리카 안으로 들어가서 차를 세우고 트렁크를 열었다.

잠시 후 레이철은 남성용처럼 보이는 풍덩한 검정색 전천후 코트를 어깨에 걸치고 차 안으로 돌아왔다. 데이는 그 옷에 대해서는 아무 말도 하지 않았다.

"고마워."

레이철이 말했다.

"그리고 네 말이 맞아. 사과할게. 난 너도 나처럼 생각하는 줄 알았어. 나의 보스이자 멘토였던 사람이 내가 평생 쫓아다녔던 자들과 똑같은 악마로 밝혀졌고, 그 때문에 나는 처벌을 받았어."

"이해해요, 레이철. 하지만 그건 꼭 배커스 때문만은 아니었어요. 여러 가지가 복합적으로 작용했죠. 그 기자 문제도 있었고, 선배가 선택한 몇 가지 오류도 있었고요. 그 사건 후 선배가 잘리지 않은 것만도 다행이라고 생각하는 사람들이 많아요."

레이철의 얼굴이 빨개졌다. 자신이 연방수사국의 수치로 전락했던 그 당시의 상황이 떠올랐기 때문이다. 그녀를 지도한 선배 요원은 물론이고 고위층까지 소문이 돌았다. 레이철은 자신이 맡은 사건을 취재하는 기자와 함께 갔다. 한마디로 압축하면 그런 얘기였다. 그 기자가 실제로 그 사건의 일부였으며 레이철과 매시간 함께 일했다는 사실은 전혀 중요하지 않았다. 한마디로 압축된 그 얘기만 요원들 사이에 언제까지나 소곤소곤 전해질 것이었다. 요원들에게 기자만큼 씹기 좋은 대상이 또 있을까. 아마도 폭력배나 스파이 외에는 없을 것이다.

"맞아. 그래서 노스다코타로 4년간 유배되었다가 사우스다코타로 영전했지."

그녀는 풀 죽은 목소리로 말했다.

"그래, 안 잘린 것만도 다행이고말고."

"선배가 대가를 치렀다는 건 알죠. 내 말은 이곳에서 선배의 위치를 아시란 뜻이에요. 요령껏 하시라고요. 많은 사람들이 이 사건을 주시하고 있거든요. 선배가 제대로만 하면 명예회복을 위한 절호의 찬스예요."

"알았어."

"좋아요."

레이철은 좌석 옆으로 손을 뻗어 뒤로 기댈 수 있도록 조정했다.

"얼마나 걸린다고 했지?"

"두 시간쯤. 넬리스 공군 기지의 헬기를 이용하거든요. 시간이 많이 절약되죠."

"주의를 끌진 않았어?"

사막에서의 수색에 대한 정보가 언론에 새어나가진 않았느냐는 물음이었다.

"몇 차례 작은 소동이 있었지만 지금까진 잘 해왔죠. 현장사무실은 캘리포니아에 있고 작업은 네바다에서 하니까 비밀유지가 되는 것 같아요. 솔직히 선배 문제로 걱정하는 사람들도 있지만요."

레이철은 잭 매커보이 기자에 대해 잠시 생각한 뒤 말했다.

"걱정할 것 없어. 지금은 그가 어디 있는지도 모르니까."

"언제든 이게 전파를 타면 나타나겠죠. 지난번에 쓴 책은 베스트셀러가 됐어요. 후속편을 쓰려고 꼭 올 거예요."

레이철은 비행기를 타고 오면서도 읽었고 지금은 가방 안에 있는 그 책을 떠올렸다. 그리고 자신이 그처럼 여러 번 읽은 이유가 작가 때문인지 책 제목 때문인지 잘 모르겠다고 생각했다.

"그렇겠지."

레이철은 대충 대꾸한 뒤 재킷을 끌어당겨 두 팔을 감쌌다. 셰리 데이의 전화를 받은 이래 줄곧 잠을 이루지 못한 탓에 피로가 몰려왔다.

자동차 옆 유리에 머리를 기대고 있다가 깜박 잠이 들었다. 그러자 암흑의 꿈이 돌아왔다. 하지만 이번엔 그녀 혼자가 아니었다. 암흑 속이라 아무도 볼 수 없었지만 다른 사람의 존재를 느낄 수는 있었다. 누군가가 불필요할 만큼 가까이에 있었다. 그녀는 누군지 보기 위해 어둠 속에서 돌아섰다. 손을 내밀어 보았지만 아무것도 닿지 않았다.

신음 소리가 들렸다. 그러나 곧 자신의 목구멍 깊숙한 곳에서 나온 소리임을 알았다. 누군가가 그녀를 붙잡고는 세차게 흔들었다.

레이철은 눈을 떴다. 앞 유리를 통해 고속도로가 그녀 앞으로 달려들었다. 셰리 데이가 그녀의 재킷을 놓으며 말했다.

"괜찮아요? 여기가 진입로예요."

레이철은 고개를 들고 초록색 고속도로 표지판을 바라보았다.

ZZYZX ROAD

1 MILE

지직스 로드, 1마일(1.6km—옮긴이). 그녀는 의자에서 상체를 곧추세우고 시계를 보았다. 한 시간 반 정도나 잠을 잤다. 그렇게 오랜 시간 동안 유리에 머리를 기대고 있었던 탓에 오른쪽 목이 뻣뻣하고 아팠다. 손가락으로 목 근육을 세게 누르며 문지르기 시작했다.

"괜찮아요? 악몽을 꾸는 것 같던데."

데이가 다시 물었다.

"괜찮아. 내가 잠꼬대를 했어?"

"아뇨. 신음 소리만 냈어요. 무엇에 쫓기고 있나 보다 했죠."

그녀는 깜박이를 켜고 진입로로 핸들을 꺾었다. 지직스 로드는 정처 없는 사막 한가운데 존재하고 있었다. 진입로 꼭대기에 올라가자 아무 것도 보이지 않았다. 주유소는커녕 버려진 폐건물 한 동도 없었다. 진입로니 도로니 하는 말을 붙일 하등의 이유가 없었다.

"우린 이 너머에 있어요."

데이는 좌회전을 한 뒤 고속도로를 가로지르는 고가도로로 올라갔다. 거기서 내려가자 곧바로 비포장도로로 이어졌고, 남쪽으로 휘어진 길은 평평한 모하비 사막 속으로 녹아들었다. 황량한 풍경이었다. 표면을 덮은 하얀 나트륨 화합물이 멀리서는 백설처럼 보였다. 조슈아 나무가 가느다란 가지들을 하늘로 내뻗고 작은 식물들이 바위 사이를 비집고 나와 있었다. 정물화였다. 레이철은 이런 황무지에서 어떤 종류의 동물들이 생존할 수 있는지 알 수 없었다.

소다 스프링스라는 표지판을 지나 구부러진 길을 돌아가자 레이철의 눈앞에 갑자기 하얀 천막들과 RV(레크리에이션 차량—옮긴이), 밴, 기타 차량들이 나타났다. 야영지 왼쪽에 날개를 접고 있는 초록색 군용 헬기도 보였다. 야영지 너머로 보이는 언덕 아래에는 작은 건물들이 자리 잡고 있었다. 도로 옆의 모텔처럼 보였지만 도로도 간판도 보이지 않았다.

"여기가 어디지?"

레이철이 물었다.

"여기가 바로 지직스예요. 지구의 똥구멍 같은 곳이죠. 60년쯤 전에 한 라디오 설교자가 개척하고 명명했대요. 그는 온천을 개발하겠다고 정부에 약속하고 이곳을 손에 넣었죠. 그리곤 LA 빈민굴에서 주정뱅이들을 끌어다 그 일을 시키면서 자신은 라디오 설교를 통해 신자들을 이곳으로 불러들여 광천수에 목욕하고 병에 담아 놓은 그 물을 마시게 했어요. 국토관리국은 그를 쫓아내는 데 25년이나 걸렸다는군요. 그런 다음 이곳을 주립 대학 시스템에 넘겨 사막에 대한 연구를 하게 했고요."

"왜 여기에다 그들을 묻었을까? 배커스 말이야."

"우리 짐작으로는 연방정부의 땅이기 때문이에요. 그는 우리가, 아니면 선배가 이 건을 수사하는지 확인하고 싶었겠죠. 그렇다면 그는 목적을 달성한 거고요. 엄청난 발굴 작업이었어요. 야영지를 마련하고 전기, 음식, 물 등을 모두 들여와야 했으니까요."

레이철은 말없이 범죄현장과 그 일대를 둘러싸고 있는 회색 산들, 멀리 보이는 지평선에 이르기까지 모든 것을 관찰하고 있었다. 이곳에 대한 셰리 데이의 평가엔 동의하고 싶지 않았다. 아일랜드의 해안선이 절경이란 말은 들은 적이 있지만, 황무지인 사막의 풍경도 그 나름대로 아름답다고 그녀는 생각했다. 거기엔 황량한 미가 있었다. 위험한 아름다움이었다. 사막에서 많은 시간을 보내진 않았지만 다코타에서 지낸 몇 년이 레이철에게 황량한 곳, 사람이 침입자인 텅 빈 곳에 대한 감식안을 주었다. 그것이 그녀의 비결이었다. 그녀는 연방수사국 사람들이 일컫는 '유배'라는 것을 당했다. 그녀를 지치게 하여 그만두게 만들기 위한 것이었다. 그러나 레이철은 이 게임에서 그들을 물리쳤다. 그녀는 유배지에서 언제까지라도 버틸 수 있었다. 사표를 쓸 생각 같은 건 전혀 하지 않았다.

데이는 자동차 속력을 늦추며 천막 앞 100미터쯤 되는 지점에 있는 검문소로 다가갔다. 가슴 주머니에 하얀 FBI 글씨가 새겨진 푸른색 점프슈트 차림의 사내가 해변용 텐트의 날개 아래 서 있었다. 요원의 머리카락을 이미 엉망으로 만든 사막 바람이 텐트를 날려 보낼 듯이 흔들어댔다.

데이는 창문을 내렸지만 자기 이름을 대거나 신분증을 제시하진 않았다. 이미 출입이 허가된 사람이었다. 그녀는 사내에게 레이철의 이름을 대고 '방문 요원'이라고 밝혔다. 그게 무슨 뜻인지는 모르겠지만.

"앨퍼트 요원의 허가가 났습니까?"

사내가 자기 뒤의 사막 풍경처럼 건조하고 딱딱한 목소리로 물었다.

"그럼요."

"좋아요. 그렇다면 신분증 좀 봅시다."

레이철이 신분증을 건네자 사내는 그녀의 일련번호를 기재한 뒤 돌려주었다.

"콴티코에서 오는 길입니까?"

"아뇨. 사우스다코타예요."

그러자 사내는 알 만하다는 표정으로 레이철을 바라보았다.

"잘해 보시오."

그렇게 한 마디 툭 던지고 텐트로 돌아갔다.

데이는 창문을 올리고 차를 전진시켜 사내에게 먼지구름을 흠뻑 뒤집어씌웠다.

"라스베이거스 지국에서 온 요원이에요. 여기에 불려와 보초나 서고 있으니 불만이 많죠."

"그래서 어쩔 건데?"

"그러게 말예요."

"앨퍼트가 색(SAC, 책임요원 – 옮긴이)이야?"

"맞아요."

"그 친구는 어때?"

"FBI 요원들은 변종이 아니면 공감족이라고 전에 말씀하셨죠?"

"했지."

"앨퍼트는 변종이에요."

레이철은 고개를 끄덕였다.

그들은 조슈아 나뭇가지에 테이프로 붙여 놓은 조그마한 마분지 표지판 앞에 도착했다. 거기엔 '자동차'라는 글씨 아래 오른쪽을 가리키는 화살표가 그려져 있었다. 데이는 우회전하여 똑같이 지저분한 크라운 빅 네 대가 나란히 서 있는 맨 끝에 차를 세웠다.

"넌 어느 쪽인데?"

레이철이 물었다.

"넌 어느 쪽인 것 같아?"

데이는 대답하지 않았다. 그 대신 레이철에게 되물었다.

"이 일에 뛰어들 각오는 됐어요?"

"물론이지. 그 작자에게 또 한 방 먹이기 위해 4년간이나 기다렸어. 여기가 출발점이야."

레이철은 차문을 덜컥 열고 눈부신 사막의 햇빛 속으로 걸어 나왔다. 마치 집에 돌아온 느낌이었다.

# 10 해골들의 도시

배커스는 그들의 차를 따라 출구 경사로를 내려갔다. 안전거리를 확보하며 계속 쫓아가다가 고속도로를 가로지른 다음 반대 방향 깜박이를 켰다. 그들이 백미러를 살펴보고 있었다면 라스베이거스로 돌아가는 차라고 생각했을 것이다.

FBI 차량이 포장도로 아래로 내려가 사건 현장이 있는 사막 쪽으로 건너가는 것을 확인한 다음에야 배커스는 고속도로로 되돌아왔다. 자동차 뒤로 뽀얀 먼지구름이 피어올랐다. 멀리 하얀 천막들이 보였다. 그의 현장이었다. 이젠 됐군. 강한 성취감 같은 것이 밀려오는 것을 느꼈다. 범죄현장은 그가 건설한 도시였다. 해골들의 도시. FBI 요원들은 유리 조각 사이에 들어간 개미들 같았다. 그들은 그가 창조한 세계에서 멋모르고 그의 명령에 복종하며 살아가고 있었다.

가능하다면 가까이 바짝 다가가서 그들 모두를 유리 조각 사이로 몰아넣고 그들의 얼굴에 새겨진 공포를 감상하고 싶었다. 하지만 그건 너무 위험한 짓임을 그는 잘 알고 있었다. 게다가 다른 할 일들이 있었다. 그는 죄악의 도시를 향해 차를 돌린 뒤 가속 페달을 힘껏 밟았다. 모든 것들이 다 준비되었는지 빨리 확인해야만 했다.

차를 몰고 달리던 배커스는 갑자기 갈비뼈 아래로 약간의 애수가 차 오르는 것을 느꼈다. 레이철을 사막에 남겨두고 가는 것이 아무래도 슬픈 모양이었다. 그는 심호흡을 하며 그 감정을 밀어내려고 애썼다. 이제 곧 그녀를 다시 보게 될 테니 이 기분이 그리 오래 가진 않을 거라고 생각했다.

잠시 후 그는 공항에서 자기 이름이 적힌 표지판을 들고 레이철을 마중 나왔던 여자를 떠올리며 미소를 지었다. 요원들끼리만 주고받는 유머였다. 배커스는 그 여자를 알아보았다. 셰리 데이 요원. 레이철은 그녀의 멘토였다. 그가 레이철의 멘토였듯이. 그것은 그 자신의 특별한 통찰력이 레이철을 통해 새로운 세대로 전수되었다는 뜻이었다. 그것이 만족스러웠다. 만약 그때 자신이 에스컬레이터 아래로 내려가 셰리 데이와 그 멍청한 표지판 앞으로 다가서며 "이렇게 나와 줘서 고마워"라고 말했다면 그녀가 어떤 표정을 지었을까?

그는 차창을 통해 사막의 평평하고 황량한 풍경을 바라보았다. 정말 아름답다는 생각이 들었다. 더군다나 저 너머 모래와 바위들 속에 그 자신이 파묻어 놓은 것들을 생각하면 더욱 아름답게 느껴졌다.

그런 생각들을 하고나자 가슴을 억누르던 애수의 감정이 풀리고 기분이 다시 좋아졌다. 혹시 미행하는 차가 없는지 백미러를 살펴봤지만 수상한 기미는 보이지 않았다. 거울에 비친 자기 얼굴을 들여다본 그는 그 외과 의사의 솜씨에 다시 한 번 감탄했다. 그는 자신을 향해 미소를 지었다.

# 11 변종과 공감족

천막들 근처에 오자 현장의 냄새가 코를 자극하기 시작했다. 의심할 바 없는 시체 썩는 냄새가 바람을 타고 천막을 흔들며 야영지 밖으로 흘러갔다. 레이철 월링은 코를 막고 입으로 숨을 쉬기 시작했다. 냄새는 작은 입자들이 콧구멍 속의 감각기관을 건드릴 때 느끼게 된다는 것을 그녀는 알고 있었고, 그런 지식은 차라리 모르는 편이 좋았을 것 같았다. 썩은 시체 냄새를 맡는다는 것은 곧 썩은 시체를 들이마시고 있다는 뜻이었다.

현장으로 가는 길목에 정사각형의 작은 텐트가 세 개 있었다. 캠핑용이 아니었다. 사이드 길이가 3미터쯤 되는 야전용 텐트들이었다. 그것들 뒤로 커다란 직사각형 텐트가 하나 더 있었다. 레이철은 텐트들의 천장에 모두 통풍구가 있는 것을 보았다. 그래서 각 텐트들 안에서 시체 발굴 작업이 벌어지고 있다는 것을 알 수 있었다. 통풍구들은 그 안의 열기와 악취가 빠져나가도록 하기 위함이었다.

거기에 소음까지 겹쳐졌다. 현장에 전기를 공급하기 위해 적어도 두 대의 가솔린 발전기가 돌아가고 있는 듯했다. 텐트 왼쪽에 주차되어 있는 두 대의 레저용 차량 천장에서도 공기조화기가 붕붕거리고 있었다.

"일단 여기로 들어가요. 랜들은 주로 이 안에 있으니까."

셰리 데이가 한쪽 차량을 가리키며 말했다. 그 차량은 레이철이 고속도로 상에서 본 슈퍼캠퍼와 같은 것 같았다. '오픈 로드'라 불리는 그것은 뒤에 애리조나 번호판을 달고 있었다. 데이는 문을 노크한 뒤 대답을 기다리지 않고 당겨 열었다. 차량 안으로 들어가 보니 내부는 캠핑용으로 설계된 것이 전혀 아니었다. 칸막이 방들과 편의 시설들을 모조리 철거하고 기다란 방에 접는 탁자 네 개와 의자들만 잔뜩 놓여 있었다. 뒤쪽 벽을 따라 만들어진 카운터에는 일반 사무실에서 사용되는 컴퓨터, 팩스, 복사기, 커피메이커 등이 죽 놓여 있었다. 탁자 두 개는 서류들로 온통 뒤덮였고, 세 번째 탁자 위에 놓인 것은 설비 목적과는 전혀 어울리지 않는 커다란 과일그릇이었다. 점심 식사를 하는 식탁인 모양이라고 레이철은 짐작했다. 썩은 시체들을 무더기로 파내면서도 사람들은 먹어야 한다. 네 번째 탁자에서는 한 사내가 랩탑 컴퓨터를 켜 놓은 채 휴대전화를 받고 있었다.

"앉아요. 통화 끝나면 소개해 드릴 테니까."

데이가 말했다.

레이철은 식탁용 탁자에 앉아 조심스레 냄새를 맡았다. 차량 천장의 공기조화기가 계속 돌아가서 그런지 바깥에서 맡았던 냄새를 별로 느낄 수 없었다. 현장 책임자가 여기 머무는 건 당연해 보였다. 과일그릇에 담긴 포도를 한 송이 집어먹고 기운을 좀 내볼까 하는 생각이 들었지만 그러지 않기로 했다.

"과일 좀 드세요."

데이가 권했다.

"아니, 난 괜찮아."

"마음대로 하세요."

데이가 손을 뻗어 포도 몇 알을 따서 입으로 가져갔다. 그것을 보자 레이철은 괜히 사양했다는 생각이 들었다. 앨퍼트 요원으로 짐작되는 남자는 휴대전화에 대고 나지막하게 얘기하고 있었다. 상대방도 조그만 소리로 얘기하기 때문인지 레이철의 귀에는 그들의 대화가 잘 들리지 않았다. 차량 내부의 왼쪽 긴 벽을 따라 발굴 사진들이 붙어 있었다. 레이철은 고개를 돌렸다. 텐트 안에 들어가서 현장을 직접 보기 전에는 그 사진들을 보고 싶지 않았다. 탁자 옆으로 돌아가서 창밖을 내다보았다. 이 레크리에이션 차량은 사막의 절경을 마주하고 있었다. 분지처럼 움푹 들어간 지역과 융기선 전체가 한눈에 들어왔다. 이 경치에 어떤 의미를 둔 것일까, 하고 레이철은 잠시 의심해 보았다. 만약 배커스가 경치 때문에 이 지역을 선택했다면, 그건 어떤 의미를 지니고 있을까?

데이가 등을 돌렸을 때 레이철은 포도 세 알을 따서 한꺼번에 입에 넣었다. 그와 거의 동시에 사내가 휴대전화를 닫고 의자에서 일어나 그녀 앞으로 걸어오며 손을 내밀었다.

"랜들 앨퍼트 책임요원입니다. 만나서 반갑습니다."

레이철은 악수를 하면서도 입안에 든 포도 때문에 말을 할 수 없었다. 그녀는 얼른 꿀꺽 삼킨 뒤 그에게 말했다.

"만나서 반가워요. 썩 좋은 환경은 아니군요."

"네, 하지만 저 경치 좀 보세요. 콴티코의 그 벽돌 담장과는 비교할 수도 없죠. 게다가 지금은 8월이 아니고 4월 말 아닙니까. 8월에 왔다면 우린 다 죽었어요."

그는 말하자면 새로운 밥 배커스였다. 콴티코에서 팀을 이끌다가 큰

건을 하나 물고 나왔다. 이 사건은 물론 큰 것이었다. 레이철은 그가 마음에 들지 않았다. 변종이라던 셰리 데이의 말 그대로였다.

레이철은 행동분석팀의 요원들을 언제나 두 부류로 나눌 수 있었다. 첫 번째는 그녀가 변종(變種)이라 부르는 타입이었다. 이 부류에 속하는 FBI 요원들은 자신들이 사냥하는 범인들과 무척 닮은꼴이었다. 심하게 말하자면 범인들의 변종이었다. 범인들로부터 배운 것을 고스란히 간직할 수 있는 사람들. 그들은 연쇄살인자처럼 두려움이나 죄책감, 사악한 본성에 대한 깨달음 등에 끌려가지 않고 사건에서 사건으로 이동할 수 있었다. 그들은 그 짐을 지고 갈 뿐만 아니라 다른 것으로 변형시키기 때문에 레이철은 그들을 변종이라고 불렀다. 시체를 여러 구 파낸 현장을 콴티코의 어느 곳보다 나은 아름다운 풍경이라 하다니.

두 번째 부류에 속하는 요원들은 모든 두려움을 흡수하여 속으로 간직하기 때문에 레이철은 그들에게 공감족(共感族)이란 이름을 붙여 주었다. 그들은 그 두려움으로 불을 지펴 자신들을 따뜻하게 하는 타입이었다. 그 두려움을 이용하여 동기를 찾고 일을 해결하는 사람들이었다. 레이철은 그들을 더 나은 요원으로 평가했다. 그들은 나쁜 놈을 잡고 사건을 해결하기 위해 한계를 초월하기 때문이었다.

변종이 되는 편이 건강에는 더 좋았다. 아무 부담감 없이 이동할 수 있으니까. 행동과학실의 복도에는 그 짐이 너무 무거워 끝까지 해낼 수 없었던 요원들의 유령들이 우글거렸다. 재닛 뉴콤 요원은 총을 입에 물고 방아쇠를 당겼고, 존 펜턴은 교각을 향해 자동차를 돌진시켰다. 테리 매컬렙은 말 그대로 자신의 심장을 그 일에 바쳤다. 레이철은 그들 모두를 기억하고 있었다. 특히 그들 중에서도 자신이 사냥꾼인 동시에 사냥감이기도 했던 로버트 배커스는 궁극적 변종이었다.

"브래스 도런의 전화였습니다. 안부를 전해 달라더군요."

앨퍼트가 다시 말했다.

"그녀도 콴티코로 돌아왔나요?"

레이철이 물었다.

"네, 브래스는 광장공포증이 있어 거길 절대 못 떠나요. 그래서 거기서 우릴 지원하고 있죠. 그런데 월링 요원, 잘 아시겠지만 여기 상황이 좀 미묘합니다. 이렇게 와주셔서 고맙지만, 당신은 어디까지나 옵서버 내지 증인이란 점을 분명히 해두고 싶습니다."

레이철은 너무 공식적으로 대하는 그의 태도가 마음에 안 들었다. 자신들의 영역을 침범하지 못하게 하겠다는 말이었다.

"증인이라고요?"

"그렇죠. 우리한테 의견을 제시할 수는 있습니다. 당신은 범인을 아니까. 배커스와 모든 것이 추락해 버렸을 때 우리들 대부분은 거리에서 은행 강도들을 추격하고 있었소. 나도 당신 문제가 끝난 뒤에야 팀으로 돌아왔고요. 윤리감사실이 현장을 조사한 후였죠. 그때 요원들 중 아직 남아 있는 사람은 몇 안 됩니다. 여기 있는 셰리가 그 중 한 명이죠."

"내 문제라뇨?"

"무슨 뜻인지 알잖소. 당신과 배커스가 한 일 말입니다."

레이철은 화제를 바꾸었다.

"이제 발굴 현장을 볼 수 있을까요? 찾아낸 것들을 보고 싶군요."

"셰리가 곧 안내할 겁니다. 하지만 오늘 나온 시체들 외엔 별로 볼 게 없어요."

생긴 대로 논다더니 정말 꼭 변종같이 말하는군. 레이철은 속으로 투덜댔다. 셰리 데이의 눈과 마주치자 그녀는 거봐요, 내가 뭐랬어요 하는 표정을 지어 보였다.

"그렇지만 내 미리 말해 두고 싶은 것이 있소."

변종이 다시 말했다. 무슨 소리가 나올지 빤하지만 레이철은 내버려 두었다. 앨퍼트는 차량 앞쪽으로 걸어가더니 창밖의 사막을 손으로 가리켰다. 레이철이 그의 손가락을 따라 살펴봤지만 황량한 산등성이 밖에 보이지 않았다.

"흠, 이 각도에선 잘 보이지 않는군. 그렇지만 저 아래쪽에 커다란 표지판을 하나 세워두었소. 큼지막한 글씨로 영화 촬영 중-비행금지, 소음금지 라고 적혀 있죠. 이곳에 있는 천막들과 차량들에 대해 호기심을 품을 사람들을 위해 세운 겁니다. 꽤 괜찮은 아이디어죠? 그들은 이곳을 영화 세트장으로 생각하고 가까이 오지 않을 겁니다."

"요지가 뭐예요?"

"요지? 우리는 이곳을 철저히 가리고 있습니다. 여기서 무엇을 하는지는 아무도 몰라요. 나는 계속 이 상태로 유지하고 싶소."

"그러니까 내가 언론에 흘릴 거라는 얘긴가요?"

"그런 얘긴 아니죠. 나는 이곳에 온 모든 사람들에게 한 얘기를 당신한테도 하고 있는 겁니다. 이곳 일이 매체에 오르내리는 걸 원치 않으니까. 이번엔 내가 그것을 통제하고 싶소. 아시겠습니까?"

이번엔 네가 아니라도 FBI 지휘부나 윤리감사실에서 언론을 더 통제하고 싶어 할걸 하고 레이철은 생각했다. 지난번에 배커스가 정체를 드러냄에 따라 행동과학팀의 위상과 명예는 땅바닥에 떨어지고 말았다. 말할 필요도 없이 FBI 전체 이미지도 큰 손상을 입었다. 9·11 테러를 막지 못한 지금 연방수사국과 국토안보부는 뉴스 헤드라인뿐만 아니라 예산을 놓고도 경쟁을 벌이고 있었다. 이런 판국에 매체들이 미치광이 킬러 요원에게 초점을 맞추는 걸 FBI 지휘부나 윤리감사실에서 원할 리 없었다. 특히 일반 대중에게 미치광이 킬러 요원은 이미 오래전에 죽었다고 믿게 해놓은 터였다.

"알았습니다."

레이철이 차갑게 대답했다.

"나에 대해서는 걱정할 필요 없어요. 이제 나가도 되나요?"

"한 가지가 더 있습니다."

랜들 앨퍼트는 잠시 망설였다. 껄끄러운 얘기인 듯했다.

"이 수사에 참가한 요원들도 로버트 배커스와 관련된 사건인 줄 모르는 사람이 많습니다. 알 필요가 있는 사람에게만 말했기 때문이죠. 앞으로도 그럴 겁니다."

"무슨 뜻이에요? 저 밖에서 일하는 사람들은 이게 배커스의 짓인 줄도 모른다는 얘긴가요? 그들도 당연히….."

"월링 요원, 이건 당신 담당이 아니에요. 당신 사건으로 만들려고 하지 마시오. 당신은 옵서버와 보조로 참가했다는 걸 잊지 말아요. 우린 이게 배커스의 짓이란 확증도 아직….."

"그렇군요. 그자의 지문이 GPS에 온통 찍혀 있고, 저 밖에는 그의 메시지가 잔뜩 널려 있는데도 아직 모른단 말이죠."

앨퍼트는 셰리 데이를 돌아보며 짜증난 표정을 지었다.

"셰리가 당신한테 지문 얘긴 하지 말았어야 했나 보군요. 그리고 메시지에 대해서는 아무것도 확인된 것이 없습니다."

"셰리가 얘기하지 말아야 했다고 진실이 아니란 뜻은 아니죠. 당신은 이 일을 은폐할 수 없을 거예요, 앨퍼트 요원."

앨퍼트는 어이없다는 듯 히히 웃었다.

"누가 은폐한다고 했나요? 이봐요, 우린 지금 정보 통제에 관해 얘기하고 있을 뿐입니다. 자료 공개도 때가 있는 법이죠. 내 얘긴 그거예요. 당신이 여기 있다는 사실만으로도 많은 것이 드러나요, 그렇죠? 나는 당신이 누구에게 무엇을 드러낼 건지 결정하길 원치 않소. 그건 내 일이란 말입니다, 아시겠소?"

레이철은 마지못해 고개를 끄덕이며 셰리 데이를 흘끗 돌아보았다.

"분명히 알았습니다."

"좋아요. 그러면 셰리, 현장으로 안내하시오."

그들은 RV에서 내려왔다. 첫 번째 천막으로 레이철을 데려가며 데이가 빈정거렸다.

"그의 환심을 확실히 사버렸군요."

"재미있어. 어떤 건 절대로 변하지 않거든. 관료주의가 실수로부터 교훈을 얻거나 발전한다는 건 불가능한 일이라고 나는 생각해. 아무튼 신경 쓸 거 없어. 그래, 여기서 찾아낸 게 뭐지?"

"지금까지 가방 여덟 개와 가스 두 곳을 발견했어요. 두 곳은 아직 닿지 못했지만 클래식한 역 피라미드예요."

셰리 데이가 말하는 속기용 단어들을 레이철은 금방 알아들었다. 그녀 자신이 만든 단어들도 있었다. 데이는 여덟 구의 시체를 이미 발굴했고, 가스 탐지기가 가리키는 다른 두 곳은 아직 모래 속에 묻힌 채 발굴을 기다리고 있다고 말한 것이다.

비극적 사건들은 데이터를 남겼고, 거기서 유사한 행동들은 어떤 모델을 형성했다. 자신이 죽인 희생자들을 같은 지점에 매장하러 온 살인자는 어떤 패턴을 보이는 것으로 드러났는데, 최초에 매장한 피살자로부터 새로 죽인 희생자들을 역 피라미드 형태 혹은 V자 형태로 파묻는다는 것이었다. 배커스 자신도 FBI 요원 시절에 그러한 데이터 수집에 일조했겠지만, 의식적이든 무의식적이든 그가 이곳에 매장한 시체들이 그런 패턴을 보이고 있다는 얘기였다.

"한 가지 물어보자. 아까 앨퍼트가 브래스 도런과 통화하고 있었는데, 그녀는 이 일이 배커스와 관련되어 있다는 걸 알겠지?"

"당연히 알고 있죠. 소포에서 지문을 찾아낸 사람이 브래스예요."

레이철은 고개를 끄덕였다. 그렇다면 사정을 알고 있는 믿을 만한 동지 하나는 적어도 확보한 셈이었다.

천막에 도착하자 데이는 출입구 날개를 당겨 열었다. 레이철이 먼저 들어갔다. 천장의 통풍구가 열려 있어 내부가 어둡지 않고 약간 침침한 정도였다. 즉시 적응한 레이철의 눈이 텐트 내부 한복판에 자리 잡은 커다란 직사각형 구덩이를 발견했다. 흙더미는 보이지 않았다. 파낸 흙모래와 바위 조각들은 체로 치고 분석하기 위해 콴티코나 현지 지국으로 싣고 갔을 것이다.

"첫 번째 구덩이 시체들만 변칙적이었어요."

셰리 데이가 말했다.

"다른 시체들은 모두 제대로 매장되어 있었죠. 아주 깨끗하게."

"변칙적이었다니?"

"GPS 기록이 이 지점을 가리키고 있었죠. 그들이 도착했을 때 이곳엔 보트가 한 척 있었대요. 그것이…."

"보트라고? 이 사막 한가운데?"

"내가 아까 얘기했던 라디오 설교자 기억해요? 바로 여기서 시작했어요. 광천에 물을 끌어들이기 위해 운하를 팠죠. 보트는 아마 그때 들어왔다가 수십 년 동안 여기 갇혀 있었던 것 같아요. 우린 그 보트를 치운 뒤 가스 탐지기를 박고 발굴을 시작했죠. 첫 번째 구덩이에는 변칙적으로 시체 두 구가 함께 묻혀 있었어요. 다른 구덩이들은 모두 한 구씩 묻혀 있었고요."

"첫 번째 구덩이에는 두 구를 동시에 묻었다는 뜻이야?"

"그렇죠. 두 구가 포개져 있었어요. 그런데 한 구는 비닐로 쌌는데 죽은 지 훨씬 더 오래됐어요. 조사 결과 다른 시체보다 일곱 달쯤 더 된

걸로 밝혀졌죠."

"범인이 그 시체를 비닐로 포장하여 일곱 달쯤 보관하고 있었다는 얘기군. 그러다 두 번째 살인을 저지르자 시체들을 파묻기 위해 사막으로 싣고 나왔던 거야. 그 보트는 일종의 묘비이자 장소 표시였어. 그는 나중에 다른 시체들을 가지고 다시 찾아오게 될 줄 알았다는 얘기지."

"그럴 수도 있죠. 하지만 GPS가 있는데 왜 보트가 필요했을까요?"

레이철은 정말 그렇다는 듯 고개를 끄덕였다. 갑자기 아드레날린이 혈관 속으로 분출되는 느낌이었다. 이 일의 진수는 언제나 브레인스토밍이었다.

"GPS는 나중에 구한 거야. 최근에. 우리한테 보내기 위해서 말이야."

"우리한테요?"

"너. 연방수사국. 나."

레이철은 구덩이 가장자리로 다가가서 안을 들여다보았다. 시체 두 구를 묻은 구덩이치고는 그리 깊지 않았다. 그녀는 입으로 호흡하던 것을 멈추고 악취 나는 공기를 코로 들이쉬었다. 냄새를 기억하기 위해서였다.

"신원 확인은?"

"공식적인 건 없어요. 가족들과도 아직 접촉하지 않았고요. 하지만 그들 중 다섯 명은 누군지 알아요. 첫 번째 희생자는 3년 전에 살해됐어요. 두 번째는 그 일곱 달 후였고요."

"주기는 발견했어?"

"네. 8퍼센트 감소율을 보였어요. 마지막 두 구는 11월까지 드러날 것으로 봐요."

감소율 8퍼센트라는 말은 첫 번째 살인과 두 번째 살인의 간격인 7개월이 그다음 살인들로 이어질 때마다 평균 8퍼센트씩 짧아진다는 뜻이다. 이 점 역시 유사했다. 일반적으로 살인자는 들키지 않을 거라는 믿음이 커지면 그와 동시에 자신의 조급증을 통제하는 힘이 줄어들면서 범죄 간격이 자꾸 짧아지는 증상을 보인다. 그리고 첫 번째 살인이 무사히 넘어가면 두 번째 살인은 더 빨리 더 쉽게 저지르게 된다. 그다음도 마찬가지다.

"11월이면 주기를 넘기게 되잖아?"

"그럴걸요."

"그럴걸요?"

"그쯤 해요, 레이철. 상대는 시인이에요. 우리가 아는 건 그자도 다 알아요. 그냥 우릴 갖고 놀자는 거죠. 암스테르담과 똑같이. 거기선 범인의 정체를 파악하기도 전에 사라졌잖아요. 여기도 딱 그 짝이에요. 그는 갔어요. 안 갔으면 왜 우리한테 GPS를 보냈겠어요? 이미 어디론가 튀었다는 뜻이죠. 그러니 주기를 넘길 일도 여기 돌아올 일도 없다고요. 지금쯤은 어디선가 우릴 지켜보며 웃고 있을걸요. 우리가 모델과 관례에 따라 움직이는 걸 보며 그런 식으론 자기 냄새도 못 맡을 거라고 생각할 거예요."

레이철은 고개를 끄덕였다. 데이의 말은 옳았다. 그렇지만 레이철은 낙관적으로 생각하기로 했다.

"그자도 어딘가에 실수를 범했을 거야. GPS엔 아무것도 없었어?"

"당연히 조사하고 있죠. 브래스가 작업 중이에요."

"그 밖에 또 뭐가 있지?"

"선배가 있죠."

레이철은 아무 대꾸도 하지 않았다. 그 말도 옳았던 것이다. 배커스는 무언가를 꾸미고 있었다. 레이철에게 보낸 모호하면서도 직접적인 메시지가 그 점을 분명히 하고 있는 것처럼 보였다. 그는 그녀가 여기에 있기를 원했다. 그녀도 자기가 꾸민 일의 일부가 되기를 원했다. 하지만 그게 뭐지? 시인이 내게 원하는 게 과연 뭘까?

레이철이 데이를 지도했듯이, 배커스는 레이철을 지도했다. 그는 훌륭한 스승이었다. 생각해보면 레이철은 데이나 다른 누구보다도 시인을 더 잘 이해할 수 있는 입장이었다. 그녀는 선배 요원과 살인자를 동시에 멘토로 모신 셈이었고, 사냥꾼과 사냥감의 입장에서 교육의 독특한 조화를 이루었다. 어느 날 밤 콴티코에서 하루 일과를 마치고 지하실 계단을 올라가며 배커스가 던졌던 말을 그녀는 잊지 못했다.

"결국 말짱 도루묵이라고. 범인들이 어떻게 행동할지 우린 예측할 수 없어. 놈들의 행동에 반응할 수 있을 뿐이야. 결국 우린 대개 당하고 만다는 뜻이지. 신문 헤드라인이나 장식하고, 할리우드는 그걸로 영화를 만들지. 그러면 끝이야."

그때만 해도 레이철은 그 팀에서 신참이었다. 이상과 계획과 신념으로 가득 차 있었다. 그런 신념을 얘기하느라고 그녀는 그 후 반 시간을 배커스와 보냈다. 나중에 살인자로 밝혀진 사내와 그런 얘기를 나눴다는 사실을 생각하면 지금이라도 쥐구멍을 찾고 싶었다.

"이제 다른 천막으로 가볼까?"

레이철이 데이에게 말했다.

"그럼요. 원하신다면 얼마든지."

# 12 선상의 프로파일러

밤이 깊었고 보트의 배터리가 달랑달랑했다. 앞쪽 침대의 불들이 차츰 희미해져갔다. 적어도 내 눈엔 그렇게 보였다. 어쩌면 내 눈이 침침해진 건지도 몰랐다. 위쪽 침대 위에 있던 상자 속의 파일들을 일곱 시간 동안이나 읽었으니까. 수첩의 마지막 장까지 기록하고 나자 뒤집어서 앞쪽으로 적어 나가기 시작했다.

오후에 가졌던 인터뷰는 아무 도움이 안 된다고 할 순 없겠지만 별 볼일이 없었다. 테리 매컬렙의 보트를 마지막으로 빌렸다는 오토 우드올이란 남자는 유명한 아발론 카지노 빌딩 뒤에 있는 고급 콘도에서 살고 있었다. 한 시간쯤 같이 얘기해 봤지만 대부분 버디 로크리지한테 이미 들은 내용과 같았다. 올해 66세인 우드올은 내가 관심을 표한 낚시 여행에 대한 모든 내용들을 확인해 주었다. 보트가 멕시코 선착장에 있는 동안 그는 배에서 내려 그곳에 있는 여자들과 시간을 보냈다고 했다. 그의 아내는 육지에서 하루 종일 쇼핑을 했고, 그는 자기 행동이 그녀에게 알려지는 것을 개의치 않았다. 직장에서 은퇴했지 삶에서 은퇴한 건 아니며, 아직도 남자의 욕구를 지니고 있다고 했다. 나는 그런 얘기 그쯤에서 끊고 매컬렙의 마지막 삶에 초점을 맞추었다.

우드올의 관찰과 기억은 버디가 한 말의 중요한 내용들을 자세한 부분까지 확인해 주었다. 그리고 여행하는 동안 적어도 두 차례 이상 매컬렙이 알약과 물약을 오렌지 주스와 함께 복용하는 것을 보았다고 증언했다.

수첩에 메모하면서도 별로 소용없겠다는 생각이 들었다. 한 시간쯤 후 나는 우드올에게 감사하다고 말한 뒤 산타 모니카 만의 풍경 속에 그를 남겨두고 돌아섰다. 그 너머 육지에서는 짙은 스모그가 피어오르고 있었다.

버디 로크리지는 내가 렌트한 골프 카트 안에서 기다리고 있었다. 그는 내가 마지막 순간 그를 제외시키고 우드올을 혼자 인터뷰하기로 결정한 것에 대해 아직도 상심한 상태였다. 내가 우드올과 인터뷰하기 위해 자기를 이용했다고 비난했다. 그의 불평과 비난은 정당한 것이었지만 나는 아랑곳하지 않았다.

우리는 부두까지 조용히 돌아왔다. 버디를 돌아보며 나는 남은 오후 시간과 밤늦게까지 파일을 검토해야 하니 집으로 돌아가라고 말했다. 그는 도와주겠다고 했지만 나는 이미 많은 것을 도와주었다고 했다. 고개를 숙이고 페리 선착장으로 걸어가는 버디 로크리지를 보며 나는 아직 확신할 수가 없었다. 그에 대해서는 좀 더 생각해볼 것이 있었다.

나는 조디악을 타고 꾸물대고 싶지 않아서 모터보트를 타고 〈팔로잉 시〉 호로 돌아갔다. 보트에 오르자 특등실을 재빨리 돌아본 뒤 앞쪽 선실로 이동했다.

테리 매컬렙은 사무실로 개조한 그곳에 시디 플레이어를 설치해 놓왔다. 몇 개 안 되는 그의 디스크들은 대부분 블루스와 1970년대 로큰 롤이었다. 나는 비교적 최근 앨범인 루신다 윌리엄스의 〈눈물 없는 세 상(World without tears)〉이란 시디를 재생했다. 그런데 곡들이 너무 마음 에 들어 틀고 또 틀고 하다 보니 무려 여섯 시간이나 이어서 듣게 되었 다. 그녀의 목소리에는 긴 여정이 담겨 있었고 나는 그것이 좋았다. 마 침내 보트의 전기불이 깜박거리기 시작했을 때에야 음악을 껐지만 그 때까진 적어도 세 곡은 가사까지 외워져서 다음에 내 딸을 만나면 자장 가 대신 불러줄 수 있을 정도였다.

매컬렙의 사무실로 돌아와서 내가 가장 먼저 시작한 것은 그의 컴퓨 터를 켜고 '프로파일'이라 표시된 폴더를 여는 일이었다. 그러자 여섯 개의 파일 리스트가 떠올랐는데, 타이틀란에는 지난 2년 동안의 날짜들 이 기재되어 있었다. 날짜 순서대로 하나씩 불러 보았더니 모두 살인사 건 용의자들의 프로파일이었다. 전문가가 범죄현장의 세부사항을 기초 로 간결하고 분석적인 용어를 사용하여 각 인물들에 대해 살인자라는 결론을 내려놓고 있었다. 이로서 매컬렙이 단지 신문 기사들만 읽고 있 진 않았다는 것이 밝혀졌다. 그가 개인적으로 혹은 사진이나 테이프, 수 사관의 기록을 통해 범죄현장에 접근하고 있었음이 분명했다. 내가 보 기에 이건 직업을 잃은 프로파일러가 감을 유지하기 위해 연습 삼아 한 놀이가 아니었다. 이건 의뢰를 받아서 한 일이었다. 사건들이 모두 서부 의 작은 경찰국 관할이었다. 매컬렙은 뉴스나 다른 방법을 통해 사건들 을 접하고, 그 일로 골머리를 앓고 있는 각 경찰국에 자발적인 협조를 제의한 것 같았다. 제의가 받아들여지면 그는 범죄현장에 대한 정보를 송부 받아 프로파일 분석과 작성 업무를 시작했을 것이다. 그 자신의 재능을 제공하겠다고 했을 때 그의 악명이 도움이 되었는지 방해가 되 었는지 나는 그 점이 궁금했다. 이 여섯 건을 허락 받기까지 그는 몇 번이나 거절을 당했을까?

제의가 받아들여지면 그는 이 보트를 떠나지도 않고 지금 내가 앉아 있는 이 책상에 앉아 사건을 분석하기 시작했을 것이다. 그리고 자기가 하는 일에 대해 아내가 자세히 알고 있다고는 생각하지 않았을 것이다.

그렇지만 나는 테리가 각 프로파일에 얼마나 많은 시간과 주의를 쏟았는지 알 수 있었다. 그래시엘라가 말한 내용들이 그들의 결혼생활에 심각한 문제가 되었던 이유도 차츰 이해할 수 있었다. 테리는 선을 긋지 못했다. 그냥 흘려버릴 수 없었던 것이다. 이 프로파일 작업은 수사관으로서 자기 임무에 헌신한 것에 대한 증언일 뿐만 아니라 한 남편과 아버지의 약점에 대한 고백이기도 했다.

여섯 개의 프로파일은 애리조나의 스콧데일과 네바다의 헨더슨, 그리고 캘리포니아의 네 도시인 라 호야, 라구나 비치, 살리나스, 산 마테오에서 발생한 사건들이었다. 두 명은 아동 살해범이었고 나머지 넷은 성폭행 살인자들이었다. 피해자는 세 명의 여자와 한 명의 남자였다. 매컬렙은 사건들 사이에서 연관성을 발견하진 못했다. 단지 별개의 사건들로 지난 2년 동안 그의 주의를 끌었던 것이 분명했다. 그의 작업이 도움이 되었다거나 어떤 사건을 해결했다는 언급은 어느 파일에서도 발견할 수 없었다. 사건 개요들을 수첩에 적으며 나는 각 경찰국으로 전화하여 수사현황을 체크해 봐야겠다고 생각했다. 가능성은 매우 낮지만 그래도 이 프로파일들 중의 하나가 매컬렙의 죽음을 촉발시켰을 수도 있었다. 급한 일은 아니지만 어쨌거나 체크할 필요는 있을 것이다.

컴퓨터를 뒤지는 일은 그쯤 해두고 간이침대 위에 쌓아둔 파일 상자들로 주의를 돌렸다. 상자들을 하나하나 들어 바닥에 내려놓자 발 디딜 곳이 없을 정도가 되었다. 상자들 속에는 종결된 사건과 미제 사건들이 뒤죽박죽 섞여 있었다. 그것들을 분류하여 수사 중인 사건들을 골라내는데 한 시간을 소비했다. 테리의 죽음이 이 사건들 중의 하나와 연결되어 있다면 아무래도 아직 수사 중인 사건일 가능성이 더 크다는 생각에서였다. 이미 종결된 사건을 테리가 재조사하고 있었을 리는 만무했다.

파일들의 내용은 흥미로웠다. 내가 아는 사건들도 많았고 직접 수사에 참가했던 것들도 있었다. 이런 파일들은 먼지를 뒤집어쓰고 있지 않았다. 미제 사건들을 계속 추적하고 있었다는 분명한 증거였다. 매컬렙은 이따금씩 그것들을 꺼내어 수사 내용과 혐의자, 범죄현장, 개연성 등을 다시 생각하곤 했던 모양이었다. 그리고 수사관과 연구소 직원들, 증인들한테도 전화를 걸었다. 파일의 표지 안쪽 면에 자기가 한 일들을 날짜별로 꼼꼼히 기록하는 테리의 습관이 이런 모든 것을 분명히 확인해 주었다.

거기 적힌 날짜들을 보면 테리 매컬렙이 한꺼번에 여러 가지 사건들을 작업하고 있었음을 알 수 있었다. 그가 최근까지도 FBI와 콴티코의 행동과학팀에 줄을 대고 있었던 것도 분명히 드러났다. 연방수사국 연대기에 나오는 연쇄살인범들을 무색하게 만들 만큼 악명 높은 시인에 대해 수집해 놓은 두툼한 파일을 읽는 데만도 한 시간이나 걸렸다.

시인이란 별명을 가졌던 연쇄살인범은 그 정체가 FBI 수사 팀장이었다. 말하자면 그는 자신을 잡으러 다녔던 수사팀의 지휘관이었던 셈이다. 이 웃기지도 않는 스캔들은 연방수사국과 8년 전 개가를 올렸던 행동과학실을 뿌리째 흔들었다. 그 주인공인 로버트 배커스 요원은 강력계 형사들을 자기 제물로 삼았다. 그리고 사건현장을 자살처럼 꾸며놓고 에드가 앨런 포의 시 구절이 포함된 유서를 남기곤 했다. 한 기자에 의해 그 사건들이 자살이 아니라 살인으로 밝혀지고 범인 추적이 시작되었을 때까지 그는 미국 전역에서 3년에 걸쳐 모두 여덟 명을 살해했다. 실체가 밝혀진 배커스는 로스앤젤레스에서 다른 요원의 총에 맞았다. 당시 그는 LAPD 지국인 할리우드 경찰서의 강력계 소속 형사를 노리고 있었던 것으로 알려졌는데, 그 강력계 계장이 바로 나였고 타깃이었던 에드 토머스는 내 동료였다. 나 자신도 시인에 대해 개인적 관심이 매우 컸던 것으로 기억하고 있다.

그랬던 내가 지금 그 사건의 내용을 읽고 있는 것이다. 공식적으로는 연방수사국이 이미 종결한 사건이었다. 그렇지만 비공식적으로 계속 떠도는 이야기는 배커스가 그때 죽지 않고 멀리 도망쳤다는 것이었다. 그는 총에 맞은 몸으로 로스앤젤레스 지하로 뻗어나간 하수도 터널 속으로 탈출했다. 그리고 6주 후 그 근처에서 총상을 입은 한 시체가 발견되었는데, 훼손 상태가 너무 심해 신체 확인이나 지문 채취가 도저히 불가능했다. 아래턱을 포함한 신체 일부를 쥐나 다른 동물들이 갉아 먹어서 그나마 남은 치아를 치과 기록과 비교할 수 있었을 뿐이었다. 배커스는 용의주도하게도 자신의 DNA 표본도 남겨놓지 않고 사라졌다. 그래서 총구멍이 난 시체를 발견했지만 비교하여 확인할 자료가 없었다는 것이 그들의 말이었다. 연방수사국은 배커스가 사망한 것으로 보인다고 발표하고 재빨리 사건을 종결했다. 요원이 저지른 부끄러운 범죄를 다른 요원의 손으로 급히 가렸던 것이다.

그렇지만 매컬렙이 그 이후 수집한 자료들을 보면 소문이 진실임을 확인해 주었다. 시인은 아직 시퍼렇게 살아 저 바깥 어딘가에 돌아다니고 있음이 분명했다. 4년 전 그는 네덜란드에 나타났었다. FBI가 매컬렙에게 제공한 대외비 회보에 의하면, 어떤 살인범이 암스테르담에서 2년 사이에 다섯 남자의 목숨을 빼앗았다. 피살자들은 모두 외국 관광객들로 그 도시의 홍등가를 찾았다가 사라졌다. 그리고 각자 교살당한 상태로 암스텔 강에 떠올랐다. 그 살인사건들이 배커스와 관련된 것임을 알게 된 것은 범인이 암스테르담 경찰 당국에 보낸 편지 때문이었다. 편지에서 범인은 그 피살자들을 죽인 사람은 그 자신이며, 미국 FBI를 수사에 불러들이도록 요구했다. 대외비 문서에 의하면 범인은 특히 4년 전 로버트 배커스를 쏜 레이철 월링 요원을 지목했다고 했다. 암스테르담 경찰은 FBI를 초청하여 비공식적인 조사를 하게 했다. 범인은 자신이 보낸 편지 끝에 "시인"이라는 서명만 남겼고, 필적을 감정한 FBI는 단정할 순 없지만 범인이 단지 로버트 배커스의 악명에 편승하려고 흉내를 낸 것이 아니라 배커스 자신일 가능성이 아주 높다는 결론을 내렸다.

물론 FBI와 레이철과 암스테르담 경찰이 본격적으로 뛰어들었을 때는 살인범이 멀리 도망치고 난 다음이었다. 그 후 로버트 배커스에 대한 소문은 어디서도 들려오지 않았다. 적어도 테리 매컬렙의 정보에 의해 알려진 것 외에는.

나는 두꺼운 파일을 상자 속에 넣고 다른 파일들을 계속 조사했다. 그러자 매컬렙이 옛날 사건들만 작업하고 있었던 건 아니었음을 알게 되었다. 주의를 끄는 사건들은 무엇이든 관심과 기술을 쏟아야만 하는 성격이었다. 신문 기사 하나만 달랑 있고 날개에 메모가 적혀 있는 파일들도 10여 개나 되었다. 어떤 사건들은 프로파일이 치밀했고 어떤 것들은 모호했다. 2년 전 크리스마스 이브에 센트럴 캘리포니아에서 사라진 임산부 레이시 페터슨 사건에 대한 신문기사들을 모은 파일도 있었다. 특히 그녀의 절단된 시체가 만에서 발견되자 이 사건은 대중의 관심을 모으며 오랫동안 매체에 오르내렸다. 그 만은 그녀가 실종되었을 때 그녀의 남편이 낚시를 하고 있었다고 수사관에게 진술했던 곳이었다. 파일 날개에 여자의 시체가 발견되기 이전 날짜로 기입된 것을 보면 "익사가 분명함"이라고 되어 있었고, 남편이 체포되기 이전 날짜인 다른 기록을 보면 "다른 여자가 있었다"라고 되어 있었다(2002년 벌어진

시인의 계곡

114

실제 사건. 남편인 스캇 페터슨은 2004년 사형을 선고 받았다-옮긴이).

유타 주에서 납치되었다가 거의 1년 후에야 되찾은 엘리자베스 스마트에 대한 기록은 선견지명이 있어 보였다. 그는 신문에서 스크랩한 여자아이의 사진 아래에 정확하게 "살아 있음"이라고 적어 놓았던 것이다(2002년 유랑 노동자에게 납치되었다가 9개월 만에 찾아낸 실제 사건-옮긴이).

로버트 블레이크 사건에 대해서도 매컬렙은 비공식적인 연구를 했던 것 같았다. 전직 영화배우이자 텔레비전 스타였던 그는 자기 아내를 살해한 혐의로 기소되어 신문의 헤드라인을 장식했다. 테리가 파일에 기록한 내용은 직관력 있고 핵심을 찔렀으며, 사건이 법정으로 넘어가면서 그 정확성이 더욱 드러났다(2001년 블레이크는 결국 무죄판결을 받았지만 자녀들의 항소로 유죄가 인정되었다-옮긴이).

나는 매컬렙이 파일 속에 그 기록들을 끼워 넣거나 매체에서 얻은 정보를 이용해 날짜를 조작하여 마치 작업을 통해 사건 양상이나 범인의 특성을 알아낸 것처럼 조작했을 가능성은 없는지 자문해 보지 않을 수 없었다. 가능성이야 있겠지만 매컬렙이 그런 짓을 한다는 건 현실성이 전혀 없어 보였다. 자기 파멸을 가져올 그런 범죄를 저질러야 할 이유가 그에겐 없었다. 나는 그 기록들이 진실일 뿐만 아니라 매컬렙의 작품임을 믿었다.

다른 상자 속에서 LAPD의 새 미제사건 전담팀에 대한 신문기사들을 스크랩한 파일을 발견했다. 파일 날개에는 팀원으로 새로 임명된 네 형사의 이름과 휴대전화 번호가 적혀 있었다. 그들의 휴대전화 번호까지 알고 있다면 매컬렙은 로스앤젤레스 경찰국과 FBI 사이의 벽을 넘나들 수 있었다는 뜻이었다. 형사들은 자기 휴대전화 번호를 아무한테도 알려주지 않는 것으로 나는 알고 있다.

네 형사 중 한 명은 나도 아는 사람이었다. 팀 마샤 형사는 내가 할리우드 경찰서 강력계 계장으로 있을 때 데리고 있던 친구였다. 늦은 시각이지만 경찰은 늦게까지 전화가 걸려오길 기다린다는 걸 나는 알고 있었다. 마샤도 개의치 않을 것이다. 나는 휴대전화를 꺼내어 매컬렙이 파일 날개에 적어 놓은 마샤의 전화번호를 눌러댔다. 즉시 응답이 왔다. 팀? 나야 나, 정말 오랜만일세, 어쩌고저쩌고 한 뒤에 테리 매컬렙에 대해 몇 가지 물어볼 것이 있다고 말했다. 나는 거짓말은 하지 않았지만 살인 혐의에 대해 조사한다는 말은 하지 않았다. 매컬렙 부인의 요청으로 테리의 파일들을 뒤지다가 우연히 그의 이름과 휴대전화 번호를 발견했는데, 서로 어떤 관계였는지 호기심이 나서 전화했다고 둘러댔다.

"선배도 여기 있을 때 미제사건 많이 다뤄봤잖아요. 작년에 선배 집에서 일어났던 일도 미제사건에서 불거졌죠, 아닌가요?"

"맞아."

"그럼 대충 아시겠네요. 물에 빠진 사람 지푸라기 잡는 심정이죠, 뭐. 테리가 어느 날 전화해서 서비스를 제의하더군요. 특정 사건은 아니고요. 〈타임스〉 지에 실린 미제사건 전담팀 기사를 본 모양입니다. 프로파일 작업이 필요하면 언제든 도와주겠다고 했어요. 그는 실력파였잖아요. 그런 일이 있었단 말을 듣고 슬펐죠. 서비스 문제로 카탈리나에 가려고 했는데 이런저런 일들이 생겨 못 갔어요."

"항상 그렇지. 그 친구에게 프로파일 작업을 의뢰한 적은 있나?"

"네, 그런 셈이죠. 여기 있는 몇몇 친구들도 그런 걸로 압니다. 아시잖아요. LAPD에는 이렇다 할 프로파일러가 없고 연방수사국과 콴티코에 의뢰하면 몇 달씩이나 기다려야 한다는 거. 그런데 솜씨 좋고 아무 대가도 바라지 않는 전문가가 돕겠다는데 뿌리칠 이유가 없잖아요. 그래서 몇 가지 의뢰했죠."

"결과가 어땠나?"

"좋았어요. 그래서 지금 아주 흥미로운 사건을 추적하고 있죠. 새로 부임한 경찰국장이 팀을 조직했고 우린 미제사건들을 뒤지기 시작했어요. 계곡에 시체들을 유기한 여섯 사건들의 연관성도 발견했고요. 서로 유사한 점이 있었는데 이전엔 연결시키지 못했던 거죠. 파일들을 복사해서 테리에게 보냈더니 그가 찾아낸 겁니다. 심리적 공통성이라든가, 뭐 그런 걸로 연결했다더군요. 우리가 지금 작업 중인데 감은 잡은 것 같아요. 제대로 추적하고 있단 뜻이에요. 테리가 도와주지 않았다면 아직도 오리무중일 겁니다."

"잘됐군. 그 친구가 도움이 되었다니 기쁜데. 매컬렙 부인에게도 얘기해줘야겠네. 위안이 될 거야."

"좋겠죠. 그런데 해리, 복직 안 하세요?"

나는 그가 매컬렙의 파일들은 왜 뒤지고 있느냐고 물을 줄 알았다. 그런데 그는 내게 느닷없이 경찰에 복직하지 않느냐고 묻고 있었다.

"그건 또 무슨 소린가?"

"국장이 3년짜리 티켓을 발행했다는 소리 못 들었어요?"

"못 들었어. 그게 뭔데?"

"최근에 인재들을 너무 많이 잃었잖아요. 스캔들이다 뭐다 하고 말이죠. 쓸 만한 사람들은 젠장, 난 밀려났어, 하고 투덜대고 있어요. 그래서 국장은 그런 사람들이 돌아올 수 있도록 문을 열어놨어요. 퇴직한 지 3년 미만인 사람들이 복직을 원할 때는 아카데미를 거치지 않고 받아들이기로 했어요. 선배처럼 나이든 사람에겐 딱이죠."

그의 목소리에 미소가 묻어나는 것 같았다.

"3년 미만이란 말이지?"

"네. 그만둔 지 얼마나 됐죠? 2년 반?"

"그쯤 됐지."

"진짜 딱이네. 잘 생각해 봐요. 우리 미제사건 전담팀에 합류해도 좋고요. 자그마치 7천 건이나 된다고요. 마음껏 골라잡아요, 선배."

나는 아무 말도 하지 못했다. 느닷없이 복직에 대한 생각에 사로잡혔던 것이다. 그 순간 부정적인 생각은 하나도 떠오르지 않았다. 오직 경찰 배지를 다시 달면 어때 보일까 하는 생각뿐이었다.

"그동안 은퇴생활을 즐길 만큼 즐겼잖아요. 나한테 더 물어볼 거 있어요, 선배?"

"아니, 그게 전부야. 대답해 줘서 고맙네, 친구."

"천만에요. 3년짜리 티켓 잘 생각해 보세요. 여기로 오셔도 좋고, 할리우드 경찰서로 복직해도 좋잖아요."

"그래, 고맙네. 좋겠지. 잘 생각해 보겠네."

전화를 끊은 나는 테리 매컬렙의 마음을 사로잡고 있었던 사건들에 둘러싸여 나 자신에 대한 생각에 골똘히 빠져들었다. 내가 복직을 한다? 나는 아무 대답도 듣지 못하고 무덤 속에 누워 있을 7천 명을 생각했다. 그건 밤하늘을 쳐다볼 때 발견할 수 있는 별들보다 더 많은 숫자였다.

손에 들고 있던 휴대전화가 갑자기 울리는 바람에 나는 상념에서 깨어났다. 팀 마샤가 아까 그 3년짜리 티켓 얘기는 농담이었다고 말하려고 다시 전화한 것만 같았다. 그러나 전화한 사람은 그래시엘라 매컬렙이었다.

"보트에 불이 켜진 것이 보여서요. 아직도 거기 계셔요?"

"네, 부인."

"왜 그렇게 늦었어요, 해리? 마지막 페리를 놓쳤잖아요."

"오늘 밤엔 돌아가지 않을 겁니다. 여기서 밤새 끝낼 일이 있어서요. 내일은 돌아갈 수 있겠죠. 부인과 얘기할 것도 있고요."

"좋아요. 저도 내일은 근무가 없어요. 여기서 짐을 싸고 있을 거예요."

"짐을 싸요?"

"육지로 이사하려고요. 노스리지에서 살 거예요. 옛날에 다녔던 홀리 크로스 병원 응급실로 복직되었거든요."

"레이먼드 때문에 옮기는 겁니까?"

"레이먼드요? 무슨 뜻이죠?"

"아드님한테 혹 무슨 일이 있는지 걱정되어서요. 레이먼드가 섬을 싫어한다는 말을 들었거든요."

"레이먼드는 친구가 별로 없어요. 적응을 좀 못 했죠. 하지만 그 아이 때문에 이사하는 건 아니에요. 내가 돌아가고 싶어서죠. 테리가 떠나기 이전으로 돌아가고 싶어요. 전에 말씀드렸잖아요."

"네, 그랬죠."

여자는 화제를 돌렸다.

"필요한 것은 없나요? 먹을 건 있어요?"

"보트 부엌에서 좀 찾아냈습니다. 걱정 없어요."

여자는 혀를 찼다.

"오래된 것들일 텐데, 드시기 전에 유통기한을 꼭 확인하세요."

"그러죠."

여자는 망설이다가 전화한 목적을 말했다.

"단서가 될 만한 건 좀 발견했나요?"

"네, 흥미를 끄는 건 몇 가지 있지만 아직 확실한 건 없습니다."

나는 다저스 모자를 쓴 사내를 떠올렸다. 그자는 확실히 수상했지만 아직은 그래시엘라에게 말하고 싶지 않았다. 좀 더 알아본 뒤에 말하는 것이 좋을 것 같았다.

"좋아요. 하지만 나오는 대로 제게도 알려주시겠죠?"

"그러기로 했잖아요."

"그래요, 해리. 내일 만나서 얘기해요. 보트에 계실 건가요, 아니면 호텔에?"

"보트가 좋겠군요. 부인께서 괜찮으시다면."

"전 괜찮으니 편하신 대로 하세요."

"좋습니다. 제가 뭘 좀 물어봐도 될까요?"

"그럼요. 뭐죠?"

"짐을 싸신다니 몇 가지 궁금한 생각이 드네요. 육지로는 얼마나 자주 나가죠? 쇼핑몰이나 레스토랑, 혹은 친척 집 같은 곳에 말이죠."

"보통 한 달에 한 번쯤 나가죠. 특별한 일이 없는 한 말예요."

"아이들도 데리고 갑니까?"

"언제나요. 아이들이 그곳에 적응하길 바라거든요. 자동차 대신 골프 카트를 타고 모든 사람들이 서로를 알고 있는 섬에서 자란 아이들이라 갑자기 육지로 이사하면 이상할 것 같아서요. 그래서 훈련을 시키려고 했죠."

"그건 참 현명한 일 같습니다. 페리 선창에서 가장 가까운 쇼핑몰이 어디죠?"

"어디가 가장 가까운지는 모르지만, 전 항상 피코 대로에 있는 프로미네이드로 가요. 항구에서 405번 직선도로로 일단 빠져나가죠. 폭스힐 같은 더 가까운 몰이 있는 줄은 알지만 전 프로미네이드를 더 좋아해요. 거기 있는 가게들이 더 좋고 편하거든요. 가끔 밸리에서 오는 친구들도 만나는데, 거기가 우리에겐 딱 중간 지점이에요."

미행당하기도 딱 좋은 곳이지. 나는 생각했지만 입 밖으로 말하진 않았다.

"좋아요."

그렇게 대꾸는 했지만 뭐가 좋은지는 나도 알 수 없었다.

"한 가지만 더 묻죠. 여기 불이 꺼지려고 해요. 배터리가 다 된 것 같은데, 충전하거나 다른 무슨 방법이 없습니까?"

"버디에게 물어보지 않았어요?"

"네. 버디와 함께 있을 때는 불이 나갈 줄 몰랐죠."

"오, 해리. 전 몰라요. 발전기를 돌린다는 소린 들었지만 어디 있는지도 모르거든요."

"알았어요. 너무 걱정하지 말아요. 버디한테 전화하죠, 뭐. 그만 들어가세요, 그래시엘라. 아직 불이 있을 때 작업을 해야겠어요."

나는 전화를 끊고 쇼핑몰 이름을 수첩에다 적었다. 그리고 배터리를 아끼기 위해 책상 위의 불만 남기고 보트 안의 모든 불들을 꺼버렸다. 다시 휴대전화를 꺼내어 버디에게 전화를 걸자 잠이 덜 깬 목소리가 흘러나왔다.

"헤이, 버디, 정신 좀 차려요. 나 해리 보슈요."

"누구? 아, 무슨 일이오?"

"당신 도움이 필요해요. 이 보트에 발전기 같은 건 없소? 배터리가 다 됐는지 불이 꺼지려고 합니다."

"이런, 배터리를 완전히 소진하면 안 돼요. 그러면 충전이 불가능해진다고."

"그럴 땐 어떻게 합니까?"

"볼보에 연결해서 발전기를 돌려야 해요. 그런데 이 오밤중에 요란한 소리를 내면 그 근처 보트에서 자고 있는 사람들이 상냥하게 말하진 않겠지."

"알았어요. 관두지, 뭐. 그렇지만 내일 아침엔 돌려야 해요. 그러니 어떻게 해야 하죠? 열쇠를 사용하나?"

"그렇죠, 자동차처럼. 객실 안에 있는 조타장치로 가서 키들을 모두 온(on) 위치로 돌려요. 그다음 각 키들 위에 있는 토글들을 위로 젖히면 시동이 걸려요. 뭐, 당신이 배터리를 완전히 다 소진하지 않았다면 말이죠."

"알았어요. 그렇게 하죠. 이 안에 손전등 같은 건 없소?"

"있지. 주방에 하나, 차트 테이블 위에 하나, 특등실 침실 옆 서랍에도 하나. 주방의 낮은 캐비닛 안에 랜턴도 있어요. 하지만 그걸 그 아래쪽 방에선 사용하지 마시오. 등유 가스 때문에 골로 가는 수가 있으니까. 그러면 풀어야 할 미스터리가 또 하나 늘지 않겠소."

마지막 말에는 경멸 같은 것이 느껴졌지만 난 그냥 넘어가기로 했다.

"고마워요, 버디. 또 연락하겠소."

"그래요. 잘 자시오."

나는 전화를 끊고 손전등을 찾으러 갔다. 특등실에서 작은 손전등 하나와 주방에서 커다란 탁상용 등을 하나 가져왔다. 그것을 책상 위에 놓고 불을 켠 다음 침대의 전등들을 모두 꺼버렸다. 작은 방의 나지막한 천장에 불빛이 반사되어 그다지 나쁘지 않았다. 그 불빛과 손전등으로 나는 얼마간 작업을 더 계속할 수 있었다.

상자에 담긴 파일들이 절반도 안 남았을 때 그만 끝내고 잠자리나 찾아들까 하는 생각이 들기 시작했다. 그 파일들은 매컬렙이 최근 추가한 얄팍한 것들로 대부분 신문 스크랩과 메모들뿐이었다. 나는 손을 집어 넣어 아무거나 하나 집어냈다.

라스베이거스에서 주사위를 던졌다면 나는 아마 떼돈을 벌었을 것이다. 내가 집어낸 파일이 바로 슬램덩크였던 것이다. 그 파일은 내 수사의 초점이 어딘지 가르쳐 주었다. 그것은 나를 그 길로 밀어냈다.

# 13 잃어버린 고리를 찾아서

파일 색인에는 '실종 6'이라고만 적혀 있었다. 파일 속엔 〈로스앤젤레스 타임스〉에서 스크랩한 기사 한 쪽만 달랑 철해져 있고 매컬렙이 노상 하던 대로 파일 날개에 이름들과 전화번호들이 적혀 있었다. 나는 그 기사를 읽기도 전에, 그리고 메모된 것을 이해하기도 전에 그것들이 매우 중요하다는 걸 느낄 수 있었다. 그런 느낌이 든 것은 파일 날개에 적인 날짜들 때문이었다.

매컬렙은 금년 1월 7일부터 2월 28일 사이의 네 차례 다른 날짜에 자신의 생각들을 파일에다 간단히 적어 놓았다. 그로부터 한 달 뒤인 3월 31일에 그는 죽었다. 그 메모들과 날짜들은 내가 검토한 모든 파일들 중에서 가장 최근 것이었다. 나는 그것이 테리의 마지막 작업이었음을 알 수 있었다. 그가 마지막까지 집착하고 있었던 사건. 아직 살펴볼 파일들이 많이 남아 있었지만 이 파일은 내게 강한 냄새를 풍겼고, 나는 그 냄새를 쫓아가기로 결심했다.

그 기사를 쓴 케이샤 러셀이라는 기자를 나는 알고 있었다. 〈타임스〉에서 적어도 10년은 경찰 때리기 기사들을 써왔고, 그 분야의 전문가였다. 그녀는 또 정확하고 공정했다. 내가 재직하던 여러 해 동안 나와의 거래에서 끝까지 깔끔하게 처신했고, 내가 퇴직하고 나온 뒤 개인적으로 맡은 사건에서 죽을 쑤자 그녀는 공정하게 뒤로 물러났다.

결론적으로 말해 나는 그녀가 쓴 기사들을 편안하게 사실로 받아들이게 되었다. 나는 스크랩을 읽기 시작했다.

### 잃어버린 연결고리를 찾아서

네바다에서 사라진 두 LA 남자와 다른 네 명은 서로 연결되어 있나?

케이샤 러셀, 〈타임스〉 스탭 기자

로스앤젤레스에서 온 두 사람을 포함한 최소한 여섯 명이 네바다의 도박장에서 의문의 실종을 당해 경찰이 그들의 연관성을 찾아 나섰다.

라스베이거스 메트로폴리스 수사관들은 화요일 실종자들이 비록 넓게 분포된 지역에서 온 서로 다른 배경을 가진 모르는 사람들이긴 하지만, 미스터리를 풀어줄 공통성이 그들 사이에 있을 것이라고 말했다.

29세에서 61세에 이르는 이 실종자들은 지난 3년간에 걸쳐 그들의 가족들에 의해 신고되었다. 이들 중 네 명은 경찰이 현재 수사에 착수한 라스베이거스에서 마지막으로 목격된 것으로 알려졌으며, 두 명은 휴양도시 라플린과 프림으로 여행하던 도중 사라졌다. 그들 중 자신들의 행선지나 예상되는 처지를 호텔방이나 자동차, 혹은 자기 집에 글로 남긴 사람은 아무도 없었다.

"현재로선 미스터리 그 자체입니다"라고 베이거스 메트로의 실종자 전담팀 소속 토트 리츠 형사는 기자에게 말했다. "사람들이야 여기뿐만 아니라 다른 데서도 항상 없어지죠. 하지만 죽든 살든 결국은 나타납니다. 그래서 항상 설명이 되는 겁니다. 그런데 이 친구들은 아무것도 없어요. 정말 희귀한 케이스죠."

그렇지만 리츠와 다른 수사관들은 그 희귀한 케이스도 분명 설명이 가능하다고 확신하고 목격자들의 제보를 기다리고 있다. 지난 주 라스베이거스와 라플린과 프림에서 온 수사관들은 베이거스 메트로 사무실에 모여 자료들을 비교하고 수사 전략을 세웠다. 또한 실종자들의 사진이나 신상명세를 공개하여 새로운 정보들을 촉발시키기로 했다. 일주일 후인 화요일, 리츠는 쓸 만한 정보가 아직 들어오지 않고 있다고 발표했다.

리츠는 전화 인터뷰를 통해 "무언가를 보았거나 들었거나 알게 된 사람이 분명 있어야 합니다" 하고 말했다. "자그마치 여섯 명이나 되는 사람들이 쥐도 새도 모르게 사라졌단 말입니다. 제보자를 기다리고 있는데 소식이 없네요."

리츠 형사의 말대로 실종사건은 흔했다. 그런데 이 여섯 명은 네바다로 사업차 혹은 관광차 왔다가 집으로 영영 돌아가지 않았다는 점이 다른 사건들과는 달랐다.

라스베이거스가 이미지를 구기고 있다는 소문이 다시 돌고 있다. 가족들이 즐겨 찾는 곳으로 도시의 네온사인을 장식했던 마케팅 전략은 이제 사라졌다. 죄악이 다시 판치고 있다. 지난 3년 동안 수많은 클럽들이 누드나 부분 누드 공연을 허가 받았고, 유명 거리에 있는 카지노들도 누드와 성인용 오락을 내용으로 한 쇼를 공연하고 있었다. 이들은 광고판에 누드를 올렸다가 지역 유지들의 분노를 사기도 했다. 거의 모든 광고판들이 아이들을 집에 떼어놓고 온 어른들의 놀이판으로 도시의 외관을 변모시켜버렸다.

최근 발생하는 광고판 분쟁들은 그런 변화가 모든 사람들에게 긍정적으로 작용한 것은 아니며, 많은 사람들은 이 여섯 관광객의 실종도 무슨 짓을 해도 괜찮다는 이 지역의 분위기로 인한 부작용과 간접적으로 연결되어 있을 것으로 짐작하고 있다.

〈라스베이거스 선〉의 칼럼니스트인 어니 겔슨이 다음과 같이 말했다. "상황을 직시해야 합니다. 그들은 가족용 놀이동산을 만들려고 했지만 장사가 안 됐어요. 결국 도시 전체가 지금처럼 돌아갔죠. 그래야 돈이 나오니까. 그것이 실종된 여섯 사람과 무슨 관련이 있습니까? 난 정말 모르겠습니다."

겔슨은 실종된 여섯 명을 라스베이거스의 변화된 이미지와 연결시키는 성급한 결론에는 아무래도 선뜻 동의하기 어려운 모양이었다.

"첫째, 그들이 모두 라스베이거스에서 사라진 게 아니란 사실을 기억할 필요가 있겠죠. 둘째, 지금까지 있었던 일만으로는 어떤 이론도 입증할 수 없습니다. 그러니 성급한 결론을 내리기 전에 미스터리가 풀릴 때까지 느긋하게 기다려야 할 것 같군요."

실종된 사람들의 신상은 아래와 같다.

ㅡ고든 스탠슬리, 41세, 로스앤젤레스 거주, 2001년 5월 17일 실종. 라스베이거스에서 만달레이 베이 리조트에 체크인하고 카지노로 들어갔지만, 침대에서 잔 흔적이 없고 짐도 풀지 않았다. 기혼자로 두 아이의 아버지.

ㅡ존 에드워드 던, 39세, 캐나다 오타와 거주, 휴가를 얻어 집에서 로스앤젤레스까지 차를 몰고 왔다. 목적지인 그라나다 힐에 있는 형의 집엔 들르지도 않았음. 던의 30피트짜리 레저용 차량은 2001년 12월 29일 라플린의 RV 주차장에서 발견되었는데, 이것은 그라나다 힐의 형 집에 도착하기로 한 날로부터 20일 후였다.

ㅡ로이드 락랜드, 61세, 2002년 6월 17일 라스베이거스에서 실종. 그가 탄 애틀랜타발 비행기는 오전 11시에 매캐런 국제공항에 도착했다. 허츠 렌터카를 타고 공항을 나갔지만 예약했던 MGM 그랜드에 체크인하지 않았다. 차는 다음 날 2시 공항에 있는 허츠 렌터카 센터에 반납되었지만, 네 자녀의 아버지이자 세 손자의 할아버지인 그를 기억하는 직원은 아무도 없었다.

ㅡ펜튼 윅스, 29세, 텍사스 주 댈러스 거주, 2003년 1월 25일 라스베이거스로 출장 간 이후 실종된 것으로 알려졌다. 경찰은 그가 라스베이거스 다운타운에 있는 골든너깃 호텔에 체크인하고, 컨벤션 센터에서 열리는 전자 엑스포에 첫날은 참가했지만 둘째 날과 셋째 날은 참가하지 않은 것을 확인했다. 실종 신고는 그의 아내가 했고, 둘 사이에 아이는 없다.

ㅡ조셉 오리어리, 55세, 펜실베이니아 주 버윈 거주. 작년 5월 15일 아내와 함께 투숙

한 벨라지오 호텔에서 실종되었다. 앨리스 오리어리는 남편이 카지노에서 블랙잭을 하는 동안 리조트의 온천으로 가서 시간을 보냈다. 여러 시간이 지난 후 남편은 스위트룸으로 돌아오지 않았다. 주식중개인 오리어리는 그다음 날 실종신고 되었다.

–로저스 에벌, 40세, 로스앤젤레스 거주. 버뱅크에 있는 디즈니 스튜디오에서 그래픽 디자이너로 일하던 그는 11월 1일 하루 일과를 마치고 나간 뒤 실종되었다. 그의 자동차는 프림에 있는 버팔로 빌스 카지노 외부 주차장에서 발견되었다. 주간 15번 고속도로 상의 캘리포니아 주경계선 바로 너머에 있는 주차장이다.

수사관들은 조사를 해도 단서가 거의 나오지 않는다고 말했다. 그나마 락랜드의 렌터카가 그들이 건진 최상의 단서라는 것이다. 그 차는 락랜드가 빌려간 지 27시간 만에 돌아왔다. 허츠의 기록에 의하면 차는 그 시간 동안 328마일(524km–옮긴이)을 달렸다. 허츠 공항 센터에 차를 돌려준 사람이 누구든, 그는 허츠 직원에게 말을 하거나 영수증도 받지 않고 차를 버려두고 갔다.

"그들은 차를 세우고 내린 다음 걸어서 가버린 겁니다" 하고 리츠 형사가 말했다. "아무도 기억하는 사람이 없어요. 그 센터에는 하루 1천 대 이상의 차가 들락거린다는군요. 카메라도 없고, 렌터카 장부 외에는 어떤 기록도 없습니다."

토드 리츠와 다른 형사들이 의아하게 여기는 것은 그 차가 달린 328마일이라는 거리였다.

리츠의 파트너인 피터 이처드 형사는 "그건 상당한 거리입니다. 그 자동차가 여러 곳을 방문할 수 있었다는 얘깁니다. 164마일(262km–옮긴이) 나갔다가 다시 돌아온 거리를 반경으로 엄청나게 큰 원을 그릴 수 있습니다"라고 말했다.

그렇지만 수사관들은 렌터카에서 단서를 찾아 원의 크기를 줄여나가면 실종된 여섯 사람에 대한 해답에 이를 수 있을 것이라고 생각했다.

"팍팍한 일이죠" 하고 리츠 형사는 말했다. "이 친구들은 다 가족이 있고 우리는 그들을 위해 최선을 다하고 있습니다. 하지만 아직까지는 모든 것이 의문투성이일 뿐 해답은 한 가지도 없어요."

기사는 스토리 자체보다 더 큰 의미를 발견하게 하는 〈타임스〉 지 특유의 방식으로 멋지게 작성되었다. 이 경우엔 여섯 남자의 실종이 라스베이거스가 성인들의 놀이터로 변하고 있는 최신 징후임을 이론화하고 있었다.

그것은 내게 기계식 주차설비를 가진 한 사내의 범행을 떠올리게 했다. 그 사내는 리프트에 연결된 유압 선을 끊어 3톤 무게의 캐딜락을 추락시켜 그 아래 있던 오랜 동업자를 압사시켰다. 자세한 내용을 취재하기 위해 나한테 전화를 걸어온 한 〈타임스〉 기자는 돈 문제로 동업자들끼리 서로 등을 돌리는 이런 현상이 팍팍해진 경제를 드러낸 징후냐고 물었다. 나는 그게 아니라, 이건 한 사내가 자기 아내를 유혹하는 동업자를 좋아하지 않는다는 것을 드러낸 징후라고 대답해 주었다.

더 큰 암시들은 접어두고, 이 기사의 스토리는 일종의 미끼였다. 나도 강력계에 있을 때 케이샤 러셀 기자와 이런 장난을 쳐봤기 때문에 알 수 있었다.

리츠 형사는 정보를 낚고 있는 중이었다. 실종자의 절반이 로스앤젤레스를 오갔으므로 〈타임스〉의 경찰출입 기자를 불러 저런 스토리를 싣게 한 다음 어떤 놈이 튀어나올지 지켜보고 있었다.

그런데 테리 매컬렙이 맨 처음 튀어나왔던 것이다. 그가 파일 날개에 기재한 날짜들을 보면 신문이 발행된 1월 7일에 그 기사를 읽었던 것이 분명했다. 메모 내용들은 짤막짤막하고 암호 같았다. 파일 날개 맨 상단에 리츠라는 이름과 지역코드 702인 전화번호가 적혀 있었다. 그 아래 매컬렙은 이런 식으로 메모해 놓았다.

1/7-
평균 44

41-39-40

교차점 발견

주기 붕괴-더 있다

랜터카-328

삼각형 이론?

　1점은 3점을 준다

DD-사막 체크


1/9-

　전화 응답-png


2/2

　힌튼-702 259-4050

　n/c 스토리?


2/28

　지직스-가능? 어떻게?

　마일


　파일 가장자리를 따라 지역코드 702인 전화번호 두 개가 더 적혀 있었다. 그리고 그 끝에 윌리엄 빙이란 이름이 씌어 있었다. 나는 메모 내용을 다시 읽어본 뒤 스크랩한 기사를 살펴보았다. 매컬렙이 기사 두 군데에 동그라미를 쳐놓은 것을 발견할 수 있었다. 렌터카로 달린 거리가 328마일로 밝혀졌다는 부분과 이처드 형사가 말한 164마일 반경으로 엄청나게 큰 원을 그릴 수 있다는 부분이었다. 매컬렙이 이 두 군데에 동그라미를 친 이유는 알 수 없었지만 파일 날개에 기록된 내용들은 대부분 이해할 수 있었다. 그의 파일들을 일곱 시간도 넘게 읽으며 인용된 용어들을 익힌 덕분이었다. 전직 FBI 프로파일러는 자신이 만든 속기를 사용했지만 다른 파일에서는 풀어쓰기도 했기 때문에 해독하는 데 어려움은 별로 없었다.

내가 즉시 알아볼 수 있었던 용어는 "DD"였다. 확실히 사망(Definitely Dead)이란 뜻으로 매컬렙이 검토 중이던 실종사건들을 분류하거나 결론을 내릴 때 자주 사용한 말이었다. 또 하나 쉽게 풀린 용어는 기피인물(persona non grata)이란 뜻을 지닌 "png"였다. 매컬렙이 수사를 돕겠다고 제의했다가 거절을 당했거나 미지근한 반응을 얻었다는 뜻이었다.

그는 실종자들의 나이에서도 중요한 의미를 발견했다. 그들의 평균 나이를 적은 뒤 그것에 가장 가깝고 차이가 두 살 미만인 세 사람의 나이를 나열했다. 이것은 피살자 프로파일과 관계있는 기록처럼 보였지만 파일 속에 프로파일은 보이지 않았다. 따라서 나는 매컬렙이 그 단계를 지나 계속 작업을 진행했는지 알 수가 없었다.

"교차점 발견"이라는 말도 이 프로파일의 일부처럼 보였다. 매컬렙은 여섯 명의 실종자가 지리적으로나 라이프스타일에서 서로 교차하는 부분이 있다고 말하고 있었다. 리츠 형사가 〈타임스〉 기사를 통해 말한 대로 매컬렙도 이 실종자들 사이에 어떤 연결선이 있다고 믿었던 것이다. 그렇다. 그들은 오타와와 로스앤젤레스처럼 서로 멀리 떨어진 곳에서 온 서로 모르는 사이지만, 그처럼 똑같이 실종된 데에는 무슨 이유가 있어야만 했다.

"사이클 붕괴-더 있다"란 말은 실종의 빈도를 뜻하는 게 아닐까? 매컬렙이 믿고 있는 대로 만약 누군가가 그들을 납치하여 살해했다면, 그런 경우 납득할 만한 시간의 주기가 항상 있는 법이다. 연쇄살인범들은 대개 그런 식으로 범행하며, 격렬한 심리적 충동이 고조되다가 살인을 저지른 뒤에는 가라앉는 주기를 보인다. 매컬렙은 그 주기를 체크하다가 다른 실종자들이 있을 법한 구멍들을 발견한 것이 분명했다. 실종자가 여섯 명보다 더 많다고 믿게 되었던 것이다.

나를 가장 곤혹스럽게 한 메모는 "삼각형 이론?"이란 말과 그 아래 적힌 "1점은 3점을 준다"라는 말이었다. 이건 지금까지 읽은 어떤 파일에서도 보지 못했고 나로선 달리 이해할 수도 없는 말이었다. 이 말은 렌터카가 328마일 달렸다는 내용과 함께 적혀 있었다. 그렇지만 씹으면 씹을수록 더 아리송해지는 말이었다. 무슨 암호거나 내가 모르는 속기인 듯했다. 목에 걸린 가시처럼 성가셨지만 지금까지 내가 알아낸 정보만으로는 어쩔 도리가 없었다.

1월 9일 날짜로 메모된 "전화 응답-png"는 리츠가 걸어온 전화 응답을 말하는 것이었다. 매컬렙이 자동응답기에 남긴 메시지를 보고 리츠 형사가 전화를 걸어왔을 테고, 프로파일 업무에 협력하겠다는 테리의 제안에 흥미 없다고 대꾸한 모양이었다. 이건 놀라운 일도 아니었다. 지역경찰이 연방수사국 요원을 배척하는 일은 종종 있었다. 수사를 하다 보면 지역과 연방 사이에 자존심 싸움이 다반사로 일어났다. 은퇴한 FBI 요원이라고 봐줄 리가 없었다. 리츠 형사에게 테리 매컬렙은 기피 인물이었던 것이다.

어쩌면 그 때문에 이 사건을 다루고 이 파일을 만든 건지도 몰랐다. 그다음 2월 2일 메모에 이름과 전화번호가 나타났다.

나는 늦은 시각에도 개의치 않고 휴대전화를 꺼내어 번호를 눌렀다. 생각하기에 따라서는 너무 이른 시각일 수도 있었다. 그런데 여자 목소리가 흘러나왔다.

"〈라스베이거스 선〉 지의 신디 힌튼입니다. 지금은 받을 수 없지만 당신의 전화는 제게 매우 소중합니다. 성함과 전화번호를 남겨주시면 최대한 빨리 전화를 드리겠습니다. 감사합니다."

삐 소리가 나자 나는 잠시 망설이다가 말했다.

"에, 안녕하세요. 전 해리 보슈라는 사람입니다. 로스앤젤레스 경찰 출신 조사원인데, 테리 매컬렙에 관해 얘기하고 싶습니다."

나는 내 휴대전화번호를 남기고 전화를 끊었다. 과연 잘하는 짓인지 의문이 들었지만 짤막하게 암호처럼 말하는 것이 최상의 방법이라 생각했다. 그만하면 여자는 전화가 하고 싶어질 것이다.

마지막 메모가 내겐 가장 흥미로웠다. 매컬렙은 "지직스"라는 말을 적어놓고 그것이 가능한지, 가능하다면 어떻게 가능한지 묻고 있었다. 지직스는 지직스 로드를 말하는 것일 테고, 이건 비약이었다. 그것도 엄청난 비약.

매컬렙은 자기 가족들을 미행하며 카메라로 찍은 어떤 자가 보낸 사진들을 받았다. 바로 그자가 캘리포니아와 네바다 경계 지역에 있는 지직스 로드를 카메라로 찍었다. 어쨌거나 매컬렙은 어떤 연관성을 발견했고, 하나의 미스터리가 다른 것과 연결될 수 있는지 의문을 품었다. 그가 라스베이거스 메트로 형사에게 전화하여 실종자들 사건 해결을 돕겠다고 제의하고 작업에 들어갔을 수도 있을까? 지금 단계에서 그런 질문을 던지는 건 너무 성급했다. 그것은 내가 무언가를 놓치고 있다는 뜻이었다. 나는 그런 결론에 도달할 수 있는 징검다리가 될 정보 한 조각을 놓치고 있었다. 연결 가능성을 보여주는 그 정보를 매컬렙은 분명 알고 있었지만 파일에 적어놓진 않았던 것이다.

마지막으로 체크해야 할 메모는 파일 가장자리에 적어놓은 두 개의 전화번호와 윌리엄 빙이라는 이름이었다. 나는 다시 휴대전화를 꺼내어 첫 번째 전화번호를 눌렀다. 그러자 녹음된 음성이 흘러나오며 그곳은 만달레이 베이 리조트와 카지노라고 소개했다. 뒤이어 내가 선택할 수 있는 번호들을 죽 불러 내려가기에 나는 전화를 끊었다.

두 번째 전화번호는 윌리엄 빙이란 이름 앞에 적힌 것이었다. 번호를 눌러대며 나는 그에게 테리 매컬렙과는 어떤 관계냐고 물을 준비를 하고 있었다. 그러나 몇 차례 신호음이 들린 뒤에 들려온 것은 여자 목소리였다.

"안녕하세요, 라스베이거스 메모리얼 메디컬 센터입니다. 어디로 연결해 드릴까요?"

예기치 않았던 대답과 질문이었다. 어떻게 대꾸해야 할지 몰라 잠시 망설인 끝에 나는 병원의 위치가 어디냐고 물었다. 여자가 블루 다이아몬드 로드에 있는 병원 주소를 불러주는 동안 나는 질문할 내용을 완전히 준비했다.

"직원 중에 윌리엄 빙이란 이름을 가진 의사분이 계십니까?"

잠시 후 그런 의사는 없다는 대답이 돌아왔다.

"그러면 윌리엄 빙이란 이름을 가진 직원은 없습니까?"

"그런 사람 없는데요."

"환자들 중에는 어떻습니까?"

여자가 컴퓨터를 체크하느라 잠시 시간을 끌었다.

"현재로선 없습니다."

"이전엔 혹시 있었습니까?"

"저는 그런 정보에 접속할 수 없습니다."

나는 여자에게 감사 인사를 한 뒤 전화를 끊었다.

매컬렙이 맨 마지막으로 적어놓은 두 개의 전화번호에 대해 나는 한참동안 생각했다. 결론은 단순했다. 테리 매컬렙은 심장이식 수술을 받았다. 다른 도시로 여행할 때는 긴급 상황이나 의학적 문제가 발생할

시 어디로 가서 누구에게 문의해야 할지 알아둘 필요가 있을 것이다. 내 짐작으로는 파일에 기록된 두 개의 전화번호를 얻어내기 위해 매컬렙이 안내 데스크로 문의한 듯했다. 그런 다음 만달레이 베이 리조트에 방을 예약하고 예방조치로 그 지역의 병원을 체크했던 것이다. 라스베이거스 메모리얼 메디컬 센터의 직원 중에 윌리엄 빙이란 의사가 없다고 해서 그 사람이 거기서 심장전문의로 환자들을 치료하고 있을 가능성 자체가 없다는 얘긴 아니었다.

나는 휴대전화를 열어 시간을 체크한 뒤 개의치 않고 그래시엘라에게 전화했다. 그녀의 놀란 목소리가 즉시 흘러나왔다. 자고 있었던 것이 분명했다.

"그래시엘라, 밤늦은 시각에 미안하지만 물어볼 게 있어서요."

"내일 하면 안 돼요?"

"간단히 대답해요. 테리가 사망하기 한 달 전에 라스베이거스로 간 적 있습니까?"

"라스베이거스요? 모르겠는데, 왜요?"

"모른다는 건 무슨 뜻입니까? 당신 남편이었잖아요."

"말씀드렸잖아요. 우린… 별거했어요. 테리는 보트에서 살았죠. 그가 몇 차례 육지로 건너간 건 알고 있지만, 거기서 라스베이거스로 간 것은 말해주지 않으면 모르죠. 테리는 그런 얘길 한 적이 없어요."

"신용 카드 영수증이나 휴대전화 청구서, ATM 현금인출 내역 같은 건 어떻습니까?"

"그런 건 제가 지불했지만 일일이 기억하진 못해요. 호텔 영수증 같은 것도요."

"영수증들은 아직 보관하고 있나요?"

"물론이죠. 집 안 어딘가에 있을 텐데 지금은 짐을 싼 상태라…."

"찾아보세요. 아침에 가지러 가겠습니다."

"벌써 잠자리에 들었는데요."

"그러면 아침에 찾아보세요. 가장 먼저요. 아주 중요한 일이에요, 그래시엘라."

"알았어요. 그런데 한 가진 분명히 말할 수 있어요. 테리는 육지로 갈 때마다 보트를 끌고 가요. 거기 있는 동안 잠잘 곳이 필요하니까요. LA에 머물 계획이 없거나 시더스 시나이 병원에 입원해서 검사 받을 일이 없다면 페리를 타고 갔을 거예요. 보트로 가면 연료비가 너무 많이 들거든요."

"좋습니다."

"그러고 보니 지난달에 한 번 나간 적 있군요. 사흘쯤 걸렸던 것 같아요. 맞아, 2박3일이었어요. 페리를 타고 갔죠. 그건 남편이 다른 어떤 곳에 갔거나 병원에 입원했다는 뜻이에요. 그런데 병원은 분명 아니었어요. 병원에 간다면 저한테 알렸을 테고, 시더스 시나이 병원의 심장전문의들은 저도 다 알아요. 남편이 입원했다면 저한테 경과를 알려줬겠죠. 그곳과는 연결이 되어 있거든요."

"좋아요, 그래시엘라. 도움이 되겠어요. 혹시 그게 언젠지는 기억 안 나요?"

"글쎄요, 2월 말로 기억하는데, 3월 초였던 것 같기도 하고. 돈 문제로 그이에게 전화했더니 육지에 있다고 하더군요. 장소는 말하지 않고 그냥 거기 있다면서 며칠 후에 돌아오겠다고 했어요. 운전하며 전화를 받고 있는 것 같았어요. 그리고 제가 전화했던 발코니에서 항구에 있는 그의 보트가 보였기 때문에 페리를 타고 갔다는 걸 알 수 있었죠."

"왜 전화했는지 기억하고 있습니까?"

"네, 지불해야 할 청구서들이 있었고, 그이가 2월 중 보트 안에 사들인 물건은 없는지 확인하기 위해서였죠. 신용 카드로 지불한 영수증들은 바로 저한테 보내왔지만, 테리는 고객에게 받은 개인수표와 현금을 지갑에 넣고 돌아다니는 나쁜 습관이 있어요. 그가 죽은 후 돌려받은 지갑을 열어 보니 모두 합쳐 900달러쯤 되는 개인수표 석 장이 들어 있었는데, 그게 두 주일 동안 일해서 번 돈이었죠. 장사 수완은 없는 사람이었어요."

그래시엘라는 그것이 마치 남편의 사랑스럽고 유머러스한 특성이었던 것처럼 얘기하고 있었지만, 그가 살아 있었을 때에는 그런 태만에 대해 절대 미소만 짓고 있진 않았을 거라는 생각이 들었다.

"한두 가지만 더 물어보죠. 테리가 어떤 도시로 나갈 때는 으레 그곳에 있는 병원을 체크해 보나요? 다시 말해 그가 라스베이거스로 간다면 만약의 사태에 대비해서 그곳 병원에다 예약을 하느냐는 겁니다."

여자는 잠시 생각해본 후에 대답했다.

"아뇨. 그럴 것 같진 않은데요. 남편이 그랬다는 거예요?"

"모르겠어요. 파일에서 전화번호와 이름을 발견했거든요. 라스베이거스 메모리얼 병원 번호라는데 테리가 왜 그곳에 전화했는지 알고 싶어서 그럽니다."

"라스베이거스 메모리얼에 이식 프로그램이 있다는 건 저도 알아요. 하지만 테리가 거기에 전화한 이유는 모르겠군요."

"혹시 윌리엄 빙이란 이름을 들어보신 적 있습니까? 테리가 추천받은 의사 중 한 분일 가능성이 있을까요?"

"모르겠어요. 이름은 들어본 것 같은데 선뜻 떠오르지 않네요. 의사일 수도 있겠죠. 병원에서 들은 이름인지도 모르겠어요."

나는 혹시나 하고 기다렸지만 그녀는 끝내 기억해내지 못했다.

"좋아요, 마지막 질문. 테리의 자동차는 어디 있습니까?"

"그야 카브리요에 있겠죠. 해안에요. 낡은 체로키 지프예요. 제가 드린 열쇠꾸러미에 그 키도 있어요. 버디도 가끔 사용하니까 키를 가지고 있죠. 우리 대신에 정비를 해줘요. 이젠 저 대신에 해주고 있지만."

"알았어요. 아침에 가서 살펴보죠. 열쇠를 당분간 가지고 있어야겠군요. 첫 번째 페리가 몇 시에 돌아가는지 아십니까?"

"9시 15분경이에요."

"그러면 7시 반이나 8시쯤 댁에서 뵐 수 있을까요? 그 영수증들을 건네받고 보여드릴 것이 좀 있습니다. 시간이 많이 걸리진 않을 테니 첫 번째 페리를 잡을 수 있겠죠."

"그러면 8시로 할까요? 그때까진 돌아올 수 있을 거예요. 매일 레이먼드와 학교까지 걸어갔다가 시시를 탁아소에 데려다 주거든요."

"좋습니다. 그럼 8시에 뵙죠."

우리는 오밤중의 대화를 끝냈다. 나는 즉시 버디 로크리지에게 전화를 걸어 잠자는 사람을 다시 깨웠다.

"버디, 또 나요."

그는 끄응 하고 앓는 소리를 냈다.

"테리가 사망하기 한 달 전쯤 라스베이거스로 간 적이 있습니까? 3월 초쯤에 말이오?"

"난 모르겠는데."

버디는 피곤하고 짜증난 목소리로 대꾸했다.

"이봐요, 내가 그걸 어떻게 알겠소? 3월 초에 내가 한 짓도 기억 못 하겠는데."

"잘 생각해 봐요, 버디. 테리는 그때쯤 도로 여행에 나섰소. 보트를 타고 가지 않았어요. 대체 어딜 갔을까요? 당신한테도 정말 아무 말 없었습니까?"

"일언반구도 없었소. 하지만 그 여행은 이제 기억나네. 지프 전체가 소금기로 엉망진창이 되어 돌아왔거든. 그걸 다 씻어내야만 했죠."

"여행에 대해 물어봤습니까?"

"어딜 다녀왔느냐고 물어봤죠. 비포장도로를 달렸냐고 했더니 시큰 등하게 '그런 셈이지' 하고 대꾸하더군요."

"그걸로 끝이었습니까?"

"그게 전부였어요. 난 세차나 했죠."

"차 안은 어땠나요? 거기도 씻어냈습니까?"

"아뇨, 난 바깥만 얘기하는 거요. 샌 페드로에 있는 세차장으로 몰고 들어가서 동력분무기로 씻어낸 것이 내가 한 일의 전부예요."

나는 고개를 끄덕였다. 그만하면 버디에게 알아낼 건 다 물어본 셈이었다. 당분간은.

"내일 별일 없습니까?"

"네, 요즘은 별일 없어요. 딱히 갈 데도 없고."

"좋아요. 그럼 내일 봅시다."

나는 전화를 끊은 뒤 다시 번호들을 찍어 넣기 시작했다. 매컬렙이 파일 날개 맨 위에 적어놓은 리츠라는 이름 옆에 있는 전화번호였다. 토드 리츠는 〈타임스〉 기사에 실렸던 그 형사였다.

테이프에 녹음된 목소리가 라스베이거스 메트로 실종자 전담팀은 오전 8시부터 오후 4시까지, 월요일부터 금요일까지만 근무한다고 선언했다. 그리고 급한 용무가 있는 사람은 지금 전화를 끊고 다이얼 911을 누르라고 충고했다.

나는 휴대전화를 닫았다. 밤이 깊었고 내일 아침엔 일찍 나서야 한다는 걸 알지만 잠이 금방 올 것 같지가 않았다. 이상한 기운이 핏속을 흐르는 듯했고 오랜 경험에 의해 잠을 청할 때가 아닌 것 같았다. 아직은.

손전등 두 개만 가지고 보트에 혼자 고립된 신세지만 아직 해야 할 일들이 남아 있었다. 나는 수첩을 열고 테리 매컬렙이 사망하기 전 몇 주일 동안 일어난 일들을 날짜별로 재구성하기 시작했다. 그리고 중요한 것과 중요하지 않은 것, 실제적 연결과 상상해낸 연결들을 모두 수첩에 일일이 기록했다.

　　그러자 경험이 내게 잠을 자지 않고도 오래 지탱하는 능력을 가르쳐 준 것처럼, 나는 곧 세부적인 것들이 중요하다는 사실을 깨달을 수 있었다. 해답은 언제나 세부적인 것에 있었다. 지금은 중요하지 않은 것처럼 보이는 것이 나중에는 매우 중요하다. 지금은 모호하고 상관없는 것처럼 보이는 것이 나중엔 돋보기를 통해 더욱 분명해진다.

# 14 삼각형 이론

그 지역 사람들은 척 보면 알 수가 있다. 페리가 육지까지 90분 걸리는 여정을 출발하면 그들은 객실 안에 들어앉아 크로스퍼즐을 풀기 시작한다. 관광객들은 언제나 카메라를 들고 이물이나 고물에 나란히 서서 점점 작아지는 섬에 마지막 시선을 보낸다. 나는 다음 날 첫 배의 객실에 섬사람들과 함께 앉아 있었지만 그들과는 다른 종류의 퍼즐을 풀고 있었다. 테리가 사건에 대해 기록한 파일은 내 무릎 위에 펼쳐 놓았다. 전날 밤 수첩에 작성한 일별 사건 구성표도 가져왔다. 나는 그것을 최대한 암기하려고 애썼다. 수사를 성공적으로 마무리하기 위해서는 사건의 세부사항을 즉시 파악할 필요가 있다.

1월 7일–매컬렙이 네바다 실종자들에 관해 읽고 라스베이거스 메트로에 전화

1월 9일–라스베이거스 메트로 심드렁한 반응

2월 2일–힌튼, 라스베이거스 선. 누가 누구에게 전화했나?

2월 13일—조던 샌디와 반나절 용선 계약

2월 19일—파인더와 용선 계약

2월 22일—GPS 도난/보안관 보고서

2월 27일—매컬렙이 포토 파일을 제작

3월 1일?—매컬렙 사흘간 육지에

3월 28일—마지막 용선 계약. 매컬렙 약을 소지하고 〈팔로잉 시〉 호에 승선

3월 31일—테리 매컬렙 사망

　나는 한 시간 전에 그래시엘라로부터 들은 내용도 첨가했다. 테리의 이동경로를 파악하기 위해 내가 요청했던 신용 카드 영수증에는 그녀가 물품을 구입하고 받은 영수증들도 포함되어 있었다. 2월 21일에 노드스톰 백화점에서 비자카드로 긁은 것도 있었다. 그것에 대해 묻자 그래시엘라는 프로미네이드에서 구입한 물건이라고 했다. 그 이후에도 거기 간 적이 있느냐고 했더니 그녀는 없다고 대답했다.

　일별 사건 구성표에 그것을 추가하려고 보니 〈팔로잉 시〉 호에서 GPS가 도난당했다고 보고된 전날이었다. 그렇다면 GPS가 도난당한 당일이라는 소리였다. 스토커 사진사는 그래시엘라와 함께 페리를 타고 섬으로 돌아가고 있었다. 혹시 그 사내가 그날 밤 〈팔로잉 시〉 호 안으로 숨어들어 GPS를 훔쳐간 건 아닐까? 그랬다면 왜? 만약 그랬다면 테리 매컬렙의 약이 진짜 캡슐에서 가짜 캡슐로 바뀐 것도 바로 이날 밤이 아닐까?

　나는 일별 사건 구성표에서 GPS란 글자에 동그라미를 쳤다. 위치정보시스템 판독기와 이것의 도난이 여기서 대체 어떤 의미를 지니고 있다는 거지? 하찮은 도구 하나에 너무 많은 무게를 두는 게 아닐까 하는 생각이 들었다. 그건 용선 경쟁업자인 파인더가 훔쳐갔을 뿐이라는 버

디 로크리지의 주장이 오히려 더 정확할 수도 있었다. 어쩌면 그게 전부일 수도 있지만, 쇼핑몰까지 그래시엘라를 미행한 사내가 있었다는 사실이 달리 생각하게 만들었다. 거기엔 필시 어떤 연관성이 있을 거라는 예감이 들었다. 아직 찾지 못했을 뿐이다.

그렇지만 나는 무언가에 가까이 다가가고 있는 느낌이 들었다. 일별 사건 구성표는 사건들의 시간과 연결성을 파악하는 데 도움을 주었다. 거기엔 아직 더 추가할 것들이 있었고, 나는 오늘 아침 라스베이거스로 전화했던 일들을 확인해야겠다고 생각했다. 휴대전화를 꺼내어 배터리를 체크하니 간당간당했다. 보트 안에서는 충전할 수가 없었던 것이다. 배터리가 나가기 전에 한 통화는 할 수 있을 것 같았다. 라스베이거스 메트로의 실종자 전담팀에 전화를 건 다음 상대방이 받자 리츠 형사를 부탁했다. 3분 가까이나 기다리는 동안 휴대전화에서 매분마다 삐 소리가 났다. 배터리가 다 되어간다는 경고음이었다.

"리츠 형삽니다. 무엇을 도와드릴까요?"

"리츠 형사, 나는 해리 보슈라는 사람입니다. LAPD 강력계에 있다가 은퇴했죠. 친구를 위해 일을 하나 맡았어요. 그녀의 남편이 지난달에 사망했는데 그의 유품들을 정리해주고 있죠. 그런데 그의 파일 속에서 당신의 이름과 전화번호, 그리고 당신들의 사건에 관한 신문기사를 발견했어요."

"무슨 사건인데요?"

"여섯 명의 실종자에 관한 거요."

"당신 친구의 남편 성함이 어떻게 됩니까?"

"테리 매컬렙. FBI에서 은퇴한 사람입니다."

"아, 그 사람."

"그 친구를 아시오?"

"전화로 한 번 얘기한 적 있습니다. 뭐, 그 정도로 안다고 말할 순 없 겠죠."

"실종자들에 관한 얘기였소?"

"그런데, 당신 성함은 뭐라고 하셨죠?"

"해리 보슈."

"잘 들으세요, 해리 보슈 씨. 난 당신이 누군지 무슨 일을 하는지도 몰라요. 그리고 공개된 사건에 대해 모르는 사람과는 전화로 얘기하지 않는 걸 원칙으로 하고 있습니다."

"당신을 만나러 갈 수도 있소."

"그런다고 달라질 건 없어요."

"그가 죽은 건 알고 있죠?"

"매컬렙 말입니까? 자기 보트에서 심장마비로 쓰러졌는데 아무도 제 시간에 조처를 취할 수 없었다고 들었어요. 멍청한 짓 같아요. 심장이식 수술을 받은 사람이 40킬로미터나 떨어진 바다 한가운데까지 뭣 하러 나갔는지 모르겠네요."

"먹고살려고 나갔겠죠. 그 일에 관해 좀 이상한 점이 드러나서 테리 의 이동경로를 날짜별로 체크하고 있소. 무슨 얘긴지 알겠지만, 혹시 테 리가 누군가의 눈길을 끌진 않았는지 확인하는 중입니다. 내가 알고 싶 은 건…."

"솔직히 무슨 소린지 못 알아듣겠소. 마술 얘기를 하시는 겁니까? 누 가 테리에게 마법을 걸어 심장마비로 보냈다는 건가요? 난 바쁜 사람입 니다, 보슈 씨. 그런 헛소리나 듣고 있을 시간이 없어요. 은퇴한 분들은 우리가 그런 소리나 들어줄 만큼 한가한 줄 아시는 모양인데 천만에요, 그렇지 않습니다."

"테리가 전화했을 때도 그렇게 말했습니까? 사건에 대한 그의 이론이나 프로파일을 듣고 싶지 않았나요? 그걸 헛소리라고 했소?"

"이거 봐요, 프로파일이 무슨 소용 있습니까? 그딴 건 아무 짝에도 쓸데없어요. 개똥이라고요. 그게 내가 그에게 말해준⋯."

내 휴대전화에서 울린 경고음 때문에 그의 마지막 말이 잘려 나갔다.

"무슨 소립니까? 녹음하고 있어요?"

리츠 형사가 물었다.

"아니오. 내 휴대전화 배터리가 다 되어간다는 경고음이죠. 그러니까 테리는 결국 이런 얘기를 하기 위해 거길 찾지 않았단 말이군요?"

"그럼요. 그 대신 신문사로 달려갔던 모양입니다. FBI 출신답죠."

"〈라스베이거스 선〉 지에 그가 이 사건을 조사하고 있다는 기사가 실렸습니까?"

"그럴 리가 있나요. 그들도 테리의 말을 개똥처럼 생각한 듯합니다."

그 한마디로 그의 거짓말이 드러났다. 리츠가 테리의 이론을 개똥처럼 생각했다면, 그의 이론부터 먼저 들어봐야만 그런 결론을 내릴 수가 있다. 나는 리츠 형사가 그 사건에 대해 매컬렙과 충분히 상의했다는 것을 그 한마디로 확신할 수 있었다.

"마지막으로 하나만 더 물어보고 더 이상 귀찮게 하지 않겠소. 테리가 삼각형 이론에 대해 말한 적 있나요? 1점은 3점을 준다든가 하는. 무슨 얘긴지 알아듣겠소?"

수화기로 흘러나온 리츠의 웃음소리는 유쾌하지 않았다. 친절하지도 않았다.

"그건 세 개의 질문이오, 보슈 씨. 세 개의 질문, 삼각형의 세 변, 스트라이크 세 개면 당신은⋯."

전화가 끊겼다. 배터리가 완전히 나간 것이다.

"아웃이지."

리츠의 말을 내가 완성했다. 그 말은 그가 내 질문에 대답하지 않겠다는 뜻이었다. 휴대전화를 닫아 주머니 속에 넣었다. 내 자동차에 배터리 충전기가 있다. 산타 모니카 베이를 건너는 즉시 전화부터 점검해야 할 것이다. 〈라스베이거스 선〉 기자와는 통화도 하지 못했다. 리츠 형사와도 아직 할 얘기가 남은 듯했다.

객실에서 일어나 고물 쪽으로 걸어 나가니 아침바람이 상쾌했다. 멀어진 카탈리나 섬이 안개 속에 뾰족하게 솟은 허연 바위처럼 보였다. 페리는 이제 만을 절반 이상은 건넌 듯했다. 작은 여자아이가 엄마한테 "저것 봐!" 하고 고함치는 소리가 들렸다. 아이가 손가락으로 가리키는 곳을 보니 뱃길을 따라 돌고래 무리가 수면을 뚫고 치솟았다. 적어도 스무 마리 정도는 되어 보였다. 고물에는 카메라를 든 사람들로 곧 북적거렸다. 그렇지만 섬사람들은 아무도 나온 것 같지 않았다. 돌고래들은 아름다웠고, 그들의 회색 피부는 아침 햇살에 비닐처럼 반짝였다. 그냥 놀러 나온 건지, 아니면 페리를 고깃배로 착각하고 찌꺼기 생선이라도 버리면 주워 먹으려고 따라오는 건지 알 수가 없었다.

잠시 후 돌고래의 쇼는 더 이상 승객들의 흥미를 끌지 못했다. 그들이 모두 원래 위치로 돌아간 다음에도 맨 처음 돌고래를 발견하고 고함을 질렀던 소녀와 나는 뱃전에 남아 있었다. 우리는 돌고래들이 마침내 뱃길 속으로 곤두박질하여 검푸른 바다 속으로 완전히 사라질 때까지 그들을 지켜보았다.

나는 객실로 들어가서 매컬렙의 파일을 다시 꺼내들었다. 그리고 그와 내가 적어놓은 내용들을 처음부터 끝까지 다시 읽었다. 새로운 아이디어가 떠오르지 않았다. 그래서 전날 밤 프린트한 사진들을 모조리 살펴보았다. 조던 샌디라는 사내의 사진을 그래시엘라에게 보여줬지만 그녀는 전혀 알아보지 못했다. 뿐만 아니라 내가 물어본 것보다 더 많은 질문을 쏟아냈는데 아직 대답하고 싶지 않은 내용들이었다.

그다음에 살펴본 것은 신용 카드와 전화 사용료 영수증들이었다. 그래시엘라 앞에서도 이미 살펴봤지만 좀 더 철저히 검토하고 싶었다. 특히 그래시엘라가 자기 남편이 육지에 있었다고 확신한 2월 말에서 3월 초 사이의 영수증들을 유의해서 살펴보았다. 하지만 테리가 있었던 곳을 가리키는 신용 카드 영수증이나 휴대전화 통화 기록은 하나도 보이지 않았다. 로스앤젤레스는 물론이고 라스베이거스에서도 물품을 구입하거나 통화한 적이 없었다. 테리는 어떤 흔적도 남기고 싶지 않았던 것처럼 보였다.

30분쯤 후 페리는 로스앤젤레스 항구 안으로 들어가 〈퀸 메리〉 호 옆에 정선했다. 이 호화 여객선은 호텔과 컨벤션 센터로 개조되어 영구적으로 정박하고 있었다. 내 자동차를 세워둔 주차장으로 걸어가고 있을 때 갑자기 여자의 비명 소리가 들려왔다. 깜짝 놀라 돌아봤더니 〈퀸 메리〉 호의 고물에서 내려뜨린 번지점프 밧줄 끝에 한 여자가 거꾸로 매달려 출렁대고 있었다. 여자는 두 팔로 자기 가슴을 꽉 끌어안고 있었는데, 비명을 지른 이유는 자유낙하로 인한 공포나 아드레날린 분출 때문이 아니라 입고 있는 티셔츠가 아래로 내려가 여객선 뱃전에 서 있는 구경꾼들에게 젖가슴을 다 보이게 된 탓이었다.

나는 돌아서서 주차장으로 향했다. 내가 몰고 다니는 차는 스포츠용 메르세데스 벤츠이다. 이런 종류의 자동차가 사업에서는 테러분자들의 접근을 막아준다고 생각하는 사람들도 있다. 나는 그런 토론에 개입하지 않지만 토크쇼에서 그런 주장을 펼치는 사람들은 언제나 차체가 긴 호화 리무진에 길들여져 있다는 걸 잘 알고 있다. 차에 올라 시동을 걸자마자 휴대전화를 충전기에 꽂았다. 휴대전화가 다시 작동되자 꺼져 있던 45분 동안 메시지가 두 건 들어왔다는 걸 알게 되었다.

한 건은 나의 옛 파트너였던 키즈 라이더가 보낸 것이었다. 지금은 경찰국장실에서 행정 기획업무를 담당하고 있는 그녀는 "전화 줘요"라는 말만 달랑 남겼다. 서로 얘기를 나눈 지는 1년 가까이나 되었고 대화가 특별히 즐겁지도 않았는데 갑자기 이런 메시지를 보내온 것이 좀 이상했다. 해마다 보내오는 크리스마스카드에도 그 흔한 안부나 언제 한 번 만나자는 말 한마디 없이 서명만 달랑 되어 있곤 했다. 나는 그녀의 데스크 전화번호를 기록한 뒤—아직 그럴 가치는 있다고 보았다—메시지를 저장했다.

다음 메시지는 〈라스베이거스 선〉 지의 신디 힌튼 기자가 내 전화에 응답한 것이었다. 나는 벤츠를 몰고 테리 매컬렙의 지프가 기다리고 있는 카브리요 마리나로 가기 위해 고속도로로 향했다. 도중에 힌튼에게 전화했더니 재깍 받았다. 나는 그녀에게 설명했다.

"테리 매컬렙 문제로 전화했습니다. 지금 나는 그가 사망하기 두 달 전까지 한 행동들을 모두 추적하고 있어요. 매컬렙이 사망한 사실은 알고 계시겠죠. 〈라스베이거스 선〉에서 그의 부고를 실었던 것으로 기억합니다."

"네, 알고 있습니다. 어젯밤 주신 메시지에 조사원이라고 하셨는데, 어떤 기관에서 근무하고 계시죠?"

"실은 주(州) 면허가 있는 사립탐정입니다. LA에서 경찰 생활을 30년쯤 했죠."

"실종자 사건과 관련된 일입니까?"

"어떤 식으로 말입니까?"

"저야 모르죠. 댁이 전화하셨잖아요. 전 댁이 뭘 원하시는지도 모르는걸요."

"그러면 한 가지만 물어봅시다. 우선 나는 라스베이거스 메트로의 리츠 형사로부터 테리 매컬렙이 실종자 사건에 흥미를 품었다는 사실을 알게 되었어요. 그는 자신이 수집한 사실들을 연구했고 리츠 형사에게 전화하여 전문지식과 수사이론을 제공하겠다고 제의했죠. 여기까지 이해하시겠습니까?"

"네. 아는 얘깁니다."

"좋습니다. 그런데 리츠와 라스베이거스 메트로는 테리의 제의를 거부했어요. 내가 알고 싶은 것은 그다음에 어떻게 했느냐는 겁니다. 테리가 당신에게 전화했나요? 아니면 당신이 테리에게 전화했습니까? 그가 이 사건을 수사하고 있다는 기사를 썼습니까?"

"왜 그런 걸 알고 싶어 하시죠?"

"미안하지만 잠깐만 기다려줘요."

나는 운전 중에 전화한 것이 실수였다는 걸 깨달았다. 힌튼이 나를 경계할 것을 예상했어야만 했고, 나도 전화에만 정신을 집중할 필요가 있었던 것이다. 나는 백미러를 힐끗 본 뒤 두 개의 차선을 가로질러 출구로 빠져나갔다. 표지판을 보지 않았으니 어디로 가는지도 알 수 없었다. 도로를 따라 트럭 터미널과 창고들이 서 있는 공업지구가 나타났다. 나는 한 창고의 열린 차고 문 앞에 서 있는 트랙터 트레일러 뒤에 차를 세웠다.

"미안합니다. 아까 나한테 왜 그런 걸 알고 싶어 하느냐고 물었죠? 테리 매컬렙은 내 친구였습니다. 나는 지금 그 친구가 작업하던 어떤 일을 수습하고 있는 중이죠. 마무리를 해주고 싶어서요."

"그 말씀은 무언가를 감추고 있는 것처럼 들리는데요."

어떻게 넘겨야 하나 하고 잠시 생각했다. 기자에게 정보를 제공하는 것은 위험하다. 특히 모르는 기자는 더 위험하다. 아주 고약한 부메랑으로 돌아올 수가 있다. 신디 힌튼의 도움을 받아내기 위해서는 그녀가

필요로 하는 어떤 것을 일단 줬다가 고스란히 회수하는 계책을 찾아내
야만 했다.

"여보세요? 듣고 계세요?"

"아, 예에. 거 뭐라더라, 우리 이거, 오프 더 레코드로 얘기할 수 있을
까요?"

"오프 더 레코드요? 우린 아직 아무 얘기도 안 했는데요?"

"알아요. 오프 더 레코드로 할 수 있다면 내가 얘기하겠다는 거죠. 당
신이 이 정보를 사용할 수 없다는 뜻입니다."

"좋아요. 뭔지 모르지만 오프 더 레코드로 하죠. 이제 본론을 말씀해
주시겠습니까? 얼마나 중요한 정보인지 모르지만 저는 곧 아침 기사를
써야만 되거든요."

"테리 매컬렙은 살해됐습니다."

"아, 아니에요. 저도 그 기사를 읽어봤어요. 심장마비로 사망했다고
하던데. 그 사람 6년 전에 심장이식 수술을 했거든요. 그래서…."

"신문에 기사가 어떻게 나갔는지는 알아요. 그게 잘못되었다는 얘기
고 이제 곧 정정기사가 나갈 겁니다. 나는 테리를 죽인 자를 찾아내려
고 해요. 혹시 당신이 쓴 기사들 중에서 그의 이름을 노출한 것이 있습
니까?"

여기자는 화난 듯한 목소리로 대답했다.

"있죠. 한두 줄짜리 기사에 그의 이름을 넣은 적이 있습니다."

"겨우 한두 줄이요? 어떤 내용이었습니까?"

"실종자에 대한 후속기사였어요. 새로 드러난 단서라도 있는지 추적
해 봤죠. 거기에 매컬렙이 라스베이거스 메트로에 수사 협조와 이론을
제공하겠다고 제의했다가 거절당했다고 썼어요. 거절당할 만도 했습니
다. 그의 이론이란 것이 알맹이도 없는데다가 그 자신도 클린트 이스트

우드가 출연한 영화의 유명세를 잠시 빌린 사람에 불과했거든요. 이만 하면 당신 질문에 대답이 됐나요?"

"그래서 그가 당신한테 전화를 했습니까?"

"결국 한 셈이었죠. 리츠에게 그의 전화번호를 알아내어 전화했는데 안 받았어요. 그래서 메시지를 남겼더니 그가 전화를 했더군요. 그런데 그에게 어떤 일이 생겼다는 거죠?"

"그가 당신에게 자기 이론을 설명하지 않던가요? 리츠 형사가 흥미를 보이지 않았다는 이론 말입니다."

"아뇨. 그는 입도 떼기 싫어했어요. 자기 이름조차 기사에서 빼달라고 했죠. 편집자에게 얘기했더니 그냥 두자고 하더군요. 아까 말했듯이 그는 유명인이었으니까요."

"기사에 자기 이름을 넣은 걸 테리도 알았나요?"

"그건 모르겠어요. 그 후로는 통화한 적이 없으니까."

"혹시 대화 도중 그가 삼각형 이론에 대해 말한 적이 있습니까?"

"삼각형 이론이요? 아뇨, 없었어요. 당신 질문에 다 대답했으니 이젠 제 질문에 대답해 주세요. 그가 살해됐다고 누가 말했죠? 공식적인 발표예요?"

이젠 물러서야 할 때였다. 그녀가 전화를 끊고 즉시 나와 내가 한 이야기에 대한 확인 작업에 들어가지 않도록 이쯤에서 제동을 걸어야만 한다.

"아니, 그렇진 않아요."

"아니라고요? 당신은… 무슨 근거로 이런 말씀을 하시는 거죠?"

"그야 당연히 테리는 아주 건강했고 젊은이의 심장을 가지고 있었기 때문이죠."

"거부 반응이나 감염이 일어날 수도 있잖아요? 다른 수많은 증상들이 일어날 수도…. 혹시 무슨 공식적 발견이나 확인 사항이라도? 공식적인 수사가 이루어지고 있는 건가요?"

"아닙니다. 그건 CIA에게 케네디 암살에 대해 수사하고 있느냐고 묻는 것과 같죠. 세 번째 케네디 말이오. 그건 은폐일 뿐입니다."

"무슨 얘길 하시는 거죠? 세 번째 뭐라고요?"

여기자는 목소리를 높였다.

"세 번째 케네디요. 케네디 아들 존-존 말입니다. 정말 그들 부부가 탄 비행기가 그들이 말하는 대로 바다에 추락했다고 생각하세요? 뉴저지에는 그 비행기가 이륙하기 전에 그들의 시체를 기내로 운반하는 사내들을 봤다는 목격자가 셋이나 있었답니다. 그런데 그 목격자들도 어디론가 사라졌다더군요. 그게 소위 삼각형 이론의 한 부분인데…."

"됐습니다, 선생님. 전화해 주셔서 감사합니다. 마감시간이 다 되어서 저는 지금 당장…."

신디 힌튼은 자기가 할 말도 다 마치지 못하고 전화를 끊었다. 나는 미소를 지었다. 이 정도면 아주 안전하고 창의적으로 끝낸 셈이지, 뭐. 나는 운전석 옆자리에 놓아둔 파일을 집어 들고 일별 사건 구성표를 살펴보았다. 테리는 힌튼과의 대화를 2월 2일자로 메모해 두었다. 기사는 아마 그다음 날인 3일이나 4일에 나갔을 것이다. 도서관에 가서 컴퓨터를 뒤지면 정확한 날짜와 기사를 확인하고 매컬렙이 언급된 내용을 읽어볼 수 있을 것이다.

일별 사건 구성표에는 당분간 그것을 2월 3일로 기록하기로 했다. 나는 방금 얻어낸 정보에 대해 잠시 생각한 뒤 나 자신의 사건 이론을 틀속에 집어넣기 시작했다.

매컬렙은 1월 7일자 〈로스앤젤레스 타임스〉에서 실종자들에 대한 기사를 보고 흥미를 느낀다. 그는 기사에서 경찰이 놓쳤거나 잘못 해석한 부분도 있을 수 있다고 생각한다. 자기 나름의 이론과 생각을 정립한 그는 이틀 뒤 메트로의 리츠 형사한테 전화한다. 리츠는 냉담한 반응을 보였지만 우연히 후속기사를 쓰고 있는 힌튼 기자에게 전화한 내용을 얘기하게 된다. 결과적으로 리츠는 그 얘기를 신문에서 계속 떠들게 만들었고, '유명인사'인 수사관의 이름이 그것을 부추겼을 수도 있다.

매컬렙의 이름을 언급한 힌튼의 후속기사는 2월 첫째 주 〈라스베이거스 선〉지에 실린다. 그로부터 두 주일이 채 안 되는 2월 13일 매컬렙이 혼자 보트에 있을 때 조던 샌디가 모터보트를 타고 나타나 반나절 용선을 요청한다. 낚시 도중 사내를 수상하게 생각한 매컬렙은 몰래 그의 사진을 찍는다. 일주일 후 이번엔 샌디가 프로미네이드 몰에서 매컬렙의 가족들을 스토킹하며 몰래 사진을 찍는다. 같은 날 밤 누군가가 〈팔로잉 시〉 호에서 GPS를 훔치고 어쩌면 매컬렙의 약을 바꿔치기했을 수도 있다.

2월 27일 이전에 매컬렙은 몰에서 찍힌 자신의 가족사진들을 받았다. 사진들의 출처나 전송 방법은 밝혀지지 않았지만 이 날짜는 그가 자기 컴퓨터에 포토 파일을 제작함으로써 기록되었다. 컴퓨터에 사진들을 입력하고 이틀 후 그는 카탈리나를 떠나 육지로 건너간다. 행선지는 밝혀지지 않았지만 그의 자동차는 비포장도로를 달린 것처럼 더러워진 상태로 돌아왔다. 라스베이거스에 있는 병원 전화번호와 실종자 중 한 명이 마지막 있었던 곳으로 알려진 만달레이 베이 리조트의 전화번호가 적힌 파일도 있다.

여러 가지 개연성과 해석이 가능했다. 모든 것은 사진들 속에 담겨 있는 듯했다. 매컬렙을 육지로 이끈 것도 그 사진들이라고 나는 믿었다. 사흘 후 그의 자동차가 더러워진 상태로 돌아온 것은 그가 지직스 로드에서 사막으로 들어갔기 때문일 것이다. 알았든 몰랐든 그는 미끼를 물었고, 그래서 사막으로 갔다.

일별 사건 구성표를 들여다보던 나는 〈라스베이거스 선〉지의 후속 기사에 실린 매컬렙의 제의가 엉뚱한 반응을 이끌어냈다는 결론을 내렸다. 조던 샌디는 어쩌면 실종 사건에 관련되어 있을지 모른다. 만약 그렇다면 수사에 대한 새로운 정보를 얻기 위해 언론 매체들을 계속 주시하고 있었을 것이다. 후속기사에서 매컬렙의 제의 내용을 본 샌디는 그를 체크하기 위해 카탈리나로 건너왔다. 그리고 그날 아침 반나절 용선한 보트 위에서 매컬렙이 캡슐에 든 약을 복용하는 것을 목격하고 위험을 제거할 계획을 품었다.

그러면 2월 21일 보트로 침입하여 GPS를 훔쳐간 이유가 의문으로 남았다. 나는 이제 그건 단지 속임수일 뿐이란 생각이 들었다. 샌디는 테리의 약을 바꿔치기하러 보트에 침입한 것이 들통 날 수도 있다고 생각했을 것이다. 그래서 GPS를 훔치면 침입한 흔적이 발각되더라도 매컬렙이 다른 의심은 하지 않을 것으로 계산했던 것이 아닐까.

더 큰 의문은 매컬렙의 삼각형 이론이 〈라스베이거스 선〉지에 실리지도 않았는데 그가 왜 위험인물로 보였을까 하는 점이었다. 알 수 없는 일이었다. 어쩌면 그는 전혀 위험하지 않은 인물로 보였을 수도 있었다. 샌디는 단지 유명인사인 그를 죽여서 튀고 싶었는지도 몰랐다. 그것은 아직 밝혀지지 않은 부분이었다.

그것은 또한 모순이기도 했다. 내 이론에는 확실히 모순이 있었다. 애초에 여섯 명은 아무 흔적도 없이 사라졌는데, 왜 매컬렙만 그런 식으로 죽였을까? 목격자들도 있고 사인을 밝힐 수 있는 시체도 있었다. 이건 앞뒤가 맞지 않았다. 그래서 내가 얻은 유일한 해답은 만약 매컬렙이 그냥 실종된다면 경찰이 곧 수사에 나설 테고, 그것은 실종자들 사건에 대한 그의 견해와 이론을 재고하게 만들 것이라는 점이었다. 이런 상황을 샌디는 용납할 수 없었고, 그래서 의심 받지 않고 자연스런 사고사처럼 보이도록 매컬렙을 제거하고 싶었던 것이다.

나의 이론은 추측에 지나지 않는 것이라 마음이 편치 않았다. 경찰로 근무하던 시절, 추측에 의지하는 것은 기름 탱크에 모래를 집어넣는 행위와 다름없었다. 파멸로 가는 지름길이었다. 단단한 사실에 의존하지 않고 추측과 해석으로만 쉽사리 이론을 세우려는 나 자신이 도통 마음에 들지 않았다. 그래서 이론을 접어두고 사실들에 다시 집중하기로 했다. 나는 지직스 로드와 사막은 현실이며 사실들의 고리를 형성하고 있는 한 부분임을 알았다. 그것을 증명하는 사진들도 가지고 있었다. 매컬렙이 실제로 거기 갔었는지, 갔다면 거기서 무엇을 보았는지는 알 수 없었다. 하지만 내가 지금 그곳으로 가고 있다는 것은 알았다. 그리고 그것도 엄연한 사실이었다.

## 15 기대

내가 카브리요 마리나에 도착했을 때 버디 로크리지는 주차장 안에서 기다리고 있었다. 그에게 전화해서 내가 이동 중이며 무척 급하다고 말해 두었기 때문이다. 그와 더 깊은 대화를 나누려던 계획은 훗날로 미뤄야 할 것 같았다. 나는 그에게 매컬렙의 체로키를 급히 살펴본 뒤 즉시 떠나야 한다고 말했다. 자동차에서 사막과 라스베이거스를 가리키는 증거를 발견하든 못하든, 내가 어디로 가야 할지는 이미 알고 있었다.

"왜 그렇게 서두는 거요?"

내가 차를 세우고 내리자 그가 물었다.

"속전속결 몰라요? 수사의 핵심은 속전속결입니다. 한 번 처지면 계속 처지는 게 수사라고요. 난 그렇게는 못해요."

그래시엘라에게 열쇠꾸러미를 돌려줄 때 체로키의 키는 미리 빼두었다. 그것을 이용해서 운전석의 문을 열었다. 그리고 머리를 디밀고 차 안을 한 바퀴 둘러보았다.

"어디로 가려는 거요?"

버디가 등 뒤에서 물었다.

"샌프란시스코."

나는 그가 어떤 반응을 보이는지 보려고 거짓말을 했다.

"샌프란시스코? 거긴 왜요?"

"나도 몰라요. 테리가 마지막으로 간 곳이 거기 같으니까."

"비포장도로로 갔을 거요."

"그렇겠지."

체로키 내부에는 내 눈길을 특별히 사로잡는 것이 없었다. 깨끗한 상태를 유지하고 있었는데 공기 속에 시큼한 냄새가 희미하게 떠돌았다. 폭우 속에 창문을 열어두었을 때 밴 냄새 같았다. 앞쪽 두 좌석 사이에 있는 칸막이를 열자 선글라스 두 개와 입 냄새 제거용 껌 한 통, 조그마한 플라스틱 인형 하나가 들어 있었다. 나는 인형을 꺼내어 뒤에 서 있는 버디에게 내밀며 말했다.

"당신의 슈퍼히어로가 여기 들어 있었군."

그는 받지 않았다.

"이상하네요. 그건 맥도날드에서 주는 건데. 섬에는 맥도날드가 한 군데도 없으니까 여기 오면 아이들을 맨 먼저 데려가는 곳이 미키 D(맥도날드의 프랜차이즈-옮긴이)거든요. 그건 아주 마약 같은 거요. 아이들의 입맛을 일찌감치 그런 프렌치프라이나 쓰레기 같은 음식으로 길들여놓으면 평생 동안 그 음식들에 매여 살게 돼요."

"그보다 더 나쁜 것들도 많은데요, 뭘."

나는 플라스틱 장난감을 칸막이 안에 도로 집어넣고 닫았다. 그리곤 팔을 더 길게 뻗어 글러브박스를 열었다. 등 뒤에서 버디가 물었다.

"나도 같이 가줘요? 도움이 될지도 모르는데."

"아니, 괜찮소. 여기서 바로 떠날 생각입니다."

"5분이면 준비가 끝나요. 가방에 옷 몇 벌만 쑤셔 넣으면 됩니다."

글러브박스 안에는 다른 플라스틱 인형과 자동차 사용설명서가 들어 있었다. 그리고《더 틴 컬렉터》란 제목의 오디오북이 들어 있는 상자도 하나 있었다. 그것이 전부였다. 이곳 방문은 실패로 끝나가고 있었다. 이제 남은 일은 내 파트너가 되려는 버디를 뿌리치는 일뿐이었다. 나는 차 밖으로 상체를 빼고 꼿꼿하게 서서 그를 바라보며 말했다.

"고맙지만 괜찮소, 버디. 이 일은 나 혼자서 할 거요."

"이봐요, 테리도 내가 도와줬다니까. 영화에서는 내가 너절한 놈으로 나왔지만 그건 사실과 달라요."

"알아요, 버디. 그 소리도 벌써 여러 번 했잖소. 이건 그런 것과 아무 상관없다니까. 난 그냥 혼자 일해요. 경찰이었을 때도 그랬소. 원래부터 그랬고 지금도 그래요."

나는 갑자기 생각난 것이 있어 차 안으로 상체를 집어넣고 조수석 쪽 앞유리에 스티커가 붙어 있는지 확인했다. 매컬렙의 컴퓨터에서 지직스 로드 표지판을 찍은 사진을 살펴볼 때 자동차 앞유리 하단에 스티커가 붙어 있는 것을 발견했던 것이다. 그렇지만 이 체로키의 앞유리에는 아무것도 붙어 있지 않았다. 매컬렙이 그 사진을 찍지 않았다는 것을 확인해 주는 또 다른 증거였다.

자동차 뒤쪽으로 돌아가서 해치를 열자 짐칸에 만화 주인공 스펀지 밥처럼 생긴 베개만 하나 달랑 실려 있었다. 내 딸이 그 만화를 좋아해서 가끔 같이 봤기 때문에 금방 알아볼 수 있었다. 매컬렙의 집에서도 스펀지밥이 인기 있는 모양이었다.

나는 자동차 뒷문을 열고 뒷좌석을 살펴보았다. 그곳도 깨끗했다. 조수석의 뒷주머니에 지도책이 한 권 꽂혀 있었다. 운전석에서 손을 뻗으면 닿을 수 있는 곳이었다. 나는 지도책을 빼내어 버디에게 보여주지 않으려고 가리며 페이지를 넘기기 시작했다.

남부 네바다가 그려진 지도에서 나는 인접한 주의 일부가 포함되어 있는 것을 보았다. 네바다 남쪽 모퉁이 근처의 캘리포니아 주 안에 있는 모하비 보호구역에 동그라미가 쳐져 있었다. 그리고 지도의 오른쪽 가장자리에 잉크로 여러 개의 숫자들을 포개어 적은 뒤 그 합계를 적어 놓았다. 합은 86이었다. 그런데 그 아래에 밑줄을 치고 "실제로는 92"라고 적어 놓은 것이 눈길을 끌었다.

"그게 뭡니까?"

버디가 건너편에서 차 안을 들여다보며 내게 물었다.

나는 지도책을 덮고 뒷좌석에 던지며 대꾸했다.

"별거 아니오. 어딘가로 여행하려고 행선지를 적어둔 것 같은데."

나는 차 안으로 상체를 더 숙여 앞좌석 아래를 들여다보았다. 조수석 아래에 또 다른 맥도날드 인형들과 오래된 음식 포장지, 찌꺼기들이 보였다. 가치가 있어 보이는 건 하나도 없었다. 나는 차에서 나와 반대쪽 뒷문으로 돌아갔다. 버디에게 물러서게 한 뒤 문을 열고 이번엔 운전석 아래를 들여다보았다. 더 많은 찌꺼기들 속에 돌돌 말아 버린 작은 종이뭉치들이 눈에 띄었다. 나는 손을 집어넣어 그것들을 끌어냈다. 그 중 하나를 펴서 살펴보니 롱비치에서 가스를 주입한 신용 카드 영수증이었다. 찍힌 날짜는 거의 1년 전이었다.

"세차할 때 좌석 아래는 청소하지 않는 모양이죠, 버디?"

"그런 부탁은 받아본 적 없소. 나는 주로 외양만 관리해 줍니다."

그가 변명조로 말했다.

"아, 그랬군."

나는 다른 종이뭉치들도 하나씩 펴보기 시작했다. 대단한 걸 기대한 것은 아니었다. 신용 카드 영수증들은 이미 다 체크했기 때문에 매컬렙이 사흘 동안 어디로 여행했는지 알려줄 만한 것은 없다는 걸 알고 있었다. 그렇지만 규칙은 끝까지 고수해야만 한다.

지역에서 구입한 갖가지 물품 영수증들이었다. 세이프웨이에서 구입한 식품류, 샌 페드로 낚시용품점에서 구입한 낚시 도구, 베터핏이란 건강식품점에서 구입한 인삼추출액, 웨스트우드 서점에서 구입한《쳇 베이커를 찾아서》라는 오디오북의 영수증 등이었다. 그런 책에 대해선 들어본 적 없지만 쳇 베이커(미국 트럼펫 연주자—옮긴이)가 누군지 정도는 나도 알고 있었다. 나중에 시간 나면 뒤져봐야겠다고 생각했다.

규칙을 고수한 보람은 다섯 번째 종이뭉치를 펼쳤을 때 나타났다. 라스베이거스의 트래블 아메리카 트럭 휴게소에서 발행한 현금 영수증이었다. 베이거스 메모리얼 병원이 있는 블루 다이아몬드 로드에 위치하고 있었다. 발행일은 3월 2일이었다. 구입물품은 휘발유 16갤런, 반 리터짜리 게토레이드,《더 틴 컬렉터》라는 오디오북 등이었다.

이 영수증으로 매컬렙은 사흘 동안 라스베이거스에 있었다는 것이 밝혀졌다. 내가 이미 알고 있던 것을 확인해준 셈이었다. 아드레날린이 다시 솟구치는 느낌과 함께 빨리 이곳을 떠나 수사에 박차를 가하고 싶었다.

"뭘 좀 찾아냈소?"

버디 로크리지가 물었다.

나는 영수증을 구겨 다른 것들과 함께 차 바닥에 던지며 말했다.

"별것 없네요. 테리가 오디오북을 엄청 좋아했다는 사실만 밝혀졌소. 그런 면이 있는 줄은 몰랐는데."

"맞아요, 여러 가지를 들었죠. 보트에 있을 때도 이어폰을 귀에 꽂고 살았어요."

나는 차 안으로 손을 뻗어 지도책을 빼들었다.

"이걸 좀 빌려야겠소. 그래시엘라가 이거 없다고 어딜 못 갈 것 같진 않으니까."

나는 그의 동의를 기다리지 않았다. 오히려 그가 내 행동에 동조하길 바라며 차 뒷문을 닫았다. 그리고 앞으로 가서 운전석 문도 닫고 열쇠로 잠가버렸다.

"여긴 끝났소, 버디. 혹시 도움이 필요해서 전화하면 금방 받을 수 있겠소?"

"그럼요. 휴대전화를 늘 가지고 다니는데요, 뭐."

"그럼 됐소. 또 봅시다."

나는 그와 악수한 뒤 내 차를 세워둔 곳으로 걸어갔다. 그가 뒤따라올지 모른다고 생각했지만 내 예상은 빗나갔다. 주차장을 빠져나오며 백미러를 보니 그는 여전히 체로키 옆에 서서 나의 검은 벤츠를 지켜보고 있었다.

나는 710번 주간도로를 타고 가다가 10번 국도로 갈아탄 뒤 다시 15번 고속도로로 들어섰다. 거기서부터는 스모그를 뚫고 직진하여 모하비 속으로 들어간 다음 라스베이거스로 빠져나갔다. 이 길은 지난 한 해 동안 매월 두세 차례씩 지나다녔지만 언제나 기분이 좋았다. 사막의 황량함이 좋았던 것이다. 어쩌면 테리 매컬렙이 섬 생활에서 끌어냈던 것을 나는 사막에서 끌어낼 수 있을지도 모른다. 온갖 추악함으로부터 격리된 느낌 같은 것. 사막을 달리면 나를 옥죄고 있던 속박이 풀리고 육체가 팽창하여 몸의 분자들 사이에 더 많은 공간이 생긴 것 같은 느낌이 들었다. 비록 그것이 1나노미터에 지나지 않는 공간이라 할지라도 나를 변화시키기엔 충분했다.

그렇지만 이번엔 다른 느낌이 왔다. 이번에 사막에서 나를 기다리고 있는 것은 이제껏 느껴보지 못한 최악의 추악함일 것 같았다.

사건의 실상들을 머릿속으로 굴리며 운전에 몰두하고 있을 때 휴대전화가 갑자기 울렸다. 버디 로크리지가 자기도 붙여달라고 마지막 애원을 하려는 거겠지. 하지만 나의 짐작은 또 빗나가고 말았다. 전화한 사람은 버디가 아니라 내 옛날 파트너 키즈 라이더였다. 그녀에게 전화해 줘야 한다는 걸 깜박 잊고 있었던 것이다.

"해리, 이제 나는 전화 응답을 할 만한 가치조차 없단 말이죠?"

"미안해, 키즈. 전화하려고 했는데 아침부터 일이 바쁘게 돌아가는 바람에 깜박했어."

"아침부터 바빠요? 은퇴하신 걸로 아는데, 또 다른 사건을 맡으신 건 아니죠?"

"지금 라스베이거스로 가고 있는 중이야. 사각지대로 들어서면 전화가 끊어질지도 몰라. 그래, 무슨 일이지?"

"아침에 커피를 마시고 있는데 팀 마샤가 들렀어요. 최근 두 분이 얘기를 나눴다고 하더군요."

"어제였지. 3년짜리 티켓 얘기를 해주더군. 그것 때문이야?"

"맞아요, 해리. 생각해 보셨어요?"

"어제 처음 들었는걸. 생각해 볼 겨를이 없었어."

"생각해 보셔야 해요, 해리. 우린 당신이 필요하거든요."

"듣기 좋은데 그래. 특히 당신한테 그런 말을 들으니 말이야. 난 당신한테 PNG일 거라고 생각했거든."

"그게 무슨 뜻이에요?"

"페르소나 논 그라타(기피인물—옮긴이)."

"그만하세요. 세월이 약이란 말도 있잖아요. 진짜 여기 복직해서 하실 일이 있어요. 원하신다면 팀과 한 팀이 될 수도 있고요."

"원한다면? 키즈, 내가 거기서 할 일이라곤 왈츠를 추며 빈칸에 서명하는 것밖에 없는 것 같은데. 그 건물 안에 있는 모든 사람들이 나의 복직을 축하하려고 국장실로 몰려올 걸로 생각하는 거야? 6층 복도에 모두 도열해서 국장실로 가는 나에게 쌀을 뿌리며 축하라도 할 것 같아?"

"어빙 얘기를 하시는 거예요? 그는 짜부라졌어요, 해리. 지금은 미래 기획 부서만 담당하고 있죠. 내가 하고 싶은 말은 복직하고 싶으면 그냥 하시란 거예요. 간단한 얘기죠. 팀과 이야기하고 나서 난 6층으로 올라가 국장님과 함께 아침 일과를 시작했어요. 그는 선배를 잘 알아요. 하는 일도 알고요."

"그게 어떻게 가능하지? 그 친구는 내가 퇴직한 후에야 뉴욕인지 보스턴인지 어디에서 부임했잖아."

"내가 얘기해 줬으니까 알죠. 그러니까 해리, 이 문제로 더 이상 실랑이하진 말자고요. 알겠어요? 모든 게 쿨해요. 복직만 하면 된다니까. 버스 지나가기 전에 잘 생각해 봐요. LA 시와 우리한테도 도움이 되고 선배 자신에게도 도움이 될 수 있잖아요. 자신을 이 세상 어디에다 두느냐는 문제겠죠."

마지막 말이 멋진 질문을 떠올리게 했다. 정말 나는 이 세상 어디에 있는 거지? 그 문제를 한참 동안 생각한 뒤에야 그녀에게 대꾸했다.

"그래, 알았어, 키즈. 고마워. 그 친구 얘기도 전해줘서 고맙고. 그런데 어빙이 언제부터 추락한 거야? 그런 얘긴 전혀 들어보지 못했는데 말이지."

"벌써 몇 달 됐어요. 국장은 그가 손가락으로 너무 많은 파이들을 찔러댔다고 생각한 것 같아요. 그래서 옆으로 밀친 거죠, 뭐."

나는 미소 짓지 않을 수 없었다. 부국장인 어빈 어빙이 항상 나를 짓

밟았던 놈이라서가 아니라, 키즈가 말했던 것처럼 그런 인간은 남에게 밀려나곤 못 견딘다는 걸 잘 알기 때문이었다.

"비밀이 많은 인간이지."

"알아요. 우린 그가 다른 곳으로 갈 걸로 봐요. 별 문제 없을 거예요."

"행운을 빌어."

"고마워요. 그럼 어쩔 건가요, 해리?"

"지금 당장 대답하라는 거야? 난 그저 좀 생각해 보라고 하는 줄 알았는데."

"선배는 이미 대답을 알고 있을 텐데요, 뭐."

나는 다시 미소를 지었지만 대답은 하지 않았다. 키즈 라이더는 행정 업무로 시간을 낭비하고 있었다. 이 여자는 강력계로 돌아가야만 한다. 내가 함께 일해 본 동료들 중에서 이 여자만큼 범인의 마음을 잘 읽어 내는 수사관은 없었다.

"내가 맨 처음 선배의 파트너로 임명됐을 때 나한테 해주신 말 기억하세요?"

"에에, 음식은 잘 씹어 먹고 이빨을 잘 닦으라고 했던가?"

"난 지금 진지해요."

"기억 안 나는데, 뭐라고 했지?"

"모두 중요하거나 아무도 중요하지 않다."

나는 고개를 끄덕인 뒤 잠시 침묵했다.

"기억나요?"

"응, 기억나."

"좌우명으로 삼을 만해요."

"그렇지."

"복직을 생각할 때 그 말도 생각해 봐요."

"복직하면 파트너가 필요할 것 같은데."

"뭐라고요, 해리? 전화가 자꾸 끊기네요."

"파트너가 필요할 거라고."

잠시 침묵이 흐르는 동안 나는 그녀도 미소를 짓고 있다고 생각했다.

"그건 가능하죠. 선배는…."

다시 전화가 끊어졌다. 나는 그녀가 무슨 말을 했는지 알 것 같았다.

"당신도 나만큼 그 시절이 그리웠던 모양이군."

"해리, 사각지대로 들어가고 있나 봐요. 결심하면 전화… 너무 오래 끌진 말아요."

"알았어, 키즈. 연락할게."

휴대전화를 닫은 후에도 나는 여전히 웃고 있었다. 누군가가 나를 필요로 하고 환영하는 것만큼 기분 좋은 일은 없다. 내 가치를 인정받는 일이니까.

내가 해야 할 일을 수행하기 위해서는 경찰 배지를 다시 달아야만 한다. 라스베이거스 메트로의 리즈 형사가 나를 대하던 태도를 떠올리지 않을 수 없었다. 단지 누군가를 도와주고 주의를 끌기 위해서 나는 얼마나 고군분투해야만 했나? 경찰 배지만 다시 달아도 그런 수고는 대부분 불필요했다. 지난 2년 동안 나는 배지가 사람을 판단하는 기준이 되는 건 아니지만, 일을 더 쉽게 풀어준다는 사실을 알게 되었다. 물론 배지가 있든 없든 이 세상에서 내가 할 수 있고 해야 하는 일은 한 가지밖에 없었다. 테리 매컬렙이 그랬듯이 나도 이 삶에서 완수해야 할 사명이 있다. 테리의 보트에서 하루를 보내면서 그가 사명감에 사로잡혀 헌신적으로 사건들을 추적했다는 사실을 확인한 나는 정말 중요한 것이 무엇인지, 그리고 내가 해야 할 일이 무엇인지를 깨달았다. 그 침묵의 파트너는 자신의 죽음을 통해 나를 구원한 것인지도 모른다.

미래에 대한 생각과 경찰 배지를 다시 달 건가 말 건가 고민하며 40분쯤 더 달려가자, 눈앞에 테리의 컴퓨터 사진에서 본 그 표지판이 나타났다.

ZZYZX ROAD

I MILE

그런데 사진에서 본 모습과는 방향이 틀렸다. 지평선 너머로 보이는 모습만으로도 알 수 있었다. 그 사진은 라스베이거스에서 LA 방향으로 달리며 찍은 것이었다. 나는 강한 기대감이 솟구치는 걸 느꼈다. 그래서 엘라 매컬렙의 방문을 받은 이래 내가 보고 듣고 읽었던 모든 정보들이 나를 이곳까지 끌고 온 것이었다. 나는 깜박이를 켜고 고속도로 출구로 차를 몰았다.

# 16 상실

레이철 월링이 도착한 다음 날 오전, 소위 '지직스 로드 사건'에 할당된 FBI 요원들은 라스베이거스의 존 로렌스 베일리 빌딩 3층에 있는 소회의실로 집결하거나 전화로 연결되었다. 창문도 없고 환기도 잘 안 되는 그 방 한쪽 벽에는 20년 전 은행 강도 사건을 해결하다 피살된 베일리 요원의 사진이 그들을 내려다보고 있었다.

참석한 요원들은 방 앞쪽에 서 있는 랜들 앨퍼트 요원을 바라보며 테이블에 나란히 앉아 있었다. 정면에 설치된 양방향 텔레비전은 버지니아 주 콴티코 소회의실의 전화와 카메라에 연결된 것이었다. 화면에는 브래스 도런 요원이 보고를 하기 위해 대기 중이었다. 레이철은 두 번째 줄 테이블에 혼자 따로 앉아 있었다. 그녀는 이곳에서의 자기 위치를 잘 알고 있기 때문에 그렇게 보이려고 애썼다.

앨퍼트는 참석자들을 소개하는 일로 회의를 시작하려고 했다. 레이철은 자신을 참석시킨 그를 주도면밀하다고 생각했지만, 참석자들 중엔 서로 모르는 사람들도 있다는 걸 알게 되었다. 앨퍼트는 맨 먼저 콴티코와 영상으로 연결되어 있는 브래스 도런을 소개하면서 정보들을 취합하고 국립연구소와 연락하는 업무를 담당하고 있다고 설명했다. 그런 다음 테이블에 앉아 있는 요원들에게 각자의 전문 분야와 위치를 소개해 달라고 부탁했다.

첫 번째로 자기소개를 한 요원은 셰리 데이였다. 그녀는 자신을 사건 담당요원이라고 말했다. 다음 차례는 그녀의 파트너인 탐 지고였다. 그 다음은 발굴 현장 책임요원인 존 케이츠로 참석자들 중 유일한 유색인이었다.

다음 네 사람은 과학 분야에서 나왔고, 그 중 두 사람은 레이철이 전날 시체 발굴지에서 만난 적 있었다. 발굴을 책임지고 있는 법인류학자 그레타 콕스, 법의학자인 하비 리처드와 더글러스 선딘, 범죄현장 전문가인 메리 폰드가 그들이었다. 콴티코의 행동과학실에서 나온 에드 거닝의 자기소개가 끝나자 마지막으로 레이철의 차례가 돌아왔다.

"레이철 월링 요원입니다. 래피드 시티 지국에 있습니다. 이전엔 행동과학실에 있었죠. 저는 이번 사건을 아주 잘 알고 있습니다."

"고마워요, 레이철."

앨퍼트가 재빨리 말을 잘랐다. 레이철의 입에서 로버트 배커스의 이름이 나올 것으로 생각한 것 같았다. 그래서 레이철은 회의 참석자들 중엔 이 사건의 주요 사실에 대해 통보받지 못한 사람들도 있다는 걸 알게 되었다. 발굴 현장 책임요원인 존 케이츠가 그런 사람처럼 보였고, 과학자들 전원이나 일부도 암흑 속에 있는 것 같았다. 앨퍼트가 회의를 계속 진행했다.

"과학 부문부터 시작합시다. 먼저 브래스, 그쪽에서 뭐 새로 나온 거 있어요?"

"과학 쪽으론 없어요. 거기 계시는 분들도 다 아는 사실들뿐입니다. 안녕, 레이철. 오랜만이야."

브래스 도런이 건네 온 인사에 레이철이 대답했다.

"안녕, 브래스. 너무 오랜만이야."

텔레비전 화면을 통해 두 여자의 눈길이 마주쳤다. 도런을 만난 것이 언제였더라? 어느새 8년은 지났을 거라고 레이철은 생각했다. 도런은 지쳐 보였다. 입술과 눈꺼풀이 아래로 쳐졌고, 머리카락은 손볼 시간이 없었던지 짤막하게 치고 있었다. 레이철이 공감족으로 분류하고 있는 브래스 도런도 세월의 무게는 견디지 못하고 있는 듯했다.

"좋아 보이는데."

도런이 계속 말했다.

"신선한 공기와 탁 트인 시골이 네 체질에 맞는가 보군."

레이철이 또 뭐라고 맞장구를 치지 못하게 엘퍼트가 끼어들었다.

"그레타, 하비, 누가 먼저 시작하시겠어요?"

그는 아예 텔레비전 앞으로 걸어 나오며 두 학자에게 물었다.

"모든 것이 발굴에서 비롯되니까 내가 먼저 시작해야겠지."

법인류학자인 그레타 콕스가 받았다.

"어제 오후 7시까지 우리는 여덟 구의 시체를 완전히 발굴하여 현재 넬리스 기지에 보관하고 있습니다. 오늘 오후 사건현장으로 돌아가면 9번 지점을 발굴할 예정입니다. 첫 번째 발굴에서 발견했던 현상들이 그 뒤에도 계속 나타나고 있어요. 다른 구덩이에서도 비닐 백들이…."

엘퍼트가 다시 끼어들었다.

"그레타, 지금 녹음을 하고 있습니다. 아무 통보도 못 받은 사람들에게 하듯 자세히 설명해 주시죠. 빠짐없이 말입니다."

로버트 배커스 얘기만 빼고 다 된단 말이지. 레이철은 생각했다.

"그러죠."

그레타 콕스가 기꺼이 동의했다.

"지금까지 발굴된 여덟 구의 시체들은 모두 옷을 완전히 입은 상태였습니다. 부패는 광범위하게 진행되었고, 손과 발은 테이프로 묶여 있었죠. 머리에도 모두 비닐 봉투를 뒤집어씌우고 목 주위를 테이프로 묶었습니다. 이런 방법은 첫 번째 발굴된 두 시체에도 똑같이 적용되었어요. 드문 일이죠."

그 시체들의 사진은 레이철도 전날 오후 이미 보았다. 지휘소인 레저 차량으로 돌아가서 벽에 붙어 있는 사진들을 살펴보았던 것이다. 피살자들은 모두 질식사한 것이 분명해 보였다. 비닐 봉투가 투명하진 않았지만, 들어오지 않는 공기를 마시려고 입을 크게 벌린 얼굴 모습을 알아볼 수 있었다. 그것을 보자 레이철은 유고슬라비아나 이라크에서 전시에 집단 매장된 시체들을 발굴하여 찍은 사진들이 떠올랐다.

"그것이 왜 드문 일입니까?"

앨퍼트가 법인류학자에게 물었다.

"흔히 살인 계획은 차츰 발전하는 것을 볼 수 있습니다. 설명하기가 좀 어렵지만, 살인 수법이 점점 나아진다는 얘기죠. 신미범은 희생자를 죽일 때마다 솜씨가 늘어요. 그런 경향은 데이터에서 항상 발견할 수 있습니다."

레이철은 콕스가 신원미상의 범인을 줄여서 신미범(身未犯)이라 부른 것에 유의했다. 그것은 그녀 자신이 소외당하고 있으며, FBI 내부에서도 범인에 대해 충분히 알려져 있지 않다는 뜻이었다.

"좋아요, 살인 수법은 첫날부터 정해져 있었단 말이죠. 다른 건 없습니까, 그레타?"

앨퍼트가 다그쳤다.

"내일 모레면 발굴이 다 끝날 거라는 것 외엔 없어요. 가스탐지기가 또 다른 시체를 찾아낸다면 얘기가 달라지겠지만."

"아직도 탐색을 계속하고 있습니까?"

"그럼요. 시간 날 때마다 합니다. 하지만 마지막 발견 지점에서 18미터나 지났는데 아무것도 나오지 않아요. 전날 밤엔 넬리스 기지에서 또 한 차례의 저공비행을 실시했지만 열화상 카메라에 새로 나타난 건 없었습니다. 그래서 일단 시체들을 다 발굴해낸 것으로 잠정 결론을 내리고 있죠."

"감사합니다. 그러면 하비? 우리한테 말씀하실 것 있으면 하시죠."

법의학자인 하비 리처드는 잔기침을 한 뒤 몸을 앞으로 숙였다. 목소리가 마이크를 통해 잘 들리도록 하기 위해서였다.

"그레타의 말대로 우린 총 여덟 구의 시체를 발굴하여 넬리스의 시체안치소에 보관하고 있습니다. 지금까진 비밀이 잘 유지되고 있죠. 거기 사람들은 우리가 사막에 추락한 비행접시에서 외계인 시체들을 실어오고 있는 줄 알 겁니다. 시골에서 생기는 전설들은 대개 이런 식으로 시작되죠."

앨퍼트만 히죽 웃었다. 리처드는 계속했다.

"지금까지 네 구의 시체를 완전히 검시했고 나머지 네 구는 기초검사만 마쳤습니다. 그레타가 말한 대로 각 시체들 사이에 특별히 다른 점은 눈에 띄지 않았어요. 이 살인자는 마치 로봇 같습니다. 흔들림이 없어요. 살인 그 자체는 거의 중요하지 않은 것처럼 보입니다. 그를 흥분시키는 건 사냥 과정인지도 몰라요. 아니면 살인은 우리가 아직 모르는 더 큰 계획의 일부에 지나지 않을지도 모르죠."

레이철은 앨퍼트를 빤히 바라보았다. 사건에 함께 투입된 가까운 사람들이 여전히 어둠 속에서 일해야 한다는 사실에 그녀는 치가 떨렸다.

그렇지만 여기서 한마디라도 내뱉었다간 당장 바깥으로 쫓겨나게 될 것이다. 그런 꼴을 당하고 싶진 않았다.

"질문 있습니까, 레이철?"

앨퍼트는 맥 풀린 표정을 짓고 있는 그녀에게 물었다. 레이철은 망설였다.

"시체들을 여기 두거나 LA로 가져가지 않고 왜 넬리스에 보관하고 있는 거죠?"

대답은 빤하지만 무슨 말이든 해야 할 것 같아 물어봤을 뿐이었다.

"그래야 어디로든 냄새가 새어나가지 않으니까. 군인들은 비밀을 지킬 줄 알죠."

앨버트는 '그것도 몰라?' 하는 표정으로 말한 뒤 주의를 다시 리처드에게 돌렸다.

"박사님, 계속하시죠."

레이철은 미묘한 차별을 감지했다. 앨퍼트가 그레타 콕스에겐 그냥 이름을 부르면서 하비 리처드에겐 박사님이라고 불렀던 것이다. 그의 성격이었다. 앨퍼트는 여자들과의 경쟁에서 힘과 지식이 딸리거나, 인류학을 무시하는 것 같았다. 아마 전자일 거라고 나는 생각했다.

"우리는 그들의 사인을 질식사로 보고 있습니다."

법의학 박사가 설명을 계속했다.

"지금까지 밝혀낸 것만으로도 분명해요. 대부분의 시체들에서 다른 부상의 흔적을 발견할 수 없기 때문에 더 이상 조사할 만한 근거가 없습니다. 어찌 보면 살인범은 희생자들을 압도하고 있어요. 테이프로 손목과 발목을 묶은 다음 비닐 봉투를 머리에 씌웠어요. 특히 테이프로 목둘레를 감은 것이 의미심장합니다. 서서히 죽게 만든 거죠. 다시 말해 범인이 비닐 봉투를 제대로 씌우지 않았다는 뜻입니다. 그는 비닐 봉투를 머리에 씌우고 테이프를 목에 감은 다음 뒤로 물러서서 느긋하게 지켜보고 있었을 겁니다."

"박사님?"

레이철이 그에게 물었다.

"테이프는 앞에서 감았습니까, 뒤에서 감았습니까?"

"끝 부분이 목 뒤쪽에 있었어요. 의자에 앉아 있는 희생자를 등 뒤에서 비닐로 씌우고 테이프를 감았던 것으로 보입니다."

"그렇다면 그자는, 그러니까 범인은 그 짓을 할 때 희생자들의 얼굴을 마주 보기가 부끄러웠거나 두려워했다고 볼 수 있겠군요."

"충분히 그럴 수 있죠."

"피살자들의 신원확인은 어떻게 하고 있습니까?"

앨퍼트가 물었다. 리처드는 더글러스 선딘을 돌아보았다. 같은 법의학자인 선딘이 바통을 이어받았다.

"라스베이거스 수사팀이 확인한 것까지 포함하여 아직 다섯 명뿐입니다. 그들이 밝혀낼 여섯 번째 신원은 마지막으로 발굴된 두 명 중 하나가 될 겁니다. 나머지에 대해서는 아직 아무것도 밝혀지지 않았어요. 쓸 만한 지문도 없었고. 시체들이 걸치고 있던 남은 옷가지들은 콴티코로 보냈습니다. 그것에 대해서는 브래스가 보충설명을 할…."

"없어요, 보충설명 할 것이."

텔레비전 화면에서 브래스 도런이 재빨리 말했다.

"아, 그래요."

선딘은 고개를 끄덕인 뒤 설명을 계속했다.

"오늘은 치아 자료를 컴퓨터에 입력할 예정입니다. 어쩌면 거기서 뭔가 걸려들 수도 있겠죠. 그것 외에는 무슨 일이 일어나길 기다리고 있을 뿐입니다."

선딘이 보고를 마쳤다는 뜻으로 머리를 끄덕이자, 앨퍼트가 다시 받았다.

"그러면 마지막으로 브래스에게 넘어가겠습니다. 토양 검사에 대해 들어볼까요?"

범죄현장 전문가인 메리 폰드가 거기서 끼어들었다.

"그동안 발굴 현장을 체로 샅샅이 훑었지만 아무것도 나오지 않았어요. 그런데 어제 7번 현장에서 포장지에 싸인 껌 한 덩어리가 나와 우릴 흥분시켰죠. 포장지에 의하면 주시 프루트였어요. 깊이가 1미터쯤 되는 구덩이의 50~60센티미터 지점에서 나온 것이라, 범인과 관계있을 것으로 여겨집니다. 돌파구가 될 수도 있겠죠."

"치아 자료입니까?"

앨퍼트가 물었다.

"네. 치아 자료를 발견한 겁니다. 아직 단언할 순 없지만 그 껌에는 세 개의 선명한 잇자국이 남아 있었어요. 상자에 담아 브래스에게 보냈습니다."

"네, 그건 여기 있습니다."

브래스 도런이 텔레비전 화면에서 말했다.

"오늘 아침에 도착했죠. 곧 조사에 착수했지만 아직 결과는 안 나왔어요. 오늘 오후에야 나오겠죠. 그렇지만 내가 보기에도 거기서 세 개의 잇자국과 어쩌면 DNA까지 추출할 수 있을 것 같습니다."

"우리에게 필요한 전부가 아닙니까?"

앨퍼트가 흥분해서 소리쳤다.

밥 배커스가 주시 프루트 껌을 씹는 버릇이 있다는 건 똑똑히 기억하고 있지만, 레이철은 흥분하지 않았다. 시체를 묻은 구덩이 속에 있는 껌은 진실이기 어렵다. 배커스가 그런 결정적인 증거를 남겼을 리 없다는 생각이 들었다. 살인자로서도 FBI 요원으로서도 최고였던 그가 아닌가? 그렇지만 레이철은 이런 의혹을 회의석상에서 적절히 표현할 수가 없었다. 다른 요원들 앞에서 배커스의 이름을 입에 올리지 않기로 앨퍼트와 약속했기 때문이다.

"그건 속임수일 거예요."

레이철이 말했다.

앨퍼트가 그녀를 잠시 바라보았다. 위험을 무릅쓰고 이유를 물어봐야 할 것인지 고민하는 표정이었다.

"속임수라니. 왜 그렇게 생각하죠, 레이철?"

"범인은 아마 오밤중에 아무도 모르는 곳에 시체를 파묻고 있었을 겁니다. 그런 자가 도중에 삽을 내려놓고 주머니 속에서 껌 포장지를 꺼내어 씹고 있던 껌을 싸서 버렸을 거라곤 볼 수 없기 때문이죠. 만약 껌을 씹고 있었다면 그냥 내뱉었겠죠. 나는 그가 껌을 씹고 있었다고 생각지 않아요. 그 작은 덩어리는 어딘가에서 주워 와서 구덩이에 떨어뜨린 거예요. GPS로 시체들이 있는 곳까지 우리를 유인할 생각을 했을 때 그 껌으로 혼선을 주려고 꾸민 짓일 겁니다."

레이철은 방 안을 돌아보았다. 참석자들의 눈빛이 그녀를 소문난 동료에만 그치지 않고 호기심의 대상으로 보고 있다는 것을 알 수 있었다. 텔레비전에서 흘러나온 목소리가 방 안의 침묵을 깼다. 브래스 도런이었다.

"레이철의 말이 옳다고 생각합니다. 이 사건에서 우리는 첫날부터 조종당했어요. 껌이라고 예외겠요? 그처럼 주도면밀한 범인이 실수를 했을 것이라곤 믿기 어렵습니다."

레이철은 도런이 자기에게 살짝 윙크하는 것을 보았다.

"여덟 개의 시체 구덩이에서 나온 한 개의 껌 덩어리가 범인이 저지른 유일한 실수라?"

콴티코에서 나온 에드 거닝 요원이 말했다.

"그렇게 가망 없는 짓을 했으리라곤 생각되지 않습니다. 완전범죄에 성공한 사람은 없다는 걸 우린 모두 알잖아요. 용하게 모면하는 사람은 있지만, 실수는 누구나 하죠."

그러자 앨퍼트가 정리했다.

"우리가 성급한 결론을 내릴 게 아니라 조사 결과를 기다려 봅시다. 메리, 다른 얘긴 없습니까?"

"지금은 없습니다."

"그렇다면 현지에서는 신원확인 작업이 어떻게 진행되고 있는지 케이츠 요원에게 들어볼까요?"

존 케이츠 현장 책임요원이 테이블 위에 놓인 가죽 장정의 폴더를 열었다. 안에서 메모지를 붙인 법률용지첩이 나왔다. 기본적인 법률용지첩에 그렇게 비싸고 멋진 홀더를 사용하고 있는 걸 보자, 레이철은 그가 자신의 업무와 업적에 엄청난 자부심을 지니고 있다는 생각이 들었다. 그게 아니라면 그 폴더를 그에게 준 사람이 그런 기분을 느꼈을 것이다. 어쨌거나 그것을 보는 순간 레이철은 그가 금방 좋아졌다. 동시에 레이철 자신은 무언가를 잃어버린 것 같은 기분이 들었다. 이제 그녀는 연방수사국에 몸담고 있다는 사실이나 자신이 한 일에 대해 더 이상 자부심을 느낄 수 없었다.

"우린 라스베이거스 메트로 주위를 킁킁거리며 그들의 실종자 사건에 대해 냄새를 맡기 시작했소. 하지만 비밀로 해야 하는 핸디캡이 있죠. 우리는 강력계 형사처럼 그 안으로 들어가진 않을 겁니다. 방금 그들에게 연락하여 주 경계선 부근에 있는 사람들에 대해 관심이 있다고 말했소. 여러 주나 심지어 다른 국가에서 온 희생자들이죠. 그랬더니 들어오라고는 하는데, 그 안에 들어가서 다 까발리기는 싫더군요. 그래서 오늘 오후 그들과 식사를 함께하기로 했소. 일단 해변에 도착하면 실종 자들을 거꾸로 추적하여 그들의 공통점을 찾아낼 겁니다. 그들이 해변에서 여러 주일 있었다는 점을 감안하면 우리가 아는 한 쥐뿔도 가진게 없는 놈들이오."

"케이츠 요원, 녹음 중입니다."

앨퍼트가 주의를 주었다.

"아차, 내 이 말버릇! 미안합니다. 내 말은 그들이 가진 것이 별로 없다는 뜻이오."

"아주 좋습니다, 케이츠 요원. 계속 연락 주십시오."

그러자 침묵이 뒤따랐다. 앨퍼트가 케이츠에게 계속 미소를 보내자, 지역 요원인 그가 눈치를 채고 물었다.

"아, 내가 그만 나가주길 바랍니까?"

"이제 그곳으로 가서 희생자들을 만나 보시기 바랍니다."

앨퍼트가 웃으며 말했다.

"여기 남아 언제 끝날지도 모르는 얘기를 들으며 시간을 낭비할 필요 없겠죠."

"좋아요, 그러면."

케이츠는 자리에서 일어났다. 만약 그가 백인이었다면 무안해서 붉어진 얼굴을 더 잘 알아볼 수 있었을 것이다.

"감사합니다, 케이츠 요원."

문 쪽으로 걸어가는 그의 등에 대고 그렇게 말한 뒤 앨퍼트는 테이블에 앉아 있는 사람들에게 주의를 돌렸다.

"메리, 그레타, 하비, 더그도 이젠 나가보셔도 될 것 같습니다. 여러분들이 계셔야 할 곳은 아무래도 참호 속일 것 같으니까요. 말장난을 하자는 건 아닙니다."

그의 입가에 관료적인 미소가 다시 떠올랐다.

"나는 남아서 브래스의 보고를 듣고 싶은데요. 현장에서 도움이 될 것 같아요."

메리 폰드가 말했다.

그녀의 도전에 앨퍼트는 미소를 싹 지우며 단호하게 잘랐다.

"안 됩니다. 그럴 필요가 없을 거요."

불편한 침묵이 방 안을 무겁게 짓눌렀다. 마침내 과학자 팀이 의자들을 뒤로 사납게 빼내는 소리로 침묵은 깨어졌다. 네 명의 과학자들은 의자에서 일어나 아무 말 없이 방을 나갔다. 레이철은 지켜보기가 고통스러웠다. 오만한 지휘관이 제대로 걸러지지 않는 것은 연방수사국의 고질병이었다. 그것은 절대 달라지지 않을 것이다.

"자, 어디까지 얘기했죠?"

앨퍼트는 방금 선량한 사람들을 다섯이나 내치고도 내가 언제 그랬느냐는 듯한 표정으로 말했다.

"브래스, 당신 차례예요. 내가 당신을 이곳에 부른 이유는 보트, 비닐봉투와 테이프, 옷가지, GPS 때문입니다. 껌도 있었지만 그건 이제 아무 소용도 없을 것 같군요. 대단히 감사합니다, 월링 요원."

마치 너처럼 멍청한 요원은 처음 본다는 말투로 그는 말했다. 레이철은 졌다는 듯이 두 손을 앞으로 내밀었다.

"미안해요. 현장 요원들의 절반이 범인에 대해 깜깜하다는 사실을 난 몰랐어요. 이상하군요. 내가 행동과학실에 있을 땐 일이 이런 식으로 진행되지 않았습니다. 우린 정보와 지식을 공유했어요. 서로 감추지 않았다고요."

"당신이 우리가 지금 찾고 있는 인물 밑에서 일할 때는 그랬다는 뜻입니까?"

"이봐요, 앨퍼트 요원. 그 일로 나를 모욕할 생각이라면 당신은…."

"이 사건은 극비입니다, 월링 요원. 내가 당신한테 분명히 해두고 싶은 것이 바로 그 점입니다. 앞에서도 말했지만 이 사건의 정보는 알 필요가 있는 사람에게만 알리게 되어 있어요."

"분명히 그랬죠."

앨퍼트는 그녀를 기억에서 지우고 싶다는 듯이 고개를 돌려버렸다. 그리곤 텔레비전 화면을 바라보며 말했다.

"이제 시작해 주겠소, 브래스?"

그는 이 사건에서 레이철의 위치가 아웃사이더일 뿐임을 강조하기 위해 그녀와 텔레비전 사이를 확실하게 가로막고 섰다.

"그러죠."

브래스 도런이 보고했다.

"처음부터 심각한… 아니 이상한 기분이 듭니다. 어제 그 보트에 대해 말씀드렸죠. 표면에서 채취한 지문들의 1차 분석 결과는 부정적이었어요. 자연 속에 노출된 상태로 얼마나 오래 있었는지 아무도 알 수 없었죠. 우린 다음 단계로 들어갔습니다. 앨퍼트 요원이 증거물의 분해를 승인했고, 2차 분석이 어젯밤 넬리스 기지 격납고에서 이루어졌죠. 보트에는 운반할 때 손으로 붙잡는 부분이 있어요. 이 보트는 30년대 후반에 건조된 해군 구명정이었는데, 2차 대전 이후 군수 잉여물자로 팔렸던 것 같습니다."

도런이 설명을 계속하는 동안 세리 데이는 파일을 열고 보트 사진을 꺼내어 레이철이 볼 수 있게 쳐들었다. 레이철은 아직 그 보트를 본 적도 없기 때문이었다. 그녀가 발굴 현장에 도착했을 때 보트는 이미 넬리스로 운반된 다음이었다. 레이철은 사막으로 흘러든 한 척의 보트에 대해 그처럼 엄청난 양의 정보를 수집할 수 있었다는 것과 그에 비해 범죄와 직접 연관된 정보는 거의 없다는 사실이 너무나 놀랍다고 생각했다. 역시 연방수사국다웠다.

"1차 분석 때는 손잡이 구멍 속을 조사할 수 없었죠. 그 부분을 분해하자 속을 조사할 수 있었습니다. 거기서 우린 행운을 잡았어요. 그 작은 구멍 속은 자연에 노출되지 않아 대부분 보호될 수 있었습니다."

"그래서요?"

앨퍼트가 성급하게 물었다. 그는 긴 여정에는 흥미가 없었다. 오직 목적지에만 관심이 있을 뿐이었다.

"우리는 이물 쪽 손잡이 안쪽에서 지문 두 개를 발견했어요. 오늘 아침 그것을 데이터베이스에 입력하자마자 재깍 결과가 나왔죠. 이상하게 들리겠지만 그 지문들은 테리 매컬렙의 것으로 밝혀졌습니다."

"어떻게 그럴 수가 있죠?"

셰리 데이가 물었다.

앨퍼트는 아무 말 없이 자기 앞의 테이블만 뚫어지게 내려다보았다. 레이철도 이 새로운 정보를 어떻게 이해하면 좋을지 머리를 열심히 굴리며 조용히 앉아 있었다.

"어찌 된 영문인지는 모르지만 매컬렙이 보트의 손잡이 속으로 손을 넣었다는 얘기죠. 그것 외엔 다른 설명이 있을 수 없습니다."

도런의 대답에 앨퍼트가 재깍 반박했다.

"하지만 그 친군 죽었잖소."

"뭐라고요?"

레이철이 깜짝 놀라 소리쳤다. 방 안에 있는 사람들이 모두 그녀를 돌아보았다. 셰리 데이가 천천히 고개를 끄덕인 뒤 일러주었다.

"한 달 전에 사망했어요. 심장마비로. 사우스다코타까진 그 소식이

전해지지 않은 모양이군요."

브래스 도런의 목소리가 스피커에서 흘러나왔다.

"레이철, 정말 미안해. 내가 전화했어야 했는데. 하지만 나도 너무 놀라 곧바로 캘리포니아로 달려갔거든. 아무튼 무지하게 미안하다."

레이철은 자기 손만 물끄러미 바라보았다. 테리 매컬렙은 그녀의 친구이자 동료였다. 그리고 그도 공감족의 일원이었다. 그와 통화한 지 여러 해가 지났지만 갑자기 깊은 상실감이 밀려왔다. 두 사람이 공유한 경험은 서로에게 생명을 의탁할 정도였지만, 이제 그의 생명은 먼저 꺼져버린 것이다.

"자, 여러분, 여기서 잠시 휴식합시다."

앨퍼트가 말했다.

"15분 후에 이 자리에 모여주시기 바랍니다. 브래스, 다시 연락 주시겠소?"

"그러죠. 아직 보고할 게 남았어요."

"그때 얘기합시다."

참석자들은 모두 일어나 커피를 마시러 가거나 화장실로 갔다. 레이철 혼자만 남았다.

"괜찮소, 월링 요원?"

앨퍼트가 물었다.

레이철은 그를 쳐다보았다. 지금 그녀가 가장 사양하고 싶은 것이 그로부터 받는 위로였다.

"괜찮아요."

그녀는 그렇게 대꾸한 뒤 꺼진 텔레비전 화면으로 시선을 옮겼다.

# 17 새로운 방문객

레이철은 회의실에 혼자 남아 있었다. 처음에 받았던 충격은 파도처럼 뒤이어 밀려온 죄책감에 자리를 내주었다. 테리 매컬렙은 지난 여러 해 동안 그녀와 접촉하려고 애썼다. 그가 보낸 메시지를 여러 차례 보고도 한 번도 응답하지 않았다. 심장이식 수술을 하고 병원에 입원해 있는 그에게 카드를 보낸 적이 있는데, 그게 5년 전인지 6년 전인지 기억도 분명하지 않았다. 다만 발신자 주소를 적지 않았던 것은 기억났다. 그땐 노스다코타의 마이넛에 그토록 오래 처박히게 되진 않을 것으로 판단했기 때문이었다. 하지만 그때나 지금이나 그 진짜 이유는 매컬렙과 계속 연락하기가 싫었기 때문이었음을 그녀는 알고 있었다. 그녀는 자신이 선택했던 것들에 대해 이런저런 질문을 받고 싶지 않았던 것이다. 과거와 연결되는 것을 원치 않았다.

그러나 이제 그런 걱정을 할 필요도 없어졌다. 매컬렙과의 연결은 영영 끊어졌으니까.

문이 열리고 셰리 데이가 들여다보았다.

"레이철, 물 한 병 갖다드려요?"

"그래, 고마워."

"티슈는요?"

"됐어. 울고 있는 게 아니야."

"금방 다녀올게요."

데이는 문을 닫았다.

"울지 마."

레이철은 허공에 대고 말했다. 팔꿈치를 테이블에 세우고 두 손으로 얼굴을 괴었다. 어둠 속에서 떠오르는 기억이 있었다. 테리와 함께 수사했던 사건이었다. 두 사람은 파트너도 아니었지만 배커스가 그 사건으로 밀어 넣었다. 범죄현장 분석에 들어가 보니 아주 고약했다. 어머니와 딸이 밧줄에 묶인 상태로 물속에 던져졌는데, 딸이 십자가를 얼마나 꽉 쥐고 있었던지 손바닥에 자국이 선명하게 찍혀 있었다. 테리가 사진을 찍는 동안 레이철은 커피를 가지러 식당으로 내려갔다. 그녀가 돌아와서 보니 그는 울고 있었던 것이 분명했다. 그때 레이철은 알았다. 매컬렙도 그녀와 같은 부류인 공감족이란 것을.

데이가 광천수 한 병과 플라스틱 컵을 그녀 앞에 내려놓으며 물었다.

"정말 괜찮은 거죠?"

"괜찮다니까. 물 고마워."

"충격적인 소식이었어요. 난 그분을 잘 몰랐는데도 그 소식을 듣고 깜짝 놀랐죠."

레이철은 고개만 끄덕였다. 그 얘긴 더 이상 하고 싶지 않았다. 스피커폰이 울리자 레이철은 데이보다 먼저 손을 뻗었다. 원격회의 버튼을 누르지 않고 핸드세트를 집어든 것은 브래스 도런과 먼저 개인적으로 얘기할 수 있기 때문이었다. 적어도 도런 쪽에 있는 사람들이 엿듣는 것은 막아줄 것이다.

"브래스?"

"레이철, 정말 미안해. 내가…."

"괜찮아. 네가 모든 소식을 나한테 전해줘야 하는 건 아니잖아."

"그렇긴 하지만 그 얘긴 너한테 전해줬어야 했어."

"게시판에도 올랐을 텐데 내가 놓쳤겠지. 이런 식으로 알게 된 것이 조금 이상할 뿐이야."

"알아. 아무튼 미안해."

"넌 장례식에 참석했겠구나?"

"장례식에만 참석했지. 섬이었어. 그가 살고 있던 카탈리나. 정말 아름다운 곳이었지만 정말 슬펐지."

"다른 요원들도 많이 왔어?"

"아니, 많이 오진 않았어. 가기 어려운 곳이야. 페리를 타야 하니까. 그렇지만 요원들 몇 명과 지역 경찰 몇 명, 친구들과 가족들이 참석했더군. 클린트 이스트우드도 왔어. 자가용 헬리콥터로 온 것 같았어."

문이 열리고 앨퍼트가 들어왔다. 휴식하는 동안 신선한 산소를 마시고 왔는지 얼굴에 생기가 돌았다. 다른 두 요원인 지고와 거닝도 뒤따라 들어와 자리에 앉았다.

"회의를 계속할 시간이야. 널 화면으로 다시 불러야 해."

레이철이 도런에게 말했다.

"알았어, 레이철. 나중에 만나 얘기하자."

레이철이 핸드세트를 넘겨주자 앨퍼트가 받아 원격회의 버튼을 눌렀다. 도런이 텔레비전 화면에 나타났다. 전보다 더 피곤한 모습이었다.

"자, 그럼 계속해 볼까요?"

앨퍼트가 참석자들에게 물었다. 아무도 대꾸를 하지 않자 그는 계속 말했다.

"그래요, 좋습니다. 그러면 보트에서 채취한 그 지문들은 어떤 의미를 가지나요?"

"매컬렙이 사망하기 전에 무슨 일로 사막에 왔는지, 그 날짜는 언제인지 알아내야 한다는 뜻이겠죠."

셰리 데이가 대답했다. 그러자 거닝이 맞장구를 쳤다.

"그리고 LA로 가서 그의 시체를 조사해야 한다는 뜻이기도 합니다. 심장마비로 사망한 것이 사실인지 확인해야죠."

"두 분 말씀이 다 옳지만 문제가 있습니다. 매컬렙은 화장되었거든요."

"저런!"

거닝이 혀를 찼다.

"부검은 했습니까? 혈액과 세포조직을 채취했냐고요?"

앨퍼트의 거듭된 질문에 도런이 대답했다.

"거기까진 잘 모르겠고요, 화장했다는 것만 알아요. 장례식에 참석했거든요. 가족들이 화장한 재를 보트 난간 밖으로 흘려보냈어요."

앨퍼트가 방 안의 참석자들을 둘러보다가 에드 거닝에게 말했다.

"에드, 당신이 가. 섬에 건너가 조사를 해보란 말이야. 재빨리 해치워야 해. 내가 지국으로 전화해서 필요한 인원을 지원하라고 할 테니까. 제발 기자들 모르게 하라고. 매컬렙은 그 영화 때문에 꽤 유명해져서 기자들이 냄새 맡으면 거머리처럼 찰싹 달라붙어 안 떨어질 거야."

"알았습니다."

"다른 아이디어나 의견 있는 사람?"

앨퍼트가 물었지만 아무도 대답하지 않았다. 레이철이 잔기침을 한 뒤 조용히 말했다.

"배커스는 테리의 멘토이기도 했어요."

잠시 침묵이 흐른 뒤 도런이 받았다.

"맞아요."

"멘토링 프로그램을 처음 시작했을 때 배커스가 첫 번째로 지명한 요원이 테리였죠. 그다음이 나였고요."

"그런데 그게 지금 우리한테 왜 중요하죠?"

앨퍼트의 물음에 레이철은 어깨를 으쓱했다.

"누가 알겠어요? 배커스는 GPS로 나를 불러냈어요. 어쩌면 내 앞에 테리를 불러냈을지도 모르죠."

다들 그 말의 의미를 생각하느라고 잠시 침묵했다.

"내 말은 내가 왜 여기 있느냐는 뜻이에요. 배커스는 내가 이젠 행동 과학실에서 근무하지 않는다는 걸 알고 있을 텐데 왜 소포를 나한테 보냈을까요? 분명 이유가 있겠죠. 그는 어떤 계획을 가지고 있는 거예요. 그 계획의 첫 부분이 테리였는지도 모르죠."

앨퍼트는 천천히 고개를 끄덕였다.

"그런 각도에서 바라볼 필요도 있을 것 같습니다."

"그가 레이철을 노리고 있을 수도 있어요."

도런이 거들었다.

"너무 앞서나가지 맙시다."

앨퍼트가 제동을 걸었다.

"사실들만 직시하자고요. 월링 요원, 나는 물론 당신이 온갖 주의를 기울여주길 바래요. 그렇지만 성급한 결론을 내리기 전에 매컬렙의 상황을 먼저 체크해 봅시다. 그건 그렇고, 브래스, 다른 얘긴 뭡니까?"

브래스 도런은 카메라를 벗어나 서류 쪽으로 고개를 숙였다. 매컬렙의 자료에서 다른 증거물로 화제를 돌리려는 것이 분명했다.

"매컬렙과 관련된 것으로 보이는 자료들이 약간 있지만, 제 리스트에 올라 있는 다른 것들을 죽 살펴보겠습니다. 먼저 시체들과 함께 발굴된 테이프와 비닐 봉투들부터 시작하죠. 이것들에 대해서는 하루만 더 시간을 주시면 보고서를 올리겠습니다. 그다음, 시체의 옷가지들은 건조실에서 한 주일쯤 말린 후에나 분석에 들어갈 수 있을 거예요. 그러니 거기서는 나온 게 없습니다. 껌에 대해서는 이미 얘기했지만, 오늘 저녁까지는 치흔(齒痕) 데이터베이스에 입력할 예정입니다. 그러면 마지막으로 GPS가 남는군요."

레이철은 참석자 전원이 텔레비전 화면을 뚫어지게 응시하고 있는 것을 보았다. 마치 도런이 회의실 안에 함께 있는 것 같았다.

"여기서는 상당한 진전이 있었습니다. 일련번호를 추적하여 캘리포니아 주 롱비치에 있는 빅 파이브 스포츠 용품점을 찾아냈죠. 어제 LA 지국 요원이 그 가게로 가서 오브리 스노우라는 남자가 바로 이 걸리버 100 모델을 구입한 기록을 입수했어요. 낚시 안내인인 그는 어제 바다로 나간 것이 확인되었고요. 어젯밤 늦게 부두로 돌아온 그를 붙잡고 걸리버에 대해 추궁하자, 그 친구는 11개월쯤 전에 같은 낚시 안내인들끼리 벌인 포커게임에서 잃어버린 물건이라고 대답했답니다. 그런데 그 물건이 소중한 이유는 남부 캘리포니아와 멕시코 연안을 따라 물고기가 가장 잘 잡히고 그가 가장 선호하는 낚시터들의 위치가 그 안에 모두 입력되어 있었기 때문이죠."

"그 물건을 딴 사람의 이름은 말해 주었나요?"

앨퍼트가 재빨리 물었다.

"불행히도 아닙니다. 즉흥적으로 벌어진 판이었어요. 그 당시 날씨도 나쁘고 장사도 시원찮았거든요. 많은 낚시 안내인들이 선창에 처박혀 밤마다 포커나 하고 있었죠. 매일 밤 꾼들이 바뀌었대요. 술도 엄청 마셔대면서요. 오브리 스노우는 자기 GPS를 따간 사내의 이름이나 다른 어떤 것도 기억하지 못했어요. 아무튼 한 번도 본 적 없는 작자라, 자기 보트를 정박하고 있는 부두 사람은 아니라고 하더래요. 지국에서는 오늘 스노우와 화가를 불러다가 그 남자의 몽타주를 그릴 예정입니다. 그렇지만 아무리 좋은 몽타주를 얻는다 해도 그 일대는 광범위한 해안도로와 용선용 낚싯배들로 뒤덮여 있어요. 이 일을 담당하는 지국의 요원은 두 명뿐이라고 이미 말씀드렸죠?"

"그건 내가 해결하겠소."

앨퍼트가 말했다.

"에드에게 매컬렙 건을 조사시키면 더 많은 인원을 지원받게 될 겁니다. 내가 직접 러스티 헤이버쇼를 만나 요청하겠습니다."

레이철도 아는 이름이었다. 러스티 헤이버쇼는 연방수사국 LA 지국장이다.

"그러면 도움이 될 거예요."

브래스 도런이 말했다.

"이게 매컬렙과 연관 있다고 말했는데, 어째서죠?"

"혹시, 그 영화 보셨어요?"

"아뇨, 못 봤습니다."

"네에, 매컬렙은 카탈리나에서 낚싯배 용선 사업을 하고 있었어요. 어떻게 그 바닥에 흘러들었는지는 모르겠지만, GPS를 놓고 포커 게임을 했던 낚시 안내인들을 그가 알고 있을 가능성이 있다는 얘기죠."

"그렇군요. 확대해석이긴 하지만 가능성이 있어요. 에드, 그 점을 염두에 두게."

"알겠습니다."

문에서 노크 소리가 났지만 앨퍼트는 무시했다. 셰리 데이가 일어나서 문 쪽으로 걸어갔다. 레이철은 문밖에 서 있는 케이트 요원을 보았다. 그가 나지막한 목소리로 데이에게 말했다.

"다른 얘기가 있습니까, 브래스?"

앨퍼트가 물었다.

"현재로선 없습니다. 제 생각엔 화제를 LA로 옮겨야 할 것 같은데요."

"실례하겠습니다. 이 얘기를 좀 들어보셔야 할 것 같아요."

데이가 케이츠 요원을 회의실 안으로 데리고 들어왔다. 케이츠는 별것 아니라는 듯이 손사래를 치며 말했다.

"발굴 현장의 외곽 초소에서 방금 연락을 받았습니다. 차를 몰고 온사내 한 명을 붙잡아 두었답니다. LA에서 온 사립탐정이라는데, 이름이 휘로미부스 보슈라나 뭐라나…."

"히에로니무스 보슈라고 하지 않던가요? 화가 이름처럼 말예요?"

레이철이 물었다.

"맞아요. 화가 이름은 모르겠지만 그 사내 이름이 그렇답니다. 아무튼 요원들이 그를 레저 차량 안으로 몰아넣은 뒤 그의 차를 수색했더니 앞좌석에 파일이 하나 놓여 있더래요. 그 안에서 나온 메모와 사진들속에 보트 사진도 끼어 있답니다."

"저 바깥에서 발견한 그 보트 말입니까?"

앨퍼트가 물었다.

"그렇죠. 첫 번째 시체 구덩이를 표시했던 그 보트 말입니다. 파일에는 여섯 명의 실종자들에 관한 신문 기사도 스크랩되어 있대요."

앨퍼트는 방 안에 있는 사람들의 얼굴을 잠시 돌아본 뒤 말했다.

"셰리와 탐, 넬리스 기지에 전화해서 헬리콥터를 보내라고 해. 가서 무슨 일인지 알아보라고. 월링 요원도 이 친구들과 함께 가시죠."

# 18 대면

그들은 나를 레저 차량 안으로 몰아넣고는 내 집처럼 편안하게 있으라고 말했다. 안에는 부엌과 식탁도 있었고 거실까지 꾸며 놓았다. 하나뿐인 창문은 다른 레저 차량이 앞을 가로막고 있어 별 역할은 하지 못했다. 에어컨을 가동하여 바깥의 퀴퀴한 냄새는 거의 들어오지 않았다. 내가 질문을 해도 그들은 대답하지 않았다. 나와 대화할 요원들이 곧 도착할 거라고만 말했다.

한 시간이 지나갔다. 그동안 나는 스스로 기어들어온 이 구덩이에 대해 생각할 기회를 가졌다. 이곳이 시체를 발굴한 장소임은 의심할 여지가 없었다. 냄새, 퀴퀴한 그 냄새가 공기 속을 떠돌고 있었다. 게다가 옆에도 뒤에도 창문이 없는 밴 두 대가 내게 말해 주었다. 운구차량이 두 대인 것은 운반한 시체가 한 구 이상이었다는 뜻이었다.

90분이 지났을 때 나는 소파에 앉아 커피 탁자에서 집어온 한 달 전의 〈FBI 회보〉를 읽고 있었다. 헬리콥터 한 대가 레저 차량 위로 날아가

는 소리가 들리더니, 잠시 후 착륙했는지 엔진 소리가 뚝 그쳤다. 5분쯤
뒤 레저 차량 문이 열리고 내가 기다리고 있던 요원들이 들어왔다. 두
여자와 한 남자. 한 여자는 즉시 얼굴을 알아봤지만 누군지는 기억나지
않았다. 30대 후반으로 보이는 검은 머릿결의 그녀는 늘씬하고 예뻤다.
FBI 요원이니까 나와 어딘가에서 마주쳤을 가능성이 있었다.

"보슈 씨?"

그 옆의 여자가 내게 다가오며 물었다. 담당 요원인 듯했다.

"저는 특별 수사관 셰리 데이에요. 이쪽은 제 파트너인 탐 지고 요원,
이쪽은 월링 요원입니다. 이렇게 기다려 주셔서 감사합니다."

"이런, 나한테 선택의 여지가 있었나요? 난 당신들을 기다리는 줄도
몰랐는데."

"그러셨을 겁니다. 당신에게 기다려야 한다는 식으로 요원들이 말하
지 않았기를 바랐거든요."

여자는 음흉한 미소를 지었다. 나는 그 문제는 더 이상 따지지 않기
로 했다. 처음부터 배배 꼬여서 좋을 게 없다.

"부엌으로 들어가 테이블에 좀 앉으시죠. 거기가 말씀 나누긴 나을
것 같습니다."

셰리 데이가 권했다.

나는 아무래도 좋다는 듯이 어깨를 으쓱해 보였지만, 그게 중요하다
는 것쯤은 알고 있었다. 그들은 한 사람은 내 맞은편에, 둘은 내 양쪽에
앉아 나를 코너로 몰려할 것이다. 나는 일어나서 그들이 원하는 자리로
가서 벽을 등지고 앉았다.

"그래, 무슨 일로 이곳 사막까지 오셨습니까, 보슈 씨?"

데이가 테이블 맞은편에 앉으며 내게 물었다.

나는 다시 어깨를 으쓱했다. 여러 번 반복해서 연습한 동작이었다.

"라스베이거스로 가는 길에 볼일이 좀 있어 차를 세우고 찾고 있었을 뿐이오."

"어떤 종류의 볼일이죠?"

나는 미소를 지었다.

"물을 좀 빼야 했거든요, 데이 요원."

이번엔 그녀가 미소를 지었다.

"아, 그러니까 우연히 이곳 외곽 초소로 들어오셨다는 말씀이군요."

"그런 셈이죠."

"그런 셈이군요."

"너무 급해서 말이죠. 저기서 시체를 몇 구나 파냈소?"

"왜 그런 질문을? 누가 시체에 관한 얘기라도 하던가요?"

나는 웃으며 고개를 저었다. 그걸 알아내려면 애를 좀 먹을 거다.

"자동차 안을 좀 살펴봐도 될까요, 보슈 씨?"

그녀가 내게 물었다.

"벌써 뒤져봤을 텐데."

"왜 그렇게 생각하시죠?"

"난 LA 경찰이었소. FBI와도 일해 본 적이 있거든."

"그래서 다 알고 계시군요."

"이렇게 정리합시다. 나는 시체를 파내면 어떤 냄새가 나는지 알고 있고, 당신들이 내 차를 뒤졌다는 것을 알고 있소. 지금 내게 허락을 구하는 것은 당신들의 엉덩이를 가리려는 수작이지. 나는 허락할 수 없으니 내 차에서 물러나시오."

나는 지고 요원을 쳐다본 뒤 월링 요원에게로 시선을 돌렸다. 그 순간 그녀가 누군지 기억에 떠올랐고 내 깊숙한 곳에서 많은 질문들이 머리를 쳐들었다.

"이제야 기억나는군. 레이철이야, 그렇죠?"

"무슨 말씀이신지?"

레이철 월링이 의아한 표정을 지었다.

"우린 한 번 만난 적이 있죠. 오래전 LAPD 할리우드 경찰서에서 말이지. 당신은 콴티코에서 나왔다고 하면서 시인을 추적하고 있는데, 테이블에 앉은 내 동료 하나를 다음 목표물로 생각한다고 했소. 그러고는 시인과 함께 줄곧 그곳에 앉아 있었지."

"강력계에 계셨습니까?"

"맞았소."

"에드 토머스는 어떻게 지내고 있죠?"

"나처럼 은퇴했지, 뭐. 그 친구는 오렌지카운티로 내려가서 서점을 차렸어요. 믿을 수 없겠지만 미스터리 소설들을 팔고 있죠."

"믿을 수 있어요."

"당신은 시인을 쏜 여자잖소. 산꼭대기 집에서, 그렇죠?"

여자는 대답하지 않았다. 그녀의 눈길이 내게서 데이 요원의 눈으로 옮겨갔다. 내가 모르는 무언가가 있었다. 월링이 여기서 맡은 역할은 상대적으로 작지만, 셰리 데이와 탐 지고에 비해 그녀가 선배인 것만은 확실했다. 그러고 보니 알 만했다. 시인에 대한 수사의 여파로 불어 닥친 스캔들 때문에 그녀의 위상이 한두 단계 추락한 것 같았다.

거기까지 생각이 미치자 또 다른 생각이 떠올랐다. 나는 암중모색하는 기분으로 슬쩍 통겨보았다.

"벌써 오래전 일이었지. 암스테르담 사건보다도 더 이전이니까."

월링의 눈빛이 한 순간 확 타오르는 걸 보고 나는 정곡을 찔렀음을 알았다.

"암스테르담 사건은 어떻게 아세요?"

데이가 재빨리 물었다.

나는 그녀의 머리 위로 시선을 던졌다. 그리곤 어깨를 다시 으쓱한 뒤 대답했다.

"그냥 알게 된 것 같은데. 그것 때문에 여기서 이러고들 있는 거요? 저것들이 모두 시인이 한 짓들입니까? 그자가 돌아왔어, 그렇죠?"

데이가 지고를 돌아보며 문 쪽을 눈짓했다. 그는 일어나서 레저 차량에서 나갔다. 데이가 상체를 앞으로 숙이며 나를 똑바로 쳐다보았다. 현재의 상황과 자기가 하는 말이 매우 진지하니 오해하는 일이 없도록 하라는 일종의 경고였다.

"보슈 씨, 당신이 여기서 무얼 하고 있었는지 우린 알아야겠어요. 그걸 말씀하시기 전엔 여기서 한 걸음도 나가실 수 없습니다."

나도 그녀를 흉내 내어 상체를 앞으로 기울였다. 우리 얼굴 사이가 50센티 정도까지 가까워졌다.

"초소에 있는 당신 동료가 내 면허증을 가져갔소. 당신도 봤을 테니 내가 뭐하는 사람인지 알 거요. 나는 어떤 사건을 조사하고 있는데 비밀이라 말해 줄 수가 없습니다."

지고가 돌아왔다. 땅딸막한 이 사내는 머리를 군바리처럼 짤막하게 치고 연방수사국의 규정에 맞춘 듯한 모습이었다. 손에는 여섯 명의 실종자에 대한 테리 매컬렙의 파일을 들고 있었다. 그 안에는 내가 테리의 컴퓨터에서 출력한 사진들도 들어 있었다. 지고가 파일을 데이 앞에 놓자 그녀가 표지를 열었다. 낡은 보트 사진이 맨 위에 있었다. 여자는 그것을 집어 내 앞으로 디밀었다.

"이건 어디서 입수했죠?"

"비밀이오."

"당신을 고용한 사람이 누구예요?"

"그것도 비밀이오."

셰리 데이는 사진들을 휙휙 넘기다 테리가 몰래 찍은 조던 샌디의 사진에서 멈췄다. 그녀는 사진을 집어 들고 내게 물었다.

"이 남자는 누구죠?"

"확신할 순 없지만 오래전에 사라진 로버트 배커스일 거라고 나는 생각하고 있는데."

"뭐라고요?"

레이철 월링이 펄쩍 뛰었다. 그녀는 손을 뻗어 데이의 손에서 사진을 빼앗아 들었다. 나는 사진을 이리저리 살펴보고 있는 그녀의 눈을 주시했다.

"세상에!"

월링의 입에서 탄식이 새어나왔다. 그녀는 사진을 들고 의자에서 일어나더니 부엌 카운터로 걸어갔다. 그리곤 사진을 그 위에 올려놓고 다시 들여다보았다.

"레이철, 다른 말은 더 이상 하지 마세요."

데이 요원이 주의를 주었다. 그녀는 파일에서 샌디를 찍은 다른 사진들을 골라내어 탁자 위에 펼쳤다. 나를 다시 쳐다보는 그녀의 눈에는 불길이 일었다.

"이 사진들을 어디서 찍었죠?"

"난 안 찍었소."

"그럼 누가 찍었습니까? 비밀이란 말은 그만하세요, 보슈. 그랬다간 비밀이 아니라고 할 때까지 깊고 캄캄한 구멍 속에 계셔야 할 겁니다. 이게 마지막 경고예요."

나는 전에도 FBI의 깊고 캄캄한 구멍 속에 갇혀 본 적이 있다. 거길 다시 들어갈 각오라면 데이 요원에게서 최선을 이끌어낼 수 있다는 걸 알고 있었다. 사실 나는 그녀를 돕고 싶었다. 도와야 한다는 것도 알고 있었다. 문제는 그러한 열망과 그래시엘라 매컬렙을 위한 최선의 행동과의 균형을 이루는 일이었다. 그래시엘라는 내 고객이었고, 나는 고객을 보호해야만 했다.

"이렇게 합시다."

나는 데이 요원에게 말했다.

"나도 돕고 싶으니까, 당신들도 날 도와주시오. 그러자면 내가 그 비밀을 밝혀도 되는지 전화로 허락을 받아야 해. 어떻게 생각하시나?"

"전화기를 드릴까요?"

"나도 갖고 있소. 여기서 통화가 될지는 모르겠지만."

"될 거예요. 중계기를 세웠으니까요."

"잘하셨군. 당신들은 정말 주도면밀하단 말씀이야."

"전화하세요."

"은밀하게 해야 합니다."

"그러면 우리가 여기서 나갈게요. 5분 동안이에요, 보슈 씨."

그녀는 내 이름에 다시 '씨'자를 붙였다. 상황이 개선된 것이다.

"그보다는 내가 여기서 나가겠소. 사막을 거닐며 전화하는 편이 더 은밀할 것 같으니까."

"편하실 대로 하세요."

나는 카운터에서 사진을 응시하고 있는 레이철과 탁자에서 파일을 뒤적이는 데이 요원을 뒤로 하고 차량 밖으로 나갔다. 탐 지고가 나를 호위하여 임시 헬기 착륙장 부근의 사막으로 안내했다. 그는 적당한 거리에서 서더니 담배를 한 대 붙여 물곤 나를 감시했다. 나는 휴대전화를 꺼내어 최근 통화한 열 군데의 번호들을 체크했다. 맨 먼저 버디 로크리지의 번호로 전화를 걸었다. 그 친구도 휴대전화이기 때문에 금방 받을 것이라고 생각했다.

"네에?"

그의 목소리 같지가 않았다.

"버디요?"

"네, 누구십니까?"

"보슈요. 지금 어디 있소?"

"침대에 있죠. 당신은 내가 잠잘 때만 전화하는군."

나는 시계를 보았다. 정오가 지난 시각이었다.

"이런, 일어나요. 당신한테 일을 시켜야겠어."

그의 목소리가 갑자기 생기를 띠었다.

"벌써 일어났소. 무슨 일을 시킬 거요?"

나는 재빨리 계획을 세우려고 했다. 매컬렙의 컴퓨터를 가져오지 않은 자신에 대해 짜증을 내다가도, 가져왔다가 FBI한테 빼앗겼으면 마음대로 이용하지 못할 뻔했다고 안도하기도 했다. 나는 버디에게 급히 지시했다.

"최대한 빨리 〈팔로잉 시〉 호로 가시오. 내가 비용을 지불할 테니 헬리콥터를 타고 가요. 거기까지 날아가서 보트 위에 내려요."

"알았어요. 그런 다음엔?"

"테리의 컴퓨터로 들어가서 샌디의 앞모습과 옆모습을 출력해요. 할 수 있겠소?"

"그럼요. 그렇지만 당신이 이미 출력했던 걸로 아는데."

"했지. 그렇지만 당신이 한 번씩 더 하란 말이오. 그런 다음엔 간이침대 위에 쌓아둔 파일 상자들 속에서 로버트 배커스란 이름이 적힌 파일을 찾아내요. 그게…."

"시인의 파일이죠. 예, 어떤 건지 알아요."

알고 있을 줄 알았다. 하마터면 나는 그렇게 말할 뻔했다.

"오케이. 그 파일과 사진들을 들고 라스베이거스로 달려와요."

"라스베이거스로? 샌프란시스코로 간다고 했잖아요?"

그 말에 나는 잠시 어리둥절했지만 곧 그를 떼어내려고 거짓말 했던 걸 기억해냈다.

"내 생각이 바뀌었지. 아무튼 그것들을 가지고 라스베이거스로 와서 호텔에 체크인한 뒤 내 전화를 기다려요. 휴대전화 배터리 충전 상태를 단단히 확인하고. 당신이 먼저 전화하지 마시오. 내가 전화할 테니까."

"호텔방에서 내가 먼저 전화하면 안 되는 이유가 뭐요?"

"20분쯤 후엔 내 휴대전화를 압수당할지도 모르니까. 이제 움직여요, 버디."

"내가 쓴 경비는 다 지불해 주는 거죠?"

"당연하지. 당신이 들인 시간 값도 지불할 거요. 그러니까 빨리 뛰어요, 버디."

"알았어요. 지금 갑니다. 그런데 20분 후면 페리가 출발하는데, 그걸 타면 비용을 많이 절약할 수가 있소."

"헬기를 타요. 페리보다 한 시간은 일찍 도착할 수 있을 테니. 내겐 그 시간이 필요해요."

"알았어요. 그러죠."

"그런데 버디? 당신이 어디 가는지, 무슨 일을 하는지 아무한테도 말하지 마시오."

"알았소."

버디가 전화를 끊자 나는 전화기를 그대로 든 채 탐 지고 요원을 살펴보았다. 그는 이제 검은 선글라스를 쓰고 있었지만 여전히 나를 감시하고 있는 듯했다. 나는 전화가 갑자기 끊어진 것처럼 몇 차례 "여보세요!"라고 소리친 뒤 휴대전화를 닫았다가 다시 열고 그래시엘라 번호를 찍어 넣었다. 내 행운은 계속되었다. 그녀는 집에 있었고 즉시 전화를 받았다.

"그래시엘라, 해리입니다. 일이 좀 생겨서 당신 허락을 구하려고요. 테리의 죽음과 제 수사에 대해 FBI와 얘기할 수 있게 해주십시오."

"FBI라고요? 해리, 전 그들에게 먼저 갈 수 없다고 말씀드렸잖아요."

"저도 그들에게 가지 않았습니다. 그들이 제게 왔어요. 전 지금 사막 한복판에 나와 있습니다, 그래시엘라. 테리의 사무실에서 발견한 것들이 절 여기까지 안내했는데, 와서 보니 FBI가 기다리고 있네요. 제 생각엔 이들과 얘기해도 안전할 것 같아요. 이들이 여기서 찾고 있는 자가 테리를 해친 자라고 생각되니까요. 부인께 당장 무슨 영향이 가진 않을 겁니다. 이들에게 제가 알아낸 걸 말해줘야 할 것 같아요. 그자를 잡는 데 도움이 될 테니까요."

"그자가 누구죠?"

"로버트 배커스란 자예요. 혹시 아는 이름이에요? 테리가 말한 적 있습니까?"

그래시엘라가 생각하는 동안 잠시 침묵이 이어졌다.

"없는 것 같은데요. 누구죠?"

"함께 일하던 동료였습니다."

"요원이었다고요?"

"네. 시인이라고들 불렀죠. 테리가 시인에 관해 얘기한 적 없었나요?"

"있어요. 오래전이었는데. 3~4년은 되었을 거예요. 마땅히 죽어야 할 사람이 죽지 않은 것 같다면서 화를 냈던 걸로 기억해요."

그건 배커스가 암스테르담에 다시 나타난 것으로 추측되던 무렵이었음이 분명했다. 테리는 내부의 수사 파일을 막 입수했을 것이다.

"그 이후론 생각나는 것이 없습니까?"

"없어요."

"좋습니다, 그래시엘라. 그러면 어떻게 할까요? 당신이 승낙하지 않으면 전 그들에게 얘기할 수 없습니다. 하지만 얘기해도 괜찮을 것 같은데요."

"도움이 될 것 같으면 그렇게 하세요."

"FBI가 곧 거기 나타날 텐데, 괜찮으시겠어요? 〈팔로잉 시〉호도 육지로 끌고 가서 수색하려고 할 겁니다."

"왜죠?"

"증거물을 찾기 위해서죠. 시인이 그 보트에 올랐거든요. 처음엔 용선자로 올랐지만 그다음엔 몰래 숨어들었죠. 그때 테리의 약을 바꿔치기한 것 같습니다."

"세상에!"

"FBI는 댁으로도 찾아갈 겁니다. 부인과 얘기하고 싶어 할 거예요. 정직하게만 얘기하면 됩니다, 그래시엘라. 그들에게 다 털어놔요. 아무것도 감출 필요 없어요."

"정말 괜찮을까요, 해리?"

"그럼요. 괜찮습니다. 그러면 허락하시는 겁니까?"

"네, 좋아요."

우리는 작별인사를 하고 전화를 끊었다. 지고 요원이 서 있는 곳까지 걸어가면서 나는 다시 휴대전화를 열고 내 집 전화번호를 눌렀다. 그리고는 끊고 다시 번호를 눌러대는 과정을 아홉 차례 더 반복했다. 버디 로크리지와 그래시엘라 매컬렙에게 전화한 흔적을 완전히 지우기 위해서였다. 레저 차량 안에서 일이 꼬일 경우 데이 요원은 내가 누구와 통화했는지 확인하려 할 것이다. 이렇게 해두면 내 휴대전화에서 뭔가를 알아내긴 어렵다. 정 알고 싶으면 영장을 들고 전화회사로 찾아가는 수밖에 없다.

지고 요원은 내가 하는 짓을 보곤 미소를 지으며 머리를 흔들어댔다.

"이봐요, 보슈. 우리가 그 번호를 알고 싶었다면 공중에서 잡아냈을 거요."

"정말이오?"

"그럼요. 우리가 원하기만 했다면요."

"이야, 당신들 정말 별난 족속 아니오?"

지고는 선글라스 위로 나를 바라보았다.

"멍청한 소리 하지 말아요, 보슈. 자꾸 그러면 지겨워지니까."

"당신들도 알아야만 해."

# 19 사건의 재구성

탐 지고는 더 이상 대꾸하지 않고 나를 레저 차량으로 다시 데려갔다. 데이 요원은 테이블에 그대로 앉아 있었고, 레이첼 월링도 여전히 카운터 앞에 서 있었다. 나는 조용히 의자에 앉아 데이 요원을 마주 보았다.

"어떻게 됐어요?"

그녀는 쾌활한 목소리로 물었다.

"잘됐어요. 내 고객은 당신들한테 말해도 좋다고 허락했소. 그렇지만 일방통행은 곤란하고, 서로 교환합시다. 당신 질문에 내가 대답할 테니 내 질문엔 당신이 대답하시오."

데이는 고개를 저었다.

"아하, 그런 식으론 안 되죠. 이건 FBI가 수사하는 사건이에요. 우린 아마추어들과는 정보를 교환하지 않습니다."

"내가 아마추어라는 거요? 나는 당신들이 옛날에 놓쳐버린 로버트 배커스의 사진을 이렇게 가져왔소. 그런 내가 아마추어라고?"

내 시야로 레이철의 움직임이 들어왔다. 그녀가 손을 들어 입을 가리고 웃고 있었다. 내가 쳐다보는 것을 본 그녀는 카운터 쪽으로 돌아서서 배커스의 사진을 다시 들여다보는 척했다.

"이게 배커스인지는 아직 확인되지 않았어요."

데이 요원이 반박했다.

"턱수염을 기르고 선글라스를 쓴 데다 모자까지 눌러쓴 사내가 누군지 알 게 뭐예요."

"그렇지만 이 사내가 죽은 줄로만 알았던 바로 그 사내일 수도 있소. 그리고 몇 년 전 암스테르담에서 살해된 다섯 명과 지금 여기서 발견된 여섯 명을 살해했을 가능성이 있어요. 혹시 신문에 게재된 여섯 명보다 더 많이 나왔나요?"

데이 요원은 내키지 않는 미소를 지어 보였다.

"이봐요. 댁은 이런 일들로 무척 흥분했는지 모르지만 우린 아직 별로거든요. 결론은 딱 하나예요. 여기서 나가고 싶으면 빨리 다 털어놔요. 고객이라는 분도 승낙했잖아요. 그 고객이 누군지부터 불어 봐요."

나는 상체를 뒤로 젖혔다. 이 여자는 내가 돌파하지 못할 정도의 성벽은 아니란 생각이 들었다. 설사 그렇다 하더라도, 나는 레이철 윌링의 미소를 이미 확보한 상태였다. 그 미소는 나중에 그녀와 함께 FBI의 바리케이드를 넘을 수 있는 비상통로를 의미했다.

"내 고객은 그래시엘라 매킬렙이오. 테리 매킬렙의 미망인 밀이오."

데이 요원은 놀란 눈을 깜박거리더니 재빨리 평정을 회복하는 것 같았다. 어쩌면 전혀 놀라지 않았는지도 모른다. 그녀의 그런 표정은 이미 알고 있던 어떤 사실을 확인한 순간의 반응일 수도 있었다.

"그녀가 왜 당신을 고용했죠?"

"누군가가 그의 약을 바꿔치기해서 죽게 만들었다고 생각했기 때문이지."

그 말은 잠시 무거운 침묵을 불러왔다. 레이철도 카운터를 떠나 천천히 자기 의자로 돌아와서 앉았다. 나는 데이 요원의 몇 가지 질문에 따라 그래시엘라와 만나게 된 동기와 그녀의 남편이 복용하던 약이 바뀌게 된 경위, 수사를 하다가 이 사막까지 찾아오게 된 과정을 얘기했다. 그런데 내 얘기를 듣고도 그들이 전혀 놀라지 않는다는 생각이 들기 시작했다. 어쩐지 그들이 이미 다 알고 있거나 부분적으로 파악한 내용을 확인시켜 주고 있는 것 같은 느낌이었다. 내 얘기가 끝나자 데이 요원은 그간의 나의 활동에 대해 몇 가지 간단명료한 질문들을 던졌다.

"아주 흥미로운 얘기군요. 정보도 다양하고. 그러면 이제 우리 입장에서 말씀해 보시죠. 이 모든 것들이 당신한테 어떤 의미가 있죠?"

"그걸 나한테 묻는 거요? 그런 일은 콴티코에서 하고 있는 줄 아는데. 모든 정보들을 취합하여 사건 윤곽을 그려내고 해답들을 찾아내는 일 말이오."

"걱정 마세요. 그렇게 할 겁니다. 난 그저 당신의 견해를 듣고 싶을 뿐예요."

"글쎄요."

나는 더 이상 말하지 않았다. 내 나름대로 모든 정보들을 취합한 데다 로버트 배커스를 새로운 요소로 추가하고 있는 중이었다.

"글쎄요, 뭐예요?"

"미안해요. 나도 지금 정보들을 취합하는 중이라."

"그냥 생각나는 대로 말씀해 보세요."

"여기서 테리 매컬렙을 아는 사람이 있습니까?"

"모두가 알죠. 그게 무슨 상관이…."

"그를 제대로 아는 사람이 있느냐는 거요."

"한때는 제가 그랬죠."

레이철이 대답했다.

"사건들을 함께 해결했어요. 그런데 제가 한동안 연락을 끊었어요. 그가 사망한 것도 오늘에야 알았고요."

"그의 집이나 보트를 방문하여 모든 것들을 체크해 보면 알게 되겠지만, 그는 여전히 사건들을 붙들고 있었소. 손에서 놓을 수가 없었던 게지. 그 자신의 옛날 미제사건들뿐만 아니라 새로운 사건들도 조사했어요. 신문과 TV를 계속 주시하고 흥미로운 사건에 대해 조언하기 위해 경찰에 전화하기도 했죠."

"그 때문에 죽임을 당했나요?"

데이 요원이 또 물었다. 탐 지고와 레이철 월링은 아무 질문도 하지 않았다. 나는 고개를 끄덕였다.

"결국 그렇게 된 것 같소. 그 파일에 있는 기사는 〈로스앤젤레스 타임스〉 1월에 실렸던 겁니다. 테리는 그 기사를 읽고 흥미를 느꼈죠. 그래서 라스베이거스 메트로에 전화를 걸어 프로파일 서비스를 제공하겠다고 했어요. 그들은 흥미 없다며 그 제의를 무시했습니다. 그렇지만 지역신문이 실종자들에 대한 후속기사를 실었을 때 그의 이름을 흘리지 말았어야 했지."

"그게 언제였죠?"

"2월 초였소. 찾아보면 나올 거요. 아무튼 그 기사에 실린 테리의 이름이 시인을 그에게 안내한 셈이지."

"이봐요, 우린 시인에 대해 어떤 것도 확인하지 않았어요. 무슨 말인지 아시겠어요?"

"물론이지. 당신들 기분 내키는 대로 하시오. 내가 얘기한 모든 것을 억측으로 치부하고 싶다면 뭐, 그래도 좋아."

"계속해 보세요."

"누군가가 관광객들을 유괴하고 있었는데, 이제야 우린 그자가 그들을 이 사막에 파묻고 있었다는 걸 알게 된 거요. 악명 높은 연쇄살인자들이 대개 그렇듯이, 그자도 언론 매체들을 예의주시하며 누군가가 여러 가지 상황을 종합적으로 판단하여 진상에 접근하기를 기다리고 있었겠지. 그러다가 후속기사에서 테리 매컬렙이란 이름을 발견한 거요. 옛 동료잖소. 내 생각엔 그자가 매컬렙을 과거에 알았던 것 같아. 테리가 콴티코에서 나와 LA에 행동과학실 전초기지를 세우기 이전부터 말이지. 심장마비로 쓰러지기 전부터."

"사실 테리는 배커스를 멘토로 모신 첫 번째 요원이었어요."

레이철 월링이 말했다. 그러자 데이는 월링이 신뢰를 배신하기라도 한 것처럼 쳐다보았다. 월링은 그 시선을 싹 무시했고, 나는 그녀의 그런 면이 아주 마음에 들었다.

"역시 그랬군요. 그런 관계가 있었어. 배커스가 신문에서 그 이름을 봤을 때 두 가지 중 한 가지를 생각했을 겁니다. 그것을 자신에 대한 도전으로 봤거나, 아니면 라스베이거스 메트로가 아무리 매컬렙을 무시해도 악착같이 자신을 추적해 올 것이라고 생각했겠지."

"그래서 그 자신이 매컬렙을 찾아갔단 말씀이죠?"

데이 요원이 물었다.

"맞아요."

나는 지고 요원을 돌아보았다. 이제 끼어들 때도 된 것 같은데, 그는 끝내 입을 열지 않았다. 결국 내가 얘기를 계속했다.

"그래서 그는 테리를 찾아가서 관찰하기 시작했죠. 턱수염을 기르고, 선글라스와 모자를 쓰고, 아마 약간의 성형수술까지 했겠지. 그리곤 테리에게 낚싯배를 용선한 거요."

"그런데도 테리는 그를 몰라봤군요?"

레이철이 물었다.

"수상한 냄새는 맡았던 모양인데 확실히는 모르겠소. 그 사진들은 일부일 뿐이야. 테리는 사내가 수상했던지 여분의 사진들을 찍었어요. 그렇지만 그자가 배커스인 줄 알았다면 무슨 조처를 취했겠지. 아무 조처도 안 취한 걸 보면 긴가민가했던 것 같소."

나는 레이철을 쳐다보며 물었다.

"당신도 사진을 봤으니 말해 봐요. 배커스가 맞습니까? 억측으로라도 말이오."

"억측이나 마나 뭐가 보여야 말이죠. 그의 눈도 볼 수 없고 얼굴도 거의 안 보이잖아요. 이게 그의 사진이라면 흉터가 있을 텐데. 코가 달라요. 양쪽 볼도 다르고."

"쉽게 고칠 수 있죠. 언제든 LA로 한번 와요. 내가 할리우드에서 만난 한 경호원 사내를 보여드리지. 그 친구도 흉터가 있어서 성형수술을 했는데, 당신도 보면 의료기술의 기적에 감탄하지 않을 수 없을 거요."

"그래요."

레이철에게 말하고 있는데 맞장구는 데이 요원이 치고 나왔다.

"그래서 어떻게 됐죠? 그자가 매컬렙의 약을 언제 바꿔쳤나요?"

그건 일별 사건 구성표를 봐야 알겠는데, 내 수첩은 외투 주머니에 들어 있었다. 그들은 아직 내 몸을 수색하진 않았다. 나는 수첩을 빼앗기고 싶지 않아 그대로 두기로 했다.

"그 용선이 있은 지 두 주일 후 테리의 보트에 도둑이 들었어요. 침입자는 보트에 있던 GPS를 훔쳐갔는데, 나는 범인이 테리의 약을 바꿔치기한 것을 들키지 않기 위해 그런 짓을 했을 거라고…. 아니, 왜 그러는 거요?"

나는 그들이 보인 미묘한 반응을 잠시 살펴보았다. GPS 때문인 것 같았다.

"어떤 종류의 GPS였나요?"

레이철이 물었다.

"선배, 선배는 옵서버예요. 잊었어요?"

데이 요원이 재빨리 잘랐다.

"걸리버였소."

나는 재빨리 대답했다.

"모델명은 정확히 기억나지 않지만 보안관의 보고서가 보트에 있어요. 그 GPS는 테리의 소유가 아니라 동업자의 것이었지."

"그 동업자의 이름을 아세요?"

데이 요원이 물었다.

"알지. 버디 로크리지요. 혹시 영화에서 본 기억 없소?"

"그 영화 안 봤어요. GPS에 대해서는 더 이상 아시는 것 없습니까?"

"버디는 그걸 포커 게임에서 땄다고 하더군. 거기엔 고기가 많이 잡히는 낚시터가 여러 군데 입력되어 있었소. 그걸 도둑맞자 버디는 다른 낚시 안내자의 짓으로 생각하고 울화통을 터뜨렸지."

그들의 반응을 보자 내 말이 정곡을 찔렀다는 걸 알 수 있었다. GPS가 중요한 단초임이 분명했다. 그것을 훔쳐간 것은 약을 바꿔치기한 것을 가리려는 수작만은 아니었다는 얘기였다. 내가 착각했던 것이다. 잠시 후 나는 곧 사태를 파악했다.

"알았다. 그걸로 이 장소를 찾아냈군, 그렇죠? 배커스는 GPS에 이 지점을 표시하여 당신들한테 보냈던 거야. 테리를 이곳으로 꾀어냈던 것처럼 당신들을 이곳으로 불러낸 거지."

"지금 우리 얘기를 하자는 게 아니잖아요. 당신 얘기를 하고 있어요."

셰리 데이가 반박했다. 그렇지만 나는 레이철을 돌아보고 그녀의 눈빛에서 내 추측이 옳았음을 확인했다. 거기서 한 단계 더 비상하여 GPS가 바로 그녀에게 전달되었을 거라는 판단에 이르렀다. 그것이 옵서버 자격으로 레이철을 여기 불러들인 이유였다. 시인은 테리를 불러냈던 것처럼 레이철도 불러낸 것이었다. 나는 그녀에게 묻지 않을 수 없었다.

"아까 배커스를 멘토로 모신 첫 번째 요원이 테리라고 했는데, 그러면 두 번째 요원은 누구였소?"

"그다음 얘기를 계속해 보시죠."

데이 요원이 자르는 바람에 레이철은 대답하지 못했지만, 단호하면서도 슬퍼 보이는 눈동자에 잠시 희미한 미소를 지어 보였다. 그녀의 눈빛은 내 짐작이 옳았음을 말해주고 있었다. 멘토링 프로그램에서 배커스를 스승으로 모신 두 번째 요원은 바로 레이철이었던 것이다. 나는 그녀에게 조용히 당부했다.

"부디 몸조심하기 바랍니다."

데이 요원이 탁자 위의 파일을 열며 말했다.

"그건 댁이 걱정하실 일이 아니에요. 여기 적힌 메모들 중에 확인하고 싶은 것들이 있어요. 우선 맨 먼저 윌리엄 빙이 누구예요?"

나는 데이 요원을 바라보았다. 혼자 똑똑한 척하는 이 여자는 이 파일과 여기 적힌 메모들이 모두 내 것인 줄 아는 모양이군.

"나도 몰라요. 그냥 마주친 이름일 뿐이지."

"어디서요?"

"내 생각엔 테리가 적어놓은 것 같은데, 아직 누군지는 밝혀내지 못했소."

"그러면 여기 적힌 삼각형 이론이란 건 무슨 뜻이죠?"

"당신 생각엔 무슨 뜻일 것 같소?"

"보슈 씨, 성가시게 굴지 마세요. 말장난하지 마시라구요."

"셰리?"

레이철이 보다 못해 끼어들었다.

"왜요?"

"그 메모들은 테리가 적어놓은 것 같아."

데이는 파일을 다시 살펴보고 레이철의 말이 옳다는 것을 깨달은 것 같았다. 나는 상처를 받은 것 같은 표정으로 레이철을 쳐다보았다. 데이 요원이 파일을 탁 닫았다.

"정말 그렇군요."

그녀는 나를 쳐다보며 물었다.

"댁은 그게 무슨 뜻인지 아세요?"

"아니. 하지만 당신이 말해줄 것 같은데."

"여기서부터는 우리가 수사한다는 뜻이에요. 댁은 이제 LA로 돌아가셔도 좋아요."

"LA가 아니라 라스베이거스로 돌아갈 거요. 내 거처가 거기니까."

"어디로 가시든 마음대로 하세요. 하지만 이 수사에서 물러나시라고요. 우리가 공식적으로 접수할 테니까."

"나는 아무 경찰국에도 소속되어 있지 않아요, 데이 요원. 당신은 내가 원하지 않는 한 나로부터 어떤 것도 접수할 수 없소. 나는 사립탐정이란 말이오."

그녀는 내 입장을 이해한다는 듯이 머리를 끄덕였다.

"좋아요, 탐정 아저씨. 이따 고용주에게 전화하여 오늘 해지기 전까지는 댁을 해고하도록 조처해드리죠."

"나는 단지 먹고살려고 애쓰는 것뿐이오."

"저는 단지 살인자를 잡으려고 애쓰고 있을 뿐이에요. 그러니 이해해 주세요. 댁의 서비스는 더 이상 필요치 않습니다. 그러니 빠지세요. 댁은 아웃이에요. 끝났다고요. 무슨 말인지 모르겠어요?"

"방금 한 말을 서류화할 수 있다고 생각해요?"

"당장 여기서 나가셔야 할 것 같군요. 집에 가실 수 있을 때 가세요. 탐, 보슈 씨에게 면허증과 자동차 열쇠를 돌려드리고 차까지 모셔다 드려요."

"그러죠."

탐 지고가 대답했다.

내가 파일을 집으려고 하자 데이 요원이 재빨리 낚아챘다.

"이건 우리가 보관하겠어요."

"그러시든지. 잘해 보시오, 데이 요원."

"고맙군요."

나는 지고를 따라 문 쪽으로 걸어갔다. 돌아보며 레이철에게 고개를 까딱하자 그녀도 따라했다. 나는 그녀의 눈동자에서 서광이 비치는 걸 본 것 같았다.

# 20 살인범의 DNA

헬리콥터가 사막에서 이륙한 뒤에도 세 요원은 보슈에 대해 얘기하고 있었다. 라스베이거스까지의 비행은 40분쯤 걸릴 터였다. 모두 헤드폰을 쓰고 있어서 회전익의 소음에도 불구하고 서로 대화가 가능했다. 셰리 데이는 그 사립탐정 때문에 기분을 잡친 것처럼 보였다. 레이철은 그녀가 보슈에게 어떤 열등감 같은 것을 느끼고 있는 거라고 생각했다. 그래서 아직도 즐거운 기분이 남아 있었다. 보슈가 이 정도로 물러날 리 없다는 것을 레이철은 알고 있었다. 그는 눈으로 꼭 확인해야 직성이 풀리는 사람이었고, 마지막으로 그녀에게 머리를 끄덕여 보인 것은 이대로 보따리 싸고 집으로 돌아가진 않겠다는 뜻이었다.

"삼각형 이론이란 게 뭐예요?"

데이가 물었다.

레이철은 지고가 먼저 대답하길 기다렸지만 그는 언제나처럼 말이 없었다.

"테리가 뭘 발견한 것 같아. 누가 그걸 밝혀내야 할 것 같고."

레이철의 말에 데이는 고개를 저었다.

"지금으로선 이것들을 모두 추적할 시체들을 확보했는지 모르겠어요. 브래스가 혹시 찾아낸 것이 있는지 물어봐야죠. 그리고 이 윌리엄 빙이란 이름은 지금까지 한 번도 나타난 적이 없어요."

"내 짐작으로는 의사일 것 같아. 테리는 이곳으로 올 때 혹시 일이 잘 못될 경우를 생각해서 가명을 준비했을 거라고."

"레이철, 돌아가면 그 이름부터 좀 추적해 줄래요? 앨퍼트는 선배를 옭아버니 뭐니 했지만, 그게 느슨한 거라면 확실히 해두는 편이 좋을 거예요."

"걱정할 거 없어. 그가 보는 앞에서 내가 전화하는 것이 마음에 걸리면 호텔방에서 전화하면 돼."

"안 돼요, 현장사무실에 있어야지. 선배가 안 보이면 앨퍼트는 또 무슨 일을 꾸미나 하고 생각할걸요."

조수석에 앉은 데이가 뒷좌석의 레이철을 돌아보며 물었다.

"그런데 두 분 어떤 관계에요?"

"무슨 뜻이야?"

"무슨 뜻인지 아시잖아요. 선배와 보슈 씨 말예요. 그 표정하며 미소들. '부디 몸조심하기 바랍니다.' 그게 다 뭐냐고요, 레이철?"

"이봐, 그는 혼자서 우리 셋을 상대했어. 그러니 한 사람을 선택해서 상대하는 것이 자연스럽지. 면접 기술과 관점에 대한 매뉴얼에 다 나와 있는 거잖아. 언제 한번 뒤져보라고."

"그러면 선배는요? 선배도 그를 상대하고 있었나요? 그것도 매뉴얼에 있어요?"

"나는 그의 스타일을 좋아할 뿐이야. 아직도 현역처럼 행동하고 있잖아, 안 그래? 우리한테 전혀 주눅 들지 않는 그런 점을 나는 쿨하다고 생각해."

"선배는 오지에 너무 오래 있어서 그런 말을 하는 거예요. 우리는 우리들 앞에서 주눅 들지 않는 사람들을 좋아하지 않아요."

"내가 시골에 너무 오래 처박혀 있었던 건지도 모르지."

"그래서 그 양반이 문제가 될 거라는 거예요?"

"틀림없어."

지고 요원이 대신 받았다.

"그럴지도 몰라."

레이철도 그 말에 동의하자 데이 요원은 머리를 흔들었다.

"여긴 그만한 인원이 없어요. 그 양반까지 감시할 시간이 내겐 없다고요."

"내가 감시해 주길 바라니?"

"자원하는 거예요?"

"난 할 일을 찾고 있는 중이야. 그래, 자원해."

"9·11테러로 국토안보부가 생기기 이전에는 우리가 원하는 건 뭐든 지원해 줬어요. 연쇄살인범을 잡는 일은 연방수사국의 주요업무였죠. 이젠 불철주야 테러리스트만 쫓아다니고, 초과근무수당도 없어요."

레이철은 보슈를 감시해 달라거나 말라는 단정적인 얘기를 데이가 교묘하게 피하고 있다는 것을 알 수 있었다. 만약 일이 틀어졌을 때 '내가 언제?' 하며 오리발을 내밀 수 있는 절묘한 방법이었다. 레이철은 일단 현장사무실에 돌아가면 데이에게 보슈의 거처가 정말 라스베이거스에 있는지 확인해보라고 해야겠다고 생각했다. 그리고 보슈가 어디까지 알고 있는지 파악하면서 거리를 두고 지켜보기로 했다.

창밖을 내려다보니 까만 아스팔트 리본이 사막을 가로지르고 있었다. 그들을 태운 헬리콥터는 그 길을 따라 도시로 날아가는 중이었다. 레이철의 시야에 같은 방향으로 질주하는 검은색 메르세데스 벤츠 SUV가 잡혔다. 사막의 비포장도로를 달려 뿌옇게 먼지를 뒤집어쓴 모습이었다. 레이철은 그것이 라스베이거스로 돌아가는 보슈의 차량임을 알았다. 그때 메르세데스의 먼지 덮인 지붕에 그려진 그림이 그녀의 눈에 들어왔다. 탐정이 걸레를 사용해서 그린 것 같은 그 그림은 행복하게 웃는 얼굴이었다. 레이철도 웃음이 나왔다.

이어폰을 통해 데이 요원의 목소리가 들렸다.

"무슨 일이에요, 레이철? 왜 웃어요?"

"아무것도 아냐. 그냥 뭘 좀 생각하느라고."

"그래요. 나도 그렇게 웃을 수 있으면 좋겠네요. 저 바깥에는 내 머리에 비닐 봉투를 씌우려는 사이코 요원이 기다리고 있다는 걸 알면서도 말이죠."

레이철은 그런 악의에 찬 말을 내뱉고 있는 데이를 화난 눈빛으로 쏘아보았다. 데이도 그녀의 눈에 담긴 분노를 분명히 보았다.

"미안해요. 난 단지 선배가 이 일에 좀 더 진지하게 임하는 것이 좋겠다고 생각해요."

레이철이 계속 노려보자 데이는 눈길을 돌렸다.

"정말 내가 진지하지 않다고 생각하는 거야?"

"알아요, 진지한 줄. 아무 말도 하지 말걸 그랬어."

레이철은 I-15 고속도로로 다시 눈길을 돌렸다. 검정색 메르세데스는 더 이상 보이지 않았다. 보슈는 헬리콥터 뒤쪽으로 멀리 처져버렸다. 레이철은 사막을 물끄러미 내려다보았다. 똑같은 것이 하나도 없는데도 전체적으로는 똑같은 땅이었다. 바위와 모래로 덮인 달 표면 같았다. 그곳에도 수많은 생명체가 숨어 있다는 걸 레이철은 알고 있었다. 바위와 모래 속에 숨어 있는 포식자들은 오로지 밤이 되길 기다리고 있을 것이었다.

"신사숙녀 여러분?"

조종사의 목소리가 귀에 들려왔다.

"채널 3으로 돌려봐요. 전화가 왔습니다."

레이철은 주파수 변경을 하기 위해 헤드세트를 벗었다. 헤드세트의 설계를 멍청하게 했다는 생각이 들었다. 그것을 다시 착용하자 브래스 도런의 목소리가 흘러나왔다. 큰일이 벌어질 때마다 항상 그랬듯이, 그녀는 호떡집에 불난 것처럼 다급하게 말했다.

"…퍼센트 보전도(保全度)를 지니고 있어. 틀림없이 그의 것이라는 얘기지."

"뭐라고? 난 잘 못 들었어."

레이철이 소리치자 데이 요원이 말했다.

"브래스, 처음부터 다시 말해 주세요."

"데이터베이스에서 치흔의 주인을 찾았다고 했어. 그 껌 말이야. 보전도가 95퍼센트나 된다고. 내가 본 것들 중 가장 높은 비율에 속해."

"누구야?"

레이철이 물었다.

"당신이 들으면 좋아할걸. 테드 번디야. 그 껌을 씹은 사람은 테드 번디였어."

"그럴 리가요!"

데이 요원이 소리쳤다.

"번디는 여러 해 전에 죽었잖아요. 이번 실종 사건이 일어나기 훨씬 전에요. 게다가 그는 한 번도 네바다나 캘리포니아로 갔다거나 누군가의 표적이 되었던 적이 없었어요. 그 데이터가 잘못된 것 같아요, 브래스. 자료를 잘못 읽었거나…."

"두 번이나 입력했는데 두 번 다 번디 것으로 나왔어."

"맞아, 그의 것이 맞다고."

레이철이 말했다.

데이가 의아한 눈으로 그녀를 돌아보았다. 레이철은 테드 번디에 대해 생각하고 있었다. 극악무도한 연쇄살인범. 핸섬하고 영리하지만 사악한 사이코패스. 그는 레이철을 소름끼치게 만든 유일한 살인자였다. 다른 자들에 대해서는 그저 혐오감과 불쾌감을 느꼈을 뿐이지만, 테드 번디는 정말 지긋지긋한 괴물이었다.

"그의 것인지 어떻게 알죠, 레이철?"

"그냥 알아. 25년 전 배커스는 강력범 체포 프로그램(VICAP) 데이터 베이스 구축 작업을 도운 일이 있어. 브래스는 기억하고 있을 거야. 데이터 수집에만 8년 이상 걸렸지. 그 팀에 소속된 요원들은 전국에 수감되어 있는 연쇄살인범들과 강간범들을 인터뷰하러 다녔어. 난 그때 없었지만, 나중에 내가 들어간 뒤에도 자료보충을 위한 인터뷰는 계속됐지. 테드 번디도 여러 차례 면담했는데, 그를 주로 담당했던 요원이 밥 배커스였다고. 처형을 당하기 직전 번디는 밥을 레이포드 형무소로 불렀고, 나도 함께 내려갔지. 우린 그를 인터뷰하는 데 사흘을 소비했어. 번디는 밥에게 껌을 계속 얻어 씹었던 걸로 기억해. 그때 밥이 씹던 껌이 주시 프루트였어."

"그래서 그자가 씹던 껌을 밥의 손바닥에 내뱉었단 말인가요?"

지고 요원이 미심쩍은 표정으로 물었다.

"그게 아니라 쓰레기통에 뱉었죠. 우리가 인터뷰했던 사형수동 소장실 안에 쓰레기통이 하나 있었거든요. 매일 인터뷰가 끝나면 번디는 감방으로 돌아갔고, 밥은 혼자 소장실에 남아 있을 때가 많았어요. 쓰레기통에서 껌을 채취하긴 쉬웠을 거예요."

"그러니까 선배님 말씀은 밥이 그 쓰레기통에 머리를 처박고 번디가 씹다 버린 껌을 주워서 간직하고 있다가 여러 해가 지난 후에 그 시체 구덩이 속에 던져 넣었을 수도 있다는 겁니까?"

"내 말은 밥이 그 껌에 번디의 치흔이 남아 있다는 걸 알고 형무소 밖으로 반출했을 수도 있다는 거죠. 그땐 단지 기념품으로 생각했을 수도 있겠죠. 나중에 다른 용도가 생겼는지 모르지만. 우릴 놀려줄 목적으로 말예요."

"그러면 그걸 어디에 보관했을까요? 냉장고에?"

"그랬겠죠. 나라도 그랬을 거예요."

그러자 데이가 브래스 도런에게 물었다.

"도런 선배님은 어떻게 생각하세요?"

"그런 생각은 내가 했어야만 옳았어. 나는 레이철이 제대로 짚었다고 생각해. 밥은 번디와 면담하려고 여러 차례 거기 내려갔을 거야. 혼자서도 말이지. 그때 껌을 채취했을 수도 있어."

레이철은 데이가 수긍한다는 듯 머리를 끄덕이는 걸 보았다.

지고 요원이 잔기침을 하더니 말했다.

"그렇다면 이건 밥 배커스가 자신의 출현을 알리는 또 하나의 방법이었군요. 그 껌을 자기가 얼마나 현명하게 사용했는지 우리한테 보여주며 조롱하고 있는 겁니다. 처음엔 GPS에 지문을 묻혀서 보냈고, 이번엔 껌을 보낸 거죠."

"내가 하려던 말이 바로 그거예요."

도런이 맞장구를 쳤다.

그렇게 단순하지가 않지, 하고 레이철은 생각했다. 그녀가 무의식적으로 머리를 내젓자 옆자리에 앉은 지고 요원이 물었다.

"월링 선배님은 동의하지 않습니까?"

"난 그렇게 단순하다곤 생각지 않아요. 당신은 틀린 각도에서 그걸 보고 있어요. 그의 지문이 묻은 GPS가 우리한테 먼저 도착했지만 그 이전에 껌이 시체 구덩이 속에 들어갔다는 것을 알아야죠. 그는 껌이 먼저 발견되길 바랐는지도 몰라요. 그와 직접 연결되는 것이 있기 전엔 말이죠."

"그렇다면 그는 뭘 하고 있었던 거죠?"

데이 요원이 물었다.

"나도 몰라. 단지 이 시점에선 그의 계획이나 심지어 그 결과까지 짐작할 수 있다고 착각해서는 안 된다는 거야."

"레이철, 우린 항상 열린 마음을 유지하고 있다는 걸 알잖아요. 모든 것이 들어올 수 있도록 열어두고 항상 다른 각도에서 보고 있어요."

콴티코 홍보실 벽에 붙은 표어처럼 들렸다. 기자들에게 전화로 대답할 때 요원들이 항상 참고할 수 있도록 정책과 처리절차를 간결하게 정리한 문장들이다. 레이철은 그런 얘기로 데이와 시비하고 싶지 않았다. 후배이자 제자인 그녀가 반기지 않는 일은 삼갈 필요가 있었고, 그런 점에 의견 접근이 이루어지고 있음을 느낄 수 있었다.

"그럼, 나도 알지."

"좋아요. 브래스, 다른 얘기 하실 것 있어요?"

데이가 물었다.

"그게 다야. 그 정도면 됐어."

"좋아요. 그러면 다음에 또 얘기 나누죠."

다음이란 다음 회의실 사건 토의를 의미했다. 도런이 인사하고는 전화를 끊었다. 헬리콥터가 황량한 미개척지와 라스베이거스의 경계선을 넘는 동안 기내 통신선은 잠잠했다. 아래쪽을 내려다보던 레이철은 사

막이 또 다른 형태의 사막으로 변했을 뿐이라는 생각이 들었다. 기와와
자갈과 모래로 된 지붕들 아래에는 포식자들이 밤이 오길 기다리고 있
었다. 사냥감을 노리며.

# 21 삼각형의 비밀

이그제큐티브 익스텐디드 스테이 모텔은 라스베이거스의 스트립(카지노가 모여 있는 큰 거리 – 옮긴이) 남단에 있었다. 정면에는 번쩍이는 네온사인도 없었고, 내부에는 카지노나 플로어 쇼도 없었다. 이름만 행정관 장기 체류 모텔이지, 실제로 투숙하고 있는 관리는 한 명도 없었다. 베이거스 사회 변두리 인생들이 즐겨 찾는 싸구려 모텔로 상습 도박꾼이나 가출자, 성매매업자, 이곳을 떠날 수도 없고 뿌리내리고 살 수도 없는 부류의 인간들이 주로 들락거렸다.

바로 나 같은 사람이었다. 장기투숙자들이 '디블엑스'라고 부르는 그 모텔에서 같은 부류의 사람끼리 만나면 마치 형기를 채우고 있는 수인들처럼 여기 온 지 얼마나 되었느냐, 언제까지 있을 거냐고 묻는 것이 인사였다. 나는 이 모텔 투숙자 중 상당수가 실제로 복역한 경험이 있을 것으로 믿었고, 이런 곳을 숙소로 택한 데는 두 가지 이유가 있었다. 첫째는 내가 아직 LA 집을 저당 잡히고 있는 처지라 벨라지오나 만달레이 베이는 고사하고 리비에라에 장기 투숙할 형편도 못 된다는 사실이다. 둘째, 나는 라스베이거스에서 편안하게 지내길 원치 않았다. 돌아갈 때가 되면 미련 없이 이곳을 떠날 것임을 알고 있기 때문이었다.

내가 라스베이거스에 도착한 것은 3시 무렵이었고, 그 시간이면 딸이 탁아소에서 돌아왔을 테니 전처의 집으로 가면 만날 수 있겠다는 생각이 들었다. 당장 달려가 딸을 보고 싶었지만 기다려야만 했다. 버디 로크리지에게 오라고 지시를 해놓은 데다 내겐 할 일이 있었다. FBI는 내 주머니 속의 수첩을 압수하지 않았고, 테리 매컬렙의 지도책도 아직 내 자동차에 무사히 있었다. 데이 요원이 자신의 실수를 깨닫고 나를 다시 찾아올 때까지는 이것들을 최대한 활용하고 싶었다. 나는 그녀보다 사건에서 한 걸음 더 앞설 수 있는지 알고 싶었다.

더블엑스로 들어간 나는 매캐런 공항 자가용 제트기 파킹 구역과 모텔 사이의 담장 근처에 차를 세웠다. 거기가 내 주차 공간이었다. 사흘 전 내가 라스베이거스를 떠날 때 공항 에이프런에 서 있던 걸프스트림 나인은 여전히 그대로 있었다. 그 옆에는 약간 작지만 동체가 날씬하게 빠진 블랙 제트기도 한 대 서 있었다. 어떤 종류의 제트기인지는 모르겠지만 내 눈엔 그저 돈으로만 보였다. 차에서 내려 건물 2층에 있는 내 단출한 단칸방까지 계단을 걸어 올라갔다. 깨끗하고 기능적인 방이지만 나는 가급적 이곳에 오래 머물지 않으려고 애썼다. 거실 바깥으로 작은 발코니가 있는 것이 가장 좋았다. 임대사무실에서 제공한 소책자에는 그곳을 스모킹 발코니라고 설명하고 있지만 너무 좁아 의자 하나 놓기도 어려웠다. 그렇지만 나는 종종 거기 나가서 난간에 몸을 기대고 거부들의 자가용 제트기가 들어오는 것을 구경하곤 했다. 그리고 아직도 담배를 피우고 싶어 하는 나 자신을 발견하곤 했다. 가끔은 옆방에 투숙한 사람이 발코니에 나와 담배를 피우는 것을 목격할 때도 있었다.

한쪽엔 어드밴티지 플레이어라고도 불리는 카드카운터가 직업인 사내가 투숙해 있고, 다른 쪽엔 수입원이 불투명한 여자가 살고 있었다. 그들과의 대화는 형식적인 것이었다. 이곳에선 아무도 너무 많이 묻거나 대답하고 싶어 하지 않았다.

문밖의 낡은 고무 매트 위에 이틀 치의 〈라스베이거스 선〉지가 쌓여 있었다. 내가 구독을 취소하지 않은 이유는 이웃집 여자가 이 신문을 살짝 가져다가 읽은 뒤 다시 비닐 봉투에 담아 제자리에 돌려놓는 것을 알고 있기 때문이었다. 내가 그걸 알고 있다는 걸 그 여자는 모르고 있었다.

안으로 들어간 나는 신문을 바닥에 던져두고 매컬렙의 지도책은 식탁 위에 놓았다. 주머니에서 수첩도 꺼내 놓았다. 그리곤 미닫이문을 열고 텁텁한 공기가 좀 빠져나가게 했다. 내가 묵기 전에 이 방을 사용했던 자는 스모킹 발코니를 사용하지 않고 방에서 그냥 피워댔던 모양이었다. 방이 니코틴 악취에 절어 있었다.

휴대전화 충전 플러그를 벽에 꽂고 버디 로크리지 전화번호를 누르자 음성메일로 연결되었다. 메시지를 남기지 않고 전화를 끊은 다음 그래시엘라의 번호를 입력하자 그녀가 받았다.

"FBI가 아직 안 왔어요?"

"방금 다녀갔어요."

그래시엘라가 대답했다.

"이곳을 발칵 뒤집어 놓더니 보트로 내려간다고 하더군요. 당신이 짐작했던 대로 보트를 끌고 갈 거래요. 언제 돌려받게 될지도 몰라요."

"오늘 버디를 만나보셨어요?"

"버디요? 아뇨. 오늘 오기로 되어 있었나요?"

"아니, 혹시나 해서요."

"당신은 아직 FBI와 함께 있나요?"

"아뇨. 두어 시간 전에 풀어 주더군요. 지금 라스베이거스 집에 와 있습니다. 전 이 사건을 계속 수사할 생각입니다, 그래시엘라."

"왜요? 요원들은 이제 그 사건이 최우선인 것처럼 말하던데. 그들은 배커스 요원이 그 약을 바꿔치기했다고 생각하고 있어요."

그녀의 질문은 연방수사국의 막강한 힘으로도 안 되는 일을 내가 어떻게 할 수 있겠느냐는 투였다. 물론 대답할 말은 없었다. 그렇지만 나는 테리가 그래시엘라에게 했다는 말을 기억하고 있었다. 그는 자신에게 무슨 일이 일어나면 나한테 사건을 의뢰하길 원했다. 그것이 나를 도망치지 못하게 붙잡았다.

"왜냐하면 테리가 그걸 원했으니까요. 하지만 걱정하지 마세요. 제가 만약 FBI가 모르는 것을 알아내면 즉시 그들한테 제공할 테니까요. 오늘처럼 말이죠. 그들과 경쟁할 생각은 없어요. 그냥 수사를 계속할 뿐이에요, 그래시엘라."

"좋아요."

"그렇지만 혹시 그들이 물어보더라도 얘기하지 마세요. 제가 계속 캐고 다닌다면 싫어할 테니까요."

"알아요."

"고마워요, 그래시엘라. 새로운 것이 나타나면 연락하겠소."

"고마워요, 해리. 행운을 빌어요."

"제겐 그게 필요할 겁니다."

전화를 끊은 뒤 나는 다시 버디 로크리지의 번호를 눌렀지만 이번에도 음성메일만 흘러나왔다. 아마도 휴대전화를 끄고 비행기에 탑승한 듯했다. 정말 그랬으면 좋으련만. 나는 그가 보트에 올랐다가 FBI 요원들 눈에 띄지 않고 내렸기를 바랐다.

휴대전화를 내려놓고 냉장고로 가서 흰 빵과 치즈를 꺼내어 재빨리 샌드위치를 만들었다. 내 딸이 놀러 와서 구운 치즈 샌드위치를 주문할 경우를 대비해서 그 두 가지는 항상 준비해 두고 있었다. 나는 굽는 과정을 생략하고 카운터에 선 채 맛없는 샌드위치로 공복을 급히 채웠다. 그리고는 식탁에 앉아 수첩의 새 페이지를 펴놓고는 수 년 전에 최면교실에서 배운 자기이완 운동을 몇 차례 반복했다. 내 마음속에 빈 칠판이 하나 떠올랐다. 나는 곧 분필을 집어 들고 칠판에다 하얀 글씨를 적어나가기 시작했다. FBI가 내게서 압수한 실종자들 파일에 적혀 있던 테리 매컬렙의 메모를 그 칠판 위에 최대한 되살렸다. 그런 다음엔 그것을 내 수첩에 옮겨 적기 시작했다. 전화번호들을 제외한 대부분의 내용을 되살릴 수 있었고, 전화번호는 안내에 문의하면 모두 확인할 수 있는 것들이라 걱정할 것 없었다.

열린 발코니 창문을 통해 제트기 엔진의 날카로운 소음이 들려왔다. 다른 비행기 한 대가 파킹하고 있는 중이었다. 엔진 소음이 그치자 다시 평화가 찾아왔다.

나는 매컬렙의 지도책을 펴고 한 페이지씩 꼼꼼히 살펴보았다. 그러나 남부 네바다 지역이 그려진 페이지와 캘리포니아와 애리조나가 인접한 지역이 그려진 페이지에 적힌 메모 외에는 그 어떤 글씨도 발견할 수 없었다. 나는 매컬렙이 적어 놓은 것들을 다시 살펴보았다. 그가 동그라미를 쳐놓은 모하비 보호구역은 지직스 로드 출구와 FBI의 시체 발굴현장이 포함되어 있었다. 지도 가장자리에 포개 작은 숫자들의 합은 86이었다. 그 숫자 아래에 밑줄을 치고 그는 "실제로는 92"라고 적어놓았다.

이 숫자들은 도로의 거리를 나타내는 총 마일 수와 관련 있을 거라는 생각이 들었다. 지도를 자세히 살펴보니 주요 도로들은 일정 거리마다 마일 수를 표시해 놓고 있었다. 그리고 매컬렙이 지도 가장자리에 적어 놓은 숫자들과 일치하는 숫자들도 곧 눈에 띄었다. 그는 라스베이거스에서 모하비 한가운데 있는 I-15 고속도로의 한 지점까지의 거리를 합해 놓았다. 지직스 로드는 너무 작고 하찮은 도로라서 지도에 기재되어 있지도 않았다. 그렇지만 매컬렙은 I-15 도로상의 이름 없는 한 지점에서부터 마일 수를 계산하기 시작했던 것처럼 보였다.

나도 내 수첩에다 그 숫자들을 적고 합계를 기록했다. 지도에 의하면 매컬렙이 계산한 86마일이 맞았다. 하지만 그는 이 합계에 동의하지 않았거나 다른 루트로 계산을 했던지 합계가 92마일로 나왔다. 나는 그가 자기 자동차로 그 루트를 직접 달려서 주행기록계에 나타난 숫자가 지도상의 거리와 다르다는 결론을 얻었을 것으로 짐작했다. 이런 문제는 그가 라스베이거스에서 특정 행선지를 거쳤기 때문에 발생한 것이었다. 지도상의 마일 수는 라스베이거스의 다른 끝에서부터 계산했을 것이다.

매컬렙의 행선지가 어디였는지는 알 수 없었다. 또 지도에 표시한 것이 언제였는지, 그것이 사건과 무슨 관계가 있는지 판단하기도 어려웠다. 사건과 관계있다고 보는 것은 매컬렙이 지직스 로드에서부터 거리를 계산하기 시작했기 때문이었다. 그건 우연일 수가 없었다. 우연이란 없다.

발코니에서 기침 소리가 들렸다. 옆방 여자가 담배를 피우는 모양이었다. 내가 보기에도 좀 묘한 데가 있는 여자라서, 가끔씩 유심히 살펴보곤 했다. 여자는 애연가는 분명 아니었고, 자가용 제트기가 파킹 구역으로 들어올 때만 발코니로 나오는 것처럼 보였다. 하긴 뭐, 비행기를 구경하길 좋아하는 사람들도 있다. 그렇지만 이 여자는 무슨 목적이 있는 듯했고, 그런 점이 내 호기심을 더욱 자극했다. 어쩌면 그녀는 카지

노나 다른 도박꾼을 위한 사냥감을 물색하고 있을지도 모른다는 생각
이 들었다.

나는 일어나서 발코니로 걸어 나갔다. 그런데 오른쪽으로 고개를 돌
린 순간 여자가 자기 방으로 무언가를 던지는 것을 보았다. 나한테 보
이고 싶지 않은 것이 있었던 모양이었다.

"제인, 어떻게 지내요?"

"좋아요, 해리. 요즘 며칠 안 보이시던데요."

"한 이틀 비웠습니다. 뭐가 또 들어왔나요?"

나는 공항 에이프런의 파킹 구역을 건너다보았다. 동체가 날씬한 블
랙 제트기 한 대가 자기와 똑같이 생긴 제트기 옆에 서 있었다. 맞춘 듯
한 검정색 리무진이 제트기 계단 근처에서 대기 중이었다. 양복 차림에
선글라스를 쓰고 갈색 터번을 머리에 얹은 사내가 비행기에서 내렸다.
제인이 나를 보고 자기 방 안으로 던진 것이 카메라나 망원경이었다면,
나는 그녀의 감시 업무를 망친 셈이었다.

"스윙의 황제(the sultan of swing, 영국 록 그룹 다이어 스트레이츠를 의
미―옮긴이)로군요."

나는 무슨 말이든 해야 할 것 같아서 말했다.

"그런 것 같아요."

여자가 대꾸한 뒤 담배를 한 모금 빨아들이곤 곧 기침을 토해냈다.
담배를 피울 줄 모르는 여자라는 걸 금방 알 수 있었다. 그런데도 뻐끔
담배를 피우는 이유는 발코니에 서서 부자들과 그들의 비행기를 관찰
하는 것을 가리기 위한 수단이었다. 여자의 갈색 눈동자도 가짜였다. 어
느 날 깜박 잊고 컬러 콘택트렌즈를 뺀 상태로 발코니에 나왔을 때 나
는 그것을 알아봤다. 그녀의 까만 머리카락도 아마 원래 색깔이 아닐
것이다.

나는 여자에게 무얼 하고 있었느냐고 묻고 싶었다. 무슨 놀이, 무슨
속임수 혹은 무슨 계략을 꾸미고 있었는지. 그렇지만 나는 발코니에서
나누는 이런 대화를 좋아했고, 지금은 경찰 신분도 아니었다. 게다가 제
인이—그녀의 성은 모른다—부자들을 부의 정도에 따라 분류하는 것에
대해 내가 뭐라 간섭할 근거가 없었다. 라스베이거스는 똑같은 원칙 위
에 세워졌다. 이 야망의 도시에서 주사위를 던진 사람은 자격을 갖춘
만큼 가질 수가 있다.

나는 그녀에게서 내적인 선량함 같은 것을 느꼈다. 상처 받았지만 선
량한 마음. 한 번은 내 딸을 데리고 이곳으로 오다가 계단에서 제인을
만났는데, 그녀는 걸음을 멈추고 매디와 얘기를 주고받았다. 다음 날 아
침 나는 도어 매트 위의 신문 옆에 놓인 조그마한 팬더 곰 인형 하나를
발견했다.

"따님은 잘 있어요?"

여자는 내 생각을 읽기라도 한 것처럼 물었다.

"잘 있어요. 전날 밤에는 나한테 버거 킹과 데어리 퀸이 결혼했느냐
고 묻더군요."

제인은 미소를 지었고, 나는 그녀의 눈에서 다시 슬픔을 보았다. 아
마 아이 때문일 거라고 짐작했다. 나는 오랫동안 생각해온 것을 그녀에
게 물었다.

"아이들이 있어요?"

"딸 하나. 당신 딸보다 한두 살 많아요. 같이 살진 않아요. 프랑스에
있죠."

그게 여자가 말한 전부였고, 나는 더 이상 묻지 않았다. 그것은 내 인
생에서 겪었던 일로 인한 죄책감 때문이었고, 그런 질문을 하기 전부터
그녀에게서 슬픔을 이끌어내고 싶은 유혹을 느꼈기 때문이었다. 그렇

지만 나의 질문은 그녀가 그동안 억제하고 있던 것을 묻도록 충동질한 셈이 되고 말았다.

"경찰이세요, 해리?"

나는 머리를 저었다.

"한때는 그랬죠. LA에서. 어떻게 알았죠?"

"짐작일 뿐이에요. 따님을 데리고 차를 타러 가는 것을 보고 그런 생각이 들었죠. 만약의 사태에 대비해 언제든 몸을 날릴 준비가 되어 있는 것 같았어요."

나는 어깨를 으쓱했다. 제대로 찍으셨군.

"난 그게 멋져 보였어요. 지금은 뭐 하세요?"

여자가 계속 물었다.

"실업자죠, 뭐. 뭘 좀 해볼까 생각 중이에요."

"그러시군요."

우리는 갑자기 피상적인 얘기나 주고받는 이웃 그 이상의 관계가 되었다. 그래서 이번엔 내가 물었다.

"부인은 무슨 일을 하세요?"

"저요? 그냥 뭔가를 기다려요."

그 정도면 알 만하지. 나는 그 방면의 얘기는 그걸로 끝났음을 알았다. 여자에게서 시선을 돌리자 또 한 명의 황제가 제트기 계단을 내려오고 있는 것이 보였다. 리무진 운전사가 차문을 열고 기다리고 있었다. 운전사는 상황이 악화되면 당장 뽑아들 수 있는 무언가를 상의 속에 감추고 있는 것처럼 보였다. 나는 제인을 돌아보며 말했다.

"나중에 또 봐요, 제인."

"그래요. 따님한테 안부 전해 줘요."

"그러죠. 조심하세요."

"당신도요."

방 안으로 들어온 나는 버드 로크리지에게 다시 전화를 걸었지만 결과는 마찬가지였다. 아무 응답이 없었다. 나는 볼펜을 들고 수첩을 초조하게 두들겼다. 지금쯤은 전화를 받아야 하는데. 걱정이 되는 것이 아니라 짜증이 슬슬 났다. 버디에 관한 자료는 그가 별로 믿음직하지 못하다는 내용이었다. 그걸 확인할 시간이 내겐 없었다.

나는 부엌 쪽으로 걸어가 카운터 아래 있는 냉장고에서 맥주를 한 병 꺼냈다. 병따개는 문설주에 걸려 있었다. 뚜껑을 따고 길게 한 모금 들이켰다. 목구멍에 낀 사막의 먼지를 씻어 내리며 맥주가 시원하게 흘러내렸다. 그럼, 한잔할 자격이 있고말고.

나는 발코니 문까지 다시 걸어갔지만 바깥으로 발을 내딛진 않았다. 제인을 다시 놀라게 하고 싶지 않았다. 방 안에서 공항 쪽으로 눈길을 던지자 리무진은 사라지고 새로 들어온 제트기만 자리를 완전히 잡고 있었다. 고개를 내밀고 제인의 발코니를 살펴보았다. 그녀도 사라지고 없었다. 난간 위에 놓인 재떨이 속에는 4분의 1쯤 피우다 끈 담배꽁초가 남아 있었다. 저런 게 바로 증거물이라고 누가 그녀에게 말해줘야만 한다.

잠시 후 맥주가 바닥나자 나는 부엌으로 돌아와 내 수첩과 매컬렙의 지도책을 다시 들여다보았다. 내가 무언가를 놓치고 있다는 건 알겠는데 그게 뭔지 알 수가 없었다. 분명히 뭔가 있었고, 가까운 곳에 있었다. 하지만 아직은 손을 뻗어도 닿지 않았다.

내 휴대전화가 울렸다. 마침내 버디 로크리지였다.

"방금 전화했소?"

"했지. 그렇지만 내가 이 번호로는 전화하지 말라고 했을 텐데."

"알아요. 하지만 당신이 방금 전화해서 안전하다고 생각했지."

"내가 아니었으면 어쩔 뻔했소?"

"수신자 확인 기능이 있어요. 당신인 줄 알았죠."

"내가 아닐 수도 있지. 다른 사람이 내 걸로 전화할 수도 있잖소?"

"아."

"'아'로 끝날 일이 아니지. 버디, 나와 함께 일하려면 내가 한 말을 잘 들어야 할 거요."

"알았어요. 명심하겠소."

"좋아요. 거기가 어디요?"

"그야 라스베이거스죠. 당신이 말한 대로."

"보트에서 그건 가져왔소?"

"그럼요."

"FBI한테 걸리진 않았고?"

"당연하죠. 만사형통입니다요."

"지금 있는 곳이 어디요?"

전화를 하며 수첩에 적힌 것을 살펴보던 나는 〈타임스〉의 실종자 기사에 대한 다른 어떤 것을 떠올렸다. 테리가 신문 기사에 친 동그라미가 생각났다.

"B에 있어요."

로크리지가 대답했다.

"B라니? B가 어디요?"

"빅B 말입니다."

"버디, 지금 무슨 소릴 하고 있는 거요? 거기가 어디냐니까?"

그는 속삭이는 목소리로 대답했다.

"모든 건 은밀해야 한다고 생각했어요. 그들이 엿들을지 모르니까."

"버디, 그들이 엿들어도 상관없어. 암호 따윈 집어치우고 빅B가 어딘지 빨리 말해요."

"벨라지오 호텔이에요. 단순한 암호인데 그러네."

"단순한 정신에 단순한 암호로군. 당신 지금 내 앞으로 계산서 달아 놓고 벨라지오에 투숙했다고 얘기하는 거요?"

"맞아요."

"당장 체크아웃해요."

"무슨 얘기요. 방금 들어왔는데."

"벨라지오 호텔비는 지불할 수 없소. 체크아웃하고 이곳으로 와서 나와 같은 방을 얻어요. 벨라지오 호텔비를 감당할 능력이 있다면 내가 거기 투숙하겠소."

"출장비가 없다?"

"없소."

"좋아요. 거긴 어딥니까?"

내가 더블엑스의 이름과 주소를 불러주자 그는 즉시 내가 변두리에 있다는 걸 알았다.

"거기 유료시청 채널이 있나요?"

"그딴 건 없소. 아무튼 이리 와요."

"난 여기 벌써 체크인했어요. 지금 취소해도 돈을 돌려주지 않을 거요. 벌써 내 카드로 결재했고 화장실에서 볼일까지 봤는데. 그건 이 방을 사용했다는 뜻이죠. 여기서 하룻밤만 지내고 내일 그리로 가겠소."

하룻밤 이상 시킬 일도 없을걸. 나는 생각했지만 입 밖으로 말하진 않았다.

"그러면 거기서 나오는 비용은 당신이 모두 부담해. 난 이 도시에서 가장 비싼 호텔에 들어가라고 말한 적 없소."

"좋아요, 좋아. 원한다면 그렇게 하시오. 난 상관 않겠어."

"좋아요, 그렇게 하죠. 자동차를 가져왔소?"

"아뇨. 택시를 타고 왔는데."

"오케이. 내가 말한 그것들을 가지고 거기서 나와 택시를 타고 이리 곧장 달려와요."

"먼저 서류를 보내주겠소?"

"버디, 젠장, 그렇게 하기가 싫으면…."

"농담이오, 농담! 나는 농담도 못 하나? 지금 곧 가겠소, 해리."

"좋아요. 기다리겠소."

나는 전화를 끊자마자 그와 나눈 대화를 관심 영역 밖으로 밀어냈다. 나는 흥분해 있었다. 뭐라 설명할 길은 없지만 미스터리의 한 부분을 풀어냈다는 생각이 들었다. 매컬렙의 파일에 적혀 있던 메모들을 내 기억으로 되살려낸 것을 다시 살펴보았다. 그 중에서 특히 한 줄이 내 눈을 사로잡았다.

삼각형 이론? −1점은 3점을 준다

신문 기사에는 라스베이거스 메트로의 이처드 형사가 한 말에서 인용한 '원'이란 단어에 매컬렙도 동그라미를 쳐 놓은 것을 볼 수 있었다. 그 원은 실종자 한 사람이 몰고 나갔던 렌터카의 주행기록계에 기록된 마일 수의 절반을 반지름삼아 그린 것으로, 수사관들에게 실종자에 대한 단서를 찾을 범위를 제시했다.

이제서야 나는 매컬렙이 그 단어에 동그라미를 친 것은 그것이 틀렸다고 생각했기 때문이라는 걸 깨닫게 되었다. 수색 지역은 원이 아니라 삼각형이었다. 그렇다면 렌터카 주행기록계에 나타난 마일 수는 삼각형의 세 변을 형성한다는 뜻이었다. 1지점은 출발점인 공항이었다. 렌터카를 빌린 사람은 차를 몰고 2지점으로 갔다. 2지점은 그와 유괴자가 서로 엇갈린 곳이었다. 그리고 3지점은 유괴자가 희생자를 잡은 곳이었다. 그 후 렌터카는 1지점으로 돌아오며 삼각형을 완성했다.

매컬렙이 그 메모를 기록할 때는 지직스 로드에 대해 몰랐다. 1지점만 알고 있었다. 공항의 렌터카가 돌아왔으니까. 삼각형에서 다른 한 점만 밝혀지면 나머지 점을 알 수 있기 때문에 그는 "1점은 3점을 준다"라고 썼던 것이다.

"삼각형의 한 점만 더 알면 세 점을 모두 알 수가 있다."

나는 매컬렙이 속기한 메모의 의미를 큰 소리로 외쳤다. 그리곤 벌떡 일어나 활기차게 걸어 다녔다. 이젠 가까이 왔다는 생각이 들었다. 물론 유괴자가 렌터카로 여러 군데 돌아다녔다면 삼각형 이론은 여지없이 무너지겠지만, 그가 혼란을 피하고 목전의 일에만 열심히 매달렸다면 가능성이 있었다. 그의 철저함이 약점이 될 수 있다. 그러면 지직스 로드가 삼각형의 3지점이 될 것이었다. 왜냐하면 그곳이 공항으로 돌아가기 전에 마지막으로 머물렀던 곳일 것이기 때문이었다. 2지점은 아직 알려지지 않았다. 그곳은 포식자와 희생자가 서로 만난 교차지점이었다. 아직 그 위치는 밝혀지지 않았지만, 침묵 속의 내 파트너 덕분에 나는 그곳을 찾는 방법을 알아냈다.

## 22 미행

로버트 배커스는 레이철이 탄 암청색 크라운 빅토리아가 FBI 건물 옆 주차장을 빠져나가는 것을 보았다. 그녀는 좌회전하여 찰스턴으로 나간 뒤 라스베이거스 대로 쪽으로 향했다. 배커스는 슬슬 따라갔다. 그가 모는 차는 유타 주 번호판이 붙은 1997년산 포드 무스탕으로, 이제 더 이상 이 차가 필요 없게 된 일라이저 윌로우스라는 남자의 것이었다. 배커스는 레이철의 차에서 눈길을 거두고 도로 위 움직임을 살폈다.

두 남자가 탄 그랜드 앰 한 대가 FBI 건물 옆의 오피스 빌딩에서 나와 차량들 속으로 끼어들었다. 그것은 레이철의 차와 같은 방향으로 달리기 시작했다.

"한 놈이 기다리고 있었군."

시인은 혼자 중얼거렸다. 잠시 기다리자 트리플 안테나를 단 암청색 SUV가 FBI 주차장을 빠져나와 우회전하여 찰스턴으로 들어가더니 레이철과 정반대 방향으로 달려갔다. 그러자 그 뒤를 또 다른 그랜드 앰

이 쫓아갔다.

"두 번째와 세 번째 놈도 있었어."

이른바 '스카이 버드' 정찰이라는 것이었다. 자동차 한 대가 느슨하게 드러내놓고 감시를 하면서 동시에 위성으로 목표물을 추적하는 방법이다. 레이철이 알든 모르든, 그녀에게 주어진 차량에는 GPS 트랜스폰더(전자추적장치 – 옮긴이)가 장착되어 있다는 소리였다.

하지만 배커스에게 이런 것들은 아무 문제가 되지 않았다. 아무리 그래도 그는 레이철을 미행할 수 있었다. 레이철을 쫓아가는 차량만 뒤따라가면 거기에 그녀가 있을 것이다. 그는 무스탕을 출발시켰다. 레이철을 쫓아가는 그랜드 앰을 따라 찰스턴으로 들어서기 전에 그는 손을 뻗어 글러브박스를 열었다. 손에는 외과수술용 고무장갑을 끼고 있었지만 스몰 사이즈라 착 달라붙어서 얼핏 보면 표시가 나지 않았다.

시인의 입가에 미소가 떠올랐다. 글러브박스 안에 조그마한 베스트건 한 정이 얌전히 놓여 있었다. 현장에 남겨둘 무기로 사용하면 아주 멋질 것이다. 거리 아래쪽에 있는 카지노에서 블랙잭 테이블을 떠나는 일라이저 윌로우스를 처음 보았을 때, 배커스는 그의 신체 규격이 거의 완벽하다고 생각했다. 더군다나 사내에게서는 묘한 이질감 같은 것도 느껴졌다. 박스 안에 있는 소형 권총은 사내가 혼자 위태위태하게 살아가고 있었음을 증명하고 있는 것 같았다. 내가 제대로 골라잡았군.

배커스는 가속 페달을 힘껏 밟으며 요란하게 찰스턴으로 달려 나갔다. 의도적이었다. 네 번째의 자동차나 트레일러가 감시하고 있을 가능성은 희박하지만, 이처럼 대담하게 주의를 끌며 차를 모는 운전자에게 의혹을 품을 사람은 드물다는 걸 시인은 알고 있었다.

# 23 육감

　그것은 고등학교 기초 기하학 문제와 비슷했다. 나는 삼각형의 두 개의 꼭짓점을 가지고 세 번째의 꼭짓점을 구해야만 했다. 매우 간단하면서도 동시에 어려운 문제였다. 그 꼭짓점을 구하기 위해서는 삼각형의 세 변 길이를 모두 알아야 했다. 나는 수첩의 새 페이지를 펴놓고 매컬렙의 지도를 보며 거리를 계산했다.

　실종자 한 사람의 렌터카 주행기록계에 328마일을 달린 것으로 기록되어 있었다고 보도한 〈LA 타임스〉 기사를 떠올렸다. 매컬렙의 이론에 의하면 그 328마일이 바로 삼각형의 세 변의 합과 일치할 것이었다. 나는 지도에 적어놓은 숫자 덕분에 삼각형의 한 변은 92마일이란 것을 알고 있었다. 지직스 로드에서 라스베이거스에 있는 공항까지의 거리다. 그 거리를 뺀 236마일이 남은 두 변의 길이일 것이었다. 그런데 이 숫자를 둘로 나누는 방법도 무수할 뿐만 아니라, 그것으로 삼각형의 한 점을 지도상에서 정하는 방법도 무수했다. 삼각형을 정확히 그려내려면 제도용 컴퍼스가 필요했지만 나는 내가 가진 것으로 해결했다.

지도의 범례를 보니 1인치가 50마일로 나와 있었다. 나는 지갑을 꺼내어 운전면허증을 빼냈다. 면허증의 세로 변을 범례에 대어보자 그 길이가 지도상의 100마일에 해당된다는 것을 알 수 있었다. 그것을 이용하여 나머지 거리 236마일에 해당하는 삼각형을 여러 개 그려보았다. 지직스 로드에서 라스베이거스에 이르는 선을 기준으로 그 남쪽과 북쪽에 삼각형의 세 번째 꼭짓점들을 찍는 일에 20분을 소비했다. 그것들을 찍을 수 있는 지점은 애리조나 주 그랜드캐니언까지 미쳤고, 북으로는 넬리스 공군기지가 통제하는 포대와 사격장에 이르렀다. 나는 가능한 지점이 무수하다는 것과 삼각형의 꼭짓점 하나만 밝히면 된다는 걸 알면서도 그곳이 어딘지도 모른다는 사실이 당혹스러웠다.

냉장고로 가서 맥주를 한 병 더 꺼내왔다. 약간 짜증난 기분으로 휴대전화를 열고 버디 로크리지의 번호를 눌렀다. 이번에도 대답 없이 음성메일로 연결되었다.

"버디, 도대체 어디 있는 거야?"

나는 소리를 지르며 휴대전화를 탁 닫았다. 사실 지금 이 순간 버디가 필요한 건 아니었다. 난 고함을 지를 상대가 필요했고 그가 가장 쉬운 대상이었을 뿐이다.

다시 발코니로 나가서 제인이 있는지 살펴보았다. 그녀가 보이지 않자 묘한 실망감이 느껴졌다. 미스터리의 여자지만 나는 그녀와 얘기하길 좋아했다. 눈길을 비행기 파킹 구역과 담장 옆의 제트기 쪽으로 돌리자 모퉁이에 서 있는 한 사내의 모습이 잡혔다. 금색 글씨가 박힌 검정색 야구 모자를 쓰고 있었지만 글씨는 잘 보이지 않았다. 수염은 말끔하게 밀었고 반사 선글라스를 쓰고 하얀 와이셔츠를 입고 있었다. 하체는 자동차에 가려져 보이지 않았다. 사내는 나를 똑바로 보고 있는 것 같았다.

야구 모자를 쓴 사내는 2분쯤은 꼼짝도 하지 않았고, 나도 움직이지 않았다. 모텔 방에서 내려가서 비행장 안으로 들어가고 싶은 충동을 느꼈지만, 잠시만 눈길을 돌리면 사내가 사라질 것만 같았다.

우리는 서로 눈길을 마주친 채 한동안 서 있었다. 그러자 갑자기 사내가 파킹 구역을 가로질러 걸어가기 시작했다. 차 뒤에서 나온 사내는 까만 반바지를 입고 허리에 장비 벨트를 매고 있었다. 그제야 나는 사내의 셔츠에 찍힌 '보안'이란 글자를 알아보았고, 그가 더블엑스에 고용된 경비원임을 알았다. 그는 더블엑스를 구성하는 두 개의 건물 사이로 난 통로 사이로 사라졌다.

나는 가만히 서 있었다. 대낮에 그곳에서 경비원을 목격한 것은 처음이지만 그렇게 이상한 생각은 들지 않았다. 옆집 발코니를 다시 돌아보았지만 제인의 기척은 느낄 수 없었다. 나는 부엌 식탁으로 돌아갔다.

이번엔 기하학적 접근을 조금 달리 해보았다. 마일 수를 무시하고 지도만 살펴보는 방법이었다. 앞서 고생한 보람이 있어 삼각형의 범위가 지도상에서 어디까지 미칠 수 있는지는 대충 짐작할 수 있게 되었다. 그 범위 내에 있는 도로와 마을들을 나는 집중적으로 연구하기 시작했다. 어떤 지점이 내 관심을 끌 때마다 거기까지의 거리가 삼각형의 합인 328마일이 되는지 계산해 보곤 했다.

스무 군데가 넘는 지점을 매번 그렇게 재어 보았지만 실패만 거듭하다가 마침내 기준선 북쪽에 있는 아주 작은 마을 하나를 찾아냈다. 인구가 너무 적어 지도상의 범례에도 까만 점 하나로 표시되는 마을이었다. 마을 이름은 클리어였다. 이 마을을 알고 있었기 때문에 갑자기 흥분되기 시작했다. 머릿속에 번쩍 불이 켜지면서 이곳이 바로 시인의 프로파일과 딱 맞아떨어진다는 생각이 들었다.

나는 운전면허증을 이용하여 거기까지의 거리를 측정해 보았다. 클리어는 블루 다이아몬드 고속도로로 라스베이거스 북쪽 80마일쯤 되는 지점에 있었다. 거기서 다시 캘리포니아 주경계선을 가로질러 시골길을 150마일쯤 달린 뒤 샌디 밸리를 지나 15번 간선도로 나가서 지직스에 있는 삼각형의 세 번째 꼭짓점에 이른다. 지직스와 라스베이거스에 있는 공항 사이의 기본 마일 수를 거기에 합하자 대략 322마일의 삼각형이 나왔다. 실종자들 중 한 사람이 렌터카로 기록했다는 거리에서 딱 6마일이 부족했다.

피가 갑자기 혈관 속을 거꾸로 치닫는 느낌이었다. 네바다 주 클리어. 매음과 기타 비슷한 서비스들을 제공하는 마을로 알고 있었다. 경찰에 몸담고 있을 때 혐의자들을 쫓아 한두 차례 그곳을 지나간 적이 있었다. 그리고 제 발로 LAPD 할리우드 경찰서로 나를 찾아온 한 범인은 마지막 자유로운 며칠 밤을 네바다 주 클리어의 여자들과 함께 보냈다고 자백한 적도 있었다.

클리어는 남자들이 은밀하게 찾아가는 마을이었고, 도덕적으로 타락한 곳에 발을 담근 사실이 드러나지 않도록 흔적을 남기지 않으려는 곳이었다. 결혼한 남자들, 성공한 남자들, 종교적으로 경건한 남자들이 주로 찾았다. 암스테르담의 홍등가와 매우 흡사했고, 시인이 이전에 자기 희생자들을 발견했던 곳이기도 했다.

경찰 업무의 많은 부분은 육감과 예감을 좇아가는 일이다. 확실한 정보와 증거에 생사가 걸려 있다. 그것을 부정할 길이 없다. 우리의 육감은 종종 중대한 결과들을 초래하고 아교처럼 달라붙어 떨어질 줄을 모른다. 그런데도 나는 지금 그 육감을 따라가고 있었다. 클리어에 대한 어떤 예감이 나를 사로잡았다. 생각하기에 따라서는 부엌 식탁에 앉아 지도 위에 삼각형을 몇 시간이라도 그릴 수 있었다. 하지만 클리어 마을을 연결하는 삼각형을 그리는 순간 나는 모든 동작을 멈추고 말았다. 동시에 아드레날린이 내 혈관 속으로 요란하게 내달리는 기분이었다. 나는 마침내 매컬렙의 삼각형을 그려냈다고 믿었다. 아니, 믿는 정도가 아니었다. 나는 알았다. 침묵 속의 내 파트너. 그의 암호 같은 메모를 나침반 삼아 찾아갈 곳을 이제 알았다. 나는 운전면허증을 자처럼 사용하여 지도 위에 두 줄을 그어 삼각형을 완성했다. 그리고 삼각형의 각 꼭짓점을 톡톡 두드린 뒤 의자에서 일어났다.

부엌 벽에 걸린 시계는 5시가 다 되어갔다. 북쪽으로 떠나기엔 오늘은 너무 늦었다는 생각이 들었다. 캄캄할 무렵에 도착하게 될 텐데, 그건 위험할 수도 있어서 싫었다. 내일 새벽에 출발하면 하루 종일 클리어에서 필요한 일을 할 수 있겠다고 생각하고 재빨리 그렇게 하기로 결정했다.

여행에 필요한 것들에 대해 생각하고 있는데 문에서 노크 소리가 났다. 예상하고 있었던 일인데도 나는 깜짝 놀랐다. 그리고 버디 로크리지를 맞아들이기 위해 문 쪽으로 걸어갔다.

## 24 파트너

문을 열어준 해리 보슈의 얼굴을 본 순간 레이철은 그가 화가 나 있다는 것을 알 수 있었다. 무슨 말을 하려다 그녀를 보자 입을 다물었고 재빨리 자신의 태도를 체크했다. 누군가를 기다리고 있었던 모양이었고, 그 사람이 늦어지고 있다는 얘기였다.

"월링 요원."

"누굴 기다리고 계셨어요?"

"어, 아니, 아닙니다."

레이철은 그의 눈길이 그녀의 뒤쪽을 넘어 주차 구역을 더듬는 것을 보았다.

"들어가도 돼요?"

"미안해요. 그럼요, 어서 들어와요."

그가 뒤로 물러서서 문을 붙잡았다. 레이철은 우중충한 색상을 배경으로 간단한 가구만 몇 개 놓인 조그마한 모텔 방 안으로 들어갔다. 왼쪽으로 1960년대에나 만든 것으로 보이는 식탁이 하나 놓여 있었고, 그 위에 맥주 한 병과 수첩과 네바다 주가 그려진 지도가 펼쳐져 있었다. 보슈가 재빨리 식탁으로 걸어가더니 수첩과 지도를 덮어 한쪽으로 치웠다. 레이철은 식탁 위에 놓인 그의 운전면허증을 보았다.

"그래, 웬일로 이런 후진 곳까지 왕림하셨습니까?"

보슈가 농담조로 물었다.

"그냥 무슨 일을 꾸미고 계시나 싶어서요."

레이철도 농담조로 받았다.

"오늘 우리가 베푼 조촐한 환영식이 힘드시지는 않았나요."

"그럼요. 그 정도야 약과지, 뭐."

"그럴 줄 알았어요."

"날 어떻게 찾아냈소?"

그녀는 방 안으로 한 걸음 더 들어오며 대답했다.

"이곳 세를 신용 카드로 지불하고 계시더군요."

보슈는 고개를 끄덕였지만 그녀의 조사 속도에 대한 놀라움이나 적법성에 대한 의문을 표정에 드러내진 않았다. 레이철은 식탁 위에 놓인 지도를 턱으로 가리키며 물었다.

"여기서 휴가 계획을 세우고 계셨던 건가요? 이젠 더 이상 사건을 조사하진 않으실 테니 말예요."

"여행이나 떠나볼까 하고."

"어디로요?"

"아직 모르겠소."

레이철은 미소를 지은 뒤 열려 있는 발코니로 걸어갔다. 모텔 주차장 너머로 보이는 공항 에이프런에 엄청나게 비싸 보이는 블랙 제트기가 서 있었다.

"신용 카드 기록에 의하면 이 방을 9개월가량 빌리셨더군요. 들락날락 하셨지만 주로 계셨어요."

"장기 계약을 하면 할인을 해주거든요. 하루에 20달러 정도 나오지."

"너무 많이 나오는 것 같은데요."

그는 돌아서서 방 안을 돌아보았다.

"그렇죠."

두 사람은 여전히 서 있었다. 레이철은 그가 기다리고 있는 손님 때문에 앉으라고 권하지도 못하고 있다는 걸 알았다. 그래서 그냥 밀어붙이기로 했다. 주인의 승낙도 구하지 않고 해어진 소파에 털썩 앉으며 그에게 물었다.

"왜 이곳에서 9개월이나 계셨죠?"

보슈는 식탁의자를 한 개 들고 와서 그녀 앞에 놓고 앉았다.

"이 사건과는 아무 상관없소. 질문 취지가 그거라면 말이지."

"아니, 그런 뜻이 아니었어요. 그냥 좀 궁금했을 뿐이죠. 당신은 도박꾼처럼 보이진 않아요. 돈을 걸진 않는단 뜻이죠. 그런데 여긴 매우 음탕한 장소처럼 보이거든요."

그는 고개를 끄덕였다.

"맞아요. 다른 중독자들도 많지. 내가 여기 있는 이유는 딸이 근처에 살고 있기 때문이오. 아이 엄마랑. 내 딸과 친해지려고 애쓰고 있는 중이지. 그 아이한테 내가 중독되었다고 해야 하나."

"몇 살이죠?"

"이제 곧 여섯 살이 돼요."

"한창 귀엽겠어요. 엄마는 FBI 요원이었던 엘리노어 위시라죠?"

"맞아요. 그런데 뭘 도와드릴까요, 월링 요원?"

레이철은 미소를 지었다. 그녀는 해리 보슈를 좋아했다. 단도직입적인 남자였다. 누구한테든 어떤 것에든 겁을 먹는 법이 없었다. 도대체 그런 배짱이 어디서 나오는지 의아할 지경이었다. 경찰 배지 같은 것에서? 아니면 또 다른 어떤 것에서?

"레이철이라고 불러요. 그런데 내가 맥을 도와드려야 할 것 같은데요. 내가 접촉해오길 바라지 않았나요?"

그는 껄껄 웃었지만 이제 농담조는 전혀 없었다.

"무슨 얘길 하고 있는 거요?"

"사막에서 말이에요. 그 표정, 끄덕임과 미소, 그 모든 것. 당신은 거기서 날 일종의 파트너로 선택했어요. 어떻게든 날 당신 편으로 끌어들이려고 했죠. 그래서 3대 1의 게임을 2대 2로 만들려고 했잖아요."

보슈는 어깨를 으쓱하곤 시선을 발코니 밖으로 돌렸다.

"그냥 어림짐작으로 그랬죠. 글쎄, 뭐랄까…. 난 당신이 거기서 부당한 대우를 받고 있다는 느낌이 들었어요. 그게 어떤 기분인지 알 것 같았거든."

"연방수사국에서 부당한 대우를 받기 시작한 게 한두 해인가요, 뭐. 벌써 8년째예요."

보슈는 그녀를 돌아보았다.

"순전히 배커스 때문이오?"

"그 외에도 몇 가지 실수를 범했는데, 수사국은 잊는 법이 없더군요."

"그 기분도 알 만합니다."

그는 의자에서 일어났다.

"맥주를 마시고 있었어요. 혹시 한잔하시겠소? 근무 중입니까?"

"근무 중이든 말든 한잔할 수 있죠, 뭐."

보슈는 식탁 위의 빈 병을 집어 들고 조그마한 부엌으로 들어갔다. 빈 병을 싱크대 속에 넣고 냉장고에서 맥주 두 병을 새로 꺼내어 뚜껑

시인의 계곡

을 딴 뒤 식탁으로 들고 왔다. 레이철은 조심하고 삼가야 한다는 걸 알고 있었다. 이런 상황에선 누가 주인이고 누가 손님인지 그 경계선이 모호해진다. 보슈가 맥주를 병째 내밀며 레이철에게 말했다.

"캐비닛 안에 컵이 있지만 청결성을 믿을 수가 없어서."

"병째 마시는 게 좋아요."

레이철은 아무렇지도 않은 듯 병을 받아 보슈와 가볍게 부딪힌 다음 가볍게 한 모금 마셨다. 시에라 네바다의 맛은 끝내주게 좋았다. 그녀는 자신이 정말 마시는지 보슈가 보고 있다는 걸 알았다. 그래서 구태여 그럴 필요도 없는데 손등으로 입술을 닦으며 말했다.

"맛이 죽이는데요."

"그럼요. 그래서 그들이 당신한테 맡긴 역할이 뭐요? 아니면 구경이나 하며 지고 요원처럼 침묵하기로 한 거요?"

레이철은 짤막한 웃음소리를 냈다.

"맞아요. 나도 그 친구가 한 문장을 다 말하는 걸 들어본 적이 없어요. 그건 그렇고 내가 여기 온 건 이틀밖에 안 됐어요. 그들도 선택의 여지가 없어서 날 부른 거죠. 난 밥 배커스와 약간의 배경 스토리가 있는 데다 그 GPS가 내 앞으로 왔거든요. 8년 동안 발걸음도 하지 않았던 콴티코 행동과학실로 말이죠. 레저 차량에서 이미 눈치채셨겠지만, 이 사건은 나를 노린 것일 수도 있어요. 그렇든 그렇지 않든 난 이미 끌려 들어왔고요."

"어디 있다 끌려 들어온 거요?"

"래피드 시티 지국이요."

보슈가 얼굴을 찡그리자 레이철이 얼른 말했다.

"아니에요. 거긴 그래도 좋아요. 그 이전에는 노스다코타의 마이넛에 있었어요. 사무소에 요원 한 명만 딸랑 있는 곳이죠. 2년째 접어들었을 때야 그곳에도 봄이 있다는 걸 알았어요."

"세상에, 가슴 아프군. 그때 LAPD에서는 사람들을 내보내고 싶으면 소위 '고속도로 치료법'이란 걸 처방하곤 했소. 주거지에서 최대한 먼 곳으로 전출시켜 매일 교통전쟁을 치르게 하는 거야. 두 시간짜리 통근을 두어 해 하고 나면 경찰 배지들을 반납하지 않을 수 없었죠."

"당신에게도 그런 일이 일어났나요?"

"아니지. 나한테 일어난 일에 대해서는 당신도 이미 알 텐데."

그 말에는 대꾸도 않고 레이첼은 재빨리 화제를 돌렸다.

"연방수사국에선 전국 어디로든 보낼 수 있죠. 우리는 그것을 고속도로 치료법이라 하지 않고 험지전출(險地轉出)이라 불러요. 아무도 원치 않는 험난한 곳으로 보낸다는 뜻이죠. 마이넛의 대부분은 인디언 보호구역이고, 그곳 사람들은 FBI에게 별로 친절하지 않아요. 래피드 시티는 약간 낫죠. 최소한 사무소에 다른 요원들이라도 있으니까요. 모두 추방당한 동료들이지만. 그래도 우린 압박에서 벗어났기 때문에 즐거운 시간을 보냈어요. 무슨 뜻인지 아시겠어요?"

"알 만하군. 거기서 얼마나 있었소?"

"모두 합쳐 8년요."

"세상에!"

다리 밑으로 흘러간 물처럼 이미 다 지나간 일이라는 듯 레이첼은 손을 저었다. 그녀는 자신의 이야기가 보슈의 마음을 사로잡고 있음을 느꼈다. 자신을 드러내면 그의 신뢰를 얻을 수 있을 것이다. 레이첼은 그의 신뢰가 필요했다.

"당신이 메신저 역할을 했기 때문에 그런 처벌을 받은 거요?"

보슈가 물었다.

"당신이 배커스를 쫓기 때문에? 아니면 그가 사라져버렸기 때문에?"

"그런 것들 외에도 다른 이유가 있었죠. 적과 사귄다거나, 수업시간에 껌을 씹는다든가 하는 따위 말예요."

보슈는 고개를 끄덕였다.

"왜 그만두지 않았나요, 레이첼?"

"해리, 난 그들에게 지고 싶지 않았어요."

그는 다시 고개를 끄덕였고, 레이첼은 그의 눈에 어린 광채를 볼 수 있었다. 그 대답에 감동한 듯했다. 레이첼은 그것을 알았고 느낄 수 있었다. 기분이 너무 좋았다.

"비공개를 전제로 한마디 해도 되겠어요, 해리?"

"물론이죠."

"지금 나한테 주어진 임무는 당신을 감시하는 일이에요."

"나를? 왜요? 오늘 그 바퀴 달린 현장사무실에서 내가 한 말을 귀담아 들었는지 모르겠지만, 사건에 더 이상 개입하지 말라면서 나를 발로 차지 않았소?"

"맞아요. 그래서 즉시 보따리를 싸고 조사를 중단할 것으로 믿어요."

레이첼은 식탁 쪽으로 돌아서서 지도책과 수첩으로 시선을 던졌다. 그리곤 다시 그를 바라보며 차분하면서도 단호하게 말했다.

"내 임무는 당신이 이 사건에 조금도 끼어들지 못하도록 철저히 감시하고 차단하는 거예요."

"이봐요, 월링 요원. 내가 생각하기엔…."

"그런다고 갑자기 공식적인 말투를 사용하실 필욘 없어요."

"좋아요, 레이첼. 이게 모종의 협박이라면 이대로 접수하겠소. 그렇지만 난 당신들이…."

"난 당신을 협박하고 있는 게 아니에요. 내 임무를 수행할 생각이 없다는 말을 하려고 여기 온 거예요."

보슈는 그녀를 한참 쳐다본 뒤 물었다.

"그게 무슨 소리요?"

"당신에 대해 다 체크했단 뜻이죠. 당신 말이 옳았어요. 난 당신에 대해 알고 있고 어떤 경찰이었는지도 알아요. 그리고 당신에게 일어난 일과 과거 연방수사국과 한 일에 관해서도 알만큼은 알죠. 당신이 보기보다 훨씬 유능하다는 사실도요. 내 짐작으로는 당신이 뭔가를 알아낸 것 같아요. 오늘 우리한테 얘기한 내용은 그 레저 차량에서 무사히 놓여날 만큼만 하신 거겠죠."

그녀가 말을 마치고 잠시 기다리자 보슈가 대꾸했다.

"그게 모두 칭찬이라면 고맙게 받아들이지. 그런데 요지가 뭐요?"

"요지는 내게도 그럴 만한 사연이 있다는 거죠. 그래서 그들이 나를 뒷전으로 밀어내고 배커스를 추적하는 동안 사무실에 우두커니 앉아 커피나 끓이고 있진 않겠다는 얘기예요. 이 사건만큼은 그렇게 못해요. 사건의 맨 앞에 서고 싶어요. 이곳은 도박의 도시니까 난 당신에게 베팅하겠다는 거예요."

보슈는 한참 동안 아무 말 없이 서 있었다. 그의 검은 눈동자를 응시하던 레이철은 자신이 한 말들을 이 노회한 탐정이 머릿속으로 열심히 굴리고 있다는 것을 알았다. 이 사내와 손을 잡는다는 것은 엄청난 위험부담이 따른다는 것을 알고 있었다. 그렇지만 유배지에서 보낸 8년은 콴티코에 있을 때와는 전혀 다른 시각으로 위험을 보게 만들었다.

"한 가지 물어봅시다."

마침내 보슈가 그녀에게 말했다.

"FBI는 당신을 호텔방에 가두고 문밖에 경비원 두 명을 세워 놔야 하는 것 아닌가요? 시인이 나타날 경우를 대비해서 말이지. 당신이 말한 대로 이 사건의 목표물은 당신일 수가 있소. 처음엔 테리 매컬렙, 이번엔 당신."

레이철은 그 생각을 떨쳐버리고 싶은 듯 머리를 흔들었다.

"나를 이용하는 건지도 모르죠. 미끼로 말예요."

"그래요?"

그녀는 어깨를 으쓱했다.

"모르겠어요. 나한테는 수사에 대한 모든 정보를 알려주지 않아요. 아무튼 그건 중요하지 않아요. 배커스가 나를 노린다면 그러도록 둘 거예요. 그자가 저 밖에 활보하고 다니는데 나만 호텔방에 숨어 있진 않겠어요. 내 친구 시그와 글록이 있는 한."

"오호, 두 자루의 총을 지닌 요원이라. 재미있군요. 내가 아는 경찰 중 두 자루의 총을 지닌 친구들은 약간 다혈질이라 여분의 탄환들을 항상 가지고 다니던데. 난 그런 친구들과 일하는 걸 좋아하지 않았소."

그가 웃음기 섞인 목소리로 말했다. 레이철은 그가 거의 낚여 오고 있다는 생각이 들었다.

"두 자루를 함께 가지고 다니진 않아요. 일에 따라 하나씩 지니고 가죠. 그런데 화제를 바꾸려고 하시는군요."

"무슨?"

"당신의 다음 행동 말예요. 그걸 영화에서는 뭐라고 하는지 아세요? 우린 이걸 아주 어렵게 해결할 수도 있고…."

"아니면 전화번호부를 네 낯짝에 던질 수도 있다."

보슈가 말을 마무리했다.

"맞아요. 당신은 마지못해 혼자 일하고 있지만 날카로운 직감을 가졌고, 우리가 아직 모르는 어떤 걸 알고 있는 게 분명해요. 나랑 같이 일하면 어때요?"

"데이 요원이나 다른 FBI가 그 말을 들으면 어떻게 나올까?"

"위험은 각오하겠어요. 당해도 내가 당하는 거죠. 그리 힘들진 않을 거예요. 그들이 날 어쩌겠어요? 마이넛으로 다시 보낼까요? 좋죠, 뭐."

그는 머리를 끄덕였다. 레이철은 그의 검은 눈을 깊숙이 들여다보며 마음 상태를 가늠했다. 그녀가 보슈를 높이 평가하는 점은 그가 허황되고 시시한 것들보다 사건 감각을 우선시한다는 사실이었다. 그래서 사건의 복잡한 미로를 헤치고 궁극적인 해결책을 찾아내곤 했다. 그가 다시 고개를 주억이곤 물었다.

"내일 오전엔 뭐 할 거요?"

"당신을 감시해야겠죠. 왜요?"

"지금 어디서 묵고 있소?"

"하몬 근처 파라다이스 로드의 엠버시 스위트에요."

"8시에 태우러 가겠소."

"어디 가시려고요?"

"삼각형의 꼭대기."

"무슨 뜻이에요? 거기가 어디죠?"

"내일 설명하지. 난 당신을 믿을 수 있겠다고 생각해요, 레이철. 그렇지만 한 번에 한 걸음씩 나가자고. 나와 함께 가겠소?"

"좋아요, 보슈 씨. 함께 가겠어요."

"이제 공식적으로 대하겠다는 거요?"

"말이 헛 나왔어요, 해리. 당신과 공적인 관계가 되고 싶진 않아요."

레이철은 미소를 지으며 자신의 진심을 간파하려는 보슈를 말끔히 바라보았다.

"오케이, 그러면 내일 봅시다. 난 이제 내 딸을 만나러 가야 하거든."

그가 일어서자 레이철도 일어났다. 그녀는 마시던 맥주를 한 모금 더 들이켠 뒤 반쯤 남은 병을 식탁에 내려놓았다.

"내일 8시에 절 태우러 오신다고요?"

"맞았소."

"내 차로 가는 건 싫으세요? 엉클슈거(FBI의 속칭－옮긴이)가 가스 비를 지불할 텐데."

"괜찮아요. 그런데 실종자들 사진을 구할 수 있겠소? 신문 스크랩에서 얻은 걸 데이 요원이 압수했거든."

"한번 구해 보죠. 현장사무실에 있을지 모르겠어요."

"한 가지 더. 당신 친구들도 데려와요."

"무슨 친구요?"

"시그와 글록 말이야."

레이철은 미소를 지으며 도리질을 했다.

"당신은 이제 무기를 지닐 수 없게 되어 있죠? 법적으론 말예요."

"맞아요. 그래서 지니지 않지."

"벌거벗은 기분이겠어요."

"내 말이 그 말이라니까."

그녀는 다시 미소를 지었다.

"그렇지만 난 당신에게 무기를 주진 않을 거예요, 해리. 안 돼요."

그는 어깨를 으쓱했다.

"그래서 부탁한 거요."

그가 문을 열어주자 레이철은 밖으로 걸어 나갔다. 문이 닫히자 그녀는 계단을 내려간 뒤 주차장에서 뒤를 돌아보았다. 혹시 보슈가 문구멍으로 내다보고 있진 않을까 하는 생각이 들었다. 몰고 나온 크라운 빅에 오르면서 그녀는 자신이 지금 문제를 일으키기 직전이라는 걸 실감했다. 방금 전 보슈에게 털어놓은 내용과 내일 그와 동행하기로 한 것은 일이 잘못될 경우 그녀의 경력을 완전히 망쳐놓을 것이다. 하지만 레이철은 신경 쓰지 않았다. 여긴 도박의 도시 아닌가? 그녀는 보슈를 믿었고 자신의 판단을 믿었다. 절대로 그들에게 승리를 안겨줄 순 없어!

크라운 빅을 뒤로 빼내던 레이철은 택시 한 대가 주차장으로 들어와 멈춰서는 것을 보았다. 요란한 하와이언 셔츠를 입고 햇볕에 탈색된 머리카락을 가진 통통한 사내가 내리더니 모텔방의 번호를 죽 살펴보았다. 손에는 누렇게 바랜 두툼한 봉투나 파일 같은 것을 들고 있었다. 레이철은 사내가 계단을 올라가 보슈의 방인 22호실로 걸어가는 것을 보았다. 그가 노크를 하기도 전에 문이 열렸다.

레이철은 주차장을 빠져나와 코발 도로로 나갔다. 블록을 한 바퀴 돌아 보슈의 초라한 모텔과 주차장 입구가 가장 잘 보이는 지점에 차를 세웠다. 해리 보슈는 뭔가를 알고 있음이 분명했고, 그녀는 그것을 밝혀낼 작정이었다.

## 25 의문

시인은 레이철이 노크할 때 모텔 방문을 열어준 사내의 얼굴을 얼핏 보았을 뿐이었다. 그렇지만 여러 해 전부터 알고 있었던 사내의 얼굴 같았다. 맥박이 갑자기 빨라지는 느낌이었다. 레이철이 모텔 22호실에서 만나는 사람이 정말 그 사내라면 위험성은 훨씬 더 커질 것이었다.

그는 모텔과 자신의 위치를 살펴보았다. 그리고 석 대의 연방수사국 감시 차량들의 위치를 확인했다. FBI 요원들은 휴식을 취하고 있었다. 한 요원은 차에서 내려 코발 도로변의 버스 정류장 벤치에 앉아 있었다. 회색 양복 차림으로 버스를 기다리고 있는 체했지만 FBI 티가 줄줄 흘렀다.

덕분에 모텔 주위에는 요원들이 없어 배커스는 주위를 돌아볼 수 있었다. 주차장 모서리는 모두 L자 형태였고, 건물 반대쪽으로 돌아가면 뒤 창문이나 발코니를 통해 레이철이 만나고 있는 사내를 다시 볼 수 있을 것 같았다.

그는 주차장 전면에서 뒤쪽으로 차를 빼는 모험은 하지 않기로 했다. 도로 건너편 벤치에 앉아 있는 놈의 주의를 끌지도 모른다. 그래서 살그머니 문을 열고 차에서 내려왔다. 실내등을 꺼두었기 때문에 드러날 염려는 없었다. 그는 다른 두 승용차 사이를 게걸음으로 지나간 다음 야구 모자를 머리에 쓰고 챙을 아래로 바짝 당기며 상체를 폈다. 모자에는 UNLV(라스베이거스 네바다주립대학교─옮긴이)라는 글씨가 새겨져 있었다.

배커스는 2층짜리 모텔의 아래층에 있는 통로로 걸어갔다. 소다수와 캔디를 파는 기계 앞을 지나 건물 반대편으로 나온 다음 자기 차를 찾는 사람처럼 뒤쪽 주차장으로 걸어갔다. 그리곤 레이철이 들어간 22호실의 발코니라고 생각되는 쪽을 흘끗거렸다. 다행히도 미닫이문이 열려 있었다.

주위를 둘러보니 도로 건너편 벤치에 앉은 요원의 눈에는 이쪽 주차장이 보일 것 같지 않았다. 여기서는 아무도 지켜보는 사람이 없었다. 그는 태연하게 22호실 발코니 바로 아래로 걸어갔다. 그리고 열린 미닫이문으로 흘러나오는 말에 귀를 바짝 곤두세웠다. 레이철의 목소리가 들려왔지만 희미해서 알아들을 수가 없었다. 그런데 "벌거벗은 기분이겠어요"라는 말이 또렷하게 들려왔다.

여자 입에서 벌거벗는다는 말을 듣자 기분이 묘하고 혼란스러웠다. 2층 발코니까지 기어 올라가서 방 안의 남녀가 나누는 얘기를 들어볼 방법은 없을까 하는 생각이 들었다. 문 닫는 소리가 들려와서 그 생각은 접을 수밖에 없었다. 레이철이 방에서 나간 것 같았다. 그는 다시 통로로 돌아가서 콜라 자동판매기 뒤에 몸을 숨겼다. 곧이어 자동차 시동을 거는 소리가 들려왔다. 그는 조용히 숨죽이고 기다렸다. 다른 자동차가 주차장으로 들어오는 소리가 들렸다. 그는 자동판매기 뒤에서 모퉁이로 이동하여 바깥을 내다보았다. 한 사내가 택시에서 내리는 것을 본 순간 배커스는 누군지 알아보았다. 테리 매컬렙의 낚싯배 동업자였다. 의심할 여지가 없었다. 지금 이 순간, 배커스는 마치 비밀과 음모의 덫에 걸려든 기분이었다. 레이철이 무슨 짓을 꾸미고 있지? 낚싯배 동업자와는 어떻게 이처럼 빨리 이어진 거야? 그리고 LA 경찰은 여기서 뭐 하고 있는 거지?

그는 레이철의 크라운 빅이 택시를 지나 거리로 나가는 것을 바라보았다. 그러자 잠시 후 그랜드 앰 한 대가 버스정류장 벤치 앞으로 굴러와 요원을 태우고 사라졌다. 시인은 모자챙을 다시 당겨 내린 뒤 통로를 빠져나와 차를 세워둔 곳으로 걸어갔다.

## 26 실수

  나는 문구멍을 통해 레이철 월링이 계단을 내려가는 것을 살펴보고 있었다. 황폐한 다코타에서 오랜 귀양살이를 하고서도 그녀의 열정과 유머 감각은 조금도 줄어들지 않았다는 생각이 들었다. 그녀의 그런 점이 나는 좋았고 연대감을 느꼈다. 한편으론 그녀를 믿을 수 있다고 생각하면서도 동시에 능숙한 프로에 의해 내가 조종당하고 있다는 생각도 들었다. 그녀는 자신이 알고 있는 모든 것을 털어놓진 않았지만, 그만하면 충분히 얘기했다는 것을 알고 있었다. 모든 것을 다 털어놓는 사람은 없으니까. 이유는 다를지 모르지만 우리는 같은 것을 원하고 있었다. 그렇지만 내일 아침 다른 사람을 차에 태우기로 한 것은 전혀 예상치 않았던 일이었다.

  문구멍으로 보이는 풍경이 갑자기 버디 로크리지의 오목한 영상으로 채워졌다. 나는 그가 노크하기도 전에 얼른 문을 열고 안으로 끌어들였다. 혹시 월링 요원이 나가는 길에 이 친구를 목격하지 않았을까 하는 생각이 들었다.

"완벽한 타이밍이군, 버디. 저 바깥에서 누가 말을 걸거나 세우진 않
았소?"

"어디, 여기요?"

"그래요, 여기."

"아뇨. 난 금방 택시에서 내렸는데."

"오케이, 그러면 그전엔 어디 있었소?"

그는 벨라지오에서 택시를 잡지 못해 늦었다고 설명했지만 나한테는
씨도 안 먹을 소리였다. 그의 손에서 파일 두 개를 건네받을 때 보니 청
바지 주머니가 불룩했다.

"그건 말짱 헛소리요, 버디. 이 동네에서 택시를 발견하긴 좀 어려울
지 몰라도 벨라지오는 아니지. 거긴 택시들이 줄줄이 대기하고 있는 곳
이오."

나는 그의 불룩한 주머니를 손으로 툭 치곤 말했다.

"도박장에 들렀구먼, 뭐. 그렇죠? 칩이 한 주머니 가득이네."

"출발 전에 잠시 들러 블랙잭 한두 차례 했을 뿐이에요. 난 재수가 좋
아 잃는 법이 없거든. 이것 좀 보라고."

그는 주머니 속에서 5달러짜리 칩을 한 주먹 꺼내 보였다.

"정말 끝내줬다고! 행운을 피해갈 수는 없는 법이죠!"

"그래, 좋아요. 그걸로 당신이 빌린 방값을 치르면 되겠군."

버디는 칩을 주머니에 다시 쑤셔 넣으며 내 방을 둘러보았다. 열린
발코니로 자동차들 소리와 제트기 소음이 들려왔다.

"기꺼이 그러죠. 난 이런 곳에 투숙하진 않겠소."

그가 보트에서 해놓고 사는 꼴을 본 나는 하마터면 웃음을 터뜨릴 뻔
했다.

"당신이 원하는 어느 곳에 투숙해도 좋소. 난 더 이상 당신이 필요하지 않으니까. 파일을 가져다줘서 고맙소."

그가 눈을 둥그렇게 떴다.

"뭐라고요?"

"새 파트너를 구했소. FBI 요원으로. 그러니 당신은 당장 LA로 돌아갈 수도 있고, 벨라지오를 당신 것으로 만들 때까지 블랙잭을 해도 좋아요. 난 약속한 대로 항공료와 헬리콥터 비용, 방값 40달러를 지불해 주겠소. 이 모텔의 하루 방값이 그러니까."

나는 파일을 집어 들며 한마디 더 보탰다.

"그리고 이것을 입수하고 여기까지 가져오는 데 들인 당신의 시간 값으로 200달러쯤 더 얹어드리지."

"말도 안 돼요. 기왕 여기까지 왔는데, 그리고 난 아직 당신을 도울 수 있어요. 테리와 함께 일하면서 FBI 요원들을 다뤄본 적도 있소."

"그때는 그때고 지금은 지금이죠, 버디. 내 차로 당신 호텔까지 태워드리지. 여긴 택시 잡기가 어렵고, 어차피 그쪽으로 가는 길이니까."

나는 발코니 문을 닫고 그를 모텔 방 밖으로 데리고 나온 뒤 문을 잠갔다. 버디 로크리지가 가져온 파일들은 나중에 읽기 위해 들고 나왔다. 주차장으로 이어지는 계단을 내려가면서 주위에 경비원이 있는지 둘러보았지만 눈에 띄지 않았다. 레이철 월링의 모습도 보이지 않았다. 그런데 옆방에 투숙한 제인이 하얀 몬테카를로 트렁크 속으로 구두상자를 넣고 있었다. 계단 위에서 내려다보니 트렁크 속엔 다른 커다란 상자들도 여러 개 들어 있었다.

"나랑 같이 일하는 게 좋아요, 해리."

버디가 여전히 끈질기게 매달렸다.

"FBI 친구들은 믿기 어렵다니깐. 테리는 그 속에 몸담고 있으면서도 그들을 신뢰하지 않았어요."

"알아요, 버디. 나도 수사국 친구들을 30년간이나 다뤄왔소."

그는 머리를 절레절레 흔들었다. 나는 제인이 운전석에 올라 차를 뒤로 빼는 것을 보았다. 혹시 이게 마지막 작별이 아닐까 하는 생각이 들었다. 내가 전직 경찰이었다는 말에 겁을 먹고 도망치는 걸까? 어쩌면 나와 윌링 요원이 주고받는 얘기를 얇은 벽을 통해 엿들은 건지도 모른다.

버디가 FBI를 입에 올리는 바람에 생각난 것이 있었다.

"아무튼 당신이 돌아가면 그들이 찾아와 얘기 좀 하자고 할 텐데."

"무슨 얘기?"

"당신의 GPS에 대해. 그들이 찾았거든."

"우와, 끝내주는군! 도둑은 파인더가 아니었단 말이죠? 샌디였나요?"

"그런 것 같소. 하지만 그 얘긴 중요한 것 같지 않아요, 버디."

"어째서요?"

내가 메르세데스를 열고 운전석에 타자 그도 조수석에 올랐다. 나는 시동을 걸며 그에게 말했다.

"당신이 입력해 놓은 낚시터는 모두 지워지고 없었소. 지금은 딱 한 지점만 표시하고 있는데, 거기서는 어떤 물고기도 잡을 수 없지."

"이런, 빌어먹을! 설마 그럴 줄이야."

"어쨌든 그들은 당신한테 그 모든 것에 관해 질문할 거요. 내가 그랬던 것처럼 테리와 마지막 용선에 대해서도 묻겠죠."

"그러니까 그들이 당신을 쫓아오고 있군요? 당신을 따라잡으려고. 그렇죠, 해리?"

"그건 아니고."

그가 또 어떻게 나올지는 뻔한 일이었다. 버디는 내 쪽으로 돌아앉으며 말했다.

"날 데려가시오, 해리. 당신을 도울 수 있다니깐. 이래 봬도 영리해서 눈치 하나는 빠른 편이오."

"안전벨트나 매요, 버디."

미처 준비하기도 전에 차를 급후진시키자 그는 하마터면 대시보드에 이마를 찧을 뻔했다. 도로로 들어서자 나는 천천히 벨라지오 쪽으로 방향을 잡았다. 이른 저녁 무렵이라 보도가 차츰 시원해지며 사람들이 밀려나왔다. 고가 전철들이 통로까지 사람들을 가득 싣고 지나갔다. 도로의 양쪽에서 뿜어내는 네온 불빛이 찬란한 석양처럼 어스름을 밀어냈다. 버디는 수사에 끼워달라고 계속 졸라댔지만 나는 매번 거절했다. 호텔 앞의 거대한 분수대를 돌아 카지노의 출입구 현관에 차를 세운 나는 호텔 보이에게 손님을 태우러 왔다고 말했다. 그러자 보이는 우리를 도로가로 안내한 뒤 차를 방치하지 말라고 주의를 주었다.

"누굴 태우러 왔는데요?"

버디가 목소리에 생기를 띠며 물었다.

"아무도. 그냥 둘러댄 거요. 나하고 계속 일하고 싶소, 버디? 그렇다면 이 차 안에 잠시 있어요. 보이가 차를 끌고 가지 않게. 난 저 안으로 재빨리 달려 들어가야 해."

"뭣 땜에요?"

"누가 있는지 확인하려고."

"누구요?"

나는 더 이상 대답하지 않고 차에서 내린 다음 문을 닫았다. 끝없이 이어질 버디의 질문에 일일이 대답할 시간이 없었다.

벨라지오에 대해서라면 멀홀랜드 드라이브의 모퉁이들만큼이나 훤히 알고 있었다. 나의 전처 엘리노어 위시가 밥벌이를 하는 곳으로, 그녀가 들어가는 걸 내 눈으로 직접 목격한 적도 두어 차례 있었다. 나는 슬롯머신들과 포커 룸들이 빼곡히 들어 찬 카지노 안으로 잽싸게 들어갔다.

포커 테이블 두 개만 돌아가고 있었다. 너무 이른 시각이었다. 열세 명의 플레이어들을 재빨리 살펴보았지만 엘리노어의 얼굴은 보이지 않았다. 테이블 매니저는 엘리노어와 여기 처음 왔을 때 만났던 사내였다. 나는 그에게 다가가며 말을 건넸다.

"프레디, 별일 없나?"

"오늘 밤엔 특히 별일이 많아요."

"좋은 일이지. 자네한테 볼거리를 제공하잖나."

"불평할 일은 아니죠."

"엘리노어가 올 것 같은가?"

엘리노어는 자기가 와서 게임에 참석하는 특별한 밤에는 테이블 매니저에게 사전에 알리는 버릇이 있었다. 가끔 그들은 고액 베팅 고객들이나 고난도 플레이어들이 노는 테이블의 자리를 지켜주거나, 사적인 게임을 마련하기도 했다. 어떤 의미에서 내 전처는 라스베이거스의 은밀한 호객꾼이었다. 그녀는 포커에 능란한 매력적인 여자로, 어떤 부류의 남자들에겐 도전 의식을 불어넣어 주는 존재였다. 영리한 카지노들은 이것을 알고 활용했다. 엘리노어는 벨라지오에서 항상 환대를 받았다. 그녀가 무언가를 필요로 하면—음료수나 무례한 플레이어를 테이블에서 제거하기 위한 스위트룸 등—즉시 제공되었다. 물어보지도 않았다. 그것이 게임이 있는 밤마다 그녀가 항상 이곳을 찾는 이유였다.

"그럼요, 올 거예요."

프레디가 대답했다.

"지금은 어디 있는지 모르지만, 아무튼 이리로 올 거예요."

그에게 다른 질문을 던지려면 타이밍을 조율하며 잠시 기다려야 한다는 것을 알고 있었다. 그래서 난간에 기대어 홀덤 포커(플레이어들에게 카드를 2장씩 나눠주고 딜러가 5장을 가지는 포커 게임-옮긴이) 테이블의 딜러가 마지막 장을 내려놓는 것을 지켜보았다. 카드들이 푸른 펠트 위를 스치며 사각거렸다. 끝까지 버틴 사람은 다섯 명이었다. 나는 그들이 마지막 카드를 볼 때의 얼굴 표정을 살펴보았다. 어떤 반응을 찾고 있었지만 아무것도 발견할 수 없었다.

엘리노어는 언젠가 내게 진짜 꾼들은 홀덤 포커에서 마지막 카드를 '강'이라 부른다고 말했다. 그 안에서 살든지 함께 떠내려가든지 둘 중 하나이기 때문이라는 것이다. 일곱 번째 카드까지 받았다면 모든 것이 거기에 달려 있는 것이다.

다섯 명 중 세 명이 즉시 접었다. 남은 두 명이 콜을 주고받은 뒤 내가 주시했던 한 명이 세븐 트리플로 그 판을 먹었다.

"엘리노어는 몇 시쯤 온다고 하던가?"

나는 다시 프레디에게 물었다.

"아, 늘 오던 시간에요. 8시쯤."

그는 자신이 충성해야 할 대상은 엘리노어이지 그녀의 전남편이 아니란 걸 깨달은 듯 대답하길 주저했지만 나는 대범하게 넘기려고 애썼다. 어쨌거나 나는 원하던 것을 얻었으므로 그에게 작별을 고한 뒤 카지노를 나왔다. 엘리노어는 우리 딸을 잠자리에 들여보낸 뒤 출근할 계획인 모양이었다. 그렇게 되면 매디는 입주한 보모가 돌봐줄 것이다.

카지노 입구에 돌아와 보니 내 차 안에 아무도 타고 있지 않았다. 주위를 둘러보니 버디는 호텔 보이와 노닥거리고 있었다. 나는 그를 소리쳐 부른 뒤 바이바이 하며 손을 흔들었다. 그러자 그가 달려와 메르세데스의 문을 붙잡았다.

"가려는 거요?"

"그래, 말했잖소. 잠시만 들여다보고 갈 거라고. 내 자동차를 봐줘서 고맙소."

그는 사실 그러지도 않았다.

"별 말씀을. 그는 찾았소?"

"누구?"

"저 안에서 찾으려던 사람."

"그래요, 버디. 그를 찾았소. 그럼 다음에 또⋯."

"그러지 말고 같이 합시다. 테리는 내 친구이기도 했어요."

그 말에 나는 잠시 생각해 보았다.

"알겠소, 버디. 그렇지만 당신이 지금 테리를 위해 할 수 있는 최선의 일은 집으로 돌아가서 FBI 요원들을 기다리는 일이에요. 그들에게 당신이 알고 있는 모든 것을 털어놔요. 한 가지도 감추지 말고."

"당신이 나를 보트로 보내서 테리의 파일과 사진을 훔치게 한 것도 말이죠?"

자신이 완전히 잘렸다고 생각했는지, 그는 이제 비아냥거리는 조로 물었다. 나는 아랑곳 않고 말했다.

"다 말해도 괜찮아요. 그들과 함께 일하기로 했다고 하지 않았소? 당신을 보기도 전에 그들은 이미 다 알고 있을 거요. 그렇지만 당신이 착각하고 있는 것 같아 말하겠는데, 난 당신한테 뭘 훔치라고 시킨 적 없소. 난 그래시엘라에게 고용되었고, 그 보트와 그 안에 있는 모든 것은 그 여자 것이에요. 당신이 가져온 그 파일들과 사진들도 포함해서."

나는 그의 가슴을 세게 찌르며 말했다.

"알았소, 버디?"

그는 뒤로 흠칫 물러서며 대답했다.

"예, 알았어요. 난 그냥⋯."

"됐네요."

나는 손을 내밀었다. 악수를 했지만 그다지 좋은 기분은 아니었다.

"나중에 또 봅시다, 버디."

나는 운전석에 올라 문을 닫은 뒤 시동을 걸고 곧바로 출발했다. 회전문 쪽으로 걸어가는 그를 백미러로 지켜보며 나는 그가 오늘 밤 내로 가진 돈을 몽땅 카지노에 털릴 것임을 알았다. 그의 말이 옳았다. 행운을 뿌리쳐서는 절대로 안 될 일이었다.

대시보드의 시계를 보니 엘리노어가 카지노 야간 근무를 위해 집을 나오려면 자그마치 90분이나 남아 있었다. 그쪽으로 바로 갈 수도 있지만 기다리는 편이 더 나을 것 같았다. 내 딸은 보고 싶지만 내 전처는 아니었다. 기특하게도 엘리노어는 자기가 근무하는 동안은 내가 얼마든지 딸을 만나볼 수 있도록 관용을 베풀었다. 따라서 문제될 것은 없었다. 그리고 나는 매디가 깨어 있든 자고 있든 상관없었다. 그냥 보기만 해도, 숨소리를 들으며 아이의 머리카락을 만져보기만 해도 좋았다. 엘리노어와 나는 만날 때마다 서로 부딪히고 화를 냈다. 그래서 그녀가 집에 없을 때 가는 것이 최상의 방법이었다.

더블엑스로 돌아가서 시인의 파일을 읽으며 한 시간쯤 보낼 수도 있었지만 나는 계속해서 차를 몰았다. 파라다이스 로드는 스트립보다는 훨씬 덜 복잡했다. 항상 그렇다. 하몬을 지나 북쪽으로 꺾자 곧바로 엠버시 스위츠의 주차장으로 이어졌다. 레이철 월링이 커피 한잔하며 내일의 여행에 대한 보다 상세한 설명을 듣고 싶어 할지 모른다는 생각이 들었다. 주차장을 한 바퀴 돌며 연방수사국의 차량을 찾아보았다. 그런데 싸구려 휠캡과 관용 번호판만 봐도 금방 알아볼 수 있는 그들의 차가 한 대도 보이지 않았다. 나는 휴대전화로 안내를 불러 엠버시 스위츠 전화번호를 알아냈다. 그쪽으로 다시 전화하여 레이철 월링의 방으로 연결시켜 달라고 부탁했다. 신호는 계속 울리는데 받는 사람이 없었다. 전화를 끊고 잠시 생각해 본 뒤 레이철이 알려준 그녀의 휴대전화 번호로 다시 걸자 즉시 받았다.

"헤이, 나 보슈요. 지금 뭐 하고 있소?"

나는 최대한 자연스럽게 말했다.

"그냥 쉬고 있어요."

"호텔에 있소?"

"네. 왜요? 무슨 일 있어요?"

"없어요. 그냥 당신과 커피나 한잔할까 하고. 지금 바깥에 있는데 시간이 좀 남아돌거든요. 몇 분 내로 당신 호텔에 도착할 수 있는데."

"오, 고맙지만 오늘 밤엔 그냥 쉬고 싶어요."

물론 당연히 나올 수가 없겠지. 지금 호텔에 있지도 않으니까.

"실은 시차적응이 안 되어서요. 난 항상 다음 날 증상이 나타나거든요. 게다가 내일은 당신과 일찍 어디 가기로 했잖아요."

"알겠소."

"아니, 싫어서가 아네요. 내일 하면 어때요?"

"오케이. 그러면 내일 아침 8시에 만납시다."

"현관으로 나갈게요."

전화를 끊고 나자 처음으로 의심이 뱃속에서 똬리를 트는 느낌이었다. 그녀는 나 몰래 무슨 일인가를 하고 있었고, 나를 속이고 있었다. 그렇지만 나는 그 생각을 버리기로 했다. 그녀의 임무는 나를 감시하는 것이었다. 그 점에 대해서는 그녀도 솔직히 까놓지 않았던가. 아마 내 생각이 틀렸겠지.

나는 주차장을 한 바퀴 더 돌며 크라운 빅이나 포드 LTD가 있는지 찾아보았지만 발견할 수 없었다. 그래서 재빨리 주차장을 빠져나와 파라다이스 로드로 돌아왔다. 플라밍고에서 서쪽으로 돌아 라스베이거스 스트립을 가로지른 뒤 고속도로로 나갔다. 나는 팜즈 근처에 있는 스테이크하우스의 주차장에 차를 세웠다. 카지노 팜즈는 스트립에서 떨어져 있고 유명인들이 많이 찾아오기 때문에 지역의 많은 사람들이 즐겨 찾는 곳이었다. 지난 번 엘리노어와 이성적으로 대화를 나눴을 때, 그녀는 거래처를 벨라지오에서 팜즈로 바꿀 생각이라고 말했다. 돈은 여전히 벨라지오로 몰려들었지만 대부분이 바카라, 파이가우(골패로 하는 중국 도박−옮긴이), 크렙(주사위로 하는 도박−옮긴이) 따위로 흘러 들어갔다. 포커는 다른 기술이었고, 하우스를 상대로 하지 않는 유일한 게임이었다. 엘리노어는 LA에서 팜즈로 온 유명인들과 운동선수들이 포커를 배우면서 엄청난 현금을 잃고 있다는 소문을 들었다고 했다.

나는 스테이크하우스 바에서 구운 감자를 곁들인 뉴욕스트립을 주문했다. 웨이트리스는 반쯤 익힌 스테이크를 권했지만 나는 푹 익힌 걸 고집했다. 내가 자란 곳에서는 고기를 덜 익혀서 속이 벌건 것은 절대 먹지 않았기 때문에 이제 와서 그런 걸 즐길 순 없었다. 웨이트리스가 주문서를 들고 주방으로 간 뒤 나는 한때 포트 베닝의 취사반을 전전했던 일을 떠올렸다. 거기서는 완벽한 소갈비들이 10여 개의 거대한 통들 속에서 푹푹 삶아지고 있었다. 취사병 하나가 삽으로 표면에 떠오른 쇠기름을 떠내어 양동이에 계속 담았다. 그 취사반의 악취는 몇 개월 후 내가 베트콩의 땅굴 속으로 기어들어가 그들이 감춰둔 시체들을 찾아냈을 때 맡았던 악취에 버금가는 것이었다.

시인의 파일을 열고 열심히 읽고 있는데 내 휴대전화가 울렸다. 이름을 확인하지 않고 즉시 받았다.

"여보세요?"

"해리, 레이첼이에요. 아직도 커피 마시고 싶으세요? 난 마음이 바뀌었는데."

나는 그녀가 거짓말한 것을 들키지 않으려고 급히 엠버시 스위츠로 돌아간 것이라고 생각했다.

"이런, 난 방금 도시 반대쪽으로 와서 저녁 식사를 주문해 놓고 있는 참이라."

"아, 죄송해라. 반성할게요. 혼자세요?"

"네. 여기서 할 일도 좀 있고 해서."

"그 기분 알아요. 나도 거의 매일 밤 혼자 식사하거든요."

"아, 예, 나도 그래요."

"정말요? 아이랑 같이 안 드시고요?"

이젠 그녀와 얘기하는 것이 편하지도 미덥지도 않았다. 그녀가 뭘 하고 있는지 알 수 없었다. 또한 나의 슬픈 결혼생활과 부모 노릇에 대해 더 이상 길게 늘어놓고 싶지도 않았다.

"네, 그런데 여기 있는 어떤 사람이 눈치를 주네요. 이곳에선 휴대전화를 사용할 수 없게 되어 있는 모양이에요."

"아, 규칙을 어겨선 안 되죠. 그럼 내일 아침 8시에 만나요."

"그래요, 엘리노어. 안녕."

내가 막 휴대전화를 닫으려는 순간 그녀의 목소리가 들렸다.

"해리?"

"왜요?"

"난 엘리노어가 아니에요."

"뭐라고요?"

"방금 나한테 엘리노어라고 했어요."

"아, 실수했군요. 미안해요."

"내가 그녀를 생각나게 했나요?"

"그런 것 같소. 지금은 아니고 오래전 얘기겠죠."

"오, 너무 오래전이 아니면 좋겠어요."

그녀는 엘리노어가 연방수사국에서 당한 망신에 대해 얘기하고 있었다. 너무 망신스러운 일이라 마이닛 같은 험지전출조차 고려할 수 없었을 정도였다.

"내일 봐요, 레이철."

"안녕, 해리."

나는 전화를 끊고 내가 한 실언에 대해 생각해 보았다. 무의식중에 말한 것이지만 막상 해놓고 보니 분명해졌다. 그것에 대해서는 더 이상 생각하고 싶지 않았다. 나는 눈앞에 놓인 파일 속으로 돌아갔다. 타인의 유혈극과 광기의 시간 속으로 빠져들면 마음이 더 편안해진다는 것을 알기 때문이었다.

# 27 시인의 과거

오후 8시 30분에 나는 엘리노어 위시의 집 문을 노크했다. 내 딸을 돌봐주며 함께 살고 있는 살바도르인 부인이 대답했다. 마리솔이란 이 여자는 상냥했지만 50대 나이에 비해 얼굴이 너무 늙어 보였다. 그녀가 살아온 이야기는 매우 충격적인 것이어서 내가 겪은 일들은 운이 아주 좋게 느껴질 정도였다. 내게 딸이 있다는 사실을 알고 이 집을 처음 찾아왔던 날조차도 그녀는 나를 아주 친절하게 맞아주었다. 한 번도 나를 위험한 존재로 본 적이 없었고, 아버지인 동시에 외부인인 나의 처지를 항상 따뜻하게 감싸고 존중해 주었다. 그녀는 뒤로 물러나서 나를 들여보내주며 말했다.

"매디는 자요."

나는 파일을 들어 보였다.

"괜찮아요. 할 일이 있으니까. 그냥 아이 옆에 좀 앉아 있고 싶어서요. 요즘 어떻게 지냅니까, 마리솔?"

"오, 잘 지내요."

"엘리노어는 카지노에 갔습니까?"

"네."

"매디는 오늘 밤 착하게 굴었나요?"

"그럼요. 얼마나 착한데요."

마리솔은 언제나 간단하게만 대답했다. 영어가 서툴러서 그런가 싶어 그녀의 모국어인 스페인어로 말을 걸어본 적도 있었지만 전혀 말수가 늘어나지 않았다. 언어에 상관없이 그녀는 내 딸의 일상생활과 행동에 대한 설명을 한두 마디로 끝냈다.

"고마워요. 나중에 내가 알아서 나갈 테니 들어가서 주무셔도 돼요. 문이 잠겼는지 단단히 확인할게요."

나는 집 열쇠를 가지고 있지 않지만 현관문은 닫으면 저절로 잠기게 되어 있었다.

"네, 그러세요."

나는 고개를 끄덕인 뒤 복도 왼쪽에 있는 매디의 방으로 들어가서 문을 닫았다. 안쪽 벽에 꽂힌 철야등이 방 안에 푸른 빛을 비추고 있었다. 나는 딸의 침대 곁으로 다가가서 탁자의 등을 켰다. 매디는 불빛 때문에 잠에서 깨어나진 않는다는 걸 경험으로 알고 있기 때문이었다. 다섯 살짜리 아이의 잠은 하도 깊어서 텔레비전에서 레이저 게임을 벌이거나 진도 5.0의 지진이 일어나도 깨어나지 않을 것 같았다.

베개 위에 자리 잡은 까만 곱슬머리가 불빛에 드러났다. 얼굴은 보이지 않는 쪽으로 돌리고 있었다. 나는 손으로 아이의 머리카락을 쓸어 올리고 볼에 키스했다. 고개를 숙이고 아이 얼굴 가까이로 귀를 가져가자 작은 숨소리가 들렸다. 정체를 알 수 없는 두려움이 사라지며 내 마음도 평화로워졌다.

나는 장롱 쪽으로 걸어가서 베이비 모니터를 껐다. 모니터와 연결된 부분은 마리솔의 침실로 사용되는 TV 룸에 설치되어 있었다. 이제 그것은 필요 없었다. 아빠인 내가 여기 있으니까.

매디가 잠들어 있는 퀸 사이즈 침대의 커버에는 고양이들의 온갖 행동들이 그려져 있었다. 아이의 조그마한 몸뚱이는 커다란 침대의 아주 작은 공간만 차지하고 있었기 때문에 내가 머리맡에 베개를 하나 놓고 드러누울 수 있는 자리는 충분했다. 나는 커버 아래로 손을 넣어 딸의 등에 살며시 놓았다. 그리곤 아이의 숨결에 따라 등이 오르락내리락 하는 것을 느끼며 가만히 있었다. 잠시 후 나는 다른 한 손으로 시인의 파일을 열고 읽기 시작했다.

저녁 식사를 할 때 파일의 대부분을 이미 읽은 터였다. 여기에는 레이철 월링이 참여하여 작성한 용의자의 프로파일뿐만 아니라 연방수사국이 시인이라는 별명을 붙여 전국적으로 추적했던 살인범에 대한 수사 보고서와 현장 사진들도 포함되어 있었다. 그것은 8년 전 일이었고, 동부에서 서부에 이르기까지 강력계 형사 여덟 명을 살해했던 시인은 마침내 로스앤젤레스에서 끝장을 맞았다.

내 딸이 잠들어 있는 옆에서 이제 나는 FBI 특별수사관 로버트 배커스의 충격적인 연쇄 살인극의 종말에 대한 보고서를 읽기 시작했다. 그는 레이철 월링이 쏜 총에 맞고 계곡 아래로 추락한 뒤 사라졌다. 수력자원부 조사원이 로럴 캐니언의 폭포수 굴속에서 발견한 한 시체의 부검내역서도 파일 안에 첨부되어 있었다. 그 시체는 절벽 위에 외팔보로 받쳐진 집 안에서 총에 맞은 배커스가 창문을 통해 숲이 우거진 계곡 아래로 떨어진 지 거의 석 달 후에 발견된 것이었다. 배커스의 FBI 신분증과 배지가 그 시체에서 나왔다. 부패한 옷가지도 배커스의 것이었다. 그가 연쇄살인범에 대한 조언을 하기 위해 이탈리아의 밀라노에 갔을 때 맞춘 수제품이었다.

아무튼 시체에 대한 감정 결과는 불확실했다. 시체가 너무 부패하여 지문 분석도 불가능했고, 굴속에서 사는 쥐나 다른 짐승들한테 뜯어 먹혀서 신체 일부는 아예 없었다. 아래턱 전체와 위쪽 치교(齒橋)가 없어져서 로버트 배커스의 치아 기록과 대조할 대상이 없었다.

월링 요원이 쏘았다고 하는 복부 근처에 총상이 있고 탄환으로 인한 갈비뼈 골절이 확인되었지만 사인도 확정할 수가 없었다. 관통상을 입은 것으로 보이지만 파편이 하나도 수거되지 않아 배커스의 총에서 발사된 탄환과 비교할 수도 없었다.

DNA 비교나 확인도 이루어지지 않았다. 배커스가 총에 맞았지만 도주 중이라고 생각한 FBI 요원들은 그의 집과 사무실을 찾았다. 그렇지만 그들은 시인이 저지른 범죄의 증거와 동기를 찾으러 갔을 뿐이었다. 언젠가 그의 시체를 발견하여 확인 작업을 하게 될 경우에 대한 대비는 하지 않았다. 수사에 따라다닐 실수와 연방수사국이 저지른 불법행위와 은닉에 대한 책임 때문에 DNA를 채취할 수 있는 것들—샤워장의 배수구에 있는 머리카락과 피부조직, 칫솔에 남은 타액, 휴지통에 남은 손톱, 의자 뒤에 남은 비듬이나 머리카락 등—을 전혀 수거하지 않았다. 그러다가 3개월 후 계곡의 굴속에서 시체가 발견되었을 때는 너무 늦어 그런 DNA 재료들은 쓸모없게 변했거나 아예 없어져 버렸다. 배커스가 소유하고 있던 콘도는 연방수사국이 조사를 마친 3주 후 희한하게도 불이 나서 잿더미로 변해버렸다. 그리고 배커스의 사무실은 행동과학팀 팀장 자리를 꿰찬 랜들 앨버트 요원에 의해 접수되어 완전히 새롭게 개조되었다.

배커스에게서 혈액 샘플을 찾으려는 노력이 수포로 돌아가자 연방수사국은 다시 당황했다. 월링 요원이 그 집에서 배커스를 쏘았을 때 바닥에 약간의 피가 흘렀는데, 거기서 채취한 혈액 샘플은 로스앤젤레스의 연구실에서 의료 쓰레기를 치울 때 부주의로 인해 그만 파괴되고 말았다.

배커스가 개인적으로 받은 혈액검사나 혈액은행을 통해 혈액 샘플을 찾는 노력도 허사로 끝났다. 배커스의 간교한 계획이나 행운, 혹은 관료주의적 태만에 의해 그는 어떤 흔적도 남기지 않고 사라졌다.

그에 대한 수색은 계곡의 굴속에서 발견된 시체로 인해 공식적으로 끝났다. 과학적인 신원확인이 이루어지진 않았지만 신분증과 배지, 이탈리아제 양복만으로도 연방수사국이 수사 종결을 선언하기엔 충분했다. 이 사건 때문에 그동안 언론에 심하게 시달리고 이미 실추되었던 FBI 이미지가 더욱 심하게 훼손되지 않았던가.

그렇지만 한편으로는 연쇄살인범인 FBI 요원의 심리학적 배경에 대한 연구가 조용히 계속되었다. 내가 지금 읽고 있는 조사보고서가 바로 그런 것이었다. 배커스가 근무했던 바로 그 행동과학실이 주도한 이 조사는 그가 왜 그런 짓을 했을까 하는 의문보다 살인현장에서 활동하는 최고 전문가들의 코앞에서 어떻게 그런 짓을 할 수 있었을까 하는 질문에 더 초점을 맞춘 듯했다. 이런 조사 방향은 아마 방어적 태도에서 나왔을 것이다. 그들은 시스템이 아니라 용의자에게서 문제점을 찾았다. 파일에는 배커스 요원의 유아기와 사춘기의 성장 배경에 대한 자료로 넘칠 지경이었다. 수많은 관찰과 추측, 요약한 이야기들이 난무하고 있었지만 정작 그의 특성을 파악할 수 있는 단서는 거의 눈에 띄지 않았다. 시인은 그의 병력(病歷)조차 전혀 알 길 없는 수수께끼 인물로 남았다. 가장 영리한 최고의 전문가도 풀 수 없는 사건이었다.

나는 단서들을 자세히 살펴보았다. 배커스는 완벽주의자 아버지—적어도 훈장을 받은 FBI 요원—와 얼굴도 모르는 어머니 사이의 아들이었다. 아버지란 자는 아내가 가출한 것에 대한 화풀이를 아들에게 했던 모양으로, 침대에 오줌을 싸거나 이웃의 애완동물을 해코지하면 그 벌로 아이를 심하게 때렸다고 기록되어 있었다. 7학년 때 급우가 배커스의 얘기를 듣고 증언한 바에 의하면 아들이 침대보를 적신 것에 화가 난 아버지가 그의 손에 수갑을 채워 욕실 타월걸이에 묶어 놓고 문을 잠갔다는 얘기도 있었다. 다른 급우 하나는 배커스가 침대에 오줌을 싸고 받을 벌이 두려워서 베개와 담요를 가지고 욕조 안에서 잠을 잔 적도 있다는 말을 했다고 증언했다. 그의 어린 시절 이웃 하나는 자신의 닥스훈트 애완견을 죽인 뒤 그 반 토막을 마당에 던져두었던 범인이 배커스라고 의심하고 있다는 진술을 했다.

성인이 된 배커스는 편집적이고 강박적인 경향을 드러냈다. 특히 청결과 질서에 대한 고정관념이 강했다. 이 점에 대해서는 행동과학실의 동료들도 여러 명이 증언했다. 배커스는 화장실에서 손을 씻느라고 회의 시간에 늦는 경우가 다반사라는 것이었다. 그가 콴티코 구내식당에서 점심으로 구운 치즈 샌드위치 외에 다른 음식을 먹는 걸 본 사람이 아무도 없었다. 또한 강박관념에 사로잡힌 것처럼 껌을 씹어대는데, 자기가 좋아하는 브랜드인 주시 프루트가 아니면 죽어도 못 씹었다. 한 동료는 배커스가 껌을 씹을 때 회수를 계산하는 것 같다고 증언했다. 껌을 씹을 때마다 세기 시작하여 일정 회수가 되면 뱉어 내고 새 껌으로 다시 씹는다는 얘기였다.

그의 약혼녀였던 여자와 인터뷰한 내용도 철해져 있었다. 그녀는 배커스가 자기에게 너무 자주 온몸을 샤워하라고 요구했으며, 특히 성교 이전과 이후에는 더 심했다고 증언했다. 결혼하기 전에 집을 구하러 다닐 때는 오직 자신만이 쓰는 침실과 욕실을 원한다고 그녀에게 말했다. 그녀가 결혼생활을 끝장내고 그와의 관계를 정리하기로 결심한 것은 그녀가 자기 거실에서 하이힐을 벗어던졌다고 해서 그가 '지저분한 년'이라고 욕했을 때였다.

이런 보고서들은 단지 손상된 정신을 얼핏 보여줄 뿐 아무 단서도 되지 못했다. 배커스의 성격이 아무리 이상하다 할지라도 그것이 사람을 죽이기 시작한 이유를 설명해 주진 않았다. 수많은 사람들이 편집적이고 강박적인 혼란으로 경미하게 혹은 심각하게 고통을 받고 있다. 그렇다고 해서 그들이 모두 사람을 죽이진 않는다. 어린 시절에 학대를 받은 사람들도 수없이 많지만 그들이 모두 학대자가 되진 않는다.

매컬렙은 4년 후 암스테르담에 다시 나타났던 시인에 대한 자료는 거의 입수하지 못했다. 파일에 담긴 아홉 쪽의 요약 보고서가 전부였고, 그 안에는 살인에 대한 사실과 법의학적 설명이 기록되어 있었다. 나는 이 보고서를 이전에 대충 훑었지만, 이제 자세히 읽어보니 내가 클리어 마을에 대해 세우고 있던 이론과 연결되는 양상들을 발견할 수 있었다.

암스테르담에서 피살된 것으로 알려진 다섯 사람은 모두 혼자서 여행하던 남자들이었다. 이들의 프로파일은 모두 지직스에 묻힌 것으로 알려진 피살자들과 일치했다. 다만 자기 아내가 호텔의 온천에서 하루를 보내는 틈을 타서 라스베이거스를 빠져나왔던 한 사내만 예외였던 것이다. 암스테르담에서 그들이 마지막으로 모습을 보였던 곳은 합법적인 매춘지역인 홍등가였다. 네온으로 테두리를 두른 진열장 뒤의 작은 방에서 자극적인 옷차림을 한 여자들이 지나가는 사람들에게 자신을 제공하는 곳이었다. 네덜란드 수사관들은 피살자들의 시체가 근처의 암스텔 강에 떠오르기 전날 밤에 그들 중 두 남자와 함께 있었다는 매춘부들을 찾아냈다.

피살자 다섯 명의 시체들은 강의 각각 다른 지점에서 발견됐지만, 버린 장소는 식스하우스 일대로 보인다고 보고서는 지적했다. 그 지역은 암스테르담 역사상 상당히 중요한 위치를 점하고 있는 가문이 소유하고 있었다. 내가 그 지역에 흥미를 느낀 것은 식스하우스의 발음이 내 귀엔 지직스와 비슷하게 들렸기 때문이었다. 또한 살인자가 우연히 식스하우스를 선택했는지, 아니면 자신의 범행을 상징하는 형태를 갖추어 당국에 과시하려고 했던 것은 아닌지 하는 생각이 들었기 때문이다.

네덜란드 형사들은 수사에 더 이상 진척을 보지 못했다. 그들은 살인자가 어떻게 피살자들에게 접근했고, 그들을 통제하여 살해했는지 전혀 밝혀내지 못했다. 배커스 스스로 자신을 드러내지 않았다면 그들의 수사선상에 오르지도 않았을 것이다. 그는 레이철 월링을 요구하는 메모를 경찰에 보내어 자신의 신분을 알아채도록 했다. 요약 보고서에 의하면 그 메모에는 피살자들에 대한 정보와 살인범 본인만 알 수 있는 내용들이 담겨 있었다고 했다. 한 메모는 마지막 피살자의 여권과 함께 전달되었다.

암스테르담의 홍등가와 네바다 주의 클리어 마을은 분명한 관계가 있는 것처럼 보였다. 양쪽 모두 합법적으로 돈과 성을 교환할 수 있는 곳이었다. 하지만 그보다 더 중요한 점은 그런 곳들은 남자들이 다른 사람들에게 아무 얘기도 하지 않고 찾아간다는 것, 그리고 추적할 방법조차 없도록 하는 곳이란 사실이었다. 그 사실은 그들을 살인자의 완벽한 표적 내지는 완벽한 희생물로 만들었다. 뿐만 아니라 살인자를 한층 더 안전하게 지켜주었다.

시인에 대한 매컬렙의 파일을 다 읽고 나서도 나는 혹시 간과한 것이 있지나 않을까, 아주 사소한 단서 하나가 전체 그림을 또렷하게 보여줄지도 모른다고 기대하면서 다시 살펴보았다. 가끔 그런 일도 일어나는 것이다. 놓치거나 잘못 이해한 작은 단서가 수수께끼를 푸는 열쇠가 될 때도 있다.

그러나 두 번째로 살펴보아도 그런 단서는 보이지 않았고, 그러자 그 보고서들이 모두 반복적이고 지루한 내용들처럼 느껴졌다. 피곤해진 나는 어쩐 셈인지 욕실에서 수갑을 차고 있었다는 아이를 생각하게 되었다. 그런 장면을 머리에 떠올리자 아이가 너무 불쌍하고 그런 몹쓸 짓을 한 애비와 아이를 버리고 나간 어미에 대한 분노가 끓어올랐다.

이건 내가 살인자에 대해 동정심을 느끼고 있다는 뜻일까? 나는 그렇게 생각하지 않았다. 배커스는 자신이 당한 고통을 또 다른 것으로 변화시켜 세상에다 돌려준 것이었다. 그 과정을 이해하는 나는 그의 소년 시절에 대해서는 동정심을 느꼈다. 그러나 성인 배커스에 대해서는 그를 반드시 잡아내어 자기가 한 짓에 대한 대가를 치르도록 하겠다는 생각뿐이었다.

# 28 베이거스에서의 마지막 밤

그곳은 악취가 지독했지만 시인은 견뎌낼 수 있다고 생각했다. 가장 혐오스러운 것은 파리들이었다. 병균과 질병과 오물을 묻히고 다니는 파리들이 죽은 놈이든 산 놈이든 도처에 있었다. 담요 밑에 두 무릎을 바짝 당긴 채 웅크리고 있으면, 파리들이 어둠 속을 미친 듯이 웽웽 날아다니다가 스크린이나 벽에 탁탁 부딪치는 소리가 들렸다. 파리들은 저 바깥 어디에나 있었다. 그는 그것들이 오리라는 것과, 그것들도 계획의 일부임을 알았어야만 했다.

그는 파리들이 내는 소리를 차단하려고 했다. 그리고 계획에 대해 생각을 집중하려고 애썼다. 이곳도 오늘로 마지막이었다. 옮길 때가 되었다. 그들에게 보여줄 때가 온 것이다. 그는 이곳에 머물며 일이 벌어지는 것을 지켜보고 싶었다. 그렇지만 해야 할 일이 너무 많다는 것을 알고 있었다.

그는 숨을 멈추었다. 이젠 그것들을 느낄 수 있었다. 파리들은 그를 발견하고 들어올 구멍을 찾아 담요 위를 기어 다니고 있었다. 그는 파리들에게 생명을 주었지만, 이제 그것들은 그에게 다가와서 그를 먹고 싶어 했다.

그가 담요 밑에서 터뜨린 날카로운 웃음에 그 위로 몰려들었던 파리들이 흩어졌다. 그는 자신이 파리들과 다를 바 없다는 것을 깨달았다. 그 자신도 생명을 준 사람에게 적의를 품고 있었다. 그는 다시 껄껄 웃었다. 그러자 무언가가 목구멍 속으로 쑥 들어가는 것이 느껴졌다.

"아아악, 캑!"

그는 캑캑거리며 기침을 해댔다. 그리고 목구멍 속으로 들어간 것을 토해내려고 애썼다. 파리였다. 파리 한 마리가 그의 목구멍 속으로 들어갔던 것이다.

배커스는 벌떡 일어나 비틀거리며 문 쪽으로 달려가 캄캄한 밤 속으로 나갔다. 그리곤 손가락을 목구멍 속으로 찔러 넣고 속의 것을 모조리 토해냈다. 그는 무릎을 털썩 꿇고 캑캑거리며 마지막 한 방울까지 다 토해낸 뒤 주머니 속에서 회중전등을 꺼내어 토한 것을 비춰 보았다. 푸르스름하고 누런 위액 속에 파리 한 마리가 아직도 살아 날개를 퍼덕거리고 있었다.

시인은 일어섰다. 파리를 발로 짓이긴 뒤 이젠 됐다는 듯 머리를 끄덕였다. 그리곤 신발에 묻은 위액을 붉은 흙에 문질렀다. 그는 자기 머리 위로 수십 미터나 치솟은 암벽의 실루엣을 쳐다보았다. 마침 그것이 달을 가리고 있었지만 상관없었다. 오히려 그 때문에 별들이 더욱 밝아 보였으니까.

## 29 혼돈

나는 두꺼운 파일을 한쪽으로 치우고 딸의 얼굴을 살펴보았다. 이 아이는 어떤 꿈을 꾸고 있을까? 다섯 살짜리가 삶의 경험도 아주 적은데 무슨 꿈을 꿀 수 있을까? 아이의 그 비밀스런 세계 속에는 좋은 일들만 일어날 것이라고, 그래서 나는 그런 상태가 언제까지나 지속되기를 바랐다.

피로가 몰려오는 것을 느끼며 나는 잠시 쉬기 위해 눈을 감았다. 그러자 곧 나도 꿈속으로 빠져들었다. 그러나 내 꿈속에는 어두운 그림자들과 성난 목소리뿐이었다. 어둠 속에서 갑자기 날카로운 움직임이 일었다. 나는 그곳이 어딘지, 내가 어디로 가고 있는지 알 수 없었다. 그때 보이지 않는 손이 나를 꽉 붙잡아 어둠으로부터 환한 불빛 속으로 끌어 냈다.

"해리, 여기서 뭐하고 있는 거야?"

엘리노어가 내 상의 목깃을 잡아당기고 있었다.

"아, 엘리노어… 무슨 일이지?"

무슨 이유에선지 나는 그녀에게 미소를 지어 보이려고 했다. 하지만 아직도 잠에서 덜 깨어났는지 내가 웃으려는 이유를 알 수 없었다.

"여기서 뭐 하고 있느냐고? 바닥에 흩어진 것들을 좀 봐!"

그제서야 나는 그녀가 화를 내고 있다는 걸 깨달았다. 고개를 내밀고 침대 아래를 살펴보니 시인에 관한 파일이 바닥에 떨어져 범죄현장 사진들이 흩어져 있었다. 가장 잘 보이는 세 장은 배커스가 차 안에서 사살한 덴버 형사의 사진들이었다. 뒤통수가 날아가 버리고 피와 뇌수가 시트에 낭자했다. 시체들이 수로에 둥둥 떠 있는 사진들도 있었다. 산탄총에 머리가 아예 날아가 버린 다른 형사들의 모습이었다.

"맙소사!"

"어쩜 이럴 수가 있어!"

엘리노어가 고함을 질렀다.

"매디가 깨어나서 이걸 보면 어쩌려고 그래? 평생 동안 악몽에 시달릴 거야."

"목소리를 낮추지 않으면 정말 깨어날 거야, 엘리노어. 미안해, 정말. 나도 모르게 잠들었나 봐."

나는 침대에서 내려와 황급히 서류들을 끌어 모았다. 그러면서 손목시계를 얼핏 보니 새벽 5시가 가까웠다. 꽤 긴 시간 동안 잤다는 얘기였다. 정신이 오락가락하는 것도 무리가 아니었다.

새벽 5시라면 엘리노어도 늦게 귀가했다는 소리였다. 게임을 항상 이렇게 오랫동안 하진 않았다. 이건 그녀가 그날 밤 운이 없어 잃어버린 돈을 찾으려고 몸부림쳤다는 얘기도 되는데, 도박 작전치곤 최악이었다. 나는 재빨리 사진들과 서류들을 파일 속에 담은 뒤 일어서며 다시 사과했다.

"정말 미안해."

"그딴 빌어먹을 건 내 집에 절대 갖고 오지 마. 다시는 보고 싶지 않으니까."

나는 아무 말도 하지 않았다. 상황이 내게 불리하다는 걸 알았기 때문이다. 침대를 돌아보니 매디는 갈색 머리카락을 얼굴에 다시 드리운채 여전히 잠들어 있었다. 나는 내 딸이 부모가 서로를 향해 으르렁거리는 속에서도 계속 잠들어 있어주길 바랐다.

엘리노어가 휙 돌아서서 방을 나간 뒤 나는 잠시 머뭇거리다 따라 나갔다. 그녀는 부엌의 카운터에 등을 기댄 채 팔짱을 끼고 있었다.

"오늘 밤은 별로였어?"

"내가 게임 때문에 이런다고 생각하지 마."

나는 졌다는 듯이 두 손을 쳐들었다.

"그렇게 생각 안 해. 내 잘못이라고 했잖아. 아이 옆에 잠시 앉아 있고 싶었는데 그만 깜박 잠이 들었어."

"더 이상 그러지 말아야 할 거야."

"뭘, 밤에 딸을 만나러 오는 거?"

"몰라."

그녀는 냉장고로 걸어가더니 광천수 한 병을 꺼냈다. 그리곤 컵에 콸콸 따라 내게 내밀었다. 나는 마시고 싶지 않다고 말했다. 그녀가 파일을 가리키며 물었다.

"무슨 파일이지? 여기서 사건을 맡은 거야?"

"응, 살인사건이야. LA에서 시작됐는데 여기까지 왔어. 오늘 사막으로 들어가야 해."

"편리하게도 됐네. 가는 길목에 여기 들러 당신 딸한테 겁이나 주고."

"그만해, 엘리노어. 내가 어리석고 바보 같았어. 아무튼 매디가 보진 않았잖아."

"볼 수도 있었지. 봤을지도 모르고. 중간에 깨어나 저딴 걸 보고 다시 잠들었을 수도 있잖아. 어쩌면 악몽을 꾸고 있는지도 몰라."

"밤새 꼼짝도 하지 않았어. 내가 보증하지. 정신없이 자고 있었다고. 다시는 이런 실수 없을 거야. 그러니 이쯤 해두는 게 어때?"

"좋아. 그러지, 뭐."

"그런데 오늘 밤 얘긴 왜 안 하는 거야?"

"싫어. 그 얘긴 하고 싶지 않아. 그냥 자고 싶을 뿐이야."

"그러면 내가 얘기하지."

"뭘?"

복직 문제는 얘기하고 싶지 않았지만 이젠 눈덩이처럼 커져서 그녀에게 하지 않을 수 없다는 생각이 들었다.

"복직을 할까 고민 중이야."

"무슨 뜻이야. 사건?"

"아니, 경찰. LAPD에서 나처럼 나이든 사람들을 복직시킨대. 경험자들이 필요한가 봐. 지금 지원하면 아카데미에 가지 않아도 돼."

엘리노어는 물을 한 모금 길게 마시곤 아무 대꾸도 하지 않았다.

"당신은 어떻게 생각해, 엘리노어?"

그녀는 아무 상관없다는 듯 어깨를 으쓱했다.

"당신 마음대로 해, 해리. 하지만 그만큼 당신 딸을 못 보게 될 거야. 사건들을 맡게 되면 어떻게 돌아갈지 잘 알잖아."

나는 머리를 끄덕였다.

"그렇겠지."

"그건 중요하지 않아. 지금까지 저 아이 삶에 당신은 없었으니까."

"그게 누구 잘못인데?"

"그 징그러운 얘긴 다시 꺼내지 말자."

"저 아이가 있는 줄 알았으면 난 여기 있었을 거야. 난 몰랐어."

"알아, 알아. 내가 죽일 년이지. 다 내 잘못이야."

"그런 얘기가 아니잖아. 내 얘긴…."

"무슨 얘긴지 안다고. 더 이상 얘기할 필요도 없어."

우린 둘 다 조용히 분노가 가라앉길 기다렸다. 나는 방바닥으로 시선을 깔며 말했다.

"저 아이도 같이 갈 수 있겠지."

"무슨 얘길 하고 있는 거야?"

"전에도 얘기한 적 있잖아. 이곳 말이야. 아이를 키우긴 좋지 않아."

엘리노어는 단호하게 고개를 저었다.

"내 생각은 바뀌지 않았어. 당신 혼자 저 아일 키우겠다는 거야? 걸핏하면 오밤중에 불려나가고, 장기 수사에다, 총기와 범죄현장 사진들이 바닥에 굴러다니는 그런 집에서? 그런 곳이 아이에게 라스베이거스보다 낫다고 생각해?"

"아니. 난 당신도 함께 가는 방법을 생각하고 있었어."

"잊어줘, 해리. 이 얘긴 두 번 다시 하고 싶지 않아. 난 여기 있을 거고, 매디도 그래. 당신은 당신 하고 싶은 대로 해도 좋지만, 나와 매디는 좀 빼 달라고."

내가 뭐라고 대꾸하기 전에 마리솔이 부엌으로 들어왔다. 입고 있는 하얀 목욕가운 주머니에는 벨라지오라는 글씨가 필기체로 새겨져 있었다. 잠이 가득한 눈으로 그녀가 말했다.

"너무 시끄럽군요."

"미안해요, 마리솔."

엘리노어가 사과했다.

마리솔은 냉장고로 가더니 물병을 꺼내어 잔에 콸콸 따랐다. 그리곤 벌컥벌컥 마신 뒤 물병을 제자리에 넣고 두말없이 부엌에서 나갔다.

"당신도 이제 가."

엘리노어가 말했다.

"난 지금 너무 지쳐서 이런 얘기 할 정신도 없어."

"알았어. 매디 한 번 더 보고 갈게."

"괜히 깨우지 마."

"걱정 마."

나는 딸의 방으로 돌아갔다. 불이 그대로 켜진 채였다. 딸과 가까운 침대 가장자리에 바짝 앉아 잠자는 모습을 잠시 지켜보았다. 아이의 머리카락을 뒤로 넘겨준 뒤 볼에 입을 맞추었다. 머리카락에서 베이비샴푸 향기가 났다. 나는 다시 입을 맞추며 잘 자라고 속삭였다. 그리곤 불을 끄고 다시 아이를 지켜보며 잠시 더 기다렸다. 왜 그랬는지는 나도 모르겠다. 어쩌면 엘리노어도 들어와서 침대 곁에 앉아 함께 우리 딸을 바라보기를 기대했는지도 모른다.

잠시 후 나는 일어나서 모니터를 다시 켠 뒤 방을 나왔다. 현관 쪽으로 나오니 집 안이 고요했다. 엘리노어는 보이지 않았다. 나를 다시 볼 필요가 없다고 생각했는지 침실로 든 것이다. 나는 밖으로 나간 뒤 현관문을 닫고 제대로 잠기는지 확인했다. 쇠와 쇠가 맞물리는 '찰칵' 하는 소리가 내 몸을 꿰뚫고 들어오는 총알처럼 느껴졌다.

# 3o 시인의 은신처

아침 8시에 나는 파라다이스 로드에 있는 엠버시 스위츠 로비 출입구에 나의 메르세데스를 세웠다. 컵 홀더에 꽂힌 스타벅스 대형 커피 두 잔과 한 봉지의 도넛도 준비했다. 나는 깨끗하게 샤워와 면도를 한 뒤 어제 밤새 입고 있었던 옷도 갈아입었다. 그리고 주유소에 들러 가스를 잔뜩 채운 뒤 자동인출기에서 인출한도까지 돈을 뽑았다. 사막에서 보낼 하루에 대한 대비였다. 그런데 레이철 윌링이 열고 나와야 할 유리문이 아직 조용했다. 5분쯤 더 기다리다가 그녀에게 전화를 하려는 찰나 내 휴대전화가 울렸다. 레이철이었다.

"5분만 더 기다려줘요."

"지금 어디 있는 거요?"

"회의 때문에 현장사무실에 갔다가 돌아오는 중이에요."

"무슨 회의요?"

"가서 말할게요. 지금 파라다이스 거리예요."

"알았소."

나는 휴대전화를 닫고 기다렸다. 내 앞에서 기다리는 택시 꽁무니에 그려진 리비에라 플로어 쇼 광고만 멀거니 바라보고 있을 수밖에 없었다. 여남은 명의 벌거벗은 여자들이 나란히 서서 절묘하게 가린 아름다운 엉덩이를 보여주고 있었다. 그것을 보자 라스베이거스의 변화와 여섯 명의 실종자에 대해 언급했던 〈타임스〉의 기사가 떠올랐다. 나는 이곳으로 몰려와 가족 관람권을 구입한 모든 사람들이 저런 쇼와 다른 수많은 프로들을 보고 있는 것에 대해 생각했다.

크라운 빅 한 대가 반대쪽에서 굴러오더니 내 옆에서 멎었다. 레이철이 창문을 내리고 내게 물었다.

"내가 운전할까요?"

"내가 하겠소."

그러는 편이 내게 약간의 주도권을 줄 것이라는 생각이 들었다. 레이철은 우기지 않았다. 곧 크라운 빅을 주차장으로 몰고 가서 세워둔 뒤 내 메르세데스로 올라왔다. 나는 시동을 걸지 않았다.

"그 커피, 두 잔 다 드실 거예요?"

레이철이 물었다.

"아뇨. 하나는 당신 거요. 설탕은 봉투 속에 있지만 크림은 없더군."

"크림은 원래 안 타요."

그녀는 커피를 집어 한 모금 마셨다. 나는 앞 유리창을 통해 전방을 바라본 뒤 백미러를 살펴보며 기다렸다. 그녀가 말했다.

"자, 그러면 가실까요?"

"글쎄, 그보다 먼저 얘기가 필요한 것 같은데."

"무슨 얘기요?"

"무슨 일이 일어나고 있는지에 대해."

"무슨 뜻이에요?"

"그렇게 일찍 현장사무실에서 뭘 하고 있었소? 도대체 무슨 일이오, 월링 요원?"

레이철은 약간 성가신 표정을 지었다.

"해리, 뭔가를 잊고 있는 것 같네요. 이 수사는 연방수사국에겐 아주 중요해요. 국장이 직접 챙기는 게 당연하죠."

"그래서?"

"국장이 오전 10시 브리핑을 지시하면 콴티코와 현장에 있는 요원들은 9시에 모여 무슨 보고를 해야 할지 확인을 해야 아무도 역풍을 맞지 않는다는 뜻이에요."

나는 고개를 끄덕였다. 무슨 얘긴지 알았다.

"콴티코에서 오전 9시는 라스베이거스의 6시를 의미하지."

"그렇죠."

"그래서 10시에 사무실에선 무슨 일이 있었소? 국장에게 어떤 보고를 올렸습니까?"

"그건 FBI 비밀이에요."

내가 돌아보자 그녀는 미소 짓고 있었다.

"그렇지만 말해 줄게요. 당신도 모든 비밀을 나한테 말해 줄 테니까요. 국장은 이 사건을 공식화하기로 결심했어요. 그냥 가기엔 너무 위험해졌다는 판단에서죠. 나중에 걷잡을 수 없이 터지면 그동안 은폐하고 있었던 것처럼 보일 테니까요. 이게 다 위기관리의 일환이에요, 해리."

나는 시동을 걸고 차를 주차장 출구 쪽으로 몰았다. 코스는 이미 정해 놓은 상태였다. 플라밍고를 통해 I5로 나간 뒤 블루 다이아몬드 로드로 꺾어들 생각이었다. 거기서부터 북쪽 클리어까지는 직선도로이다.

"국장은 무슨 얘길 하려는 거요?"

"오늘 오후 늦게 기자회견을 할 거예요. 시인은 분명 살아 있고 우리가 추적 중이라고 발표하겠죠. 테리 매컬렙이 찍었다는 그 샌디라는 남자의 사진도 공개하고요."

"벌써 그런 것까지 다 조사했습니까?"

"네. 하지만 샌디의 흔적을 아직 찾지 못했어요. 샌디라는 이름은 테리에게 그냥 둘러댄 이름 같아요. 지금 테리가 찍은 사진들과 배커스의 사진을 비교 분석 중인데, 최초의 보고로는 두 가지가 일치하고 있대요. 샌디는 배커스였어요."

"그런데도 테리는 그를 알아보지 못했군."

"아니, 좀 이상하다는 생각은 했죠. 그러니까 사진들을 찍은 것 아니겠어요? 상대는 턱수염을 기르고 모자와 안경을 쓰고 있었어요. 사진 분석가의 말에 의하면 그는 코와 치아를 고치고 양쪽 뺨까지 수술을 받은 것 같대요. 그 외에도 많겠죠. 성대 수술로 목소리까지 바꿨을 수도 있고요. 배커스와 5년이나 함께 근무한 나도 그 사진들을 봤지만 확신할 수 없었어요. 테리보다 훨씬 더 오래 함께 지냈는데도 말예요. 테리는 행동과학실의 파견대가 있는 LA로 이동했죠."

"그런 수술들을 모두 어디서 받았는지 알아냈소?"

"웬만큼은요. 6년쯤 전에 프라하에서 외과의 부부가 불타버린 그들의 집에서 시체로 발견된 사건이 있었죠. 집 안에는 수술실이 마련되어 있었고, 의사는 인터폴 정보 파일에 오른 혐의자였어요. 아내는 그의 간호사였죠. 의사는 돈을 받고 안면변경 수술을 한다는 혐의를 받고 있었어요. 수술 받은 누군가가 흔적을 지우기 위해 의사 부부를 살해했을 거라는 이론이 가능하죠. 그런데 안면변경 수술을 한 기록들이 모두 소실되었어요. 방화로 판정이 났죠."

"배커스를 그 의사와 연결시킨 이유가 뭡니까?"

"확실한 건 없어요. 그렇지만 배커스가 다시 나타났으니 그가 FBI 요원일 때 손댄 사건들을 모두 검토했겠죠. 그는 해외에서도 사건 상담을 많이 했어요. FBI의 이미지 메이커 같은 존재였죠. 폴란드, 유고슬라비아, 이탈리아, 프랑스 등 어디든 달려갔어요."

"프라하에도 갔습니까?"

레이철은 고개를 끄덕였다.

"어떤 사건을 조언하기 위해 갔었죠. 젊은 매춘부들이 실종되었다가 강에서 발견되곤 했던 사건이었어요. 아까 안면변경 수술을 했다는 그 의사가 수사선상에 올랐는데, 피살자 중 세 명이 그에게 유방확대 수술을 받은 것으로 드러났기 때문이죠. 배커스는 거기서 그 의사를 심문하는 일을 도왔어요."

"그러면서 그의 수상쩍은 부업에 관해서도 들었겠지."

"그렇죠. 그걸 알고 안면변경 수술을 받으려고 프라하로 갔던 걸로 생각돼요."

"쉽진 않았을 거요. 그땐 모든 신문과 잡지 표지에 그의 얼굴이 실려 있었을 텐데."

"밥 배커스는 사이코패스 살인자지만 아주 영리해요. 책이나 영화에서 만들어낸 인간이 아닌 한 그보다 더 영악한 사이코패스는 없을걸요. 테드 번디도 못 당하죠. 그는 줄곧 도피 계획을 세워왔을 거예요. 첫날부터 말이죠. 8년 전 내가 그를 창밖으로 떨어뜨렸을 때도 이미 도피 계획을 가지고 있었다고 믿는 편이 좋아요. 돈과 신분증 등 그 자신을 완전히 재창조해서 도피하는 데 필요한 모든 걸 말이죠. 어쩌면 그런 걸 몸에 지니고 다녔을 수도 있어요. 우리는 그가 LA에서 동쪽으로 먼저 돌아갔다가 유럽으로 튄 것으로 짐작해요."

"그는 자기 콘도도 불태웠지."

내가 거들었다.

"맞아요. 칭찬할 만하죠. 그 때문에 LA에서 내가 쏜 총에 맞은 후 3주 동안이나 버지니아에 있었던 거예요. 약삭빠른 행동이었어요. 콘도에 불을 지른 후 유럽으로 도망가 당분간 납작 엎드려 있으면서 얼굴을 고치고 범행을 다시 시작한 거예요."

"암스테르담에서."

"그렇죠. 첫 번째 사건은 프라하에서 외과의가 불타 죽은 지 일곱 달 후에 발생했어요."

나는 머리를 끄덕였다. 모든 게 아귀가 맞았다. 그러자 다른 생각이 떠올랐다.

"4년 전 암스테르담에서 그런 사건이 있었는데 국장은 왜 이제 와서 갑자기 시인이 살아 있다는 발표를 하려는 거지?"

"그에 대한 변명은 얼마든지 있죠. 가장 중요한 첫 번째 이유는 그때의 FBI 국장은 다른 사람이었다는 거예요. 그러니까 뭐든 그에게 미룰 수가 있죠. 그게 FBI 전통이기도 하고요. 하지만 현실적으로도 그건 다른 나라에서 벌어진 사건이고 우리가 수사하는 것도 아니었어요. 그러니까 철저히 확인하지도 않았죠. 필적 감정을 하긴 했지만 그건 지문이나 DNA로 확인하는 것과는 차원이 다르잖아요. 그래서 국장은 암스테르담 사건과 배커스를 연관 지을 어떤 확증도 없었다고 간단히 말할 수 있는 거죠. 어느 쪽이든 그는 안전해요. 지금 여기서 벌어지고 있는 일들만 걱정하면 되니까요."

"위기관리의 일환이란 말이지."

"FBI의 금과옥조죠."

"그래서 요원들은 모두 그의 공개 원칙에 따르기로 했나요?"

"아니에요. 우린 일주일 유예기간을 달라고 했어요. 국장은 그날 하루만 주겠다고 했고요. 그래서 기자회견은 동부시각으로 오후 6시에 열리게 된 거죠."

"오늘 무슨 일이 일어날 것만 같군."

"네, 알아요. 우린 엿 먹은 거죠."

"그렇게 되면 시인은 잠수했다가 4년 후에 다시 얼굴을 고쳐서 나타날지도 모르는 일이지."

"그럴지도 모르죠. 그렇지만 국장이 그 일로 역풍 맞을 일은 없어요. 그는 안전할 거예요."

우린 그 일을 생각하느라고 잠시 침묵했다. 나는 그런 결정을 내린 FBI 국장의 심정을 이해할 순 있지만, 그건 그 자신을 위한 결정이지 수사를 위한 것은 아니란 생각이 들었다.

I5에서 블루 다이아몬드 로드로 빠지는 출구 쪽으로 핸들을 꺾으며 레이철에게 다시 물었다.

"국장 회의가 시작되기 전인 9시엔 무슨 얘기가 오갔소?"

"그냥 이런저런 얘기들이죠. 요원들끼리 새로운 정보를 교환하는."

"어떤 정보?"

"새로운 건 별로 없었어요. 주로 당신에 관한 얘기였죠. 난 당신에게 기대가 커요, 해리."

"어떤 기대?"

"새로운 실마리에 대한 기대요. 지금 어딜 가고 있죠?"

"나와 함께 가는 걸 다른 요원들도 알고 있소, 아니면 여전히 나를 감시하고 있는 걸로 알고 있나?"

"감시하고 있는 줄 알겠죠. 그러길 바라고요. 하지만 감시만 하려면 지겨울 거예요. 그리고 전에 말한 것처럼, 내가 당신과 함께 가는 걸 저들이 안들 또 어쩌겠어요? 다시 마이넛으로 귀양 보낼까요? 좋죠, 뭐.

난 그곳이 좋아졌으니까."

"마이닛 정도로 끝내지 않을지도 모르지. 거기보다 더한 곳으로 보낼지 몰라. 괌 같은 데는 FBI 지국이 없소?"

"있죠. 하지만 모든 건 상대적이에요. 테러가 만연한 최근 정세를 고려하면 괌도 그렇게 나쁘지 않다고 들었어요. 마이닛과 래피드 시티에서 8년쯤 썩고 나니 수사 내용과 상관없이 그런 곳에 근무하는 것도 괜찮을 것 같네요."

"나에 대한 어떤 얘기가 회의에서 나왔나요?"

"주로 내가 얘기했죠. 당신은 내 담당이니까요. LA 현장사무실을 통해 당신의 신원조사서를 입수했다고 했죠. 그걸 그들에게 건네주고 당신은 작년에 벽 뒤로 갔다고 말해줬어요."

"그게 무슨 뜻이오? 은퇴했다고?"

"아뇨. 국토안보부 일 말이에요. 그들과 다투고 감옥에 들어갔다 나왔잖아요. 그 얘길 듣고 셰리 데이가 감동해서 당신을 좀 더 두고 보기로 한 거죠."

"그 점에 대해선 나도 이상하다 생각했지."

사실 나는 데이 요원이 나에게 간단히 족쇄를 채우지 않은 것에 대해 의아해하고 있었다.

"테리 매컬렙의 메모들은 어떻게 됐소?"

나는 다시 물었다.

"어떻게 되다뇨?"

"나보다 머리 좋은 사람들이 들여다봤을 거 아니오. 그래, 어떤 결론을 얻었소? 삼각형 이론이 대체 뭐라고 합디까?"

"연쇄살인범들이 저지르는 기존 패턴으로 우린 그걸 '삼각 범죄'라고 불러요. 자주 볼 수 있는 패턴인데, 피살자를 삼각형의 세 꼭짓점에 따라 추적할 수 있다는 거죠. 우선 그들의 집이나 이 사건의 경우엔 공항인 원점 혹은 출발점이 있어요. 그다음엔 살인자와 희생자가 만나는 점, 우리가 포식점이라 부르는 장소가 있죠. 그리고 희생자를 버리는 지점이 있겠죠. 연쇄살인범들의 경우 이 세 지점이 절대 같지 않아요. 발각되지 않기 위한 최상의 방법이죠. 테리가 신문 기사에서 발견한 것이 바로 그 점이에요. 그가 동그라미를 친 이유는 라스베이거스 메트로 경찰이 틀린 방향으로 가고 있었기 때문이죠. 경찰은 삼각형을 생각하지 않고 원을 생각하고 있었거든요."

"그래서 연방수사국은 지금은 삼각형 이론에 따라 수사하고 있다는 거요?"

"물론이죠. 하지만 다른 일들 때문에 시간이 좀 걸려요. 당장은 범죄현장 분석에 더 집중하고 있거든요. 삼각형 이론에 대해서는 콴티코에서 연구하고 있어요. 아시다시피 FBI는 효율적이긴 하지만 가끔 느리잖아요."

"잘 알지."

"마치 토끼와 거북의 경기 같죠. 우린 거북이고 당신은 토끼예요."

"그건 또 무슨 소리요?"

"당신은 우리보다 동작이 빨라요, 해리. 이미 삼각형 이론에 대해 알고 있고 지금 포식점을 찾아가고 있다는 걸 나는 알 수 있어요."

나는 머리를 끄덕였다. 내가 이용을 당하고 있든 말든 그건 중요치 않았다. 내가 사냥을 계속하도록 연방수사국이 내버려두고 있다는 사실이 중요했다.

"당신들은 공항에서 시작해서 지직스에서 끝났지. 그러면 한 점이 남아. 포식자와 먹잇감이 만난 지점. 난 그 지점을 알아냈다고 생각하고 있거든. 지금 거기 가고 있는 거요."

"그러면 말해 줘요."

"먼저 매컬렙의 메모에 대해 한 가지만 더 말해 봐요."

"이미 다 말씀드린 것 같은데요. 아직 분석 중이라고요."

"윌리엄 빙이 누구요?"

레이철은 잠시 망설였지만 곧 대답했다.

"그쪽은 막다른 골목이었어요."

"어째서?"

"윌리엄 빙은 라스베이거스 메모리얼에서 검사와 시험을 받고 있던 심장이식 환자였어요. 테리는 그 사람을 알고 있었던 모양이었고, 여기로 오기 전에 병원으로 그를 찾아갔던 것 같아요."

"아직 빙과 통화하지 못했소?"

"아직은요. 행방을 찾고 있어요."

"거 이상하군."

"뭐가요? 테리가 그를 찾아간 것 말예요?"

"그게 아니라, 사건과 관련이 없다면 파일에 적어두지도 않았을 텐데 말이오."

"테리는 곧잘 메모를 했어요. 그의 수첩과 파일들을 보면 알 수 있죠. 이 일로 여기까지 올 생각이었다면 잊지 않고 방문하기 위해 빙의 이름과 병원 전화번호를 파일에다 적었을 거예요. 이유야 얼마든지 되죠."

나는 아무 대꾸도 하지 않았다. 아직도 이해가 잘 안 되었다.

"테리는 빙을 어떻게 알았을까?"

"모르겠어요. 그 영화 때문인지도 모르죠. 영화가 나온 뒤 테리는 심장이식 환자들로부터 수백 통의 편지를 받았어요. 그와 같은 배를 탄 사람들에겐 영웅과도 같은 존재였죠."

블루 다이아몬드 로드를 따라 북쪽으로 달리던 나는 트래블 아메리

칸 트럭 휴게소 표지판을 발견하고 매컬렙의 차 안에서 찾아냈던 영수증을 떠올렸다. 엘리노어의 집에서 나온 그날 아침 메르세데스에 가스를 가득 채웠지만 그래도 차를 휴게소로 몰아넣었다. 차를 세우고 휴게소 건물을 바라보자 레이철이 물었다.

"왜 그래요? 가스를 넣어야 해요?"

"아니, 가스는 충분해요. 매컬렙이 여기 들른 적이 있어서…."

"무슨 얘기죠? 그새 심령술까지 익히셨어요?"

"그게 아니라 그의 차 안에서 이곳 영수증을 발견했거든요. 그래서 그가 클리어로 간 게 아닐까 생각하고 있소."

"뭘 클리어해요?"

"클리어한 게 아니라 클리어 마을 말이오. 지금 거기 가는 중이라고."

"아하, 그렇다면 거기 도착해서 물어보기 전엔 알 수 없겠군요."

나는 고개를 끄덕인 뒤 차를 블루 다이아몬드 로드로 돌려 다시 북쪽으로 달리기 시작했다. 도중에 레이철에게 삼각형 이론에 대한 내 생각을 들려주었다. 매컬렙의 삼각형에 딱 들어맞는 클리어 마을을 찾아낸 과정을 설명하자 그녀는 금방 흥미로운 표정을 지어 보였다. 속으론 흥분하고 있을지도 몰랐다. 희생자들과 살인자가 그들을 선택한 이유와 방법에 대한 내 설명에 레이철은 동의했다. 또한 암스테르담 사건의 피해자학(피해자의 특징 및 환경을 분석하는 학문—옮긴이) 결과와 흡사해 보인다고도 말했다.

한 시간쯤 이런저런 의견을 주고받던 우리는 목적지가 가까워오자 조용해졌다. 황량하고 거친 풍경을 배경으로 인간들의 구조물들이 하나 둘 드러나더니 매음굴을 광고하는 광고 게시판들이 전방에 나타나기 시작했다.

"여기 와본 적 있어요?"

레이철이 물었다.

"아니."

나는 베트남에서 본 스팀 앤 크림 텐트촌을 떠올렸지만 입에 올리진 않았다.

"고객이 아니라 경찰로 말예요."

"마찬가지요. 그렇지만 몇 놈을 추적한 적은 있지. 신용 카드나 다른 수단 등을 통해서. 여기 사람들이 별로 협조적이지 않다는 건 곧 알게 될 거요. 적어도 전화상으론 그랬어. 지역 보안관을 불러봐야 웃음거리지. 주에서는 이런 매음굴에서 세금을 걷어요. 그 대부분이 홈 카운티로 돌아가지."

"알 만해요. 그럼 우린 어떻게 해야 하나요?"

그녀가 '우리'라는 말을 사용하는 바람에 나는 미소를 지을 뻔했다.

"어떻게 하면 좋겠소?"

"잘 모르겠어요. 그냥 현관으로 들어가는 수밖에 없을 것 같은데."

단도직입적으로 밀고 들어가서 물어보자는 얘기였다. 그다지 좋은 방법 같진 않지만 레이철에겐 FBI 신분증이 있고 내겐 없었다.

우리는 파럼프 마을을 지나 15킬로미터를 더 달려와서야 '클리어'라는 글씨와 왼쪽을 가리키는 화살표가 붙은 표지판이 서 있는 교차로에 도착했다. 화살표를 따라 돌자 아스팔트가 자갈을 간 도로로 변하면서 자동차 꽁무니로 뿌연 먼지가 피어올랐다. 2킬로미터쯤 떨어진 클리어 마을에서도 우리가 오는 것이 보일 것 같았다.

마을에서 우리를 눈여겨볼 경우에만 그렇다는 얘기였다. 하지만 네바다 주의 클리어 마을은 트레일러 캠프보다 약간 더 큰 정도에 그치는 것 같았다. 자갈 깔린 도로를 따라가자 화살표 그려진 표지판이 선 교차로가 또 나타났다. 거기서 다시 북쪽으로 올라가자 대갈못에서 녹물이 뚝뚝 떨어지는 낡은 트레일러 한 대가 공터에 서 있었다. 트레일러 상단에는 '클리어에 오신 걸 환영합니다. 스포츠 바 오픈. 룸 대여'라는 문구들이 적혀 있었다. 바 앞에 주차되어 있는 차는 없었다.

나는 그 환영 트레일러를 지나 새로운 길로 굽어 들어갔다. 햇볕에 달구어진 맥주 깡통 같은 트레일러 홈들이 모여 있었다. 환영 트레일러보다 상태가 나은 것은 별로 없었다. 마침내 공회당처럼 보이는 영구 구조물과 마을 이름을 따왔다는 샘이 있는 곳에 이르렀다. 거기서 계속 나아가자 화살표가 그려진 표지판이 또 하나 나왔는데, 거기엔 간단하게 '매춘 구역'이라고만 적혀 있었다.

네바다 주는 전 지역에 걸쳐 서른 군데에 매춘 허가를 내주었다. 그런 곳에서는 매춘이 합법화되고 통제와 감시가 이루어진다. 우리는 클리어 마을의 도로 끝에서 네바다 주가 허가한 매춘사업장 세 곳을 발견했다. 자갈 도로가 넓어지며 커다랗게 유턴하는 지점에 비슷하게 보이도록 디자인한 매음굴 세 곳이 손님을 기다리고 있었다. '쉴라의 정원', '토니의 하이파이브 목장', '데릴라 양의 성소'라고 불리는 곳이었다.

"멋지군요."

레이철이 그것들을 돌아보며 말했다.

"왜 이런 것들은 항상 여자들의 이름을 달고 있죠? 마치 여자들이 소유한 것처럼."

"글쎄. '데이브 군의 성소'라고 하면 남자들한텐 안 먹힐 것 같은데."

레이철은 미소를 지었다.

"옳은 말이네요. 영리한 짓 같군요. 퇴폐업소에다 여자 이름을 붙이고 여자들을 노예화하니 그다지 나쁘게 들리진 않죠? 일종의 포장 작업이군요."

"노예라니? 저 여자들은 자발적으로 나섰다고 들었소. 라스베이거스에서 올라온 가정주부들도 있다고 하던데."

"그 말을 믿었다면 순진한 거예요, 해리. 마음대로 오갈 수 있다고 해서 노예가 아닌 건 아니거든요."

나는 이 문제에 대해 더 이상 실랑이를 하고 싶지 않아 진지하게 머리를 끄덕여 주었다. 토론을 계속 하다간 나 자신의 과거에 대해 질문하고 검토하는 일이 벌어질 것임을 알고 있기 때문이다.

레이철도 그 정도로 끝내고 싶은 모양이었다.

"그러면 어느 쪽부터 시작하고 싶으세요?"

나는 차를 '토니의 하이파이브 목장' 앞에 세웠다. 서너 대의 트레일러를 통로로 연결한 집적물일 뿐 전혀 목장처럼 생기지 않았다. 디자인이나 구성이 비슷한 왼쪽의 '쉴라의 정원'을 돌아봤지만 거기에도 정원처럼 보이는 것은 없었다. 오른쪽에 있는 '데릴라 양의 성소'도 똑같아서, 별개처럼 보이는 세 개의 매음굴이 경쟁 상대라기보다는 한 나무에서 자라난 가지들처럼 느껴졌다.

"잘 모르겠는걸. 내겐 모두 그게 그것처럼 보이는데."

레이철이 차문을 열었다.

"잠깐만 기다려요. 내가 이걸 가져왔거든."

나는 전날 버디 로크리지에게 라스베이거스로 가져오게 했던 사진들을 레이철에게 건네주었다. 그녀는 샌디라고 알려져 있지만 로버트 배커스로 추정되는 사내의 전면 사진과 옆면 사진들을 살펴보며 말했다.

"이것들을 어디서 구했는지는 묻지 않겠어요."

"좋아요. 하지만 그걸 가져가면 당신이 좀 더 무게 있어 보일 거요. FBI 신분증도 가졌으니까."

"잠시 동안은 그렇겠죠."

"실종자들 사진은 가져왔소?"

"네, 가져왔어요.

"좋아요."

레이철은 파일을 들고 차에서 내렸다. 나도 내려서 그녀와 함께 자동차 앞쪽으로 돌아갔다. 우리는 세 곳의 매음굴을 다시 살펴보았다. 각각의 앞에는 차량들이 한두 대씩 서 있었다. '데릴라 양의 성소' 앞에는 플랫 헤드 엔진을 장착한 할리 오토바이 네 대도 나란히 서 있었다. 그 중한 대의 연료통에는 에어브러시로 그린 해골바가지가 연기로 고리를 그리며 마리화나를 피우고 있었다.

"데릴라 양의 성소는 마지막에 들립시다. 운 좋으면 저긴 안 들어가도 될지 모르니까."

내가 말했다.

"폭주족들 말이에요?"

"그렇지. 거리의 무법자들이오. 잠든 개들을 깨울 필요는 없지."

"동감이에요."

레이철이 앞장서서 쉴라의 정원 현관으로 걸어갔다. 내가 당연히 따라올 것이라고 생각했는지 망설이는 기색이 전혀 없었다.

# 31 토니의 하이파이브 목장

쉴라의 정원으로 들어서자 향료를 너무 많이 넣은 들척지근한 향수 냄새가 코를 찔렀다. 보라색 기모노 차림의 한 여자가 남녀 커플이 매음굴로 들어온 것을 보고도 전혀 놀랄 일이 아니라는 듯 미소를 지으며 우리를 맞았다. 하지만 레이철이 내민 FBI 신분증을 보자 그녀의 입술은 단두대의 칼날처럼 날카롭게 양쪽으로 쫙 늘어졌다.

"멋지군요."

여자는 유쾌한 척 가장한 목소리로 말했다.

"이제 영장을 보여주실까요?"

"오늘은 영장을 가져오지 않았어요."

레이철은 태연하게 대꾸했다.

"몇 가지 질문만 하고 돌아갈 생각이니까."

"법원 명령 없이는 당신들과 얘기할 의무 없어요. 난 당당히 허가 받고 합법적으로 영업하고 있으니까."

나는 가까운 소파에 앉아 있는 빅토리아시크릿 의상 차림의 두 여자를 보았다. 그들은 텔레비전 연속극을 보고 있었는데, 현관에서 벌어지고 있는 입씨름엔 아무 관심도 없는 것처럼 보였다. 보기에 따라선 매력적일 수도 있는 여자들이었지만 눈과 입술 주위에 잔주름이 잡혀 있었다. 그들을 보고 있자니 갑자기 내 어머니와 그 친구들이 생각났다. 어린 시절 어머니와 친구들이 밤일을 하러 나갈 준비를 하고 있는 모습을 지켜보는 기분이었다. 그러자 갑자기 이곳에 있는 것이 불편하게 느껴지며 빨리 나가고 싶다는 생각이 들었다. 심지어 기모노 차림의 여자가 우리를 몰아내는 데 성공하길 바라는 마음까지 생겼다.

"영업의 합법성을 의심할 사람은 아무도 없어요. 우린 단지 당신과 당신 직원들에게 몇 가지 간단한 질문만 하고 돌아갈 거예요."

레이철이 차분하게 타일렀다.

"영장을 가져오세요. 그러면 기꺼이 협조할 테니까."

"당신이 쉴라예요?"

"그렇게 불러도 돼요. 작별 인사만 해준다면 당신 멋대로 불러도 상관없어."

레이철은 예의 그 '지랄 떨지 마라'는 식의 말투로 긴장감을 높였다.

"영장을 가져오려면 내가 돌아올 때까지 보안관에게 연락해서 이 트레일러 앞에 보초를 세워야 해요, 쉴라. 당신이 합법적인 영업을 하더라도, 보안관 차량이 문밖에 서 있는데 어떤 남자가 들어오려고 하겠어요? 두 시간이나 걸려 라스베이거스로 가서 판사가 영장을 발부할 때까지 기다렸다가 다시 두 시간 걸려 여기로 와야 해요. 5시에 출발하면 내일에나 돌아올 수 있다고. 그래도 괜찮겠어요?"

쉴라도 재빨리 강하게 나왔다.

"보안관에게 전화하면 데니스나 토미를 내보내라고 하세요. 그들은 여길 훤히 알 뿐만 아니라 단골이기도 하니까."

여자는 레이철을 비웃으며 뻣뻣한 태도를 유지했다. 해볼 테면 해보라는 식이었지만 레이철에겐 뾰족한 방법이 없었다. 두 여자는 잠시 서로 노려보고만 있었다. 내가 끼어들어 한마디 하려는 순간 소파에 앉아 있던 두 여자 중 하나가 선수를 치고 나왔다.

"쉴라, 빨리 끝내고 말아요."

쉴라가 레이철에게서 눈을 떼고 소파에 앉은 여자를 돌아보았다. 한 걸음 물러선 듯했지만 분노가 채 가라앉지 않은 표정이었다. 쉴라가 그런 식으로 우리한테 대들면 달리 해결할 방법이 없지만, 무턱대고 공갈치고 겁을 주는 것은 아무 소득 없이 끝난다는 걸 나는 알고 있었다.

우리는 쉴라의 작은 사무실에 앉아 그녀와 다른 두 여자를 차례로 인터뷰했다. 레이철이 아무한테도 나를 소개하지 않았기 때문에, 내가 수사에 개입한 것은 전혀 드러나지 않았다. 여자들은 지직스에서 발굴된 실종자들이나 매컬렙의 보트에서 찍은 샌디의 사진을 아무도 알아보지 못했다.

30분쯤 지난 뒤 우리는 아무 소득 없이 그곳을 나왔다. 지독한 향수 냄새 때문에 골이 지끈거렸고, 레이철은 스트레스만 잔뜩 받은 표정이었다.

"역겨워요."

핑크빛 보도를 따라 자동차를 세워둔 곳으로 걸어가며 레이철이 말했다.

"뭐가?"

"저기 말예요. 저런 곳에서 어떻게 그걸 할 수 있는지 모르겠어."

"당신은 저들을 노예라고 했던 것 같은데."

"내가 하는 말에 토나 달려고 여기 온 건 아니잖아요."

"맞소."

"뭐가 그렇게 당황스러워요? 저 안에서 여자들한테 한마디도 안 했잖아요. 도무지 도움이 안 되시네."

"나는 그런 식으로 하지 않거든. 저 안에 들어간 지 2분도 안 되어 아무것도 얻을 게 없다는 걸 알았소."

"오, 얻을 수도 있죠."

"아니, 그런 얘기가 아니라니까. 이런 곳은 바위나 마찬가지요. 아주 단단해서 물을 먹지 않지. 보안관을 들먹인 건 분명 실수였소. 그의 봉급 절반이 이 지역의 매음굴에서 나온다고 내가 말하지 않았던가."

"그러니까 비판만 하고 해결책은 제공하지 않는군요."

"이봐요, 레이철. 당신이 겨눠야 할 사람은 내가 아니야. 왜 나한테 화를 내고 그러셔? 이번엔 뭔가 다른 결과를 원한다면 이 숙달된 조교가 시범을 보여드리지."

"제발 좀 그러시죠."

"좋아요. 그러면 사진들을 이리 주고 당신은 차 안에서 기다려요."

"무슨 말씀이세요? 나도 같이 들어갈 거예요."

"여긴 똥폼이나 분위기를 잡는 곳이 아니에요, 레이철. 당신을 데려올 때 그 점을 깨달았어야 했는데. 그렇지만 당신이 들어가자마자 FBI 신분증을 그들 눈앞에 들이댈 줄 알았나."

"그러면 당신이 들어가 묘기를 한번 부려보겠단 말씀이죠?"

"그걸 묘기라고 불러야 할진 모르겠지만. 아무튼 난 옛날 수법대로 할 거요."

"옷을 벗겠다는 뜻인가요?"

"아니, 내 지갑을 꺼내겠다는 뜻이지."

"FBI는 잠재적 목격자들한테는 정보를 사지 않아요."

"바로 그거요. 난 FBI가 아니니까. 내가 이런 방법으로 목격자를 찾더라도 FBI는 한 푼도 지불할 필요가 없소."

나는 레이철의 등을 메르세데스 쪽으로 살짝 밀었다. 그리고 차문을 열고 그녀를 밀어 넣은 다음 열쇠를 건네주었다.

"에어컨을 켜요. 오래 걸리진 않을 겁니다."

나는 파일을 사진들과 함께 둘둘 말아 뒷주머니에 꽂았다. '토니의 하이파이브' 현관으로 가는 보도에도 핑크빛 시멘트가 깔려 있었다. 나는 곧 이것이 얼마나 어울리는 것인지 깨닫기 시작했다. 우리가 쉴라의 정원에서 만났던 여자들은 핑크빛 안감을 댄 딱딱한 케이스들이었던 것이다. 레이철도 마찬가지였다. 나는 핑크빛 시멘트 반죽 속에 두 발을 담그고 있는 기분이었다.

부저를 누르자 한 여자가 문을 열어 주었다. 가랑이 밑동을 잘라버린 청바지에 홀터 탑 차림이었는데, 유방확대 수술을 한 것이 분명한 젖가슴이 곧 흘러넘칠 것만 같았다.

"어서 와요. 태미라고 해요."

"고마워."

트레일러 방 안으로 들어가니 양쪽 벽을 마주하고 소파 두 개가 놓여 있었다. 소파에 앉아 있던 세 여자가 훈련된 미소로 나를 맞았다. 태미라고 했던 여자가 그들을 소개했다.

"애들은 조젯과 글로리아와 메카예요. 전 태미고요. 손님께선 우리들 중 하나를 고르시든가 토니가 나올 때까지 기다리셔도 돼요. 걘 지금 손님을 받고 있어요."

나는 태미를 살펴보았다. 가장 열성적인 여자로 보였다. 몸집은 작지만 가슴은 엄청 컸고 갈색 머리카락을 짧게 치고 있었다. 어떤 남자들 눈에는 매력적으로 보이겠지만 난 아니었다. 내가 당신도 괜찮다고 하자 태미는 나를 데리고 복도를 지나 오른쪽에 있는 다른 트레일러로 들어갔다. 왼쪽으로 세 개의 방이 있었는데, 그녀는 그 중 하나를 열쇠로 열었다. 우리는 방 안으로 들어갔다. 여자는 문을 닫았지만 잠그지는 않았다. 킹사이즈 침대가 공간을 다 차지하고 있어서 서 있을 자리조차 없을 지경이었다.

태미가 침대에 탈싹 앉더니 자기 엉덩이 옆자리를 톡톡 쳤다. 내가 앉자 그녀는 손때 묻은 미스터리 소설들이 잔뜩 쌓인 선반 위에서 식당 메뉴 같은 것을 빼내어 내게 건넸다. 표지에 발가벗은 여자가 엉덩이를 쳐들고 바닥에 엎드린 채 뒤로부터 들어오고 있는 남자를 돌아보며 윙크를 하는 캐리커처가 그려진 폴더였다. 사내도 머리에 쓴 카우보이모자와 엉덩이에 찬 6연발 권총만 빼면 벌거숭이였다. 한 손에는 올가미를 쳐들었는데, 밧줄이 공중에서 '토니의 하이파이브(Tawny's High Five)'란 글자를 만들어내고 있었다.

"저 그림이 그려진 티셔츠도 구입할 수 있어요. 20달러만 내면."

태미가 알려주었다.

"멋지군.

나는 폴더를 넘기며 대꾸했다. 그것은 태미가 개인적으로 제공할 수 있는 일종의 메뉴였다. 안에는 두 줄로 서비스 품목을 기재한 시트가 한 장 끼워져 있었다. 한쪽엔 그녀가 제공할 성행위와 소요 시간이, 다른 쪽엔 고객이 지불할 가격이 기재되어 있었다. 두 가지 품목의 오른쪽에는 별표(*)가 되어 있었는데, 맨 아래에 있는 설명을 보니 별표는 개인적인 특별 서비스를 의미한다고 되어 있었다.

"그러니까 이것들에 대해 설명해줄 사람이 필요할 것 같군."

내가 메뉴판을 들여다보며 중얼거리자 여자가 냉큼 대답했다.

"어떤 거요? 제가 도와드리죠."

"그냥 얘기만 하는 데는 얼마야?"

"무슨 뜻이에요? 음란한 얘기만 해달라는 거예요? 아님 아저씨가 제게 음란한 얘길 해주시겠다는 건가요?"

"아니, 그냥 얘길 좀 나누고 싶어서 그래. 내가 찾고 있는 한 남자에 대해서. 그 친구가 여기서 놀았다고 하거든."

그러자 여자의 태도가 돌변했다. 상체를 발딱 일으켜 세우더니 엉덩이 간격을 한 뼘쯤 벌렸다. 안 그래도 여자의 지독한 향수 냄새로 콧속이 얼얼하던 차에 나는 속으로 잘됐다 싶었다.

"토니가 일 끝내고 나오면 그 애와 얘기하세요."

"난 당신과 얘기하고 싶은데, 태미. 5분에 100달러씩 지불하지. 그 남자에 대해 얘기해주면 금액을 두 배로 올리겠어."

여자는 잠시 망설이며 속으로 계산하는 듯했다. 메뉴판에 의하면 200달러는 한 시간 봉사료에도 못 미치는 금액이었다. 그렇지만 메뉴의 가격들은 흥정이 가능해 보였고, 지금은 이곳에 들어오려고 핑크빛 보도에 줄을 서 있는 남자들도 없었다.

"어쨌든 여기 있는 누군가는 내 돈을 받아 챙길 거야. 그게 당신일 수도 있지."

"좋아요. 하지만 빨리 끝내야 해요. 당신이 손님이 아닌 줄 알면 토니는 당장 문밖으로 쫓아낼 거예요. 난 맨 꽁무니로 밀려날 거구요."

나는 무슨 소린지 알았다. 부저를 눌렀을 때 태미가 문을 열어준 것은 이번이 그녀가 손님을 맞이할 차례였기 때문이었다. 나는 소파에 앉아 있던 여자들 중 하나를 선택할 수도 있지만, 일단 우선권은 태미에게 있었던 것이다.

나는 주머니에서 지갑을 꺼내어 100달러짜리 지폐를 여자에게 건네주었다. 나머지 돈을 손에 들고 파일을 펼쳤다. 레이철이 '쉴라의 정원'

여자들에게 사진 속의 남자들을 아느냐고 질문했던 것은 실수였다. 내가 가진 확신이 레이철에겐 없었기 때문이다. 나는 내 가설에 자신이 있기 때문에 그런 실수를 태미에게 반복하지 않았다.

그녀에게 맨 먼저 보여준 사진은 테리 매컬렙의 보트에 있는 샌디의 앞모습이었다.

"이 남자를 이 근처에서 마지막으로 본 게 언제지?"

태미는 사진을 한참 동안 들여다보았다. 내가 사진을 내밀어도 그녀는 받아들지 않고 눈으로만 보았다. 기다리는 시간이 길게 느껴졌다. 당장이라도 토니라는 여자가 문을 발칵 열고 들어와 나가라고 소리칠 것만 같았다. 마침내 태미가 입을 열었다.

"글쎄요, 한 달쯤 됐나? 조금 더 된 것 같기도 하고. 그는 여기서 놀지 않았어요."

나는 침대 위로 올라가서 펄쩍펄쩍 뛰고 싶었지만 억지로 참았다. 나는 태미가 말하는 걸 이미 다 알고 있는 것처럼 그녀가 믿도록 할 필요가 있었다. 그래야만 여자가 더 편안한 마음으로 솔직하게 얘기할 수 있을 것이다.

"그럼 어디서 봤지?"

"저기 현관 밖에서요. 내가 손님을 모시고 나갔더니 톰이 대기하고 있더군요."

"아아, 당신한테 뭐라고 하던가?"

"아무 말도 안 했어요. 날 알지도 못했는데요, 뭐."

"그래서 무슨 일이 있었지?"

"아무 일도 없었죠. 손님이 차에 타자 그들은 곧 떠났어요."

머릿속에 그림이 그려지기 시작했다. 톰은 차를 가지고 왔다. 그는 운전사였다.

"누가 그를 불렀지? 당신들이 부른 거야, 아니면 손님이 미리 예약한 거야?"

"아마 토니가 불렀을 거예요. 기억나진 않지만."

"통상 그렇게 하니까."

"그렇죠."

"그렇지만 그 후론 오지 않았다. 얼마, 한 달 동안?"

"네. 조금 더 되었을 수도 있고요. 그만하면 됐나요? 원하는 게 뭐냐고요?"

여자는 내 손에 들린 100달러짜리 지폐를 보고 있었다.

"두 가지야. 톰의 성이 뭔지 알아?"

"몰라요."

"좋아. 차가 필요해서 그를 부를 땐 어떻게 하지?"

"전화를 걸겠죠."

"그 번호를 말해줄 수 있어?"

"스포츠 바에 가면 있어요. 거기서 전화하니까. 번호를 외우진 못해요. 프런트 전화 바로 옆에 있어요."

"스포츠 바, 오케이."

나는 돈을 주지 않았다.

"마지막으로 한 가지만 더."

"계속 그 말만 하시네."

"이번엔 진짜 마지막이야."

나는 레이철이 가져온 여섯 명의 실종자 사진들을 보여주었다. 신문에서 오려낸 사진들보다 훨씬 더 깨끗한 사진들이었다. 라스베이거스 메트로 경찰은 실종자 가족들이 제출한 이 컬러 사진들을 FBI에 넘겨주는 친절을 베풀었다.

"이들 중에서 여기 손님으로 온 사람은 누구누구지?"

"아저씨, 손님들에 대해선 정말 아무 말도 못해요. 아주 조심해야 한다고요."

"이 사람들은 모두 죽었어, 태미. 문제될 것 없다고."

여자의 눈이 커지며 내 손에 들린 사진들을 내려다보았다. 그리곤 카드를 잡듯 사진들을 한 장씩 집어 들었다. 나는 그녀의 눈빛이 에이스 카드를 잡았을 때처럼 반짝이는 것을 보았다.

"왜 그래?"

"이 남자는 여기 왔던 것 같은데요. 메카와 놀았던 남자 같으니 그녀에게 물어보세요."

경적 소리가 두 차례 들려왔다. 내 자동차였다. 레이철은 조바심이 나는 모양이었다.

"가서 메카를 좀 데려와. 그러면 나머지 돈을 줄게. 메카에게도 돈을 줄 거라고 말해. 내가 뭘 원하는지는 말하지 말고. 그냥 내가 한꺼번에 두 여자를 원한다고만 해."

"좋아요. 그렇게만 하면 돈은 주실 거죠?"

"그럼."

태미가 나가자 나는 침대에 걸터앉은 채 주위를 돌아보며 기다렸다. 벽은 인조 벚나무로 마감했고, 하나뿐인 창문에는 야한 장식의 커튼이 내려져 있었다. 침대 너머로 손을 뻗어 커튼을 열었다. 황량한 사막 풍경만 보였다. 트레일러나 침내가 달나라에 달랑 놓여 있는 느낌이었다.

문이 열리는 소리에 나는 태미에게 줄 돈 외에 메카에게 지불할 돈을 꺼내려고 주머니에 손을 집어넣으며 돌아앉았다. 그렇지만 문간에는 두 여자 대신 두 남자가 서 있었다. 거한들이었는데 한 사내는 다른 사내보다 덩치가 더 컸다. 검정 티셔츠 아래로 보이는 팔뚝들은 속칭 깜

빵 문신이라고도 하는 교도소 잉크 문신으로 완전히 덮여 있었다. 덩치가 더 큰 사내의 불룩한 이두박근 위에 그려진 해골바가지를 보고나서야 나는 그들이 누군지 알아볼 수 있었다.

"무슨 일입니까, 선생?"

큰 덩치의 사내가 물었다.

"당신이 토니인 모양이군."

사내는 대꾸도 않고 두 손으로 나를 꽉 붙잡더니 침대에서 달랑 들어올려 문간에서 기다리는 자기 파트너 품 안에 던져버렸다. 그러자 이 사내는 내가 들어왔던 반대 방향의 복도로 나를 밀어냈다. 그제야 나는 레이철이 경적을 누른 것은 안달 때문이 아니라 경고 신호를 보낸 것임을 알았다.

나는 두 덩치한테 떠밀려서 트레일러 뒷문으로 나간 뒤 바위투성이 사막에 던져졌다. 내가 일어나려고 하자 한 놈이 구둣발로 내 엉덩이를 밟아 다시 납작 엎드리게 했다. 나는 다시 엉거주춤 일어났다. 이번엔 놈들도 가만히 내버려두었다.

"무슨 일이냐고 물었잖아, 선생? 여기 볼일이 있소?"

"난 단지 몇 가지 물어보고 팁을 지불했을 뿐이야. 그게 문제될 건 없잖소?"

"글쎄, 그게 문제라니까."

두 사내가 내 앞으로 다가왔다. 덩치 큰 사내가 먼저였다. 너무 커서 뒤에 따라오는 놈이 안 보일 지경이었다. 그들이 다가오는 만큼 나는 뒷걸음질을 쳤다. 나를 밀어붙이는 놈들의 표정이 불길하게 느껴졌다. 등 뒤에 모랫구멍이나 바위더미가 있을 것만 같았다.

"당신 누구야, 노땅?"

"난 LA에서 온 사립탐정이오. 실종된 사람을 찾고 있을 뿐이고."

"바로 그거라니까. 여기 온 사람들은 누가 찾으면 싫어해요."

"이젠 알았네. 군소리 없이 여기서 꺼질 테니 더 이상….'

"잠깐 실례할까요?"

우린 모두 동작을 멈추었다. 레이철의 목소리였다. 덩치가 더 큰 사내는 트레일러 쪽으로 휙 돌아서더니 어깨를 약간 낮추었다. 나는 레이철이 트레일러 뒷문으로 나오는 걸 볼 수 있었다. 두 손을 엉덩이께로 내린 채였다.

"이건 또 뭐야? 당신 어미도 데려왔어?"

덩치 큰 놈이 나한테 물었다.

"그럴 사정이 좀 있었네."

나는 두 주먹을 모아 쥐고 레이철을 보고 있는 놈의 목덜미를 힘껏 후려쳤다. 놈은 자기 파트너 쪽으로 나가떨어졌다. 그런데 뻗질 않았다. 어디 모기가 물었나 하는 표정이었다. 놈은 곧 커다란 해머 같은 두 주먹을 불끈 쥐고 나를 노려보며 다가왔다. 나는 레이철의 손이 권총을 뽑기 위해 블레이저를 휙 젖히는 것을 보았다. 그런데 손가락이 옷자락에 걸리는 바람에 총을 뽑는 시간이 약간 늦어졌다.

"꼼짝 마!"

그녀는 고함부터 질렀다.

그러나 두 덩치는 고함지른다고 해서 꼼짝 안 할 놈들이 아니었다. 나는 덩치가 더 큰 놈이 내지른 첫 펀치를 살짝 피하며 놈을 지나쳤지만, 바로 뒤에 놈의 파트너가 기다리고 있었다. 이 녀석이 두 팔로 나를 불끈 안더니 공중으로 번쩍 들어올렸다. 이 절체절명의 순간에 나는 어찌된 셈인지 뒤쪽 트레일러 세 번째 창문으로 내다보고 있는 여자들을 발견했다. 내가 박살나려는 순간 나는 관객들의 눈을 사로잡고 있었던 것이다.

나의 두 팔은 공격자의 두 팔에 잡혀 빼도 박도 못할 지경이었고, 허파에서 바람이 다 빠져나가 숨이 콱 막히는 가운데 등뼈로는 엄청난 압력이 느껴졌다. 바로 그때 레이철이 마침내 권총을 뽑아 공포를 두 방 쏘았다.

나는 곧 땅으로 떨어졌다. 레이철이 게걸음으로 트레일러 옆으로 돌아가는 것이 보였다. 뒷문에서 덮쳐 올 놈을 피하기 위해서였다. 그녀가 소리쳤다.

"FBI 요원이다! 바닥에 엎드려! 둘 다 빨리 엎드려!"

덩치 큰 놈이 먼저 복종했다. 허파 속으로 바람이 다시 들어오자 내 허리가 간신히 펴졌다. 옷에 묻은 먼지를 털어냈지만 오히려 더 넓게 퍼지기만 했다. 나는 레이철을 돌아보며 고개를 끄덕였다. 그녀는 바닥에 엎드리고 있는 두 사내로부터 멀찌감치 떨어져서 손으로 신호를 보냈다.

"도대체 무슨 일이에요?"

"한 여자와 면담을 끝내고 다른 여자를 불렀는데 이 친구들이 갑자기 나타나 날 여기로 끌어내더군. 구해 줘서 고맙소."

"경적을 울려 경고했잖아요."

"알아, 레이철. 진정하라고. 그땐 못 알아들었어. 구해 줘서 고맙다고 했잖아."

"이젠 어떻게 하실 거예요?"

"이 친구들한테는 관심 없어. 풀어주라고. 우리가 만나야 할 사람은 저 안에 있소. 태미와 메카라는 두 여잔데 하나는 샌디를 알고 있고, 다른 여자는 실종자들 중 한 명을 손님으로 맞이한 적이 있는 것 같아."

레이철은 내 말을 잠시 생각해 본 뒤 고개를 끄덕였다.

"좋아요. 샌디도 손님인가요?"

"아니, 그는 운전사 노릇을 하고 있었소. 스포츠 바에 가서 그의 연락처를 알아봐야 해."

"그렇다면 이 둘을 풀어줘선 안 될 것 같은데요. 그곳으로 우릴 만나러 다시 올지도 몰라요. 게다가 현관 바깥엔 오토바이가 모두 넉 대던데, 다른 두 녀석은 어디 있죠?"

"모르겠소."

"씨팔, 뭐하는 거야! 우린 지금 모래를 삼키고 있는데!"

덩치 큰 놈이 소리쳤다.

레이철은 모래 위에 엎드려 있는 두 놈 앞으로 다가갔다.

"좋아, 일어나."

두 사내는 일어나서 적의어린 눈빛으로 레이철을 노려보았다. 그녀는 권총을 아래로 내리고 '나는 보통 이런 식으로 사람을 만나' 하는 표정으로 그들을 바라보며 조용하게 말했다.

"당신들 어디서 왔지?"

"그건 왜?"

큰 놈이 불퉁하게 되물었다.

"왜냐고? 알 필요가 있기 때문이지. 체포해야 할지 말아야 할지 결정해야 하거든."

"무슨 죄로? 저치가 먼저 시작했어."

"못 봤어. 난 두 덩치가 저 사람을 폭행하는 것만 봤다고."

"우리 영역을 침범했어."

"내가 아는 바로는 침범했다고 폭력이 정당화되진 않아. 내 말이 틀렸는지 확인하고 싶다면…."

"파럼프에서 왔어."

"뭐라고?"

"파럼프 마을에서 왔다고."

"당신들이 이 세 업소를 소유하고 있나?"

"아니, 우린 경비원들일 뿐이야."

"아, 그렇군. 그럼 이렇게 하기로 하지. 당신들이 현관 앞에 오토바이를 세워둔 다른 두 명을 찾아내서 얌전히 파럼프로 돌아간다면 이 폭력 사태는 눈감아주겠어."

"그건 공평하지 못해. 저 양반이 먼저 트레일러 안으로 들어와서…"

"난 FBI 요원이야. 공평 따위는 관심 없어. 빨리 결정해."

잠시 후 덩치 큰 놈부터 천천히 돌아서서 트레일러 쪽으로 걸어갔다. 그보다 약간 작은 덩치도 군소리 없이 뒤를 따랐다.

"어디 가는 거야?"

레이철이 고함을 질렀다.

"떠나는 거야. 당신이 말한 대로."

"좋았어. 헬멧은 꼭 쓰고 다니셔, 신사분들."

덩치 큰 놈은 돌아보지도 않고 우리를 향해 커다란 주먹을 내질렀다. 작은 덩치의 놈도 그것을 보고 그대로 따라했다.

레이철이 나를 돌아보며 말했다.

"내 말이 먹혀들어야 할 텐데요."

## 32 추적

뒷좌석에 앉은 여자들은 화를 냈지만 레이철은 아랑곳하지 않았다. 그날 밤 로스앤젤레스에서 배커스를 계곡 아래로 날려 보낸 이래 이보다 더 바짝 그에게 다가선 적이 없었다. 그날 밤 레이철은 배커스가 뒤로 나가떨어지며 유리창을 깨고 캄캄한 허공 속으로 추락하는 것을 보았다. 계곡은 그를 흔적도 없이 삼켜버린 것 같았다.

그랬던 시인이 되살아나 돌아왔다는 것이다. 그런 판국에 보슈의 자동차 뒷좌석에 앉아 투덜거리는 두 매춘부 따위에 신경이 쓰일 리가 만무했다. 레이철이 지금 신경 쓰는 유일한 것은 해리 보슈에게 운전을 맡기고 있다는 사실이었다. 그들은 증인 두 명을 구금하여 개인 승용차로 이송 중이었다. 레이철은 막상 스포츠 바에 도착하면 안전 문제를 어떻게 감당해야 할지 자신이 없었다.

"내게 방법이 있소."

매음굴을 떠나는 도로 끝에 이르자 보슈가 말했다.

"알아요."

레이철이 냉큼 받았다.

"내가 안에 들어가는 동안 당신은 이 여자들과 함께 있어요."

"그건 안 돼. 당신은 지원이 필요해요. 따로 놀면 안 된다는 걸 방금 경험했잖소."

"그럼 어떡해요?"

"내 자동차 뒷문은 안전잠금장치 때문에 열리지 않아."

"앞쪽으로 넘어와서 문을 열고 나가는 건 어떻게 막죠?"

"이 여자들이 가면 어딜 가겠소? 선택의 여지가 없어, 안 그래요, 숙녀님들?"

보슈가 백미러를 들여다보며 말했다.

"엿이나 먹어라!"

메카라는 이름의 매춘부가 발끈하며 말했다.

"당신들은 이럴 권리가 없어. 우린 아무 죄도 없단 말이야!"

"내가 미리 설명했지만 우린 이럴 권리가 있어."

레이철이 지겹다는 투로 대꾸했다.

"당신들은 범죄수사 과정에서 주요 목격자로 연방수사국에 의해 소환된 거야. 정식 면담이 끝나면 돌려보내줄 테니 얌전히 있어."

"면담인지 지랄인지 지금 당장 하고 끝내던지!"

여자의 운전면허증을 살펴본 레이철은 그녀의 본명이 메카인 것을 알고 깜짝 놀랐다. 메카 매킨타이어. 세상에, 이런 거룩한 이름이!

"메카, 그럴 수가 없어. 그것도 이미 설명했는데."

보슈는 스포츠 바 앞의 자갈 깔린 주차장에 차를 세웠다. 다른 차들은 보이지 않았다. 그는 창문들을 모두 4~5센티미터 내린 다음 시동을 껐다.

"경보장치를 켜두고 가겠어."

그가 매춘부들한테 말했다.

"당신들이 이 앞으로 넘어와 문을 열면 요란한 소리가 날 거야. 그러면 우리가 달려 나와 추격하겠지? 제발 귀찮은 일 벌이지 마. 오래 걸리지 않을 테니까."

레이철이 차에서 내린 다음 문을 닫았다. 그녀는 자기 휴대전화를 열어보곤 여전히 불통임을 확인했다. 보슈도 자기 휴대전화를 체크한 뒤 그녀에게 고개를 저어 보였다. 레이철은 스포츠 바에 전화가 있으면 징발하기로 했다. 자신이 입수한 정보들을 라스베이거스 현장사무실에 보고할 필요가 있었다. 셰리 데이가 발끈할 생각을 하면 도무지 즐겁지 않을 수가 없었다.

"그런데, 시그 탄창 한 개를 여분으로 가지고 다녀요?"

트레일러 문으로 이어진 램프에 이르자 보슈가 레이철에게 물었다.

"물론이죠."

"어디에? 벨트에?"

"네, 왜요?

"별거 아니고, 저쪽에서 총을 뽑을 때 당신 손이 상의에 걸리는 것 같았거든."

"걸린 게 아니었어요. 단지… 무슨 얘길 하고 싶은 거예요?"

"별거 아니라니까. 난 항상 여분의 탄창을 상의 주머니에 넣고 다녔거든. 약간 묵직하잖아. 그래서 상의를 젖히면 그 무게로 확 밀려나게 되지."

"알려줘서 고마워요."

레이철은 담담하게 받았다.

"이제 이 일에 정신을 집중할까요?"

"좋아요, 레이철. 여기서도 당신이 앞장서겠소?"

"이의 없다면요."

"있을 턱이 있나."

레이철은 앞장서서 램프를 올라갔다. 트레일러의 창문에 비친 그림자를 통해 그녀는 보슈의 얼굴에 잠시 미소가 스치는 것을 본 듯했다. 그녀가 문을 열자 머리 위에 매달린 종이 땡그랑거리며 손님이 온 것을 알렸다.

안으로 들어가 보니 텅 빈 작은 술집이었다. 오른쪽에 당구대가 하나 놓여 있었는데, 초록색 펠트 천이 세월에 색이 바래고 흘린 음료수로 얼룩져 있었다. 작은 당구대인데도 장소가 워낙 비좁아 공간 확보가 어려웠다. 게임의 첫 번째 샷인 오픈 브레이크를 할 때도 큐를 40도 각도로 세워야만 가능했다.

문 왼쪽에 의자 여섯 개를 놓은 바가 있었는데, 술잔들을 놓은 세 칸짜리 선반 뒤에는 골라잡아 마실 수 있도록 술들이 진열되어 있었다. 손님은 아무도 없었다. 그러나 레이철과 보슈가 "여보세요" 하고 소리치기도 전에 바 왼쪽의 까만 커튼이 양쪽으로 열리며 한 사내가 걸어나왔다. 정오가 가까운 시각인데도 잠이 덜 깬 눈을 하고 있었다.

"어서 오세요. 그런데 좀 이르지 않나요?"

레이철이 신분증을 내밀자 사내는 잠이 후딱 달아난 듯 눈을 동그랗게 떴다. 60대 초반쯤 되겠다고 그녀는 추측했다. 그렇지만 자다 나온 헝클어진 머리와 뺨에 돋아난 하얀 수염 그루터기가 좀 헷갈리게 만들었다.

사내는 속에 품고 있던 미스터리를 방금 풀어내기라도 한 듯 머리를 끄덕이더니 레이철에게 물었다.

"그러니까 당신이 그 여동생이군, 그렇죠?"

"무슨 말씀이신지?"

"당신이 바로 톰의 여동생이라고. 당신이 여기 올지 모른다고 그 친구가 말했거든."

"그의 이름이 톰 뭐예요?"

"톰 월링. 아님 뭐겠소?"

"우린 매음굴에서 손님들을 차에 태운 톰이란 남자를 찾고 있어요. 톰 월링이 바로 그 남잔가요?"

"내 말이 바로 그 말이야. 톰 월링은 내 운전사였소. 그 친구가 언젠가는 여동생이 자길 찾아올지 모른다고 했어. FBI라는 말은 안 했지만."

레이첼은 충격을 감추려 애쓰며 고개를 끄덕였다. 새삼 놀랄 일도 아니었다. 배커스의 계획이 생각보다 더 대담하고 방대하다는 얘기였다.

"성함이 어떻게 되시죠?"

"빌링스 레트. 이 술집 주인이자 이 마을 촌장이지."

"클리어 마을 촌장님이시군요."

"그렇소."

레이첼은 무언가 자기 팔을 치는 것을 느꼈다. 사진들이 들어 있는 파일이었다. 보슈가 그걸 건네주곤 뒤로 물러섰다. 상황이 급변하고 있음을 감지한 듯했다. 이것은 이제 테리 매컬렙이나 보슈보다도 레이첼 자신의 문제가 되고 말았다. 그녀는 매컬렙이 조던 샌디로 알고 찍은 낚시 손님의 사진을 파일에서 꺼내어 빌링스 레트에게 보여주었다.

"말씀하신 톰 월링이 이 남자예요?"

레트는 오래 들여다보지도 않았다.

"맞네, 뭐. 다저스 모자까지 틀림없소. 우린 여기서 야구 게임들을 모조리 시청했는데, 톰은 철두철미하게 다저스 팬이었지."

"그가 촌장님 차를 몰았다고요?"

"유일한 차였죠. 난 대단한 사업가가 아니거든."

"그런데 자기 여동생이 여기 올 거라고 했단 말이죠?"

"올지도 모른다고 했다니까. 그리고 맡겨둔 것이 있어요."

술집 주인은 돌아서서 뒤쪽 유리 선반을 눈으로 훑었다. 그러더니 선반 꼭대기로 손을 뻗어 봉투 하나를 내려 레이철에게 건네주었다. 봉투가 놓여 있던 자리에 사각형의 먼지 자국이 남았다. 꽤 오랫동안 놓여 있었다는 얘기였다.

겉봉에는 레이철 월링이라고 큼지막하게 적혀 있었다. 그녀는 보슈가 보지 못하게 몸을 약간 돌리고 봉투를 열어 보았다.

"레이철, 처리 과정을 먼저 거쳐야 하지 않을까?"

보슈가 조언했다.

"괜찮아요. 그가 보낸 건줄 아니까요."

그녀는 봉투를 찢어 손바닥만 한 카드를 한 장 꺼내들었다. 그리곤 거기에 적힌 글씨를 읽기 시작했다.

친애하는 레이철

내가 바라는 대로 당신이 맨 먼저 이 편지를 읽는다면 내가 당신을 제대로 가르쳤다는 얘기가 되겠지. 아무쪼록 몸도 마음도 건강한 상태로 이 편지를 읽기 바라네. 무엇보다도 당신이 연방수사국 내에서 매장되었다가 다시 살아났다는 뜻이기를 바라는 마음 간절해. 빼앗아 간 자가 다시 돌려줄 수 있으면 좋겠어. 당신을 절망에 빠뜨린 건 내 의사가 아니었어, 레이철. 이 마지막 행동으로 당신을 구하려는 것이 나의 진심이야. 굿바이, 레이철.

R

그녀는 재빨리 한 번 더 읽어본 뒤 어깨너머로 보슈에게 건넸다. 그리곤 빌링스 레트와의 대화를 계속했다.

"그가 저걸 맡긴 게 언제죠? 대체 뭐라고 하면서 맡겼나요?"

"대강 한 달쯤 된 것 같네. 여길 떠난다고 하면서 그걸 맡기더군. 내게 방세를 선물로 지불하면서 계속 비워두라고 했소. 여동생이 자기를 찾아올지 모른다고 하더니 정말 이렇게 왔구먼."

"난 그의 여동생이 아니에요!"

레이철은 술집 주인에게 소리쳤다.

"그가 클리어에 처음 나타난 건 언제였죠?"

"기억이 안 나는데, 아마 3~4년쯤 되지 않았을까."

"무슨 일로 여기 왔죠?"

레트는 머리를 살래살래 흔들었다.

"난들 아나. 사람들은 무슨 일로 뉴욕에 가지? 각자 이유가 다르겠죠. 톰은 나한테 특별한 이유를 대지 않았소."

"어쩌다 촌장님의 운전사가 된 거죠?"

"어느 날 여기서 당구만 치고 있기에 일자리가 필요하냐고 물어봤지. 괜찮겠다고 해서 그날부터 맡겼소. 하루 종일 하는 일도 아니고, 차를 태워 달라는 손님이 있을 때만 달려가면 되니까. 여기 오는 사람들은 대부분 차를 가져오거든."

"3~4년 전 여기 왔을 때 자기 이름을 톰 윌링이라고 하던가요?"

"아니오. 나더러 트레일러를 빌릴 수 있느냐고 묻더군. 그게 첫 마디였소."

"한 달 전에는 어땠어요? 방세를 내고 떠났다고 하셨죠?"

"그랬지. 다시 돌아올 거라면서 방을 비워두라고 했소. 8월분까지 지불했는데 떠난 뒤로는 영 소식이 없구먼."

트레일러 바깥에서 요란한 경보음 소리가 들려왔다. 메르세데스의

경보장치였다. 레이철이 보슈를 돌아보았다. 그는 벌써 문 쪽으로 달려
가고 있었다.

"이럴 줄 알았어."

그는 레이철을 혼자 레트에게 남겨두고 문밖으로 달려 나갔다. 그녀
는 술집 주인에게 다시 물었다.

"톰 월링이 자기가 어디서 왔다고 얘기한 적 있나요?"

"그런 얘긴 한 번도 비친 적 없소. 그 친구 말이 별로 없었어."

"물어보신 적도 없고요?"

"아가씨, 이런 곳에선 함부로 물어보면 안 돼요. 여기 오는 사람들은
대답하길 싫어하거든. 톰은 운전해주고 몇 푼씩 버는 걸 좋아했고, 가끔
이곳에 들어와 혼자서 당구를 치곤 했지. 술은 입에 대지 않았고 껌만
줄곧 씹어대더군. 매춘부들과는 절대 어울리지 않았소. 또 차를 부르면
늦는 법이 없었지. 나한텐 더할 나위 없이 편리한 친구였어. 지금 내 차
를 몰고 있는 운전사는 걸핏하면…."

"그 사람에 대해서는 관심 없어요."

등 뒤에서 종소리가 딸랑딸랑 나서 그녀는 돌아보았다. 보슈가 문을
열고 들어오며 다 해결되었다는 듯이 말했다.

"여자들이 차문을 열려고 했지만 안전잠금장치가 말을 듣지 않았던
모양이야."

레이철은 머리를 끄덕인 뒤 매춘 마을의 자랑스러운 촌장 레트에게
다시 물었다.

"레트 씨, 톰 월링의 방은 어디 있죠?"

"그 친구는 마을 서쪽 변두리에 있는 이동주택에서 살았어요."

레트는 시커멓게 썩은 아랫니들을 드러내며 웃었다.

"마을 바깥에 머물길 좋아했지. 여기서 벌어지는 낯 뜨거운 일들과는

멀리하고 싶다고 했소. 그래서 내가 타이태닉 바위 뒤쪽에다 처박아 주었지."

"타이태닉 바위라고요?"

"가보면 알아. 그 영화를 봤다면 말이지. 여기 왔던 한 암반등반가도 거기 올라갔다더군. 이 마을 뒤로 난 도로를 따라 서쪽으로 쭉 가면 발견할 수 있을 거요. 침몰하는 배 모양의 바위만 찾으면 돼."

## 33 세상의 끝

나는 바깥에 세워둔 메르세데스로 돌아와서 에어컨을 틀어 두 여자의 흥분을 식혀 주었다. 레이철은 여전히 술집 안에 있는 전화를 이용하여 셰리 데이와 지원팀 도착에 대해 상의하고 있었다. 이제 곧 헬리콥터로 날아온 FBI 요원들이 네바다 주 클리어 마을에 무더기로 쏟아질 것 같았다. 범인은 뚜렷한 흔적을 남기며 그들에게 가까이 다가와 있었다.

나는 두 여자와 대화를 나누려고 애썼다. 그들의 생계수단이나 먹을 만큼 먹은 나이에도 불구하고 도무지 성숙한 여자로는 보이지 않았다. 남자에 대해서는 훤히 알고 있을지 몰라도 세상에 대해서는 아무것도 모르는 것 같았다. 어쩌다 길을 잘못 들었거나 납치되어 여성스러움을 탈취당한 여자들처럼 보였다. 레이철이 이전에 했던 말이 나도 차츰 이해가 가기 시작했다.

"톰 윌링이 트레일러로 들어와서 여자를 산 적이 있나?"

태미라는 매춘부에게 물었다.

"난 본 적 없어요."

그러자 메카라는 거룩한 이름을 가진 매춘부가 거들었다.

"호모일 거라고 말한 사람도 있었어요."

"왜 그런 소릴?"

"은둔자처럼 생활했으니까요. 토니가 다른 운전사들한테 하듯 그의 집에도 여자를 들여보내려고 해봤지만, 그는 한 번도 받아들인 적이 없었어요."

"운전사들이 여러 명이었어?"

"이 근처 사는 사람은 톰뿐이었어요."

태미가 재빨리 대답했다. 메카한테 주도권을 빼앗긴 것이 싫은 모양이었다.

"다른 운전사들은 라스베이거스에서 온 사람들이었죠. 그들 중에는 카지노에서 일하는 사람들도 있었고요."

"운전사들이 있다면 왜 톰을 거기까지 불러서 차를 타고 가지?"

"그러지 않았어요."

메카가 다시 끼어들자 태미가 곧 수정하고 나왔다.

"가끔은 그랬다니까."

"그래, 가끔 그러는 멍청이들이 있었지. 뒤에 처져 잠시 머물거나 빌링스 노인의 트레일러를 빌리는 손님이 있을 경우엔 대개 톰을 불렀죠. 그들이 타고 온 차는 가버린 지 오래라 돌아갈 차가 필요하거든요. 특별히 손이 큰 손님이 아닌 한 카지노에서 제공한 차들은 오래 기다려주지 않아요. 게다가…."

"게다가 뭐지?"

"손님들이 처음부터 클리어로 오진 않아요."

"예쁜 아가씨들은 파럼프에 더 많거든요."

태미가 솔직하게 말했다. 마치 그것은 영업상 결정적인 약점이지만 그녀 자신에겐 해당되지 않는다는 식의 말투였다. 그러자 메카가 다시 받았다.

"거긴 더 가깝고 아가씨들도 더 비싸요. 그래서 이곳 클리어에서는 가격에 민감한 손님들을 주요 타깃으로 삼고 있죠."

자기가 무슨 마케팅 전문가라도 되는 듯한 말투였다. 나는 화제를 원래 방향으로 돌리려고 애썼다.

"그래서 대개의 경우 톰 월링이 차를 몰고 달려와서 손님들을 싣고 라스베이거스나 그들이 온 다른 어떤 곳으로 데려다줬단 얘기로군."

"그렇죠."

"맞아요."

"게다가 그 손님들은 완전히 익명이잖아. 당신들이 신분증을 요구할 리 없지, 안 그래? 그러니 손님들은 여기 들어올 때 아무 가명이나 사용할 수 있겠지."

"그런 셈이에요. 그들이 스물한 살도 안 된 것처럼 보이지 않는 한 말이죠."

"맞아요. 우린 미성년자들에게만 신분증을 요구해요."

시인이 어떻게 매음굴 손님들을 손아귀에 넣어 자신의 제물로 삼았는지 이젠 알 수 있었다. 만약 그들이 신분을 감추고 클리어까지 아무도 모르게 올 수 있었다면, 그것은 거꾸로 자신들을 완벽한 희생자로 만들 수도 있다는 얘기였다. 악마들의 살인 유희 속으로 자신들을 몰아넣은 셈이었다. 시인의 파일 속에 있는 프로파일 작업은 배커스의 병리현상이 자기 아버지와의 관계에서 비롯된 것임을 보여주고 있었다. 그의 아버지는 겉으로는 자랑스러운 FBI 요원으로 영웅적이고 선량한 이미지를 지니고 있었지만, 속으로는 자기 아내를 학대하여 가출하게 만들고 어려서 도망칠 수도 없는 자기 아들은 환각의 세계로 밀어 넣어 학대자를 살해한 살인범으로 만들었다.

나는 놓친 것이 있다는 걸 깨달았다. 자동차를 렌트했던 피살자 로이드 락랜드. 그는 운전사가 필요 없었을 텐데 왜 살해되었을까? 나는 레이철이 차에 남겨둔 파일에서 락랜드의 사진을 뽑아내어 여자들에게 보여주었다.

"혹시 이 남자를 알아보겠어? 이름은 로이드였는데."

"로이드였다고요?"

메카가 물었다.

"그렇지. 죽었어. 로이드 락랜드라고 불렸지. 이 남자를 알아?"

둘 다 모른다고 대답했다. 하긴 가능성이 별로 없는 얘기였다. 락랜드는 2002년에 실종되었다. 나는 락랜드를 내 논리에 끼워 맞추려고 이리저리 생각을 굴려 보았다.

"트레일러에서 술도 제공하나?"

"손님이 원하시면요. 허가가 났어요."

메카가 대답했다.

"좋아. 라스베이거스에서 차를 몰고 온 친구가 술이 너무 취해 운전할 수 없으면 어떻게 돌아가지?"

"잠을 자고나면 깨겠죠. 돈만 내면 방을 빌려줘요."

"돌아가고 싶을 땐 어떡해? 돌아가야 할 일이 있을 때 말이야?"

"이쪽으로 전화하면 촌장님이 조처해 줘요. 대리운전사가 손님 차로 라스베이거스까지 모셔다드린 뒤 카지노 차나 다른 차로 돌아오는 식이죠. 다 방법이 있어요."

나는 고개를 끄덕였다. 그 방법은 내 논리에도 잘 들어맞았다. 락랜드는 술에 취해 대리운전사인 배커스가 모는 차에 실려 갔을 수도 있었다. 다만 라스베이거스로 실려 가지 않았을 뿐이다. 락랜드로 확인된 시체에서 알코올 농도를 체크해 보라고 레이철에게 권고할 필요가 있다는 생각이 들었다. 또 다른 확인이 될 것이다.

"아저씨, 우린 여기서 하루 종일 공쳐야 해요?"

메카가 답답하다는 듯이 물었다.

"잘 모르겠는데."

나는 트레일러 문을 쳐다보며 대답했다.


레이철은 전화하면서 목소리를 낮추려고 애쓰고 있었다. 바 건너편에서 빌링스 레트가 마치 낱말 맞추기를 하는 것 같은 표정으로 그녀의 통화 내용을 엿듣고 있었기 때문이다.

"지원팀 어떻게 됐어?"

그녀의 다급한 물음에 셰리 데이 요원이 대답했다.

"20분 후에 이륙해서 20분만 더 지나면 거기 도착해요. 그러니까 꼼짝 말고 있어요, 레이철."

"알았어."

"그리고 레이철, 난 선배가 어떻게 하고 싶어 하는지 알아요. 우리가 긴급대응팀(ERT)을 데리고 도착할 때까지 혐의자들의 트레일러에서 물러나 있어요. 그들의 직업에 종사하도록 내버려 두란 말예요."

레이철은 데이가 자신이 벌일 일에 대해 전혀 알지 못하며 자신을 조금도 이해하지 못하고 있다고 말하고 싶었지만 그러지 않았다.

"알았어."

"보슈는 어때요?"

데이가 다시 물었다.

"뭐가 어때?"

"이제 그 사람이 이 일에서 물러섰으면 해요."

"그건 좀 어려울걸. 그 사람이 이곳을 찾아낸 덕분에 여기까지 올 수 있었어."

"그건 알지만 우리도 결국은 찾아냈을 거예요. 언제나 그랬듯이 말이죠. 그분에겐 감사해야겠지만 그런 다음엔 밀어내야 해요."

"그러면 네가 직접 말해."

"그러죠. 자, 그럼 얘기 끝났죠? 난 지금 넬리스 공군기지로 달려가야 해요."

"좋아, 그럼 그 시간에 보자."

"레이철, 한 가지만 더요. 왜 직접 운전하지 않았어요?"

"이곳을 유추해낸 사람은 보슈였고, 그가 운전하겠다고 했어. 그게 뭐 어때서?"

"상황 통제권을 그에게 넘겨줬다는 얘기죠."

"그건 또 웬 뒷북치는 소리지? 우린 실종자들에 대한 단서를 잡을 수 있을 것으로 생각했지만 실은 그게 아니라…."

"됐어요, 레이철. 그 얘긴 꺼내는 게 아니었는데. 난 가야 해요."

데이가 먼저 전화를 톡 끊었다. 전화기 걸이가 바 건너편 벽에 부착되어 있었기에 레이철은 먼저 끊을 수가 없었다. 그녀가 전화기를 내밀자 술집 주인이 받아서 걸이에 걸었다.

"감사합니다, 레드 씨. 한 시간쯤 후면 헬리콥터 두어 대가 이곳에 착륙할 거예요. 아마 트레일러 바로 앞에 내리겠죠. FBI 요원들이 촌장님과 얘기하고 싶어 할 겁니다. 저보다 더 정식으로 말이죠. 그들은 이 마을의 많은 사람들과 얘기를 나눌 거예요."

"장사 안 되겠군."

"그렇겠죠. 하지만 사람들이 협조를 잘 해주는 만큼 빨리 끝내고 물러갈 겁니다."

그러나 레이철은 사막 한가운데 있는 이 조그마한 매춘 마을에 살인마 시인이 수 년 동안이나 숨어 살면서 최근의 희생자들을 선택했다는 사실이 외부에 알려지면 취재진이 떼거리로 몰려올 거라는 얘기는 하지 않았다.

"요원들이 와서 제가 어디 갔냐고 물으면 톰 월링의 트레일러가 있는 곳으로 갔다고 좀 전해 주실래요?"

"당신더러 거긴 가지 말라고 하는 것 같더니만."

"레트 씨, 제가 부탁드린 대로만 그들에게 전해 줘요."

"그러지."

"그런데 톰이 여기 와서 당분간 떠나겠다고 말한 이후에 당신이 그의 트레일러를 방문한 적은 없나요?"

"아니, 그럴 수가 없었소. 그가 방세를 선금으로 지불한 이상 그의 소유품들을 기웃거리는 건 내가 할 일이 아니라고 생각했지. 이곳 클리어 사람들은 안 그래요."

그녀는 머리를 끄덕였다.

"알았어요, 레트 씨. 협조해주셔서 감사합니다."

촌장은 어깨를 으쓱해 보였다. 선택의 여지가 없었다는 뜻이거나, 최소한의 협조였을 뿐이란 뜻 같기도 했다. 레이철은 바에서 돌아서서 문쪽으로 걸어갔다. 그러나 문에 이르자 잠시 머뭇거리더니, 블레이저 안으로 손을 집어넣어 벨트에 차고 있던 여분의 시그 탄창을 빼들었다. 그녀는 손으로 그 무게를 가늠해본 뒤 블레이저 주머니 속으로 쑥 집어넣었다. 그리곤 문으로 나가 메르세데스 조수석에 올랐다. 운전석의 보슈가 그녀에게 물었다.

"데이 요원이 화를 내던가요?"

"아뇨. 우린 사건 해결의 돌파구를 열었어요. 그런데 어떻게 화를 낼 수 있겠어요?"

"알 수 없지. 어떤 사람들은 뭘 안겨줘도 곧잘 화를 내거든."

"우릴 하루 종일 여기 앉혀놓을 건가요?"

뒷좌석에서 메카가 또 앙탈을 부렸다.

레이철이 두 여자를 돌아보며 말했다.

"서쪽 변두리에 있다는 트레일러를 보러 갈 거예요. 당신은 우리와 함께 가서 차 안에서 기다리든지, 그게 싫으면 술집에서 기다려도 좋아요. 지금 더 많은 FBI 요원들이 오고 있어요. 당신들은 라스베이거스까지 갈 것 없이 여기서 조사를 마칠 수도 있죠."

"살았다. 난 술집에서 기다릴래요."

메카의 표정이 환해졌다.

"나도요."

태미도 얼른 따라 말했다.

보슈가 여자들을 차에서 내려주자, 레이철이 그들을 향해 오금을 박았다.

"여기 있어야만 해요. 트레일러나 다른 곳으로 가면 우리 요원들이 화낼 거예요."

두 여자는 대답하지 않았다. 레이철은 그들이 램프를 올라가서 술집으로 들어가는 것을 지켜보았다. 보슈가 운전석으로 돌아와 차를 후진시키며 물었다.

"정말 괜찮겠소? 데이 요원이 당신에게 지원부대가 올 때까지 대기하라고 한 것 같은데."

"데이는 당신도 이 사건에서 손을 떼게 만들겠다고 했어요. 그때까지 기다릴 건가요, 아니면 배커스의 트레일러를 보러 갈 건가요?"

"걱정 마시오, 난 꼭 갈 거니까. 경력을 걱정해야 할 사람은 내가 아니지."

"그까짓 경력 따윈 신경 안 써요."


우리는 빌링스 레트가 가리킨 비포장도로를 따라 클리어 마을에서 서쪽으로 1.5킬로미터쯤 차를 달렸다. 오르막길이 다시 평평해지며 붉은 오렌지색 암벽 뒤로 구부러졌다. 레트가 말한 대로 암벽이 흡사 바다 속으로 거꾸로 처박히는 거대한 여객선 모양을 하고 있었다. 선미 부분만 수면 위로 남겨둔 채 60도 각도로 침몰하고 있는 것 같았다. 레트가 말한 그 암벽등반가가 꼭대기에 올라가서 하얀 페인트로 바위 표면에다 '타이태닉'이라고 써 놓았다고 했다.

우리는 바위나 페인트 글씨를 감상하려고 차를 세우진 않았다. 나는 메르세데스를 암벽 뒤쪽으로 몰았고, 그러자 곧 콘크리트 블록 위에 조그마한 트레일러 한 대가 앉아 있는 공터가 나타났다. 그 옆에는 바퀴 네 개가 다 펑크 난 폐차 한 대와 쓰레기 소각로로 사용된 드럼통 한 개가 있었다. 그 반대쪽에는 커다란 연료 탱크와 발전기가 놓여 있었다.

범죄현장의 증거물들을 보존하기 위해 나는 공터 바깥쪽에 차를 세우고 시동을 껐다. 발전기가 조용했다. 현장 주위가 고요하면서도 어쩐지 불길하게 느껴졌다. 세상 끝에 있는 어둠의 땅에 온 것 같은 느낌이었다. 이곳이 배커스가 희생자들을 처리한 장소, 희생자들에겐 세상의 끝이 되었던 그 장소란 말인가? 아마 그럴 것이라고 나는 결론지었다. 그곳은 악이 기다리는 장소였다.

레이철이 침묵을 깨고 말했다.

"자, 구경만 할까요, 아님 조사를 할까요?"

"나야 당신이 행동하기만 기다리고 있지."

그녀가 차문을 열자 나도 운전석의 차문을 열었다. 우리는 자동차 앞쪽에서 만났다. 그때 나는 트레일러의 창문들이 모두 열려 있는 것을 발견했다. 집을 오랫동안 비워두고 어딘가로 갈 사람이 취할 행동이 아니었다. 바람결에 악취가 풍겨왔다.

"악취가 나는데."

레이철도 고개를 끄덕였다. 공기 속에 시체 썩는 냄새가 떠돌았다. 지직스에서 나던 것보다 훨씬 더 강렬하고 지독했다. 우리가 여기서 발견하게 될 것은 살인자가 땅에 파묻은 비밀이 아님을 나는 본능적으로 깨달았다. 이번엔 아니야. 저 트레일러 안에는 최소한 한 구 이상의 시체가 공기 중에 노출된 상태로 썩어가고 있을 거야.

"이 마지막 행동으로…."

레이철이 나지막이 중얼거렸다.

"뭐라고?"

"그의 카드에 그렇게 적혀 있었어요."

나는 머리를 끄덕였다. 레이철은 자살을 생각하고 있었다.

"그렇게 생각해?"

"모르겠어요. 조사해 봐야죠."

우리는 천천히 앞으로 걸어가며 더 이상 아무 말도 하지 않았다. 점점 더 심해지는 악취로 보아 트레일러 안에서 썩어가는 시체는 상당 기간이 경과되었음을 알 수 있었다. 내가 앞으로 나서며 트레일러 문 왼쪽에 있는 창문으로 다가갔다. 두 손을 이마에 대고 컴컴한 방 안을 들여다보았다. 손으로 방충망을 건드리자 트레일러 안의 파리 떼가 놀라 윙윙거리며 날아올랐다. 그것들조차도 방 안의 악취가 견디기 힘들다는 듯 탈출구를 찾다가 방충망에 충돌하기도 했다.

창문에 커튼은 드리워져 있지 않지만 내가 선 위치에서는 방 안이 잘 보이지 않아 시체나 그와 유사한 형체를 알아보기 어려웠다. 소파와 의자가 놓인 조그마한 거실만 보였다. 테이블 위에는 양장본 책들이 두무더기나 쌓여 있었고, 의자 뒤쪽 책장에도 책들이 가득 꽂혀 있었다.

"시체는 안 보이는데."

나는 창문에서 물러나며 트레일러 전체를 살펴보았다. 레이철의 시선이 트레일러 문손잡이에 고정되어 있었다. 순간 그건 아니라는 생각이 번쩍 들었다.

"레이철, 그가 왜 술집에다 메모를 남겼을까요?"

"뭐라고요?"

"그 메모 말이오. 당신한테 남긴 메모. 왜 여기에 남기지 않고 술집에다 남겼을까?"

"나한테 확실히 전달되기를 바랐겠죠, 뭐."

"술집에다 맡기지 않았더라도 당신은 분명 이곳으로 왔을 테고, 여기서 그 메모를 발견했을 테지."

레이철은 머리를 좌우로 흔들었다.

"무슨 말하는 거예요? 난 도무지…."

"그 문 열지 말아요, 레이철. 기다립시다."

"왜 그러는데요?"

"어쩐지 불길한 예감이 들어."

"트레일러 뒤쪽을 한번 살펴봐요. 안을 들여다볼 수 있는 창문이 있을지 몰라요."

"그러지. 당신은 여기서 기다려요."

레이철은 내 말에 대꾸하지 않았다.

트레일러를 왼쪽으로 돌아 나지막한 목책을 타넘고 뒤쪽으로 향하던 나는 쓰레기 소각로를 발견하곤 다가갔다. 소각로 안에는 쓰레기를 태우고 남은 찌꺼기가 3분의 1쯤 차 있었다. 그 옆 땅바닥에 한쪽 끝이 타버린 빗자루 막대기가 나뒹굴었다. 나는 그것을 집어 들고 소각로 속의 재를 뒤적이기 시작했다. 쓰레기를 태울 때 배커스가 이 빗자루로 불속을 뒤적였을 것이 분명했다. 아무것도 남기지 않고 깨끗이 태우고 싶었을 테니까.

불태운 것은 대부분 서류나 책들처럼 보였다. 알아볼 수 있는 것은 거의 없었지만 까맣게 녹은 신용 카드를 발견했다. 글씨는 전혀 남아 있지 않지만 법의학 전문가에게 의뢰하면 피살자와 연결시킬 수 있을지도 모른다는 생각이 들었다. 잿더미 속을 더 뒤지자 새카맣게 녹은 플라스틱 조각이 나왔다. 그리고 바깥쪽은 다 탔지만 속이 조금은 남아 있는 책도 한 권 나왔다. 그것을 집어내어 조심스럽게 열어보았다. 페이지들이 대부분 타버려서 확신할 순 없지만 시집처럼 보였다. 그 페이지들 사이에 책을 구입하고 받은 영수증이 반쯤 탄 상태로 끼워져 있었다. 영수증 꼭대기에 '북 카(Book Car)'라고 찍혀 있었지만 나머지 부분은 불에 타 없어졌다.

"보슈, 어디 있어요?"

레이철이었다. 나는 그녀의 시야를 벗어난 곳에 있었다. 책을 소각로 속에 던져 넣고 빗자루 막대기도 잿더미 속에 꽂았다. 트레일러 뒤쪽으로 돌아가자 또 하나의 열린 창문이 눈에 들어왔다.

"잠시만 기다려요."

레이철은 기다렸다. 그런데 조바심이 점점 커졌다. 멀리서 사막을 건너오는 헬리콥터 소리가 들려왔기 때문이었다. 그 소리를 듣는 순간 레이철은 기회가 사라질 것임을 알았다. 해리 보슈와 도모한 일로 인해 다시 귀양을 가게 되거나 처벌을 당할 수도 있었다.

그녀는 트레일러 문의 손잡이를 다시 돌아보았다. 어쩌면 이것이 시인의 마지막 게임일 수도 있다는 생각이 들었다. 이곳 사막에서 4년 동안이나 준비했다는 건가? 그래서 테리 매컬렙을 죽이고 그녀를 이곳까지 유인하기 위해 GPS를 보냈던 걸까? 레이철은 시인이 남긴 메모 내용을 떠올렸다. 그걸 그녀가 맨 먼저 읽는다면 그가 그녀를 잘 가르친 셈이라고 적혀 있었다. 속에서 분노가 끓어올라 당장 트레일러 문을 활짝 열어젖히고 안으로 뛰어들고 싶었다.

"시체가 있소!"

트레일러 뒤쪽에서 들려온 보슈의 고함소리였다.

"뭐라고요? 어디에요?"

"이쪽으로 돌아와요. 여기선 침대 위의 시체가 보여. 2~3일은 된 것 같소. 얼굴은 안 보이지만."

"알았어요. 다른 건요?"

레이철은 기다렸지만 그는 대답하지 않았다. 그녀가 문의 손잡이를 잡고 돌리자 돌아갔다.

"문이 잠기지 않았어요."

"레이철, 열지 말아요."

보슈가 소리쳤다.

"방 안에 가스가 차 있을 것 같아. 시체 외에 다른 냄새가 나요. 이상한 다른 냄새."

레이철은 잠시 망설였지만 손잡이를 끝까지 돌린 뒤 문을 약간 열어보았다.

아무 일도 일어나지 않았다.

그녀는 천천히 문을 끝까지 열었다. 역시 아무 일도 없었다. 파리들이 열린 문으로 날아와서 그녀 곁을 지나 햇빛 속으로 사라졌다. 그녀는 손을 휘저어 얼굴로 달려드는 파리들을 쫓았다.

"보슈, 난 들어가요!"

레이철은 트레일러 안으로 발을 내딛었다. 더 많은 파리들이 윙윙거렸다. 벽이고 천장이고 방바닥이고 빈자리가 없을 정도로 새카맣게 앉아 있었다. 그때 끔찍한 악취가 훅 끼쳐오며 그녀의 숨통을 콱 틀어막았다.

햇빛 환한 바깥에서 트레일러 안으로 들어온 그녀의 눈이 어둠에 적응하기 시작하자 사진들이 눈에 들어왔다. 사진들은 테이블 위에도 쌓여 있고, 사방의 벽과 냉장고에도 테이프로 붙여져 있었다. 희생자들이 눈물로 애원하는 불쌍한 표정과 죽은 모습들이 찍힌 사진들이었다. 트레일러의 부엌 식탁을 작업대로 사용한 듯했다. 한쪽에 프린터와 연결된 랩탑 컴퓨터를 올려놓고 그 옆에 세 무더기의 사진을 쌓아 놓았다. 가장 큰 무더기의 사진들을 넘겨본 레이철은 그 가운데서 자신이 클리어 마을로 가져온 실종자들의 사진 속에서 본 남자들의 얼굴들을 알아볼 수 있었다. 그러나 이 사진들은 그녀가 가져온 가족적 사진들과는 달리 킬러가 자기 희생자들을 찍은 사진이었다. 카메라를 바라보는 사내들의 눈에는 자비와 용서를 구하는 애원의 눈빛이 담겨 있었다. 레이철은 사진들이 모두 위에서 내려다보는 각도로 찍혔다는 것을 알았다. 촬영자인 배커스가 지배적 위치에서 목숨을 살려달라고 애원하는 희생자들을 찍은 것이었다.

그들의 비참한 표정을 더 이상 볼 수 없어서 레이철은 첫 번째 사진 무더기를 내려놓고 그 옆에 놓인 다른 무더기를 집어 들었다. 그 사진들은 주로 한 여자가 두 어린아이를 데리고 쇼핑몰을 지나가는 장면을 찍은 것이었다. 레이철이 그 사진들을 테이블 위에 내려놓고 세 번째 사진 무더기를 누르고 있는 카메라를 옆으로 옮기려는 순간 보슈가 트레일러 안으로 들어왔다.

"레이철, 지금 뭘 하고 있는 거요?"

"걱정 말아요. 아직 5분 내지 10분 정도는 시간이 있어요. 헬리콥터가 착륙하고 증거수집팀이 들이닥치기 전에 나가면 돼요. 내가 알고 싶은 건⋯."

"우리가 다른 요원들보다 선수를 치고 있다고 하는 얘기가 아니라니까. 나는 지금 이 상황이 마음에 안 들어요. 범인은 문을 일부러 열어두었어. 뭔가 좀⋯."

사진 무더기들을 본 그가 말을 멈췄다.

레이철은 세 번째 사진 무더기를 누르고 있는 카메라를 들어냈다. 그리곤 자신의 얼굴이 찍힌 사진을 내려다보았다. 그 사진이 어디서 찍힌 것인지 파악하기까지는 잠시 시간이 걸렸다.

"그는 줄곧 나를 따라다녔어요."

"무슨 소리요?"

보슈가 물었다.

"여긴 오헤어 공항이에요. 경유지였죠. 시인은 거기서 나를 지켜보고 있었어요."

레이철은 사진들을 재빨리 넘겨보았다. 여섯 장 모두 그녀가 비행기를 타고 오던 날 찍은 것이었다. 마지막 사진은 수화물 찾는 곳에서 레이철과 셰리 데이가 서로 반가워하는 모습이었고, 셰리는 '밥 배커스'라고 적은 표지판을 한 손에 들고 있었다.

"그는 나를 기다리고 있었어요."

"테리를 지켜보고 있었던 것처럼."

보슈는 양손의 손가락 하나씩을 사용해서 지문을 남기지 않고 프린터 트레이에서 사진을 들어올렸다. 그것은 배커스가 여기서 프린트한 마지막 사진임이 분명했다. 평범한 설계의 2층짜리 저택 앞 진입로에 스테이션왜건이 한 대 서 있었고, 운전석 옆에 한 노인이 차문을 열려고 열쇠를 찾는 것처럼 열쇠고리를 살펴보고 있었다. 보슈가 사진을 레이철에게 내밀며 물었다.

"이 노인은 누구요?"

레이철은 사진을 한참 들여다보더니 고개를 저었다.

"모르겠어요?"

"이 집은?"

"한 번도 본 적 없는데요."

보슈는 증거수집팀이 원래 있던 상태로 발견할 수 있도록 사진을 조심스럽게 트레이에 돌려놓았다.

레이철은 그의 뒤를 따라 닫혀 있는 현관 쪽으로 걸어갔다. 현관에 이르기 전에 그녀는 열려 있는 욕실 안으로 들어갔다. 죽은 파리들이 바닥에 새까맣게 깔려 있는 것만 제외하면 말끔했다. 욕조에는 마치 잠자리를 보아둔 것처럼 베개 두 개와 담요가 마련되어 있었다. 배커스에 대해 수집된 정보를 머리에 떠올리자 신체적 거부감이 가슴 속에 차오르는 느낌이었다. 레이철은 욕실에서 나와 복도 끝에 있는 문 쪽으로 걸어가며 물었다.

"시체를 본 곳이 여기에요?"

해리 보슈는 그녀가 문 쪽으로 다가가는 것을 보았다.

"레이철…"

레이철은 멈추지 않았다. 그녀는 손잡이를 잡아 돌리며 문을 당겨 열었다. 나는 칭 하는 금속성 음을 들었다. 어떤 자물쇠에서도 들어본 적 없는 소리였다. 레이철이 동작을 딱 멈추며 긴장했다.

"해리?"

나는 그녀 쪽으로 걸어가기 시작했다.

"뭡니까?"

"해리!"

레이철은 목재 패널을 댄 비좁은 복도에서 내 쪽으로 고개를 돌렸다. 나는 그녀의 얼굴을 살펴본 다음 그 뒤쪽 침대로 눈길을 돌렸다. 침대 위에 한 사내가 반듯이 누워 있었다. 얼굴을 가리기 위해 검정색 카우보이 모자를 눌러쓰고, 오른손에 권총을 쥔 모습이었다. 왼쪽 가슴엔 총알을 맞은 자국이 남아 있었다.

주위에 파리들이 새까맣게 날아다녔다. 파리들이 웽웽거리는 소리보다 더 크게 쉬이익 하는 소리가 들렸다. 레이철이 나를 떠밀었고, 그 순간 바닥에 깔린 퓨즈가 눈에 들어왔다. 어떤 조건 하에서도, 심지어 물속에서도 불타도록 화학 처리된 퓨즈란 걸 알 수 있었다.

퓨즈는 빠른 속도로 타들어갔고 우리는 그것을 중단시킬 수 없었다. 퓨즈는 1미터 정도만 바닥에 보이다가 침대 속으로 사라졌다. 레이철이 그것을 잡아당기려고 바닥에 웅크리고 앉았다.

"안 돼!"

내가 소리쳤다.

"당기면 터질지도 몰라. 여기서 빨리 나가는 수밖에 없어!"

"안 돼요, 현장을 날려버릴 순 없어요! 우린 이곳이….."

"레이철, 시간이 없어! 뛰어! 지금 당장!"

나는 레이철이 돌아가지 못하게 몸으로 가로막으려 그녀를 복도로 떠밀었다. 그리고 뒷걸음을 치며 침대 위의 시체에 시선을 고정했다. 레이철이 포기했다는 생각이 들자 나는 돌아서서 그녀를 계속 밀어냈다.

"우린 DNA가 필요해요!"

그녀가 갑자기 소리치며 방 안으로 뛰어들더니 침대 위로 올라갔다. 손으로 검은 카우보이 모자를 잡아채자 부패하여 일그러진 시체의 회색빛 얼굴이 드러났다. 레이철은 모자를 들고 침대에서 내려와 현관으로 향했다.

그 순간에도 나는 레이철의 생각과 방금 한 행동에 대해 감탄하지 않을 수 없었다. 모자 테두리에는 시체의 DNA를 간직한 피부 세포가 묻어 있을 것이 분명했다. 그녀는 모자를 쥐고 나를 지나 문 쪽으로 달려갔다. 퓨즈를 보니 이미 침대 속으로 타들어가고 보이지 않았다. 나도 레이철의 뒤를 따라 달리기 시작했다.

"그자가 맞아요?"

레이철이 돌아보며 물었다. 나는 그게 무슨 뜻인지 알고 있었다. 침대 위의 시체가 테리 매컬렙의 보트에 탔던 그 사내가 맞느냐? 즉, 배커스가 맞느냐는 얘기였다.

"모르겠어. 뛰어! 뛰라니까"

나는 레이철보다 2초 늦게 문에 도착했다. 그녀는 벌써 마당으로 달려 나갔고, 타이태닉 바위 방향으로 향하고 있었다. 내가 그녀를 따라 다섯 걸음쯤 달려갔을 때, 뒤에서 공기를 찢어발기는 폭음이 들려왔다. 등에 엄청난 충격을 받은 나는 공중으로 붕 떠서 앞쪽으로 날아갔다. 그 순간 기초훈련 과정에서 받은 낙법 동작이 머리에 떠올랐고, 덕분에 착지와 동시에 몸을 굴리며 폭발 지점으로부터 몇 미터 더 멀어질 수 있었다.

시간이 박살나서 천천히 흘러내리는 느낌이었다. 불과 1초 전에 바깥으로 내달리고 있던 내가 지금은 고개를 쳐들고 눈이 휘둥그레져서 땅바닥을 벌벌 기고 있었다. 순간적으로 무언가가 태양을 가리는 느낌에 고개를 쳐들었던 나는 10미터 공중으로 치솟은 트레일러 외관을 발견했다. 그것은 벽과 지붕이 멀쩡한 채로 떠올라 허공에 잠시 걸려 있는 것 같았다. 그리곤 내 앞 10미터쯤 떨어진 지점에 추락하면서 알루미늄 옆구리가 터져 면도날처럼 날카로워졌다. 땅에 떨어지는 소리가 다섯 대의 차량이 한꺼번에 충돌하는 소리 같았다.

나는 공중에서 더 이상 떨어지는 것이 없는지 살펴보았다. 없었다. 트레일러가 있던 곳을 돌아보니 시커먼 연기와 함께 거센 불길이 하늘로 치솟고 있었다. 침대가 있던 자리에는 아무것도 남아 있지 않았다. 폭발과 불길로 모두 소진되었고, 침대와 시체도 사라지고 없었다. 배커스는 이런 마지막을 완벽하게 계획하고 있었던 것이다.

간신히 몸을 일으켰지만 고막이 마비된 데다 균형 감각이 허물어져 두 다리가 휘청거렸다. 기차가 통과하는 터널 속을 반대 방향으로 걸어갈 때처럼 귀가 먹먹했다. 두 손으로 귀를 막고 싶었지만 그래봐야 아무 소용없다는 것을 알았다. 소리는 내부에서 울려 퍼지고 있었다.

폭발이 일어났을 때 레이철은 불과 몇 걸음 앞에 있었는데 지금은 보이질 않았다. 연기 속을 비틀거리며 찾아다녀도 보이지 않자 트레일러 껍데기 아래 깔렸나 하는 생각까지 들었다. 하지만 마침내 트레일러 잔해 왼쪽에 있는 돌과 흙더미 속에 누운 그녀를 찾아냈다. 검정색 카우보이 모자는 죽음의 표식처럼 그녀 옆에 놓여 있었다. 나는 다급하게 다가가며 불렀다.

"레이철?"

바닥에 꿇어앉아 레이철의 상태를 살펴보았다. 그녀는 얼굴을 아래로 한 채 엎드린 자세로 누워 있었고, 그나마의 얼굴도 머리카락으로 덮여 보이지 않았다. 나는 딸의 머리카락을 쓸어 올리듯이 레이철의 머리카락을 손으로 부드럽게 쓸어 올렸다. 그러자 내 손바닥 뒤쪽이 쓰라렸다. 손바닥을 보니 경미한 상처에서 피가 나고 있었다. 이 정도는 나중에 치료해도 되겠다는 생각이 들었다.

"레이철?"

나는 그녀가 숨을 쉬고 있는지 판단할 수가 없었다. 감각들이 도미노 현상을 일으키고 있는지, 청각이 마비되자 다른 감각들도 따라서 마비되어 가는 듯했다. 나는 레이철의 뺨을 톡톡 두드리며 소리쳤다.

"이봐요, 정신 차려!"

엎드린 자세의 그녀를 뒤집을 수는 없었다. 혹시 입었을지도 모를 부상을 악화시킬 수도 있다. 이번엔 그녀의 뺨을 좀 더 세게 두드렸다. 그리고 내 딸의 숨결을 느끼고 싶을 때 그랬던 것처럼 레이철의 등에 손바닥을 대고 오르내림이 느껴지기를 기다렸다.

아무 느낌도 없었다. 내 귀를 그녀의 등에 대어 보았다. 하지만 내 몸의 컨디션이 엉망인 점을 감안하면 웃기는 짓이었다. 논리에 앞서 육감으로 행동하고 있었다. 이젠 엎드린 여자를 돌려서 바로 누일 수밖에 없다고 생각했을 때, 나는 그녀의 오른손이 주먹을 꼬옥 쥐는 것을 보았다.

레이철이 갑자기 땅바닥에서 고개를 쳐들며 나지막한 신음을 토해냈다. 그렇지만 내가 들을 수 있을 만큼은 충분히 큰 소리였다.

"레이철, 괜찮아요?"

"네…. 그런 것 같아요. 트레일러에 증거물이 있는데, 우린 그게 필요해요."

"트레일러는 이제 없소, 레이철. 날아가 버렸다고."

그녀는 끙끙거리며 억지로 일어나 앉았다. 불타고 있는 트레일러 잔해를 보자 눈이 휘둥그레졌다. 나는 그녀의 동공이 확대되어 있는 것을 보았다. 가벼운 뇌진탕 증세였다.

"무슨 짓을 한 거예요?"

레이철은 나무라는 말투로 물었다.

"내가 한 짓이 아니오. 폭발 장치가 되어 있었어. 당신이 욕실 문을 열었을 때…."

"아이쿠!"

그녀는 목이 결리는지 고개를 앞뒤로 움직였다. 그러다가 땅바닥에 나뒹굴고 있는 카우보이 모자를 발견했다.

"이게 뭐예요?"

"시체가 쓰고 있던 모자. 트레일러에서 나올 때 당신이 집어 들었던 거요."

"DNA가 있을까요?"

"있을지도 모르지. 그게 소용이 있을지는 모르겠지만."

레이철은 불타고 있는 트레일러의 침대를 돌아보았다. 너무 가까워서 뜨거운 기운이 우리한테까지 전해져 왔다. 그렇지만 나는 아직 레이철을 다른 곳으로 옮겨야 할지 확신이 서지 않았다.

"레이철, 다시 누워 있는 게 좋을 것 같은데. 당신 지금 가벼운 뇌진탕 증세를 보이고 있어요. 다른 부상을 입었을 수도 있고."

"네, 나도 그러는 게 좋을 것 같아요."

그녀는 땅바닥에 반듯이 누워 하늘을 쳐다보았다. 나는 그런 자세가 별로 나쁠 것 같지 않아 그녀 옆에 나란히 누웠다. 마치 해변이나 무슨 휴양지에 있는 기분이었다. 밤이었다면 우린 함께 별이라도 셀 수 있었을 것이다.

헬리콥터들이 오는 소리를 듣기도 전에 나는 그들이 다가오는 것을 느낄 수 있었다. 내 가슴속 깊숙한 곳에서 일어난 진동으로 인해 시선이 남쪽 하늘로 향했고, 두 대의 해군 헬리콥터가 타이태닉 바위 위로 날아오는 것이 보였다. 나는 한쪽 팔을 쳐들어 그들을 향해 힘없이 흔들었다.

## 34 열한 번째 피살자

"도대체 거기서 무슨 일이 있었던 거요?"

랜들 앨퍼트 요원이 서슬이 시퍼래져서 소리쳤다. 헬리콥터가 넬리스 기지에 착륙했을 때 그는 격납고에서 그들을 기다리고 있었다. 그의 정치적 감각은 현장으로 달려가지 말라고 분명하게 말해 주었다. 사막에서 일어난 폭발이 워싱턴에 전해졌다 되돌아올 역풍에 얻어맞지 않으려면 현장에서 최대한 멀찌감치 떨어져 있는 것이 상수였다.

레이철과 셰리 데이는 거대한 격납고 안에 서서 앨퍼트의 질책을 견뎌내고 있었다. 레이철은 그의 질문에 대답하지 않았다. 뭐라고 대꾸해봤자 더 심한 잔소리를 쏟아낼 빌미를 제공할 뿐이기 때문이었다. 더구나 폭발 당시 받은 충격으로 아직 머리가 어질어질해서 그녀의 반응은 느릿느릿할 뿐이었다.

"월링 요원, 내 질문이 시시하게 들립니까?"

"그자는 트레일러에 폭탄을 설치했어요. 레이철이 올 줄…"

셰리 데이가 대신 나서자 앨퍼트는 고함을 버럭 질렀다.

"당신한테 묻지 않았어! 나는 지금 레이철 요원에게 왜 명령을 어겼는지, 왜 모든 일을 이렇게 엉망으로 만들었는지 묻고 있는 거야!"

레이철은 사막에서 일어난 일에 대해서는 어쩔 수가 없었다는 듯 두 손바닥을 앞으로 내밀며 말했다.

"우리는 데이 요원이 지시한 대로 긴급대응팀을 기다리려고 했죠. 그런데 현장 가까이 도착하자 시체 냄새가 풍겨왔어요. 어쩌면 생존자가 있을지도 모른다는 생각이 들었죠. 부상자 말이에요."

"시체 냄새만 맡고 그런 속단을 내렸단 말인가요?"

"보슈 씨가 무슨 소릴 들은 것 같다고 했어요."

"오호, 또 그 늙은이를 끌어다 댈 셈이로군."

"그게 아니라 보슈 씨가 그랬어요. 그런데 바람 소리였던 것 같아요. 창문들이 모두 열려 있어서 바람이 통과할 때 이상한 소리를 냈어요."

"월링 요원도 그 소리를 들었소?"

"아뇨. 못 들었습니다."

앨퍼트는 데이 요원을 돌아보았다가 다시 레이철을 노려보았다. 이글거리는 그의 눈빛이 레이철을 태워버릴 것만 같았다. 늙은이를 끌어다 댄다고 했지만 레이철은 그 스토리가 그럴 듯하다는 걸 알고 있기 때문에 눈도 깜박하지 않았다. 그녀와 보슈가 짜 맞춘 이야기였다. 보슈는 앨퍼트 따위가 미치지 못할 고수였다. 보슈가 시키는 대로만 하면 실패할 일이 없었다. 앨퍼트는 고함이나 지르고 비난만 할 줄 알았지, 뭐 하나 제대로 할 줄 아는 게 없는 인간이었다.

"당신 이야기에서 뭐가 문제인지 알아요? 대뜸 '우리'라는 말을 사용한 거라고. 당신 입으로 '우리'라고 말했어. 거기에 '우리'라고 부를 만한 사람은 없었소. 당신에게 부여한 임무는 보슈를 잘 감시하라는 것이었어. 그와 한통속이 되어 수사를 하라는 게 아니라. 그와 함께 차를 타고 그곳으로 가라고도 안 했고, 그와 함께 증인들을 만나거나 그 트레일러 안으로 들어가란 명령은 내린 적 없소."

"그런 줄은 알지만 주어진 상황에서 그와 지식과 정보를 교환하는 것이 수사에 최선이라고 판단했습니다. 솔직히 말해서 앨퍼트 요원, 그 장소를 찾아낸 사람은 보슈였습니다. 그가 아니었으면 우린 지금 이런 정보를 입수하지도 못했을 거예요."

"헛소리 말아요, 월링 요원. 우리도 그 정도는 했을 겁니다."

"어련하시겠어요. 하지만 속도가 문제겠죠. 아침 브리핑이 끝난 후 당신이 한 말이잖아요. 국장님이 기자회견을 하실 거라고. 국장님께 가급적 많은 정보를 제공해 드리고 싶어서 밀어붙였던 거예요."

"그 얘기도 이젠 끝났어요. 우린 지금 사태의 진상도 모르고 있잖소. 국장은 기자회견을 연기하고 우리한테 내일 정오까지 진상을 파악하라고 지시했소."

셰리 데이가 잔기침을 하더니 선배들 대화에 다시 끼어들었다.

"그건 불가능해요. 시체는 불에 바싹 타버린 상태라 비닐봉투 여러 개에 담아내고 있어요. 설사 신원과 사인을 밝힐 수 있다 하더라도 몇 주일은 걸리죠. 다행히도 월링 요원이 시체로부터 DNA 샘플 채취가 가능한 모자를 수거하여 속도가 좀 빨라질 것 같긴 하지만, 문제는 결과를 비교할 증거 자료가 없다는 겁니다. 그래서 우리는…."

"10초 전에 내가 얘기할 때 뭐 듣고 있었나?"

앨퍼트가 핀잔조로 말했다.

"몇 주일씩이나 기다릴 시간은 없어. 우리에게 주어진 시간은 24시간도 채 안 돼."

그는 옆으로 돌아서서 두 손을 엉덩이에 짚고 지구상에서 가장 영민

하고 정통한 FBI 요원인 자신에게 무거운 짐이 지워졌다는 듯한 포즈를 취했다. 레이철이 그에게 말했다.

"그렇다면 현장으로 돌아가죠. 화재 부스러기 속에서 뭔가를 발견하게 될지도….".

"안 돼!"

앨퍼트가 홱 돌아서며 고함을 빽 질렀다.

"그럴 필요 없소, 월링 요원. 그만하면 충분해."

"난 배커스도 알고 그 사건도 알아요. 그러니까 사건현장에 있어야 합니다."

"사건현장에 있어야 할 사람은 내가 정합니다. 월링 요원은 현장사무실로 돌아가서 이런 대실책에 대한 시말서를 작성하시오. 내일 아침 8시까지 내 책상 위에 올려놓기 바랍니다. 특히 트레일러 안에서 목격한 것들을 상세하게 기술하시오."

그는 레이철이 지시에 반발할까 봐 잠시 기다렸다. 그녀가 입을 꾹 다물고 있자 앨퍼트는 기쁜 모양이었다. 그는 데이 요원에게 말했다.

"그런데 기자들이 모두 이곳으로 몰려왔어. 비싼 대가를 치르지 않고 또 내일 국장님이 기자회견에서 무안 당하지 않도록 하는 기삿거리가 뭐 없을까?"

데이는 어깨를 으쓱했다.

"없어요. 그럼 기자들에게 내일 국장님이 발표하실 거라고 하고 끝내버려요."

"씨도 안 먹힐걸. 무엇이든 제공해야지."

"기자들에게 배커스 애긴 하지 말아요."

레이철이 조언했다.

"FBI 요원들이 실종자들 사건에 관해 토머스 월링이란 남자와 얘기하고 싶어 했다고 말하면 돼요. 그런데 월링이 자기 트레일러에 폭발물을 설치했고, 요원들이 현장에 도착했을 때 폭발했다고 해요."

앨퍼트도 그럴듯하게 들렸는지 고개를 끄덕였다.

"보슈는 어떡하고?"

"그는 빼요. 우리가 통솔할 수 없는 사람이잖아요. 기자가 알고 접근하면 모조리 터져 나올지도 몰라요."

"그러면 시체는? 그게 월링이었다는 거요?"

"그야 모르죠. 모르는 건 모른다고 할 수밖에. 현재 신원을 확인 중에 있다, 뭐 이러면 충분할 거예요."

"기자들이 매음굴로 몰려가면 진상이 낱낱이 드러나겠지."

"그렇지 않아요. 우린 아무한테도 전체 내막을 얘기한 적 없어요."

"그런데 보슈는 어떻게 된 겁니까?"

그 질문에는 데이 요원이 대답했다.

"제가 진술서를 받고 돌려보냈어요. 라스베이거스로 돌아갔습니다."

"그가 이 일에 대해 떠벌이진 않을까?"

데이는 레이철을 힐끗 쳐다본 뒤 앨퍼트에게 말했다.

"이렇게 보면 되겠죠. 그와 얘기하려고 찾는 사람은 아무도 없을 거예요. 우리가 그의 이름을 입에 올리지 않는 한 그를 찾을 사람도 있을 리 없죠."

앨퍼트는 고개를 끄덕였다. 그리곤 주머니에서 휴대전화를 꺼내들며 말했다.

"여기 일이 끝나면 워싱턴에 보고해야 해. 본능적으로 반응해야 할 때지. 트레일러에 있던 시체는 배커스였나?"

레이철이 먼저 대답하고 싶지 않아 머뭇거리자 데이가 냉큼 받았다.

"현시점에선 단정할 수 없습니다. 그자가 배커스였다고 국장님께 보고해야 하느냐는 질문이라면 제 대답은 '노'예요. 그 트레일러 안에서 발견된 시체가 누군지는 전혀 확인되지 않았어요. 우리가 아는 거라곤 그가 열한 번째 피살자이며, 매음굴에 갔다가 배커스에게 낚였다는 사실뿐입니다."

앨퍼트는 레이철을 돌아보며 무슨 말이든 하길 기다렸다.

"퓨즈가 있었어요."

그녀가 말했다.

"그게 이상합니까?"

"아주 길었죠. 마치 나더러 그 시체를 보되 너무 가까이 접근하진 말라는 것처럼 말이죠. 동시에 배커스는 내가 그곳에서 탈출하길 바랐던 것 같아요."

"그리고요?"

"시체 얼굴 위에 검정색 카우보이 모자가 얹혀 있었어요. 래피드 시티에서 오는 비행기 안에 검정색 카우보이모자를 쓴 한 사내가 탑승해 있었던 것이 생각나요."

"나 원 참, 당신은 사우스다코타 발 비행기를 타고 있었소. 거기 사내들은 모두 카우보이모자를 쓰지 않습니까?"

"하지만 그 사내는 나와 같은 비행기를 타고 있었어요. 나는 이 모든 게 계획된 거라고 생각해요. 술집에 남긴 메모, 기다란 퓨즈, 트레일러 안의 사진들, 검정색 카우보이모자까지도. 배커스는 내가 트레일러에서 무사히 빠져나와 자기가 죽었다는 사실을 온 세상에 알리길 원했던 것 같아요."

랜들 앨퍼트는 아무 반응도 보이지 않고 손에 들린 휴대전화만 내려다보고 있었다. 데이 요원이 그에게 말했다.

"우리가 아직 모르고 있는 것이 너무 많아요, 랜들."

그가 휴대전화를 주머니에 도로 집어넣었다.

"좋아. 데이 요원, 당신 차가 여기 있나?"

"네."

"윌링 요원을 현장사무실까지 좀 태워다 드려."

해산하기 전에 앨퍼트는 레이철을 한 번 더 힐끗 쳐다보며 눈살을 찌푸렸다.

"8시까지 내 책상에 올려놓는 걸 잊지 말아요, 레이철."

"알았어요."

레이철이 대답했다.

# 35 악당과의 레슬링

문을 노크했을 때 엘리노어 위시가 대답해서 나는 깜짝 놀랐다. 그녀가 문을 열고 나를 맞아주었다.

"그런 눈으로 보지 말아요, 해리. 내가 밤마다 매디를 마리솔에게 맡겨두고 나가서 집엔 절대 없는 여자라는 표정이잖아요. 아니라고요. 일주일에 사나흘 밤만 야근을 해요."

나는 두 손을 앞으로 쳐들었다. 그러자 엘리노어는 내 오른손에 감겨있는 붕대를 보고 물었다.

"무슨 일 있었어요?"

"금속 조각에 조금 베었어."

"무슨 금속?"

"설명하자면 긴데."

"오늘 사막에서 일어난 일이에요?"

나는 고개를 끄덕였다.

"그럴 줄 알았어. 색소폰을 연주할 수 없을 만큼 아파요?"

은퇴한 후 하도 심심해서 색소폰 레슨을 좀 받아본 적 있었다. 사부는 은퇴한 재즈 연주가였는데 사건을 통해서 알게 된 친구였다. 엘리노어와의 사이가 좋아진 어느 날 밤, 나는 악기를 들고 찾아와서 '자장가'라는 곡을 연주했는데 그녀가 마음에 들어 했다.

"실은 연습을 중단했어."

"왜요?"

나는 색소폰 선생이 죽는 바람에 음악도 한동안 내 삶에서 멀어졌다는 얘기를 그녀에게 하고 싶지가 않았다.

"선생이 나더러 알토에서 테너로 바꾸라고 하더군. 갑자기 내가 내는 소리가 안 들리는 것처럼 말이야."

말도 안 되는 농담에 그녀는 미소를 지었다. 그 얘긴 그쯤으로 끝내고 나는 그녀를 따라 집 안으로 들어갔다. 부엌에 놓인 식탁은 원래 펠트 천이 깔린 포커 테이블이었는데, 매디가 흘린 시리얼 우유 자국들로 얼룩덜룩했다. 엘리노어는 여섯 명이 하는 포커 게임을 연습하고 있었다. 그녀가 테이블에 까놓은 카드들을 걷는 것을 보며 내가 말했다.

"나 때문에 중단할 건 없어. 난 그냥 매디만 재워주고 가면 돼. 어디 있지?"

"마리솔이 목욕 시키고 있어요. 하지만 오늘 밤엔 내가 재워줄까 했는데. 지난 사흘 동안 내리 야근을 했거든요."

"아, 그럼 좋아. 아이 얼굴이나 보고 빠이빠이 하면 되지, 뭐. 오늘 밤에 차를 몰고 돌아오는 길이야."

"그러면 당신이 하세요. 아이에게 읽어주려고 새 책을 사왔는데 카운터 위에 있어요."

"아니야, 엘리노어. 당신이 읽어주는 게 나아. 난 아이 얼굴만 보면 돼. 언제 다시 오게 될지 몰라서 말이야."

"아직도 사건을 맡고 있어요?"

"아니, 오늘 대충 끝냈어."

"텔레비전엔 그런 얘기가 없었는데, 무슨 사건이에요?"

"설명하자면 길어."

나는 그 얘길 다시 늘어놓기가 싫었다. 카운터 쪽으로 걸어가서 그녀가 샀다는 새 책을 살펴보았다. 《빌리의 멋진 날》이란 제목 아래 원숭이가 올림픽 시상대 가장 높은 곳에 올라선 그림이 그려져 있었다. 목에는 금메달이 걸려 있었다. 사자가 은메달을, 코끼리가 동메달을 받았다.

"경찰에 복직하러 가는 길이에요?"

책을 펼치려던 나는 그냥 내려놓고 엘리노어를 돌아보았다.

"아직 생각 중인데, 아무래도 그래야 할까 봐."

엘리노어는 끝난 얘기란 듯이 고개를 끄덕였다.

"다른 생각이라도 있어?"

"아뇨, 해리. 당신이 하고 싶은 대로 해요."

상대방이 내가 바라던 대로 말했을 때, 거기에 왜 의심과 지레짐작이 항상 따라붙는지 나는 그 이유를 알 수 없었다. 엘리노어는 정말 내가 하고 싶은 대로 하길 바라는 걸까? 아니면 모든 것을 망치기 위한 방법으로 그렇게 말하는 것일까?

내가 뭐라고 말하기도 전에 내 딸이 부엌으로 걸어 들어와서 섰다. 파란색과 오렌지색 줄무늬 파자마를 입고 젖은 머릿결을 뒤로 말끔하게 빗어 넘긴 모습으로 매디가 말했다.

"꼬마 아가씨가 왔어요."

엘리노어와 나는 동시에 미소를 지으며 두 팔을 벌렸다. 매디는 제 엄마 품으로 먼저 안겼지만 난 괜찮았다. 하지만 그건 내가 악수하자고 손을 내밀었을 때 상대방이 거들떠보지도 않거나 노골적으로 무시했을 때 느끼는 기분과 흡사했다. 내가 두 팔을 내리자 잠시 후 엘리노어가 나를 구해줬다.

"아빠도 안아드려야지."

매디가 다가오자 나는 번쩍 안아 올렸다. 이젠 20킬로그램에 가까운 몸무게였다. 나한테 소중한 존재를 이처럼 한 팔에 안을 수 있다는 것에 감동하지 않을 수 없었다. 아이의 젖은 머리가 내 셔츠의 가슴 부위를 다 적셔도 나는 아랑곳하지 않았다. 그런 건 아무 문제도 아니었다.

"잘 있었어, 우리 공주?"

"응, 아빠. 오늘 아빠 얼굴 그렸어."

"그래애? 좀 보여줄래?"

"내려줘."

바닥에 내려놓자 딸은 맨발로 타일 바닥을 찰싹거리며 부엌에서 놀이방으로 달려갔다. 나는 엘리노어를 돌아보며 미소를 지었다. 우린 둘 다 그 비밀을 알고 있었다. 서로에게 어떤 감정을 품고 있든 우리에겐 항상 매디가 있다는 것, 그리고 그것만으로도 충분할 것이었다.

작은 발들이 달리는 소리가 다시 나더니 매디가 긴 종이를 연처럼 높이 쳐들고 질질 끌며 부엌으로 돌아왔다. 내가 그것을 받아들고 살펴보았다. 거기엔 턱수염과 검은 눈을 가진 남자가 그려져 있었다. 두 손을 앞으로 내밀고 있었고 한 손에는 권총을 잡고 있었다. 종이의 다른 면에는 악당의 얼굴이 그려져 있었다. 빨간색과 오렌지색으로 그린 악당 얼굴에서 눈썹은 시커먼 V자 모양이었다.

나는 딸의 키와 같은 높이로 쪼그리고 앉아 함께 그림을 보며 물어보았다.

"총 들고 있는 이 사람이 아빠야?"

"응, 아빠는 경찰이잖아."

나는 고개를 끄덕였다. 매디는 경찰을 폴리스먼이 아닌 플리스먼으로 발음했다.

"그런데 이 나쁜 사람은 누구야?"

딸은 작은 손가락으로 악당 그림을 가리키며 말했다.

"미스터 데몬."

나는 미소를 지었다.

"미스터 데몬이 누군데?"

"레슬러야. 엄마는 아빠가 악당들과 레슬링을 한댔어. 이 사람은 악당 두목이야."

"그렇구나."

나는 딸의 머리 위로 엘리노어를 쳐다보며 웃었다. 딸이 무슨 말을 해도 화가 나지 않았다. 나는 딸에게 폭 빠져 있었고, 딸이 바라보는 세계가 사랑스럽기만 했다. 매디는 모든 것을 있는 그대로 보고 받아들였다. 아이의 그런 시선이 오래 가지 않을 것임을 아는 나로서는 보고 듣는 모든 순간들이 소중하게만 느껴졌다.

"이 그림 아빠가 가져도 돼?"

"왜애?"

"너무 예쁘니까 오래 간직하고 싶어서 그래. 아빤 당분간 어디 가야 하는데, 이 그림을 볼 때마다 매디 생각이 날 거야."

"아빠 어디 가는데?"

"사람들이 천사들의 도시라고 부르는 곳으로 돌아가려고."

매디는 미소를 지었다.

"바보 같은 소리. 천사들은 눈에 안 보인대."

"맞아. 이것 좀 봐. 엄마가 너한테 읽어줄 새 책을 사왔어. 빌리라는 원숭이에 대한 이야기야. 아빠는 이제 가야 해. 그렇지만 곧 또 올게, 알았지?"

"알았어, 아빠."

나는 딸의 양 볼에 키스한 뒤 꼬옥 안아주었다. 그리고 정수리에도 키스한 뒤 딸을 놓아주었다. 그림을 들고 일어선 나는 엘리노어가 읽어줄 책을 매디에게 건네주었다.

"마리솔."

엘리노어가 보모의 이름을 부르자 그녀는 거실에서 기다리고 있었던 것처럼 금방 나타났다. 엘리노어에게 당부의 말을 듣고 있는 보모를 바라보며 나는 고개를 끄덕였다.

"매디를 잠자리로 데려가요. 난 아이 아빠를 보내고 들어갈게요."

나는 보모를 따라가는 내 딸을 바라보았다.

"미안해요."

엘리노어가 무안한 표정을 지어 보였다.

"뭐가? 이 그림? 걱정 말아요. 내 마음에 딱 들어. 냉장고 벽에 붙여둘 거야."

"어디서 그런 소릴 들었는지 모르겠어요. 당신이 악당들과 싸운단 얘길 직접 해준 적은 없거든요. 전화나 다른 사람들과 얘기할 때 엿들었나 봐요."

어쩐지 나는 그녀가 직접 우리 딸에게 그렇게 말했다면 기분이 더 나았을 것 같았다. 엘리노어가 누구라고 말하지 않은 다른 사람에게 나를 그런 식으로 말하고 있었다는 생각이 들자 오히려 기분이 나빴다. 하지만 나는 그런 표정을 짓지 않으려고 애썼다.

"괜찮아. 이렇게 생각하자고. 매디가 학교에 가면 아이들이 자기 아빠는 변호사니, 소방대원이니, 의사니 할 거 아냐. 그러면 매디는 으뜸

패를 잡는 거지. 우리 아빠 악당들과 싸우는 경찰이라고 큰소리칠 것 아냐?"

엘리노어는 깔깔 웃다가 갑자기 그치고 내게 물었다.

"그러면 엄마는 뭘 한다고 말할까요?"

그 질문에 대답이 궁해져서 나는 화제를 돌렸다.

"아이의 세계관이 더 깊은 의미로 정돈된 것 같아 난 마음에 들어. 이 그림을 좀 봐요. 너무나 순진무구하잖아, 안 그래?"

"그래요. 나도 마음에 들어. 하지만 매디가 그런 생각을 하지 않기를 당신이 바란다고 해도 난 이해할 수 있어요. 실제로 악당들과 싸우고 있진 않다고 설명하지 그랬어요."

나는 머리를 흔들었다. 그러자 옛 기억이 떠올랐다.

"엄마와 함께 살던 어린 시절 어느 날 엄마가 자동차를 몰고 들어왔어. 푸시버튼 자동변속기가 장착된 2색조의 플리머스 벨베데레였지. 엄마의 변호사가 사용하라고 제공했던 것 같아. 두어 해 동안 말이야. 어쨌거나 엄마는 갑자기 전국횡단 휴가를 떠나기로 결심했어. 그래서 짐을 꾸려 나와 함께 길을 나섰지. 거기가 어딘진 모르겠지만 아무튼 남쪽으로 내려가던 길에 가스를 충전하려고 주유소엘 들렀어. 한쪽으로 식수대가 두 개 있었는데, 한 곳엔 '유색'이란 팻말이 다른 곳엔 '무색'이란 팻말이 붙어 있더군. 나는 무턱대고 '유색' 식수대로 걸어갔지. 물이 무슨 색깔인지 보고 싶었던 거야. 그러자 엄마가 나를 잡아당기고는 그게 무슨 뜻인지 설명해 주셨어. 나는 그때 엄마가 아무 설명도 하지 말고 나더러 물을 보도록 내버려두었으면 더 좋았을걸 하는 생각을 했던 것 같아."

엘리노어는 내 얘기를 듣고 미소를 지었다.

"몇 살 때였어요?"

"글쎄, 여덟 살쯤 되지 않았을까."

그녀는 일어나서 내게로 걸어와 내 뺨에 키스했다. 나는 두 팔로 그녀의 허리를 가볍게 안고 얌전히 키스를 받았다.

"악당들을 조심해요, 해리."

"그럴게."

"만약 당신 생각이 바뀌면, 난 여기 있어요. 우린 여기 있을 거예요."

나는 고개를 끄덕였다.

"매디가 엄마 마음을 돌려놓을 거야. 이제 두고 봐."

엘리노어는 슬픈 미소를 지으며 손으로 내 턱을 어루만졌다.

"나갈 때 문이 잠겼나 확인해 줄래요?"

"언제나 그러고 있어."

나는 팔을 풀고 그녀가 부엌에서 나가는 것을 지켜보았다. 그런 다음 악당과 싸우는 사내의 그림을 내려다보았다. 그림에서 내 딸은 내 얼굴에 커다란 미소를 그려 놓고 있었다.

# 36 또 다른 이별

간이 아파트 더블엑스 22호로 올라가기 전에 나는 사무실로 가서 야간 근무자 굽타 씨를 만나 방을 빼겠다고 말했다. 그는 내가 주 단위로 계약을 했기 때문에 내 신용 카드가 이미 일주일 방세를 결재해버렸다고 했다. 나는 그래도 괜찮으니 나가겠다고 말한 뒤 짐을 다 챙기면 아파트 열쇠를 식탁 위에 올려두겠다고 했다. 사무실을 나가려다 말고 나는 잠시 머뭇거리다가 이웃 방에 사는 제인에 관해 물었다.

"아, 그 여자도 나갔어요. 똑같이."

"뭐가 똑같다는 거요?"

"그 여자도 일주일 방세를 물고 그냥 나갔다고요."

"그 여자의 풀 네임이 뭔지 혹시 아시오? 한 번도 들어본 적이 없어서 말이오."

"제인 데이비스예요. 좋아해요?"

"예, 좋은 여자였어요. 발코니에서 가끔 얘기를 주고받았죠. 작별 인

362 시인의 계곡

362 시인의 계곡

사도 못 했는데. 혹시 어디로 가는지 주소 같은 걸 남기진 않았나요?"

굽타는 그럴 줄 알았다는 표정으로 미소 지었다. 검은 피부를 가진 사람치고 유난히 붉은 잇몸을 지니고 있었다.

"그런 거 없는데요. 주소 같은 것 말입니다."

나는 고개를 끄덕이며 그가 제공한 정보에 대해 감사했다. 그리고 사무실을 나와 내 방으로 가는 계단을 올라갔다.

짐을 챙기는 데는 5분도 채 걸리지 않았다. 셔츠와 바지들은 옷걸이에 걸어두고 있었다. 나는 소지품을 담아온 상자를 옷장에서 꺼내어 나머지 물건들을 담고 매디의 장난감들도 쓸어 넣었다. 버디 로크리지가 나한테 '슈트케이스 해리'라는 별명을 붙여준 건 그럴듯했지만, 그보다 차라리 '맥주상자 해리'라는 별명이 나을 뻔했다.

방을 나서기 전에 냉장고 안을 살펴보니 맥주 한 병이 남아 있었다. 나는 그것을 꺼내어 뚜껑을 땄다. 이거 한 병 마셨다고 운전에 지장을 초래하진 않겠지. 훨씬 더 많이 마시고도 운전한 적이 있었다. 치즈 샌드위치를 한 장 더 만들어 먹고 싶은 생각이 들었지만 즉시 단념했다. 배커스가 콴티코에서 매일 그릴드 치즈 샌드위치를 만들어 먹었다고 했던 말이 생각났기 때문이다.

나는 부자들의 자가용 제트기를 마지막으로 살펴보기 위해 맥주병을 들고 발코니로 걸어 나갔다. 시원하고 상쾌한 저녁이었다. 멀리 활주로 위의 파란 불빛들이 사파이어처럼 빛났다. 블랙 제트기 두 대는 모두 떠나고 없었다. 그 주인들도 카지노에서 돈을 몽땅 털렸든 왕창 땄든 함께 떠났을 것이다. 제트 엔진 흡입구 위에 빨간 먼지 뚜껑을 쓴 거대한 걸프스트림 한 대만 남아 있었다.

나는 제인 데이비스가 더블엑스에 숙박하는 것이 블랙 제트기들과 무슨 상관이 있는지 궁금했다. 내 발코니에서 1미터쯤 떨어진 제인의 발코니를 건너다보았다. 난간 위에 놓인 재떨이에는 반쯤 피우다 만 담배꽁초들이 여전히 가득 담겨 있었다. 청소부가 아직 그녀의 아파트를 청소하지 않았다는 얘기였다.

그것을 보자 엉뚱한 생각이 떠올랐다. 나는 주위를 둘러본 뒤 아래쪽 주차장을 살펴보았다. 건너편 코발 도로 위에 신호대기로 늘어선 차량들 외에는 아무 움직임도 없었다. 야간근무를 서는 경호원의 모습도 보이지 않았다. 내가 재빨리 난간을 타고 건너편 발코니로 넘어갈 자세를 취했을 때 문에서 노크 소리가 났다. 나는 재빨리 뒤로 물러서며 노크에 대답했다.

레이철 월링이었다.

"웬일이오, 레이철? 뭐가 잘못되었소?"

"아뇨. 배커스를 잡는 일에 잘못될 게 없죠. 들어가도 돼요?"

"그럼요."

나는 레이철이 들어오도록 뒤로 물러섰다. 내 소지품들이 담긴 상자를 바라보는 그녀에게 내가 먼저 물었다.

"오늘 마을에 돌아갔더니 뭐라고들 합디까?"

"책임요원한테 된통 섭혔죠, 뭐."

"나한테 다 미루라고 하지 않았소."

"시킨 대로 했죠. 그랬더니 앨퍼트가 흥분해서 길길이 날뛰더군요. 하지만 제까짓 게 뭐 어쩌겠어요? 그 자식 얘긴 하고 싶지도 않아요."

"그러면 무슨 얘길 하고 싶은데?"

"에에, 우선 그거 하나 더 없나요?"

레이철은 내가 들고 있는 맥주병을 가리켰다.

"없을 때 꼭 찾는다니까. 이거 하나 남은 것만 끝내고 여길 뜰 참이었거든."

"다행히 때맞춰 왔군요."

"컵에 한 잔 따라드릴까?"

"여기 컵들은 청결성을 믿을 수 없다고 했잖아요."

"그야 씻으면 되지."

레이철은 내 손에서 맥주병을 빼앗아 들고 한 모금 마셨다. 그리곤 내 얼굴을 빤히 바라보며 술병을 돌려주었다. 그녀가 상자를 돌아보며 말했다.

"그러니까 여길 떠나시겠다?"

"그렇지. LA로 돌아갈 거요. 당분간."

"따님이 몹시 보고 싶어질 텐데요."

"많이."

"보러 올 거예요?"

"최대한 자주 와야지."

"그래야죠. 다른 일로는요?"

"다른 일이라니?"

나는 무슨 뜻인지 알면서도 그녀에게 되물었다.

"다른 일로는 안 오시냐고요."

"내 딸 외엔 볼일이 없지."

우린 그 자리에 선 채 한참 동안 서로 바라보았다. 내가 맥주병을 내밀자 그녀는 내게로 다가와서 입술에 키스했다. 우리는 급하게 서로를 껴안았다.

이건 트레일러에서 있었던 일 때문이라고 나는 생각했다. 우리는 사막 한가운데서 죽을 고비를 함께 넘기지 않았던가. 그것이 서로를 힘껏 부둥켜안고 침대로 가도록 마구 떠밀고 있었다. 우리는 서로의 옷을 급하게 벗기기 시작했고, 나는 두 손을 사용하기 위해 들고 있던 맥주병을 탁자 위에 내려놓았다.

　우린 침대 위로 쓰러져 살아남은 자들의 사랑을 나누었다. 그것은 우리 둘 모두에게 다급하면서도 다소 난폭하기까지 한 섹스였다. 그렇지만 무엇보다도 뜨거운 생명력으로 죽음의 공포를 물리침으로써 우리 두 사람의 갈급한 욕구를 충족시켜 주었다.

　격정의 순간이 지나간 뒤에도 우리는 침대 위에 엉킨 채 누워 있었다. 레이철은 내 위에 엎어져 있었고 나는 두 손으로 여전히 여자의 머리카락을 움켜쥐고 있었다. 그녀가 몸을 왼쪽으로 기울이더니 맥주병을 잡으려고 손을 뻗었다. 병이 쓰러지며 남은 맥주 대부분이 탁자와 바닥에 쏟아졌다.

　"내 임대 보증금이 날아가게 생겼군."

　내가 말했다.

　그래도 맥주가 남아 있었는지 그녀는 한 모금 마신 뒤 내게 건넸다.

　"이건 오늘 일 때문이에요."

　그녀가 말했다.

　나는 한 모금 마신 뒤 그녀에게 병을 건네며 물었다.

　"무슨 뜻이오?"

　"거기서 그런 일을 겪었으니 이럴 수밖에 없었다고요."

　"옳거니."

　"말하자면 검투사의 사랑 같은 거죠. 그 때문에 여기 왔어요. 당신을 붙잡으려고."

　나는 옛날에 내가 좋아했던 영화에서 본 검투사의 농담을 떠올리곤 미소를 지었다. 그렇지만 레이철에게 얘기하진 않았기 때문에, 그녀는 내가 자기 말에 미소 지었다고 생각했을 것이다. 여자가 몸을 아래로 미끄러져 내리며 내 가슴에 머리를 올려놓았다. 나는 이번엔 좀 더 부드럽게 그녀의 머리카락을 들어 올려 불에 탄 끝부분을 살펴보았다. 그런 다음 여자의 등을 부드럽게 쓸어내리면서, 우리 두 사람이 검투사가 된 직후부터 갑자기 서로에게 상냥해진 것이 이상하게 생각되었다.

"혹시 사우스다코타에 사설탐정사무소 지사를 열고 싶은 생각은 없겠죠?"

나는 웃음이 터지려는 걸 눌러 참았다. 레이철이 다시 물었다.

"그러면 노스다코타는 어때요? 난 거기로 다시 쫓겨 갈 수도 있는데."

"지사 좋아하시네. 본사가 있어야 지사를 두지."

여자는 주먹으로 내 가슴을 살짝 쳤다.

"그걸 미처 몰랐군요."

나는 여자의 몸 밑에서 빠져나오려고 꿈틀거렸다. 그녀는 앓는 소리를 내며 내 배 위에서 내려오지 않았다.

"나더러 이제 일어나서 나가란 뜻이에요?"

"아니야, 레이철. 천만에요."

그녀의 어깨너머로 문을 본 나는 잠그지 않은 상태임을 알았다. 굽타 씨가 내가 떠난 줄 알고 문을 벌컥 열고 들어왔다가 침대 위에 서로 엉겨 붙어 있는 두 괴물을 발견하고 기절초풍하는 장면이 눈앞에 떠올랐다. 나는 미소를 지었다. 그러면 뭐 어때?

레이철이 얼굴을 쳐들고 나를 바라보았다.

"왜 그래요?"

"별것 아니에요. 문을 잠그지 않았다고. 누가 들어올 수도 있었어."

"당신이 안 잠근 거죠. 여긴 당신 아파트잖아요."

나는 여자의 입술에 키스했다. 그러자 그녀와 섹스를 하면서도 내내 입술엔 키스하지 않았다는 것을 깨달았다. 또 다른 이상한 감정이었다.

"이거 알아요, 보슈?"

"뭘 말이오?"

"당신 정말 끝내줬어요."

나는 웃으며 고맙다고 말했다. 여자는 그 카드를 언제 어디서든 뽑아 들 수 있고 언제나 같은 반응을 얻어낼 수가 있다.

"정말이에요."

레이철은 손톱들로 내 가슴을 깊이 찌르면서 강조했다. 나는 여자를 한 팔로 힘껏 끌어안으며 몸을 굴려 위치를 바꾸었다. 그녀는 나보다 적어도 열 살 이상 어려 보였지만 나는 개의치 않았다. 여자의 입술에 다시 키스한 뒤 침대에서 내려와 바닥의 옷을 주워들었다. 그리고 문을 잠그러 걸어가며 그녀에게 말했다.

"욕실에 깨끗한 타월이 한 장 남았을 거야. 그걸 사용해요."

그녀는 나더러 샤워를 먼저 하라고 우겼다. 그래서 나는 샤워를 재빨리 마친 뒤 아파트를 나와 코발 거리에 있는 편의점으로 걸어갔다. 맥주를 두 병 더 사기 위해서였다. 밤중에 운전을 해야 하기 때문에 술은 그것으로 끝내야 했다. 술에 취해 도로 상에서 빌빌대고 싶지 않았다. 맥주를 식탁에 올려놓고 앉아 기다리니 샤워를 마친 레이철이 옷을 입고 나왔다. 맥주를 본 그녀의 얼굴에 미소가 번졌다.

"이럴 줄 알았어요."

우리는 마주 앉아 맥주병을 부딪쳤다.

"검투사의 사랑을 위해!"

그녀가 말했다.

우리는 한참 동안 말없이 마시기만 했다. 나는 이 마지막 시간이 우리에게 어떤 의미가 있는지 알고 싶었다.

"무슨 생각해요?"

레이철이 물었다.

"이 일이 얼마나 복잡해질까 하는 생각."

"꼭 그래야 하는 건 아니죠. 무슨 일이 벌어질지 두고 봐요."

그 말은 다코타로 가라고 요구하는 것과 같은 뜻으로 들리진 않았다.

"오케이."

"이젠 가야겠어요."

"어디로?"

"현장사무실로 가야겠죠. 무슨 난리가 났는지 보려면."

"참, 트레일러가 폭발한 후 쓰레기 소각로는 어떻게 되었답디까? 내가 깜박했네."

"소각로는 왜요?"

"폭발이 있기 전에 잠시 소각로를 들여다봤는데, 타다 남은 신용 카드나 신분증 같은 것들이 있었어요."

"희생자들의 것이었나요?"

"어쩌면. 그자는 책들도 태웠어요."

"책을요? 왜 그랬다고 생각해요?"

"그야 나도 모르지. 하지만 이상한 건 트레일러 안에도 온통 책들이 쌓여 있었거든. 그러니까 태울 것만 골라내서 태웠다는 얘기지. 이상하잖소?"

"그렇군요. 만약 소각로에 뭔가 남아 있다면 긴급대응팀이 수거하겠죠. 거기서 인터뷰할 때 왜 그 얘길 안 했어요?"

"폭발로 머리가 어질어질해서 깜박했던 거지."

"단기간 기억상실은 충격 때문이에요."

"충격은 받지 않았소."

"그게 무슨 책들이었는지 기억나요?"

"아니. 시간이 없었어요. 타다 남은 책을 꺼내서 잠시 살펴보았는데,

369

무슨 시집처럼 보였어요."

레이철은 나를 바라보며 고개를 끄덕였지만 아무 말도 하지 않았다.

"그자가 책을 소각한 이유를 모르겠단 말이야. 트레일러를 통째로 날려버릴 놈이 따로 시간까지 내서 어떤 책들은 소각로에서 태웠거든. 마치…."

나는 말을 중단하고 생각들을 꿰맞추려고 애썼다.

"마치 뭐예요, 해리?"

"모르겠어. 마치 트레일러 물건들이 화근이 되지 않길 바란 것처럼 보였어요. 그자는 그 책들을 완전히 파기하고 싶어 했소."

"당신은 두 가지가 동시에 있어났던 걸로 가정하고 있어요. 그가 책들을 태운 때가 대여섯 달 전이었을 수도 있잖아요."

나는 고개를 끄덕였다. 그녀의 말이 옳았다. 그렇지만 여전히 찝찝한 기분이 남아서 말했다.

"내가 발견한 책들은 소각로 맨 위에 있었소. 가장 최근에 태운 거라는 뜻이지. 그 속엔 영수증도 한 장 끼워져 있었고. 반쯤 타긴 했지만 추적이 가능할 텐데 말이야."

"내가 돌아가서 체크해 보죠. 그렇지만 폭발 이후 그 소각로를 못 본 것 같아요."

나는 어깨를 으쓱했다.

"나도 그래."

레이철이 일어나자 나도 따라 일어섰다.

"또 한 가지가 있소."

나는 상의 안주머니에서 사진 한 장을 꺼내어 레이철에게 건네주며 말했다.

"트레일러 안에 있을 때 집어 들었다가 얼떨결에 넣었던 모양이오.

나중에 보니 주머니 안에 들었더라고."

프린트 트레이에서 집어 들었던 사진이었다. 2층짜리 저택 앞 진입로에 한 노인이 스테이션왜건 옆에 서 있었다.

"멋져요, 해리. 그런데 이걸 어떻게 설명해야 할까요?"

"나도 모르겠소. 아무튼 이 장소나 노인에 대해 당신이 알고 싶어 할 것 같아서."

"그게 이제 무슨 소용이 있죠?"

"왜 이래요, 레이철. 아직 끝나지 않았다는 걸 알잖소."

"아뇨, 난 몰라요."

불과 몇 분 전에 함께 몸을 섞었던 여자가 갑자기 안면을 몰수하는 것 같아 기분이 좋지 않았다.

"알았소."

나는 옷걸이에 걸린 옷을 입고 상자를 집어 들었다.

"잠깐만요, 해리. 그걸 그냥 내버려둘 참이에요? 끝나지 않았다는 게 무슨 뜻이죠?"

"트레일러 안에 있던 시체는 배커스가 아니란 걸 우리 둘은 알고 있단 뜻이오. 당신이나 연방수사국이 그것에 흥미를 못 느낀다면 할 수 없지. 그렇지만 날 속이려들진 말아요, 레이철. 우린 오늘 위기를 함께 넘기고, 조금 전엔 아주 가까워지지 않았소."

여자는 약간 누그러졌다.

"해리, 그 일은 내 손을 이미 떠났어요. 우린 현장분석 결과가 나오길 기다리고 있어요. FBI의 공식 입장은 아마도 내일 국장의 기자회견에서나 나올 거예요."

"난 FBI 공식 입장에는 관심이 없소. 당신한테 말하고 있는 거지."

"해리, 나한테 듣고 싶은 말이 뭐죠?"

"내일 국장이 무슨 소릴 하든, 당신은 시인을 꼭 잡고야 말겠다고 해야지."

내가 문 쪽으로 향하자 레이철이 따라왔다. 우리는 아파트를 나갔다. 나 대신에 문을 당겨 닫는 그녀에게 물었다.

"차는 어디 세워두었소? 내가 바래다드리지."

우리는 계단을 내려가서 아파트 사무실 근처에 세워둔 자동차까지 걸어갔다. 레이철이 차문을 열고 나를 돌아보며 말했다.

"나는 시인을 꼭 잡고 싶어요. 당신이 상상하는 이상으로."

"오케이, 좋아. 또 연락하겠소."

"네, 이제 뭘 할 거예요?"

"나도 몰라. 일을 벌이면 알려드리지."

"네. 또 만나요, 보슈."

"안녕, 레이철."

그녀는 나한테 키스한 뒤 운전석에 올랐다.

나는 더블엑스를 형성하는 두 건물 사이로 몸을 숨기며 다른 주차장에 세워놓은 내 자동차로 걸어갔다. 오늘로서 레이철 윌링을 보는 것이 마지막이 아님을 나는 확신했다.

# 37 예정된 살인

시내를 빠져나갈 때 차량들이 밀리는 스트립을 우회할 수도 있지만 나는 그러지 않기로 했다. 모든 불빛들이 나를 환송하는 것 같은 생각이 들었다. 나는 딸을 남겨둔 채 로스앤젤레스로 떠나는 중이었다. 경찰에 복직하기 위해서. 앞으로도 딸을 만나긴 하겠지만, 내가 바라고 필요로 하는 그런 시간을 함께 보내긴 어려울 것이다. 자식에 대한 사랑과 의무를 매주 24시간 봉사로 땜질해야 하는 우울한 주말 아빠 집단에 나도 포함되겠지. 그런 생각이 들자 가슴 속에 시커먼 먹구름이 밀려들어 수십억 킬로와트 전구를 켜도 환해지지 않을 것 같은 기분이었다. 내가 다 털린 도박꾼 심정으로 라스베이거스를 떠나고 있는 것만은 분명해 보였다.

도시의 불빛을 헤치고 시경계선을 넘어서자 차량들이 줄어들며 하늘도 어두워졌다. 나는 복직을 선택한 것이 내 마음을 무겁게 짓누르고 있다는 걸 무시하려고 애썼다. 그 대신 배커스의 시각으로 사건 추이를 논리적으로 추적해 보았다. 사건 내용을 가루가 되도록 씹고 또 씹고 나자 마침내 해답을 찾지 못한 질문들만 남았다. 나는 연방수사국과 같은 시각으로 사건을 보았다. 톰 월링이라는 이름을 차용한 배커스는 클리어에서 살고 있었다. 그리고 매음굴로 찾아온 손님들을 상대로 대리운전을 해주면서 그들을 희생물로 삼았다. 그가 여러 해 동안 살인을 저지르고도 무사했던 것은 그런 안전한 희생자들만 골라잡았기 때문이었다. 그의 엽기적 살인 행각은 희생자들 수가 감당할 수 없을 정도로 늘어나고 라스베이거스 경찰이 여섯 명의 실종자 리스트를 작성하여 범죄 패턴을 잡아가기 시작할 때까지 계속되었다. 배커스는 경찰의 수사망이 클리어까지 뻗어오는 건 시간문제임을 알았을 것이다. 그는 테리 매컬렙의 이름을 신문에서 보는 순간 그 시기가 훨씬 더 빨라질 것임을 예감했다. 어쩌면 매컬렙이 라스베이거스로 갔다는 소문도 들었을 것이다. 어쩌면 매컬렙은 클리어 마을까지 갔을지도 모른다. 누가 알겠는가? 모든 대답은 매컬렙의 죽음과 사막에 있던 그 트레일러의 폭발로 날아가 버렸다.

이 사건에서는 밝혀지지 않은 내용들이 너무 많았다. 그렇지만 현시점에서 분명해 보이는 것은 배커스가 일단 장사를 접었다는 사실이었다. 그는 사막에서의 살인 계획을 중단하고 자신의 후배였던 매컬렙과 레이철에게 숙련된 전문가의 병적인 진열품을 보여주기로 했다. 그리고 불탄 트레일러와 파괴된 시체를 남김으로서 자신의 생사에 대해 의문을 느끼도록 만들었다. 최근 몇 년 사이에는 사담 후세인과 오사마 빈 라덴이 그와 똑같은 의문들을 길게 늘어뜨린 적이 있었다. 어쩌면 배커스는 자신도 그들과 같은 위치로 보았을지 모를 일이었다.

소각로에서 본 불에 탄 책들이 내 마음에 가장 걸렸다. 레이철은 그것들을 소각한 배경이 알려지지 않았다는 이유로 간과했지만, 나는 여전히 그것들이 수사에 중요한 단초가 될 것처럼 느껴졌다. 소각로에서 꺼내 보았던 그 책을 좀 더 자세히 살펴보거나 확인할 시간을 갖고 싶었다. 타다 남은 그 책은 아직 아무도 모르는 시인의 계획에 대해 어떤 암시를 던져주었다.

책 속에 끼워져 있던 타다 남은 영수증 조각을 떠올린 나는 휴대전화를 꺼내어 라스베이거스 전화 안내를 불렀다. 안내원에게 '북 카'라는 서점이 있는지 물어보았지만 없다는 대답이 돌아왔다. 내가 막 전화를 끊으려는 순간, 그녀는 인더스트리 거리에 '북 캐러밴(Book Caravan)'이라는 서점은 있다고 말했다. 확인해 보고 싶으니 연결해 달라고 부탁했다.

너무 늦은 시각이라 가게 문을 닫았을 것이라고 생각했다. 그래도 자동응답기가 나오면 주인에게 내일 아침 전화를 해달라는 메시지라도 남기고 싶었다. 하지만 신호음이 두 번 울린 뒤 무뚝뚝한 사내 목소리가 흘러나왔다.

"아직 영업합니까?"

"24시간 합니다. 무얼 도와드릴까요?"

어떤 서점인데 이 시각까지 영업을 하는가 싶었다. 아무튼 나는 질문을 날렸다.

"거기서 시집 종류도 판매합니까?"

무뚝뚝한 사내가 웃더니 말했다.

"거참 희한하군. 한 번은 팀북투에서 왔다는 사내가 그러더니. 시집 따위는 엿이나 먹으라고 하쇼."

그는 다시 껄껄 웃고는 전화를 끊어버렸다. 사내의 즉각적인 반응에 나도 미소를 지으며 휴대전화를 닫았다. 북 캐러밴은 막다른 골목 같았다. 하지만 나는 내일 아침 레이철에게 전화하여 배커스와의 관련성을 찾아볼 가치가 있을 거라고 말할 참이었다.

초록색 고속도로 표지판이 어둠 속에서 튀어나와 전조등 불빛 속으로 들어왔다.

ZZYZX ROAD

I MILE

자동차 속력을 줄이고 어둠 속의 울퉁불퉁한 사막 길로 들어가 볼까 하는 생각이 들었다. 시체 발굴 현장에서는 아직도 법의학 팀이 작업을 계속하고 있을까? 하지만 저 길을 따라 내려가 봤자 죽은 자들의 유령이나 만나는 일 외에 무슨 수가 있을까? 나는 유령들을 뒤로 하고 도로 입구를 지나쳤다.

레이철과 함께 마신 맥주 한 병 반이 실수였다. 빅터빌에 이르자 피로가 몰려왔다. 알코올 기운 속에 너무 많은 생각을 한 탓이었다. 커피를 마시기 위해 야간영업을 하는 맥도날드 앞에 차를 세웠다. 기차역처럼 디자인한 가게였다. 커피 두 잔과 슈거쿠키 두 개를 사들고 낡은 열차 칸에 앉았다. 그것들을 먹고 마시며 테리 매컬렙의 시인에 대한 수사 파일을 읽기 시작했다. 이젠 보고서들의 순서와 요점을 거의 암기할 정도가 되었다.

커피 한 잔을 다 마실 때까지 읽고 나자 더 이상 생각할 것이 없어 파일을 닫았다. 새로운 결단이 필요했다. FBI가 잘 마무리할 것으로 믿고 이 사건에서 손을 떼든가, 새로운 추적 경로를 찾아내든가.

나는 연방수사국에 대해 유감이 없다. FBI는 세계에서 가장 철저한 장비를 갖춘 냉혹한 법집행기관이라는 것이 내 생각이다. 그 규모가 너무 광대하고, 지국들과 특수부대들, 요원들 사이에 일어나는 수많은 소통불능과 불협화음이 문제였다. 그 결과는 FBI 요원들을 포함한 전 세계 법집행기관 사람들이 대부분 이미 알고 있듯이, 9·11 사태와 같은 몰락을 초래했을 뿐이다.

FBI는 법집행기관이라는 명성에 너무 신경 쓸 뿐만 아니라 정치색 또한 너무 짙게 띠고 있다. 에드가 후버 시절부터 죽 그래왔던 것이다. 엘리노어 위시는 에드가 후버가 군림하던 시절 워싱턴 본부에 소속되어 있던 요원 하나를 알게 되었다. 그의 말에 의하면 요원이 엘리베이터를 타고 있을 때 국장이 들어오면 인사말도 건넬 수 없었다고 했다. 뿐만 아니라 즉시 엘리베이터에서 내려서 그 거물이 혼자 타고 올라가면서 자신의 위대한 책임에 대해 생각할 수 있도록 해줘야만 했다는 것이다. 어떤 이유 때문인지 나는 그 얘기를 뇌리에서 떨쳐낼 수가 없었다. 그야말로 FBI의 오만을 완벽하게 드러낸 얘기 같다는 생각이 들었기 때문이다.

결론적으로 말하면 나는 그래시엘라 매컬럼에게 전화해서 그녀의 남편을 죽인 살인자가 아직도 저 바깥을 배회하고 있지만 FBI가 잘 처리할 것이라고 얘기하고 싶지 않다는 것이다. 아직도 나는 내 손으로 처리하고 싶었다. 그래야 할 빚을 테리와 그녀에게 졌고, 진 빚은 항상 갚아야만 내 직성이 풀린다.

도로로 다시 나오니 커피와 슈거쿠키가 내 기운을 북돋아 주었다. 그래서 나는 천사들의 도시를 향해 힘차게 차를 몰았다. 10번 고속도로에 접어들자 비가 쏟아져 내리며 차량들의 속도가 느려졌다. 로스앤젤레스 라디오방송 KFWB를 켠 후에야 비는 하루 종일 내리고 있었고 주말까지 그치지 않을 거라는 사실을 알게 되었다. 토팽가 캐년에서 전하는 생방송은 최악의 사태를 예상한 주민들이 문과 차고 앞에 모래주머니를 쌓고 있다고 했다. 산사태와 홍수의 위험이 있었다. 지난해에 휩쓸고

간 최악의 산불로 인해 빗물과 흙을 붙잡아둘 숲이 별로 남아 있지 않아 모조리 흘러내리고 있었다.

날씨 덕분에 집에 도착하려면 몇 시간은 더 걸리겠다는 생각이 들었다. 시계를 보니 자정을 막 넘기고 있었다. 키즈 라이더에겐 집에 도착한 뒤에 전화하려고 했는데, 이런 속도로 가다간 너무 늦겠다는 판단이 섰다. 휴대전화를 꺼내어 그녀의 집으로 전화를 걸자 즉시 받았다.

"키즈, 나 해리야. 깨어 있었어?"

"그럼요, 해리. 비가 오면 잠이 안 와요."

"알 만하군."

"좋은 소식 있어요?"

"모두 중요하거나 아무도 중요하지 않아."

"그래서요?"

"당신이 들어오면 나도 들어가지."

"무슨 소리에요, 해리. 난 이미 안에 있는데."

"무슨 말인지 알잖아. 이번 기회는 당신한테도 구세주가 될 거야. 당신은 궤도를 이탈했어. 나도 그렇고. 우리가 뭘 해야 하는지는 당신이나 나나 잘 알고 있지. 이젠 돌아가야 할 시간이야."

나는 기다렸다. 긴 침묵이 흐른 뒤에 마침내 그녀가 말했다.

"내가 그러면 그분이 화를 낼 텐데. 나한테 꽤 많은 걸 의존하고 있거든요."

"당신이 말한 내로라면 그 정도는 이해하실 분이잖아. 허락하실 거야. 당신이 설득할 수 있어."

다시 침묵.

"좋아요, 해리. 들어갈게요."

"좋았어. 그러면 나도 내일 내려가서 서명할게."

"알았어요, 해리 그럼 내일 봐요."

"내가 전화할 줄 진작 알고 있었지?"

"이렇게 대답하죠. 선배가 기재할 신청서를 내 책상에 준비해두고 있었다고요."

"당신은 언제나 나한테 너무 잘해줬어."

"우리가 선배를 필요로 한다고 말한 건 정말이에요. 그게 핵심이죠. 하지만 선배가 바깥에서 혼자 뛰는 건 오래가지 않을 거라고 봤어요. 배지 반납하고 사립탐정 길로 나섰다가 부동산업자, 자동차 세일즈맨, 전자제품 상인, 심지어 책 장사로 풀린 사람도 봤어요. 대부분 잘 해냈지만 선배는 아니에요. 본인도 잘 아실걸요."

나는 아무 말도 하지 않았다. 내 전조등 불빛이 미치지 않는 그 너머 암흑 속을 응시하고 있었다. 키즈가 방금 한 말이 내 머리 속의 어떤 기억을 불러냈던 것이다.

"듣고 있어요, 해리?"

"으응, 키즈. 당신 방금 책 얘기를 했지? 은퇴해서 책 장사를 한다는 친구 말이야. 그게 에드 토머스 얘기야?"

"네, 난 에드가 사직서를 제출하기 6개월쯤 전에 할리우드로 왔어요. 그는 은퇴해서 오렌지카운티에 서점을 차렸다고 하더군요."

"알아. 거기 가본 적 있어?"

"네, 한 번은 그가 딘 쿤츠 사인회를 열었어요. 신문을 보고 알았죠. 딘 쿤츠는 내가 좋아하는 작가지만 사인회를 자주 하진 않아요. 그래서 찾아갔더니 서점 바깥 보도에 팬들이 줄을 서 있더군요. 에드는 나를 발견하고 쿤츠 앞으로 데리고 가서 소개한 뒤에 사인을 받아줬죠. 사실 좀 창피했어요."

"이름이 뭔데?"

"음….《스트레인지 하이웨이》였던 것 같은데요."

그 말에 나는 김이 팍 샜다. 논리적 비약과 연결을 기대하고 있었는데…. 그때 키즈가 재빨리 수정해서 말했다.

"아니, 그건 그다음 책이었고, 쿤츠가 사인한 책 이름은《외로운 생존자(Sole Survivor)》였어요. 비행기 추락 사건을 다룬 얘기였죠."

그제야 나는 키즈가 내 말을 잘못 알아들었다는 것을 알았다.

"책이 아니라 서점 이름이 뭐냐고 물었어, 키즈."

"아, 북 카니발(Book Carnival)이에요. 그 서점을 인수할 때의 상호가 그랬던 것 같아요. 그렇지 않았다면 에드는 다른 신비한 이름을 붙였을 텐데. 그는 주로 미스터리 소설들을 판매하고 있거든요."

북 카가 바로 북 카니발이 아닐까? 나는 자신도 모르게 가속 페달을 힘껏 밟았다.

"키즈, 전화 끊을게. 나중에 얘기하자고."

그리고는 키즈가 대답하기도 전에 전화를 끊었다. 전방 도로와 휴대전화 화면을 번갈아보며 최근에 전화한 리스트를 훑어 내려가던 나는 레이철 월링의 전화번호가 나오자 연결버튼을 눌렀다. 신호음이 나자마자 그녀가 받았다.

"레이철, 해리요. 너무 늦게 전화해서 미안하지만 중요한 일이라서."

"지금 회의 중이에요."

그녀가 속삭이는 소리로 말했다.

"아직도 현장사무실에 있소?"

"네."

새벽 같이 시작한 날에 무슨 일로 자정까지 있어야 하는지 아무리 생각해 봐도 알 수 없었다.

"소각로 때문이오? 불에 탄 책?"

"아뇨. 거긴 아직 안 갔어요. 다른 일이에요. 전화 끊어야 되는데."

목소리가 침울한 데다 내 이름을 입에 올리지 않는 것으로 보아 옆에 다른 요원들이 있는 것 같았다. 또한 무슨 회의인지 모르지만 분위기가 안 좋은 모양이었다.

"내 말 잘 들어요, 레이철. 뭔가 짚이는 게 있어. 당신이 당장 LA로 와야 해요."

그녀의 목소리가 달라졌다. 다급한 내 말투에 그녀도 심각성을 깨달은 듯했다.

"그게 뭐예요?"

"시인의 다음 행동을 알고 있소."

# 38 협상

"다시 전화할게요."

레이철은 휴대전화를 닫은 뒤 블레이저 주머니 속에 집어넣었다. 보슈가 마지막으로 한 말이 머릿속에 맴돌았다.

"월링 요원, 우리 대화에 좀 집중해 주면 좋겠는데요."

레이철은 랜들 앨퍼트를 쳐다보았다.

"미안합니다."

그녀는 사건담당 책임요원 뒤쪽에 있는 텔레컴 스크린을 바라보았다. 실물보다 더 큰 브래스 도런의 얼굴이 웃고 있었다.

"계속하세요, 도런 요원."

앨퍼트의 재촉에 도런은 말했다.

"더 얘기할 것도 없어요. 지금으로선 그게 전부예요. 로버트 배커스가 그 트레일러에 숨어 있었다는 건 확인할 수 있지만, 폭발할 때도 그 안에 있었다고 확신할 순 없다는 거죠."

"DNA는 어떻습니까?"

"월링 요원이 커다란 위험을 무릅쓰고 모아온 DNA 증거물과 나중에 긴급대응팀이 수집해온 것들은 비교할 자료가 있을 때만 유용합니다. 무슨 뜻이냐 하면, 우리가 로버트 배커스의 DNA 소스를 찾아낼 수 있을 때만 쓸모가 있다는 얘기죠. 혹은 그것을 이용하여 트레일러 안의 그 시체가 다른 사람임을 확인할 수도 있겠죠."

"배커스의 부모한테서 그의 DNA를 추출할 순 없나요?"

"이미 시도해 봤죠. 그의 아버지는 그런 과학적 수단이 발명되기도 전에 사망해서 화장되었고, 그의 어머니는 행방이 묘연해요. 어쩌면 어머니가 그의 첫 번째 희생자가 되었을지 모른다는 의견도 있어요. 몇 년 전에 쥐도 새도 모르게 사라졌거든요."

"그자는 모든 것을 다 생각했군요."

"그의 어머니 경우는 자기를 버린 것에 대한 복수였을 가능성이 큽니다. 그 당시에 나중에 있을지도 모르는 DNA 추출을 막기 위해 조처를 취했다고 보긴 어려워요."

"결론적으로 말해 말짱 도루묵이란 뜻이군."

"미안해요, 랜들. 하지만 과학이 미칠 수 있는 건 거기까지예요."

"알아요, 도런 요원. 다른 얘긴 해줄 게 없나요? 새로운 걸로?"

"없는데요.

"끝내주는군. 좋아요, 그렇다면 국장님께 그렇게 말씀드릴 수밖에 없죠. 배커스는 그 트레일러 안에 있었고, 거기까진 법의학 결과와 목격자 증언도 있습니다. 그렇지만 아직까지 우리는 다음 단계를 예측할 수가 없고, 그자가 죽었다고 단언할 수도 없습니다."

"우리가 정보들을 다 취합할 때까지 꼼짝 말고 기다려 달라고 국장님을 설득할 방법은 없을까요? 수사를 제대로 하기 위해서 말이에요."

도런의 말에 레이철은 웃음을 터뜨릴 뻔했다. 워싱턴 D.C.에 있는 후버 빌딩에서는 항상 정치적 고려가 우선이다 보니 제대로 된 수사는 늘 뒷전이라는 걸 그녀는 알고 있었다.

"이미 설득해 봤소."

앨퍼트가 대답했다.

"대답은 노. 위험이 너무 크기 때문이죠. 사막에서의 폭발 사건으로 일은 이미 터졌어요. 거기서 박살난 것이 배커스였다면 문제는 간단하지. 우리가 최종적으로 확인만 하면 만사 오케이니까. 하지만 그게 배커스가 아니었고 그자가 다른 계획을 품고 있다면, 국장님은 이대로 발표하지 않았다간 치명적인 역풍을 맞을 수 있습니다. 그래서 지금까지 밝혀진 대로 발표하겠다는 거죠. 배커스는 거기 있었다. 배커스는 사막에서의 연쇄살인 혐의자다. 배커스는 죽었을 수도 죽지 않았을 수도 있다. 이렇게 발표하겠다는 겁니다. 지금으로선 국장님을 만류할 방법이 없어요."

일은 이미 터졌다고 말할 때 앨퍼트는 레이철을 힐끗 돌아보았다. 마치 이 모든 책임이 그녀에게 있다는 듯한 표정이었다. 레이철은 방금 보슈에게 들은 말을 공개할까 하는 생각이 들었지만 즉시 마음을 접었다. 아직은 때가 아니었다. 좀 더 자세히 알아본 다음에 해도 늦지 않을 것이다.

"자, 여러분. 이제 끝냅시다."

앨퍼트가 갑자기 선언했다.

"브래스, 내일 아침 큰 화면으로 다시 만납시다. 월링 요원은 좀 남아 주겠소?"

레이철은 브래스가 화면을 떠나는 것을 지켜보았다. 전송이 끝나자 화면이 캄캄해졌다. 앨퍼트가 레이철이 앉아 있는 곳으로 걸어왔다.

"월링 요원."

"네?"

"당신이 여기서 할 일은 끝났소."

"무슨 뜻이죠?"

"당신은 끝났다고. 호텔로 가서 짐을 꾸리시오."

"아직 여기서 할 일이 많은데요. 내가 하고 싶은 일은…."

"당신이 뭘 하고 싶든 난 관심 없소. 여기서 나가라고. 당신은 여기 온 후 수사를 망치기만 했어. 내일 아침 첫 비행기로 당신이 왔던 곳으로 돌아가시오. 알겠소?"

"당신은 실수를 범하고 있어요. 난 이 사건의…."

"그 문제로 나한테 대드는 당신이 실수하고 있는 거지. 이보다 어떻게 더 똑똑히 말해줘야 하나? 여기서 나가라고요. 작성한 서류를 제출한 뒤 비행기에 올라타시오."

레이철은 그를 노려보며 마음속의 분노를 모두 전달하려고 노력했다. 앨퍼트는 무언가를 막아내듯 한 손을 들어올렸다.

"말조심해요. 부메랑이 되어서 당신 엉덩이를 물어뜯을 수도 있어."

레이철은 분노를 삼켰다. 그리곤 차분한 목소리로 말했다.

"난 아무데도 안 갈 거예요."

앨퍼트는 눈알이 튀어나올 것 같은 표정으로 그녀를 바라보았다. 그는 데이 요원에게 방에서 나가라고 손짓했다. 그리고 문이 닫힐 때까지 잠시 기다렸다가 레이철을 다시 돌아보며 물었다.

"방금 뭐라고 했소?"

"아무데도 안 간다고 했어요. 이 사건에서 물러날 수 없어요. 당신이 나를 비행기에 밀어 넣어도 사우스다코타로는 돌아가지 않겠어요. D.C. 본부로 가서 곧바로 윤리감사실(OPR)에 당신을 제소할 겁니다."

385

"무슨 이유로? 뭘 제소하겠다는 거요?"

"당신은 처음부터 나를 미끼로 사용했어요. 나한테 알려주거나 동의도 받지 않고 말이죠."

"말 같지도 않은 소릴 하고 있네. 제소해요. 윤리감사실로 달려가라고. 아마 그들은 코웃음을 치며 당신을 10년쯤 더 배들랜즈로 귀양 보내겠지."

"셰리는 실수를 범했고 당신도 마찬가지였어요. 내가 클리어 마을에서 불려 왔을 때 셰리는 내게 왜 보슈의 자동차를 타고 갔느냐고 물었어요. 그 후 격납고에서 당신도 똑같은 질문을 내게 던졌죠. 내가 보슈의 자동차로 거기 갔다는 걸 알고 있었다는 얘기죠. 그 점에 대해 곰곰이 생각하다가 난 그 이유를 알아냈어요. 당신들은 내 자동차에 GPS 전자추적 장치를 달았던 거예요. 조금 전에 난 자동차 밑에서 그걸 찾아냈어요. 코드 라벨이 그대로 붙어 있는 연방수사국 표준 지급품이더군요. 누가 체크했는지 기록도 남아 있겠죠."

"무슨 소릴 하는지 모르겠소."

"윤리감사실 사람들은 알아낼 걸로 확신해요. 셰리가 아마 그들을 도와주겠죠. 내가 셰리라도 당신한테 자신의 장래를 걸진 않을 것 같거든요. 나는 진실을 말할 거예요. 당신은 나를 미끼로 여기 데려왔다는 것, 당신은 내가 배커스를 끌어낼 것으로 생각했다는 것을 말이죠. 당신이 나를 계속 추적하는 팀도 만들었을 거라는 확신도 드네요. 그것에 대한 기록도 있겠죠. 내 휴대전화와 호텔방은 어떤가요? 거기에도 도청장치를 했나요?"

레이철은 앨퍼트의 눈빛이 변한 것을 보았다. 무언가 속으로 골똘히 생각하는 눈빛이었다. 직업윤리 문제로 제소되어 조사 받는 것에 대해 생각하느라 그녀의 추궁이 더 이상 귀에 들리지 않는 듯했다. 레이철은 앨퍼트가 자신의 파멸을 감지하기 시작했다는 걸 느낄 수 있었다. 한 요원이 위험성이 큰 도박에 다른 요원을 본인도 모르게 미끼로 사용하면서 도청하고 미행했다는 사실. 언론의 감시가 집요한데다 사소한 분쟁이라도 피하려는 연방수사국의 분위기를 감안할 때 앨퍼트의 그런 행동은 용서 받기 어려울 터였다. 배들랜즈로 귀양 갈 사람은 레이철이 아니라 그 자신이었다. 윤리감사실은 그를 조용히, 그리고 재빨리 처리하려 할 테고, 그는 운이 아주 좋아야 래피드 시티 지국에서 레이철의 옆자리를 차지하게 될 것이다.

"배들랜즈는 여름이 특히 끝내주게 아름답죠."

레이철은 한마디 해주곤 일어나서 문 쪽으로 걸어갔다.

"윌링 요원?"

앨퍼트가 그녀의 등 뒤에서 불렀다.

"잠깐만 기다려요."

# 39 악마와 함께 총알을 타고

레이철이 탄 비행기는 비바람으로 인해 30분 늦게 버뱅크에 착륙했다. 비바람은 밤새 그치지 않았고 도시 전체에 뿌연 장막을 드리웠다. 비로 인해 도시가 마비될 지경이었다. 모든 도로와 고속도로까지도 차량들이 거북이처럼 느릿느릿 기어갔다. 도로들은 많은 빗물에 대비해서 건설된 것이 아니었고, 도시 자체도 마찬가지였다. 새벽녘이 되자 폭우는 배수로를 흘러넘쳤고, 터널들은 한계치에 이르렀다. 로스앤젤레스 강으로 흘러든 빗물은 뱀처럼 꾸불꾸불한 콘크리트 관을 통해 도시를 관통하여 바다로 들어가는 요란한 급류로 변했다. 지난 해 산불로 타버린 초목의 재를 씻어 내린 빗물은 시커먼 색을 띠고 있었다. 마치 세상의 종말을 보는 듯한 침울한 색깔이었다. 도시는 불로 먼저 시련을 겪고 이제 다시 홍수에 시달리고 있었다.

LA에서 사는 일이 악마와 함께 총알을 타고 종말을 향해 달려가는 것처럼 느껴질 때가 있다. 아침에 만난 사람들의 눈에서 나는 "다음엔 또 뭐지?"하는 눈빛을 읽을 수가 있었다. 지진인가? 엄청난 해일? 아니면 끔찍한 인재? 10여 년 전 이 천사들의 도시에서 일어났던 화재와 폭우는 지진과 사회적 소요의 전조가 되었다. 하지만 그런 일이 다시 일어날 수 있다고 생각하는 사람은 아무도 없는 듯했다. 만약 우리가 자신의 어리석음과 실수로 인해 다시 파멸하게 된다면, 그것은 같은 주기로 반복되는 자연의 균형 작용으로 보는 것이 더 쉽다.

나는 터미널 바깥 연석에서 레이철을 기다리며 그런 생각을 하고 있었다. 비가 자동차 앞유리를 때려 전방이 뿌옇게 흐렸다. 바람 때문에 차체가 출렁거릴 정도였다. 나는 경찰에 복직하는 문제에 대해서도 생각했다. 복직하면 어리석은 행동을 또 반복할 것인가, 아니면 이번엔 명예를 얻을 수 있을 것인가.

나는 레이철이 조수석 창문을 노크할 때까지도 빗속에서 그녀를 발견하지 못했다. 그녀가 뒷문을 열고 가방을 던져 넣었다. 초록색 파커를 입고 후드를 쓴 모습이었다. 다코다에서 폭우를 맞고 서 있으면 잘 어울릴 옷차림이었지만, LA에서는 너무 크고 둔해 보였다.

"이번엔 진짜라야 해요, 보슈."

그녀는 빗물을 뚝뚝 흘리며 조수석으로 올라와서 말했다. 겉으로는 내게 어떤 호감도 표시하지 않았고 나도 마찬가지였다. 나의 육감에 따라 행동하는 동안에는 피차 프로답게 처신하기로 사전에 전화로 합의했던 것이다.

"다른 대안이라도 있는 거요?"

"아뇨. 어젯밤 앨퍼트와 대판으로 붙었거든요. 이제 사우스다코타 말뚝 근무는 떼어 놓은 당상이죠. 하긴 기후는 여기보다 좋겠군요."

"아무튼 LA 오신 걸 환영합니다."

"여긴 버뱅크라고 생각했는데요."

"기술적으론 그렇죠."

공항을 빠져나오자 나는 134번 도로로 내려가서 동쪽 5번 도로로 나갔다. 비가 오는데다 아침 러시아워가 겹쳐 전진이 더뎠다. 그래서 그리피스 공원을 우회하여 남쪽으로 향했다. 아직 시간을 걱정할 단계는 아니지만 마냥 느긋한 상황만도 아니었다.

비와 차량들 때문에 운전에만 집중하느라 한참 동안 침묵이 이어졌다. 운전대를 잡은 나보다 할 일 없이 조수석에 앉아 있던 레이철이 더 긴장했을 것이다. 단지 차 안 분위기를 부드럽게 하기 위해서라는 듯 마침내 그녀가 입을 열었다.

"이제 당신의 그 엄청난 계획에 대해 말을 좀 해 주시죠?"

"계획은 없소. 육감일 뿐이지."

"시인의 다음 행동을 알고 있다고 했잖아요, 보슈."

나의 간이 아파트 침대에서 사랑을 나눈 뒤로 그녀는 나를 줄곧 성으로만 불렀다. 그게 프로답게 처신하는 것의 일부인지, 아니면 가장 친밀한 관계를 가졌던 사람에겐 거꾸로 가장 덜 친밀한 호칭을 사용하는 것이 사랑을 표현하는 방법인지는 나도 알 수 없었다.

"당신을 여기 데려올 수밖에 없었소, 레이철."

"좋아요. 이제 왔잖아요. 그러니 말해 보세요."

"엄청난 계획을 가진 자는 시인이야. 배커스 말이오."

"무슨 짓을 꾸미고 있는데요?"

"내가 어제 얘기한 책 기억나요? 소각로에서 꺼냈다고 한 잭."

"네."

"그것이 지닌 의미를 알 것 같아요."

나는 레이철에게 그 책 속에서 발견한 타다 남은 영수증과 북 카라는 이름은 북 카니발이라는 서점이며, 8년 전 시인이 마지막으로 살해하려고 했던 에드 토머스 형사가 은퇴한 뒤 그곳을 경영하고 있다고 설명해 주었다.

"소각로에서 발견한 그 책들 때문에 그자가 여기서 살인을 계획하고 있다고 생각해요? 우리가 8년 전에 막았던 일을요?"

"그렇지."

"그건 지나친 비약이에요, 보슈. 내가 비행기 타고 여기까지 날아오기 전에 그런 얘길 해주실 것이지."

"이보다 더한 우연은 아마 없을 거요."

"좋아요. 그럼 끝까지 얘기해 보세요. 프로파일을 말해 봐요. 시인의 엄청난 계획을 한번 들어볼까요."

"그건 연방수사국에서 할 일이지. 범죄를 프로파일 하는 거. 난 그런 일 안 해요. 하지만 시인의 의도는 충분히 짐작할 수 있지. 트레일러 폭발은 장엄한 피날레처럼 보이려고 꾸민 거요. 그런 다음 그자는 FBI 국장이 텔레비전 카메라 앞으로 걸어 나와 '우리가 시인을 잡은 것 같습니다'라고 발표하자마자 에드 토머스를 죽일 겁니다. 그야말로 완벽한 상징성이 되겠지. 엄청난 제스처로 완전무결하게 엿 먹이는 것. 체크메이트예요, 레이철. 연방수사국이 자화자찬을 늘어놓고 있을 때 그들의 코 밑으로 들어가 그들이 자랑으로 여기고 있던 에드를 가뿐하게 해치우는 거죠."

"그런데 소각로의 책들은 무슨 상관이 있죠?"

"나는 시인이 그 책들을 에드로부터 샀다고 생각해요. 북 카니발에 우편주문을 했거나 직접 구입했을 수도 있지. 책에 어떤 식으로든 표시가 되어 있어서 서점을 추적할 수 있었을 거요. 시인은 그게 싫어서 소각한 겁니다. 트레일러를 폭파해도 완전히 없어지지 않을 우려가 있으니까. 에드가 죽고 배커스가 도주하고 나면, FBI 요원들이 시인과 서점

과의 연결점을 알아내고 그의 계획이 얼마나 용의주도했는지 알게 될 것 아니겠소? 시인의 천재성을 드러내는 데도 도움이 되겠죠. 그자가 원하는 게 바로 그런 거지. 프로파일러는 당신이잖아. 내가 한 말 중에서 틀린 걸 말해 봐요."

"옛날 얘기죠. 지금은 다코타에서 미결 사건이나 정리하고 있는 처지인데요, 뭐."

시내를 지나자 차량들도 좀 줄어들기 시작했다. 금융가의 고층건물 꼭대기들이 폭우가 몰고 온 안개 속으로 사라졌다. 이 도시의 빗속에선 항상 유령이 나올 것만 같았다. 불길한 예감이 언제나 나를 사로잡았고, 무언가가 세계로부터 떨어져나가 잘못된 듯한 느낌이 들게 만들었다.

"그런데 딱 한 가지 틀린 것이 있어요, 보슈."

"뭐죠?"

"국장이 오늘 기자회견을 열긴 하지만 시인을 잡았다는 말은 하지 않을 거예요. 우리도 당신처럼 트레일러 안에 있던 시체가 배커스였을 거라곤 생각지 않거든요."

"배커스는 그걸 모르지. 그래서 다른 사람들처럼 CNN을 지켜볼 거요. 그 때문에 자기 계획을 바꾸진 않을 거라고. 어쨌거나 나는 그가 오늘 에드 토머스를 공격할 것으로 봐요. 그자는 '내가 너희들보다 더 똑똑해'라는 메시지를 보낼 겁니다."

레이철은 머리를 끄덕이곤 그것에 대해 한참 동안 생각했다.

"좋아요."

그녀가 마침내 말했다.

"그렇다면 우린 어떻게 해야 하죠? 에드 토머스에게 전화는 했나요?"

"아직은 어떻게 해야 할지 모르겠소. 에드에게 전화하지도 않았고.

우린 지금 그의 서점이 있는 오렌지카운티로 가고 있는 중이오. 전화를 했더니 자동응답기가 11시에 문을 연다고 안내하더군."

"서점엔 왜요? 시인한테 죽은 형사들은 모두 각자의 집에서 살해됐잖아요. 한 명만 차 안에서 죽었죠."

"왜냐하면 에드의 집이 어딘지 우선 모르겠고, 또 하나는 책 때문이오. 나는 배커스가 서점에서 일을 벌일 걸로 봐요. 내 짐작이 빗나가서 에드가 서점에 나타나지 않으면 그땐 그의 집을 찾아 나서야겠지."

레이철은 그 계획에 동의하며 고개를 끄덕였다.

"시인 사건을 소재로 쓴 책은 모두 세 권이에요. 세 권 다 읽어봤는데 모두 후기에다 사건에 등장한 인물들을 언급했더군요. 토머스는 은퇴하여 서점을 열었다고 써 놓았고, 그 중 한 권에는 서점 이름까지 밝혔던 걸로 기억해요."

"그러게 말이야."

레이철이 시계를 본 뒤 물었다.

"서점 문 열 때까지 도착할 수 있을까요?"

"있을 거요. 국장의 기자회견 시간이 정해졌나?"

"D.C. 시간으로 3시예요."

대시보드 시계를 보니 오전 10시였다. 에드 토머스가 서점 문을 여는 시각까지는 한 시간 남았고, 기자회견까지는 두 시간이 남아 있었다. 내 이론과 육감이 맞아떨어진다면 우린 곧 시인과 대면하게 될 것이다. 마음의 준비를 했지만 흥분되었다. 피 속의 아드레날린이 들끓는 느낌이었다. 오랜 습관에 따라 손이 운전대를 떠나 엉덩이를 더듬었다. 나는 거기에 글록 27을 차고 있었다. 내가 무기를 가지고 다니는 것은 불법이므로 그것을 사용하게 되면 문제가 발생할 것이다. 그 때문에 경찰 복직이 불가능해질 수도 있다.

그렇지만 당장에 당면한 위협이 또 다른 위협을 감당해야만 한다고 지시할 때도 있다. 이것이 바로 그런 경우들 중 하나일 거라고 나는 생각했다.

# 40 단서

비 때문에 서점을 감시하기가 어려웠다. 와이퍼를 계속 작동하면 수상한 차로 보일 게 뻔했다. 그래서 우리는 빗물로 흐릿해진 앞유리를 통해 서점을 지켜볼 수밖에 없었다.

우리는 오렌지 시내 투스틴 대로에 있는 스트립 쇼핑센터 주차장에 차를 세워두고 있었다. 북 카니발은 락샵과 빈 점포 사이에 자리 잡은 작은 가게였다. 그 아래쪽으로 세 번째 가게는 총포사였다.

주차장 앞쪽에 차를 세우기 전에 쇼핑센터 뒤쪽으로 돌아가 보았더니 '북 카니발'이라 적힌 뒷문이 있었다. 그리고 초인종 아래 '배달용 벨'이라고 적힌 팻말도 보였다.

일을 완벽하게 하려면 서점 앞뒤로 최소한 두 명씩은 감시를 붙여야 할 것이다. 시인은 손님을 가장하고 정문으로 들어갈 수도 있지만 배달부로 가장하여 뒷문으로 들어갈 수도 있다. 하지만 이런 상황에선 완벽을 기할 수가 없다. 비가 내리는데다 인원도 우리 둘밖에 없다. 메르세데스를 서점 앞쪽에 멀찌감치 세울 수밖에 없었다. 그렇지만 감시하다가 필요할 때는 즉시 뛰어나갈 수 있을 만큼 가까운 거리였다.

북 카니발 진열창 바로 뒤쪽에 카운터와 금전등록기가 자리 잡고 있었다. 우리한텐 잘 된 셈이었다. 에드 토머스가 점포 문을 여는 것을 본 직후 그가 카운터 뒤에 자리 잡는 것을 확인할 수가 있었다. 그는 현금 서랍을 등록기 안으로 밀어 넣은 뒤 몇 군데 전화를 걸었다. 빗물로 앞 유리가 흐릿하긴 해도 그가 등록기 앞에 있는 동안은 지켜볼 수가 있었다. 그의 뒤로 보이는 점포 안쪽은 어두웠다. 그가 자리를 떠나 선반이나 진열장 쪽으로 이동하면 더 이상 보이지 않아 우리는 끔찍한 기분에 사로잡히곤 했다.

오는 길에 레이철은 자기 자동차에서 GPS 전자추적 장치를 발견했으며, 동료 요원들이 그녀를 배커스의 미끼로 이용했다는 사실을 확인했다고 말했다. 그런데 지금은 우리가 여기 앉아 나의 옛 동료였던 에드 토머스를 새로운 미끼로 던져 놓고 시인을 기다리고 있는 셈이었다. 나한테 어울리지 않는 행동이었다. 서점 안으로 들어가 에드에게 시인의 표적이 되고 있으니 빨리 여길 떠나 휴가라도 가라고 말해주고 싶었다. 하지만 배커스도 어디선가 에드를 지켜보고 있을 것이고, 평소와 약간만 다른 기미를 보이면 나타나지 않을 것이다. 그렇게 되면 유일한 기회를 날려버리게 된다. 따라서 레이철과 나는 에드 토머스의 목숨을 이기적으로 이용하고 있는 셈이었다. 언젠가는 그것에 대한 추궁을 받게 되겠지만, 문제는 어떤 결과를 얻느냐에 달려 있었다.

첫 번째 손님은 두 여자였다. 그들은 토머스가 문을 열고 잠시 후에 찾아왔다. 두 여자가 서점 안을 배회하는 동안 이번엔 한 사내가 점포 앞에 차를 세우고 안으로 들어갔다. 배커스에 비해 너무 젊은 것 같아 우리는 그다지 신경 쓰지 않았다. 사내는 책을 사지도 않고 나오더니 서둘러 떠났다. 잠시 후 두 여자도 책이 담긴 백을 들고 나왔다. 차에서 내린 나는 주차장을 가로질러 총포사 앞으로 달려갔다.

레이철과 나는 토머스를 이 일에 끌어들이지 않기로 했지만, 그렇다고 해서 서점 안을 살펴보지 않을 수는 없었다. 결국 내가 태연하게 토머스를 만나 적당한 얘기를 꾸며대며 혹시 그 자신이 감시를 당하고 있는 걸 알고 있는지 떠보기로 했다.

나는 우선 차를 세운 지점에서 가장 가까운 거리에 있는 총포사 안으로 들어갔다. 차는 주차장 이쪽 끝에 세워놓고 저쪽 끝에 있는 서점으로 걸어가면 사람들 눈에 이상해 보일 것 같아서였다. 유리 진열장 안에 있는 번쩍이는 총기들을 쓱 훑어본 뒤 벽에 붙은 사격 표지판들을 살펴보았다. 표지판에는 보통 반면영상들이 그려져 있었지만 오사마 빈 라덴이나 사담 후세인의 얼굴이 그려진 것들도 있었다. 그것들이 더 잘 팔릴 것 같았다.

카운터 뒤에 선 사내가 도와드릴까요 하고 물었다. 나는 그냥 한번 둘러보는 거라고 대꾸한 뒤 가게를 나왔다. 북 카니발 쪽으로 걸어가다가 그 옆에 있는 빈 점포 앞에 멈춰 서서 안을 들여다보았다. 뿌연 유리를 통해 책 제목 같은 글자들이 적힌 상자들이 보였다. 토머스가 빈 공간을 책 창고로 사용하고 있는 듯했다. 유리창에 '점포임대'라는 글씨와 전화번호가 적힌 표지판이 붙어 있었다. 나중에 필요할 경우를 생각하여 나는 전화번호를 암기해 두었다.

북 카니발 안으로 들어가자 에드 토머스가 카운터 뒤에 서 있었다. 내가 미소를 짓자 그도 알아보고 미소를 지었다. 그렇지만 내 얼굴을 알아보는데 몇 초쯤은 걸린 것 같았다.

"해리 보슈 아닌가?"

"에드, 어떻게 지내나?"

우리는 악수를 했다. 나는 안경 뒤에서 따스하게 빛나는 그의 눈빛이 마음에 들었다. 6~7년 전 밸리의 스포츠먼스 로지에서 은퇴 만찬을 함께 한 뒤로 처음 만난 셈이었다. 머리카락이 좀 더 희게 변했지만 여전히 늘씬하고 호리호리했다. 그는 범행현장에서 노트를 얼굴 가까이 바짝 치켜들고 기록하는 습관이 있었다. 안경 도수가 한두 단계 낮은 것을 항상 끼고 있었기 때문이다. 두 팔을 높게 쳐든 그의 포즈를 빗대어 강력계에서는 '사마귀'란 별명을 붙여주었다. 갑자기 그의 은퇴 파티를 알리는 전단지가 떠올랐다. 거기 그려진 에드의 캐리커처에는 망토를 입고 마스크를 쓴 슈퍼히어로의 가슴에 사마귀(Praying Mantis)를 뜻하는 P자가 커다랗게 새겨져 있었다.

"책 장사는 좀 어때?"

"잘 되고 있어. 그 고약한 대도시에서 여기까지 어인 행차신가? 2~3년 전에 은퇴했다는 소릴 들었는데."

"그랬지. 하지만 복직을 해볼까 해."

"그러고 싶어?"

"응, 약간. 두고 봐야지."

에드는 놀란 표정을 지었다. 그 자신은 경찰이라는 직업에 대해 눈곱만치도 미련이 없는 것처럼 보였다. 워낙 책벌레라 정찰이나 도청 임무를 수행할 때를 대비해서 소설 한 박스를 트렁크에 항상 싣고 다니던 친구였다. 이제 그에겐 연금과 서점이 있었다. 이제 그 지랄 같은 경찰을 더 이상 하지 않고도 잘 살고 있다.

"그냥 지나던 길인가?"

"그건 아닐세. 일이 있어서 왔지. 내 옛날 파트너였던 키즈 라이더를 기억하나?"

"그야 물론이지. 얼마 전에 여기 왔었네."

"바로 그 얘기야. 내가 키즈한테 신세진 일이 좀 있어서 작은 선물을 하나 하려고. 이 일대에서 딘 쿤츠라는 작가가 사인한 책을 파는 서점은 여기뿐이란 소리를 키즈한테 들은 기억이 있거든. 그걸 한 권 사주고 싶어서 찾아왔네."

"몇 권 짱박아둔 게 있을 거야. 찾아보지. 그런 책들은 번개같이 나가 버리기 때문에 항상 숨겨놔야 해."

그는 카운터를 돌아 나와 책 창고로 보이는 뒤쪽 문으로 걸어갔다. 배달용 문이 그 뒤쪽에 있을 것이라 짐작했다. 그가 시야에서 사라지자 나는 카운터 너머로 몸을 기울이고 그 아래 선반들을 살펴보았다. 조그마한 비디오 디스플레이 튜브와 화면이 네 개로 나누어진 스크린이 보였다. 네 대의 카메라는 네 곳에 앵글을 맞춰놓고 있었다. 카운터 너머를 살펴보는 나와 현금등록기 부근, 기다란 서점 전체 광경, 선반들의 근경, 토머스가 보고 있는 선반 위의 유사한 VDT 튜브를 보여주는 창고 뒤쪽이었다.

나는 그가 자기 카운터 너머를 살피고 있는 나를 보고 있다는 걸 깨달았다. 허리를 펴며 재빨리 적당한 핑계거리를 생각했다. 잠시 후 토머스가 책을 들고 돌아오며 물었다.

"찾던 것은 찾았나, 해리?"

"뭐? 아, 카운터 너머를 좀 살펴본 것 말인가? 난 단지 자네가 저 뒤에 어떤 방어책을 마련해 두고 있는지 알고 싶었네. 자넨 전직 경찰이 아닌가. 혹시 옛날에 만났던 놈들이 불쑥 나타나지는 않을까 걱정되지 않던가?"

"조심하고 있네, 해리. 그 점은 걱정하지 말게."

나는 고개를 끄덕였다.

"그렇담 다행이지. 바로 그 책이야?"

"응, 키즈가 이미 가지고 있을까? 작년에 나온 책인데."

그는 《얼굴(the Face)》이란 제목의 책을 보여주었다. 키즈 라이더가 그 책을 이미 가지고 있는지 모르지만, 나는 일단 그것을 사기로 마음 먹었다.

"나도 모르지. 쿤츠가 사인한 거야?"

"그럼. 사인하고 날짜를 적었지."

"좋아, 그럼 그걸로 하겠네."

그가 금전등록기를 두드리는 동안 나는 사소한 것 같지만 실은 사소하지 않은 얘기를 꺼냈다.

"저 아래 카메라를 설치해 놓은 걸 봤는데, 서점에서 저렇게까지 할 것 있나?"

"놀랐겠지. 사람들은 책을 훔치길 좋아한다네. 저 안에는 수집품 서적들이 있어. 아주 비싼 책들이라 그곳에 카메라 앵글을 맞추고 있지. 오늘 아침에도 《닉의 여행(Nick's Trip)》이란 책을 바지 속에 쑤셔 넣고 나가려는 아이 녀석을 하나 붙잡았어. 조지 펠레카노스(미국 하드보일드 작가—옮긴이)의 초기 작품들은 구하기가 어렵거든. 그걸 도둑맞았다면 700달러쯤 날릴 뻔했지."

책 한 권에 700달러라면 터무니가 없다 싶었다. 그런 제목은 들어본 적이 없어 아마 50년 내지 100년 이상은 된 책인가 보다 생각했다.

"경찰을 불렀나?"

"아니, 그냥 혼찌검만 내줬지. 한 번만 더 얼씬거리면 경찰을 부르겠다고 하면서."

"자넨 멋진 친구야, 에드. 은퇴한 후로 많이 부드러워졌네. 아이들이 나쁜 길로 가도록 방치할 사마귀가 절대 아니지."

내가 20달러짜리 두 장을 건네자 그는 거스름돈을 내주었다.

"사마귀 시절은 오래전에 흘러갔어. 그리고 내 마누라는 내가 부드러 워졌다고 생각하지 않아. 고맙네, 해리. 키즈에게 내 안부도 전해 주게."

"그러지. 은퇴한 이후에 다른 사람은 만난 적 없나?"

나는 아직 떠나고 싶지 않았다. 정보가 좀 더 필요해서 대화를 이어 나갔다. 그의 머리 위를 쳐다보니 천장 부근에 설치된 두 대의 소형 카 메라 돔이 눈에 띄었다. 한 대는 금전등록기에, 다른 한 대는 서점 전체 에 앵글을 맞추고 있었다. 작은 빨간 불빛이 깜박거렸고, 카메라에 연결 된 까만 케이블은 천장 속으로 숨어들었다. 혹시 배커스가 이 가게 안 에 들어왔다가 감시 테이프에 담기진 않았을까 하는 생각이 들었다.

"한 번도 없었네."

에드 토머스가 대답했다.

"난 그야말로 미련 없이 떠났으니까. 자넨 그 시절이 그립다고 했지 만 난 전혀, 눈곱만큼도 그립지 않아. 정말이야, 해리."

나는 이해한다는 듯이 고개를 끄덕였지만 실은 이해할 수 없었다. 토 머스는 훌륭한 경찰이자 유능한 형사였다. 그리고 열심히 일했다. 바로 그런 이유 때문에 시인은 그를 표적으로 삼았던 것이다. 그는 입에 발 린 소리를 하고 있었기 때문에 나는 그게 진심이라고 믿어지지 않았다.

"그럼 됐지, 뭐. 그런데 오늘 아침 자네가 혼쩌검을 냈다는 그 녀석도 테이프에 담겨 있겠지? 난 그 녀석이 어떻게 도둑질했는지 좀 보고 싶 은데."

"아니야, 난 실시간 전송만 이용해. 카메라들을 보이는 곳에 설치하 고 문에 스티커도 붙여 놓았네. 범죄를 예방하기 위해서지. 녹화기까지 설치하려면 돈이 너무 많이 들고 유지비도 장난 아니거든. 그래서 실시 간 전송 장비만 갖춘 거야."

"그렇군."

"이보게. 만약 키즈가 이 책을 이미 구입했다면 도로 가져오게. 다른 사람한테 팔면 되니까."

"아니, 괜찮아. 그땐 내가 읽으면 되지, 뭐."

"해리, 자네가 책을 마지막으로 읽은 게 언제지?"

"한 두어 달 전에 아트 페퍼(미국 색소폰 연주자-옮긴이)에 관한 책을 읽었어."

나는 짐짓 화난 표정을 지어 보였다.

"그가 죽기 전에 자기 아내와 함께 쓴 책이지."

"논픽션이야?"

"응, 실제 이야기지."

"난 소설을 얘기하는 거야. 소설을 마지막으로 읽은 것이 언제냐고?"

나는 어깨를 으쓱했다. 기억나지 않았다.

"그럴 줄 알았네."

에드 토머스가 웃었다.

"키즈가 원치 않으면 책을 도로 가져오게. 살 사람은 많아."

"알았네, 에드. 고마워."

"복직하면 몸조심하게, 해리."

"그러지. 자네도 조심해."

문 쪽으로 걸어가다가 갑자기 어떤 생각이 떠올랐다. 내가 사건에 대해 알고 있는 정보들과 토머스가 한 얘기가 융합작용을 일으킨 듯했다. 나는 손가락을 탁 퉁기며 방금 기억났다는 듯이 토머스를 돌아보며 말했다.

"참, 네바다에 사는 내 친구도 자네 단골이라 하더군. 아마 우편주문을 자주 했을걸. 우편주문도 받지?"

"물론이지. 그 친구 이름이 뭔데?"

"톰 윌링이야. 클리어 마을에서 줄곧 살았어."

토머스는 고개를 끄덕였지만 어쩐지 떨떠름한 표정으로 변했다.

"그자가 자네 친구라고?"

나는 헛발질을 했나 싶었다.

"친구라기보다는 좀 아는 사이지."

"그자는 나한테 빚이 좀 있네."

"그래? 무슨 빚?"

"설명하자면 좀 길어. 그자에게 내 수집품 장서들을 팔았는데, 처음엔 돈을 재깍재깍 잘 주더라고. 우편환으로 지불했는데 아무 문제도 없었어. 그래서 더 많은 책들을 원하기에 우편환을 받기 전에 보내줬지. 큰 실수였어. 벌써 석 달이 지났는데 한 푼도 받지 못했네. 혹시 그자를 만나거든 내가 책값을 달라 하더라고 전해 주게."

"그러겠네, 에드. 정말 유감이야. 그자가 사기꾼인 줄은 몰랐네. 무슨 책들을 주로 사갔나?"

"에드가 앨런 포에 빠져 있어서 라드웨이 컬렉션 몇 권을 팔았네. 꽤 오래된 책들이야. 멋진 책들이지. 내가 다른 컬렉션을 입수하자 그는 더 많은 책들을 주문했어. 그리곤 돈을 보내지 않았네."

나는 가슴이 쿵쾅거렸다. 토머스의 얘기는 배커스가 여기서 무언가를 꾸미고 있었음을 확인해 주었다. 그 순간 당장 가면을 벗어던지고 토머스에게 사실대로 모두 털어놓고 그가 위험에 처해 있음을 경고해 주고 싶었다. 그렇지만 나는 참았다. 그러기 전에 레이철과 먼저 의논해서 제대로 된 계획을 세울 필요가 있었다.

"그의 방에서 그런 책들을 본 것 같아. 시집들이었나?"

"대부분 그렇지. 단편소설은 거들떠보지도 않았어."

"그 책들에 오리지널 수집가의 이름이 새겨져 있나? 라드맨이라고?"

"라드맨이 아니라 라드웨이야. 책들 속에 그의 서재 봉인이 찍혀 있지. 그러면 가격이 떨어지는데도 자네 친구는 그 책들을 원했네."

나는 고개를 끄덕였다. 내 가설이 맞아떨어지고 있었다. 이젠 더 이상 가설이 아니었다.

"해리, 정말 무슨 일인가?"

나는 토머스를 돌아보며 반문했다.

"무슨 뜻인가?"

"모르겠네. 자네가 꼬치꼬치 묻는 투가 마치…."

서점 안쪽에서 들려온 요란한 벨 소리가 그의 말을 중단시켰다.

"신경 쓸 것 없네, 해리. 책 배달이야. 가봐야겠네."

"아."

"나중에 또 보세."

"그래."

나는 그가 카운터를 떠나 뒷문 쪽으로 가는 것을 보았다. 시계를 보니 정오였다. FBI 국장은 카메라 앞으로 걸어 나와 사막에서 있었던 폭발 사건에 대해 설명했다. 그는 그것을 시인이란 별명으로 알려진 연쇄 살인자의 소행이라고 말했다. 배커스가 토머스를 살해할 시간으로 결정한 것이 바로 이 순간일까? 가슴속에서 공기가 다 빠져나간 것처럼 답답하고 목이 꽉 죄어오는 느낌이었다.

토머스가 책 창고로 나가자마자 나는 카운터로 돌아가서 상체를 기울이고 보안 모니터를 살펴보았다. 그가 뒷방 모니터를 체크하면 내가 가게에서 아직 나가지 않았다는 것을 금방 알겠지만, 나는 그가 곧장 뒷문으로 갈 것이라고 계산했다.

창고를 비추는 모니터 한 모퉁이를 통해 나는 토머스가 뒷문 문구멍을 통해 바깥을 내다보는 모습을 볼 수 있었다. 그는 이상이 없음을 확인한 듯 곧 자물쇠를 풀고 문을 열었다. 상체를 숙인 상태에서 거꾸로 보고 있는데다 모니터에 나타난 영상이 너무 작아 알아보기 힘들었다.

토머스가 뒤로 물러서자 한 사내가 들어왔다. 검정색 티셔츠와 반바지 차림이었다. 상자 두 개를 포개 들고 있는 사내를 토머스는 가까운 작업대로 안내했다. 배달원은 상자를 작업대 위에 내려놓은 다음 배달 확인을 해달라고 전자식 클립보드를 토머스에게 내밀었다.

아무 문제도 없는 것처럼 보였다. 정상적인 배달이었다. 나는 재빨리 카운터를 떠나 문 쪽으로 이동했다. 문을 열자 전자식 초인종 소리가 울렸지만 나는 개의치 않았다. 딘 쿤츠가 사인한 책을 레인코트 안에 집어넣고 빗속을 달려 메르세데스를 세워둔 곳으로 돌아갔다. 운전석에 앉기 바쁘게 레이철이 물었다.

"카운터 너머로 뭘 그렇게 살펴보고 있었어요?"

"감시 카메라 영상. 배달원이 와서 가게를 떠나기 전에 진짠지 확인하고 싶었소. D.C. 시각으로는 3시가 넘었겠는데."

"알아요. 그래, 토머스를 만난 보람은 있었나요, 아니면 책만 한 권 사고 끝났나요?"

"많은 걸 건졌지. 톰 월링은 이 서점 단골이었어. 에드가 앨런 포의 책들을 주문한 뒤 돈을 지불하지 않았대요. 우리가 예상했던 대로 우편 주문이었소. 토머스는 그의 얼굴을 본 적도 없고, 책만 네바다로 발송했다더군."

레이철이 상체를 곧추세웠다.

"농담하시는 거죠?"

"아니. 그 책들은 에드가 판매하던 어떤 친구의 컬렉션이었대요. 수집자의 표시가 되어 있어서 추적이 가능했지. 그래서 시인은 소각로에서 모조리 불태웠던 거요. 폭발 속에서도 혹시 살아남은 책들이 있어서 토머스까지 추적당하는 위험을 용납할 수 없었던 거죠."

"왜죠?"

"그자는 바로 여기서 일을 꾸미고 있었으니까. 토머스를 목표물로 삼고 있었소."

나는 차를 출발시켰다.

"어디 가려고요?"

"저 뒤로 가서 배달을 확인하려고. 그리고 장소를 가끔 이동하는 것이 좋아요."

"오, 이젠 나한테 감시 요령까지 강의하는군요."

나는 그 말엔 대꾸하지 않고 플라자 뒤로 차를 몰았다. 북 카니발 뒷문 옆에 택배회사의 갈색 밴이 서 있었다. 우리는 차를 가까이 몰아가면서 트럭 뒤와 책 창고의 열린 문을 슬쩍 살펴보았다. 배달원이 트럭 뒤의 램프 위로 여러 개의 상자들을 끌어올리고 있었다. 반품들일 거라 짐작하며 나는 차를 계속 몰았다.

"진짜 배달원인데요."

레이철이 말했다.

"그런 것 같아."

"토머스에게 사실대로 얘기하진 않았겠죠?"

"물론이지. 날 의심하는 것 같았는데 벨 소리 덕분에 살았지. 당신하고 먼저 의논하고 싶었소. 내 생각엔 그에게 사전경고를 해줘야 할 것 같아."

"해리, 그 얘긴 이미 했잖아요. 사전경고를 해주면 그의 일상과 태도가 달라질 거예요. 그건 포기나 다름없죠. 배커스가 그를 감시하고 있다면 아주 작은 변화에도 금방 눈치를 챌 테니까요."

"그렇지만 사전경고도 없이 일을 진행하다가 틀어지기라도 하면…."

나는 말을 끝내지 않았다. 우린 이 문제로 두 차례나 언쟁을 벌였지만 의견이 정반대였다. 매우 전형적인 의견대립이었다. 배커스를 잃는 한이 있더라도 토머스의 안전을 우선시해야 하나? 아니면 배커스에게 접근하기 위해 토머스를 위험에 빠뜨려야 하나? 목적과 수단에 대한 얘긴데, 어느 쪽을 우선시하더라도 만족을 가져다주진 않았다.

"그러니까 틀어지지 않도록 해야죠."

레이철이 말했다.

"옳은 말이오. 지원팀은 어때요?"

"그것도 너무 위험할 것 같아요. 많은 사람들을 끌어들일수록 비밀을 유지하기 힘들죠."

나는 머리를 끄덕였다. 그녀의 말이 옳았다. 우리는 조금 전에 차를 세우고 감시했던 주차장 맞은편 끝에 있는 빈 공간을 발견했다. 그렇지만 나는 자만하지 않았다. 주중의 비오는 날이라 주차장에는 차들이 많았지만 그래도 우리는 눈에 띌 수 있었다. 우리 자신도 에드 토머스의 감시 카메라들처럼 범행을 제지하고 있을지 모른다는 생각이 들었다. 어쩌면 시인도 우리를 목격하고 계획을 포기했을 수도 있었다.

"손님이에요."

레이철의 말에 나는 주차장 건너편을 바라보았다. 한 여자가 서점을 향해 걸어가고 있었다. 낯이 익다 싶더니만 스포츠먼스 로지에서 만난 적 있는 에드 토머스의 아내였다.

"그의 아내요. 만난 적 있지. 이름이 팻이든가."

"그의 점심을 가져온 걸까요?"

"어쩌면. 아니면 서점에서 일하는지도 모르지."

우리는 한참 동안 지켜보았지만 서점 앞쪽에서 토머스와 그의 아내가 얼씬거리는 걸 볼 수 없었다. 걱정이 된 나는 휴대전화를 꺼내어 가게로 전화를 걸었다. 그러면 그들이 전화기가 있는 카운터 쪽으로 오지 않을까 생각해서였다.

여자가 재깍 전화를 받았지만 카운터 쪽으로 다가온 사람은 없었다. 나는 재빨리 전화를 끊었다.

"책 창고에도 전화가 있는 모양이군."

"누가 받았어요?"

"그의 아내가."

"내가 한번 들어가 볼까요?"

"안 돼. 배커스가 지켜보고 있으면 당신을 알아볼 거요. 그러면 상황 끝이야."

"좋아요, 그러면 어떡하죠?"

"가만히 있어야지, 뭐. 그들은 아마 내가 서점 안쪽에서 본 테이블에 앉아 점심을 먹고 있을 거요. 참을성을 발휘해 봐요."

"난 참는 게 싫어요. 이렇게 가만히 앉아 있는 것도…."

그녀는 에드 토머스가 서점 밖으로 나오는 것을 발견하자 입을 다물었다. 레인코트를 입고 우산을 든 차림이었다. 그는 아침에 타고 온 초록색 포드 익스플로러에 올랐다. 서점 진열장을 통해 그의 아내가 카운터 뒤쪽에 앉는 것을 보고 내가 말했다.

"근무교대로군."

"어디 가는 걸까요?"

"점심 먹으러 가는 거겠지."

"서류가방을 들었는데요. 그를 따라가야 할 것 같지 않아요?"

차를 다시 출발시키며 내가 대답했다.

"맞아."

우리는 토머스가 포드 익스플로러를 몰고 주차장을 빠져나가는 것을

408 시인의 계곡

지켜보았다. 출구를 벗어난 그는 우회전하여 투스틴 대로로 나갔다. 그의 차가 지나가는 차량들 속에 섞여들자 나도 그를 따라 빗속으로 차를 몰고 나갔다. 그리고 휴대전화를 꺼내어 서점으로 전화를 걸었다. 에드 토머스의 아내가 받았다.

"안녕하세요, 에드 거기 있습니까?"

"방금 외출했는데, 무슨 일이시죠?"

"팻이에요?"

"그런데요. 누구세요?"

"빌 길버트예요. 오래전에 스포크먼스 로지에서 뵌 것 같은데. 할리우드 경찰서에서 에드와 함께 근무했죠. 오늘 서점 근처로 나갈 일이 있어 잠시 들를까 하고요. 곧 돌아오겠죠?"

"확실히 모르겠는데요. 감정을 하러 떠났는데 하루 종일 걸릴 수도 있거든요. 하필 이런 비오는 날에 먼 길을 떠났어요."

"감정이라뇨? 무슨 뜻입니까?"

"북 컬렉션이에요. 어떤 사람이 수집품을 팔려고 해서 그 가치를 평가하러 갔죠. 샌퍼낸도 계곡까지 들어가야 하고, 수집품도 엄청난 걸로 알아요. 오늘 밤엔 서점 문을 제가 닫아야 할지 모른다고 했거든요."

"지난번에 내게 얘기했던 라드웨이 컬렉션이 더 나온 모양이군요?"

"아니에요. 그건 거의 다 팔렸어요. 이번엔 찰스 터렌타인이란 사람의 컬렉션인데, 무려 6천 권이 넘는다고 했어요."

"와아, 정말 대단하군요!"

"유명한 수집가인데 돈이 필요한가 봐요. 에드에게 모조리 팔아치우고 싶다고 했대요."

"희한하군요. 한평생을 책 수집에 바친 사람이 모조리 팔아치운다니 말이죠."

"가끔 있는 일이에요."

"이제 그만 봐 드려야겠군요, 팻. 에드와는 다음에 연락하죠. 제가 전화했다고 전해 주세요."

"성함이 뭐라고 하셨죠?"

"톰 길버트요. 그럼 안녕."

내가 휴대전화를 닫자마자 레이철이 재깍 말했다.

"처음엔 빌 길버트라고 했어요."

"맙소사!"

나는 통화 내용을 그녀에게 말해 주었다. 그리고 지역코드 818의 교환대에 전화하여 찰스 터렌타인의 전화번호를 부탁했으나 그런 번호는 없다는 대답이 돌아왔다. 나는 레이철에게 FBI 로스앤젤레스 지국에서 혹시 터렌타인의 주소나 등록되지 않은 전화번호를 알 수 있는 자가 없는지 물어 보았다.

"로스앤젤레스 경찰국에는 그런 사람이 없나요?"

"지금까지 내게 신세진 사람들은 다 써먹은 것 같거든. 게다가 난 아웃사이더이잖소. 당신은 현역이고."

"내가 과연 현역인지 잘 모르겠네요."

그녀가 휴대전화를 꺼내어 확인하는 동안 나는 22번 고속도로에서 50미터쯤 앞서 달리는 토머스의 익스플로러 미등에 정신을 집중했다. 이제 곧 토머스는 선택을 해야 할 것이다. 5번 도로에서 북쪽으로 틀어 LA 시내를 통과하든지, 아니면 계속 달려 북쪽 405번 도로를 타든지. 양쪽 도로 모두 샌퍼낸도 계곡으로 이어져 있었다.

레이철은 요청한 교환대로부터 5분 후에 연락을 받았다.

"카노가 공원의 발레리오 거리에 살고 있다는데요. 거기가 어딘지 알아요?"

"카노가 공원이야 알지. 발레리오 거리는 계곡 전체를 동서로 관통해요. 전화번호도 알아냈소?"

그녀는 휴대전화에 번호를 찍는 것으로 대답을 대신했다. 그리고 전화기를 귀에 대고 30초쯤 기다린 뒤 닫아버리며 말했다.

"아무도 안 받아요. 자동응답기 외엔."

우리는 그 점에 대해 생각하며 잠시 침묵에 빠졌다.

토머스의 차가 5번 도로 출구를 지나쳐 405번 도로를 향해 질주했다. 나는 그가 거기서 북쪽으로 틀어 세풀베다 고개를 넘어 계곡으로 들어갈 것임을 알았다. 카노가 공원은 서쪽에 있었다. 이런 날씨라면 적어도 한 시간은 달려야 할 것이다. 그것도 운이 좋아야지.

"그를 놓치지 말아요, 보슈."

레이철이 조용히 말했다.

그것이 무슨 뜻인지 알고 있었다. 그녀도 이제 느낌이 온다는 얘기였다. 에드 토머스가 우리를 시인에게 데려다줄 것이라고 그녀도 믿고 있었다. 나는 고개를 끄덕였다. 내 가슴 깊은 곳에서 들려오는 흥얼거림처럼 나도 그렇게 느꼈기 때문이었다. 우리는 자신도 모르는 사이에 그곳으로 다가가고 있었다.

"걱정 말아요, 안 놓칠 테니."

나는 레이철을 안심시켰다.

# 4I 폭우 속의 해후

비는 레이철을 질리게 했다. 무지막지하게 쏟아지며 잠시도 그칠 기미를 보이지 않았다. 자동차 앞유리로 폭포처럼 쏟아져 내려 와이퍼를 아무리 빨리 작동해도 소용이 없었다. 모든 것이 뿌옇게 흐려 보였다. 고속도로 노견 여기저기 자동차들이 멈춰 서 있었다. 번개가 하늘을 찢으며 서쪽 바다 위로 떨어졌다. 사고를 낸 차량들을 하나둘 지나칠 때마다 레이철의 불안감은 커져갔다. 만약 사고가 나서 토머스의 차를 놓치기라도 한다면, 그에게 일어난 일에 대해 두 사람은 무거운 마음의 짐을 지게 될 것이다.

레이철은 토머스의 자동차 미등을 놓쳐버릴까 봐 두려웠다. 벌겋게 흐려진 미등들의 바다 속에서 그를 잃어버릴 것만 같았다. 보슈는 그녀의 그런 걱정을 알아차린 듯이 말했다.

"안심해요, 절대로 놓치지 않을 테니까. 설사 놓치더라도 그의 행선지를 이미 알고 있잖소."

시인의 계곡

"그렇지 않아요. 우리가 아는 건 터렌타인의 집 주소뿐이에요. 그곳에 꼭 그의 책이 있다는 뜻은 아니죠. 6천 권이라고 했잖아요. 그 많은 책을 집에 두는 사람이 있을까요? 창고나 다른 장소에 보관하고 있을지도 모르죠."

레이철은 보슈가 운전대를 고쳐 잡고 속도를 약간 더 높여 토머스의 차에 더 가까이 붙이는 것을 보았다.

"그런 생각을 안 해본 건 아니죠?"

"아니, 못 했는데."

"그렇다면 놓치지 말아요."

"안 놓칠 거라고 했잖소."

"알아요. 괜히 내가 불안해서 하는 소리예요."

레이철은 빗물로 뿌옇게 흐려진 앞유리를 턱짓하며 물었다.

"저런 일이 언제 또 있었죠?"

"거의 없었소. 뉴스에서는 100년 만에 내리는 폭우라더군. 여기저기 침수되고 파괴될 것 같아. 계곡에서 흘러넘친 물이 말리부 해안을 휩쓸고, 팔리세이드 절벽에서는 사태가 나겠어. 강도 범람하겠지. 작년에는 산불이 휩쓸고 가더니 금년엔 홍수가 날 판이로군. 어느 쪽이든 항상 문제라니까. 당신이 항상 테스트나 다른 관문을 통과해야 하는 것처럼."

그는 일기예보를 들어보려고 라디오를 켰다. 그러자 레이철이 즉시 손을 뻗어 꺼버린 뒤 앞유리를 가리키며 명령했다.

"운전에만 집중하세요. 일기예보 따위는 신경 쓰고 싶지 않아요."

"옳은 말씀이야."

"더 바짝 붙여요. 바로 뒤에 붙여도 괜찮아요. 날씨가 이래서 당신 얼굴을 볼 수 없을 거예요."

"그랬다가 그의 꽁무니라도 박으면 어쩌려고?"

"그를 놓치지만 말아요."

"알았어. 알았다고요."

그다음 반 시간을 달리는 동안 두 사람은 한 마디도 하지 않았다. 오르막길 도로가 산 너머로 이어졌다. 레이철은 산꼭대기에 있는 거대한 바위 구조물을 보았다. 어두운 회색의 포스트모던 성채처럼 보이는 그 건물을 가리키며 보슈는 게티 미술관(캘리포니아 주 말리부에 있는 미술관—옮긴이)이라고 말했다.

계곡 속으로 내려가던 토머스의 차가 방향지시등을 깜박이기 시작했다. 세 대의 다른 차들 뒤를 따라가던 보슈도 같은 방향으로 핸들을 꺾으며 말했다.

"101번 도로로 진입하고 있군. 이제 거의 다 왔어요."

"카노가 공원 말예요?"

"그렇지. 여기서 서쪽으로 빠져 비포장도로를 타고 북쪽으로 올라갈 거요."

보슈는 운전과 추격에 정신을 집중하느라 다시 조용해졌다. 15분쯤 후 익스플로러가 방향지시등을 다시 깜박이더니 데소토 거리로 빠져나가 북상하기 시작했다. 보슈와 레이철이 탄 차가 출구 램프로 뒤따라 나갔을 때는 중간에 다른 차량들이 한 대도 없었다.

데소토에서 토머스는 주차구역도 아닌 도로 가에 갑자기 차를 세웠다. 보슈는 미행해온 표시를 내지 않기 위해 그의 차를 지나쳐서 갔다. 레이철이 재빨리 밀했다.

"지도를 보는 것 같아요. 실내등을 켜고 머리를 숙이고 있었어요."

"오케이."

보슈는 주유소 안으로 차를 몰아넣은 다음 한 바퀴 돌아 반대쪽으로 코를 내밀었다. 그리곤 앞으로 나가기 전에 토머스의 익스플로러가 서 있는 도로 왼쪽을 훑어보았다. 토머스가 고개를 들고 쳐다볼 경우에 대비해서 그는 휴대전화를 꺼내어 얼굴을 가리고 익스플로러가 출발하길 기다렸다. 익스플로러가 출발하고 다른 차량 한 대를 지나보낸 뒤에야 보슈도 차를 출발시켰다.

"거의 다 왔나 봐요."

레이철이 속삭였다.

"그래요."

그러나 토머스는 몇 블록을 더 올라간 후 우회전했다. 보슈도 천천히 올라간 후 우회전했다.

"발레리오 거리예요. 여기군요."

레이철이 뿌연 빛 속에서 도로표지판을 발견하고 말했다. 그녀는 보슈가 차를 돌리는 순간 브레이크 등을 켜고 있는 토머스의 차를 발견했다. 그의 차는 세 블록 너머 도로 한복판에 서 있었다. 막다른 길이었다. 보슈가 재빨리 주차되어 있는 다른 차량 뒤로 차를 밀어 넣었다.

"실내등이 켜져 있어요. 또 지도를 보고 있나 봐."

레이철이 속삭였다.

"강 때문이야."

보슈가 말했다.

"뭐라고요?"

"말했잖소. 발레리오 거리는 계곡을 동서로 관통하고 있다고. 강도 마찬가지지. 아마 그는 우회로를 찾고 있을 거요. 여기서는 강이 도로들을 여기저기 토막 내고 있거든. 그는 다른 쪽으로 발레리오에 접근해야 할 거요."

"저 위에선 강 구경도 못했는데요. 펜스와 콘크리트뿐이었어요."

"당신이 생각하는 그런 강은 아니오. 사실 강이랄 것도 없지. 정확하게 말하면 앨리소나 브라운즈 캐년의 빗물이죠. 그것들이 강으로 흘러 들지만."

두 사람은 기다렸다. 토머스는 움직이지 않았다.

"이런 폭우가 쏟아지면 그 강이 범람하여 도시의 3분의 1을 휩쓸어 버리지. 그래서 사람들은 그 물을 가두고 통제하려고 노력했소. 어떤 사람이 돌과 시멘트로 제방을 쌓는 방안을 강구했고, 그렇게 해서 모든 사람들의 집과 가정이 안전해질 거라고 생각했지."

"그게 발전이라는 거겠죠."

보슈는 고개를 끄덕이곤 운전대를 다시 잡았다.

"그가 움직이고 있어."

토머스의 차가 왼쪽으로 돌아 보이지 않을 때까지 기다린 뒤에야 보슈는 차를 도로 가에서 빼내어 쫓아갔다. 토머스는 북쪽으로 새티코까지 차를 몰고 가서 우회전했다. 그는 계곡물이 흐르는 다리를 건넜다. 그를 추격하면서 레이철은 콘크리트 수로를 흐르는 위험한 급류를 내려다보았다.

"우와! 난 내가 래피드 시티에서 살았다고 생각했는데."

보슈는 그녀의 농담에 대꾸하지 않았다. 토머스가 메이슨 남쪽에서 차를 돌려 발레리오 거리로 돌아왔기 때문이었다. 그렇지만 이번에는 콘크리트 수로의 다른 쪽을 따라 내려왔다. 그는 발레리오에서 다시 우회전했다.

"그쪽도 막다른 길일 텐데."

보슈가 말했다. 그는 메이슨에 서 있다가 발레리오 거리를 따라 내려왔다. 레이철은 빗속을 뚫고 토머스가 커다란 2층집 진입로로 차를 몰아넣는 것을 보았다. 막다른 길에 있는 다섯 채의 주택 중 한 집이었다.

"차를 진입로로 몰아넣고 있어요."

레이철이 말했다.

"시인이 저기 있나 보군요. 세상에, 그 집이에요!"

"무슨 집?"

"트레일러 안에 있던 사진에서 본 집 말예요. 배커스가 그런 사진을 우리에게 남긴 걸 보면 자신만만했나 보군요."

보슈는 차를 보도 가까이로 붙였다. 발레리오 거리의 주택들에서는 보이지 않는 위치였다. 레이철은 주위의 창문들을 차례차례 살펴보았다. 모든 집들이 캄캄했다.

"이 일대가 정전인가 봐요."

"당신 좌석 아래 손전등이 있어. 그걸 꺼내요."

레이철이 손을 뻗어 손전등을 꺼냈다.

"당신은 어떡해요?"

"난 괜찮아. 갑시다."

레이철은 차문을 열다 보슈를 돌아보며 무슨 말을 하려고 망설였다.

"뭐요? 조심하라고? 걱정 말아요."

"그래요. 조심하세요. 그리고 내 핸드백에 총이 또 하나 있는데…."

"고맙지만 이번엔 내 총을 가져왔소."

레이철은 고개를 끄덕였다.

"내가 직접 확인해야겠으니까. 이번엔 당신이 날 좀 지원하는 게 어떻겠소?

"원하신다면 그렇게 해요. 하지만 기다리진 않겠어요. 나도 내려갈 거예요."


메르세데스에서 내리자 얼굴과 목에 떨어지는 비가 차갑게 느껴졌다. 나는 상의 목깃을 위로 당겨 올리고 발레리오 거리를 향해 걸어가기 시작했다. 레이철이 입을 꼭 다물고 내 뒤를 따라왔다. 코너에 도달한 우리는 코너 주택을 둘러싼 담장을 엄폐물로 삼아 막다른 길과 에드 토머스가 차를 세운 캄캄한 주택을 내다보았다. 토머스는 물론 다른 누구의 모습도 눈에 띄지 않았다. 주택의 앞쪽 창문들은 모두 캄캄했다. 그렇지만 흐릿한 속에서도 나는 레이철의 말이 옳다는 것을 알았다. 그 주택은 배커스가 우리에게 남긴 사진에서 본 것과 똑같았다.

강은 보이지 않았지만 물 흐르는 소리가 들려왔다. 강은 주택들 뒤쪽에 숨어 있었다. 먼 거리에서도 강력한 힘이 느껴질 정도였다. 이런 폭우 속에서는 도시 전체가 미끄러운 콘크리트 바닥 위로 쓸려 나갈 것만 같았다. 강은 계곡을 타고 산들을 돌아 도시 중심부로 흘러내렸다. 그곳 서쪽에서 대양을 향해 흘러갔다.

그것은 한 해 강우량에 비하면 한 방울에 지나지 않았다. 그렇지만 폭우는 강을 되살려내고 그것에 힘을 부여한다. 그것은 도시의 수로가 되어 수백만 갤런의 물이 두꺼운 바위벽을 치며 엄청난 힘과 추진력으로 흘러내릴 것이다.

나는 어릴 때 물에 떠내려간 한 아이를 떠올렸다. 그땐 그 아이를 몰랐지만 훗날 저절로 알게 되었다. 40년이 지난 지금은 그 아이의 이름까지 기억하고 있다. 빌리 킨제이라는 그 아이는 강둑에서 놀다가 물에 휩쓸려 들어간 뒤 실종되었다. 나중에 마을 사람들은 20킬로미터 하류 다리 위에 걸려 있는 아이의 시체를 발견했다. 나의 어머니는 내가 어릴 때부터 종종 이렇게 말씀하시곤 했다. 비가 올 때는….

"계곡에 들어가지 마라."

"뭐라고요?"

레이철이 물었다.

"강에 대해 생각하고 있었소. 암벽 사이로 흐르는 강. 내가 어릴 때

어른들은 그곳을 계곡이라 불렀죠. 지금처럼 폭우가 내리면 물은 무서운 속도로 흘러내리지. 그래서 비가 올 때는 계곡에 들어가지 말라고 했소."

"그렇지만 우린 저 집으로 들어가야 해요."

"마찬가지요, 레이철. 조심하라고. 계곡엔 들어가지 마시오."

그녀는 나를 쳐다보았다. 무슨 뜻인지 이해한 것처럼 보였다.

"알았어요, 보슈."

"당신이 앞서고 내가 뒤따르는 건 어떻소?"

"좋아요."

"모든 상황에 대비해야 해."

"당신도요."

목표인 주택은 세 집 건너에 있었다. 우리는 첫 번째 집을 감싸고 있는 벽을 따라 재빨리 이동한 뒤 두 번째 집의 진입로를 가로질렀다. 두 집의 앞쪽을 돌아나가자 토머스가 차를 세워둔 집이 나왔다. 레이철이 나에게 고개를 끄덕이자 우리는 동시에 권총을 뽑아들고 양쪽으로 갈라졌다. 레이철이 집 앞쪽으로 이동하는 동안 나는 진입로를 따라 뒤쪽으로 돌아가기 시작했다. 어둠침침한 주위와 빗소리, 강물 소리가 나를 숨겨 주었다. 진입로 양쪽에는 나지막한 부겐빌레아 나무들이 나란히 서 있었는데, 한참 동안 손질하지 않은 것처럼 보였다. 창문 뒤쪽의 집 안은 캄캄했다. 그 안에서 누가 내다보고 있더라도 나는 알 수 없는 상황이었다.

뒷마당은 물바다로 변해 있었다. 커다란 물웅덩이 한가운데 A자 형태의 두 개의 녹슨 틀이 서 있었지만 그네는 떨어져나가고 없었다. 그 뒤로 선 2미터 높이의 담장이 집과 강 수로를 구분하고 있었다. 수로의 콘크리트 벽면 꼭대기 가까이 차오른 물이 무서운 격류로 변한 것을 볼 수 있었다. 오늘 중으로 범람할 것 같았다. 수로가 얕은 상류에서는 이미 물이 넘쳐흐르고 있을 것이다.

나는 목표인 주택으로 주의를 돌렸다. 뒤쪽에 널찍하게 달아낸 베란다가 있었다. 지붕에는 홈통이 없어 빗물이 종잇장처럼 흘러내렸다. 그런데 빗물이 너무 두터워서 그 안쪽에 있는 모든 것들이 흐릿하게 보였다. 시인이 그 안쪽 흔들의자에 앉아 있어도 내 눈에는 보이지 않았을 것이다. 베란다 난간을 따라 부겐빌레아 나무들이 나란히 서 있었다. 나는 상체를 숙이고 계단으로 재빨리 다가갔다. 한 걸음에 세 계단을 올라서니 거긴 비가 들이치지 않았다.

잠시 후 내 눈과 귀가 주위 환경에 적응하자 테라스 오른쪽에 놓인 하얀 등나무 카우치가 눈에 들어왔다. 거기엔 얼핏 봐도 사람임이 분명한 형체가 담요를 뒤집어쓰고 왼쪽으로 비스듬히 기울어진 자세로 앉아 있었다. 나는 카우치 곁으로 조심스레 다가가 담요 끝자락을 잡고 살며시 당겨 내렸다.

노인의 시체였다. 죽은 지 적어도 하루는 지난 것처럼 보였고 악취를 풍기기 시작했다. 눈은 커다랗게 뜬 상태였고 피부는 골초의 방에 칠한 하얀 페인트가 변색된 것처럼 누리끼리했다. 플라스틱 수갑이 노인의 목을 세게 조이고 있었다. 찰스 터렌타인일 것이라고 나는 짐작했다. 동시에 배커스가 찍은 사진에서 본 그 노인일 거라는 생각도 들었다. 이제 살해된 몸으로 헌 신문 뭉치처럼 베란다에 버려져 있었다. 시인과는 아무 상관도 없는 노인이었다. 그냥 목적을 위한 도구로 이용되었을 뿐이었다.

나는 글록을 뽑아들고 주택 뒷문으로 다가갔다. 레이철에게 주의를 주고 싶은데, 내 위치를 드러내거나 그녀를 위태롭게 하지 않고 전할 수 있는 방법이 없었다. 그래서 레이철이나 배커스와 마주칠 때까지 컴컴한 집 안으로 계속 들어갈 수밖에 없었다.

　문은 잠겨 있었다. 나는 집 앞쪽으로 돌아가서 레이철을 만나기로 했다. 그러나 돌아서다 말고 노인의 시체에게 시선을 던졌다. 혹시? 나는 카우치로 다가가 노인의 바지를 더듬어 내려갔다. 역시! 열쇠들이 짤랑거리는 소리가 들렸다.


　레이철은 책 무더기들로 에워싸였다. 현관 벽들이 모두 책 무더기들로 완전히 가려져 있었다. 그 속에서 레이철은 한 손엔 권총을, 다른 손엔 손전등을 들고 오른쪽 거실을 들여다보았다. 거실 안도 온통 책이었다. 벽마다 책장들이 들어찼고, 책장마다 책들이 들어차 있었다. 커피탁자 위에도, 소탁자 위에도, 빈 바닥이 안 보일 정도로 책 무더기가 쌓여 있었다. 너무 심해서 책 귀신이라도 나올 것만 같았다. 이곳은 생활 공간이 아니라 책벌레들이 온갖 작가들의 단어들을 갉아먹고 있는 절망적인 장소처럼 느껴졌다.

　레이철은 점점 커지는 공포심을 억누르며 앞으로 나가려고 애썼다. 끔찍한 기분이 들어서 들키기 전에 그만 돌아서서 나갈까 하는 생각조차 들었다. 그때 사람들의 목소리가 들려왔다. 그녀는 계속 밀고 나갈 수밖에 없다고 생각했다.

　"찰스는 어디 있소?"

　"앉으라고 했잖소."

　목소리가 들려오는 방향을 가늠할 수가 없었다. 바깥에서 들리는 요란한 빗소리와 근처 강에서 들려오는 물소리, 그리고 사방에 쌓여 있는 책 무더기들이 목소리의 근원을 모호하게 만들고 있었다. 주로 중얼거리는 소리였고, 이따금씩 알아들을 만한 목소리에는 분노와 두려움이 담겨 있었다.

"당신 생각으로는…."

레이철은 허리를 숙이고 손전등을 바닥에 내려놓았다. 아직까지 사용하지 않았던 것을 지금 무모하게 사용할 순 없었다. 그녀는 어둠침침한 복도 속으로 들어갔다. 앞쪽 방들을 살펴본 결과 목소리는 더 깊숙한 곳에서 들려온 것임을 알 수 있었다. 복도로 이어진 휴게실에는 세 방향으로 열리는 세 개의 문이 달려 있었다. 두 남자의 목소리가 다시 들려왔다. 레이철은 오른쪽이라고 확신했다.

"그대로 적어!"

"보이지도 않아요!"

그러자 퍽 하는 소리와 무엇이 찢어지는 소리가 났다. 창문에서 커튼이 찢어지고 있었다.

"자, 이제 보이나? 빨리 적지 않으면 끝장내 버리겠어!"

"알았소! 알았어!"

"내가 부르는 대로 적어. 언젠가 쓸쓸한 한밤중에…."

레이철은 그것이 무엇인지 금방 알아차렸다. 에드가 앨런 포의 시에 나오는 구절이었다. 목소리는 변했지만 배커스라는 것도 알 수 있었다. 시인은 옛날에 저질렀던 범죄를 재탕하며 포의 시를 다시 인용하고 있었다. 보슈의 짐작이 옳았다.

목소리가 흘러나온 방으로 들어간 레이철은 방 안에 아무도 없다는 것을 알았다. 한가운데 당구대가 하나 놓여 있었지만, 그 위에도 책들이 잔뜩 쌓여 있었다. 그제야 시인이 한 짓을 알 수 있었다. 그는 이 집에 사는 찰스 터렌타인이 책 수집가이기 때문에 에드 토머스를 이곳으로 유인했던 것이다. 터렌타인의 컬렉션을 구입하려고 토머스가 틀림없이 올 것이라는 걸 그는 알고 있었다.

레이철은 휴게실 다음 방을 체크하기 위해 돌아섰다. 그러나 돌아서서 한 걸음도 채 내딛기 전에 차가운 총구가 목덜미를 누르는 걸 느낄 수 있었다.

"안녕, 레이철."

로버트 배커스가 수술로 변화시킨 목소리로 말했다.

"여기서 당신을 만나다니, 정말 반갑군."

레이철은 동작을 멈추었다. 온갖 수단 방법을 다 알고 있는 시인에겐 어떤 속임수를 써도 자신의 수명을 재촉할 뿐이란 것을 그녀는 알았다. 그렇다면 남은 기회는 한 번뿐이었다. 보슈.

"안녕하세요, 밥. 오랜만이네요."

"그렇군. 당신 총은 거기 놓아두고 나를 따라 서재로 좀 가줄래?"

레이철은 손에 들고 있던 시그를 당구대 위에 쌓인 책 무더기 위에 올려놓았다.

"집 안 전체가 서재 같은데요, 밥."

배커스는 대꾸하지 않았다. 그 대신 한 손으로 레이철의 뒷덜미를 잡고 총구로 그녀의 등을 쿡 찌르며 자기가 원하는 방향으로 떠밀었다. 그들은 휴게실을 나와 그보다 작은 옆방으로 들어갔다. 커다란 석재 벽난로를 마주 본 채 등받이 높은 목재 의자 두 개가 나란히 놓여 있었다. 불은 피우지 않은 상태였고, 굴뚝 속으로 들어온 빗방울이 벽난로 속으로 떨어지는 소리가 들렸다. 레이철은 그 속에 생긴 작은 물웅덩이를 보았다. 벽난로 양쪽에 있는 창문에도 빗물이 흘러내려 뿌옇게 흐린 상태였다.

"다행히도 의자는 충분하군. 자아, 앉으실까?"

시인은 그녀를 거칠게 끌고 가서 의자에 앉힌 다음 재빨리 그녀의 몸을 수색했다. 혹시 다른 무기를 감추고 있는지 확인한 뒤 그녀의 무릎에 무언가를 떨어뜨렸다. 레이철은 다른 의자에 앉아 있는 에드 토머스를 먼저 살펴보았다. 아직 살아 있었다. 하지만 그의 두 팔은 플라스틱 수갑으로 의자 팔걸이에 고정되어 있었다. 배커스는 또 플라스틱 수갑 두 개를 연결하여 그의 목을 의자 등받이에 고정시키고 입에는 손수건으로 재갈을 물려 놓았다. 호흡곤란과 산소 부족으로 토머스의 얼굴은 시뻘겋게 변해 있었다.

"밥, 이러지 않아도 되잖아요. 당신이 하고 싶은 대로 모두 했잖아요. 꼭 이렇게까지….'

"그 수갑으로 당신 오른손을 의자 팔걸이에 묶어."

"밥, 제발 이러지 말아요."

"빨리 해!"

레이철은 의자 팔걸이와 자기 손목에 플라스틱 수갑을 둘렀다. 그런 다음 끝 부분을 슬라이드 록 안으로 밀어 넣고 잡아당겼다.

"더 당겨. 너무 조이지만 않게. 자국을 남기고 싶진 않으니까."

레이철이 오른손을 묶고 나자 배커스는 왼팔도 팔걸이 위에 올려놓으라고 명령했다. 그리고 이번엔 자기 손으로 그녀의 왼팔을 의자 팔걸이에 묶었다. 그는 뒤로 한 걸음 물러나서 자기 솜씨에 감탄했다.

"이제 됐군."

"밥, 우린 함께 좋은 일을 많이 했어요. 그런데 왜 이러는 거죠?"

그는 레이철을 내려다보며 미소 지었다.

"나도 모르겠어. 아무튼 그 얘긴 나중에 하자고. 토머스 형사와의 일을 먼저 끝내야 하니까. 그와 내가 만난 지도 굉장히 오래 되었거든. 생각해 봐, 레이철. 이런 기회도 좀처럼 없을 거야. 잘 봐두라고."

배커스는 토머스에게 돌아가서 그의 입에 물린 재갈을 잡아 뽑았다. 그리곤 주머니에서 나이프를 꺼내어 칼날을 빼더니 재빠른 동작으로 토머스의 오른손을 묶고 있는 플라스틱 수갑을 잘라버렸다.

"자, 어디까지 했더라, 토머스 형사? 내 생각엔 세 번째 구절 같은데."

"오히려 마지막 구절일 것 같은데."

레이철은 등 뒤에서 들려온 보슈의 목소리를 알아들었다. 고개를 돌렸지만 의자 등받이가 너무 높아 아무것도 보이지 않았다.

나는 권총을 겨눈 채 그를 어떻게 다뤄야 좋을지 궁리했다. 그때 레이철이 차분하게 일러주었다.

"해리, 그는 왼손에 권총을, 오른손엔 나이프를 들고 있어요. 오른손 잡이고요."

나는 놈을 겨냥하며 무기들을 내려놓으라고 명령했다. 그는 주저하지 않고 복종했다. 그가 재빨리 다른 계획으로 바꾼 것 같아 나는 일단 안도했다. 혹시 다른 무기를 감추고 있을까? 아니면 집 안에 다른 살인자가 숨어 있을까?

"레이철, 에드, 다친 데는 없어요?"

"우린 괜찮아요."

레이철이 대답했다.

"그를 바닥에 엎드리게 해요, 해리. 그의 주머니 속에 플라스틱 수갑이 있어요."

"당신 총은 어디 있소, 레이철?"

"다른 방에 있으니 걱정할 것 없어요. 그를 바닥에 엎드리게 하라니까요."

나는 방 안으로 한 걸음 들어와서 배커스를 살펴보았다. 그는 다시 달라진 모습을 하고 있었다. 샌디라고 불리던 때의 모습도 이젠 아니었다. 턱수염도 없고, 회색 머리카락 위에 야구모자도 쓰고 있지 않았다. 수염과 머리털을 깨끗이 밀어버린 그는 전혀 다른 남자처럼 보였다.

나는 한 걸음 더 들어가서 멈춰 섰다. 갑자기 테리 매컬렙과 그의 아내, 그리고 그의 딸과 의붓아들이 머리에 떠올랐다. 그와 함께 수행했던 임무와 잃어버린 것들이 생각났다. 테리가 살해되는 바람에 얼마나 많은 악인들이 세상을 활개 치며 다니고 있을까? 분노가 강물처럼 내 속에서 꿈틀거렸다. 나는 배커스를 바닥에 엎드리게 하여 수갑을 채운 뒤 경찰차에 실어 보내고 싶지 않았다. 그래서 감옥 속에서 유명인사처럼 세인들의 주의와 호기심을 끌며 살아가는 꼴을 보고 싶지 않았다. 그가 내 친구와 다른 사람들로부터 빼앗아 간 모든 것들을 도로 빼앗아 내고 싶었다.

"넌 내 친구를 죽였어."

나는 그에게 말했다.

"그 대가로 네놈도…."

"해리, 안 돼요!"

레이철이 소리쳤다.

"미안하지만 내가 좀 바빴거든."

시인이 느물거리며 물었다.

"당신 친구라면 대체 누굴 말씀하시는지?"

"테리 매컬렙 말이야. 그는 바로 네놈의 친구이기도 했어. 그런데도 네놈은…."

"사실 나는 테리를 돌봐주고 싶었어. 하긴 그 친구는 내 신발 속의 돌멩이 같은 존재가 되기 십상이었지. 그렇지만 나는…."

"닥쳐요, 밥! 당신이 테리를 돌봐줄 리가 없어."

레이철이 소리치고는 나를 다시 다그쳤다.

"해리, 이건 너무 위험해요. 그를 쓰러뜨려요! 지금 당장!"

나는 분노를 억누르고 현 상황에 정신을 집중했다. 테리 매컬렙의 모습은 어둠 속으로 물러났다. 나는 배커스에게 다가가며 레이철이 한 말에 대해 생각했다. 그를 쓰러뜨리라고? 내가 시인을 쏘기라도 하길 바라는 건가?

나는 두 걸음 더 다가서며 명령했다.

"바닥에 엎드려. 무기에서 떨어지라고."

"명령대로 합죠."

그는 무기들 곁에서 떨어져 엎드릴 지점을 찾는 것처럼 돌아섰다.

"여긴 물웅덩이가 있군. 벽난로가 새는 통에…."

내 대답을 기다리지도 않고 그는 창문 쪽으로 한 걸음 나아갔다. 그 순간 나는 그가 무슨 짓을 하려는지 알 수 있었다.

"배커스, 안 돼!"

그렇지만 말로는 그를 멈추게 할 수 없었다. 글록의 방아쇠를 당겨야 했지만 그가 창문을 향해 몸을 날린 순간에 나는 결심하지 못했다. 오랜 세월 동안 풍우에 시달렸던 창틀은 할리우드 소품처럼 허물어졌다. 그의 몸이 통과하면서 목재는 쪼개져 나가고 유리는 박살나 흩어졌다.

나는 뚫린 창문으로 급히 달려갔다. 그때 배커스의 두 번째 권총이 불을 뿜었다. 그의 두 번째 계획이었다. 두 차례의 총성과 거의 동시에 탄환이 피융 하고 지나가서 내 뒤쪽 천장을 때리는 소리가 들렸다. 나는 벽 아래로 고개를 숙이며 보지도 않고 재빨리 두 발을 응사했다. 그리곤 바닥에 납작 엎드려 창문 아래로 기어갔다. 바깥을 내다보았지만 배커스의 모습은 보이지 않았다. 마당에는 조그마한 2발용 데린저 권총이 버려져 있었다. 시인의 두 번째 계획은 조끼 속에 감춘 소형 권총이었던 것이다. 그렇다면 또 다른 새로운 계획이 없는 한 그는 이제 비무장일 터였다.

"해리, 저 나이프로 이 수갑 좀 잘라줘요."

레이철이 등 뒤에서 소리쳤다.

나는 바닥에 있는 나이프를 주워들고 그녀의 손목을 묶고 있는 플라스틱 수갑을 잘라 주었다. 플라스틱은 쉽게 잘렸다. 나는 토머스에게 다가가 나이프를 그의 오른손에 쥐어 주며 스스로 플라스틱 수갑을 자르도록 했다.

"미안하네, 에드."

그에겐 나중에 제대로 사과할 시간이 있을 것이다. 나는 창문을 통해 어둠 속을 노려보고 있는 레이철에게 돌아왔다. 그녀는 배커스의 권총을 이미 수거했다.

"보여요?"

그녀가 바라보는 30미터 전방 좌측으로 강이 보였다. 범람한 급류에 오크 나무가 통째로 떠내려가고 있었다. 그때 무언가 움직였다. 우리는 배커스가 부겐빌레아 덤불에서 뛰어내려 강을 따라 세워진 담장을 타넘고 있는 것을 보았다. 그가 담장 꼭대기로 올라가자 레이철이 권총을 들어 두 발을 연달아 쏘았다. 배커스는 수로 가장자리 자갈밭에 떨어졌다. 그러나 곧 벌떡 일어나 달아나기 시작했다. 레이철이 쏜 총알이 빗나간 모양이었다.

"강을 건널 수 없으니 에워싸인 꼴이야."

배커스를 보며 내가 말했다.

"새티코이 다리 쪽으로 올라가고 있어."

배커스가 다리에 먼저 도착하면 잡기 어려울 것 같았다. 놈은 다리를 건너 수로 서쪽 마을이나 데소토 인근 상업지구 속으로 사라질 것이다. 레이철이 급히 말했다.

"난 여기서 추격할게요. 당신은 자동차를 몰고 다리에 먼저 도착하세요. 다리 아래쪽에서 그를 앞뒤로 막아서는 거예요."

"알았소."

나는 빗속을 달릴 준비를 하며 문 쪽으로 향했다. 그리고 주머니에서 휴대전화를 꺼내어 토머스에게 던져주며 말했다.

"에드, 경찰에 전화해서 지원팀을 급파해 달라고 하게."

# 42  종말

레이철은 배커스의 권총에서 탄창을 빼내어 살펴보았다. 그를 향해 두 발을 쏘기 전까지는 실탄이 가득 장전되어 있었음을 알 수 있었다. 그녀는 탄창을 제자리에 끼워 넣고 창문으로 걸어갔다.

"내가 같이 갈까요?"

에드 토머스가 뒤에서 물었다. 레이철이 돌아보니 그는 플라스틱 수갑을 잘라낸 나이프를 들고 따라 나설 준비를 하고 있었다.

"해리가 말한 대로 지원팀을 불러 줘요."

그녀는 창문턱으로 올라가서 빗속으로 뛰어내렸다. 부겐빌레아 나무들을 따라 재빨리 이동하자 시인이 빠져나간 구멍이 나타났다. 구멍을 통과하여 담장으로 다가간 그녀는 배커스의 권총을 총집에 꽂고 올라가기 시작했다. 담장 꼭대기에서 아래로 뛰어내릴 때 상의 소매가 못에 걸려서 찢어졌다. 그녀는 수로에서 50센티쯤 떨어진 자갈밭에 떨어졌다. 수로 벽을 내려다보니 수위가 1미터만 더 올라오면 범람할 것 같았다. 콘크리트 벽을 때리는 격류가 귀청이 떨어질 것 같은 굉음을 만들어냈다.

레이철은 트렉을 따라 멀리 시선을 던졌다. 배커스가 달리는 모습이 눈에 들어왔다. 그녀와 새티코이 다리 중간 지점에 도달해 있었다. 레이철은 일어나서 추격을 시작했다. 우선 권총을 공중에 겨냥하고 한 방 쏘았다. 배커스의 관심을 다리에서 기다릴 보슈보다 뒤에서 쫓아오는 그녀에게 더 쏠도록 만들기 위해서였다.


메르세데스의 타이어가 다리 위의 인도 턱을 스치며 멎었다. 나는 시동도 끄지 않고 차에서 뛰어내렸다. 레이철이 권총을 들고 수로 둑을 따라 달려오는 것이 보였다. 그런데 내 눈에는 배커스가 보이지 않았다.

나는 한 걸음 물러서서 사방을 살펴보았지만 그는 여전히 보이지 않았다. 그가 나보다 먼저 다리를 건너갔을 리는 만무했다. 나는 다리 옆을 통해 수로 둑으로 내려가도록 되어 있는 문으로 다가갔다. 문은 잠겨 있었지만 수로 둑이 다리 아래로 지나간 것을 볼 수 있었다. 달리 그 길밖에 없었다. 나는 배커스가 그 아래로 숨어들 수밖에 없다는 것을 알았다.

"배커스!"

나는 소리쳐 불렀다.

"살고 싶으면 나와! 지금 당장!"

아무 응답이 없었다. 물소리만 들려왔다. 그때 멀리서 목소리가 들려와 돌아보니 레이철이었다. 아직 100미터쯤 떨어진 곳에서 달려오고 있었다. 무어라고 외쳐댔지만 물소리 때문에 알아들을 수가 없었다.

배커스는 어둠 속에 웅크리고 있었다. 그는 모든 감정을 죽이고 오로지 현 상황에만 정신을 집중했다. 이곳엔 전에도 와본 적이 있었다. 항상 컴컴하고 외진 곳. 전에도 살아남았으니 이번에도 문제없이 살아남을 것이다. 지금 중요한 것은 현 상황에 집중하고 어둠으로부터 힘을 충전시키는 일이었다.

그는 추격자가 자기를 부르는 소리를 들었다. 아주 가까운 곳에 있었다. 추격자는 무기를 가졌지만 배커스에겐 어둠이 있었다. 어둠은 언제나 그의 편이었다. 그는 콘크리트 교각에 등을 꼭 붙이고 그림자 속으로 녹아들려고 했다. 그렇게 죽은 듯 참고 있다가 결정적인 순간에 팍 튀어나갈 참이었다.


나는 멀리서 달려오는 레이철의 모습에서 시선을 돌려 다리 아래로 초점을 맞추었다. 그리고 수로 속으로 떨어지지 않도록 조심하며 콘크리트 은신처들로부터 간격을 최대한 유지하며 조금씩 전진했다. 처음 두 교각을 살펴본 뒤 나는 다시 레이철을 돌아보았다. 이제 그녀는 50미터 거리에 와 있었다. 왼쪽 팔로 내게 무슨 신호를 계속 보냈지만 나는 훅을 지르는 듯한 그 동작을 이해하지 못했다.

그러다가 갑자기 실수를 범했다는 걸 알았다. 자동차 열쇠를 그대로 꽂아두고 온 것이었다. 배커스가 다리 반대쪽으로 올라가 내 자동차에 올라탈 수도 있겠다는 생각이 들었다. 나는 늦지 않게 도착해서 타이어라도 쏠 수 있기를 바라며 뛰기 시작했다.

그러나 자동차에 대한 내 걱정은 지나친 것이었다. 세 번째 콘크리트 교각을 지나는 순간 배커스가 갑자기 튀어나와 어깨로 나를 힘껏 들이받았다. 나는 그를 안고 자갈밭 위로 넘어져서 콘크리트 수로 가장자리까지 줄줄 미끄러져 내려갔다.

그는 두 손으로 내가 쥔 총을 빼앗으려고 했다. 그 순간 나는 그에게 총을 빼앗기면 모든 게 끝장난다는 걸 알았다. 그는 나를 죽인 다음 레이철을 쏠 것이다. 죽으면 죽었지 놈에게 총을 빼앗길 순 없었다.

그가 왼쪽 팔꿈치로 내 턱을 후려쳤다. 총을 쥔 손아귀에서 힘이 빠져나가는 느낌이었다. 나는 총을 두 방 쏘았다. 놈의 손가락이나 손바닥이라도 맞히길 바라는 마음에서였다. 놈이 고통스런 비명을 내질렀다. 그러나 고통과 분노로 기운을 두 배로 내어 나를 찍어 눌렀다.

그가 흘린 피가 내 손아귀로 스며들어 총을 쥔 손이 느슨해졌다. 이러다간 정말 총을 빼앗길 것만 같았다. 충분히 예상이 되었다. 놈은 내 위에 올라타고 있는데다 맹수처럼 강한 힘을 지니고 있었다. 총을 쥔 피 묻은 손이 조금씩 벌어지려고 한다! 레이철이 도착할 때까지 단 몇 초는 더 버틸 수 있을 것이다. 그래봤자 그녀를 결국 죽음의 함정 속으로 뛰어들게 하는 결과가 되고 말겠지만!

하지만 나는 그 대신 마지막 수단을 사용했다. 나는 구두 뒷굽을 자갈 속에 깊이 박고 온몸을 위로 힘껏 튕겨 올렸다. 양쪽 어깨가 콘크리트 수로의 가장자리 위로 미끄러졌다. 나는 뒷굽을 다시 박은 뒤 그 동작을 다시 반복했다. 이번엔 충분했다. 배커스는 갑자기 자신의 위치를 깨달은 듯했다. 총을 쥔 내 손을 놓고 수로 가장자리를 붙잡으려고 했다. 하지만 이미 너무 늦었다.

우리는 함께 수로 가장자리를 넘어 검은 물속으로 떨어졌다.


레이철은 불과 몇 미터 밖에서 그들이 떨어지는 것을 보았다.

"안 돼!"

그녀는 소리쳤다. 그렇게 소리치면 그들을 멈출 수라도 있는 것처럼. 그 지점에 도착하여 수로 안을 내려다보았지만 아무것도 발견할 수 없었다. 그녀는 수로 가장자리를 따라 달려 내려가기 시작했다. 두 사람의 흔적이라도 찾으려고 격류가 흘러가는 하류 쪽으로 시선을 고정했지만 아무도 보이지 않았다.

그때 보슈가 수면 위로 머리를 쏙 내밀고 어디쯤인지 확인하려는 듯 좌우를 둘러보았다. 그런데 곧 물밑에 있는 무언가와 씨름을 벌이기 시작했다. 레이철은 그가 레인코트를 벗어 던지려고 몸부림치고 있다는 걸 알 수 있었다.

레이철은 강 수면을 다시 자세히 살펴보았지만 면도기로 깨끗이 밀어버린 배커스의 민머리는 보이지 않았다. 그녀는 자기로부터 자꾸 멀어져 가는 보슈에게 다시 눈길을 돌렸다. 그도 레이철을 바라보고 있었다. 그가 한 손을 물 밖으로 내밀고 어딘가를 가리켰다. 다리 위에 세워 놓은 메르세데스를 가리키고 있었다. 레이철은 자동차 앞유리의 와이퍼가 움직이고 있는 것을 보았다. 열쇠가 그대로 꽂혀 있다는 소리였다.

그녀는 달리기 시작했다.


강물은 차가웠다. 내가 상상했던 것 이상으로. 게다가 나는 시인과의 악전고투로 이미 기진맥진한 상태였다. 물속에서 몸은 천근처럼 무겁게 느껴졌고, 얼굴을 수면 밖으로 내밀 기운조차 없었다. 급류는 살아 있는 괴물처럼 나를 붙잡고 자꾸만 아래쪽으로 끌어내리는 것 같았다.

내 권총은 어디론가 사라졌고 시인의 모습도 보이지 않았다. 나는 두 팔을 벌리고 내 몸이 급류를 타고 흘러가도록 했다. 그래서 헤엄칠 수 있을 만큼 기운이 회복되길 기다리거나 레이철의 도움을 받을 수 있길 기대했다.

나는 그 옛날 강물에 휩쓸려 들어갔던 그 소년을 다시 떠올렸다. 소방대원들, 경찰들, 심지어 지나가던 사람들도 호스와 사다리, 밧줄 등을 던지며 소년을 구하려고 했지만 모두 실패했다. 소년은 계곡 하류로 떠내려갔고 사람들도 소년을 찾아 하류로 내려갔다.

나는 그 생각을 뿌리치려고 했다. 겁에 질리지 않으려고 애썼다. 손바닥을 아래쪽으로 뒤집자 급류에 떠내려가는 속도는 빨라진 대신 수면 밖으로 얼굴을 내밀기는 조금 쉬워진 것 같았다. 그러자 자신감이 생겼다. 어떻게든 해낼 수 있을 것 같았다. 당분간은. 문제는 도움의 손길이 언제쯤 뻗쳐 오느냐에 달려 있었다. 나는 하늘을 쳐다보았다. 헬리콥터는 보이지 않았다. 소방차 사이렌도 들리지 않았다. 도움의 손길은 아직 없었다. 회색의 텅 빈 공간에서 비만 줄기차게 내리고 있었다.

911 교환대는 레이철에게 전화를 끊지 말라고 요구했지만, 휴대전화를 손에 든 채로는 차를 빠르고 안전하게 몰 수가 없었다. 그녀는 전화를 끊지 않은 상태로 조수석에 놓아두었다. 그런데 다음 정지 신호에서 급정차하는 바람에 휴대전화가 발치로 굴러 떨어져 손을 뻗어도 닿지 않았다. 레이철은 신경 쓰지 않기로 했다. 속력을 높여 거리를 달려 내려가며 교차로를 지날 때마다 수로 위를 지나는 다음 다리가 있는지 왼쪽을 돌아보았다. 마침내 다음 다리를 발견하자 그녀는 메르세데스를 그 위로 몰고 가서 차도에 세운 뒤 곧바로 차에서 내려 다리 난간으로 달려갔다.

보슈도 배커스도 보이지 않았다. 분명히 그들을 앞질러 왔을 텐데 강 수면에서 그들의 모습을 찾을 수 없었다. 레이철은 도로를 가로질러 반대쪽 다리 난간으로 달려갔다. 지나가던 자동차가 경적을 요란하게 울렸지만 그녀는 아랑곳하지 않았다.

사납게 소용돌이치는 수면을 한참 동안 살펴보고 있던 레이철은 마침내 보슈의 모습을 발견했다. 수면 위로 드러낸 얼굴을 뒤로 젖히고 하늘을 바라보고 있었다. 레이철은 겁에 질렸다. 그는 아직 살아 있는 걸까? 이미 익사하여 그냥 급류에 떠내려가고 있는 것일까? 하지만 그 순간 그녀는 보슈가 고개를 휙 돌려 눈을 가리는 머리카락과 물을 털어 내는 것을 보았다. 그는 살아 있었고, 다리에서 100미터쯤 되는 거리에 있었다. 뿐만 아니라 급류 속을 헤쳐 나오려고 몸부림치고 있는 것을 볼 수 있었다.

다리 난간 너머로 상체를 숙이고 살펴보던 레이철은 보슈가 시도하려는 것이 무엇인지 알았다. 그는 교각들 중 하나를 붙잡으려 하고 있었다. 만약 그가 성공하여 교각에 달라붙어 있을 수만 있다면, 거기서 그를 끌어올리기는 별로 어렵지 않을 것이다.

레이철은 자동차로 다시 달려가 트렁크를 열고 쓸 만한 물건이 없는지 살펴보았다. 가방만 하나 달랑 들어 있고 아무것도 없었다. 레이철은 가방을 들어내고 카펫이 깔린 패널을 들어올렸다. 다른 자동차 한 대가 메르세데스 뒤에서 경적을 울려댔지만 그녀는 돌아보지도 않았다.


나는 다리의 가운데 교각에 온몸을 세게 부딪혔다. 하도 세게 충돌하여 숨이 확 막히고 갈비뼈가 서너 대는 부러진 것처럼 아찔했지만 그래도 교각을 붙잡았다. 이것이 마지막 기회란 걸 알았기 때문이다. 나는 남은 힘을 모두 쏟아 악착같이 교각에 매달렸다.

물은 날카로운 발톱을 가진 것처럼 나를 할퀴고 지나갔다. 수천 개의 발톱들이 나를 붙잡고, 잡아당기고, 시커먼 격류 속으로 나를 떠밀어 넣으려고 했다. 물살이 내 등을 타고 공중으로 치솟았다가 얼굴로 쏟아져 내렸다. 두 팔로 교각 양쪽을 안고 미끄러운 콘크리트 면을 기어올라 보았지만, 한두 뼘 올라가면 날카로운 발톱들이 나를 붙잡아 도로 끌어 내리곤 했다. 나는 교각에 달라붙어 가만히 있는 것이, 그리고 기다리는 것이 최선임을 재빨리 깨달았다.

콘크리트 교각을 끌어안고 내가 생각한 것은 내 딸이었다. 나는 딸이 교각을 꼭 붙들고 있으라고, 자기를 위해서라도 아빠는 살아야 한다고 소리치고 있다고 생각했다. 딸은 내가 어디서 무슨 일을 하든 상관없이 아빠가 필요하다고 말했다. 지금 이 순간 그것이 환각인 줄 알면서도 나는 그 말에서 위안을 느꼈다. 교각에 매달려 있을 힘이 다시 생기는 것 같았다.

패널 밑에는 스패어 타이어와 도구들이 들어 있었지만 당장 필요한 물건은 없었다. 그때 휠 구멍을 통해 빨갛고 까만 케이블이 보였다. 배터리 케이블이었다. 레이철은 휠 구멍으로 손가락을 집어넣고 위로 들어 올렸다. 휠은 크고 무거웠지만 그녀는 물러서지 않고 끝까지 들어 올려 도로에다 내려놓았다. 그리고는 케이블을 집어 들고 다시 도로를 가로질러 달려갔다. 맞은편에서 달려오던 자동차 한 대가 그녀를 피하며 급제동을 걸었다.

레이철은 다리 난간에서 강 속을 살펴보았지만 보슈가 눈에 띄지 않았다. 다리 아래 위를 두리번거리다가 교각에 매달려 있는 그를 발견했다. 사나운 물살이 그의 등을 떠밀며 교각에 밀어붙이고 있었다. 그의 손바닥과 손가락들은 콘크리트에 긁혀 피투성이였다. 그가 다리 위의 그녀를 발견하고 약간 미소를 지은 것 같았다. 마치 자기는 괜찮다, 잘해낼 것이라고 말하는 듯했다.

그를 어떻게 구조할 것인지에 대한 확신도 없이 레이철은 배터리 케이블 한쪽 끝을 다리 아래로 늘어뜨렸다. 그런데 너무 짧아서 닿지 않았다.

"젠장!"

그녀는 다리 난간을 넘어가야 한다는 걸 알았다. 다리 아래를 따라

전기통신 파이프가 수평으로 달리고 있었다. 거기까지 내려갈 수만 있다면 케이블을 1.5미터는 더 내려뜨릴 수 있을 것 같았다. 그만하면 충분히 닿을 것이다.

"아가씨, 무슨 일이에요?"

레이철이 돌아보니 한 남자가 우산을 들고 서 있었다. 다리를 건너던 행인인 듯했다.

"강에 사람이 빠졌어요! 911에 전화해줘요. 휴대전화 있어요? 911을 불러줘요!"

사내는 즉시 재킷 주머니에서 휴대전화를 꺼냈다.

레이철은 다리 난간을 넘기 시작했다. 거기까지는 쉬웠다. 난간을 넘은 다음 전기통신 파이프로 내려가는 일이 위험했다. 레이철은 배터리 케이블을 목에 두르고 한쪽 발을 파이프 위로 조심스럽게 내린 뒤 다른 쪽 발도 천천히 내렸다. 그런 다음 말을 타듯 파이프 양쪽으로 다리를 하나씩 내리고 걸터앉았다.

이번엔 케이블 끝이 보슈에게 닿았다. 그녀가 케이블을 내려뜨리자 보슈가 그것을 잡으려고 손을 내밀었다. 하지만 그의 손이 케이블 끝을 잡는 순간 물속에서 흐릿한 색깔의 물체가 다가와 충돌하며 그를 교각에서 떨어지게 만들었다. 그 순간 레이철은 그 물체의 정체가 죽었는지 살았는지는 모르지만 배커스라는 것을 알 수 있었다.

그녀는 미처 준비가 되어 있지 않았다. 보슈는 교각에서 떨어져 나가면서도 케이블을 잡은 손을 놓지 않았다. 하지만 그의 몸무게와 배커스의 몸무게에다 급류의 힘까지 더해진 것을 레이철이 감당할 재간은 없었다. 그녀가 잡고 있던 케이블의 다른 끝은 즉시 그녀의 손에서 빠져나가 다리 아래 강물 속으로 떨어졌다.

"그들이 오고 있어요! 911이요!"

레이철은 난간 위의 우산 쓴 남자를 쳐다보며 말했다.

"너무 늦었어요. 그는 가버렸어요."


나도 기진맥진했지만 배커스는 나보다 더한 것 같았다. 수로 가장자리에서 나와 싸울 때의 그 기운은 다 빠져나간 듯했다. 나는 교각에서 그가 다가오는 것을 보지 못했다. 그는 자기 몸무게와 급류의 힘을 보태 나와 힘차게 충돌했고, 그 결과 나는 교각에서 떨어져 나오고 말았다. 이제 그는 물귀신처럼 나를 물고 늘어졌다.

우리는 물속에서 뒹굴며 바닥까지 내려가기도 했다. 물속에서 눈을 뜨려고 애썼지만 너무 탁해서 아무것도 보이지 않았다. 나는 그를 콘크리트 바닥까지 끌고 내려가서 그의 등 뒤로 돌아갔다. 그리곤 아직도 잡고 있던 배터리 케이블로 그의 목을 감기 시작했다. 내가 계속 목을 감아대자 마침내 그는 나를 붙잡고 있던 손을 자기 목으로 가져갔다. 심장이 터질 것만 같았다. 숨을 쉬어야만 했다. 공기가 필요했다. 나는 수면 위로 올라가기 위해 그를 힘껏 밀쳐냈다. 마지막 순간에도 그는 내 발목을 잡았다. 그러나 나는 그를 힘껏 발로 차서 떼어낼 수 있었다.


마지막 순간 배커스는 아버지를 보았다. 오래전에 죽어서 화장했던 그가 산 모습으로 나타났다. 배커스가 항상 기억하고 있는 엄한 눈초리는 그대로였다. 아버지는 무언가를 감추고 있는 것처럼 한 손을 등 뒤로 돌린 채였다. 다른 한 손으로는 아들에게 오라고 손짓을 했다. 집으로 돌아오라고.

배커스는 미소를 짓다가 껄껄 웃었다. 강물이 그의 입으로 허파로 밀려 들어왔다. 그는 겁에 질리지 않고 강물을 기꺼이 받아들였다. 그는 다시 태어날 것임을 알고 있었다. 다시 돌아올 것이다. 악은 절대 패배

할 수 없다는 것을 알고 있으니까. 악은 다만 한 곳에서 다른 곳으로 이동하여 기다릴 뿐이다.

수면으로 솟아오른 나는 터질 듯한 허파로 공기를 들이마셨다. 그리고 배커스를 찾아 물속을 살펴보았지만 보이지 않았다. 이제 그로부터는 놓여났지만 격류로부터는 아직 아니었다. 몸은 지칠 대로 지쳐 있었다. 두 팔이 물속에서 돌덩이처럼 무겁게 느껴져 수면 위로 들 수가 없었다. 어릴 때의 그 소년이 다시 떠올랐다. 격류의 날카로운 발톱들이 할퀴는 물속에서 그 아이는 혼자 얼마나 무서웠을까?

전방 50미터 지점에서부터는 수로를 타고 내려오던 계곡 물이 강의 본류로 흘러들고 있었다. 거기서부터는 강폭이 훨씬 더 넓어지는 대신 수심은 얕아지면서 물살이 더 빨라졌다. 하지만 콘크리트 수로의 벽은 경사가 훨씬 완만해서, 떠내려가는 속도를 줄이면서 손으로 무언가를 붙잡을 수만 있다면 강둑 위로 몸을 끌어올릴 수 있을 것 같았다.

나는 콘크리트 벽에 세게 부딪히지 않고 최대한 가까이 접근하기로 결심했다. 그런데 그 순간 더 빠른 구원의 손길이 내 눈에 들어왔다. 터렌타인의 저택 창문을 통해 급류에 떠내려가는 것을 보았던 그 오크 나무가 지금 100미터 앞쪽에서 흘러가고 있었다. 아마 다리 교각이나 수심이 얕은 곳에 걸려 한참 지체되었다가 풀려난 모양이었다. 덕분에 내가 나무를 따라잡을 수 있었던 것이다.

나는 물살을 타고 마지막 남은 힘을 다 짜내어 그 나무를 향해 헤엄치기 시작했다. 저 나무가 나의 보트가 되어줄 것이다. 저 위에 올라탈 수만 있다면 태평양까지라도 타고 갈 것이다.

레이철은 강의 위치를 잃어버렸다. 도로를 따라 달리다 보니 강과는 한참 멀어져 버렸고, 결국 어디쯤인지 분간할 수 없게 되고 말았다. 강이 있는 곳으로 돌아갈 수가 없었다. 차 안에 GPS 시스템이 장착되어 있지만 그녀는 작동 방법을 몰랐고, 이런 궂은 날씨에 위성과 연결할 수 있을지도 의심스러웠다. 그녀는 차를 세우고 화가 나서 손바닥으로 운전대를 세게 내려쳤다. 자기가 해리를 버린 것 같은 기분이 들었고, 그가 익사하면 자신이 책임져야 할 것 같았다.

그때 헬리콥터 소리가 들려왔다. 나지막하고 빠르게 날아오는 소리였다. 레이철은 헬리콥터를 보기 위해 앞유리 쪽으로 상체를 숙였다. 아무것도 보이지 않았다. 그녀는 빗속으로 걸어 나와 도로 위에서 맴을 돌았다. 소리는 분명 들리는데 헬기의 모습은 볼 수 없었다.

구조대가 틀림없다고 생각했다. 이런 험한 날씨에 구조대가 아니면 누가 비행하겠는가? 레이철은 소리의 방향을 가늠한 뒤 메르세데스로 달려가서 올라탔다. 그리고 첫 번째 사거리에서 우회전한 뒤 헬리콥터 소리가 나는 방향으로 질주했다. 소리를 듣기 위해 창문을 내렸기 때문에 빗물이 차 안으로 마구 들이쳤지만 아랑곳하지 않았다. 앞쪽에서 헬리콥터 소리가 들려왔다.

잠시 후 헬기 모습이 시야에 들어왔다. 전방 상공에서 오른쪽으로 원을 그리며 비행하고 있었다. 레이철은 계속 직진하여 레세다 대로에서 다시 우회전했다. 그러자 헬기 두 대가 보였다. 나지막하게 선회하는 한 대 위에 또 한 대가 비행하고 있었다. 두 대 모두 빨간 바탕에 하얀 글자들을 옆구리에 새기고 있었다. 텔레비전이나 라디오 방송국을 가리키는 글자들이 아니라, LAFD(로스앤젤레스 소방국)라고 새겨져 있었다.

앞쪽에 다리가 보였다. 레이철은 자동차들이 멈춰 서고 사람들이 빗속에서 다리 난간으로 달려가는 것을 보았다. 그들은 강을 내려다보고 있었다.

레이철도 도로 가운데다 차를 세우고 똑같이 행동했다. 다리 난간으로 달려가 보니 때마침 구조 작업이 진행 중이었다. 보슈가 노란 안전 멜빵에 매달려 수면 위의 나무로부터 끌어올려지고 있었다. 그가 타고 있던 나무는 강폭이 50미터쯤 되는 곳에서 얕은 바닥에 걸려 움직이지 않고 있었다.

헬리콥터에 끌어올려진 보슈는 아래쪽으로 흘러가는 성난 급류를 내려다보았다. 그러자 그가 타고 있던 나무가 물살에 밀려 뒹굴뒹굴 구르면서 물굽이 아래로 떨어졌다. 그것은 속도를 더하며 다리 아래로 흘러갔고, 가지들이 교각을 치며 부러져 나갔다.

레이철은 구조원들이 보슈를 헬기 안으로 데리고 들어가는 것을 지켜보았다. 그가 안전하게 구조되고 헬기가 현장을 떠날 때까지 그녀는 눈길을 떼지 않았다. 바로 그 순간 다리 난간에 있던 사람들이 고함을 지르며 강 아래를 가리키기 시작했다. 레이철은 그들이 가리키는 것을 보자마자 그게 무엇인지 눈치챘다. 또 한 사내가 떠내려가고 있었다. 그렇지만 그 사내는 구조대가 구할 수 없었다. 사내는 얼굴을 아래로 하고 두 팔과 몸뚱이가 축 늘어진 상태였다. 빨갛고 까만 배터리 케이블이 사내의 목과 몸에 친친 감겨 있었다. 깨끗이 밀어버린 머리는 어린아이가 잃어버린 공처럼 물살 속을 들락거렸다.

두 번째 헬리콥터가 공중에서 시체를 따라가며 나무에라도 걸려주기를 기다렸다. 급류에 떠내려가는 시체를 건지는 작업은 위험하다. 이번엔 서둘러야 할 이유도 없었다.

물살이 다리의 좁은 교각 사이를 통과하기 위해 일순간 수위가 높아졌을 때 시체가 흔들리며 물속에서 뒤집어졌다. 그것이 다리 밑으로 들어가기 직전에 레이철은 배커스의 얼굴을 얼핏 보았다. 시인은 물속에서 눈을 뜨고 있었다. 그 시선이 마치 그녀를 똑바로 쳐다보고 있는 것처럼 느껴졌다.

수십 년 전 내가 월남에서 복무하고 있을 때, 베트콩 땅굴 속으로 들어갔다가 부상을 당한 적이 있었다. 나를 땅굴 속에서 꺼낸 전우들은 헬리콥터에 실어 기지로 후송했다. 헬기가 위험한 곳으로부터 나를 싣고 이륙했을 때, 이젠 살았다는 안도감에 부상의 통증이나 피로감마저 싹 달아나던 기분을 나는 아직도 기억하고 있다.

이날 내가 강 위에서 느꼈던 기분도 그때와 꼭 같았다. 이미 경험한 바 있는 그 홀가분하고 황홀한 기분. 난 해냈다. 그리고 살아남았다. 사지에서 벗어난 것이다. 안전모를 쓴 소방대원이 담요로 내 몸을 감싸줄 때 나는 미소를 짓고 있었다. 이 맛에 내가 그 지랄 같은 경찰을 또 하겠다는 건 아닐까?

"남가주대학 병원으로 가서 검진을 받도록 하겠습니다."

소방대원이 엔진 소음과 빗소리에 지지 않으려고 고함을 질렀다.

"도착예정시간 10분 후."

그가 오케이 사인을 보내기에 나도 따라했다. 내 손가락들은 물에 불어 푸르죽죽했고, 몸뚱이는 추위보다 더한 어떤 감정으로 인해 덜덜 떨리고 있었다.

"당신 친구 일은 정말 유감입니다."

소방대원이 다시 소리쳤다. 그는 방금 자신이 닫은 도어 하단부의 유리 패널을 통해 강을 내려다보고 있었다. 그의 시선을 따라 나도 고개를 숙이고 내려다보니, 배커스의 시체가 떠내려가는 모습이 눈에 들어왔다. 시인은 얼굴을 위로 하고 물살에 따라 유연하게 흘러가고 있었다.

"난 하나도 안 유감스러운데."

나는 그렇게 말했지만 물론 소방대원의 귀에 들릴 만큼 크게 외치진 않았다.

　나는 그들이 앉혀준 좌석에 기대어 앉아 눈을 감았다. 그리곤 자신의
보트 고물에 서서 미소를 짓고 있는 말없는 나의 파트너 테리 매컬렙의
이미지를 향해 고개를 끄덕였다.

## 43 마지막 깨달음

하늘은 사나흘 뒤에야 개었고, 시민들은 젖은 것을 말리고 파묻힌 것을 캐내는 일을 시작했다. 말리부와 토팽가에서는 산사태가 일어났다. 해안 고속도로는 머잖아 두 개 차선만 남게 되었다. 할리우드 힐즈의 저지대 도로들은 침수되었다. 페어홀름 드라이브의 한 저택은 와해되어 거리로 쓸려나갔고, 그 결과 한 늙은 영화배우가 노숙자 신세로 전락했다. 폭풍우로 인해 두 명의 사망자가 발생했다. 한 사람은 골퍼인데 하필이면 번개가 내려치는 속에서 몇 홀만 더 돌겠다고 고집을 피우다가 백스윙 때 벼락에 맞아 즉사했고, 다른 한 사람은 도망친 연쇄살인범 로버트 배커스였다.

신문마다 '시인 죽다'라는 헤드라인을 전면에 실었고, 뉴스 앵커들마다 그 말을 맨 먼저 입에 올렸다. 배커스의 시체는 세풀베다 댐에서 건져냈고, 사인은 물론 익사였다.

바다도 고요해졌다. 나는 그래시엘라 매컬렙을 만나기 위해 카탈리나 행 아침 페리에 올랐다. 골프 카트를 빌려 그녀의 집에 당도하니 문을 열고 가족들과 함께 맞아주었다. 그래서 그녀가 입양한 아들 레이먼드와 테리가 얘기한 적 있는 시엘로를 만나게 되었다. 테리의 딸을 보니 내 딸이 보고 싶어졌다. 하지만 한편으론 내 삶에서 곧 생겨날 새로운 취약성이 마음에 걸렸다.

집 안은 상자들로 가득했다. 폭풍우 때문에 육지로 이사하려던 계획이 늦춰졌다고 그래시엘라가 설명했다. 짐들은 다음 날 바지선에 실려 바다 건너 항구로 옮겨지고, 거기서 기다리는 이삿짐 트럭에 실릴 것이라고 했다. 복잡하고 돈이 많이 드는 일이지만 그녀는 후회하지 않았다. 이 섬과 이곳에 엮인 모든 추억들로부터 벗어나고 싶다고 말했다.

우리는 아이들이 듣지 않는 곳에서 얘기하기 위해 베란다에 있는 테이블로 나가 앉았다. 아발론 항구 전경이 바라보이는 멋진 장소였다. 그녀가 떠나겠다는 것이 믿어지지 않을 정도였다. 그 아래에 정박하고 있는 〈팔로잉 시〉호가 눈에 들어왔다. 고물에 누가 서 있는 것이 보였고, 갑판 해치 하나도 열려 있었다.

"저기 서 있는 친구, 버디 아닙니까?"

"맞아요. 보트를 이동할 준비를 하고 있는 거예요. 어제 FBI가 사전연락도 없이 반환했어요. 전 그들에게 카브리요로 가져오라고 할 참이었죠. 이제 버디가 그 일을 해야만 해요."

"저 친구는 보트로 뭘 하려는 거죠?"

"용선 사업을 앞으로도 계속할 모양이에요. 보트 임대료를 저한테 지불하면서요."

나는 고개를 끄덕였다. 괜찮은 아이디어처럼 들렸다.

"보트를 팔면 그만큼 들어오지 않아요. 그리고 테리가 그토록 열심히 일했던 보트잖아요. 타인에게 팔아버리기엔 너무 서운해서요."

"이해합니다."

"당신도 페리를 기다릴 것 없이 버디와 함께 보트를 타고 가서도 돼요. 원하신다면 말이에요. 또 버디를 싫어하지 않으신다면요."

"천만에요. 버디를 왜. 전 버디를 좋아합니다."

우리는 한참 동안 침묵을 지켰다. 나는 그녀에게 사건에 대한 어떤 설명도 하고 싶지 않았다. 언론에 보도되기 전에 그녀에게 먼저 설명하고 싶어서 전화로 얘기할 건 이미 대충 다한 셈이었다. 사건 내막에 대해서는 모든 신문들과 텔레비전을 통해 발표되었다. 그래시엘라도 자질구레한 얘기까지 다 알고 있었다. 남은 얘기는 별로 없지만 그래도 마지막으로 그녀를 은밀히 만나볼 필요가 있다고 생각했다. 사건을 맨 처음 의뢰했던 사람이 그녀였으므로, 마무리도 마땅히 그녀와 함께 해야 한다는 생각에서였다.

"수고하셨어요. 감사합니다."

침묵을 깨며 그래시엘라가 말했다.

"몸은 괜찮아요?"

"괜찮습니다. 정신없이 떠내려가다 몇 군데 긁히고 멍든 것 외엔요."

나는 씨익 웃었다. 눈에 보이는 상처는 손바닥과 왼쪽 눈썹 위에 긁힌 자국뿐이었다.

"사건을 제게 맡겨주셔서 감사합니다. 기회를 가져서 기뻤어요. 그래서 부인께 감사드릴 겸 행운을 빌어드리려고 왔습니다."

미닫이문이 열리고 책을 든 소녀가 나왔다.

"엄마, 이 책 읽어 주세요."

"지금은 보슈 씨가 오셨으니까 이따가 읽어 줄게, 괜찮지?"

"싫어, 지금 읽어 주세요."

시엘로는 금방이라도 울음을 터뜨릴 것 같은 얼굴로 졸라댔다.

"괜찮습니다. 제 딸도 그러는걸요. 읽어 주세요."

내가 그래시엘라에게 말했다.

"얘가 제일 좋아하는 책이에요. 테리가 밤마다 읽어주곤 했죠."

엄마는 딸을 안아 무릎 위에 앉힌 다음 책을 들었다. 나는 그 책이 엘리노어가 우리 딸에게 사준 것과 똑같은 책임을 알았다. 《빌리의 멋진 날》이라는 제목 아래 금메달을 목에 걸고 있는 원숭이 그림이 표지에 그려져 있었다. 시엘로의 책은 하도 많이 읽어 가장자리가 너덜너덜했다. 표지는 두 군데나 찢어져서 테이프로 붙인 상태였다.

그래시엘라가 책을 펴고 읽기 시작했다.

"어느 화창한 여름날 링링빌의 커다란 지붕 아래서 서커스 동물 올림픽이 열렸답니다. 모든 동물들은 그날만은 서커스를 그만두고 여러 가지 행사에 참가하여 재주들을 겨루도록 허락 받았습니다."

나는 그래시엘라가 자기 목소리를 바꾸어서 기대와 흥분이 담긴 억양으로 책을 읽고 있다는 것을 깨달았다.

"동물들은 모두 판스워스 씨의 사무실 바깥에 있는 게시판 앞으로 몰려들었죠. 행사표가 게시판에 붙어 있었는데 달리기와 이어달리기, 다른 많은 시합들이 적혀 있었어요. 덩치가 큰 동물들이 게시판 앞에 가까이 모여 있어서 다른 동물들은 볼 수가 없었습니다. 작은 원숭이는 코끼리 다리 사이로 비집고 들어간 다음 기다란 코를 타고 올라갔죠. 마침내 게시판을 보자 빌리 빙은 미소를 지었답니다. 거기엔 100미터 달리기 시합도 있었는데, 달리기라면 정말 자신이 있거든요."

나는 그 뒤의 얘기는 듣지 않았다. 그 대신 테라스 난간으로 걸어가서 항구를 내려다보았다. 그렇지만 실제로는 아무것도 보고 있지 않았다. 외부 세계를 살피기엔 내 마음이 너무 번잡했다. 온갖 생각들과 감정으로 흘러넘칠 지경이었다. 나는 갑자기 윌리엄 빙이란 이름이 누구를 가리키는지 깨달았다. 테리 매컬렙이 사건 파일 표지에 적어 놓았던 그 이름은 바로 동화책에 나오는 원숭이 이름이었던 것이다. 그러자 갑자기 얘기가 아직 끝나지 않았다는 것을 알게 되었다. 절대로.

# 44 진실의 의미

그날 밤 늦게 레이철이 내 집으로 찾아왔다. 나는 파커 센터(LA 경찰국 본부−옮긴이)에서 키즈 라이더와 함께 서류를 제출하고 막 돌아온 참이었다. 에드 토머스가 자동응답기에 메시지를 남겨 놓았다. 내가 사전 경고를 해주지 않은 것에 대해 사과를 해야 할 판인데도, 그는 오히려 자기 목숨을 구해줘서 감사하다고 말했다. 죄책감을 느낀 내가 그의 서점으로 전화를 걸려고 하는데 레이철이 노크를 했던 것이다. 나는 그녀를 맞아들였고, 함께 뒤쪽 테라스로 나갔다.

"우와, 경치 죽이네요."

"그래요. 나도 마음에 들어."

나는 워너 브러더스 부지 위에 있는 사운드스테이지 뒤로 보이는 한 조각의 강을 가리키며 말했다.

"저게 바로 막강한 로스앤젤레스 강이오."

"계곡이군요. 지금은 꽤 얌전해 보이는데요."

"쉬고 있는 거지. 다음 폭우 때 돌아올 거요."

"몸은 좀 어때요, 해리?"

"좋아졌어요. 잠이 엄청 쏟아지더군. 그런데 아직 여길 안 떠났소?"

"네, 며칠 걸렸어요. 실은 아파트를 구하고 있는 중이죠."

"정말?"

나는 그녀를 쳐다보기 위해 난간에서 돌아섰다.

"이번 일로 사우스다코타는 분명 벗어날 것 같아요. 어느 팀으로 가게 될지 모르겠지만, 난 LA 지국을 신청하려고요. 이런 아파트들의 집세가 얼마나 나가는지 알기 전까진 말이죠. 래피드 시티에서는 진짜 멋지고 안전한 집의 월세가 250달러였는데."

"여기서도 그 돈이면 구할 수 있겠지만 위치가 마음에 안 들 거요. 그리고 다른 언어도 하나쯤 익혀야 할 거고."

"사양하고 싶군요. 공부는 하고 있지만. 그런데 뭐하고 계셨죠?"

"방금 파커 센터에서 돌아온 길이오. 복직 신청서를 제출했지."

"그럼 이게 우리 마지막이겠군요. FBI와 LAPD는 말도 안 섞는다고 하던데."

"그렇지, 그 사이엔 벽이 있죠. 하지만 가끔 벽이 낮아지기도 한답니다. 나도 연방수사국에 친구가 몇 명 있으니까. 믿거나 말거나지만."

"믿어요, 해리."

나는 그녀가 다시 내 이름을 부르기 시작했다는 걸 알았다. 이제 우리 관계는 끝났다는 뜻인가? 나는 그녀에게 물었다.

"테리에 관해서는 언제 알았소?"

"무슨 뜻이에요? 알긴 뭘 알아요?"

"시인이 테리를 죽이지 않았다는 걸 언제 알았느냐고요. 그는 자살한 거요."

레이철은 두 손을 난간에 올려놓고 급류가 빠져나간 계곡을 바라보았다. 하지만 아무것도 눈에 들어오지 않는 표정이었다.

"그게 무슨 소리예요, 해리?"

"윌리엄 빙이 누군지 알아냈소. 테리의 딸이 가장 좋아하는 동화책에 나오는 원숭이 이름이더군."

"그래서요? 그게 무슨 뜻이죠?"

"그가 가명으로 라스베이거스 병원에서 검진을 받았다는 뜻이지. 몸이 좋지 않았던 거요, 이 속의 무언가가."

나는 가슴 가운데를 손으로 쳤다.

"테리가 이 사건을 추적했는지 안 했는지는 나도 잘 모르겠소. 하지만 몸이 안 좋아 그 병원으로 가서 검진을 받고 입을 다물고 있었던 건 분명해. 아내와 아이들에게 알리고 싶지 않았던 거요. 병원 측은 그를 검진한 뒤 나쁜 소식을 전해 줬던 것 같아. 이식한 그의 심장이 다시 나빠졌다는 얘기였겠죠. 한마디로 그는 죽어가고 있었던 거요. 또 다른 심장을 이식 받지 않으면 죽는 거지."

레이철은 바보 같은 소리도 다 듣겠다는 듯이 머리를 흔들었다.

"당신이 그런 걸 어떻게 다 알 수가 있죠? 나는 도무지…."

"아니까 이런 얘길 하는 거죠. 나는 그가 의료보험금도 이미 거덜 냈다는 걸 알아요. 그래서 새 심장을 구하려면 집도 보트도 모두 날려야 할 판이었지. 새 심장 값으로 말이오."

나는 잠시 사이를 두었다가 조용하고 차분한 목소리로 이었다.

"그는 그러고 싶지 않았던 거요. 실업수당으로 연명하다 죽는 꼴을 가족들에게 보이고 싶지도 않았을 거고. 또 자기가 살기 위해 다른 사람이 죽어야 한다는 생각도 하기 싫었겠죠. 이미 그런 과정을 한 차례 거쳤잖아요."

나는 말을 중단하고 레이철이 다시 무어라 항변하거나 내 생각을 고치려고 달려들기를 기다렸다. 하지만 그녀는 입을 꼭 다물고 기다렸다.

　"테리에게 남은 거라곤 생명보험금과 연금뿐이었소. 그것만은 가족에게 남겨주고 싶었겠지. 그래서 자기 손으로 약의 성분을 바꿔치기했던 겁니다. 그의 자동차 좌석 밑에 건강식품점의 영수증이 버려져 있었어요. 오늘 아침 그곳에 전화해서 그에게 상어 연골 가루를 판매한 적이 있느냐고 물었더니 그렇다고 하더군."

　레이철이 보일 듯 말 듯 고개를 끄덕였다.

　"테리는 약의 성분을 바꿔치기한 뒤 계속 복용했던 겁니다. 약을 계속 복용하는 척하는 한 부검을 하진 않을 것이고, 모든 게 잘 될 거라고 계산했던 거죠."

　"하지만 계산대로 되지 않았군요?"

　"그렇지. 하지만 그에 대한 대비책도 마련해 두었죠. 그래서 장기 용선계약이 들어오길 기다렸던 거지. 보트를 타고 바다로 나가서 죽고 싶었던 겁니다. 연방수사국 관할인 먼 바다에서 죽으면 자기 동료들이 모든 것을 잘 처리해줄 거라고 기대했던 거죠."

　레이철은 고개를 끄덕였다.

　"그의 치밀한 계획에서 한 가지 문제가 있었다면 시인에 대해 전혀 몰랐다는 것이지. 그는 자기 아내가 나를 찾아갈 것이라거나, 파일에 끼적거린 글씨 몇 줄이 사건의 단서가 될 줄은 몰랐을 거요."

　나는 머리를 흔들었다.

　"진작 알았어야 하는 건데. 약을 바꿔치기하는 건 시인의 스타일이 아니거든요. 너무 복잡하잖소. 복잡한 스타일은 대개 내부자의 소행인 법이지."

　"그의 가족에 대한 협박은 어떻게 설명하죠? 그게 배커스인 줄 알았든 몰랐든, 그는 분명 누가 자기 가족을 위협하고 있다는 걸 알았어요. 자기 가족을 미행하는 자의 사진을 찍었잖아요. 그걸 알고도 가족을 위험에 방치하진 않았겠죠? 내가 아는 테리 매컬렙은 그런 남자가 절대 아니에요."

"자기가 그 위험을 끝낸다고 생각했겠지. 자기를 노리고 가족을 위협하는 거니까 자기만 죽으면 다 끝난다고 말이오."

레이철은 고개를 끄덕였지만 어떤 것을 확인하는 의미는 아니었다.

"적어도 사실 연결은 흥미롭군요. 그 점은 인정해요, 해리. 하지만 대체 무슨 근거로 그렇게 생각하는 거죠? 게다가 내가 또 그런 걸 어떻게 알겠어요?"

"오, 당신도 이미 알고 있었소. 우선 윌리엄 빙에 대한 내 질문들을 뿌리치는 걸 보고 눈치챘지. 또 한 가지는 전날 그 집 안에서 당신이 한 행동을 보고 알았소. 내가 배커스에게 권총을 겨누고 있을 때 그자는 테리에 대해 무슨 얘기를 하려고 했소. 그런데 당신이 갑자기 끼어들며 그의 말을 자르더군. 그가 무슨 말을 하려고 할 때마다 말이오. 내 생각에 배커스는 자기가 테리를 죽이지 않았다고 말하려 했던 것 같소."

"아, 그래요. 살인자가 사람을 죽이지 않았다고 우기는 일은 드물지 않죠."

레이철이 빈정대는 투로 말했지만 내겐 변명처럼 들렸다.

"하지만 이번엔 달라요. 시인은 더 이상 숨길 것이 없었어. 자신의 범행을 이미 다 드러낸 상태니까 테리를 죽였으면 죽였다고 했겠지. 당신도 그걸 알고 있었기 때문에 그의 말을 잘랐던 거요. 당신은 그가 부인할 것임을 알고 있었어."

그녀는 난간을 떠나 내 앞으로 다가와 섰다.

"좋아요, 해리. 당신은 모든 걸 다 밝혀냈다고 생각하는군요. 그 많은 살인사건 가운데서 아주 작고 슬픈 자살 한 건을 골라냈어요. 이제 그걸 어쩔 건가요? 온 세상에 떠들 건가요? 그래봤자 단지 테리의 가족이 받을 돈을 빼앗아 갈 뿐이에요. 원하는 게 그건가요? 그러면 그 돈의 일부를 보상금으로 받게 될지도 모르죠."

나는 그녀로부터 돌아서서 난간에 기대섰다.

"아니, 그건 원치 않아. 난 단지 속아 넘어가기 싫을 뿐이오."

"아, 알았어요. 그렇다면 이건 테리에 대한 문제가 아니군요. 당신과 나의 문제예요, 그렇죠?"

"누구 문젠지 잘 모르겠소, 레이철."

"아, 그럼 알게 되면 나한테도 알려주세요, 알겠죠?"

그녀는 갑자기 내 옆으로 다가서더니 내 볼에 힘껏 키스했다.

"안녕, 보슈. 전출이 확정되면 다시 찾아올지 모르겠어요."

나는 그녀가 가는 것을 돌아보지 않았다. 베란다를 돌아 집 안의 단풍나무 바닥으로 들어가는 그녀의 성난 발자국 소리만 듣고 서 있었다. 현관문을 세차게 닫는 소리가 쩌렁쩌렁하게 울렸다. 그 소리는 총알처럼 나를 꿰뚫고 지나갔다.

# 45 새로운 도시

　레이철이 떠난 후에도 나는 한참 동안이나 베란다 난간에 팔꿈치를 괴고 서 있었다. 내 짐작으로는 그녀가 로스앤젤레스로 전출을 오든 안 오든 다시 만날 일은 없을 것 같았다. 그러자 묘한 상실감 같은 것이 밀려왔다. 아주 좋은 어떤 것을 내가 미처 깨닫기도 전에 빼앗겨버린 기분이었다.

　나는 마음속에서 그녀를 몰아내려고 잠시 씨름했다. 테리 매컬렙도. 도시를 바라보며 아름답다고 생각했다. 빗물에 깨끗이 씻긴 하늘 아래 멀리 샌 게이브리얼 계곡과 눈 덮인 봉우리들이 선명하게 다가왔다. 공기는 옛날 그곳 원주민 통바 족과 신부들이 호흡했던 것처럼 맑고 깨끗해 보였다. 그들이 그곳에서 보았던 것을 나도 지금 보고 있었다. 미래를 건설할 수 있을 것처럼 느껴지는 그런 날이었다.

끝···

감사의 말

이 책을 쓰는 데 도움을 주신 많은 분들, 마이클 피치, 제인 우드, 파멜라 마셜, 퍼디터 벌링게임, 제인 데이비스, 테리 핸슨, 테릴 리 랭포드, 에드 토머스, 프레더릭 레펠라르, 제리 후튼, 그리고 연구원 캐롤린 크리스에게 감사드린다. 그리고 필립 스피처, 조얼 고틀러, 섀넌 번, 소피 코트렐, 존 호튼, 마리오 폴리스, 메리 캡스, 켄 델라빈, 퍼트리샤와 조지 컴퍼니오니, 그리고 리틀 브라운 앤 컴퍼니와 타임 워너 북 그룹의 전 직원들도 많은 도움을 주셨다.

저자가 많은 도움을 받은 두 권의 저서는 앤 Q. 더필드-스톨의 《지직스 : 오아시스의 역사》와 팻 모리슨 저, 마크 러모니카 사진의 《리오 LA : 로스앤젤레스 강 이야기》이다.

LA 경찰국의 윌리엄 브래튼 국장과 팀 마샤 형사, FBI 라스베이거스 지국의 게일 제이콥스 요원과 니나 로즈베리 요원에게도 특별히 감사드린다.

마이클 코넬리

*When it rains, it pours.*

내렸다 하면 양동이로 퍼붓는구나. 장마도 이젠 지 성질대로 내리는 것 같다. 예전처럼 전국적으로 시간을 끌며 추적추적 내리는 것이 아니라, 너 한 번 죽어 봐라는 듯이 한두 곳을 골라 집중적으로 왕창 퍼붓는 식이다. 내렸다 하면 국지성 호우 아닌 것이 없다. 서민들은 다 죽거나 말거나 내린 곳에 또 내리고, 퍼부은 곳에 또 퍼붓는다. 하늘이 원망스럽고, 수천 년 대대로 이 땅에 살면서 똑바른 수해대책 하나 못 세워 놓은 지도자라는 인간들이 원망스럽기 짝이 없다. 톡 까놓고 하는 소리지만, 박 터지게 싸우는 일 외에 그들이 할 줄 아는 것이 뭐가 있었던가? 지금도 국회에서 하는 짓거리들을 좀 봐라.

이 소설 《시인의 계곡》 배경은 그보다 약간 더 살벌하고 침울하다. 그 유명한 캘리포니아 산불이 휩쓸고 지나간 다음 해에 이번엔 폭우가 쏟아진다. 계곡에는 물이 넘치는데 시뻘건 흙탕물이 아니라 시커먼 잿물이다. 산불로 초목이 다 타고 시커먼 재만 남아 있던 것이 폭우에 씻겨 내려온 때문이다. 시인과 탐정이 그 시커먼 급류 속에서 사생결단의 싸움을 벌인다. 레이철은 강변을 따라 쫓아가며 안타까운 마음으로 지켜볼 수밖에 없고.

소설 《시인》이 연속적으로 터지는 사건으로 숨 돌릴 새도 없게 만들었다면 《시인의 계곡》은 하나부터 열까지 치밀하게 짜인 구성과 인성에 대한 디테일한 묘사, 그리고 절묘한 반전이 특히 감탄스럽다. 코넬리의 《시인》과 《시인의 계곡》을 읽고 토머스 해리스의 《양들의 침묵》과 《한니발》을 연상시킨다고 말한 스티븐 킹의 말에 역자는 일부 공감한다. 실제로 역자는 《시인》을 읽고 《시인의 계곡》을 번역하면서 20년쯤 전에 졸역을 마다하지 않았던 《한니발》의 렉터 박사 그림자를 다시 본 듯한 느낌이 들었다.

《양들의 침묵》에서 스탈링에게 안녕을 고했던 렉터 박사가 《한니발》로 멋지게 귀환했듯이, 《시인》에서 레이철의 총에 맞아 캄캄한 계곡 아래로 추락했던 시인도 《시인의 계곡》에서 시체 썩는 악취를 풍기며 생환한다. 역자가 보기에 한 가지 크게 다른 점이 있다면 렉터 박사는 사고력과 상상력이 무궁무진하여 적수가 아무도 없었음에 비해, 시인에게는 산전수전 다 겪고 추리력도 탁월한 해리 보슈라는 막강한 천적이 있었다는 것. 그래서 시인의 말로는 비참할 수 밖에 없도록 운명지워져 있었고, 독자들은 시인과의 짧은 만남과 슬픈 이별에 못내 아쉬워할 수밖에 없게 되었다.

왜 코넬리는 시인의 깊숙한 내면을 좀 더 밀도있게 끌고 나갈 다음 작품을 우리에게 약속하지 않았을까? 시인을 이렇게 허망하게 보내도 되는 것인가?

2009년 여름, 이창식

# 《시인》맛보기

## I 갑작스러운 소식

나는 죽음 담당이다. 죽음이 내 생업의 기반이다. 내 직업적인 명성의 기반도 죽음이다. 나는 장의사처럼 정확하고 열정적으로 죽음을 다룬다. 상을 당한 사람들과 함께 있을 때는 슬픈 표정으로 연민의 감정을 표현하고, 혼자 있을 때는 노련한 장인이 된다. 나는 죽음과 어느 정도 거리를 유지하는 것이 죽음을 다루는 비결이라고 옛날부터 생각했다. 그것이 법칙이다. 죽음의 숨결이 얼굴에 닿을 만큼 죽음이 가까이 다가오게 하면 안 된다.

하지만 나의 이 법칙은 나를 보호해주지 못했다. 형사 두 명이 나를 찾아 와서 션의 소식을 알려주었을 때, 차갑게 몸이 마비되는 느낌이 순식간에 나를 휩쓸었다. 마치 내가 수족관 안에 들어가 있는 것 같았다. 나는 물속에 있는 사람처럼 오락가락 움직이면서 수족관 유리를 통해 세상을 내다보았다. 형사들의 자동차 뒷좌석에서 나는 백미러에 비친 내 눈을 볼 수 있었다. 우리가 가로등 아래를 지나갈 때마다 내 눈이 번개처럼 나타났다 사라졌다. 지난 세월 동안 내가 인터뷰했던, 이제 막 남편을 잃은 사람들의 눈에서 본 표정. 1킬로미터쯤 떨어진 곳을 멍하니 바라보는 듯한 표정이 거기에도 나타나 있었다.

두 형사 중 내가 아는 사람은 한 명뿐이었다. 해롤드 웩슬러. 몇 달 전, 션과 함께 술이나 한잔 하려고 술집 파인츠오브에 들렀을 때 만난 적이 있었다. 웩슬러와 션은 덴버 경찰국의 CAPs에서 함께 일했다. 션이 그를 웩스라고 부르던 기억이 난다. 경찰들은 항상 서로를 애칭으로 부른다. 웩슬러는 웩스, 션은 맥. 그건 같은 부족 사람들끼리 유대감을 다지는 행동과 같다. 애칭 중에는 그다지 좋지 않은 것도 있지만, 경찰들은 그런 일로 불평하지 않는다. 콜로라도 스프링스에서 내가 아는 경찰관 중에 스코토라는 사람이 있는데, 대부분의 동료 경찰관들은 그를 스크로토라고 불렀다. 심지어 아예 스크로텀이라고 부르는 사람도 있었다. 하지만 아주 친한 친구쯤 되어야 감히 그런 이름으로 그를 부를 수 있을 것 같다.

웩슬러는 작은 황소처럼 튼튼하고 땅딸막했다. 목소리는 오랜 세월 담배연기와 위스키로 서서히 단련된 기색이 역력했다. 전투용 손도끼처럼 생긴 얼굴은 만날 때마다 항상 붉은색을 띠고 있는 것 같았다. 그가 얼음을 띄운 짐빔을 마시던 것이 기억난다. 난 경찰관들이 마시는 술에 관심이 많다. 술을 보면 그 경찰관에 대해 많은 것을 알 수 있다. 술을 그냥 스트레이트로 마시는 경찰관을 보면, 나는 항상 그 사람이 평범한 사람은 평생 한 번도 보지 못할 일을 너무 많이, 너무 자주 본 모양이라고 생각한다. 그날 밤 션은 라이트 맥주를 마셨지만, 그거야 션이 아직 젊기 때문이다. 션은 CAPs의 팀장이었지만, 웩슬러보다 적어도 열 살은 어렸다. 10년쯤 세월이 흐른 뒤에는 션도 웩슬러처럼 술을 약으로 삼아 스트레이트로 차갑게 들이켜게 되었을 것이다. 정말로 그렇게 될지 이제는 결코 알 수 없게 되었지만.

차를 타고 덴버를 빠져나가는 동안 내내 파인츠오브에 들렀던 그날 밤 일을 생각했다. 그날 특별히 중요한 일이 있었던 것은 아니다. 그냥 경찰관들이 잘 가는 술집에서 형과 술을 한잔했을 뿐이다. 둘이서 즐거운 시간을 보낸 것은 그때가 마지막이었다. 그 뒤로 테레사 로프턴의 사건이 터졌기 때문에 그 기억을 떠올리자 나는 다시 수족관에 빠진 것 같은 상태가 되었다.

하지만 현실이 수족관의 유리창을 뚫고 가슴까지 밀고 들어오는 순간에는 낭패감과 슬픔이 나를 사로잡았다. 태어나서 34년을 사는 동안 정말로 영혼이 찢어지는 것 같은 느낌을 받기는 처음이었다. 전에 누나 새라가 세상을 떠난 적이 있는데도 말이다. 그때는 내가 너무 어려서 새라의 죽음을 제대로 슬퍼하기는커녕 누군가가 제대로 피어보지도 못하고 죽었을 때의 고통도 이해하지 못했다. 내가 지금 슬퍼하는 것은 션이 벼랑 끝까지 몰려 있었다는 사실을 내가 전혀 몰랐기 때문이다. 내가 아는 다른 경찰관들이 모두 얼음을 띄운 위스키를 마실 때 션은 라이트 맥주를 마셨다.

물론 이런 식의 슬픔이 사실은 자기연민이라는 것도 알고 있다. 사실 우리는 오래전부터 서로의 이야기에 귀를 기울이지 않았다. 서로 가는 길이 달랐기 때문이다. 내가 이 사실을 인정할 때마다, 슬픔이 새로이 차오르곤 했다.

션이 예전에 한계의 이론에 대해 이야기한 적이 있다. 살인사건을 담당하는 경찰관에게는 한계가 있는데, 본인이 그 한계에 도달하기 전에는 어디까지가 한계인지 아무도 모른다는 것이다. 그때 션은 시체들에 대해 이야기하고 있었다. 션은 경찰관이 보고 견뎌낼 수 있는 시체의 숫자가 정해져 있다고 믿었다. 그 숫자는 사람마다 달랐다. 어떤 사람은 일찍 그 숫자에 도달하기도 하고, 또 어떤 사람은 강력반에서 20년을 일하고도 끄떡없었다. 하지만 그 숫자는 분명히 존재했다. 그 숫자에 도달하면 그것으로 끝이었다. 기록실로 자리를 옮기거나, 경찰관 배지를 반납하고 물러나거나, 아니면 뭔가 행동을 하는 수밖에 없었다. 시체를 또다시 목격하는 건 이제 결코 참을 수 없는 일이 되었기 때문이다. 만약 시체를 하나라도 더 보게 된다면, 자신의 한계를 넘게 된다면, 뭐, 그러면 그건 큰일이었다. 어쩌면 자신의 입안에 총알을 박아 넣는 신세가 될 수도 있었다. 이것이 그때 션이 한 말이었다.

웩슬러 말고 또 한 명, 그러니까 레이 세인트루이스가 내게 무언가 말을 했음을 깨달았다.

그는 자기 자리에서 뒤로 몸을 돌려 나를 바라보고 있었다. 그는 웩슬러보다 훨씬 더 몸집이 컸다. 어두운 차 안에서도 나는 얽은 자국이 있는 그의 얼굴의 거친 질감을 알아볼 수 있었다. 그는 내가 모르는 사람이었지만, 다른 경찰관들한테서 이야기를 들은 적은 있었다. 그래서 다른 경찰관들이 그를 빅독이라고 부른다는 것도 알고 있었다. 〈로키 마운틴 뉴스〉의 사옥 로비에서 나를 기다리고 있던 그와 웩슬러를 처음 보았을 때 나는 두 사람이 머트와 제프처럼 완벽한 팀이라고 생각했다. 마치 두 사람이 심야영화의 화면 속에서 그대로 걸어 나온 것 같았다. 검은색의 긴 외투와 모자. 모든 장면이 흑백으로 흘러가야 할 것 같았다.

"내 말 들었죠, 잭? 우리가 소식을 전할 겁니다. 그게 우리 일이니까. 당신을 데려가는 건 우리한테 도움이 될 것 같아서예요. 상황이 힘들어지면, 당신이 부인과 함께 있어줄 수도 있겠죠. 그러니까, 그쪽에서 누가 옆에 있어주기를 원한다면 말이에요. 알겠죠?"

"예."

"그래요."

우리는 션의 집으로 가는 중이었다. 션이 덴버의 주민이어야 한다는 시의 규정 때문에 덴버에서 다른 경찰관 네 명과 함께 쓰던 아파트가 아니었다. 보울더에 있는 집으로 가는 길이었다. 우리가 문을 두드리면 션의 아내인 라일리가 문을 열어줄 것이다. 나는 어느 누구도 그녀에게 소식을 전할 수 없음을 알고 있었다. 라일리는 문을 열고 우리 셋을 보는 순간, 우리 옆에 션이 없다는 것을 아는 순간, 우리가 무슨 소식을 가져왔는지 알아차릴 것이다. 경찰관의 아내라면 누구나 알아차릴 것이다. 그들은 그런 순간을 두려워하며, 언젠가 그런 날이 올 거라고 마음의 준비를 하며 평생을 보내는 사람들이다. 누군가가 문을 두드릴 때마다 그들은 문 앞에 죽음의 사자가 서 있을지도 모른다고 생각한다. 이번에는 그 생각이 현실이 될 것이다….

《시인》에서 계속

# 시인의 계곡 _해리 보슈 시리즈 Vol.10

**1판 1쇄 발행** 2009년 9월 10일
**1판 6쇄 발행** 2014년 9월 29일
**2판 1쇄 인쇄** 2015년 1월 22일
**2판 1쇄 발행** 2015년 1월 30일

**지은이** 마이클 코넬리
**옮긴이** 이창식

**발행인** 양원석
**본부장** 송명주
**편집장** 김지연
**해외저작권** 황지현, 지소연
**제작** 문태일, 김수진
**영업마케팅** 김경만, 정재만, 곽희은, 임충진, 이영인, 장현기, 김민수,
          임우열, 윤기봉, 송기현, 우지연, 정미진, 이선미, 최경민

**펴낸 곳** ㈜알에이치코리아
**주소** 서울시 금천구 가산디지털2로 53, 20층 (가산동, 한라시그마밸리)
**편집문의** 02-6443-8846    **구입문의** 02-6443-8838
**홈페이지** http://rhk.co.kr
**등록** 2004년 1월 15일 제2-3726호

ISBN 978-89-255-5528-7 (04840)
     978-89-255-5518-8 (set)

※ 이 책은 ㈜알에이치코리아가 저작권자와의 계약에 따라 발행한 것이므로
   본사의 서면 허락 없이는 어떠한 형태나 수단으로도 이 책의 내용을 이용하지 못합니다.

※ 잘못된 책은 구입하신 서점에서 바꾸어 드립니다.

※ 책값은 뒤표지에 있습니다.

RHK 는 랜덤하우스코리아의 새 이름입니다.